KB161254

담   론

담론

신영복의 마지막 강의

신영복 지음

2015년 4월 20일 초판 1쇄 발행
2024년 5월 31일 초판 41쇄 발행

펴낸이 한철희 | 펴낸곳 돌베개 | 등록 1979년 8월 25일 제406-2003-000018호
주소 (10881) 경기도 파주시 회동길 77-20 (문발동)
전화 (031) 955-5020 | 팩스 (031) 955-5050
홈페이지 www.dolbegae.co.kr | 전자우편 book@dolbegae.co.kr
블로그 blog.naver.com/imdol79 | 트위터 @Dolbegae79 | 페이스북 /dolbegae

편집 이경아
표지·본문 디자인 김동신·이은정
마케팅 심찬식·고운성
제작·관리 윤국중·이수민·한누리
인쇄·제본 영신사

책값은 뒤표지에 있습니다.

담　　　론

신영복의 마지막 강의　　　　신영복

돌베개

책을 내면서

1989년 처음 성공회대학에 왔을 때 학교는 작고 교수는 적어서 전공도 아닌 강의를 맡았습니다. 〈한국사상사〉, 〈동양고전강독〉, 〈사회과학 개론〉, 〈정치경제학〉 등입니다. 그중에서 고전강독과 정치경제학을 오래 강의한 셈입니다.

정년퇴임 후에는 〈인문학 특강〉 한 강좌만 강의했습니다. 그동안의 강의와 내가 낸 책, 그리고 발표한 글 중에서 학생들과 공유할 만한 것을 뽑아서 교재로 만들고 그 글들을 함께 읽고 토론하는 수업이었습니다. 같은 강의를 〈교육사회학 특강〉이라는 이름으로 교육대학원에도 개설했습니다. 대학원 커리큘럼에 맞는 이름이어야 했기 때문입니다.

여러 가지 사정으로 이번 학기를 마지막으로 더 이상 강의를 하지 못합니다. 나의 강의를 수강하려는 학생들에게 미안합니다. 그래서 강의 대신 책을 내놓기로 했습니다. 이 책은 이미 출간된 책과 발표된 글을 교재로 강의한 것이기 때문에 자연히 중복되는 내용이 많습니다. 양해 바랍니다.

지금까지 세 번 강의 녹취록이 만들어졌습니다. 2008년, 2010년, 그리고 2013년입니다. 나와는 아무런 상의가 없었습니다. 녹취록을 건네받아 읽어 보고 매우 부끄러웠습니다. 중언부언하고 있을 뿐 아니라 내용도 미흡하고 무엇보다 문장이 되지 않았습니다. 그래서 혼자서 수정하고 보충했습니다. 이 책은 「강의노트 2014-2」와 녹취록을 저본으로 하고 있습니다만, 녹취록이 있었기 때문에 쉽게 책으로 만들 결심을 할 수 있었고, 또 쉽게 만들기도 했습니다.

나는 그동안 책을 여러 권 냈습니다. 그러면서도 나는 책을 집필하지 않았다고 강변합니다. 옥중에서 편지를 썼을 뿐이고, 여행기를 신문에 연재했을 뿐이고, 『강의』와 이 책처럼 강의를 녹취하여 책으로 냈을 뿐이기 때문입니다. 내가 특별히 책을 집필하지 않은 이유를 소크라테스나 공자도 책을 내지 않았다는 것에 비유하는 것이 외람되지만, 강의록을 책으로 내면서 생각이 많습니다. '책'이 강의실을 떠나 저 혼자서 무슨 말을 하고 다닐지 걱정이 없지 않습니다. 책은 강의실보다 작고 강의실에는 늘 내가 서 있습니다. 그렇지만 어쩔 수 없는 일입니다. 책도 사람과 마찬가지로 자기의 길을 갈 수밖에 없습니다. 생각하면 모든 텍스트는 언제나 다시 읽히는 것이 옳습니다. 필자는 죽고 독자는 끊임없이 탄생하는 것입니다.

끝으로 녹취하느라 수고한 사람을 소개합니다. 김선래, 윤미연, 강수진, 이윤경, 심은하, 심은희, 황정일입니다. 그리고 책으로 만들어 주신 한철희 사장님, 이경아 인문고전팀장님께 감사드립니다. 그

6

외에 많은 분들의 수고로 책이 만들어졌습니다. 일일이 감사드리지
못합니다.

신 영 복

차례

2부 인간 이해와 자기 성찰

일러두기

이 책은 저자가 성공회대학에서 진행한 강의의 녹취록을 토대로 재구성한 것이
다. 강의에서는 저자가 자신의 글들을 뽑아 구성한 교재(인문학 특강 교재, 2014)
가 사용되었다. 본문 중에 이 교재가 종종 언급되지만 교재의 내용이 책의 본문 속
에서 충분히 제시, 설명되고 있기 때문에 별도로 수록하지는 않았다. 교재가 필요
한 경우 돌베개 출판사 홈페이지(www.dolbegae.co.kr)와 더불어숲 홈페이지(www.
shinyoungbok.pe.kr)에서 다운 받아 볼 수 있다.

1부　　　　고전에서 읽는 세계 인식

1   가장 먼 여행

반갑습니다. 이번 강의가 마지막 강의입니다. 마지막 강의라고 특별히 다르지 않습니다. 다만 더 많은 이야기를 쏟아놓으려고 하지 않을까 걱정됩니다. 강의는 교재 중심으로 하되 교재의 내용을 반복 설명하지는 않습니다.

강의는 사람과 삶의 이야기가 중심입니다. 사람[人間]과 삶[世界]에 관한 인문학적 담론입니다. 당연히 여러분이 살아오면서 고민한 문제들과 크게 다르지 않습니다. 그렇기 때문에 강의실이 공감共感 공간이 되었으면 합니다. 우리의 강의가 마중물이 되어 여러분이 발 딛고 있는 땅속의 맑고 차가운 지하수를 길어 올리게 되기를 바랍니다.

오랜 강의 경험에서 터득한 것이 두 가지가 있습니다. 첫째는 교사와 학생이란 관계가 비대칭적 관계가 아니라는 것입니다. 옛날 분들은 가르치는 것을 '깨우친다'고 했습니다. 모르던 것을 이야기만

들고 알게 되는 경우는 없습니다. 이미 알고 있었지만 미처 생각하지 못했던 것을 불러내는 것입니다. 이를테면 내가 그림을 보여드리면 여러분은 그 그림을 보는 것이 아니라 여러분의 앨범에서 그와 비슷한 그림을 찾아서 확인하는 것입니다. 둘째는 설득하거나 주입하려고 해서는 안 된다는 것입니다. 사람의 생각은 자기가 살아온 삶의 결론입니다. 나는 20년의 수형 생활 동안 많은 사람들과 만났습니다. 그 만남에서 깨달은 것이 바로 그 사람의 생각은 그 사람이 걸어온 인생의 결론이라는 것이었습니다. 대단히 완고한 것입니다. 다른 사람이 설득하거나 주입할 수 있다고 생각하면 안 됩니다.

그렇기 때문에 강의의 상한上限이 공감입니다. 의문을 갖는 사람이 없지 않을 것입니다. 이미 알고 있는 것을 다시 공감하는 것이 무슨 의미가 있는가? 아닙니다. 공감, 매우 중요합니다. "아! 당신도 그런 생각을 하고 있었구나." 이것은 가슴 뭉클한 위로가 됩니다. 위로일 뿐만 아니라 격려가 되고 약속으로 이어집니다. 우리의 삶이란 그렇게 짜여 있습니다. 에피쿠로스는 우정이란 '음모'陰謀라고 합니다. 음모라는 수사修辭가 다소 불온하게 들리지만 근본은 공감과 다르지 않습니다. 정작 불온한 것은 우리를 끊임없이 소외시키는 소외 구조 그 자체입니다. 그러한 현실에서 음모는 든든한 공감의 진지陣地입니다. 소외 구조에 저항하는 인간적 소통疏通입니다. 글자 그대로 소외〔疏〕를 극복〔通〕하는 것입니다. 우리의 교실이 공감의 장場이 될 수 있기를 바랍니다.

강의실 창밖으로 낙엽이 지고 있습니다. 초가을입니다. 우리의 강의는 겨울눈이 내릴 때까지 이어집니다. 가을에서 겨울까지 여러분과 참 많은 이야기를 나누게 될 것입니다. 더구나 늦은 저녁 시간입니다. 우리는 깜깜한 어둠 속에서 불 밝히고 가을에서 겨울까지 함께 동행합니다. 우리의 강의실이 위로와 격려, 약속과 음모, 공감과 소통의 장이 될 수 있기를 기대합니다.

오늘은 강의 소개부터 하겠습니다. 책은 2~3년 전의 생각이고, 강의는 어제 저녁의 생각이라고 합니다. 그러나 우리 교실은 그렇지 못합니다. 내가 여러분에게 전하고 싶은 이야기 중심으로 진행합니다. 자연히 오래전의 이야기가 많습니다. 그렇기 때문에 먼저 계몽주의 프레임을 허물어야 합니다. 계몽주의는 상상력을 봉쇄하는 노인 권력입니다. 생생불식生生不息, 끊임없이 변화하는 세상에서 온고溫故보다 창신創新이 여러분의 본령입니다. 그리고 강의라는 프레임도 허물어야 합니다. 학부 강의에서 가장 불편한 것이 학생들이 가지고 있는 강의라는 틀입니다. 문제 중심이어야 하고 정답이 있어야합니다. 개념과 논리 중심의 선형적線型的 지식은 지식이라기보다 지식의 파편입니다. 세상은 조각 모음이 아니고 또 줄 세울 수도 없습니다. 우리의 강의는 여기저기 우연의 점들을 찍어 갈 것입니다. 순서도 없고 질서도 없습니다. 우리의 삶이 그런 것입니다. 지금까지 살아오면서 우연이라고 생각했던 것들이 어느 날 문득 인연이었다는 것을 깨닫게 됩니다. 그리고 그러한 인연들이 모여서 운명이 되기도 합니다. 우리의 강의도 마찬가지입니다. 여기저기 우연의 점들을 찍어 나가다 그것이 서로 연결되어 선이 되고 인연이 됩니다. 그리고 인연들이 모여 면面이 되고 장場이 됩니다. 들뢰즈Gilles Deleuze는 장場을 배치(agencement)라고 합니다. 오늘 우리가 나누는 담론들은 5년 후, 10년 후 고독한 밤길을 걷다가 문득 만나게 될지도 모릅니다. 추억은 세월과 함께 서서히 잊혀 가다가 어느 날 문득 가슴 찌르는 아픔이 되어 되살아나는 것이라고 합니다. 계몽주의의 모범과 강의 프레임은 이 모든 자유와 가능성을 봉쇄합니다. 이탁오李卓吾는 사제師弟가 아니라 사우師友 정도가 좋다고 합니다. 친구가 될 수 없는 자는 스승이 될 수 없고 스승이 될 수 없는 자는 친구가 될 수 없다고 합니다. 우리 교실도 그런 점에서 부담없는 저녁 다담茶談이었으면 합니다.

교재는 내가 쓴 책과 글 중에서 수정하고 정리한 것입니다. 20여 꼭지입니다. 한 강의마다 2개씩 하더라도 빠듯하지 않을까 걱정입니다. 더구나 이번이 마지막 강의여서 강의 준비를 많이 하다 강의를 망치지 않을까 걱정입니다.

강의는 교재를 함께 읽는 것에서부터 시작합니다. 교재를 함께 읽는 까닭은 여러분이 미리 읽어 오는 일이 없기 때문입니다. 그리고 교재를 낭독하고 전체가 조용히 함께 듣고 있는 교실 풍경은 공감 공간의 어떤 절정입니다. 여러분도 적막한 교실의 경험이 없지 않을 것입니다. 사각사각 연필 소리만 들리는 적막한 교실의 경험, 대단히 특별합니다. 뿐만 아니라 함께 읽는다는 것은 참 많은 것을 공유하는 것입니다.

중학교 때였습니다. 『삼국지』한 권을 세 명의 친구가 함께 읽었습니다. 하필 어머니가 심부름을 시켰습니다. 상당히 먼 거리를 달려갔다 달려왔습니다. 나 없는 사이에 한참 읽어 나갔겠다고 생각하면서 숨 가쁘게 달려왔습니다. 그런데 웬일로 두 친구가 책을 읽지 않고 앉아 있었습니다. '왜 안 읽어?' '관운장 죽었다!'는 대답이었습니다. 관운장이 죽자 더 이상 읽지 못하고 앉아 있었습니다. 세상에 관운장이 죽다니! 어린 우리는 참으로 슬펐습니다. 한동안 책을 읽지 못하고 앉아 있었던 기억이 지금도 선합니다. 지금도 『삼국지』의 절정은 '맥성에 지는 달' 관운장의 죽음입니다. 몇 년 전에 영화 〈적벽대전〉이 우리 동네 영화관에서 상영되었습니다. 평소 극장에 가는 일이 없는 내가 극장에 갔습니다. 영화는 관운장이 죽기 전에 끝났습니다. 그 후 〈적벽대전 2〉가 상영되었습니다. 이번에는 틀림없겠지. 또 극장에 갔습니다. 불편한 앞좌석에서 끝까지 기다렸습니다만 〈적벽대전 2〉에서도 관운장의 죽음은 나오지 않았습니다. 친구 셋이 엎드려 함께 읽었던 기억이 그만큼 깊게 각인되어 있었습니다. '함께'는 뜨거운 공감 공간입니다.

'함께'는 지혜입니다. 영국의 과학자이며 우생학(eugenics)의 창시자인 골턴Francis Galton이 여행 중에 시골의 가축 품평회 행사를 보게 됩니다. 그 행사에는 소의 무게를 알아맞히는 대회가 열리고 있었습니다. 사람들이 표를 사서 자기가 생각하는 소의 무게를 적어서 투표함에 넣는 것입니다. 나중에 소의 무게를 달아서 가장 근접한 무게를 써 넣은 사람에게 소를 상품으로 주는 행사였습니다. 골턴은 사람들의 어리석음을 확인하는 재미로 지켜보았습니다. 물론 정확하게 맞힌 사람은 없었습니다. 그런데 놀라운 것은 800개의 표 중 숫자를 판독하기 어려운 13장을 제외한 787개의 표에 적힌 무게를 평균했더니 1,197파운드였습니다. 실제로 측정한 소의 무게는 1,198파운드였습니다. 군중을 한 사람으로 보면 완벽한 판단력입니다. 우파 우중론자愚衆論者인 골턴에게는 충격이었습니다. 집단의 지적 능력(collective intelligence)과 민주주의에 대해 다시 생각할 수밖에 없었습니다.

오늘 첫 시간입니다. 공부에 관한 이야기로 시작합니다. 공부는 한자로 '工夫'라고 씁니다. '工'은 천天과 지地를 연결하는 뜻이라고 합니다. 그리고 '夫'는 천과 지를 연결하는 주체가 사람[人]이라는 뜻입니다. 공부란 천지를 사람이 연결하는 것입니다. 갑골문에서는 농기구를 가진 성인 남자로 그려져 있습니다. 인문학人文學의 문文은 문紋과 같은 뜻입니다. 자연이란 질료質料에 형상을 부여하는 것입니다. 그것을 사람[人]이 한다는 뜻입니다. 농기구로 땅을 파헤쳐 농사를 짓는 일이 공부입니다.

공부는 살아가는 것 그 자체입니다. 우리는 살아가기 위해서 공부해야 합니다. 세계는 내가 살아가는 터전이고 나 또한 세계 속의 존재이기 때문입니다. 공부란 세계와 나 자신에 대한 공부입니다. 자연, 사회, 역사를 알아야 하고 나 자신을 알아야 합니다. 공부란 인간과 세계에 대한 올바른 인식을 키우는 것입니다. 세계 인식과 자기 성찰이 공부입니다.

옛날에는 공부를 구도求道라고 했습니다. 그리고 구도에는 반드시 고행이 전제됩니다. 그 고행의 총화가 공부입니다. 공부는 고생 그 자체입니다. 고생하면 세상을 잘 알게 됩니다. 철도 듭니다. 이처럼 고행이 공부가 되기도 하고, 방황과 고뇌가 성찰과 각성이 되기도 합니다. 공부 아닌 것이 없고 공부하지 않는 생명은 없습니다. 달팽이도 공부합니다. 지난 여름 폭풍 속에서 세찬 비바람 견디며 열심히 세계를 인식하고 자신을 깨달았을 것입니다. 공부는 모든 살아 있는 생명의 존재 형식입니다.

우리는 공부를 대체로 고전古典 공부에서 시작합니다. 고전 공부는 인류가 지금까지 쌓아 온 지적 유산을 물려받는 것입니다. 역사와 대화하는 것입니다. 그리고 동시대 사람들과도 소통할 수 있게 합니다. 언어를 익히는 것과 다르지 않습니다. 그러나 고전 공부의 목적은 과거, 현재와의 소통을 바탕으로 하여 미래를 만들어 가는 것입니다. 이처럼 공부란 세계 인식과 인간에 대한 성찰이면서 동시에 미래의 창조입니다. 고전 공부는 고전 지식을 습득하는 교양학이 아니라 인류의 지적 유산을 토대로 하여 미래를 만들어 가는 창조적 실천입니다. 그렇기 때문에 모든 고전 공부는 먼저 텍스트를 읽고, 다음 그 텍스트의 필자를 읽고, 그리고 최종적으로는 독자 자신을 읽는 삼독三讀이어야 합니다. 그리하여 텍스트를 뛰어넘고 자신을 뛰어넘는 '탈문맥'脫文脈이어야 합니다. 역사의 어느 시대이든 공부는 당대의 문맥을 뛰어넘는 탈문맥의 창조적 실천입니다.

〈머리—가슴—발〉의 그림입니다. 우리가 한 학기 동안 공부할 순서라고 해도 좋습니다. 이 그림은 강의 내내 수시로 불러낼 것입니다. 공부의 시작은 머리에서 가슴으로 가는 것입니다. 우리의 강의도 여기서부터 시작할 것입니다. 우리가 일생 동안 하는 여행 중에서 가장 먼 여행은 '머리에서 가슴까지의 여행'이라고 합니다. 이것은 낡은 생각을 깨뜨리는 것입니다. 오래된 인식틀을 바꾸는 탈문맥입니다. 그래서 니체는 '철학은 망치로 한다'고 했습니다. 우리가 갇혀 있는 완고한 인식틀을 깨뜨리는 것이 공부라는 뜻입니다. 우리가 갇혀 있는 문맥은 많습니다. 중세의 마녀 문맥이 그것의 한 예입니다. 수많은 마녀가 처형되었습니다. 심지어 자기가 마녀라는 사실을 승복하고 처형당한 사람도 많았습니다. 완고한 인식틀입니다. 니체는 중세인들은 알코올로 견뎠다고 했습니다. 최면제인 알코올이 각성제인 커피로 바뀌면서 근대가 시작되었다고 했습니다. 공부는 우리를 가두고 있는 완고한 인식틀을 망치로 깨뜨리는 것에서 시작됩니다. 머리에서 가슴으로 가는 여행이 공부의 시작입니다.

우리는 생각이 머리에서 이루어진다고 믿습니다. 전두엽의 변연계에서 형성되는 이미지를 생각이라고 한다면 그렇습니다. 그러나 생각은 잊지 못하는 마음입니다. 어머니가 떠나간 자녀를 잊지 못하는 마음이 생각입니다. 생각은 가슴이 합니다. 생각은 가슴으로 그것을 포용하는 것이며, 관점을 달리한다면 내가 거기에 참여하는 것입니다. 생각은 가슴 두근거리는 용기입니다. 공부는 머리에서 가슴으로 가는 애정과 공감입니다.

우리에게는 또 하나의 먼 여행이 남아 있습니다. '가슴에서 발까지의 여행'입니다. 발은 우리가 발 딛고 있는 삶의 현장을 뜻합니다. 애정과 공감을 우리의 삶 속에서 실현하는 것입니다. 공부는 세계 인식과 인간에 대한 성찰로 끝나는 것이 아닙니다. 삶이 공부이고 공부가 삶이라고 하는 까닭은 그것이 실천이고 변화이기 때문입니다. 공부는 세계를 변화시키고 자기를 변화시키는 것입니다. 공부는 '머리'가 아니라 '가슴'으로 하는 것이며, '가슴에서 끝나는 여행'이 아니라 '가슴에서 발까지의 여행'입니다.

세상에는 두 종류의 사람이 있다고 합니다. 그리고 두 종류의 사람밖에 없다고 합니다. 지혜로운 사람과 어리석은 사람이 그것입니다. 지혜로운 사람은 세상에 자기를 잘 맞추는 사람입니다. 어리석은 사람은 어리석게도 세상을 사람에게 맞추려고 하는 사람입니다. 역설적인 것은 어리석은 사람들의 우직함으로 세상이 조금씩 변화해 왔다는 사실입니다. 진정한 공부는 변화와 창조로 이어져야 합니다.

우리의 강의는 가슴의 공존과 관용(tolérance)을 넘어 변화와 탈주(désertion)로 이어질 것입니다. 존재로부터 관계로 나아가는 탈근대 담론에 관하여 논의할 것입니다. 당연히 '관계'가 강의의 중심 개념이 될 것입니다. 이 '관계'를 우리가 진행하는 모든 담론의 중심에 두고 나와 세계, 아픔과 기쁨, 사실과 진실, 이상과 현실, 이론과 실천, 자기 개조와 연대, 그리고 변화와 창조에 대해 이야기할 것입니다.

그리고 이러한 변화와 창조는 중심부가 아닌 변방에서 이루어진다는 것에 대해 이야기할 것입니다. 중심부는 기존의 가치를 지키는 보루일 뿐 창조 공간이 못 됩니다. 인류 문명의 중심은 항상 변방으로 이동했습니다. 오리엔트에서 지중해의 그리스 로마 반도로, 다시 알프스 북부의 오지에서 바흐, 모차르트, 합스부르크 600년 문화가 꽃핍니다. 그리고 북쪽 바닷가의 네덜란드와 섬나라 영국으로 그 중심부가 이동합니다. 미국은 유럽의 식민지였습니다. 중국은 중심부가 변방으로 이동하지 않았습니다. 그러나 변방의 역동성이 끊임없이 주입되었습니다. 춘추전국시대는 서쪽 변방의 진秦나라가 통일했습니다. 글안契丹과 몽고와 만주 등 변방의 역동성이 끊임없이 중심부에 주입되었습니다. 그렇기 때문에 '변방'의 의미는 공간적 개념이 아니라 변방성邊方性으로 이해되어야 합니다.

그러나 변방이 창조 공간이 되기 위해서는 결정적인 전제가 있습니다. 중심부에 대한 콤플렉스가 없어야 합니다. 중심부에 대한 콤플렉스가 청산되지 않는 한 변방은 결코 창조 공간이 되지 못합니다. 중심부보다 더 완고한 교조적 공간이 될 뿐입니다. 그러므로 우리의 교실은 그만큼 자유롭고 열린 공간이 되어야 합니다. 여러분과 함께 만들어 갈 수 있기를 바랍니다.

한 학기 동안 공부할 내용을 소개했습니다만 너무 간략해서 잘 이해되지 않았으리라고 생각합니다. 적절한 대목에서 수시로 재론될 것입니다. 미리 밝혀 두었듯이 강의라는 프레임을 깨뜨리고 우연의 점들을 여기저기 자유롭게 찍어 갈 것입니다. 여러분은 그 점들을 이어서 선을 만들고 장을 만들어 여러분의 지도知圖를 완성해 가는 수고를 감당해야 합니다. 그리고 여러분이 발 딛고 있는 땅속의 차가운 지하수를 길어 올리기 바랍니다.

한 학기 동안의 아름다운 동행을 부탁합니다. 우리의 교실이 세계와 인간에 대한 각성이면서 존재로부터 관계로 나아가는 여행이기를 바랍니다. 비근대의 조직과 탈근대의 모색이기를 기대합니다. 변화와 창조의 공간이 되기를 바랍니다.

2 사실과 진실

'시'詩에 관한 이야기입니다. 다음에는 '역'易에 관해서 이야기하려고 합니다. 시와 역을 먼저 소개하는 이유는 우리의 세계 인식틀을 검토해 보기 위해서입니다. 『시경』과 『주역』은 사서삼경에 속하는 고전입니다. 그리고 한동안 동양고전을 교재로 하여 강의가 계속됩니다. 더구나 내 전공이 동양고전과 전혀 인연이 없기 때문에 설명이 필요합니다.

나는 할아버님 심부름을 가장 많이 하는 손자였습니다. 할아버님은 나를 사랑으로 불러 한문을 가르치시기도 하고 붓글씨도 습자하게 했습니다. 초등학교 입학 전부터 할아버님 방에서 공부한 셈입니다. 초등학교 6학년 때 할아버님께서 돌아가셨습니다. 한문이든 붓글씨든 할아버님의 소일거리에 지나지 않았지만 유년 시절의 문화적 정서는 매우 친근한 것으로 남아 있었습니다. 감옥에서 책을 읽는 것이 자유롭지 못할 때 한 권으로 오래 읽을 수 있는 책으로 당연히 동양고전을 선택하게 됩니다. 『시경』, 『주역』, 이 난해한 고전을 감옥이 아니었다면, 또 유년 시절의 정서가 없었다면 읽었을 리가 없습니다. 출소 후에 감옥에서 읽은 고전을 교재로 하여 고전 강독 강의를 하게 됩니다. 그 강의가 녹취되어 『강의』라는 책으로 출판되기도 했습니다.

오늘 시에 관한 강의입니다만 방금 이야기했듯이 시론이 아니라 인식틀에 관한 것입니다. 우리는 두 개의 오래된 세계 인식틀을 가지고 있습니다. 문사철文史哲과 시서화詩書畵가 그것입니다. 흔히 문사철은 이성 훈련 공부, 시서화는 감성 훈련 공부라고 합니다. 문사철은 고전문학, 역사, 철학을 의미합니다. 어느 것이나 언어·개념·논리 중심의 문학서사文學敍事 양식입니다. 우리의 강의가 먼저 시에 관해서 이야기를 시작하는 까닭은 우리의 생각이 문사철이라는 인식틀에 과도하게 갇혀 있기 때문입니다. 우리의 사고는 언어로 구성되어 있는 것이 사실입니다. 소쉬르Ferdinand de Saussure의 언어구조학이 그것을 밝혀 놓고 있습니다. 그러나 언어라는 그릇은 지극히 왜소합니다. 작은 컵으로 바다를 뜨는 것이나 마찬가지입니다. 컵으로 바닷물을 뜨면 그것이 바닷물이긴 하지만 이미 바다가 아닙니다.

언어나 문자는 추상적인 기호일 뿐만 아니라 문학, 역사, 철학 역시 세계의 올바른 모습을 보여주지 못합니다. 고전문학만 하더라도 그렇습니다. 예를 들어 세르반테스Miguel de Cervantes의 『돈키호테』는 중세 기사의 전형을 보여주지 않습니다. 중세 기사는 당시 모든 여인들의 연인이었습니다. 그러나 돈키호테는 희극화된 중세 기사의 몰락상입니다. 온당한 중세 기사의 모습과는 거리가 멉니다. 중세를 희극화하고 근대를 예찬하는 반중세 친근대 논리가 그 속에 도사리고 있습니다. 역사의 경우도 마찬가지입니다. 역사는 결코 과거사를 정직하게 재현하는 것이 아닙니다. 사마천司馬遷의 『사기』史記는 최고의 역사서입니다. 그러나 『사기』는 올바른 중국 고대사가 못 된다고 합니다. 『사기』의 30세가世家 70열전列傳에는 약 150여 명의 인물들이 등장합니다. 그런데 그중의 약 130여 명이 사마천과 같은 비극의 인물들로 채워져 있다고 합니다. 그렇기 때문에 『사기』를 읽는 것은 중국 고대사를 읽는 것이 아니라 사마천을 읽는 것이라고 합니다. 역사는 역사가가 역사적 사실을 선별하고 재구성하는 것입니다. 그만큼 과거의 역사를 온당하게 재현하는 것과는 거리가 멀기도 합니다. 철학의 경우는 더욱 그러합니다. 철학은 세계의 본질과 운동을 추상화하는 것입니다. 추상화의 속성과 한계가 그대로 드러나지 않을 수 없습니다. 헤겔의 변증법, 잘 아시지요. 세계의 운동은 정반합正反合의 변증법적 과정으로 진행된다고 설명합니다. 그러나 실제로 그러한 진행 과정은 없습니다. 정이 반을 통하여 합으로 지양止揚되는 경우는 드뭅니다. 정이 반을 초전박살 내거나 반대로 반이 정을 들어내고 자기가 그 자리를 차지하는 경우도 얼마든지 있습니다. 이처럼 문사철은 세계의 정직한 인식틀이 못 됩니다. 언어와 개념 논리라는 지극히 추상화된 그릇으로 끊임없이 변화하는 세계를 담을 수 없음은 물론이고 방금 일별한 것처럼 문학, 역사, 철학 역시 세계를 온당하게 서술하고 있지 않습니다. 그럼에도 불구하고 우리는 문사철이라는 완고한 인식틀에 갇혀 있습니다. 이러한 인식틀을 깨뜨리는 것이 공부의 시작임은 물론입니다.

강의 첫 시간에 시를 다루는 이유가 이러한 인식틀을 깨뜨리기 위한 것입니다. 시는 문사철과 마찬가지로 언어를 사용하지만 시어詩語는 그 언어의 개념적 의미를 뛰어넘고 있습니다. 메타 랭귀지meta language라 할 수 있습니다. 예를 들어 안도현의 '연탄재'는 연탄재의 의미가 아닙니다. 그것은 자기를 아낌없이 불태운 사람의 초상입니다. 김영하의 『살인자의 기억법』에 시인에 관한 설명이 있습니다. "시인은 숙련된 킬러처럼 언어를 포착하고 그것을 끝내 살해하는 존재다." 시인이 구사하는 언어는 언어의 일반적 의미를 살해하는 것이나 마찬가지입니다. 신형철은 『몰락의 에티카』에서 시는 가장 개인적인 언어로, 가장 심층적인 세계를 가장 무책임하게 주파하는 장르라고 합니다. 그에게 시는 근본에 있어서 랑그Langue가 아니라 파롤Parole인 것이지요. 시는 세계를 인식하고 재현하는 상투적인 방식을 전복하고, 상투적인 언어를 전복하고, 상투적인 사유를 전복하고, 가능하다면 세계를 전복하는 것, 이것이 시인의 카타콤cata-comb이며 그 조직 강령이라고 하고 있습니다.

얼마 전에 간장게장을 먹다가 문득 게장에 콜레스테롤이 많지 않을까 하는 생각이 들어서 검색하다가 '간장게장'에 관한 시를 발견합니다. 시제는 「스며드는 것」이었습니다. 간장이 쏟아지는 옹기그릇 속에서 엄마 꽃게는 가슴에 알들을 품고 어쩔 줄 모릅니다. 어둠 같은 검은 간장에 묻혀 가면서 더 이상 가슴에 품은 알들을 지킬 수 없게 된 엄마 꽃게가 최후로 알들에게 하는 말입니다. "저녁이야. 불 끄고 잘 시간이야." '간장게장'은 이미 간장게장이 아닙니다. 그 시를 읽고 나서 게장을 먹기가 힘듭니다. 엄마 꽃게의 목소리가 들리는 듯합니다.

시서화와 악樂은 문사철과는 전혀 다른 미디어입니다. 시詩와 서書가 문자이면서 문자적 의미를 뛰어넘고 있는 것이라면 화畵와 악樂은 아예 문자가 아닙니다. 빛과 소리입니다. 사실은 시서화악이 세계를 훨씬 더 풍부하게 담고, 자유롭게 전달합니다. 그림이 세계를 담고 전달한다는 것은 이해되지만 음악이 그렇다는 것은 쉽게 납득하지 못합니다. 그러나 청각으로 세상을 읽는 맹인들을 생각하면 소리를 통한 세계 인식의 깊이를 짐작하기 어렵지 않습니다. 베토벤은 심포니 5번에 이름을 붙이지 않았습니다. 그것을 '운명'이라고 명명하는 것이 바로 우리가 갇혀 있는 문사철의 완고한 인식틀입니다. 차이콥스키는 심포니 6번을 스스로 '비창'悲愴이라고 이름을 붙였다고 합니다. 음악이라는 막강한 인식틀에 대한 신뢰가 부족했다고 해야 합니다.

문사철 시서화악을 대신하여 앞으로는 영상서사映像敍事 양식이 세계 인식틀의 압도적 지위를 차지할 것으로 예상됩니다. 이미 영상 미디어가 석권하고 있습니다. 여기에 관해서 다음 적절한 대목에서 논의하게 되리라고 생각합니다. 다만 지금 우리가 이야기하고 있는 인식틀과 관련하여 몇 가지 점을 지적해 두기로 하겠습니다. 여기 파도가 출렁이는 바다의 영상이 있습니다. 이 영상은 세계의 전달에 있어서 압도적입니다. 이 영상을 문자로 표현하려고 한다면 아무리 많은 단어를 동원하더라도 불가능합니다. 영상서사 양식은 전달력에 있어서 압도적입니다. 그리고 이 바다 영상은 '바다'라는 문자와 달리 아무런 사전적 공부도 필요하지 않습니다. '바다'라는 문자는 당연히 그 언어에 대한 공부가 없다면 그것이 무엇을 의미하는지 알 수 없습니다. 그러나 영상으로서의 바다는 참으로 쉽고도 간단합니다. 다만 카피하기만 하면 됩니다. 세계의 인식과 전달에 있어서 위력적입니다. 그러나 바로 이 지점에서 우리는 생각해야 합니다. "세계 인식은 왜 필요한가?"라는 질문이 그것입니다. 여러 차례 이야기했습니다. 세계를 이해하고 세계를 변화시켜 가기 위해서입니다. 그리고 그것의 실천적 주체가 사람입니다. '공부'의 뜻이 그러한 것이라고 했습니다. 그러나 영상서사 양식의 가장 결정적인 문제는 바로 이 주체가 세계 인식에 있어서 소외된다는 사실에 있습니다. '바다'라는 단어를 만나면 우리는 언젠가 찾아갔던 그 바다를 불러옵니다. 인식 주체가 그 '바다'에 참여합니다. 그러나 바다 영상 앞에서 인식 주체가 할 일은 없습니다. 펼쳐진 영상 세계를 다만 카피할 뿐입니다. 세계 인식에 있어서 그 인식 주체가 소외된다는 사실은 인식 그 자체를 포기하는 것과 다름없습니다. 그리고 또 한 가지 우리가 간과하지 말아야 하는 것이 있습니다. 인식이란 양적量的 인식이 아니라는 사실입니다. 우리의 감각 기관은 외부를 전달하는 역할보다는 외부를 차단하는 역할이 핵심이라고 합니다. 시각, 청각, 촉각 등이 외부를 무한정 인체에 전달할 경우 인식 자체가 무너진다고 합니다. 인식은 대상을 선별하고 재조직하는 주체적 실천입니다. 영상서사 양식은 그 압도적 전달력에도 불구하고 인식 주체를 소외시킨다는 점에서, 그리고 인식 주체를 무력화한다는 점에서 회의하지 않을 수 없습니다. 다음에 다시 재론하게 되리라고 생각합니다만 그렇기 때문에 우리는 문사철의 추상력과 시서화악의 상상력, 영상서사의 압도적 전달력을 소중하게 계승하되 이것이 갖고 있는 결정적 장단점을 유연하게 배합하는 노력을 기울여 나가지 않을 수 없을 것입니다. 문사철의 추상력과 함께 그것의 동일성 논리, 시서화악의 상상력과 함께 그것의 주관성과 관념성, 그리고 영상서사의 압도적 전달력과 함께 인식 주체의 소외 문제를 해결해 가지 않을 수 없을 것입니다.

다시 교재의 「척호」陟岵 장을 함께 읽고 계속하기로 하지요. 『시경』 「척호」 장은 만리장성 축조에 강제 징집된 젊은이가 고향에 계신 부모님과 형제들을 그리워하면서 읊은 시입니다. "높은 산에 올라가서 아버님 계신 곳을 바라보니 아버님의 목소리가 들리는 것 같다. 또 어머님 계신 곳을 바라보니 '이 어미 저버리지 말고 반드시 살아서 돌아오너라'는 목소리가 들리는 듯하다"는 내용입니다. 전쟁터에 끌려가고 노역에 동원된 민초들의 고달픈 삶을 읽을 수 있습니다. 『시경』의 시에서 우리가 느끼는 것은 사실성입니다. 그것을 우리는 사회미社會美라고 합니다. 『시경』에 실린 300여 편 중에서 그 절반인 150편이 '풍'風입니다. '풍'은 황하 유역 15개 제후국에서 불리던 노래를 채집한 것입니다. 채시관들이 마을을 돌며 목탁 두드려 가며 수집한 노래입니다. 『시경』에는 궁중의 의식곡, 제사 때의 제례악도 있습니다만 우리가 주목하려고 하는 것은 이 풍의 '사회미'입니다. 당시 사람들의 보편적 삶의 정서입니다.

『시경』의 시에서 우리가 배워야 하는 것이 바로 이것입니다. 세계 인식에 있어서 가장 중요한 것은 그것이 '진실'을 담고 있어야 한다는 것입니다. 그래서 맹강녀孟姜女 전설을 소개했습니다. 맹강녀는 만리장성 축조에 강제 동원되어 몇 년째 소식이 없는 남편을 찾아갑니다. 겨울옷 한 벌을 지어서 먼 길을 찾아왔지만 남편은 이미 죽어 시체마저 찾을 길 없습니다. 당시에는 시체를 성채 속에 함께 쌓아

버렸다고 합니다. 맹강녀는 성채 앞에 옷을 바치고 사흘 밤낮을 통곡했습니다. 드디어 성채가 무너지고 시골 P들이 쏟아져 나왔습니다. 옷을 입혀서 곱게 장례 지낸 다음 맹강녀는 노룡두에 올라 바다에 투신합니다. 맹강녀 전설이 사실일 리가 없습니다. 그러나 우리는 어느 쪽이 진실한가 하는 물음을 가질 수 있습니다. 전설 쪽이 훨씬 더 진실합니다. 어쩌면 사실이란 작은 레고 조각에 불과하고 그 조각들을 모으면 비로소 진실이 된다고 할 수 있습니다. 시는 언어를 뛰어넘고 사실을 뛰어넘는 진실의 창조인 셈입니다. 우리의 세계 인식도 이러해야 합니다. 공부는 진실의 창조로 이어져야 합니다.

일흔이 넘은 노인이 있었습니다. 집도 절도 없고, 편지도 접견도 없는 분입니다. 전과는 본인이 기억하지 못할 정도로 많았습니다. 당연히 감방에서 대접도 못 받고 한쪽 구석에서 조그맣게 살고 있는 노인이었습니다. 그런데 이분이 자기의 존재감을 확실히 드러내는 때가 있습니다. 신입자가 들어올 때입니다. 신입자가 입소 절차를 마치고 감방에 배치되어 들어오는 시간이 아마 이 시간쯤 됩니다. 대부분의 신입자들은 문지방을 밟지 않도록 조심스럽게 들어와서 누가 지시하지 않아도 알아서 화장실 옆 자리에 가서 앉습니다. 대단히 긴장된 이 순간이 노인이 나서는 순간입니다. "어이 젊은이" 하고 부릅니다. 그렇게 다정한 목소리는 아니지만 신입자는 그 소리가 매우 반갑습니다. 그러고는 노인다운 몇 가지 질문을 합니다. 어디 아픈 데는 없는지, 형은 몇 년이나 받았고 만기는 언제냐는 등 정말 눈물 나는 이야기입니다. 그러고는 이어서 "일루 와 봐" 하고는 노인 옆으로 불러 앉히고는 이야기를 시작합니다. "내가 말이야"로 시작되는 긴 인생사를 이야기합니다. 신입자가 들어오자마자 시작하는 이유가 있습니다. 이삼일 지나서 이 노인이 감방에서 별 끗발이 없다는 걸 알고 나면 일정日政 때부터 시작되는 그 긴 이야기를 끝까지 듣는 사람이 없습니다. 첫날 저녁에 바로 시작해야 꼼짝없이 끝까지 듣습니다. 그 노인과 3~4년을 함께 살고 있는 우리도 신입자가 들어올 때마다 그 이야기를 또 듣습니다. 그가 빠트린 것이 있으면 우리가 채워 주기도 합니다. 그런데 중요한 것은 그 노인의 이야기가 계속 각색된다는 사실입니다. 창피한 내용은 빼고, 무용담이나 미담은 부풀려 넣습니다. 1~2년 사이에 제법 근사한 드라마의 주인공이 되어 있습니다. 자기도 각색된 이야기에 도취되어 어떤 대목에서는 눈빛이 달라지기도 합니다. 젊은 친구들은 노인네가 '구라푼다'고 핀잔하기도 하지만 우리는 그런 심정을 잘 이해합니다. 과거가 참담한 사람이 자위하는 방법이기도 합니다.

비가 부슬부슬 오는 늦가을이었습니다. 하염없이 철창 밖을 내다보고 있는 그 노인의 뒷모습을 우연히 목격하게 됩니다. 노인의 야윈 뒷모습이 매우 슬펐습니다. 그때 문득 이런 생각이 들었습니다. 저분이 늘 얘기하던 자기의 그 일생을 지금 회상하고 있는 건 아닐까. 만약 저분이 다시 인생을 시작한다면 최소한 각색해서 들려주던 삶을 살려고 하지 않을까 하는 생각이 들었습니다. 각색한 인생사에는 이루지 못한 소망도 담겨 있고, 반성도 담겨 있기 때문입니다. 그렇다면 노인의 실제 인생사와 각색된 인생사를 각각 어떻게 평가할 수 있을까. 전자를 '사실'이라고 하고 후자를 '진실'이라고 한다면 어느 것을 저 노인의 삶이라고 할 수 있을까. 소망과 반성이 있는 진실의 주인공으로 그를 이해해야 하지 않을까 하는 생각이 들었습니다.

어쩌면 그가 늘 이야기하던 일정 시대와 해방 전후의 험난한 역사가 그의 진실을 각색한 것이 사실로서의 그의 삶이 아닐까 하는 생각이 들었습니다.

이 이야기는 우리가 사람을 이해하는 방식이 어떠해야 하는가에 관한 고민이기도 하지만 진실이 사실보다 더 정직한 세계 인식이라는 것을 이야기하기 위한 것입니다. 우리가 현실에서 보는 것은 그때 그곳의 조각에 불과합니다. 시적인 관점이라는 것은 사실성과 사회미에 충실하되 사실 자체에 갇히지 않는 것입니다.

그러나 모든 시가 다 그런 것은 아닙니다. 나는 현대시가 대단히 어렵습니다. 잘 모르고 잘 안 읽습니다. '사유의 감각화' 그것이 어디서 온 것인지는 알 수 있을 듯합니다. 그러나 그것이 어디로 가는 것인가에 대해서는 알지 못합니다. 그도 나도 알지 못합니다. 그러나 확실히 아는 것은 그의 답변입니다. "시는 어디로 가는 것이 아니다. 어디로 가려고 할 때가 시가 실패하는 때이다."

연암燕巖 박지원朴趾源의 「연암억선형」燕巖憶先兄이라는 시가 있습니다. '연암에서 돌아가신 형님을 생각하며'라는 시입니다. 내용은 이렇습니다. "형님 수염 누구 닮았었나?" "돌아가신 아버님 그리울 때면 형님 얼굴 쳐다봤었지." 아마 형님이 아버님을 닮았었나 봐요. "형님 돌아가셔서 형님 그리울 때 이제 누구 쳐다보지?" "개울로 가서 두건 벗고 내 얼굴 비춰 봐야 하나?" 이런 내용입니다. 금방 와 닿는 정서입니다. 형제간의 정한情恨을 쉬운 언어로 풀어냅니다. 시는 진정성의 공감이 있어야 합니다. 자기도 감동하지 않는 것은 아무리 화려한 그릇에 담는다고 하더라도 다른 사람이 공감하지 못합니다. 우리가 읽은 「척호」 장처럼 『시경』의 시는 그 시대의 정직한 서술입니다. 『시경』이 사료史料로 쓰이는 이유이기도 합니다.

공자孔子도 악여정통樂與政通이라 했습니다. 음악과 정치는 서로 통한다는 뜻입니다. 어느 나라에 들어가서 그 나라에서 불리는 노래를 들으면 그 나라의 정치를 알 수 있다고 했습니다. 공자가 서울에 와서 걸그룹 노래를 듣고 뭐라 할지 궁금하긴 합니다만 그것이 함의하고 있는 정치성이 분명 없지 않을 것입니다. 채시관들이 마을을 돌면서 노래를 수집한 이유 역시 노래의 사실성에 주목하고 노래를 통하여 백성들이 어떤 고뇌를 안고 있는가를 알기 위해서였을 것입니다. 『논어』論語 「안연」顔淵 편에 '초상지풍필언'草上之風必偃이라는 말이 있습니다. 풀 위에 바람이 불면 풀은 필언必偃, 반드시 눕는다. 바람이 불면 청보리 밭의 보리가 눕습니다. 위정자들은 백성들을 풍화風化하기 위해서 시를 수집하고 시로써 백성들에게 다가갑니다. 위정자들이 백성들을 풍화하고 덕화德化한다고 하지만 백성들은 반대로 노래로써 풍자諷刺했습니다. 바람이 불면 물론 풀이 눕기는 하지만 그건 일시적입니다. 다시 일어섭니다. 그래서 '초상지풍필언'에 대구를 달고 있습니다. '수지풍중초부립'誰知風中草復立이라 풍자합니다. 수지誰知, 누가 알랴, 너는 모르지? 이런 뜻입니다. '바람 속(風中)에서도 풀이 다시 일어서는 걸(復立) 너희는 모르지?'라는 대구입니다. 김수영의 「풀」이라는 시가 있습니다. 풀이 바람보다 먼저 눕지만 바람보다 먼저 일어난다고 노래합니다. 아마 여기서 착상한 것인 듯합니다.

사람들의 정서는 그 시대를 뛰어넘기가 어렵습니다. 그래서인지 옛날의 유명한 시인들은 『시경』의 시에서부터 당시唐詩, 송사宋詞 등 옛 시가들을 지척에 두고 늘 읽었다고 합니다. 내가 듣기로 임화림和, 이태준李泰俊, 정지용鄭芝溶 등 해방 전후의 시인 묵객들은 당시집唐詩集을 손에서 놓지 않았다고 합니다. 오래된 정서, 옛사람들의 정한을 이어가기를 원했습니다. 김소월金素月의 「진달래꽃」도 그렇다고 합니다. 진달래꽃 "사뿐히 즈려밟고 가시옵소서"라는 절창이 바로 예이츠William Butler Yeats의 시에 있습니다. "나는 가난하여 가진 것이 꿈뿐이어서 그 꿈을 그대 발밑에 깔았습니다. 사뿐히 밟으세요(tread softly). 당신이 밟는 것이 내 꿈이니까요."(Yeats, 「He Wishes for the Cloths of Heaven」) 김소월의 스승인 김억金億이 이 시를 번역했습니다. 김억이 오산학교의 국어 선생이고 김소월이 학생이었습니다. 서정주徐廷柱의 「국화 옆에서」도 마찬가지입니다. "한 송이의 국화꽃을 피우기 위해 봄부터 소쩍새는 그렇게 울었나 보다." 이 시 역시 백거이의 시 「국화」에서 그 시상을 빌렸다고 합니다(白居易, 「東園玩菊」). 소쩍새라든가, 거울 앞에 선 내 누님이라는 표현은 없지만 가장 중요한 오상고절傲霜孤節의 정신, 한 송이 국화가 피기까지 겪어야 하는 긴 인고의 세월에 대한 시상은 백거이를 비롯하여 수많은 시인들이 오래전부터 공유해 오고 있었던 것입니다. 누가 누구를 모방하고 있다는 이야기를 하려는 것이 아닙니다. 하늘 아래 새로운 것이 없다고 하듯이 우리의 정서도 그렇습니다. 도도히 흘러가는 강물의 어느 한 줄기일 뿐입니다. 오래된 정서를 소중하게 이어가는 것이 많은 사람들과의 공감대를 심화하는 것이기도 할 것입니다. 오래되고 진정성이 무르녹아 있는 시적인 정한을 물려받는 것이 대단히 중요하다는 이야기를 하고 싶은 것입니다. 우리나라뿐만이 아닙니다. 모든 문학적 성과가 그렇게 과거에 빚지고 있습니다. 엘리엇T. S. Eliot의 "사월은 가장 잔인한 달이다. 죽은 땅에서 라일락을 꽃피우고 기억과 욕망을 뒤섞고 잠자는 뿌리를 봄비로 흔들어 깨운다"는 「황무지」의 명구도 빚지고 있기는 마찬가지입니다. 초서Geoffrey Chaucer의 『캔터베리 이야기』에서 착상했다고 합니다. "4월의 감미로운 소나기가 3월의 가뭄을 뿌리까지 뚫고 들어가 꽃을 피우는 그 습기로 모든 잎맥을 적신다"가 그것의 원본이라고 합니다. 감미로움이 잔인함으로 바뀌어 있기는 하지만 엘리엇은 초서에게 빚지고 있다는 것이지요. 이러한 역사적 계승은 비단 시문학에만 있는 것이 아닙니다. 아인슈타인도 자기가 갈릴레이와 뉴턴의 어깨 위에 서 있다고 했습니다. 그러나 오늘날 우리의 정서는 매우 각박합니다. 문화라는 것 그 자체가 기본적으로 사이버이기도 하고 더구나 도시 문화는 완벽한 인조 공간이고 역사와 단절되어 있기 때문입니다.

시 한 편이 담고 있는 세계는 매우 큽니다. 시는 굉장히 큰 세계를 담고 있다고 할 수 있습니다. 이태백이 읊은 달과 우리가 읊은 달은 스케일이 다릅니다. 두보가 망향의 설움을 담은 시와 우리가 고향을 그리는 시는 그 정한의 깊이에서 차이가 있습니다. 지금은 시를 암송하는 문화가 사라지고 없습니다. 중국에서는 초등학교에서 시 300수를 암송하게 한다고 합니다. '시'가 세계를 인식하는 '인식틀'이고, 시를 암기한다는 것은 시인들이 구사하던 세계 인식의 큰 그릇을 우리가 빌려 쓰는 것이라는 사실이 주목되어야 합니다.

뿐만 아니라 사물의 변화를 읽으려 할 경우 시는 대단히 뛰어난 관점을 시사합니다. 기승전결이라는 시의 전개 구조가 그렇습니다. 먼저 시상詩想을 일으킵니다. 기起라고 합니다. 다음 그 상황이 일정하게 지속되는 과정이 이어집니다. 승承입니다. 이러한 양적 축적의 일정한 단계에서 변화가 일어납니다. 질적 변화입니다. 그것을 전轉

이라고 합니다. 그런 다음에 지금까지의 과정이 총화된, 다시 말하자면 기 승 전의 최종적 완성형으로서의 결結로 마무리되는 구조입니다. 기승전결은 사물의 변화나 사태의 진전을 전형화한 전개 구조라고 할 수 있습니다. 시란 그런 점에서 '변화의 틀'이기도 합니다. 사물과 사물의 집합 그리고 그 집합의 시간적 변화라는 동태적 과정을 담는 틀이며 리듬이기도 합니다.

아마 여러분은 이 대목에서 조금 전에 소개한 헤겔의 정반합이라는 변증법을 생각할 것입니다. 그렇습니다. 대단히 유의미한 대비입니다. 기승전결이 4단계임에 비하여 헤겔 변증법은 3단계입니다. 대비한다면 기起와 승承이 합해서 정正이 되고 있습니다. 전轉과 반反은 같습니다. 그리고 결結과 합合도 완벽하게 일치합니다. 이러한 대비에서 우리가 깨닫는 것은 동양과 서양의 차이입니다. 동양의 변화와 서양의 변화는 그 전개 과정이 다릅니다. 서양의 전개 구조에서는 정과 반이 직선적으로 바로 부딪칩니다. 동양에서는 기와 전 사이에 승이라는 완충지대가 있습니다. 그 진행이 지지부진하고 금방 반전이 일어나지 않습니다. 상당 기간의 숙성기가 필요합니다. 그것이 양적 축적 기간이기도 합니다. 소나타의 형식도 이러한 변화의 틀로서 이해할 수 있을 것입니다. 제시, 전개, 재현, 종결이 그것입니다. 내가 음악에 문외한이어서 깊이 있는 이야기는 이어가지 못합니다. 변화에 대한 동서양의 관점이 이처럼 차이를 보이고 있음에도 불구하고 시와 음악이 세계와 세계의 변화를 담고 있는 인식틀인 것만은 틀림없습니다.

시 이야기가 기승전결과 정반합까지 이어진 까닭은 시가 본질적으로 세계 인식의 틀이기 때문입니다. 시란 문학서사 양식을 뛰어넘는 것이라는 사실을 잊지 않아야 합니다. 시서화는 보다 높은 차원의 인식틀입니다. 그럼에도 불구하고 언어와 숫자로서 세계를 인식하고 있는 것이 현 수준의 우리들의 세계 인식입니다. 혹시 기억하고 있을지 모르겠습니다. 어릴 때 부르던 노래입니다. "원숭이 엉덩이는 빨개. 빨가면 사과. 사과는 맛있어. 맛있으면 바나나. 바나나는 길어. 길면 기차. 기차는 빨라. 빠르면 비행기. 비행기는 높아. 높은 것은 백두산." 여기까지 읊고 나서 노래를 시작합니다. "백두산 뻗어내려 반도 삼천리……" 우리들이 구축하고 있는 논리의 실상을 보여줍니다. 원숭이에서 백두산까지의 연결에는 최소한의 인과관계도 없습니다. 시를 읽는 오늘의 현실은 매우 안이합니다. 시뿐만 아니라 시서화악 모두 교양 또는 예술이라는 장식적 그릇에 담아 두고 있습니다. 시가 결코 그런 것이 아니란 것만은 여러분과 공유하고 싶습니다. 여러분 중에도 시적 정서와 시적 사유가 돋보이는 사람이 있을 것입니다. 유연한 시적 사유는 비단 세계 인식에 있어서뿐만이 아니라 우리의 삶 자체를 대단히 아름답게 만들어 주는 것임에 틀림없습니다.

3

방랑하는 예술가

『시경』에 이어서 『초사』楚辭에 관한 이야기입니다. 『시경』이 북방 문
학임에 비하여 『초사』는 남방 문학입니다. 남방은 양자강 유역입니
다. 기온이 따뜻하고 의식주 걱정이 없습니다. 이처럼 느긋한 삶 속
에서 만들어진 노래가 『초사』입니다. 『시경』의 세계와 판이합니다.
『시경』의 시는 4언체입니다. 노래로 치면 4분의 4박자 행진곡입니다.
또박또박 걸어가는 보행입니다. 『초사』는 6언체입니다. 6언체는 춤
추는 리듬이라고 합니다. 보행은 목표 지점이 존재하고 확실하게 땅
을 밟고 걸어가는 것입니다. 이것이 『시경』의 사실성입니다. 이에 비
해서 춤은 가야 할 목적지가 없습니다. 춤은 어디로 가기 위해서 추
는 것이 아닙니다. 춤 그 자체가 목적이라면 목적입니다. 그래서 6언
체는 대단히 자유롭습니다. 남방과 북방의 기후와 지형만큼이나 차
이가 큽니다. 북방에서는 기후와 지형만 그런 것이 아니라 그 속에

서 영위되는 삶 또한 매우 절박합니다. 『시경』에서는 삶의 아픔이 절절하게 공유되는 경우가 많습니다. 남방에서는 그런 절절함이 덜합니다. 또 한 가지 차이가 있다면 『시경』은 집단 창작인 데 비해서 『초사』에는 시인의 이름이 등장합니다. 최초로 등장하는 시인의 이름이 오늘 우리가 읽는 굴원屈原입니다.

이처럼 『초사』와 『시경』을 비교하기도 합니다만 주자朱子는 『시경』에 대해서는 주를 달지 않았고 『초사』에 대해서만 주를 달았습니다. 『초사』는 지식인 고유의 이상을 담고 있다는 것이 그 이유입니다. 『시경』은 많은 사람들이 공감하는 것이긴 하지만 유행가 모음집 정도밖에 안 된다는 것이 주자의 생각이었다고 할 수 있습니다. 지식인들의 자부심이 그때는 그랬을 것입니다. 서민들의 보편적 정서보다는 지식인의 관념적 정서를 더 높이 평가했다고 할 수 있습니다. 그러나 막상 『초사』를 대하면 허무맹랑하다는 느낌을 금치 못합니다. 무당들이 부르는 구름 잡는 노래 같습니다. 바람과 용, 전설과 신화가 전편을 도도하게 흐릅니다. 『초사』 중에서 가장 많이 읽히는 시가 굴원의 「이소」離騷입니다. '슬픔에 젖어'라고 번역되어 대단히 높은 평가를 받는 시입니다. 임금의 신임을 얻지 못하는 슬픔, 나라를 구할 수 있는 현인을 만나지 못하는 근심입니다. 역시 지식인의 시 세계입니다. 시가 너무 길기도 하고 또 우리 교실에서는 『초사』 연구가 목적이 아니기 때문에 「어부」漁父를 골랐습니다. 굴원의 명시 「어부」를 읽으며 이야기를 진행하기로 하겠습니다.

그 전에 하나 더 얘기할 것이 있습니다. 북방과 남방이 싸우면 늘 남방이 북방에게 집니다. 그래서 '敗北'이라고 쓰고 '패배'라고 읽습니다. 북에 지는 것이 패배의 일반적 의미로 통용됩니다. 중국 역사에서 남과 북이 싸우면 늘 남방의 패배로 끝납니다. 그런데 현재의 중화인민공화국이 남방 정권이라고 합니다. 중국 역사에서 처음 있는 일이라고 합니다. 지금도 상해파上海派가 집권하고 있습니다. 마오쩌둥毛澤東이 호남성湖南省 장사長沙 출신이기도 합니다. 그러나 반론도 만만치 않습니다. 중화인민공화국은 북방의 연안延安을 근거지로 하고 동북3성東北三省을 기반으로 해서 통일 장정에 나섰다는 주장입니다. 북방 정권이고 '패배'가 맞다는 것입니다. 어쨌든 북방이 세고 강합니다. 거친 환경에서 단련된 강인함이라고 할 수 있습니다. 우리의 인문학 담론에서는 승패가 중요한 의미를 갖는 것은 아닙니다. 오히려 패배의 땅에서 자유로움과 창조적 정서를 읽으려고 합니다.

교재의 「어부」는 이상과 현실에 대한 담론으로 읽을 수 있습니다. 또한 남방 문학의 낭만성과 창조성에 관한 담론으로 읽을 수 있습니다. 이상과 현실, 패배와 변방, 그리고 낭만과 창조에 관한 이야기입니다. 시는 사실을 뛰어넘는 진실의 창조와 초월적 사고가 생명입니다. 그런 점에서 본다면 『시경』보다 『초사』의 세계가 더 풍부한 인문학적 담론을 제공합니다.

창랑지수청혜滄浪之水淸兮 가이탁오영可以濯吾纓, 창랑지수탁혜滄浪之水濁兮 가이탁오족可以濯吾足. "창랑의 물이 맑으면 갓끈을 씻고, 창랑의 물이 흐리면 발을 씻는다." 명구로 회자되는 이 구절은 「어부」의 결론입니다. 굴원은 초나라의 공족公族입니다. 일찍이 초 회왕의 신임을 받았지만 굴원은 두 번, 세 번 유배됩니다. 마지막 유배 때 쓴 시입니다. 동정호 호반을 초췌한 모습으로 걷고 있는 굴원과 배를 저어 지나가던 어부가 나누는 대화 형식의 시입니다. 어부와 굴원의 대화체로 되어 있지만 굴원의 자문자답으로 읽어도 좋습니다. 이 시가 절명시는 아니지만 죽기 얼마 전에 쓴 시인 건 확실합니다. 절명시는 따로 있습니다.

이 시에서 굴원은 비타협적인 원칙론자입니다. 아독청我獨淸 아독성我獨醒입니다. 당시는 합종연횡 등 각국이 연대 방식을 놓고 이합집산하던 난세였습니다. 서쪽 강국인 진秦을 고립시키고 제齊와 합종해야 한다, 아니다 진秦과 연횡하는 게 옳다. 친진파親秦派와 반진파가 팽팽하게 맞서서 싸웠는데 굴원은 반진파였습니다. 굴원은 유배되고 결국 초 회왕은 진나라의 인질로 잡혀가서 거기서 죽습니다. 시체를 초나라로 보내옵니다. 초나라 백성들이 며칠간을 통곡했다고 합니다. 나중에 진나라를 무너뜨리는 영웅호걸들이 대거 초나라에서 나옵니다. 진승陳勝, 오광吳廣을 비롯하여 유방劉邦, 항우項羽가 초나라 출신입니다. 패배의 땅 남방에서 그런 강력한 저항이 일어납니다. 굴원의 고고함은 중심부에 대한 변방의 저항성이라고 할 수도 있을 것입니다. 어부와의 논쟁에서 굴원의 자세 역시 고고합니다. "내가 듣기로 머리를 감은 사람은 갓의 먼지를 털어서 쓰는 법이고, 몸을 씻은 사람은 옷의 먼지를 털어서 입는 법이다. 어찌 깨끗한 몸으로 오물을 뒤집어쓴단 말이냐. 차라리 상강에 뛰어들어 고기밥이 되는 게 낫다." 단호한 자세입니다. 어부가 굴원의 그러한 고고함에 대하여 완이이소莞爾而笑, 빙그레 웃으면서 고설이거鼓枻而去, 노〔枻〕 두드려 박자를 맞추며 부르는 노래가 바로 '창랑지수'입니다. "창랑의 물이 맑으면 갓끈을 씻고, 창랑의 물이 흐리면 발을 씻으면 되지"입니다. 어부의 노래로 되어 있습니다만 굴원의 자문자답이 아닐까 합니다. 현실과 타협하지 않으면서 현실의 변화에 지혜롭게 대응하는, 그런 '지혜로운 현실주의'가 굴원의 반성이었다고 할 수 있습니다.

우리의 강의 주제와 관련해서 굴원과 『초사』를 어떤 담론으로 배치할 것인가를 고민했습니다. 강의를 진행하면서 그 윤곽이 드러날 것입니다만 먼저 '현실과 이상'이라는 세계관과 관련하여 시작하겠습니다. 조금 더 부연한다면 '현실과 이상의 지혜로운 조화'입니다. 현실과 이상의 갈등은 인생의 영원한 주제입니다. 여러분도 이러한 갈등을 안고 살아갈 것입니다. 창랑의 '물'과 '갓끈'과 '발'이 우리에게 던지는 화두가 바로 인문학적 과제입니다. 우리의 현실은 매우 경직되어 있습니다. 진보와 보수, 좌와 우, 현실과 이상이 조화와 지양의 의미로 만나지 못하고 있습니다. 적대하고 있습니다.

먼저 현실과 이상의 관계에 대해서 이야기를 시작해 보기로 하겠습니다. 이것은 "현실은 어떻게 존재하는가?"라는 질문과 다르지 않습니다. 우리 집 가까이에 초등학교가 있어서 엄마와 딸이 나란히 걸어가는 뒷모습을 자주 보게 됩니다. 그 모녀를 뒤따라가면서 드는 생각이 그렇습니다. 우선 엄마와 딸이 많이 닮았구나, 그리고 곧이어 이 아이가 커서 엄마가 되겠구나 하는 생각이 듭니다. 아이를 아이로만 보지 않습니다. 현실을 현실로서만 보는 경우는 없습니다. 산에 나무 한 그루를 심고 내려올 때에도 '저 나무가 10년 후에는 이만큼 자라겠지' 하는 상상을 안고 하산합니다. 현실과 이상은 반드시 함께 있습니다. 그래서 '이상'은 '현실의 존재 형식'이라고 할 수 있습니다. 현실은 우리의 인식 속에서 끊임없이 이상화되고 반대로 이상은 끊임없이 현실화되고 있습니다. '엄마와 딸', '현실과 이상'만이 그런 것이 아닙니다. 모든 사물이나 상황이 그렇습니다. 개체는 전체의 일부로서 존재합니다. 공간적으로나 시간적으로 분리할 수 없습니다. 그것을 분分하고 석析하는 것은 극히 예외적인 경우입니다. 나누면 전혀 다른 본질로 변해 버립니다. 사과를 쪼개면 그래도 쪼개진 각각의 조각이 여전히 사과입니다. 만약 사람이나 토끼를 쪼갠다고 하면 그 쪼개진 조각을 여전히 사람이나 토끼라고 할 수는 없습니다. 대상화, 타자화도 마찬가지입니다. 좀 비약하는 것인지는 모르지만 대상화, 타자화하게 되면 이미 우리의 세계가 아닌 것이 됩니다. 주체와 분절된 대상이 존재할 수 없고 대상과 분절된 주체가 있을 수 없습니다. 대상화, 타자화는 관념적으로만 가능하고 실험실에서만 가능할 뿐 현실의 삶 속에서는 있을 수 없습니다.

『강의』에 소개했습니다만 내가 출소할 즈음이었습니다. 20년, 30년 복역한 장기수 할아버지의 이야기입니다. 장기수 할아버지 역시 굴원만큼이나 비타협적인 분들입니다. 전향서를 쓰지 않고 30년, 40년 버티는 비전향 장기수입니다. 그분들 말씀이 해방 전후 격동기에 선배들한테 물려받은 원칙이 있다고 했습니다. "이론은 좌경적으로 하고, 실천은 우경적으로 하라"는 것이었습니다. 나로서는 전혀 예상치 못한 대답이었습니다. 그 원칙의 유연함이 충격이었습니다. 우경적, 좌경적의 의미를 구체적으로 설명하기가 쉽지 않습니다만, 우리는 이 대목에서는 현실과 이상이라는 개념과 대비할 수 있습니다. 좌와 우는 칼 같은 적대적 의미로 통용되는 것이 우리 현실입니다. 심지어 농담처럼 하는 말도 없지 않습니다. '左右'의 글자 풀이가 그렇습니다. '右'파는 우右 자가 입[口]과 손[手]의 조합인 것처럼 먹기만[口] 하고, '左'파는 일[工]만 한다는 것이지요. 일하고 먹는 것이 같은 것일 수밖에 없는데도 그렇게 이야기합니다.

　실천을 우경적으로 하라고 하는 까닭은 아마 일이란 혼자서 하는 것이 아니기 때문일 것입니다. 여러 사람과 더불어 일해야 합니다. 전통과 주어진 현실의 조건 속에서 실천해야 합니다. 그렇기 때문에 실천은 함께 일하는 사람과 많은 분들의 정서와 이해관계를 충분히 담아내야 합니다. 그것을 우경적이라고 하는 것이 적절한 표현인지는 모르지만 그러한 작풍을 가지고 그러한 경로를 밟아 가는 것이 현실을 존중하는 우파적 정서임에는 분명합니다. 이론을 좌경적으로 하라는 의미는 무엇일까요? 현실의 모순과 부조리를 지양하여 보다 나은 미래로 변화시켜 가는 것입니다. 모든 실천은 그러한 이상을 지향해야 한다는 의미일 것입니다. 그런데 이 지점에서 분명히 해 두어야 합니다. 이론과 실천은 함께 갑니다. 실천의 경험을 정리하면 이론이 됩니다. 이 이론은 다음 실천의 지침이 되고 동시에 그 진리성이 검증되면서 이론의 발전으로 이어집니다. 이론과 실천은 함께 가는 것입니다. 좌와 우도 다르지 않습니다. 현실을 바꾸어 가는 것이 역사의 기본인 것은 맞습니다. 그러나 주어진 조건 속에서 크게 억압을 느끼지 않고 나름대로 행복하다고 생각하는 사람들은 그러한 조건을 바꾸려는 생각이 없습니다. 주어진 조건이 그들의 기득권을 보장해 주기 때문입니다. 그러나 주어진 조건과 체제가 억압적이라고 생각하는 사람들은 그것을 변화시키려고 합니다. 문제는 이처럼 이상과 현실이 각각 다른 사회적 집단에 의해서 담보되기 때문에, 이상과 현실은 서로 충돌하고 다투는 형식이 됩니다. 그러나 어느 쪽이든 이 이상과 현실의 변증법적 통일 과정에 대하여 열린 생각을 갖는 것이 중요합니다. 내가 자주 이용하는 9호선 지하철은 급

행이 있습니다. 완행 타고 앉아서 천천히 가는 사람도 있고 서서 가
더라도 빨리 가려고 급행으로 갈아타는 사람도 있습니다. 상황에 따
라 다르고 사람에 따라 다를 수밖에 없지만 어떠한 개혁 실천의 경
우라 하더라도 당대 사람들의 보편적 공감 속에서 진행되지 않을 수
없습니다. 그래서 우경적으로 해야 한다는 것인지도 모릅니다. "이
론은 좌경적으로, 실천은 우경적으로"라는 금언이 비전향 장기수의
이야기여서 순간 충격적이었습니다만 사실은 많은 사람들이 그렇게
주장하고 있습니다. 20세기의 가장 뜨거운 영혼의 소유자라고 하는
체 게바라Che Guevara의 평전을 보면, 그는 이런 말을 했습니다. "리
얼리스트가 되라. 그러나 이룰 수 없는 이상은 반드시 하나씩 가져
라." 현실을 존중하되 이룰 수 없는 꿈, 그걸 놓으면 안 된다는 것이지
요. 현실의 조각 그림을 뛰어넘어 진실을 창조하려고 하는 고민이 바
로 이상과 현실을 결합하려는 노력이 아닐까 생각합니다.

　　우리가 자주 만나는 우파적 주장으로 '인간의 본성은 보수적이
다'라는 명제가 있습니다. 이것은 동시에 개인주의와 시장논리의 근
거가 되고 있기도 합니다. 그러나 인간 본성이란 개념은 그 자체가
논란의 여지가 없지 않습니다. 리처드 도킨스Richard Dawkins의 『이
기적 유전자』가 그렇고, 에드워드 윌슨Edward O. Wilson의 『인간 본성
에 대하여』가 그렇습니다. 물론 지금은 도킨스나 윌슨의 주장에 대
한 반론이 많고 본인들도 자신의 주장을 상당 부분 수정하고 있습니
다. 인간의 본성이라는 생각 자체가 '환원론'還元論입니다. 그 자체가
근대적 사고의 잔재입니다. 그럼에도 불구하고 생명의 가장 본질적
부분으로서의 DNA는 압도적 위상을 가지고 있습니다. DNA는 지구

역사에서 40억 년 전과 30억 년 전 사이의 어느 시점에 기적적으로 합성된 물질이라는 것입니다. 생명은 바로 이 DNA가 핵심이고 이 DNA의 운동 원리가 바로 자기 존속(survival)이라는 것이 통설입니다. 생명의 유일한 운동 원리가 바로 자기 존속입니다. 살아남는 일입니다. 살아남는 것이 인간의 본성이라고 할 수 있습니다.

닭이 먼저냐 계란이 먼저냐는 지금도 풀지 못하는 수수께끼입니다. 그러나 윌슨의 견해는 확고부동합니다. 계란이 먼저입니다. 윌슨의 주장은 이렇습니다. 여기 계란이 있습니다. 노른자와 흰자 사이에 티눈이 있습니다. 이 티눈이 DNA라고 합니다. 나는 라면 끓일 때 계란을 깨 넣으면서 끓는 물속에서 흰자가 노른자를 에워싸는 걸 보고 감동(?)했습니다. 노른자를 지키려는 충직함이 감동이었습니다. 그런데 윌슨의 책을 읽고 나서 실망했습니다. 티눈 속에 있는 DNA가 자기의 영양분인 노른자를 놓지 않으려는 집착이었습니다. 이 티눈 속의 DNA가 자기의 서바이벌을 확실하고 안정적으로 하기 위해서 먼저 닭을 만들고 그 닭으로 하여금 수많은 계란을 낳게 한다는 것입니다. 그래야 자기가 서바이벌할 가능성이 높아집니다. 닭은 계란의 서바이벌 머신이라는 것이지요. 도킨스도 마찬가지입니다. 사람 역시 닭과 마찬가지로 DNA의 서바이벌 머신입니다. 생명은 서바이벌을 운동 원리로 하기 때문에 사람이란 일단 보수적일 수밖에 없다는 논리입니다.

윌슨이 최근에 친족 선택과 집단 선택에서 자기의 이론을 수정하고 있습니다. 특정 집단 내에서는 이기적인 개체가 자기 보존에 유리하지만, 집단 간의 투쟁에서는 이기적인 개체가 많은 집단이 이타적인 개체가 많은 집단에게 패배한다는 것입니다. 결과적으로 자신의 서바이벌이 실패합니다. 그래서 DNA도 집단 선택을 한다고 합니다. 예를 들면, 밀림에서 사자들이 만나면 금방 상대를 죽일 것 같이 으르렁거리지만 죽이는 일은 없습니다. 죽이면 개체 수가 줄어서 자기가 속한 사자 집단의 서바이벌이 불리하기 때문에 그냥 으르렁거리기만 합니다. DNA의 운동 원리만으로 인간이 이기적, 보수적이라고 얘기하기는 어렵습니다.

뿐만 아니라 생명을 DNA로 이해하는 소위 유물론적인 환원주의 자체가 비판되고 있습니다. DNA가 생명의 중요한 요인이기는 하지만 절대적인 요인은 아니라는 것이 움베르토 마투라나Humberto Maturana의 주장입니다. 도킨스나 윌슨과는 달리, DNA는 생명을 구성하는 여러 요인 중 하나일 뿐이라고 주장합니다. 생명체는 생명체 자체가 '오토 포이에시스'Auto Poiesis, 즉 '자기 생산' 또는 '생성生成의 주체'라는 것입니다. 자기가 주체적으로 만들어 가는 '생명체'로서의 운동이 우위에 있다는 것입니다. 생명은 DNA의 절대적인 영향 하에 있는 것이 아니라 그것을 포함하는 생명체 자체가 자기 생성을 계속해 나가는 존재라는 것입니다. 생명을 '내추럴 드리프트'natural drift, 자연 표류의 주체로 봅니다. DNA라는 확정된 논리 체계로 움직여 가는 게 아니라 주변 조건과 만나서 물처럼 흘러가는 것입니다. 그래서 마투라나는 생명이란 '방랑하는 예술가'라고 합니다. 방랑하는 예술가처럼 자기 생성, 즉 자기가 자기 자신을 만들어 가는 그런 능력이 있다는 것입니다.

이처럼 마투라나의 생성은 생명을 DNA의 서바이벌로 설명하는 환원론을 뛰어넘고 있습니다. 우리는 이러한 생성의 의미를 이상과 현실의 지혜로운 결합으로 이해할 수 있을 것입니다. 모든 사람들은 자위自慰하면서 살아갑니다. 자위는 생명이 서바이벌하기 위한 자기 위로입니다. 괴로움을 덜어 주는 것입니다. 좌절과 파괴에 직면한 생명은 그것으로부터 생명을 지키는 일이 먼저입니다. 그런 극한적 상황이 아니라 하더라도 괴로운 경험을 무의식적으로 지워 나가는 심리도 같은 맥락에서 이해됩니다. 잘못한 것보다는 잘한 것을 자주 반복 기억함으로써 생명을 격려하는 일도 마찬가지입니다. 위로. 반드시 필요합니다. 그러나 위로는 전체의 구도를 보수적으로 가지고 가는 것입니다. 그러한 잘못을 저지르게 된 여러 가지 조건을 변화시키려는 적극 의지를 기피하는 대응 방식이기 때문입니다. 우리의 삶에는 기존의 상황을 합리화하는 자위보다는 신랄한 자기비판이 더 필요합니다. 냉정한 자기비판은 일견 비정한 듯하지만 자기를 새롭게 재구성함으로써 서바이벌의 가능성을 훨씬 높여 줍니다. 적어도 서바이벌에 있어서 자위와는 다른 차원의 대응입니다. 물론 자위와 자기비판의 적절한 조화가 필요함은 물론입니다. 우리가 지금 이야기하고 있는 이상과 현실의 지혜로운 조화가 바로 그러한 담론입니다.

바로 이러한 관점에서 『초사』를 다시 읽어 볼 필요가 있습니다. 현실과 이상, 보수와 진보, 서바이벌과 오토 포이에시스, 자위와 자기비판이라는 프레임 속에 재배치할 수 있습니다. 특히 방랑하는 예술가라는 마투라나의 문학적 서사가 가장 잘 어울리는 곳이 바로 패배의 땅 『초사』의 세계입니다. 중국 역사에서 남방이 패배의 땅이기는 하지만 동시에 낭만과 창조의 세계이기도 합니다. 『초사』에서 우리가 구성할 수 있는 사유의 폭은 대단히 넓습니다.

잘 알려진 이야기입니다. 1972년 핑퐁외교로 닉슨Richard M.

Nixon 대통령이 중공中共을 방문했습니다. 그때 마오쩌둥 주석이 닉슨에게 『초사』를 선물했습니다. 대장정 동안 손에서 놓지 않고 읽었던 『초사』입니다. 닉슨과 『초사』의 대비가 당황스럽고 그 선물의 숨은 뜻을 알 수 없지만 『초사』에 대한 마오의 애정만은 분명하게 보여주는 일화입니다. 마오 사상의 창조성과 그의 문풍文風의 원류가 바로 『초사』의 세계라고 합니다. 중국 혁명 과정에서 흔히 류사오치劉少奇와 마오를 대비합니다. 류사오치는 국민당 지배 하의 상해를 중심으로 노동자들의 지하조직을 이끌었습니다. 마오는 해방구를 건설하여 국민당 군과 대적했습니다. 적 치하에서 조직 보위를 위한 고도의 경각성이 요구되었던 류사오치에 비하여 적과의 정면 대결을 주로 했던 마오의 차이는 분명합니다. '조직의 류사오치와 이론의 마오'라는 헌사가 그것을 설명합니다. 조직 보위와 경각성은 극도의 보수적 대응을 요구하는 반면 마오의 해방구 건설은 새로운 사유를 요구합니다. '노농연맹'은 프롤레타리아 혁명론에 없었던, 중국 혁명의 창조성입니다. 이외에도 마오는 많은 시를 쓰기도 하고 『모순론』, 『실천론』 같은 철학적 저작도 내놓습니다. 그래서 이론의 마오쩌둥이라고 합니다. 이것이 남방의 『초사』 문풍과 관련이 있다고 합니다. 마오에게 『초사』는 그런 것입니다. 낭만과 창조의 땅 『초사』의 세계에 대한 우리의 관점이 현실과 이상의 지혜로운 조화에 머물지 않고 훨씬 더 큰 담론으로 나아갈 수도 있을 것입니다.

낭만은 불어 '로망'roman의 번역어입니다. '이야기'란 뜻입니다. 논리 체계를 갖추지 않은 서술 일반을 '로망'이라고 합니다. 낭만주의는 대체로 부정적 의미로 읽힙니다. 낭만주의는 고전주의와의 결별이었습니다. 고전주의는 질서, 구도, 이념 등 그야말로 고전적 질서를 기본으로 합니다. 그에 비하여 낭만주의는 주관적이고 비논리적입니다. 어떤 면에서는 무책임하게 보이기도 합니다. 플라톤이 시인을 추방하라고 했듯이 서구적인 사고의 저변에는 논리와 분석이 있습니다. 낭만적 사조에 대해서는 당연히 폄하하는 경향이 없지 않습니다. 그것도 무리가 아닌 것이 낭만주의자들의 태도에도 문제가 많았습니다. 분명한 목표 지향성이 없습니다. 분명한 이유 없이 막연히 싫어하고 거부하는 태도, 이성보다는 감성에, 주제보다는 기법에 기울어 있습니다. 틀에 갇혀 있는 것들에 대한 원천적인 거부감을 낭만주의가 가지고 있습니다. 이러한 자유분방함이 한편으로는 무책임하다고 폄하되기도 하지만 다른 한편으로는 기존의 프레임을 뛰어넘는 메타meta 지향이라 할 수 있습니다. 창조는 바로 이런 '메타' 지향성에서 시작됩니다. 근대적 패러다임 중에서 가장 완고한 것이 '인과론'因果論입니다. 사물을 원인과 결과 관계로 질서화하는 것입니다. 문제는 이러한 인과관계가 현실에는 없다는 것입니다. 인因과 과果는 순방향뿐만 아니라 역방향의 화살표도 있습니다. 인因이면서 동시에 과果이기도 합니다. 인과 과는 일방적 선형 관계로 연결되어 있는 것이 아니라 수많은 방향의 화살표를 주고받고 있습니다. 그것이 특정한 시공時空이라는 정태적 모델에 한정했을 때에도 그렇거든 하물며 시공의 변화를 포괄하는 동태적 모델에서는 더욱 역동적으로 전개됩니다. 인과론이란 조금 전에 이야기했던 환원론 그 자체입니다. DNA를 생명의 궁극적 요소로 환원하는 것도 그렇습니다. 환원론과 인과론이 근대 인식의 기본 틀입니다. 지극히 단순화된 기계론이 아닐 수 없습니다. 셰익스피어의 「햄릿」 극본을 환원하면 A, B, C, D…… 알파벳의 나열이 됩니다. 「햄릿」의 비극적 플롯과는 아무 관련이 없는 것으로 전락합니다. 전체를 부분으로 환원시키는 것, 하나의 원인으로 하나의 결론을 도출하는 것, 그런 단선적이고 기계적인 사고방식이 환원론이며 인과론입니다. 이러한 논리 속에는 마투라나의 생명체가 설 자리는 없습니다. 다음 시간의 『주역』 강의에서 언급되겠지만 동양적인 사유에는 이런 인과론이나 환원론이 없습니다. 비록 『초사』의 낭만적 사유가 이상과 현실의 조화로 이어지지는 못하더라도 바로 그 느슨한 틀이 열어 주는 일탈의 공간은 귀중한 가능성이 아닐 수 없습니다.

강의를 조금 정리하면 이렇습니다. 우리의 강의는 머리에서 가슴으로 가는 여행으로 시작한다고 했습니다. 우리에게 익숙한 인식틀을 반성하는 일에서 시작합니다. 그와 관련해서 『시경』의 사실성과 진정성, 『초사』의 낭만과 창조에 관해서 이야기하고 있습니다. 비록 시적 관점이 대안은 아니라 하더라도 언어, 개념, 논리로 구축되어 있는 문학서사 양식의 완고한 틀을 반성할 수 있는 훌륭한 관점이라는 점을 이야기하고 있습니다. 시는 '언어'를 기본으로 하면서도 그것을 뛰어넘고 있다는 것이 강점이라고 했습니다. 뿐만 아니라 사이버 환경에 갇혀 있는 오늘날의 비현실적 정서를 반성하기 위해서도 『시경』의 사실성과 진정성, 『초사』의 낭만과 창조적 사유는 대단히 중요한 의미를 갖습니다. 이런 이야기들을 『시경』과 『초사』를 예로 들어 이야기하고 있습니다.

이 대목에서 공부에 대해서 다시 한 번 생각해 보겠습니다. 자주 이야기하고 있듯이 공부는 세계와 인간을 잘 알기 위해서 합니다. '잘' 알기 위해서는 사실과 진실, 이상과 현실이라는 다양한 관점을 가질 수 있어야 함은 물론입니다. 그러나 더 중요한 것은 지금부터 이야기하려고 하는 추상력과 상상력의 조화입니다. 추상은 복잡한 것을 간단하게 압축하는 것이고, 상상력은 작은 것으로부터 큰 것을 읽어 내는 것입니다. 문사철이 바로 개념과 논리로 압축하는 것입니다. 이것이 세계에 대한 온당한 인식틀이 아닌 것은 분명하지만 반드시 필요한 것입니다. 우리가 복잡한 문제에 직면했을 때 가장 필요한 능력이 바로 이 추상력입니다. 문제의 핵심이 무엇인가를 정확하게 집어낼 수 있는 추상력이 긴급히 요구됩니다. 학창 시절의 경험입니다만 장황하게 많은 것을 나열하기만 하는 사람이 없지 않았습니다. "그래서 어쨌다는 거야? 문제의 핵심이 뭐야?" 이런 핀잔을 듣게 됩니다. 진술의 순서에 있어서도 중요한 것을 먼저 얘기하고 그 다음에 그것과 관련된 것들을 시간적 순차성이나 중요도에 따라 내놓아야 옳습니다. 물론 여러 요인 중에서 핵심적인 것을 추출하기가 쉽지 않습니다. 문제란 서로 얽혀 있을 수밖에 없기 때문입니다. 그러나 그 많은 원인을 다 열거하자면 결국 "모든 것이 모든 것을 결정한다"는 순환론에 빠지고 맙니다. 우리가 공부하는 것은 핵심을 요약하고 추출할 수 있는 추상력을 키우기 위한 것입니다. "문제를 옳게 제기하면 이미 반 이상이 해결되고 있다"고 합니다.

추상력과 나란히 상상력을 키워야 합니다. 작은 것, 사소한 문제 속에 담겨 있는 엄청난 의미를 읽어 내는 것이 상상력입니다. 작은 것은 큰 것이 다만 작게 나타났을 뿐입니다. 빙산의 몸체를 볼 수 있는 상상력을 키워야 합니다. 세상에 사소한 것이란 없습니다. 다만 사소하게 나타났을 뿐입니다. 우리의 일상에서도 사소한 문제라고 방치되는 경우가 얼마든지 있습니다. 단 한 사람의 문제라거나,

일시적인 문제라고 치부하는 경우가 그렇습니다. 한 마리의 제비를 보면 천하에 봄이 왔다는 것을 알아야 합니다. 우리가 공부하는 이유는 이 두 가지 능력, 즉 문사철의 추상력과 시서화의 상상력을 유연하게 구사하고 적절히 조화할 수 있는 능력을 기르기 위해서입니다. 옛날 사람들도 문사철과 시서화를 함께 연마했습니다. 이성 훈련과 감성 훈련을 아울러 연마하게 했습니다. 중요한 것은 추상력과 상상력 하나하나를 키우는 것이 아니라 이 둘을 적절히 배합하여 구사할 수 있는 유연함입니다. 그런 공부가 쉬운 일이 아님은 물론입니다. 그러한 공부는 머리로 하는 것이 아니라 가슴으로 하는 것입니다. 그것은 사고思考의 문제가 아니라 품성品性의 문제입니다. 생각하면 시적 관점과 시적 상상력이 그러한 것이라 할 수 있습니다.

끝으로 귀곡자鬼谷子의 시론을 소개합니다. '귀곡'鬼谷이란 이름만 보면 실제 인물이 아닌 것 같지만 귀신이 아니라 실제 인물입니다. 전국시대의 종횡가로 알려진 장의張儀와 소진蘇秦의 스승이라는 기록이 있습니다. 기원전 350년 전후로 생존했던 실제 인물입니다. 전국시대는 전환기였습니다. 종법사회, 신분질서가 무너지고 사士, 객客, 군자君子와 같은 '신지식인'이 등장합니다. 이들이 '유세가'遊說家이기도 합니다. 이들은 각국의 정치, 경제, 군사 현황에 대해서 해박한 지식과 정보를 가지고 각국의 군주들과 상담하고 설득하는 역할을 합니다. 귀곡자가 이런 사람들의 스승입니다. 이전까지는 외교사절로 주로 친족인 귀족들이 파견되었습니다. 대부분의 귀족들에게 외교 역량이나 대처 능력을 기대하기 어렵습니다. 그래서 열국의 정치적 경제적 상황을 꿰뚫고 있는 이들 신지식인층의 역할이 커집니다. 이 사람들을 '행인'行人이라고 했습니다. 종횡가도 사실은 외교 전문가 그룹이라고 할 수 있습니다. 이러한 행인 그룹을 제자로 둔 사람이 바로 귀곡자입니다. 이 귀곡자가 의외로 시詩의 중요성에 대해 이야기합니다. 시 얘기는 하지 않을 것 같지요? 현실주의자이고 전략가인 그가 시를 이야기하다니요. 귀곡자는 "병법은 병사의 배치이고, 시는 언어의 배치이다"라고 했습니다. 병사의 배치가 전투력을 좌우하듯이, 언어의 배치가 설득력을 결정한다는 것입니다. 그래서 시적인 레토릭rhetoric과 문법을 중요시합니다. 내용을 전달하는 것도 중요하지만 상대방을 설득하는 힘이 있어야 한다는 것입니다. 『논어』의 첫 구절인 학이시습지學而時習之 불역열호不亦說乎에서 '說' 자는 '설說' 자로 쓰고 뜻은 '열悅'로 읽습니다. 귀곡자의 주장은 '설說이 열悅해야 한다'는 것입니다. 말은 듣는 상대가 기뻐해야 한다는 것입니다. 언言의 배치가 그만큼 중요하다는 것입니다.

귀곡자 연구자들에 의하면 소크라테스는 레토릭에서 실패했다고 합니다. 소크라테스 대화법의 전형인 '너 자신을 알라!'가 그렇다는 것입니다. 상대방을 대단히 불쾌하게 하는 어법입니다. 키 작고 머리도 벗어진 소크라테스는 1년 내내 같은 오버코트를 입고 다녔습니다. 그런 행색으로 던지는 "너 자신을 알라!"고 하는 도발적 언어는 불쾌하기 짝이 없습니다. 물론 크게 보면 '나 자신'에 대한 통절한 깨달음이 기쁨으로 승화하는 경우도 없지 않겠지만, 소크라테스의 대화는 결코 열悅하지 않습니다. 공자도 그런 점에서 정치 영역에서는 실패한 사람이라고 봅니다. 14년간 여러 나라를 유랑했지만 자리를 얻지 못했습니다. 이러한 정치적 실패가 공자로 하여금 사상가로 비약하게 하고 만세의 목탁木鐸으로 남게 했지만, 정치 영역에서는 실패자입니다. 뿐만 아니라 당시에는 사상가로서도 비판받았습니다. 자신의 지식을 꾸며서 어리석은 사람들을 모욕하고(飾智而驚愚) 자기의 행실을 닦는 것은 좋지만 그것으로 다른 사람의 허물을 드러나게 했다는 것입니다(修身而明汚). 그리고 여러분이 잘 아시는 교언영색巧言令色만 하더라도 그렇습니다. 말씨와 외모를 꾸미는 것은 인仁이 아니라고 했습니다. 귀곡자는 반대로 그것을 해야 한다고 주장합니다. 상대방을 설득해야 하고, 설득하기 위해서는 그와의 대화가 기쁜 것이어야 합니다. 자신의 지식과 도덕성이 다른 사람들을 불편하게 하는 것이어서는 인간관계에서 실패하게 마련입니다. 귀곡자는 언어를 좋은 그릇에 담아서 상대방에게 기분 나쁘지 않게 전달하는 것, 그것이 성誠이라고 했습니다.

언어에는 분명 언어 자체의 개념적 의미와 함께 언어 외적인 정서도 함축되어 있습니다. 삶 속에서 경작된 그 사람의 인품과 체온 같은 것입니다. 중요한 것은 각 단어의 문자적 의미가 아닙니다. 단어들이 만들어 내는 언술言述이 더 중요합니다. 언어도 결국은 언술을 구성하는 요소에 불과합니다. 나의 개인적인 느낌입니다만 이공계나 자연과학 전공자들이 구사하는 언술의 특징은 더 많은 팩트를 제시하는 방식이라고 할 수 있습니다. 그 주장에 도움이 되는 플러스 팩트를 쌓아 가는 방식입니다. 수평면을 확장하는 방식입니다. 그러나 다른 방식의 언술도 얼마든지 있습니다. 자기주장을 그와 반대되는 것과 대비함으로써 그것의 특징을 부각시키기도 하고, 시간적 변화 속에 그것을 배치함으로써 그 의미를 확장하고 시각화하는 방법도 있습니다. 마치 시적 관점처럼 동서남북 춘하추동의 다양한 시각에서 보여주는 방식입니다. 시詩를 이야기하면서 우리가 간과하지 말아야 하는 것은 언어의 왜소함입니다. 그 왜소함을 뛰어넘는 다양한 방식을 승인하는 것이 어쩌면 시적 레토릭이라고 할 수 있습니다. 우리는 이미 일상생활에서 그러한 레토릭을 다양하게 구사하고 있습니다. '귀가 어둡다'고 하고 '눈이 높다'고 합니다. 이러한 시적 감수성을 키우기 위해서는 무엇보다 시를 많이 읽어야 합니다. 지금은 시 읽는 사람들이 많지 않습니다. 암송하는 경우는 더욱 없습니다. 노래는 물론 많이 하지만, 노래는 이미 시가 아니게끔 바뀌고 말았습니다.

초등학생들과 시 암송 모임을 하는 선생님이 계십니다. 비싼 과외 못하는 애들을 모아 놓고 시를 암송하는 공부 모임입니다. 그 중 한 아이의 학교 소풍 때였다고 합니다. 학생들이 앞에 나와서 각기 장기자랑을 하는 순서였습니다. 다른 애들은 나와서 유행가도 부르고 유명 그룹의 춤도 멋지게 흉내 내는 등 화려한 장기자랑을 펼쳐 보였습니다. 그 아이 차례가 되었습니다. 어쩔 수 없이 시 암송 모임에서 공부한 윤동주尹東柱의 「서시」를 암송했다고 합니다. "죽는 날까지 하늘을 우러러 한점 부끄럼이 없기를, 잎새에 이는 바람에도 나는 괴로워했다……" 놀랍게도 그것이 그날을 석권했음은 물론이고 그 후 그 가난한 아이가 일약 스타가 되었다고 합니다. 시가 없어지는 세월 속에서 우리가 시를 멋지게 만날 수 있는 방법이 있지 않을까 생각합니다.

4 손때 묻은 그릇

오늘은 『주역』입니다. 교재를 읽어 보니까 함께 읽어도 무슨 말인지 모르겠다는 생각이 듭니다. 내가 차근차근 설명하기로 하겠습니다. 지난 시간에 시詩를 했습니다. 혼란스럽지 않았을까 걱정됩니다. 『시경』과 『초사』를 예로 들어서 이야기했습니다만 요지는 우리가 갇혀 있는 협소한 인식틀을 뛰어넘어야 한다는 것이었습니다. 『시경』의 사실성과 『초사』의 낭만성, 문사철의 추상력과 시서화악의 상상력을 유연하게 구사할 수 있는 능력과 품성을 기르는 것이 공부라고 했습니다. 그러한 공부가 근본에 있어서 시적 관점, 시적 상상력과 다르지 않다고 했습니다. 나는 학부 강의에서는 마지막 5분 동안에 그날 강의의 요지를 적게 합니다. 그것이 시와 관련이 없지 않습니다. 안다는 것은 복잡한 것을 한마디로 요약할 수 있을 때, 다시 말하자면 시적인 틀에 담을 수 있을 때 비로소 안다고 할 수 있습니다. 맹자가 그것을 설약說約이라고 했습니다. 시는 설약의 전형이라고 할 수 있습니다.

오늘 『주역』에 관한 강의를 시작으로 한동안은 고전에 관한 강의가 이어집니다. '고전'古典은 옛날 책입니다. 지나간 이야기를 다시 불러오는 이유가 궁금할 것입니다. 무왕불복無往不復, 가기만 하고 다시 반복되지 않는 과거란 없습니다. 고전은 '오래된 미래'입니다. 현재 속에는 과거가 있고, 그리고 미래는 이 현재가 변화함으로써 다가오는 것입니다. 그리고 세상에는 쉽게 변하지 않는 부분이 얼마든지 있습니다. 아날학파의 창시자라고 할 수 있는 브로델Fernand Braudel은 구조주의와 역사를 결합해서 독특한 사관을 피력했습니다. 바다의 심층, 중간층, 그리고 표층이 있듯이 피라미드의 하부에 해당하는 부분을 구조사構造史라고 합니다. 장기長期 지속의 구조사입니다. 그리고 피라미드의 중간 부분이 국면사局面史, 맨 위의 상층 부분이 사건사事件史에 해당합니다. 사건사는 바다로 치면 해면의 파도에 불과합니다. 주로 정치적인 변화가 사건사에 속합니다. 그래서 역사를 인물 중심으로 서술하거나 정치적인 사변을 중심으로 서술하는 것은 역사의 깊이를 못 보는 것입니다. 나폴레옹으로 프랑스혁명을 얘기하는 것이나 히틀러로 2차대전을 설명하는 것이 그렇다고 할 수 있습니다. 우리가 고전을 공부하는 까닭은 장기 지속의 구조를 만나기 위해서입니다. 공자가 술이부작述而不作이라고 했습니다. 서술만 하고 창작하지 않는다고 했습니다. 다 있습니다. 사실 나도 교도소에서 생전 안 보던 고전들을 읽으면서 깜짝 놀랐습니다. 이미 다 서술되어 있었습니다. 하늘 아래 새로운 것이 없다는 말이 실감났습니다. 우리가 살고 있는 세계 자체가 브로델이 이야기하는 장기 지속의 구조 위에 있기 때문입니다. 우리의 생각이 표층을 벗어나지 못하고 있음을 반성해야 옳습니다. 고전과 역사는 비켜 갈 수 없습니다. 지금부터 읽는 『주역』도 그렇습니다. 흘러간 물이라고 생각하지 말고, 이 속에 현재와 미래가 있다는 생각을 가져야 합니다.

　『주역』은 시詩, 서書와 함께 삼경三經에 듭니다. 『사기』 「태사공자서」太史公自序를 보면, 시詩는 풍風에 장長하다고 했습니다. 또 서書는 선왕의 행적을 기록한 것이기 때문에, 정政 즉 정치에 장하다고 했습니다. 장長하다는 것은 '뛰어나다'는 뜻입니다. 그러면 역易은 무엇에 장할까요? 변變에 장하다고 합니다. 음양陰陽, 오행五行, 사시四時를 논한 것이기 때문에 변화를 읽는 데 장하다고 합니다. 린Richard J. Lynn은 『주역』을 'The Classic of Change'로 번역했습니다. '변화의 고전'이라고 했습니다. 『주역』은 세계의 운동에 관한, 오래된 철학적 서술로 보는 것이 옳지 않을까 합니다. 그러나 『주역』은 점치는 책으로 알려져 있습니다. 『주역』이 점서占書이긴 합니다. 우리가 통틀어서 점占이라고 하지만 상相, 명命, 점占이 각각 다릅니다. 상相은 관상觀相·족상足相·수상手相으로, 이미 정해진 운명을 엿보는 것입니다. 명命도 마찬가지입니다. 명이라는 것은 사주팔자입니다. 타고난 운명, 이미 정해진 운명을 읽으려는 것입니다. 이에 비해서 점占은 정해진 운명을 읽으려는 것이 아닙니다. 점은 판단을 내리기 어려운 상황에서 판단을 돕기 위해 하는 최후의 행위입니다.

　『서경』 주서周書 「홍범」洪範에 점에 대한 설명이 있습니다. 임금이 의난疑難이 있을 때 먼저 공경公卿 대신大臣들에게 묻습니다. 그래도 답이 안 나오면 사서인士庶人에게 물어서 널리 의견을 듣습니다.

그래도 결론이 안 나오면 최후로 복서ㅏ筮에 묻는다고 했습니다. 어떻든『주역』이 상相, 명命과는 다르기는 하지만 점치는 책입니다. 점이 지금 생각으로는 미신이지만 그 당시엔 과학이었습니다. 지금도 점을 보는 사람이 많습니다. 그것은 인간의 인식이 완전하지 않다고 생각하기 때문입니다. 우리의 생각이 미치지 못하는 세계가 있을 수 있다는 생각에서입니다. 헝가리 수학자 에르되시Paul Erdős는 생전에 묘비명을 썼습니다. 그 내용은 다음과 같습니다. "마침내 나는 더 이상 어리석어지지 않는다." 연구할수록 모르는 것이 더 많이 발견되었기 때문입니다. 현대 과학이 발견한 것은 우주 구성의 4%에 불과하다고 합니다. 그러나 그것이 4%인 것은 또 어떻게 알 수 있느냐고 합니다. 인간의 이성과 과학이 미치는 범위는 약소합니다. 초끈(super string) 이론에서는 우주에 10차원이 있다고 합니다. 10차원, 상상할 수도 없습니다. 우리가 보는 세상과는 다른 세상이 있습니다. 양자물리학의 세계가 그렇습니다. 〈소스 코드〉라는 영화는 도저히 이해가 가지 않습니다. 〈인터 스텔라〉에서는 웜홀을 지나고 블랙홀로 들어가는 체험을 안겨 주면서 상대성원리와 중력을 설명합니다. 인과율의 세계에 살고 있는 우리로서는 상상이 불가능합니다. 카를 융 Carl Gustav Jung은 무의식의 세계에서는 인과율이 아니라 동시성의 원리가 작용한다고 합니다. 융은『주역』의 점이 예시할 수 있다는 논리를 폅니다. 죽간竹簡의 세계와 인사人事의 세계가 통할 수 있다고 합니다. 나로서는 이해할 수 없습니다. 예를 들어, 아들의 합격이 궁금한 어머니가『주역』점을 쳐서 괘卦를 하나 얻었다고 합시다.『주역』점이란 그렇게 얻은 괘를 풀이하는 것입니다. 내가 납득할 수 없는 것은 이 어머니가 아무리 목욕재계했더라도,『주역』괘와 아들의 합격 여부가 어떤 관련이 있는가 하는 것입니다.

우리 강의에서는 『주역』을 점서로 읽지 않을 뿐만 아니라 과학서로 읽지도 않습니다. 우리가 주목하는 것은 『주역』의 독법讀法입니다. 『주역』에는 64개의 괘卦가 있습니다. 하나하나가 세상의 변화를 보여주는 패턴이라고 할 수 있습니다. 어른들이 나누던 이야기, 여러분도 기억하시겠지요. "그 집 둘째 딸은 자기 엄마의 내력을 그대로 하는군. 집에서 반대하는 시집을 가더니 애기 하나 낳고 헤어지고 또 어디 가서 뭐하더니, 자기 엄마가 그랬잖아." 세상에는 수많은 사람들의 수많은 인생이 있습니다. 각각 다른 인생 행로를 걸어갑니다. 그러나 비슷한 인생 행로가 의외로 많습니다. 세상의 변화도 다르지 않습니다. 수많은 경로를 비슷한 것끼리 묶을 수 있습니다. 『주역』에서는 64개의 패턴으로 묶어 놓았습니다. 64괘 하나하나가 그러한 경로를 보여줍니다.

64괘가 오랜 경험에서 나온 것임은 물론입니다. 사계四季의 변화가 뚜렷한 농본 사회에서 오랫동안 축적된 경험 귀납적 사고가 『주역』이라고 합니다. 유목 사회는 계속해서 이동하기 때문에 과거 경험이 의미가 없습니다. 헤겔 변증법의 범주가 10개임에 비하여 『주역』은 64개입니다. 점서로서의 『주역』은 납득하기 어렵지만 오래된 경험 귀납적 지혜로서는 훌륭합니다. 노인들의 지혜와 같습니다. 그것이 연역적 인식틀로 기능할 수 있을지는 확신이 없습니다.

공자가 『주역』을 끈이 세 번 끊어질 때까지 읽었다고 합니다. 위편삼절韋編三絶입니다. 당시에 책은 죽간을 가죽 끈으로 묶어서 만들었습니다. 책冊이라는 글자에 그 모양이 남아 있습니다. 끈이 세 번 끊어지도록 많이 읽었다는 것은 아마 그 당시에는 『주역』이 보편적인 사유의 틀이었음을 짐작케 합니다. 제가 어렸을 때 할아버님 방에서 할아버님과 친구분들이 얘기하는 걸 자주 보았습니다. 손가락으로 모양을 만들어 가며 이야기했습니다. 나중에 알게 됩니다. 손가락으로 8괘를 다 짚습니다. 새끼손가락은 빼고, 예를 들면 엄지손가락과 나머지 세 손가락을 붙이고 떼어서 괘를 만들어 보입니다. 건乾괘는 건삼련乾三連입니다. 엄지와 나머지 세 개를 다 연결합니다.( ) 곤坤괘는 곤삼절坤三絶입니다. 엄지와 세 손가락이 다 떨어진 것입니다.( ) 가운데만 연결된 것은 감중련坎中連입니다.( ) 엄지와 위의 두 개가 연결되고 아래가 떨어진 것은 손하절巽下絶입니다.( ) 당시의 할아버님과 친구분들의 대화를 회상해 보면 그 시절까지도 『주역』은 사유의 보편적 틀이었던 셈입니다.

『주역』은 난해합니다. 나도 감옥에 가지 않았다면 읽었을 리가 없습니다. 한 권으로 오래 읽을 수 있었기 때문이기도 했지만 한편으로는 동양고전을 제대로 읽어 보자는 각오도 없지 않았습니다. 내가 『주역』에서 찾은 것이 '『주역』 독법의 관계론'입니다. 『주역』의 독법이란 괘를 읽고 해석하는 방법입니다. 그 독법이 관계론의 관점을 취하고 있다는 뜻입니다. 이 독법이 사실은 『주역』 사상이라고 할 수 있습니다. 괘를 읽는 독법 자체가 보여주는 사유의 틀이 중요합니다. 그것을 내가 '『주역』 독법의 관계론'이라고 개념화하고 있습니다. 우리 강의의 핵심 개념이 '관계'라고 밝혀 두었습니다. 탈근대의 과제가 바로 존재론으로부터 관계론으로 전환하는 것이라는 뜻입니다. 『주역』 강의를 어떤 순서로 진행해야 할지 난감합니다만 우리 강의의 핵심 개념인 '『주역』 독법의 관계론'에 대해서만 이야기하려고 합니다. 위位, 비比, 응應, 중中이라는 네 가지 독법에 대해서 설명합니다. 하나하나 자세히 설명하지 않습니다. 『주역』에 담긴 관계론을 조명하는 데에 초점을 두겠습니다.

'위'位는 효爻의 자리입니다. 효를 읽을 때에는 먼저 그 자리[位]를 읽습니다. 일반적으로 양효陽爻는 능동적으로 운동하고, 음효陰爻는 수동적으로 운동하는 것으로 알고 있습니다. 그러나 『주역』 독법에 있어서 양효는 어디에 있든 늘 양효로서 운동하는 것은 아닙니다. 양효가 양효의 '자리'[位]에 있어야 양효의 운동을 합니다. 각 괘에는 양효의 자리와 음효의 자리가 나누어져 있습니다. 효가 자기 자리에 있는 것을 득위得位했다고 하고 그렇지 못한 경우를 실위失位했다고 합니다. 양효, 음효라는 효 자체의 존재성보다는 효가 처해 있는 자리와의 관계를 중시합니다. 그래서 관계론이라고 하는 것입니다. 존재보다는 관계를 중시합니다. 역지사지易地思之란 처지를 바꿔서 생각하라는 뜻입니다. 처지를 바꾸면 생각이 달라집니다. 위位가 그만큼 중요합니다.

우리가 살아가면서 득위하기도 쉽지 않습니다. 여러분은 현재 득위하고 있다고 생각합니까? 궁금하지요? 득위의 비결을 소개하겠습니다. 개개인의 위位를 구체적으로 얘기할 수는 없지만 득위의 기본에 관해서는 자신 있게 얘기할 수 있습니다. '70%의 자리'가 득위의 비결입니다. "70%의 자리에 가라!" 자기 능력이 100이면 70의 역량을 요구하는 곳에 가는 게 득위입니다. 반대로 70의 능력자가 100의 역량을 요구하는 자리에 가면 실위가 됩니다. 그 경우 부족한 30을 함량 미달로 채우거나 권위로 채우거나 거짓으로 채울 수밖에 없습니다. 결국 자기도 파괴되고 맡은 소임도 실패합니다. '30%의 여유', 대단히 중요합니다. 이 여유가 창조성으로, 예술성으로 나타납니다. '70%가 득위다'라는 주장에 반론도 없지 않습니다. 학생들로부터 능력이 70%밖에 안 되더라도 100의 자리에 가면 그만한 능력이 생기지 않느냐는 질문을 받은 적이 있습니다. 자기에게는 그것이 기회가 될지 모르지만 다른 사람을 몹시 고통스럽게 한다고 대답했습니다. 물론 사람의 능력이란 고정불변한 것이 아니기 때문에 딱히 70이다 100이다 하는 것 자체가 무리이긴 합니다만 자리와의 관계가 그만큼 중요하다는 뜻입니다. 자리와 관련해서 특히 주의해야 하는 것은 권력의 자리에 앉아서 그 자리의 권능을 자기 개인의 능력으로 착각하는 경우입니다. 그것을 구분해야 합니다. 알튀세르Louis Althusser의 비유가 신랄합니다. "히말라야 높은 설산에 사는 토끼가 가장 조심해야 하는 것이 무엇인가?" 동상凍傷이 아니었습니다. "평지에 사는 코끼리보다 자기가 크다고 착각하지 않는 것"이었습니다. 다른 사람들을 부려서 하는 일이 자기의 능력이라고 착각하면 안 됩니다. 사람과 자리를 혼동하지 말아야 합니다.

교도소에는 조직폭력 사범도 함께 생활합니다. 전국구 수준의 보스도 있었습니다. 친밀하게 지내지는 않았지만 교도소에서 귀한 술을 얻어먹기도 했습니다. 그들은 검사를 비롯한 권력층 사람들의 심리를 꿰뚫어 보고 있었습니다. 지금은 권좌에 앉아서 강골强骨로 통하지만 근본은 약골이라는 것이었습니다. 반면에 자기들은 전교 '짱'이었을 뿐 아니라 싸움은 물론 운동장을 석권했다는 것이지요. 그 사람들을 접대하는 방법이 이렇습니다. 고급 룸살롱에 모셔 놓고 근사한 여자애들 붙여서 진하게 술 접대 한 다음 배웅할 때는 동생들 10여 명쯤 검은 정장 입혀서 양쪽으로 도열시키곤 90도 절하게 한다고 합니다. 영락없는 큰형님 대접입니다. 그러면 금방 형님 동생 하는 사이가 된다는 것이지요. 그런 다음 딜을 한다고 합니다. 조폭 사범들의 과장도 심하고 또 그런 권력자들이 많지는 않으리라고 생각하지만 검사가 교도소로 조폭 접견을 오기도 했습니다. 조폭 사범들은 자리와 사람의 불일치를 꿰뚫고 있었습니다. 장관, 변호사, 교수는 소용없는(?) 사람들로 칩니다. 당시는 군사정권이어서 그랬겠지만 주로 청와대 경호실, 보안사, 검경 라인에 줄 서야 한다는 것이었습니다. 득위와 실위의 이야기로 이해하기 바랍니다.

다음으로 '비'比입니다. 비比는 바로 옆에 있는 효와 음양 상응相應하고 있는가를 보는 것입니다. 바로 이웃하고 있는 효와의 관계를 보는 것입니다. 가까이 있는 사람이 중요합니다. 부모형제, 거의 운명적입니다. 은숟가락 입에 물고 태어나면 평생 돈 걱정 없습니다. 부모, 형제, 친구, 어제, 내일, 공간적으로도 시간적으로도 바로 이웃하고 있는 것과의 관계는 매우 중요합니다. 『주역』에서도 그것을 중요하게 읽습니다. 그것이 비比라는 독법입니다. 더 설명이 필요하지 않습니다.

다음 '응'應입니다. 응은 하괘下卦의 초효初爻와 상괘上卦의 초효, 즉 초효와 제4효의 음양 상응을 보는 것입니다. 마찬가지로 2효와 5효, 3효와 상효의 상응 관계를 봅니다. 비比가 바로 이웃한 효와의 관계를 보는 것임에 비해서 응應은 하괘와 상괘의 상응 관계를 보는 것입니다. 관계성의 폭을 조금 더 넓게 보는 것입니다. 이를테면 청년 시절과 중년 시절의 관계를 본다든가 친구나 가족과의 관계보다 마을 사람들과의 사회적 관계를 본다든가 하는 것입니다. 관계의 범위가 시공간적으로 더 확장됩니다. 『주역』 독법에서는 응應을 위位

보다 더 높게 칩니다. 효가 실위失位한 경우라도 정응正應이면 허물이 없다(无咎)고 합니다. 이것은 관계의 범위를 키우면 그만큼 더 힘이 생긴다는 뜻입니다. 그래서 응應을 '덕을 쌓는다', '인심을 얻는다'는 뜻으로 읽습니다. 위位, 비比, 응應 세 독법 모두 관계를 보는 것입니다. 독법의 관계론입니다.

다음 네 번째 '중'中입니다. 중은 하괘의 중과, 상괘의 중을 중시하는 독법입니다. 왜 제일 위에 있는 상효上爻나 초효를 중시하지 않고 가운데를 중시하는가에 대하여 무심하지 않아야 합니다. 특히 5효의 중이 득위하고, 정응인 경우를 중정中正이라고 하여 대단히 높게 평가합니다. '中正'이라고 쓴 현판 글씨도 많습니다. 이처럼 중中을 중시하는 까닭은 관계성이 극대화되는 자리가 바로 중이기 때문입니다. 가운데란 앞뒤, 좌우로 참 많은 관계를 맺을 수 있는 자리입니다. 그리고 아마 지금은 치열한 경쟁 사회라서 당연히 많은 사람들이 선두를 다투고 있습니다만 생명의 본질은 안정감이라고 합니다. 중간이 가장 안전한 자리입니다. 생명도 안정성 있는 거품에서 최초로 합성되었다는 이야기가 있습니다. 39억 년 전에 지표가 원시수프 상태일 때 가장 오랫동안 깨뜨려지지 않은 공기 방울에서 생명이 탄생했다고 합니다. 생명의 본질은 안정감입니다. 안정감은 우호적 관계 속에서 느끼는 것이기도 합니다. 노인들이 늘 충고하기를 '중간만 가라'고 합니다. '모나면 정 맞는다'고 합니다. 3천 년 전에 만들어졌다는 『주역』이 오늘날의 우리에게도 매우 친숙하게 다가옵니다. 『주역』독법의 관계론, 우리의 친숙한 인식틀입니다. 손때 묻은 오래된 그릇입니다.

『주역』독법의 관계론으로 위·비·응·중을 소개했습니다만 『주역』독법의 관계론은 독효讀爻가 전부가 아닙니다.『주역』독법의 관계론을 조금 더 소개하겠습니다. 지금 여기 보여드리는 이 괘는 지천태地天泰괘라고 합니다.

☷
☰

이 태괘는 매우 좋은 괘로 읽힙니다. 그 이유가 바로 하괘와 상괘의 관계 때문입니다. 곤坤괘가 위에 있고 건乾괘가 아래에 있습니다. 땅이 위에 있고 하늘이 아래에 있는 모양입니다. 그러나 바로 그 때문에 좋은 괘로 읽힙니다. 땅의 기운은 내려오고, 하늘의 기운은 올라갑니다. 상하의 기운이 중간에서 서로 만나서(交) 통通하고 있기 때문입니다. 우리가 사용하는 '교통'交通이 여기서 나왔습니다. 교交와 통通이 태평泰平을 이룬다는 것이지요. 경복궁에 교태전交泰殿이 있고 자금성에도 교태전이 있습니다.『주역』의 태괘에서 따온 이름입니다. 경복궁 관광객들에게 교태전이 중전의 처소였다고 소개하면 중전이 교태嬌態 부리는 것으로 오해하기도 합니다. 태괘를 최고로 치는 이유가 또 있습니다. 주周나라는 쿠데타로 세운 나라입니다. 주나라 무왕이 은殷나라 주왕紂王을 처단하고 쿠데타로 건국한 나라입니다. 왜 신하가 임금을 치느냐고 말고삐를 잡고 말리던 백이숙제가 수양산에 들어가서 고사리 먹고 죽었다는 것이 그때의 고사입니다. 태괘가 바로 혁명을 합리화하는 논리라는 것입니다. 아래위가 전도되는 것이 혁명입니다. 실제로 억압 구조가 붕괴되고 상하가 역전될 때 교통이 일어나는 것도 맞습니다. 모든 억압된 목소리들이 해방됩니다. 프랑스혁명으로 루브르 궁전이 박물관이 됩니다. 파리가 예술의 도시인 것도 수많은 억압된 목소리들이 해방되었기 때문이라고 합니다. 혁명의 현장 그 자체가 드라마틱한 예술이기도 할 것입니다.

『주역』의 관계론은 대성괘와 대성괘의 관계를 보는 독법에도 나타납니다. 대성괘란 상괘와 하괘, 즉 6개의 효로 이루어진 지금 예로 들고 있는 태괘, 비괘가 대성괘입니다. 『주역』에는 64개의 대성괘가 있습니다. 태괘의 다음 괘는 지천태가 역전된 천지비天地否괘입니다.

비否는 경색된다, 막힌다는 뜻으로 좋지 않은 괘로 봅니다. 그러나 이 비괘를 태괘와 대비하는 경우에는 또 다르게 읽힙니다. 효사爻辭가 보여주고 있듯이 태괘는 상승 후 하강하는 궤적을 보이고, 비괘는 하강 후 상승하는 궤적을 보입니다. 태괘는 초효부터 그 기세가 점점 상승해 가다가 후반부에는 서서히 하강합니다. 나중에는 성복우황城復于隍, 즉 성은 무너져 해자垓字를 메우고 기명란야其命亂也, 명령이 행해지지 않는 상태가 됩니다. 반면에 비괘는 초반에는 고난을 겪다가 후반에는 그 기세가 서서히 상승하는 것으로 되어 있습니다. 태괘와 비괘를 나란히 놓고 보면 오히려 비괘가 더 좋은 괘라는 반대의 해석도 가능합니다. 여러분은 처음에 나쁘고 나중에 좋은 선흉후길先凶後吉과 처음에 좋다가 나중에 나쁜 선길후흉先吉後凶 중에서 어느 쪽을 선호합니까? 조삼모사朝三暮四가 좋은가요, 조사모삼朝四暮三이 좋은가요?

이것은 산지박山地剝괘입니다. 박剝은 박탈당한다, 빼앗긴다는 뜻입니다. 괘의 형상도 그렇습니다. 맨 위의 상효 하나만 양효이고 나머지는 모두 음효로 되어 있습니다. 단 한 개 남은 양효마저도 언제 음효로 전락될지 모르는 절망적 상황입니다. 이것을 그림으로 표시하면 초겨울에 가지 끝에 한 개만 남아 있는 감[柿]입니다. 언제 떨어질지 모르는 형국입니다. 역경과 절망의 표상입니다. 상효의 효사에 내가 자주 소개하는 석과불식碩果不食이 나옵니다. '씨 과실'[碩果]은 먹는 것이 아니라는 뜻입니다. 이 절망의 박괘 역시 다음 괘와의 관계에서 '희망'의 괘로 그 의미가 역전됩니다. 다음 괘가 바로 복復괘입니다.

☷☳

이것이 지뢰복地雷復괘입니다. 박괘가 역전된 모양입니다. 최후의 석과碩果가 땅속에 묻혀 있는 그림입니다. 씨앗을 땅에 묻은 것입니다. 뢰雷는 우레입니다. 석과가 땅속의 우레로 묻혀 있습니다. 우레는 잠재적 가능성입니다. 박괘는 복괘와의 관계 속에서 '희망'의 괘로 바뀝니다. 석과는 새봄의 싹이 되고, 나무가 되고, 숲이 됩니다.

이처럼 『주역』 독법은 효와 자리, 효와 효, 소성괘와 소성괘, 대성괘와 대성괘 등 중층적인 관계를 읽는 것입니다. 좋은 괘를 얻었다 하더라도 그 자체만 가지고 길흉을 판단할 수 없습니다. 『주역』은 64괘 384효입니다. 그것만으로도 매우 복잡합니다. 여기에 동효動爻와 변효變爻도 있습니다. 그것까지 고려한다면 4,096개의 효가 됩니다. 『주역』은 무수한 관련 속에서 그 의미를 읽어야 하는 것입니다. 소위 『주역』 독법의 관계론입니다.

개인주의적 사고, 불변의 진리, 배타적 정체성 등 근대적인 인식틀에 갇혀 있던 나에게 감옥에서 손에 든 『주역』은 충격이고 반성이었습니다. 나아가 비근대를 조직하고 탈근대를 지향하는 귀중한 디딤돌처럼 다가오기도 했습니다. 장횡거張橫渠라는 송나라 철학자가 『주역』의 관계성을 대대원리待對原理로 설명합니다. ☲, 이것은 태극기에도 있는 리離괘입니다. 화火, 불입니다. 그리고 ☵, 이것은 감坎괘입니다. 물입니다. 그런데 리괘(☲)를 보면 불 가운데에 물이 들어 있습니다. 그리고 감괘(☵)는 물인데 가운데에 불이 들어 있습니다. 장횡거는 물 속에 불이 있고, 불 속에 물이 들어앉아 있는 것을 대대원리라고 합니다. 반대되는 것을 잘 모시고 있다는 뜻입니다. '서로 감추어 준다', 호장기택互藏其宅이라고 합니다. 그 집 안 깊숙이 서로 감추어 주고 있습니다. 그것도 불이 물을 감추고 있고, 물이 불을 감추고 있습니다. '호장기택'은 『주역』의 관계론을 다시 한 번 확인해 주는 것이라 할 수 있습니다.

다음으로 이야기하고 싶은 것이 소수자小數者 관점입니다. 모든 괘는 음괘와 양괘로 나뉩니다. 여러분 생각에 리離괘가 양괘이겠습니까? 음괘이겠습니까? 양효가 많기 때문에 양괘라고 생각합니다. 아닙니다. 음괘입니다. 마이너리티 우선입니다. 반대로 감坎괘는 양괘입니다. 우리 생각과 반대입니다. 그러나 잘 생각해 보면 납득이 갑니다. 남자 두 명과 여자 한 명이 동행하는 경우 누가 결정권을 행사할 것 같습니까? 반대로 여자 두 명과 남자 한 명이 함께 일하거나 여행하는 경우 단연 마이너리티 우선입니다. 관계를 통하여 자기의 존재성을 변화시키는 『주역』의 관계론이라 할 수 있습니다.

다음으로 소개하는 것은 '미완성'의 의미에 관한 것입니다. 64괘 중에서 제일 마지막 64번째 괘는 당연히 완성 괘일 줄 알았습니다.

그런데 놀랍게도 이 마지막 괘가 미완성으로 끝납니다.

☰

화수미제火水未濟괘입니다. 효사爻辭는 이렇습니다. "끝나지 않았다. 어린 여우가 강물을 거의 다 건넜는데 그만 꼬리를 적시고 말았다." 유기미濡其尾, 꼬리를 적셨다는 것은 작은 실패가 있었다는 뜻입니다. 머리를 적신 것에 비해 작은 실수라 하겠습니다. 무유리无攸利, 이로울 바가 없다. 불속종야不續終也, 끝내지 못한다. 이렇게 끝납니다. '꼬리를 적시는 작은 실수가 있는 미완성'으로 끝납니다. 처음 『주역』을 읽었을 때 이 부분을 어렵지 않게 받아들였습니다. 나 역시 일의 마지막 단계에 가서 작은 실수를 하는 경우가 많았기 때문입니다. 다 됐다고 방심하다가 실수하거나, 빨리 끝내려다가 실수하는 경우가 많았습니다. 반성적 의미로 받아들였습니다. 그 후로는 일의 마지막 단계에 이르면 '내가 이 대목에서 꼬리 적시지?' 하며 조심하기도 했습니다. 그러나 나중에 이러한 독법이 잘못이라는 것을 깨닫게 됩니다. 『주역』은 세계에 대한 인식틀입니다. 윤리적인 교훈이 아닙니다. 그런 점에서 다시 생각하면 세상에 완성이 없다는 것은 너무나 당연합니다. 실제로 완성 괘는 이 미완성 괘 앞에 배치되어 있습니다. 완성이라고 하더라도 그것은 다만 어떤 국면의 완성일 뿐 궁극적인 완성이란 있을 수 없습니다. 우리의 삶도 그렇고 세상의 변화도 그렇습니다. 작은 실수가 있는 어떤 국면이 끝나면 그 실수 때문에 다시 시작하는 그런 경로를 이어가는 것이 아닐까 생각합니다. 이역시 완성과 미완성의 관계라고 생각합니다.

독법만으로 『주역』을 이야기하는 것은 부족합니다. 『주역』에서 발견하는 최고의 '관계론'을 소개하는 것으로 끝마치겠습니다. 성찰, 겸손, 절제, 미완성, 변방입니다. '성찰'은 자기중심이 아닙니다. 시각을 자기 외부에 두고 자기를 바라보는 것입니다. 자기가 어떤 관계 속에 있는가를 깨닫는 것입니다. '겸손'은 자기를 낮추고 뒤에 세우며, 자기의 존재를 상대화하여 다른 것과의 관계 속에 배치하는 것입니다. '절제'는 자기를 작게 가지는 것입니다. 주장을 자제하고, 욕망을 자제하고, 매사에 지나치지 않도록 하는 것입니다. 부딪칠 일이 없습니다. '미완성'은 목표보다는 목표에 이르는 과정을 소중하게 여기게 합니다. 완성이 없다면 남는 것은 과정밖에 없기 때문입니다. 이 네 가지의 덕목은 그것이 변방에 처할 때 최고가 됩니다. '변방'이 득위의 자리입니다.

그리고 이 네 가지 덕목을 하나로 요약한다면 단연 '겸손'입니다. '겸손'은 관계론의 최고 형태라고 할 수 있습니다. 『주역』의 지산겸地山謙괘는 땅속에 산山이 있는 형상입니다. 땅속에 산이 있다니 자연현상과는 모순인 듯합니다. 해설에는 "땅속에 산이 있으니 겸손하다. 군자는 이를 본받아 많은 데를 덜어 적은 데에 더하고 사물을 알맞게 하고 고르게 베푼다"(地中有山 謙 君子以 裒多益寡 稱物平施)고 합니다. 우뚝 솟은 산을 땅속에 숨기고 있어서 겸손하다고 하는 것일지도 모릅니다. 그리고 산을 덜어서 낮은 곳을 메워 평지로 만드는 것을 뜻하는지도 모릅니다. "겸손은 높이 있을 때는 빛나고, 낮은 곳에 처할 때에도 사람들이 함부로 넘지 못한다."(謙 尊而光 卑而不可踰) 그러기에 겸손은 "군자의 완성"(君子之終)이다. 가히 최고의 헌사라 하겠습니다.

『주역』이 수천 년 전의 사상이지만 생각하면 대단히 친숙합니

다. 우리의 할아버지 세대에는 손가락으로『주역』괘를 만들어 일상
적인 대화를 할 정도였다는 이야기를 앞서 소개했습니다. 내가 연루
되었던 통일혁명당 사건보다 1년 전쯤에 동베를린 사건이 있었습니
다. 내가 재판 받고 있을 때 그 사건에 연루된 고암顧庵 이응노李應魯
선생과 윤이상尹伊桑 선생이 대전교도소에 있다는 소식을 듣습니다.
재판이 빨리 끝나면 만날 수 있겠다고 기대했습니다. 그러나 파기환
송에 이어서 재심 과정을 다 마치고 기결이 되어 대전교도소로 갔을
때에는 섭섭하게도 출소하고 난 후였습니다. 물론 만나지 못했습니
다. 고암 선생과 한 방에 있었던 젊은 친구를 만났습니다. 이런 저런
궁금한 일들을 물어보기도 했습니다. 그 젊은이는 이응노가 누군지
전혀 모릅니다. 이야기 중에 "아 그 괴짜 노인 말인가요?"라고 했습
니다. 어째서 '괴짜'냐고 물었더니, 수번囚番으로 사람을 안 부른다고
했습니다. 감옥에서는 수번으로 호명하는 것이 규칙입니다. 그런데
고암 선생은 한 방에 있는 사람을 수번으로 부르는 법이 없고, 부르
지 못했다고 했습니다. "자네 이름이 뭐야?" "이름은 왜요? 그냥 번
호 부르세요. 쪽팔리게." 어쩔 수 없어 자기 이름이 '응일'應一이라고
했더니, 한 일 자 쓰느냐고 또 묻더랍니다. 그렇다고 했더니 "뉘 집
큰아들이 징역 와 있구먼." 혼자 말씀처럼 그러더래요. 이름자에 한
일 자 쓰는 사람이 대개 맏아들입니다. 영일이 정일이 태일이 등입니
다. 뉘 집 큰아들이 징역 와 있구먼! 하는 말을 듣고 나서 그날 밤 한
잠도 못 잤다고 했습니다. 그동안 자기가 큰아들이라는 사실을 까맣
게 잊고 있었던 것이지요. 부모님과 누이동생 생각으로 잠 잘 수 없
었습니다. 누이동생 시계를 몰래 가지고 나왔다고 했습니다. 객지를
전전하며 고생고생하며 살아오는 동안 까맣게 잊었던 가족 생각에

잠 못 잤다는 것이었습니다. 우리는 사람을 개인으로, 심지어 하나의 숫자로 상대하는 경우도 많습니다. 노인들은 고암 선생의 경우처럼 '뉘 집 큰아들'로 생각합니다. 사람을 관계 속에 놓습니다. 이러한 노인들의 정서가 『주역』의 관계론이라 할 수 있습니다.

교재에서 『주역』을 '물 뜨는 그릇'에 비유했습니다. 바닷물을 그릇으로 뜨면 그 그릇에 담긴 물은 바닷물이기는 하지만 바다는 아닙니다. 그렇지만 물은 어차피 그릇으로 뜰 수밖에 없습니다. 『주역』이 비록 부족하고 작은 그릇이기는 하지만 그나마 세계를 뜨기 위해서 오랜 세월에 걸쳐서 만들어 낸 것입니다. 『주역』의 인식틀이 친숙하다는 것은 우리가 집집마다 비슷비슷한 그릇을 가지고 있다는 뜻이기도 합니다. 특히 'The Classic of Change'로 번역되는 데서 알 수 있듯이 '변화'를 읽는 틀입니다. 그리고 역설적인 것은 변화를 읽을 수 있는 불변의 어떤 원리를 추구하고 있다는 사실입니다. '불변의 진리'에 대한 관념은 오래된 것입니다. 왕필王弼이 『주역』 주註를 달 때가 『삼국지』 시대로 난세였습니다. 자연히 불변의 진리에 대한 희구가 강렬한 시대였다고 할 수 있습니다. 변화와 불변에 대한 생각은 그만큼 오래된 주제입니다.

『주역』에서는 변화를 '역이불역易而不易 불역이대역不易而大易'으로 요약합니다. "변하면서도 변하지 않는다. 바로 그 변하지 않는다는 것이 참다운 역(大易)이다"라는 뜻입니다. 그러나 이 구절을 다르게 해석하기도 합니다. "변하면서도 변하지 않는다. 그러나 그 변하지 않는 것도 크게 보면(大) 변한다(易)." 앞의 해석은 퇴계退溪 이황李滉의 것이고 뒤의 해석은 다산茶山 정약용丁若鏞의 것입니다. 두 분의 해석이 다릅니다. 퇴계는 불변에, 다산은 변화에 방점을 찍고 있습니다. 퇴계는 '지키려는' 사람이라는 생각이 들어서 우리가 학교 시절에는 보수로 분류했습니다. 그런데 사실은 퇴계의 입장을 보수로 단정해서는 안 됩니다. 나중에 더 자세히 설명할 기회가 있을 것입니다만 퇴계 당시는 기묘사화 이후 개혁 사림이 좌절한 상황이었습니다. 훈구 척신 세력이 권력을 완벽하게 장악하고 있는 시기였습니다. 그러한 상황에서 퇴계는 주리론主理論을 고수합니다. 리理를 주장하는 것은 성리학적인 정의가 관철되어야 한다는 선언입니다. 성리학 이론에 있어서는 퇴계보다 논리적이라고 평가받는 고봉高峰 기대승奇大升이 자신의 주장을 철회한 것도 그러한 시대적 과제를 깨달았기 때문이라고 합니다. 리理 즉 성리학적 가치가 기氣 즉 현실을 주도해야 한다는 것이 퇴계의 주리론입니다. 대역大易이 '리'理를 의미합니다. 우리는 학교 때 주기론主氣論을 지지했던 기억이 있습니다. 주리론은 관념론이고 주기론이 유물론이라는 단순 논리였습니다. 최근에는 이기理氣 논쟁에 대한 보다 깊이 있는 연구가 진행되고 있습니다. 관심이 있는 분들은 공부하기 바랍니다. 다산과 퇴계의 독법까지 언급했습니다만 『주역』을 너무 간단히 소개했습니다. 그러나 『주역』은 우리의 손때 묻은 친숙한 그릇이고 그 관계론은 탈근대의 사상적 보고寶庫임에 틀림없습니다. 그런 점에서 『주역』은 과거가 아니라 오래된 미래이기도 합니다.

5 　　　　　톨레랑스에서 노마디즘으로

우리의 강의에서 고전 부분은 강의 전체 구조에서 '세계 인식'의 장에 해당합니다. 고전이라고 하지만 주로 동양의 몇몇 제자백가 사상을 일별하는 것입니다. 춘추전국시대에 난숙하게 제기된 사상들은 대체로 고대국가 건설 담론입니다. 이 시기는 동서양을 막론하고 국가철학의 시대입니다. 도道, 덕德, 예禮와 같은 윤리학은 치국治國의 논리이고 곧 정치학입니다. 플라톤 역시 국가철학자입니다. 우리의 강의는 제자백가의 세계관을 중심으로 진행하겠습니다.

　『논어』는 우리가 건너뛸 수 없는 고전입니다. 중국 사상을, 공자가 활동한 시기를 중심으로 공자 이전 2,500년 그리고 공자 이후 현재까지 2,500년으로 나눕니다. 최근에 중국은 공자를 세계화 아이콘으로 삼고 있습니다. 공자 연구소를 500개 설립한다고 합니다. 공자가 14년간의 망명을 끝내고 68세에 고향에 돌아와서 73세로 생을 마치기까지 5년 동안 학사學舍를 세워 제자들과 만납니다. 『논어』는 망명 중에 그리고 망명 후 향리에서 제자들과 나눈 대화를 정리한 대화록입니다. 물론 공자 당시에는 『논어』란 책이 없었습니다. 공자 사후 100년 이후에 공자 학단에서 만든 책이라는 것이 통설입니다. 공자 제자 중에 대상인인 자공子貢이 있습니다. 공자의 14년간의 망명도 자공의 상권商圈이 미치는 곳을 벗어나지 않았다고 합니다. 자공은 자로子路나 안회顔回처럼 공자를 끝까지 수행하지 못했기 때문에 다른 제자들이 공자 삼년상을 마치고 돌아갈 때 움막을 철거하지 않고 계속 시묘살이를 합니다. 그리고 이후에 사재를 털어서 학단을 유지합니다. 이 학단의 집단적 연구 성과가 『논어』로 나타났다고 할 수 있습니다. 그래서 사람들은 안회 같은 뛰어난 제자를 갖기보다는 자공 같은 부자 제자를 두어야 대학자가 된다고 합니다. 일찍이 사마천이 그렇게 이야기했습니다.

주周나라가 기원전 1,100년경에 건국되었습니다. 춘추전국시대는 기원전 770년부터 시작됩니다. 건국 후 400년이 못 되어 혼란기로 접어든 셈입니다. 춘추전국시대는 사회경제적 의미의 시대 구분은 아닙니다. 공자가 집필한 『춘추』라는 역사서가 기준입니다. 그러나 이 시기는 사회경제사적으로는 철기시대입니다. 철기시대에는 무기와 농기구의 혁명이 일어납니다. 농업 생산력이 비약적으로 발전합니다. 농업 생산력이 발전하면 그 잉여 생산물이 상업과 수공업의 발전으로 이어집니다. 그리고 토지 생산력이 높아지면 토지에 대한 관념이 변합니다. 이와 같은 급격한 변화는 주나라의 종법宗法 질서의 붕괴로 이어집니다. 주나라의 종법 질서란 천자天子의 맏아들은 천자가 되고, 둘째 아들은 제후諸侯가 되는 제도입니다. 마찬가지로 제후의 맏아들은 제후가 되고, 둘째 아들은 대부大夫가 됩니다. 이렇게 하여 당시의 72개 제후국은 혈연관계입니다. 가족 질서이면서 동시에 국가 질서입니다. 충효일체忠孝一體입니다. 이러한 종법 질서는 오늘날의 개념으로 보면 제후국 연방제라고 할 수 있습니다. 제후국 간의 평화 공존이 가능했습니다. 그러나 대를 거듭하면서 피는 묽어지고 봉토는 사유화되고 제후국들의 정치적 경제적 위상에 격차가 생기면서 침탈과 흡수합병이 시작됩니다. 동同이라는 패권적 경영이 대세가 됩니다. 유가儒家 학파는 바로 이러한 패권 경영에 반대하고 제후국 연방제라는 주나라 모델을 지지합니다. 그것이 화이부동和而不同입니다.

'화동和同 담론'은 군자화이부동君子和而不同 소인동이불화小人同而不和를 줄여서 붙인 이름입니다. 이 구절의 일반적 해석은 다음과 같습니다. "군자는 화목하되 부화뇌동하지 않으며, 소인은 동일함에도 불구하고 화목하지 못한다." 이 풀이는 여러 가지 면에서 올바른 해석이 못 됩니다. 우선 화和와 동同을 대비對比로 읽지 않고 있다는 점입니다. 그리고 이 화동 담론이 춘추전국시대 유가 학파의 세계 인식이란 점을 간과하고 있다는 점입니다. 춘추전국시대의 제자백가 사상은 어느 것이든 기본적으로 정치적 담론입니다. 화동 담론도 예외가 아닙니다. 전쟁을 통한 병합을 반대하고 큰 나라 작은 나라, 강한 나라 약한 나라가 평화롭게 공존하는 세계를 주장하고 있습니다. 화는 다양성을 존중하는 관용과 공존의 논리입니다. 반면에 동은 지배와 흡수합병의 논리입니다. 그런 의미에서 화와 동은 철저하게 대對를 이루고 있습니다. 따라서 다음과 같이 읽는 것이 옳습니다.

군자는 다양성을 인정하고 지배하려고 하지 않으며,

소인은 지배하려고 하며 공존하지 못한다.

평화 공존을 주장하고 흡수합병이라는 패권적 국가 경영을 반대하는 유가 학파의 정치사상이 화동 담론입니다. 춘추전국시대의 혼란은 강대국이 약소국을 전쟁 방식으로 침탈하고 병합하는 이른바 '동'同의 논리가 원인이라는 것이 유가 학파의 인식입니다. 큰 나라든 작은 나라든, 강대국이든 약소국이든 서로 평화롭게 공존하는 '화'和의 질서를 만드는 것이 유가 학파의 정치학이기도 했습니다. 공자는 "꿈에서 주공周公을 본 지가 오래구나!"라고 했을 정도로 주나라의 질서를 모델로 하고 있었습니다. 그래서 공자를 보수주의자, 노예제를 옹호하는 복고주의자라고 비판하기도 합니다. 그러나 당시에는 '진보'라는 개념 자체가 없었다고 해야 할 것입니다. 시간관념이나 역사관이 오늘날의 관념과는 달랐으리라고 생각합니다. 이미 경험해서 알고 있는 것들 중에서 보다 나은 것을 모델로 했으리라고 생각합니다.

우리가 화동 담론을 재론하는 이유는 동同의 논리로 오늘날의 패권적 구조를 조명할 수 있기 때문입니다. 유럽 근대사의 전개 과정은 존재론적 논리가 관철되는 강철의 역사였습니다. 자기의 존재성을 배타적으로 강화하는 존재론적 논리가 잔혹한 식민지 시대와 크고 작은 수많은 전쟁을 거쳐 오늘날의 거듭되는 금융 위기를 노정하기에 이르고 있습니다. 그리고 금융 위기와 장기 불황은 이러한 패권적 질서가 과연 지속 가능할 것인가라는 회의를 불러일으키고 있습니다. 그럼에도 불구하고 그러한 패권 구조는 여전히 건재합니다. 춘추전국시대에도 패도覇道 경영 방식을 채용한 제齊 환공桓公이 패권을 장악합니다. 마찬가지로 이사李斯를 재상으로 삼고 패도를 실현한 진시황이 천하를 통일합니다. 그에 비하면 공자의 화이부동은 실패합니다. 그러나 천하를 통일한 진나라는 불과 14년 만에 패망합니다. 패권의 시대를 조금 더 자세히 들여다보기로 하겠습니다.

주周 문왕이 용을 만나는 꿈을 꾸고, 다음날 낚시 하고 있는 강태공姜太公을 만납니다. 곧은 낚시를 드리우고 있었습니다. 세월을 낚고 있다고 했습니다. 문왕과 강태공의 만남은 희씨족과 강씨족의 연합을 상징합니다. 강태공과 무왕이 연합하여 은나라를 멸망시킵니다. 문제는 은나라 멸망 후에 나타납니다. 강태공은 『육도삼략』六韜三略이라는 병서를 쓴 강씨족의 리더였고 연합전선의 일익을 담당했습니다. 그러나 은나라를 무너뜨린 후에 변방으로 밀려납니다. 중원을 중심으로 한 요지 55개국은 희씨로 제후를 봉합니다. 강씨족은 동쪽 끝으로 추방됩니다. 원래 서쪽을 근거지로 했던 강씨족이 동쪽 변방인 산동반도로 쫓겨납니다. 토착민들의 저항도 만만치 않고 문물도 낯선 곳입니다. 산동반도와 중원 사이에는 주나라 친족들의 제후국으로 방벽을 쳤습니다. 그런데 놀랍게도 400년 후에 그 변방에서 제 환공이 춘추 최초의 패자覇者로 등장합니다. 강태공의 16대손입니다. 이 패업을 성공시킨 재상이 관중管仲입니다. 국가와 개인의 운명도 참 극적입니다. 관중은 포로였습니다. 절친인 포숙鮑叔이 관중을 환공의 재상으로 천거합니다. 관중은 환공을 도와서 최초의 패자로 등장하게 합니다. 유명한 규구회맹葵丘會盟 이야기가 당시 사정을 잘 알려 줍니다. 기원전 651년 위魏나라에 있는 규구라는 큰 들판에서 회맹이 열립니다. 오늘날의 G7 정도의 회의입니다. 패자가 소집하는 제후국 회의입니다. 천자가 보기에 대단히 무례한 회의입니다. 그러나 패자의 위세 때문에 제후국들이 집합합니다. 노魯, 송宋, 정鄭, 위魏 등 당시 패권을 다투던 나라의 군주들이 모였습니다. 보통 희생犧牲의 피를 나누어 마시는 것으로 맹약을 하는데 이때는 묶어 둔 짐승 위에 서약서를 올려놓고 황하의 제방을 훼손하지 않겠다는 맹약을 했다고 알려져 있습니다. 황하의 물을 전쟁에 이용하지 않겠다는 맹약입니다. 홍수의 피해를 막은 것으로 매우 유익한 맹약이었고 그 후 200년 동안 지켜졌다고 합니다. 규구회맹 때 천자가 재공宰孔이라는 재상을 시켜서 제사 고기를 보냈습니다. 고기를 보내면서 천자가 이런 말을 전합니다. "문왕과 무왕에게 제사 지낸 고기를 환공에게 보낸다. 환공은 백성을 사랑하고 천하를 평화롭게 하는 사람이기 때문에 백구伯舅라고 부르겠다. 그래서 이 고기를 당 위에서 절하지 않고 그냥 받아도 된다." 환공으로서는 대단한 영예입니다. 환공은 그럴까 하다가 옆에 있는 관중한테 물어봅니다. 관중이 안 된다고 합니다. "군君이 군답지 못하고 신臣이 신답지 못해서 세상이 지금 이렇게 어지러운 것입니다." 당하로 내려가서 절하고 받아야 한다고 합니다. 환공이 관중이 시키는 대로 내려가서 감히 천자의 제사 고기를 그냥 받을 수는 없다고 하며 공손하게 절하고 엎드려서 받습니다. 모여 있는 제후들의 열렬한 박수를 받습니다. 비수는 도로 천자에게 날아갔습니다. 천자는 환공의 오만한 모습을 연출함으로써 제후들이 환공에게 등 돌리기를 원했지만, 천만에 당하로 내려와서 공손하게 받았습니다. 천자로서의 최후의 위신마저 추락하고 맙니다. 제후들은 사실 패자인 제 환공의 위세 때문에 복속하고 있지만 이러한 제 환공의 충절 때문에 그를 따른다는 명분으로 스스로를 위로하는 것이지요. 오늘날의 국제 질서와 우리의 자세도 크게 다르지 않습니다. 이름만 남은 주나라는 그로부터 400년 후에 사라집니다.

당시 제후국은 제후가 직접 통치하는 국읍國邑, 제후의 아들인 경대부卿大夫가 직접 통치하는 도읍都邑이 있고, 그 외곽의 넓은 지역에는 수많은 비읍鄙邑들이 있었습니다. 이 비읍은 자치를 허용하고 대신 세금을 바치게 합니다. 군주는 막강한 병력을 거느리고 이 지역을 순행합니다. 세금을 성실하게 납부하지 않는 비읍이나 모반의 위험이 있는 비읍들은 철저하게 유린하고 수많은 사람들을 매장합니다. 이러한 형태의 국가를 읍제국가邑制國家라고 합니다. 그런데 제후국 간의 패권 경쟁이 치열해지면서 국읍과 도읍만으로는 군사력과 경제력에 한계를 느낍니다. 비읍을 직접 통치하에 둡니다. 그러한 변화를 읍제국가에서 영토국가領土國家로의 변화라고 합니다.

철제 농기구가 사용되면서 농업 생산력이 비약적으로 발전하고 토지에 대한 관념이 바뀐다고 했습니다. 농업 경영도 단가족單家族 경영이 가능해집니다. 공동 경작제에서 가족 중심 경영으로 바뀝니다. 이러한 변화로 말미암아 비읍을 해체하여 직접 지배하에 두는 것이 가능하고 또 필요해집니다. 읍제국가에서 영토국가로 바뀌면서 전쟁의 규모도 달라집니다. 읍제국가였을 때는 상당히 큰 나라의 경우에도 병력이 3만 내지 4만에 불과했지만 비읍을 직접 통치하에 두면서 45만 병력의 동원이 가능해졌다고 합니다. 초楚, 진秦과 같은 대국의 경우는 100만 병력의 동원이 가능해집니다. 차전車戰에서 보병전步兵戰으로 전투 양상도 달라집니다. 이러한 변화가 '동'同의 논리와 패권 정책의 결과임은 물론입니다.

결국 춘추전국시대를 일관하여 이러한 패권 정책이 승리합니다. 공자의 왕도王道 정치나 화和의 논리는 군주들의 관심을 끄는 데 실패합니다. 14년간의 유랑에도 불구하고 벼슬자리를 얻지 못합니다. 그만큼 당시의 사활적 경쟁에서는 국력의 극대화가 초미의 관심사였습니다. 공자의 유랑은 대단히 초라한 행색이었습니다. 수행하는 제자들도 서너 명에 지나지 않았습니다. 당시에는 패권 논리가 대세였습니다. 춘추전국시대에 이름을 남긴 대부분의 정치가들이 패권론자들이었습니다. 이사李斯, 상앙商鞅, 범저范雎, 장의張儀 등이 그렇습니다. 패도는 성공하고 왕도는 실패했습니다. 그러나 패도와 왕도를 승패를 기준으로 하여 칼같이 일도양단으로 평가할 수 없습니다. 패도는 그 과정이 엄청난 파괴와 살상으로 점철되었을 뿐만 아니라 천하를 통일한 진나라가 불과 14년 만에 패망하기 때문입니다. 반면에 왕도와 화의 논리는 실패했지만 유학은 한漢나라의 관학官學으로 격상되고 공자는 여전히 건재하기 때문입니다.

그러나 2,500년 전의 화동론을 재론하면서 감회가 없지 않습니다. 공자가 건재하다고 하지만 패권 논리 역시 건재합니다. 패권적 질서는 우리 시대의 대세이기도 합니다. 그러나 그런 만큼 패권 논리에 대한 냉정한 평가가 더욱 절실하게 요구됩니다. 그것이 사활적 경쟁에서 살아남기 위한 불가피한 정책이었고 또 단기간에 국가 역량을 극대화할 수 있는 가장 효과적인 방책이었다 하더라도 그러한 패권 논리가 짓밟고 간 파괴와 살육을 모른다 할 수는 없기 때문입니다. 그리고 그러한 패권이 야기하고 있는 전쟁과 패권적 질서가 과연 지속 가능한가에 대한 회의가 오늘날의 불편한 진실이기 때문입니다.

화동 담론을 재조명하는 또 하나의 이유는 우리의 통일 담론으로서도 대단히 중요한 의미를 갖기 때문입니다. 나는 통일統一을 '通一'이라고 쓰기도 합니다. 평화 정착, 교류 협력만 확실하게 다져 나간다면 통일統一 과업의 90%가 달성된 것과 같기 때문입니다. 평화 정착, 교류 협력, 그리고 차이와 다양성의 승인이 바로 통일通一입니다. 통일通一이 일단 이루어지면 그것이 언제일지는 알 수 없지만 통일統一로 가는 길은 결코 험난하지 않습니다. 통일通一에서 통일統一로 가는 과정을 지혜롭게 관리하기만 하면 됩니다. 이것은 남과 북이 폭넓게 소통하고 함께 변화하는 과정입니다. 화和에서 화化로 가는 '화화'和化 모델입니다. 통일通一과 화화和化는 통일의 청사진이면서 동시에 21세기의 문명사적 전망이라고 할 수 있습니다. 우리의 민족사적 과제이면서 동시에 21세기의 문명사적 과제인 것이지요. 이러한 세계사적 과제가 경과해야 할 경로에 대한 현실적 구상은 아직 없습니다. 그러나 그것이 어떠한 경로를 거치든 한반도와 동아시아가 그것의 출발 지점이 되리란 믿음에는 변함이 없습니다. 한반도와 동아시아의 20세기는 고난의 역사였습니다. 더구나 아시아 국가들의 분열과 반목은 지금도 그 상처가 가시지 않고 있는 것이 사실입니다. 뿐만 아니라 아시아 국가들이 열중하고 있는 근대 기획은 도도한 패권적 질서에 대한 비판적 관점을 원천적으로 봉쇄하고 있을 뿐 아니라 이러한 국가 기획은 언제든지 과거의 상처가 다른 형태로 재현될 가능성을 안고 있습니다. 그러나 아시아 민중들은 20세기 전반부까지만 하더라도 반제反帝 반패권적 인식을 공유하고 아시아의 연대를 지향했습니다. 뿐만 아니라 큰 틀에서 본다면 동아시아의 모든 국가는 20세기의 피해자이며 지금도 건재하고 있는 패권 구조의 희생자입니다. 바로 이러한 구조와 현실은 그 자체로서 언제든지 집단적 개혁 동력으로 결집될 수 있습니다. 우리의 남북관계 역시 이러한 관점에서 재조명되어야 합니다. 그러나 우리의 정치 현실은 이러한 역사의식은 물론 소통과 변화 자체에 대한 사고가 없습니다. 그 위에 동북아시아에 집중되고 있는 패권 국가들의 이해관계로 말미암아 우리의 자주적 입지 자체가 허용되지 않는 것이 오늘의 현실입니다.

연암은 실학파 중에서 북학파北學派로 분류됩니다. 북학北學의 반대는 남학南學이 아니라 북벌北伐입니다. 효종의 국시가 북벌이었습니다. 북벌이란 청淸나라 오랑캐를 정벌하자는 것입니다. 당시의 조선은 북벌할 능력도 의지도 없었습니다. 병자·정묘 양란으로 조선은 청나라의 신하 국가가 됩니다. 그 자체가 수치인 것은 차라리 둘째입니다. 조선 사회의 지배 구조 자체가 와해될 위기에 처합니다. 북벌을 천명하지 않는다면, 다시 말해서 명明나라에 대한 충성을 저버린다면, 조선 왕이 백성의 충성을 요구할 수 없고, 조선 지배계급이 노비들의 복종을 요구할 명분이 없어집니다. 북벌은 조선 사회의 존립 근거가 됩니다. 북벌은 그런 정치적 명분이었습니다. 이후 조선은 북벌을 국시로 하는 소중화小中華의 나라로 교조화됩니다. 조선 시대의 이러한 상황에서 북학은 엄청난 이단이었습니다. 오랑캐를 배우자고 하는 것이나 다름없습니다. 조선의 지배 구조를 개혁하자는 주장이나 다름없습니다. 북학파의 열린 자세는 대단한 파격입니다. 배울 것이 없는 상대란 없습니다. 문제는 배울 것이 없다는 폐쇄된 사고입니다. 오늘날 우리에게 필요한 것이 바로 열린 사고입니다. 남과 북의 통일通一과 화화和化에 대한 열린 사고입니다. 이것은 관용(tolérance)에서 유목(nomadism)으로 탈주하는 탈근대의 경로이기도 합니다. '통일은 대박'이라는 관념은 경제주의적 발상이고 근본은 동同의 논리입니다. 열린 사고가 못 됩니다. 통일은 민족의 비원悲願입니다. 눈물겨운 화해이면서 새로운 시대를 시작하는 가슴 벅찬 출발입니다. 통일을 대박으로 사고하는 정서가 납득되지 않습니다. 통일이야말로 진정한 해방이고 지연된 독립이기 때문입니다. 그것이 대박처럼 갑자기 다가올 때가 오히려 파탄이고 충격입니다. 통일統一이 아니라 통일通一로서 충분한 것입니다. 남과 북은 다 같이 높은 교육 수준의 인력을 갖고 있습니다. 차세대 기술과 막대한 부존 자원을 보유하고 있습니다. 그럼에도 불구하고 이 모든 가능성이 원천적으로 부정되고 있는 것이 현실입니다. 그 원인이 어디에 있는가를 냉정히 통찰해야 합니다. 더구나 우리의 현실은 엄중합니다. 밖으로는 불안한 세계경제 질서의 중하위에 매달려 있습니다. 운신이 자유롭지 못할 뿐 아니라 더 불리하고 더 불안한 처지입니다. 국정은 부채로 운영되고 있습니다. 급증하는 국가 부채와 가계 부채를 해결할 방법이 없습니다. 그 위에 분단 비용은 갈수록 커지고 있습니다. 남과 북이 60년 동안 부담해 온 분단 비용은 직접군사비만 하더라도 천문학적 규모입니다. 민족 역량의 엄청난 내부 소모가 아닐 수 없습니다. 소모의 극치일 뿐 아니라 사회적 억압과 민족 역량의 황폐화로 이어지고 있습니다. 통일通一과 화화和化는 최후의 그리고 최선의 선택입니다. 지속 가능성이 회의되고 있는 불안한 세계경제 질서에 대비하여 나름대로 자기의 경제 영역을 지키기 위해서 많은 국가들이 중장기적으로 지향하는 시스템이 바로 내수 기반의 자립 경제 구조입니다. 이러한 자립 구조는 최소 7천만의 인구 규모가 요구됩니다. 브릭스BRICs(브라질·러시아·인도·중국)를 비롯해서 베트남과 인도네시아가 주목받는 까닭 역시 인구 규모와 내수 중심의 자립 구조 때문입니다. 분단은 이러한 가능성마저 봉쇄하는 것입니다. 남북 관계의 현실은 모든 새로운 전망과 가능성을 차단하는 것이라는 점에서 우리의 삶을 지극히 어둡게 하는 것이 아닐 수 없습니다. 우리가 화동 담론을 재론하는 이유가 이와 같습니다.

한국 현대사 연구 분야에서는 분단을 이데올로기 문제로 규정해 온 지금까지의 관점과는 다른 견해가 제기되고 있습니다. 한민족의 세계 경영이라는 관점입니다. 우리나라는 역사적으로 두 개의 국가 경영의 축을 가지고 있었습니다. 대륙의 변방에서 2천 년 동안 국가를 지탱해 올 수 있었던 것이 두 개의 국가 경영 축을 지혜롭게 구사해 왔기 때문입니다. 자주와 개방이라는 두 개의 축입니다. 자주는 우리의 역량을 강화함으로써 국가를 지키는 것이고, 개방은 세계와의 소통을 긴밀히 하는 것입니다. 춘추전국시대 중국 대륙이 분열과 혼란을 거듭하던 시기에 고조선이 광대한 강역을 만들어 냅니다. 그러다가 진한秦漢의 강력한 통일국가가 등장하면서 고조선이 멸망하고 한사군漢四郡이 설치됩니다. 자주에서 개방으로 국가 경영 축이 바뀝니다. 그 후 220년 한나라가 망하고 5호16국이 난립하는 위진남북조 시대에는 신라, 고구려, 백제가 강성하게 발전합니다. 자주 국력을 강화합니다. 618년 당나라가 중국을 통일하면서 고구려와 백제가 멸망합니다. 통일신라는 개방화되고 속국화됩니다. 2천여 년 동안 우리가 경영해 온 세계와의 관계 형식이 바로 자주와 개방이라는 두 개의 축입니다. 이 두 개의 국가 경영 축을 슬기롭게 구사해 왔기 때문에, 물론 지리적인 요인도 없지 않았지만, 2천 년 동안 우리 역사를 지켜 올 수 있었습니다. 오늘날의 남북 분단은 자주와 개방이라는 두 개의 축이 남과 북으로 각각 외화外化되어 나타난 것으로 설명합니다. 분단을 냉전 이데올로기로 받아들이는 지금까지의 관점과는 다릅니다. 돌이켜보면 자주에 무게를 두었을 때는 민족의 역량을 키울 수 있었던 반면 고립되고 정체될 위험이 없지 않았습니다. 반대로 개방에 무게를 두었을 때는 고려 후기와 통일신라처럼 문화는 발전하지만 국가의 주권이 침해되었습니다. 조선 후기 개화 정책은 망국과 식민지로 귀결됩니다. 불과 100년 전의 역사입니다. 불행하게도 지금은 두 개의 경영 축을 지혜롭게 구사하기는커녕 그 주도권을 다른 나라들에게 빼앗겨 그들에게 역용逆用당하고 있습니다.

『논어』의 화동 담론에서 많은 이야기를 이끌어 냈습니다. 다시 한 번 정리한다면 우리의 최후의 그리고 최고의 선택은 '화화'和化 패러다임입니다. 이것은 우리의 민족사적 과제이면서 동시에 21세기의 문명사적 과제이기도 합니다. 톨레랑스를 넘어 탈주하는 노마디즘이며 그리고 오늘날의 패권적 질서 이후를 고민하는 탈근대 담론이기도 합니다.

6   군자는 본래 궁한 법이라네

지난 시간에 관중은 동同의 논리로 성공하고, 공자는 화和의 논리로 실패했다고 했습니다. 패도가 성공한 것은 비읍鄙邑을 직접 통치하에 편입함으로써 읍제국가를 영토국가로 전환했기 때문이라고 했습니다. 공자는 비읍 출신입니다. 비읍은 비교적 자유로운 지역입니다. 국읍國邑, 도읍都邑은 도로와 건물이 질서정연하고 특히 위계질서가 엄격한 공간입니다. 비읍은 그렇지 않습니다. 공동체 문화가 온존해 있는 자유로운 영역이었습니다. 이 비읍에서 공자가 무당의 사생아로 태어납니다. 야합野合으로 태어났다고 『사기』에 기록되어 있습니다. 지금도 야합은 좋지 않은 의미로 쓰입니다. 당시는 양가의 합의를 거치지 않은 혼례를 야합이라고 했다고 합니다. 또 글자 그대로, 중국에는 춘절春節에 야외에서 혼교가 허용되기도 했다고 합니다. 기록에는 칠십 노인 숙량흘叔梁紇과 16세의 안징재顏徵在 사이에서 공자가 태어납니다. 세 살 때 아버지가 별세하고 스물네 살 때 어머니도 사망합니다. 공자에게는 스승도 없습니다. 비읍에 유儒라는 직업이 있었습니다. 장례를 대행하는 사람들이었습니다. 『장자』에 유儒에 대한 비판이 나옵니다. 국읍에서 상喪이 나면 장례를 대행하고 그날 밤으로 도굴한다고 합니다. 공자는 그러한 소유小儒들의 세계에서 예禮로써 입신합니다. 참으로 입지전적 인물입니다. 후에 노나라에서 형벌을 총괄하는 사구司寇에 오르기도 하지만 그것도 잠시, 곧 망명길에 오릅니다. 정치 영역에서는 완전히 실패합니다. 14년 동안의 망명과 유랑이 공자의 인생과 면모를 바꾸었다고 합니다. 노년에 향리에서 제자들을 가르치는 일로 인생을 마감합니다. 그러나 사후에 세가世家에 오릅니다. 제후의 반열에 오릅니다. 제후는 군주입니다. 소왕素王으로 불립니다. 그리고 공자는 현대 중국의 세계화 아이콘입니다. 공자에 대한 평가가 다양하기 그지없습니다. 그러나 만세의 목탁으로 지금도 건재합니다. 그 이유를 우리가 읽어야 합니다.

공자는 주공을 그리워하는 복고주의자, 노예제 옹호론자로 비판됩니다. 지난 시간에 이야기했듯이 당시에는 진보라는 관념 자체가 없었습니다. 경험한 것 중에서 보다 나은 것을 선택할 수밖에 없었습니다. 오늘날의 진보 개념도 다르지 않습니다. 중세의 신학과 계몽주의 관념에서 가지고 온 것입니다. 주나라 모델은 우리가 화동 담론에서 보았듯이 제후국 연방제입니다. 당시의 패권 경쟁에서 실패한 모델이긴 하지만 오늘날까지 장수하는 모델이기도 합니다. 14년간 여러 나라를 방문해서 제후들과 면담했지만, 아무도 공자를 등용하지 않습니다. 소진蘇秦 같은 사람은 여섯 나라의 재상에 오르기도 합니다. 14년의 망명 동안 공자를 수행한 제자는 자로, 안회, 자공 세 사람입니다. 염유冉有처럼 중간에 동행한 제자도 없지 않습니다만, 매우 고단孤單한 망명이었습니다. 굶기도 많이 했습니다. 당시 망명자는 죽여도 살인이 아니었습니다. 실제로 여러 차례 위험한 고비를 겪기도 합니다. 68세의 노인이 되어 노나라로 귀국합니다. 지금의 곡부曲阜 대성전大成殿은 공자 당시의 모습이 아님은 물론입니다. 역대 제왕들이 공자를 도구화해서 만들어 놓은 것입니다. 공자 당시에는 초라한 학사學舍였으리라 짐작됩니다. 인부지이불온人不知而不慍 불역군자호不亦君子乎, 사람들이 알아주지 않아도 노엽지 않다는 것은 현실 정치 영역으로부터 만세의 목탁으로 나아간 그의 심정을 술회한 것이지만 동시에 공자의 고단했던 당시의 삶을 엿보게도 합니다.

공자의 이러한 인간관이 형성되기까지 참으로 파란만장한 우여곡절이 있었다는 것이 이노우에 야스시井上靖의 견해입니다. 공자는 광견狂狷을 선호하는 혁명가 또는 개혁주의자였다고 합니다. 광견이란 거침없이 사고하고 행동하는 사람을 일컫습니다. '광자진취狂者進取 견자유소불위狷者有所不爲'라고 했습니다. 뜻이 높고 작은 일에 거리낌이 없는 사람을 뜻합니다. 실제로 공자는 삼환三桓의 참주僭主 정치를 반대하다가 망명하게 됩니다. 시라가와 시즈카白川靜는 공자의 초기 교단이 자로나 칠조개漆雕開 같은 유협의 무리들로 이루어졌다고 주장하기도 합니다. 남의 나라에 들어가 상하를 이간하고 어지럽혔다는 공자의 행적을 궈모뤄郭末若는 노예 해방 투쟁이었다고 예찬합니다. 그러나 그러한 평가는 주공을 본 지가 오래되었다는 말로 공자를 노예제 옹호론자로 보는 것과 마찬가지로 무리한 것입니다. 당시에는 노예제의 조건이 미성숙했습니다. 노예제가 성립하기 위해서는 노예 노동의 생산성이 일정 수준 이상이 되어야 합니다. 그리고 노예 생산물이 상품화될 수 있는 조건이 갖추어져야 합니다. 뿐만 아니라 노예 공급원으로서의 타 종족이 주변에 있어서 부단히 노예가 공급될 수 있어야 합니다. 당시에는 이러한 조건이 갖추어져 있지 않았습니다. 다른 부족이나 종족은 제사의 희생물로 사용되었습니다.

그러나 공자가 변방의 사람이었고 광견의 무리에서 몸을 일으킨 것은 사실이라고 할 수 있습니다. 그 점에서는 그가 항상 기피 인물로 여겼던 양호陽虎와 같은 부류의 사람이었습니다. 무녀巫女의 사생아였고 부모의 묘소를 알지 못했다고 합니다. 그러나 시라가와는 공자의 그러한 출생 신분을 폄하하지 않습니다. 참주제를 반대하다 망명한 14년의 유랑이 공자를 광견과 혁명가로부터 만세의 목탁으로 바꾸어 놓은 일대 사변이라고 봅니다.

『논어』는 공자의 대화록입니다만 대체로 만년의 유가 담론을 정리한 것이라 할 수 있습니다. 내용도 당시의 패도와 준별되는 왕도론입니다. 그런 점은 도처에서 발견됩니다. 자공이 정치를 물었습니다. 정치란 식食과 병兵과 신信의 세 가지라고 대답합니다. 자공은 명석하고 질문이 많은 제자입니다. "이 셋 중에서 한 개를 부득이해서 없앤다면 뭘 없애겠습니까?" 병을 없애라, 또 한 개를 더 없앤다면? 식을 없애라, 그러면서 마지막으로 하는 말이 무신불립無信不立, 백성의 신뢰가 없으면 나라가 존립할 수 없다고 합니다. 그 당시에는 국경 개념이 없어 이동이 자유롭습니다. 임금이 신망이 있으면 백성들이 몰려옵니다. 공자는 인仁이란 '근자열近者說 원자래遠者來'라고 합니다. 가까이 있는 사람이 기뻐하고 멀리 있는 사람이 찾아오는 것이 인이라고 했습니다. 당시에는 백성이 경제력이고 군사력이었습니다. 토지는 얼마든지 있었습니다. 이것이 공자의 왕도王道와 덕치德治입니다.

　그러나 관중의 정치는 다릅니다. 정치란 주는 것이다. 먼저 주고 나중에 받는 것이라고 합니다. 관중에게 똑같은 질문을 했다면 대답은 반대였을 것입니다. 먼저 신信을 없애고 다음 병兵을 없애라고 했을 것입니다. 식食을 정치의 근본으로 삼았습니다. 창고가 가득 차야 예의염치禮義廉恥를 안다고 했습니다. 이 점에서 관중의 인간 이해는 진보적이기도 합니다. 당시의 생산계급인 민民도 귀족계급인 인人과 똑같은 욕망과 정서를 가지고 있음을 인정합니다. 『논어』에는 인人과 민民이 분명하게 구별됩니다. 인人은 사군자士君子를 포함한 귀족층을 일컫고, 민民은 노예와 생산 담당자입니다. 절용애인節用愛人, 물건을 아껴 쓰고 사람들을 생각한다는 경우 애민愛民이 아닙니다. 사민이시使民以時, 백성을 부릴 때는 때 맞춰서 부려야 한다. 농사철인가 아닌가를 잘 봐서 부려야 한다고 했습니다. 사인使人이 아닙니다. 그렇다고 이러한 차이를 확대해서 관중은 민주적이고 공자는 보수적이라고 할 수는 없습니다. 관중이 비록 민民의 욕망을 존중하고 그것을 충족시키는 것이 정치라고는 했지만 본질은 목민牧民입니다. 여러분은 목장에서 동물과 목자牧者 중 어느 쪽에 감정이입합니까? 목자의 입장일 것입니다. 목축되고 있는 동물의 입장에 감정이입한다면 생각이 달라집니다. 목장의 동물들은 결국 죽습니다. 목축은 도살하기 위해서 먹입니다. 굶더라도 산야를 자유롭게 뛰노는 것이 더 낫습니다. 다산의 『목민심서』牧民心書도 그 책명에서 알 수 있듯이 바탕에는 백성들을 기른다는 사고가 깔려 있습니다. 식食을 최고의 정치적 가치로 삼고 민民의 욕망과 정서를 승인하는 것이 반드시 민주적이고 인간적인 것은 아닙니다.

　그러나 관중의 패권 논리는 역사적으로 현실 적합성이 입증되었습니다. 공자의 화和, 주나라의 제후국 연방제 모델은 실패했습니다. 패권 논리가 대세인 오늘의 상황에서 공자를 다시 읽는다는 것은 쉬운 일이 아닙니다. 더구나 한 시대와 한 인간을 읽는 일은 그 속에 착종하고 있는 수많은 모순을 상대하는 일입니다. 공자의 화和는 주나라의 종법 질서이고 또한 복고적 계급 질서인 것은 틀림없습니다. 그러나 크게 보면 방금 이야기한 바와 같이 공자로서는 나름대로 역사적으로 검증된 현명한 선택을 하고 있었다고 해야 합니다. 시제와 처지를 고려하지 않은 비판은 처음부터 부정적 결론을 염두에 두는 비방입니다. 역사 독법이 그만큼 어렵습니다.

　군군신신君君臣臣, 임금은 임금답고 신하는 신하다워야 한다는 예론禮論은 공자의 보수적 사회론이기도 하지만 동시에 공자가 증오했던 참주 정치를 반대하는 광견의 개혁적 사상이기도 합니다. 공자는 결국 삼환三桓의 횡포에 반대하다 실패하고 망명합니다. 공자는 귀족과 중간계급이 도덕적 모범을 보임으로써 민民을 계도하려고 했습니다. 이것이 예치禮治입니다. 예치는 결국 계급을 인정하는 것이 됩니다. 그러나 예치는 또 한편 군주의 횡포까지 규제합니다. 법가法家는 군주 권력을 최상위에 놓는 제왕학입니다. 그러나 법가는 동시에 법을 성문화成文化하고 공개함으로써 군주의 자의성을 규제하려고 했습니다. 그럼에도 불구하고 법은 원래 법을 만든 사람은 규제하지 못합니다. 2천 년이 지난 오늘의 우리 현실이 그것을 보여줍니다. 권력자는 법 감정이 없습니다. 처벌과 감시가 자기들의 소임이라고 생각합니다. 조선 시대의 경연經筵이 그렇습니다. 신하들이 임금을 공부시킵니다. 조강朝講, 주강晝講, 석강夕講 하루 세 번씩 공부해야 합니다. 조강에는 재상들이 참석합니다. 주강과 석강에는 홍문관에서 나와서 임금을 신하들이 가르칩니다. 연산군은 그것을 도저히 참지 못합니다. 한마디로 사상의 진보성과 민주성은 단순하지 않습니다. 여러분의 생각 속에도 여러 가지 충돌하는 사상들이 혼재해 있을 것입니다. 공자와 『논어』도 마찬가지입니다. 어떤 것을 호출하고 어떤 독법으로 읽을 것인가 하는 것이 우리의 몫입니다. 그것이 훨씬 더 중요하고 훨씬 더 어렵습니다.

공자 어록에서 많이 알려진 명구입니다. 기소불욕물시어인己所不欲勿施於人, 자기가 원치 않는 것을 다른 사람에게 베풀지 마라. 지금도 인구에 회자되는 명구입니다. 그러나 이것은 공자의 유아론唯我論이라 비판됩니다. 귀곡자는 내가 원치 않는 것을 베풀지 말아야 할 것이 아니라, 그 사람이 원치 않는 것을 그에게 베풀지 않아야 한다는 것입니다. 유학이 국교인 한漢나라의 사관史官 사마천이 공자를 심하게 폄하했습니다. 『사기』에 공자가 노자老子를 찾아가서 예禮에 관해서 질문하는 글이 있습니다. 노자의 대답이 사마천의 생각이라고 봐도 됩니다. 드러내 놓고 공자를 하시下視합니다. '양고심장약허'良賈沈藏若虛 양고良賈, 좋은 상인은 좋은 물건을 겉으로 드러내 놓지 않고 심장沈藏, 깊이 감춰 둔다. 약허若虛, 없는 듯이 하는 법이다. 그리고 교기驕氣, 다욕多欲, 태색態色, 음지淫志를 버리라고 충고합니다. 공자가 노자를 보러 간 적도 없습니다. 두 사람의 생몰연대나 노자의 실체성으로 봐서 그렇습니다. 오히려 사마천이 그렇게 쓴 이유가 궁금합니다. 아버지인 사마담과 마찬가지로 사마천 역시 법가라고 합니다. 중간계급의 도덕적 계도라는 구상 자체가 허구라고 보았던 것이지요. 공자가 만세의 목탁인 것이 역설입니다. 공자와 『논어』
가 지향했던 것이 이와 같음에도 불구하고 오늘날까지 장수하고 있
습니다. 그 까닭에 대해서 생각해 봐야 합니다. 오늘날의 민주공화
국에서도 직접민주제가 실현되는 나라는 없습니다. 대의제代議制입
니다. 대의제는 중간계급을 승인하는 구조입니다. 그리고 그 중간계
급이 실은 민民보다는 인人을 대변하고 있는 것이 현실입니다. 그리
고 중간계급은 경연처럼 최고 권력까지 규제하고 있습니다. 각국의
정치 구조를 조금만 들여다보면 보입니다. 예외 없이 이러한 계급 구
조로 짜여 있습니다. 공자와 『논어』가 장수하는 역설적 이유입니다.

그럼에도 불구하고 공자와 『논어』에 대하여 인색하지 말아야 합
니다. 『논어』는 사회 전환기에 분출하는 개방적 사유를 풍부하게 담
고 있기 때문입니다. 한마디로 인간과 인간관계에 대한 인문학적 사
유가 풍부하기 때문입니다. 종법 사회에서는 학學이란 관념 자체가
없었습니다. 지배-피지배라는 2항 대립의 물리적 구조에서 통치 철
학은 필요하지 않습니다. 힘에 의한 지배와 혈연에 의한 계승이면 충
분했습니다. 신분만 타고나면 공부하지 않아도 됩니다. 오늘날도 마
찬가지입니다. 유붕자원방래有朋自遠方來의 붕朋도 없었습니다. 수직
적 위계만 존재했습니다. 제자弟子라는 말도 없었습니다. 나이 많은
학생은 동생 같고, 나이 어린 학생은 아들 같은 이런 관념 자체가 없
었습니다. 초기에는 도徒라고 불렀습니다. 일종의 종복從僕 개념이었
습니다. 이처럼 삼엄한 위계질서가 무너지는 과도기가 공자의 시대
입니다. 공자와 『논어』의 세계가 담고 있는 것이 바로 인간관계에 대
한 개방적 담론입니다. 그래서 『논어』를 인간관계론의 보고寶庫라고

했습니다. 인간관계가 역동성을 발휘하는 계기가 사군자士君子라는 제3 계급의 등장입니다. 지배-피지배라는 2항 대립 구조에서 제3항이 추가된다는 것은 혁명적 변화입니다. '가위'와 '바위'로만 승패를 가르는 게임에 '보'가 등장하는 것과 같습니다. '가위-바위-보'의 구조가 되면 사회의 역동성이 증폭됩니다. 그 일환으로 나타난 것이 '인간'에 대한 주목이었고 '인간관계'의 발견이었다고 할 수 있습니다. 마구간이 불탔는데 공자가 돌아와서 사람이 다치지 않았느냐고 묻고 말에 대해서는 묻지 않았습니다. 이 일화를 두고 '공자가 인간적이다' 또는 '생명 관념이 편협하다'고 찬반이 엇갈리지만 당시에는 말 한 마리 값이 노비 세 사람 값이었습니다. 비싼 말은 묻지 않고 값싼 사람을 물었습니다. 『논어』는 인간의 발견이었습니다. 『논어』의 인간관계 담론 한두 가지를 소개하겠습니다.

맹지반孟之反은 불벌不伐, 자랑하지 않는다. 분이전奔而殿, 패주〔奔〕할 때는 늘 전전殿한다. 전전이란 패주하는 대열의 후미에서 병사들을 수습하는 일입니다. 추격병에게 노출돼 있는 위험한 자리입니다. 이윽고 성에 이르러 성문을 들어서면서 그제야 화살을 뽑아 말을 채찍질하며 하는 말이 비감후야非敢後也, '내가 감히 위험한 후미에 뒤처지려고 하지 않았는데 말이 달리지 않아서 뒤처졌네' 했다는 것입니다.

위나라 대부 영무자甯武子는 나라에 도가 있으면(有道) 지혜로웠고 나라에 도가 없으면(無道) 어리석었다. 그의 지혜로움은 누구나 따를 수 있으나, 그의 어리석음(其愚)은 불가급不可及, 감히 따를 수가 없었다. 지혜롭기보다는 어리석기가 그만큼 어렵다는 뜻입니다.

내용과 형식에 관한 담론도 있습니다. 질이 문보다 승하면 야하고(質勝文卽野) 반대로 문이 질보다 승하면 사하다(文勝質卽史)고 합니다. 질質이란 바탕, 즉 내용입니다. 문文은 그것을 표현하는 형식입니다. 승勝이라는 표현을 지금은 잘 사용하지 않습니다만 '이긴다', '과도하다'는 뜻입니다. 질승문質勝文은 내용의 정당성만 강조하고 그것의 수사修辭에 무심한 경우인데, 이럴 때 야野, 거칠다는 것입니다. 반대로 문승질文勝質, 문이 질보다 승하면 사史하다, 즉 내용은 없고 형식만 화려한 경우 사치스럽다고 합니다. 문질빈빈文質彬彬 연후 군자然後君子, 문과 질이 빈빈彬彬해야, 잘 조화되어야 가히 군자라 할 것이다. 공자의 인간 이해의 깊이를 느낍니다. 주자주朱子註에서는 야野와 사史 중에 하나를 고른다면 사史보다는 야野가 낫다고 했습니다. 문文이 과하면 질質을 멸滅한다는 것이 이유입니다. 내용도 없으면서 지나치게 꾸미는 것보다는 차라리 다소 거칠더라도 진실이 낫다는 것입니다.

공자의 인간적인 면모를 잘 보여주는 소설이 있습니다. 나카지마 아쓰시中島敦의 중편 「제자」弟子가 그것입니다. 『역사 속에서 걸어 나온 사람들』이란 이름으로 번역 출판되었습니다. 출판사를 하는 지인이 책을 추천해 달라고 해서 잘 팔릴지는 모르지만 좋은 책이라고 추천했습니다. 번역은 고사했습니다. 일본문학 전공 교수가 번역을 했습니다. 그분께 죄송할 정도로 '감역監譯 신영복'을 큰 활자로 표기했습니다만 많이 팔리지 않았습니다. 저자 나카지마는 33세에 요절합니다. 그의 「산월기」山月記는 일본 고등학교 교과서에 실릴 만큼 명문입니다. 내가 일본어를 잘하지는 못하지만, 나카지마의 글에는 불필요한 수식어가 일절 없습니다. 이 사람 일찍 죽겠구나 싶을 정도로 엄숙한 문장입니다. 「제자」는 자로의 이야기입니다. 유협遊俠 출신으로 공자를 가장 가까이에서 모셨던 제자입니다. 자로와 공자가 처음 만나는 장면이 인상적입니다. 「제자」의 첫 부분을 간단히 소개합니다.

노나라 변卞 땅의 유협 중유仲由가 현자로 소문이 나 있는 공구孔丘를 골려 주기 위해서 허름하고 무례한 차림으로 수탉과 수퇘지를 양손에 나누어 들고 공구의 집으로 기세 좋게 걸어 들어갔다. 짐승들을 양손에 들고 눈을 치뜨고 들어온 청년과 단정한 유자의 모습을 한 공자 사이에 문답이 오고 갔다.

"그대는 무엇을 좋아하는가?" 공자가 물었다.

"나는 장검長劍을 좋아하오." 청년이 의기양양하게 대답했다.

"배움에 대해서는 어떻게 생각하는가?"

"배움? 어찌 유익함이 없겠소." 이 말을 하기 위해 달려온 자로였다.

이것은 배움의 권위에 관계되는 말이기 때문에 공자는 배움의 필요성에 대해 이야기하기 시작했다.

"임금에게 바른말을 하는 신하가 없으면 임금은 올바름을 잃게 되고, 선비에게 배움의 벗이 없으면 선비는 들을 귀를 잃게 된다네. 나무도 새끼줄을 매어 둠으로써 비로소 곧게 자라는 것이 아니겠는가? 말에는 채찍이, 활에는 도지개가 필요하듯이, 사람에게도 방자한 성격을 바로잡기 위한 가르침이 꼭 필요한 것이라네. 틀을 바로잡고 갈고닦으면 그제야 비로소 유용한 재목이 되는 법이라네."

공자는 후세에 남겨진 어록의 문장으로는 상상하기 어려울 만큼 매우 설득력 있는 언변을 갖고 있었다. 말의 내용뿐만 아니라

온화한 음성과 억양, 그것을 설명할 때의 확신에 찬 태도에는 듣는 이가 설득되지 않을 수 없는 무엇인가가 있었다. 청년의 태도는 점차 반항의 빛이 사라지고 삼가 듣는 듯한 모습이 되었다.

"그렇지만…… 남산의 대나무는 쉽게 휘어지지 않고 저절로 곧게 자라서, 이를 잘라 사용했더니 무소의 가죽을 꿰뚫었다고 들었소. 천성이 뛰어난 사람에게 무슨 배움이 필요하겠소?"

공자에게 이 정도의 비유를 반박하는 것만큼 쉬운 일은 없었다.

"그대가 말하는 그 남산의 대나무에 살깃과 살촉을 달고 그것을 잘 갈고 닦으면 단지 무소 가죽을 꿰뚫을 뿐만이 아니라네."

이 말에 닭과 돼지를 던지고 자로가 공자 문하로 들어옵니다. 이때의 자로의 심정을 나카지마가 이렇게 설명합니다.

자로는 일찍이 이러한 인간을 본 적이 없었다. 자로는 3천 근이나 나가는 쇠솥을 들어 올리는 용사는 본 적이 있고, 천 리 밖을 내다 보는 지자의 이야기를 들은 적도 있다. 그러나 공자에게는 결코 그런 괴력이나 신기와는 비교할 수 없는 무엇이 있었다. 용사의 괴력이나 지자의 신기에 비하면 공자가 가지고 있는 것은 가장 상식적인 완성에 지나지 않는 것이었다. 지知, 정情, 의意의 하나하나에서부터 육체적인 여러 가지 능력에 이르기까지 실로 평범하고 구김살 없이 발달한 완전함이었다. 하나하나 능력의 뛰어남이 전혀 두드러지지 않으면서도 지나치거나 모자람 없이 균형이 잘 잡힌 넉넉함은 자로로서는 실로 처음 보는 것이었다.

이 설명은 물론 자로의 생각이기보다는 나카지마의 공자관觀입니다. 자로가 가장 싫어하는 것이 '형식'이었습니다. 절차와 형식에 대해서는 그야말로 생리적인 거부감을 가지고 있었습니다. 그 부분을 끝내 해결하지 못하지만 끝까지 공자를 지킵니다. 나중에 위나라로 벼슬하러 갑니다만 쿠데타에 연루되어 죽습니다. 자로의 시체를 소금에 절여서 사흘 동안 저자에 버려 두었다는 소식을 전해 들은 공자는 이후로는 밥상에 젓갈을 올리지 못하게 합니다. 인간적으로 가장 가까운 제자였습니다. 공자가 자로에게 이야기합니다. "네가 내 옆에 온 후로는 나를 비판하는 소리를 못 듣겠구나." 누구든 공자를 비판하는 말을 하면 달려가서 시비 걸었나 봅니다. 어쨌든 공자의 면모는 자로와 같은 유협의 사람들까지도 포용하는 부드러운 카리스마였다고 할 수 있습니다. 평범하면서도 진솔한 인간적 면모를 갖춘 사람, 이것이 나카지마의 공자관입니다.

나카지마에 관한 자료들을 찾아보고 놀라웠습니다. 나카지마는 어려서 친모가 죽고 새엄마를 여러 사람 맞습니다. 학교 교사였던 아버지가 이혼과 재혼을 여러 번 반복합니다. 그중의 어떤 계모는 사소한 잘못을 저질렀다는 이유로 아이를 감나무에 묶었습니다. 아버지가 퇴근할 즈음에 풀어 주었습니다. 그런 일이 여러 차례 있었음에도 불구하고 단 한 번도 그 사실을 아버지한테 얘기하지 않을 정도로 말없는 아이였습니다. 그러나 학교에서는 최우등생으로 선망의 대상이었습니다. 그만큼 더 혹독한 어린 시절이었습니다. 그리고 33세에 요절합니다. 문장의 천재는 요절한다는 말을 실감합니다.

『논어』와 공자를 마무리하면서 소개할 이야기가 있습니다.『풍도』風濤의 작가 이노우에 야스시의 소설『공자』에 있는 이야기입니다. 이노우에가 1989년 마지막으로 남긴 작품입니다. 나는 『풍도』를 읽었던 감명 때문에 심취했습니다. 이 소설은 공자의 14년간의 유랑을 배경으로 하면서 『논어』의 대화들이 어떤 상황에서 나온 것인가를 보여줍니다. 주인공은 물론 언강焉薑이라는 가공의 인물입니다. 공자의 제자에 들지 못하는 잡역부로 동행하면서 공자 주변을 지켰던 사람의 회고담입니다. 이 소설에서 공자의 진면목을 보여주는 장면이 있습니다. 공자 일행이 진陳, 채蔡 사이에서 며칠을 굶주려 일어날 기력도 없을 때였습니다. 그런 상황에서 조용히 금琴을 켜고 있는 공자에게 자로가 다가가 화난 듯 이야기합니다. "군자도 궁할 때가 있습니까?"(君子亦有窮乎) 자로의 노여운 질문에 대한 공자의 답변은 의외로 조용하고 간단합니다. "군자는 원래 궁한 법이라네."(君子固窮) "소인은 궁하면 흐트러지는 법이지."(小人窮斯濫矣) 바로 이것이 공자의 모든 것을 한마디로 압축한 답변입니다. 이노우에는 공자의 이 말을 들은 제자들이 기쁨을 감추지 못하고 함께 춤추었다고 했습니다. 감동이 컸기로서니 춤을 추다니 나로서는 이해하기 어려웠습니다만, 이노우에는 이 대화가 공자 어록의 정점이라고 생각했습니다. 물론 이 대화의 파괴력을 의심하는 사람은 없을 것입니다. 그러나 내게는 '언강'이 공자 무리에 합류하기로 결심하는 대목도 매우 인상적이었습니다. 간단하게 소개하면 이렇습니다.

언강이 송宋나라 도성 북쪽에서 수로 공사를 마치고 도성으로 돌아가기 전날이었습니다. 위衛에서 조曹를 거쳐 마을로 들어온 10여 명의 꽤 신분이 높은 여행자들을 목격하게 됩니다. 그것도 언덕 위를 천천히 걷고 있는 모습을 멀리서 바라보았습니다. 그 사람들이 바로 공자와 제자들이었습니다. 그 사람들로부터 진陳의 도성까지 동행하면서 잡일을 맡아달라는 요청을 받고 수락합니다. 공자와 제자들이 묵묵히 걸었던 언덕이 지난 시간에 이야기한 규구회맹이 열렸던 규구葵丘였습니다. 그 후 어느 날 밤이었습니다. 비바람이 심하게 몰아쳐서 목적지에 이르지 못하고 빈 농가에서 비를 피하게 되었습니다. 언강은 건너편 헛간에서 비를 피하고 있었습니다. 공자는 안채의 정원을 바라보는 방 한가운데 정좌하고 그 뒤로 안회, 자공, 자로 등 제자들이 나란히 앉아서 쏟아지는 빗줄기와 내리치는 번개를 바라보고 있었습니다. 강 건너 밀림과 솟아오르는 연기를 석상처럼 앉아서 바라보고 있었습니다. 번개가 칠 때마다 드러나는 그 사람들의 모습을 바라보면서 언강은 난생 처음으로 상상할 수 없는 인간이 이 세상에 있다는 사실에 충격 받습니다. 무슨 생각을 하는 사람들인지 도무지 알 수 없을 뿐 아니라 천둥 번개를 피하려는 생각이 추호도 없이 묵묵히 앉아서 천명을 고스란히 받아들이려는 듯한 그들의 모습에 충격을 받습니다. 언강은 바로 그 이유 때문에 공자의 무리에 끼어 먼 길을 함께하기로 결심합니다.

공자와 『논어』의 세계가 어떤 것이라고 한마디로 단정하기 어렵습니다만 군자는 원래 궁하다는 신념과 천둥 번개 속에서 묵묵히 앉아서 묵상하는 광경은 우리들로 하여금 많은 생각을 하게 합니다. 한마디로 공자의 인간학입니다. 인간에 대한 성찰이면서 인간의 존엄에 대한 고결한 자부심입니다. 『논어』와 공자에 관하여 앞으로도 끊임없는 재구성이 이루어지리라고 생각합니다. 그러나 그 한가운데에 건재하는 것이 '인간'이 아닐까 합니다. 언젠가 어느 잡지사 기자로부터 '내 인생의 한 권의 책'을 질문 받았습니다. 난감했습니다. 결정적인 한 권의 책이 내게 없었습니다. 그렇다고 그런 책이 없다고 하자니 오만하게 비칠 것 같았습니다. 궁리 끝에 세 권을 준비했습니다. 『논어』, 『자본론』, 『노자』였습니다. 『논어』는 인간에 대한 담론이고, 『자본론』은 자본주의 사회 구조에 관한 이론이고, 『노자』는 자연에 대한 최대 담론이라고 했습니다.

7 　　　　　　　　　　검은 선이 되지 못하고

맹자는 맹모삼천지교孟母三遷之敎로 유명합니다. 맹모孟母는 자녀를 훌륭하게 교육시킨 현모賢母의 전형입니다. 처음에는 조용한 산 밑에서 살았습니다. 가까이 묘지가 있어서 맹자가 장례 흉내를 냅니다. 안 되겠다 싶어서 시장 가까이로 이사했더니 이번에는 또 장사꾼 흉내만 냅니다. 다시 서당 옆으로 이사해서 맹자가 글공부를 하게 되었다는 고사입니다. 심지어 이 고사가 업그레이드되기도 합니다. 묘지 옆에서 생사의 고뇌를 깨닫게 하고, 시장에서 살아가는 일의 실상을 목격하게 했다는 것입니다. 맹모삼천 고사는 한漢나라 때 유향劉向이 펴낸 『열녀전』列女傳의 '모의전'母儀傳 편에 실려 있습니다. 그 주인공이 맹자라고 해야 설득력이 있기 때문에 그랬을 것입니다. 그러나 나는 맹자 엄마가 썩 훌륭한 엄마는 아니었다고 생각합니다. 왜냐하면 환경을 바꿔 주는 것에 지나지 않습니다. 지금으로 치면 강남 8학군에 이사 가는 정도입니다. 그 정도 엄마는 우리나라에 얼마든지 있습니다. 나는 맹자 엄마보다 한석봉韓石峯 엄마가 훨씬 낫다고 생각합니다. 한석봉 엄마는 아들이 공부하고 돌아왔을 때, 불을 끄고 떡을 썰 테니까 아들은 글씨를 쓰라고 합니다. 그리고 다 끝난 다음에 불을 켜서 확인하니까 엄마는 떡을 가지런하게 썰었는데, 한석봉은 글씨가 크고 작고 비뚤어지게 썼습니다. 그래서 한석봉이 자신의 부족함을 깨닫고 열심히 공부했다는 고사입니다. 사실은 나도 글씨를 쓰는 사람으로서 이 게임이 공정한 게임은 아니라고 생각합니다. 떡이야 깜깜한 데서도 만져 보고 썰 수 있지만, 글씨는 만져 보면서 쓸 수는 없습니다. 그러나 중요한 것은 환경만 바꿔 주는 것이 아니라 엄마 자신이 무언가를 직접 실천하는 모습을 보여준다는 점입니다. 공부 환경도 중요하지만 엄마의 삶의 자세가 더 큰 영향을 주는 것이지요.

『맹자』는 7편 261장, 3만 5천 자 가량 됩니다. 『논어』의 3배 가까운 분량입니다. 그런데도 하나만 뽑았습니다. 곡속장觳觫章의 '이양역지'以羊易之 부분입니다. 양羊과 소를 바꾼 이야기입니다. 이 글을 뽑은 이유는 역시 우리 강의의 주제인 '관계'에 대해서 이야기하기 위해서입니다. 『주역』의 관계론 독법, 『논어』의 화동 담론, 그리고 『맹자』의 '만남'입니다.

내용은 이렇습니다. 맹자가 인자하기로 소문난 제나라 선왕宣王을 찾아가서 자기가 들은 소문을 확인합니다. 소문은 이런 것입니다. 선왕이 소를 끌고 지나가는 신하에게 묻습니다. "그 소를 어디로 끌고 가느냐?" "흔종釁鍾하러 갑니다." 흔종이란 종을 새로 주조하면 소를 죽여서 목에서 나오는 피를 종에 바르는 의식입니다. 소는 제물로 끌려가고 있었던 것이지요. 아마 소가 벌벌 떨면서 눈물을 흘렸던가 봅니다. 임금이 "그 소 놓아주어라"고 합니다. 신하가 "그렇다면 흔종을 폐지할까요?" "흔종이야 어찌 폐지할 수 있겠느냐. 양으로 바꾸어서 제를 지내라"고 했다는 소문이었습니다. 요컨대 소를 양으로 바꾸라고(以羊易之) 지시한 적이 있는가를 확인하는 것이었습니다. 그런 일이 있었다고 하자, 왜 바꾸라고 하셨는지 그 이유를 묻습니다. 벌벌 떨면서 죄 없이 사지로 끌려가는(觳觫若 無罪而就死地) 소가 불쌍해서 바꾸라고 했다는 것이었습니다. 그럼 양은 불쌍하지 않습니까? 양도 불쌍하기는 마찬가지입니다. 그리고 백성들의 험담처럼 큰 것을 작은 것으로 바꾼 인색함 때문이 아니었던 것 역시 분명합니다. 맹자는 선왕 자신도 모르고 있는 이유를 이야기해 줍니다. 여러분은 알고 있습니까?

소를 양으로 바꾼 이유는 양은 보지 못했고 소는 보았기 때문이라는 것이 맹자의 해석이었습니다. 우리가 『맹자』의 이 대목에서 생각하자는 것은 '본 것'과 '못 본 것'의 엄청난 차이에 관한 것입니다. 생사가 갈리는 차이입니다. 본다는 것은 만남입니다. 보고, 만나고, 서로 아는, 이를테면 '관계'가 있는 것과 관계 없는 것의 엄청난 차이에 대해서 이야기하려고 합니다. 이 곡속장이 바로 그것을 이야기하고 있습니다. 옛 선비들이 푸줏간을 멀리한 까닭은 그 비명 소리를 들으면 차마 그 고기를 먹지 못하기 때문이라고 합니다. 그런데 요즘은 아닙니다. 생선 횟집에 들어가면서 수조 속의 고기를 지적하여 주문하는 사람도 많습니다. 우리 사회의 인간관계가 오늘 강의의 핵심입니다.

인간관계는 사회의 본질입니다. 사회에 대한 정의가 많지만, 사회의 본질은 '인간관계의 지속적 질서'라고 생각합니다. 이러한 관점에서 본다면 근대사회, 자본주의 사회, 상품사회의 인간관계는 대단히 왜소합니다. 인간관계가 지속적이지 않습니다. 자본주의 사회는 도시 형태를 띠고 있습니다. 도시에서 살고 있는 우리들의 삶을 돌이켜보면 인간적 만남이 대단히 빈약합니다. 이양역지를 통해서 확인하려고 하는 것이 바로 우리 시대의 인간관계와 사회성의 실상입니다.

이와 관련된 일화가 있습니다. 지하철에서 직접 겪은 일입니다. 나는 오랜 수형 생활 때문인지는 모르지만 지하철에서 누가 어느 역에서 내릴 것인가에 대해서 거의 정확하게 예측합니다. 언젠가 신도림역에서 내릴 사람을 골라서 바로 앞에 서 있었습니다. 전철이 신도림역에 도착하자 그 사람이 일어섰습니다. 내가 그 자리에 앉으려고 하는 순간 바로 옆자리에 앉아 있던 여자 분이 얼른 그 자리로 옮겨 앉고 앞에 서 있던 친구를 자기 자리에 앉히는, 전혀 예상치 못한 사건이 일어났습니다. 그 순간에 떠오른 것이 바로 이 이양역지였습니다. 나는 나름대로 신도림역에서 내릴 사람의 정면에 서서, 누가 보더라도 그 자리에 대한 연고권이 내게 있다는 것을 분명하게 선언하고 있었습니다. 그럼에도 불구하고 그 자리를 불법적(?)으로 차지한다는 것은 말이 안 되는 것이지요. 이처럼 경우 없는 일이 일어나는 이유가 '만남의 부재' 때문입니다. 그 여자와 나는 만난 일이 없었고, 앞으로도 만날 일이 없습니다. 서울 시민의 지하철 평균 탑승 시간이 10정거장 20분입니다. 지하철 속의 만남은 20분만 지나면 끝나는 만남입니다. 만약 그 전철 안에서 3년쯤 먹고 자고 같이 생활한다면 그 사람이 그런 행위를 하지 않았을 것입니다. 인의예지仁義禮智가 맹자의 사단四端입니다. 아시는 바와 같이 인仁은 측은지심惻隱之心입니다. 맹자가 강조한 의義가 수오지심羞惡之心, 부끄러움[恥]입니다. 부끄러움이라는 감정은 관계가, 만남이 지속적일 때 생깁니다. 20분간의 만남은 부끄러움이 형성되기에는 너무 짧은 시간입니다. 얼마든지 남의 좌석을 불법(?)으로 가져갈 수 있습니다.

모스크바의 지하철에서는 전혀 다른 광경을 목격했습니다. 노인이 탑승하자 청년들이 얼른 일어서서 자기 자리로 모셔 앉히는 것이었습니다. 두 번 세 번 그런 광경을 목격하고 현지 교민에게 물어보았습니다. 대답은 "당연한 일이지요!"였습니다. "이 전철을 저 노인들이 건설했다"는 것이었습니다. 혁명적 열정으로 청춘을 바쳐 건설했다는 것이었습니다. 당연한 일이었습니다. 우리 대학의 학생들은 다른 대답이었습니다. 노인들이 건설한 것은 맞지만 그것은 월급을 받기 위해서 일한 것이라는 대답이었습니다. 그것 역시 당연한 대답이었습니다. 문제는 같은 사안이 전혀 다른 맥락에서 읽히는 이유입니다. 세대 간의 만남도 단절되고 있는 것이 현실입니다. 그 이유에 대하여 우리가 고민해야 합니다.

이처럼 우리 사회의 왜소한 만남은 도시의 과밀 때문이라는 주장이 있을 수 있습니다. 물리적 과밀성이 물론 상당 부분 이유가 됩니다. 그러나 우리는 논의를 그렇게 끝낼 수는 없습니다. 한 걸음 더 나아가 '도시'는 누가 만들었나를 물어야 합니다. 도시는 자본주의가 만들었습니다. 자본주의의 역사적 존재 형태가 도시입니다. 그리고 그 본질은 상품교환 관계입니다. 얼굴 없는 생산과 얼굴 없는 소비가 상품교환이라는 형식으로 연결되어 있는 것이 자본주의 사회의 인간관계입니다. 얼굴 없는 인간관계, 만남이 없는 인간관계란 사실

관계 없는 것과 다르지 않습니다. 얼마든지 유해 식품이 만들어질 수 있는 구조입니다. 우리 시대의 삶은 서로 만나서 선線이 되지 못하고 있는 외딴 점點입니다. 더구나 장場을 이루지 못함은 물론입니다. 『맹자』 3만 5천 자 중에서 이 곡속장 하나만 예시문으로 삼은 까닭을 다시 한 번 생각하기 바랍니다.

『맹자』는 분량도 많고 범위도 넓습니다. 자연히 핵심을 놓치기 쉽습니다. '공맹'孔孟이라고 통칭되듯이 맹자는 당연히 공자를 잇고 있습니다. 『맹자』 속에 공자가 28번 인용되고 있다고 합니다. 물론 『논어』와 『맹자』가 전혀 다른 계열의 텍스트라는 주장도 없지 않습니다만, 공자의 핵심이 '인'仁이라고 한다면 맹자의 핵심은 '의'義라 할 수 있습니다. 의義는 인仁을 사회화한 개념이라고 할 수 있습니다. 인仁도 물론 사회적인 개념입니다. 인仁이라는 글자가 '두 사람'을 뜻합니다. 인간관계입니다. 인간관계가 곧 사회입니다. 그러나 그 강조점에 차이가 있습니다. 공자가 춘추시대의 사람이라면 맹자는 전국시대의 사람입니다. 그 시대적 상황의 차이가 반영되고 있다고 할 수 있습니다. 전국시대는 글자 그대로 전쟁 방식의 사활적 경쟁에 내몰리고 있는 때입니다. 인간관계보다 사회관계가 더 절박한 과제로 등장하고 있었습니다.

『맹자』는 맹자와 양혜왕梁惠王의 대화로 시작됩니다. "노인장께서는 불원천리不遠千里하고 먼 길을 오셨는데 장차 나에게 무슨 이로운 말씀을 해 주시렵니까?" 이로운 말씀 즉 '이'利에 관해서 물었습니다. 전국시대의 군주인 양혜왕은 당연히 부국강병의 방책을 주문합니다. 맹자의 답변은 "어찌 이利를 말씀하십니까? 오직 '인의'仁義가 있을 뿐입니다"였습니다. 이利가 아닌 인의仁義를 이야기합니다. 이

인의라는 개념 때문에 『맹자』와 『논어』가 다른 계열이라는 주장이 나옵니다. 『논어』에는 인의라는 개념이 없습니다. 인의는 『묵자』墨子에 나오는 개념이기 때문입니다. 여기에 관해서는 다음 기회에 이야기하겠습니다. '利'는 벼 화禾에 칼 도刀입니다. 칼로 벼를 베어 가거나 뺏어 간다는 뜻입니다. 의義는 자해字解가 여러 가지입니다만, 양羊을 칼〔戈〕로 자르는 것, 양고기를 썰어 고루 나누는 것입니다. 사활이 걸린 패권 경쟁에 내몰리고 있는 군주에게는 이利는 가깝고 의義는 한참 먼 것입니다. 맹자의 인의는 현실적 방책이 못 되었고 결국 맹자는 전국시대의 절대군주에게 등용되지 못합니다. 상앙, 범저, 이사처럼 크게 등용된 사람들은 모두가 부국강병책을 제시한 사람들입니다. 상앙과 진秦 효공孝公은 처음 만나자마자 내리 사흘 동안 이야기를 나눌 정도로 의기투합했다고 합니다. 맹자와 양혜왕의 대화는 길지 않았을 것입니다. 맹자는 돌아와서 제자들을 가르치는 일로 일생을 마칩니다.

『맹자』에서 가장 높게 평가되는 부분은 곡속장의 이양역지보다는 민본사상民本思想입니다. 루소Jean-Jacques Rousseau나 홉스Thomas Hobbes 정도의 사회론을 그 당시에 이미 피력하고 있습니다. 맹자왈孟子曰 민위귀民爲貴 사직차지社稷次之 군위경君爲輕, 민民이 가장 귀하고 사직社稷이 그다음이고 군君이 가장 가볍다. 임금이 정사를 잘못하면 바꾸고, 좋은 고기와 깨끗한 곡식으로 제사를 지냈는데도 가뭄과 장마가 그치지 않으면 사직단社稷壇을 헐어 버린다. 사직단은 조상신을 모시는 제단입니다. 사직단을 헌다는 것은 가톨릭 신자들이 로마 교황청을 헐어 버리는 것과 다름없습니다. 주원장朱元璋은 『맹자』를 금지했습니다. 군위경君爲輕이라니. 과거시험에서 『맹자』를 빼라고 했습니다. 신하들의 간곡한 상소로 어쩔 수 없이 민본民本에 관련된 부분을 삭제하고 분량도 3분의 1쯤 줄여서 『맹자절문』孟子節文을 따로 만들어 과거시험 텍스트로 내놓을 정도였습니다.

우리나라에는 유학儒學이 고려 말에 들어옵니다. 조선 건국의 주역 삼봉三峯 정도전鄭道傳이 당시에 『맹자』를 읽었습니다. 부친의 시묘살이 하는 중에 포은圃隱 정몽주鄭夢周가 『맹자』를 보내왔다는 기록이 있습니다. 정몽주와는 나중에 갈라서게 되지만 이색 스쿨 동창생이었습니다. 이색 스쿨은 당시 개혁 사관학교라고 불리는 목은牧隱 이색李穡의 문하생 집단입니다. 『맹자』는 아마 이색 스쿨의 필독서였을 것입니다. 목은의 문하생들은 서로의 친밀감이나 유대의식이 대단했음은 물론입니다. 정몽주가 정도전보다 다섯 살 정도 나이가 많습니다. 특히 정도전은 당시에 공부를 많이 한 사람으로 정평이 나 있었습니다. 당시에는 선비들이 상喪을 당하면 3년 시묘살이한다고 하지만 자기가 하는 것이 아니라 하인들을 시켜 시묘하게 하고 자기는 일상적인 생활을 계속합니다. 시묘가 끝나면 하인을 면천免賤해서 보내주는 것이 통례였습니다. 그런데 정도전은 여막을 짓고 아버지 묘소에서 몸소 시묘살이를 했습니다. 그때 정몽주가 『맹자』를 보내주어서 읽었습니다. 당시에는 대갓집이 아니면 책을 구하기 어려웠음은 물론입니다. 정도전은 나주羅州 8년 유배 생활 동안에도 공부를 많이 합니다. 농민들의 생활상을 몸소 체험합니다. 나중에 정도전이 함주咸州의 병영으로 동북면도지휘사東北面都指揮使 이성계李成桂를 찾아갑니다. 그때 면식이 없는 정도전이 그냥 찾아가지는 않았을 것이라고 봅니다. 이성계 옆에 정몽주가 앉아 있었거나 정몽주의 소개장을 가지고 갔을 것으로 추측합니다. 1383년 당시는 정몽주가 참모장격인 동북면 조전원수助戰元帥로 이성계를 도와 왜구를 막아냈을 때일 뿐 아니라 그 이전에도 정몽주는 여러 차례 이성계를 도와 참전했기 때문입니다. 잠시 다른 이야기였습니다만『맹자』는 조선 건국에 일정하게 침투해 있었던 책이라고 할 수 있습니다.

맹자의 민본사상은 지금 생각하면 거의 상식에 속하는 것이라 할 수 있지만 조선 후기 다산 정약용 때까지만 하더라도 맹자의 민본은 금기시되었습니다. 다산의 금서禁書 중에 탕왕湯王을 논한「탕론」湯論이 있습니다. 탕왕은 말희末喜와의 주지육림酒池肉林으로 유명한 하夏나라 폭군 걸왕桀王을 처단하고 은殷나라를 건국한 왕입니다. 제 선왕이 맹자에게 "탕왕이 걸왕을 내치고 무왕이 주왕紂王을 정벌했다고 하니 그런 일이 있습니까? 신하가 임금을 죽이는 게 옳습니까?" 하고 묻습니다. 맹자의 답변은 단호합니다. "인仁을 저버린 자를 적賊이라 하고, 의義를 저버린 자를 잔殘이라 하고, 잔적殘賊한 사람을 일부一夫라 합니다. 저는 일부인 주紂를 베었다는 말은 들었지만, 임금을 시해했다는 말은 듣지 못했습니다." 이것이 맹자의 대답입니다. 주원장이『맹자』를 금서로 지정할 만합니다. 임금을 바꾸는 것이 정당하다는 논리가「탕론」이고 이 글이 다산 당시에도 금서였습니다. 그러나『맹자』는 이색 스쿨의 필독서였습니다.

맹자의 민본사상은 정치사상에 국한되지 않습니다. 여민락與民樂이 그 예입니다. 여민락은 백성과 함께 즐거워한다는 뜻입니다. 양혜왕이 못가에 서서 큰 기러기와 사슴들을 돌아보며 맹자에게 묻습니다. "현자賢者도 또한 이것을 즐거워합니까?" 맹자의 대답입니다. "현자라야 즐길 수 있습니다. 폭군이라면 즐기지 못합니다." 제

선왕도 맹자에게 물은 적이 있습니다. "나는 사냥터가 40리밖에 안 되고, 문왕은 70리나 되었는데, 문왕은 인자한 임금이라고 하고, 왜 나는 나쁜 임금이라고 합니까?" 맹자의 대답입니다. "문왕은 사냥터를 개방하고 당신은 개방하지 않기 때문입니다." 진정한 즐거움이란 독락獨樂이 아니라 여러 사람과 함께하는 것이어야 한다는 것이 맹자의 여민락입니다. 민본사상의 문화적 버전이라 할 만합니다.

『맹자』에서 성선설性善說을 빠트릴 수 없습니다. 춘추전국시대에 유독 인간의 본성에 관한 성론性論이 많이 제기되었던 이유에 대해서도 생각해야 합니다. 맹자의 '성선설' 그리고 순자荀子의 '성악설'性惡說이 성론의 전형입니다. 지난 번 『초사』에서 인간의 본성에 관한 이야기를 했습니다. DNA로서 대표되는 생명은 생명 그 자체의 서바이벌이 본성이라고 했습니다. 생명의 그러한 본성을 선악 개념으로 재단할 수는 없습니다. 선과 악은 사회적 개념입니다. 동물의 세계에서 절도竊盜는 선악 개념으로 재단되지 않습니다. 그럼에도 불구하고 춘추전국시대에는 성론이 활발하게 제기됩니다. 춘추전국시대에는 인간이 차마 선한 본성을 가졌다고 보기가 어려운 시대입니다. 약육강식, 하극상, 대량 살상 등 비참한 현실이었습니다. 그것을 인간이 만들어 내고 있었습니다. 그럼에도 불구하고 맹자는 성선설을 주장합니다. 반대로 순자는 성악설을 주장합니다. 둘 다 춘추전국시대의 참상을 뛰어넘기 위한 개념입니다. 맹자는 인간의 선한 본성을 확충함으로써 그 시대를 극복하려고 하고, 순자 역시 인간의 악한 본성을 직시하고 그것을 적절히 규제함으로써 춘추전국시대를 뛰어넘으려고 했습니다. 성선설과 성악설은 다 같이 목적론적 개념입니다.

맹자는 인의예지라는 네 가지의 선단善端을 하늘로부터 타고났다고 주장합니다. 맹자의 천성天性은 공자의 천명天命에 비하면 훨씬 현실화된 것입니다. 하늘에 있는 것이 아니라 몸속에 인성人性으로 체화되어 있습니다. 후에 주자에 이르면 이러한 논리가 객관화되어 천리天理가 됩니다. 객관적 관념론이 됩니다. 이처럼 성론은 천명에서 천성을 거쳐 천리로 발전됩니다. 맹자의 경우 인간은 인의예지라는 네 가지의 선량한 싹을 타고났기 때문에 이를 확충하기만 하면 얼마든지 왕도 정치가 가능하다는 주장을 폅니다. 왕도 정치의 논거로 성선설을 주장합니다. 선량한 본성을 확이충지擴而充之하여 전국시대를 극복하고 왕도 정치를 실현하고자 했습니다. 결과적으로 낙관론이 됩니다.

순자의 성악설도 맹자의 성선설과 마찬가지로 목적론적 개념입니다. 순자는 전국시대의 마지막 유가儒家였습니다. 맹자 이후 시기의 학자였기 때문에 다른 많은 학파들의 업적을 수렴합니다. 그러나 순자는 유가 도통道統에서 이단으로 배제됩니다. 공자에서 맹자로, 그다음 주자로 건너뛰고 순자는 제외됩니다. 이유는 순자의 천론天論 때문입니다. 순자의 천天은 자연천自然天입니다. 천의 의지가 사상됩니다. 우레와 번개가 치면 두렵긴 하지만 괴이하지 않다. 그것은 자연현상에 불과하다. 마찬가지로 인간의 성性도 내적 자연內的自然으로 봅니다. 인간의 정情과 욕慾은 생리입니다. 사회적 훈련을 거치지 않은 생리 그 자체는 선한 것일 수 없습니다. 인지성人之性 악惡, 인간의 본성은 악하다. 기선위야其善僞也, 인간의 행위가 선한 것은 위僞라는 것입니다. 여기서 '위'僞는 거짓이란 뜻이 아닙니다. 사람이 작위作僞한 것 즉 人+僞입니다. 본성은 악하지만 사람이 선善으로 만들었다는 것입니다. 맹자는 인간의 선한 본성을 확충하기만 하면 되었지만 순자는 인간의 악한 본성을 위僞를 통해서 즉 인간의 적극적인 개입을 통해서 선善으로 만들어야 한다는 주장입니다. 맹자는 확충이고 순자는 교육입니다. 순자가 교육철학자인 것은 널리 알려져있습니다. 학불가이이學不可以已로 시작하는 『순자』의 「권학편」勸學篇을 기억할 것입니다. 학문은 결코 중도포기할 수 없다. 청취지어람青取之於藍, 청은 쪽으로부터 취한 것이지만 청어람青於藍, 쪽보다 더 푸르고 빙수위지冰水爲之, 얼음은 물이 얼어서 된 것이지만 한어수寒於水, 물보다 더 차다. 후학後學이 교육을 통해서 훨씬 더 뛰어날 수 있다는 것입니다. 순자의 성악설은 잘 아시는 바와 같이 예론禮論 그리고 법가의 이론으로 발전해 갑니다. 법가 이론을 집대성한 한비자韓非子와 진시황을 도와 법가 이론으로 천하를 통일한 이사가 순자 문하에서 나옵니다.

우리 강의가 인문학 교실이기 때문에 당연히 사람을 중심에 둡니다. 인문학이 아니더라도 마찬가지입니다. 우리가 제일 많이 배우고 가장 쉽게 배우는 대상이 사람입니다. 사람이 최고의 교본입니다. 그래서 어느 시대에나 사표師表를 찾습니다. 제자백가들 중에 인간적 면모가 전혀 감이 안 잡히는 사람이 노자老子입니다. 노자는 텍스트도 난해하고 사람까지 보이지 않습니다. 맹자는 그렇지 않습니다.

『맹자』중에서 그의 인간적 면모를 읽을 수 있는 예화 몇 가지를 소개하겠습니다. 우선 내가 좋아하는 글을 소개합니다. "바다를 본 사람은 물을 말하기 어려워한다."(觀於海者難爲水) 큰 것을 깨달은 사람은 작은 것도 함부로 이야기하지 못한다는 뜻입니다. 맹자의 인간적 기품과 크기를 읽을 수 있습니다. 내가 이 구절을 '관해난수'觀海難水

라고 4자로 성어成語해서 액자체로 썼습니다. 출소한 지 얼마 안 돼서 유홍준 교수의 주선으로 처음 서예전을 가졌습니다. 그때 이 작품을 출품했습니다. 작품 도록을 보고 깜짝 놀랐습니다. 관해난수의 해설이 잘못 기록되어 있었습니다. 내가 쓴 해설문이 나와 상의 없이 바뀌어 있었습니다. 누가 그랬는지 "바다를 본 사람에게는 물을 이야기하기가 어렵다"로 바뀌어 있었습니다. 여러분도 그 차이를 느낄 수 있을 것입니다. 바다를 본 사람에게는 물에 대해서 거짓말하기 어렵다는 뜻이 됩니다. 전혀 격이 다릅니다. 완성된 도록을 전부 수정했습니다. 맹자의 생각은 그처럼 기품이 있습니다.

시詩 강의 때 「어부」의 '창랑지수'滄浪之水를 읽었습니다. "창랑의 물이 맑으면 갓끈을 씻고, 창랑의 물이 흐리면 발을 씻는다." 굴원의 반성이면서 동시에 지혜로운 대중노선을 천명한 것이라고 했습니다. 『맹자』에 창랑지수에 관한 이야기가 있습니다. 전혀 다른 맥락에서 이야기하고 있습니다. "너희들 창랑지수란 노래를 듣지 않았는가? 왜 어떤 물에는 깨끗한 갓끈이 들어오고, 어떤 물에는 불결한 발이 들어온다고 생각하는가?" 『초사』의 문제의식과는 전혀 다른 관점입니다. 맹자의 결론은 단호합니다. "그것은 물, 자기가 자초한 것이다. 자기가 깨끗하면 어찌 발이 들어올 수 있겠느냐"는 것입니다. 이어서 이야기합니다. "『서경』「태갑」太甲 편에도 있지 않느냐. 하늘이 내린 재앙은 피할 수 있어도 자기가 불러들인 재앙(自作孽)은 결코 피하지 못하는 법이다." 자기가 먼저 자신을 업신여긴 다음에라야 비로소 남들이 자기를 업신여길 수 있는 법이라고 했습니다. 고결한 자존심입니다.

진晉의 대부 조간자趙簡子가 사냥을 나가는 총신寵臣 해奚를 위해 최고의 마부인 왕량王良에게 수레를 몰도록 합니다. 왕량이 총신 해를 태우고 사냥을 나갔습니다. 한나절 동안 단 한 마리도 못 잡고 돌아왔습니다. 총신 해가 돌아와서 왕량은 형편없는 마부라고 했습니다. 그 소문을 전해들은 왕량이 조간자에게 자청해서 한 번 더 해를 태우고 사냥을 나갑니다. 이번에는 일조一朝에, 해가 뜨고 아침 먹기까지 그리 길지 않은 동안에 열 마리를 잡아서 돌아왔습니다. 총신 해는 너무 기뻐하며 최고의 마부라고 칭찬했습니다. 그러고는 저 사람을 전속 마부로 삼겠다고 했습니다. 왕량이 딱 잘라서 거절합니다. 법도에 맞게 마차를 몰았더니 한 마리도 못 잡다가 법도를 어겨 궤우詭遇하게 하여 일조에 열 마리를 잡았다. 그러고도 좋아하는 사람을 내가 왜 마차에 태우겠는가 했습니다. 궤우란 짐승과 수레가 같은 속도로 나란히 달리게 하면서 활을 쏘게 해 주는 것으로, 사냥의 법도가 아님은 물론입니다. 법도에 마음이 없는 자에 대한 신랄한 냉소, 그것은 물론 맹자의 것입니다.

　『맹자』의 사상과 인간을 알 수 있는 예화를 소개합니다. 활 쏘는 얘기부터 먼저 소개합니다. 활을 쏘아서 과녁에 적중시키지 못했을 때는 자기를 이긴 사람을 원망하지 말고 부중不中, 적중하지 못한 원인을 자기한테서 찾아야 합니다. 유명한 '반구저기'反求諸己입니다. 부중의 원인을 자기에게서 찾아야 한다는 뜻입니다. 자기의 활 쏘는 자세를 먼저 반성해야 한다는 것입니다. 흉허복실胸虛腹實, 물 흐르듯 자연스러운 동작 등 궁술에는 기본적 자세와 마음가짐이 있습니다. 이러한 기본을 잘 지키고 있는가 아닌가를 스스로 돌이켜 반성해야 한다는 것입니다. 엄정한 자기반성의 자세입니다. 그런 자세가 맹자에게 있습니다.

이처럼 자기를 고결하게 지키면서도 맹자는 사회적 조건에 대해서도 생각이 열려 있습니다. 화살과 방패의 이야기가 그것입니다. 화살 만드는 사람은 그 화살이 사람을 상하게 하지 않을까봐 근심하고(矢人惟恐不傷人), 반대로 방패 만드는 사람은 사람이 상할까봐 근심한다(函人惟恐傷人). 그러나 화살 만드는 사람은 하는 일이 그래서 그런 것이지 사람 자체가 어찌 불인不仁하겠느냐고 합니다. 무당과 관棺 만드는 사람도 마찬가지다(巫匠亦然). 무당은 옛날에는 의원이었습니다. 병을 낫게 하는 사람이기 때문에 무당은 사람이 죽을까봐 근심합니다. 장匠은 관 만드는 사람입니다. 관을 짜서 팔아 생활하는 사람입니다. 사람이 죽지 않을까봐 근심합니다. 맹자는 이것을 인간성과는 관계없는 사회적 조건으로 이해합니다. 그래서 술불가불신術不可不愼이라고 합니다. 術術이란 직업이나 생업을 뜻합니다. 생업을 신중하게 결정하지 않으면 안 된다는 것을 강조합니다. 개인의 의지도 중요하지만 그 개인이 처한 사회적 조건도 대단히 중요하다는 것을 승인합니다. 맹자의 사회적 관점입니다. 이러한 인간 이해는 제자백가들에게 일정하게 공유되고 있기는 합니다. 공자도 성상근性相近 습상원習相遠, 본성은 비슷하지만 살아가는 동안에 점점 멀어진다고 했습니다. 이인위미里仁爲美, 인仁에 거하는 것이 아름답다고 하여 환경의 중요성을 승인하고 있습니다. 순자는 더 철저합니다. 봉생마중蓬生麻中 불부이직不扶而直, 쑥이 삼밭에서 자라면 누가 붙잡아 주지 않아도 곧게 자란다는 뜻입니다. 춘추전국시대의 인간학은 당시의 사회학만큼 높은 수준에 올라 있었습니다. 우리들의 인간학이 오히려 더 왜소하지 않을까 반성하게 됩니다.

『맹자』의 이양역지만 이야기한다고 하면서 너무 많은 이야기를 소개했습니다. 다기망양多岐亡羊이 아닐까 걱정됩니다. 우리의 삶 자체가 그렇게 다양한 계기와 경로로 얽혀 있어서 그럴 수밖에 없었나 봅니다. 여러분의 인간학과 사회학의 확충을 기대합니다.

8   잠들지 않는 강물

『노자』를 한두 시간 만에 설명한다는 것 자체가 어차피 무리입니다만 무위無爲와 상선약수上善若水 두 꼭지만 하기로 하겠습니다. 노장老莊을 합해서 도가道家라고 합니다. 『노자』와 『장자』가 전혀 다른 텍스트라는 반론도 있습니다. 노자는 국가주의자임에 비하여 장자는 무정부주의자로서 전혀 다른 계보에 속한다는 주장입니다. 또 『장자』가 『노자』보다 시기적으로 앞선 것이며 『장자』가 정리된 것이 『노자』라는 주장도 없지 않습니다. 그리고 『사기』에 「노장신한열전」老莊申韓列傳으로 노자와 장자, 신불해申不害, 한비자가 함께 분류되어 있습니다. 신불해와 한비자가 법가인 것과 같이 노자와 장자 역시 제왕학帝王學이라는 주장도 있습니다. 우리는 우리의 강의 주제에 충실하기로 하겠습니다.

제자백가의 사상적 스펙트럼은 아주 넓습니다만 그것을 크게 두 부류로 대별한다면 노장老莊을 한 편으로 하고, 나머지 모든 제자백가를 다른 한 편으로 분류할 수 있다고 합니다. 그만큼 노장의 세계는 분명한 차별성을 보입니다. 제자백가 사상은 유가가 대표하고 있듯이 인본人本, 문화文化, 성장成長 패러다임입니다. 인류 문명사의 보편적 구조입니다. 인간의 적극적인 실천[爲]을 통해 문화를 만들어내고 경제를 발전시키고 사회 진보를 지향하는 것입니다. 노장은 이와 반대입니다. 사람 중심이 아니라 자연 중심입니다. 위爲가 아니라 무위無爲를 주장합니다. 문화가 아니라 반문화反文化입니다. 앞으로 나아가는 진進이 아니라 근본으로 되돌아가는 귀歸입니다.

진進과 귀歸라는 두 개의 사상이 서로 견제하고 있는 것이 중국 사상의 기본 구조라고 합니다. 서양 사상의 경우 이러한 두 개의 대립 항項은 각각 과학과 종교입니다. 과학은 진리를, 종교는 선善을 지향합니다. 헬레니즘과 헤브라이즘이라는 두 개의 축이 그렇습니다. 그런데 과학과 종교의 두 축은 조화되기 어렵습니다. 종교는 비과학적이고 과학은 비종교적입니다. 충돌합니다. 종교재판에서 과학자를 불태워 죽이기도 합니다. 갈릴레이는 법정을 떠나면서 "그래도 지구는 돈다"는 말을 남깁니다. 이에 비하여 유가와 도가는 다 같이 인문학적 범주에 속합니다. 충돌하지 않습니다. 유가도 부지런히 도가를 읽고, 도가 속에도 유가적 담론이 많습니다. 주자는 『장자』를 유가 텍스트로 받아들여서 주註를 달았습니다. 모순矛盾 관계가 아니라 긴장緊張 관계입니다. 크게 보면 노장과 유가는 서로 좋은 반려자를 두고 있는 셈입니다. 동양 사상의 인문학적인 깊이가 그래서 이루어진 것이라고 합니다.

교재에 있는 '삼십폭공일곡'三十輻共一轂은 수레의 바퀴살 30개가 한 개의 홈통[轂]에 모여 있다는 뜻입니다. 서안西安에 갔을 때 진시황이 타던 수레의 모형을 보았습니다. 『노자』의 이 구절이 생각나서 바퀴살을 세어 봤습니다. 일행에서 뒤처져 가면서 세어 봤습니다. 정확하게 30개였습니다. 30개의 바퀴살이 공일곡共一轂, 하나의 홈통에 모여 있는데 당기무當其無, 그 없음에 당해서 유거지용有車之用, 수레로서의 쓰임새가 생긴다. 곡轂이라는 것이 허브hub, 홈통입니다. 이 홈통이 비어 있어서 축을 끼울 수 있고 그래서 수레가 된다는 것입니다. 나는 노자 사상의 핵심이 '무유론'無有論이라고 생각합니다. 『노자』 1장이 바로 무유론입니다. 지금 이야기한 이 11장에서도 역시 무無를 귀하게 여기는 귀무론貴無論을 펼치고 있습니다. 선식이위기埏埴以爲器 당기무當其無 유기지용有器之用. 연埏은 흙을 반죽하는 것, 식埴은 찰흙입니다. 찰흙을 잘 반죽해서 이위기以爲器, 그릇으로 만드는데 당기무當其無, 그 비어 있음으로 해서 즉 그릇의 속이 비어 있음으로 해서 유기지용有器之用, 그릇으로서의 쓰임이 생긴다. 그 비어 있음 즉 '없음'이 그릇을 유용한 것으로 만들어 준다는 뜻입니다. 이어지는 문장도 같은 구조입니다. 착호유鑿戶牖 이위실以爲室 당기무當其無 유실지용有室之用. 착鑿은 뚫다, 호戶는 문, 유牖는 창문입니다. 문과 창문을 뚫어서 이위실以爲室, 방으로 만드는데 당기무當其無 유실지용有室之用, 그 없음으로 해서 방으로서의 쓰임이 생긴다. 물건으로 가득 찬 방은 방으로서의 쓰임이 없습니다. 이 장의 결론은 "유有가 이로움이 되는 것은 무無가 쓰임이 되기 때문이다"입니다. 무無란 그냥 아무것도 없는 것이 아니라 모든 것의 '근본'입니다. 우리가 그것을 인지하지 못할 뿐입니다. 세상은 무無와 유有가 절묘하게 조화되어 있는 질서라는 것이 노자의 생각입니다. 그 무無의 최대치가 바로 자연입니다.

『노자』 1장은 도道와 명名에 관한 설명으로 잘못 읽기 쉽습니다. 그러나 그것은 개념으로서의 도와 명이란 왜소한 것이며 근본은 무無라는 선언입니다. 무와 유는 이름만 다를 뿐 같은 것입니다. 무無로써 관기묘觀其妙, 그 오묘한 것을 보아야 하고, 유有로써 관기요觀其徼, 드러난 것을 보아야 합니다. 1장의 핵심이 바로 무유론無有論입니다. 보이지 않는 세계와 보이는 세계를 통합적으로 인식하는 것입니다. 『노자』는 유와 무를 통일시킴으로써 우리의 왜소한 사유를 확장합니다. 우리의 강의에서 계속해서 강조하는 세계 인식의 확장이 바로 이것이라고 할 수 있습니다. 유는 무가 개념화되고 가시화된 것입니다. 큰 것이 다만 작게 나타났을 뿐입니다. 우리말의 '없다'는 '업다'에서 나온 것이라고 합니다. 아기를 등에 업고 있으면 일단 없습니다. 보이지 않기 때문입니다. 우리는 어려서부터 무유론 교육을 받았습니다. 엄마가 아기들과 하는 '까꿍' 놀이가 그것입니다. 없던 엄마가 갑자기 까꿍! 하고 문 뒤에서 나타납니다. 아기는 '없다'와 '있다'를 함께 생각합니다. 숨바꼭질 놀이도 같은 것입니다. 무유론이 노자 철학의 핵심인 이유를 깨달아야 합니다.

노자 사상이 발 딛고 있는 최대의 기반이 바로 자연입니다. 자연이 최대 범주라는 것은 인간이 바로 자연의 일부라는 사실로서 완성됩니다. 유가 사상의 진進을 포함한 인간의 모든 인위人爲의 궁극적 귀착지가 자연입니다. 그곳으로 돌아갑니다. 노자의 자연은 대상으로서의 자연(nature)이 아닙니다. 『노자』 영역본에서 자연을 'self-so'라고 번역합니다. 스스로 존재하는 최고의 질서, 가장 근본적인 질서입니다. 그래서 가장 안정적 질서가 바로 자연입니다. 노자 철학을 압축하여 '인법지人法地 지법천地法天 천법도天法道 도법자연道法自然'이라고 합니다. 사람은 땅을 본받고(人法地), 땅은 하늘을 본받고(地法天), 하늘은 도를 본받는다(天法道)는 것입니다. 그런데 이 천지인의 법칙인 도道가 본받는 것이 바로 자연입니다. 도법자연道法自然입니다. 최고의 궁극적 질서가 자연입니다. 노자 철학의 근본은 궁극적 질서인 자연으로 돌아가는 것입니다. '돌아간다'는 것은 그것에 발 딛고 있어야 한다는 뜻입니다. 고층 건물에서 내려와 땅 위에 발 딛고 서야 한다는 뜻입니다. 오대산에서 발원한 강물이 북한강과 남한강으로 나뉘어 흘러오다가 두물머리에서 합강合江하고 다시 서울을 환포環抱하면서 서해로 흘러갑니다. 이러한 강물의 곡류는 오랜 세월 동안 만들어진 가장 안정적인 질서입니다. 곳곳에 댐을 막아 강물을 돌려놓지만 홍수가 한차례 지나가면 다시 본래의 모습으로 돌아갑니다. 인간이 영위하는 수많은 인위적 규제와 문화도 결국은 자연이라는 궁극적 질서로 복귀합니다. 그것이 도법자연입니다. 가장 안정적인(stable) 시스템이 자연입니다. 노자는 분명히 4대강 사업을 반대할 것입니다. 자연의 질서에 가하는 일체의 인위人爲는 자연이라는 질서로 보면 '거짓'입니다. 인人과 위爲를 합하면 거짓 위僞가 됩니다. 인위는 참다운 것이 아니고 최고가 아닙니다.

『노자』45장이 자연의 뜻을 잘 설명합니다. 우선 대성약결大成若缺의 의미입니다. '최고의 완성은 마치 미완성인 듯하다.' 이 경우의 대大는 최고란 뜻이며, 최고란 자연을 뜻하는 것임은 물론입니다. 최고의 완성(大成)은 마치 비어 있는(缺) 듯하다는 것입니다. 자연이 그렇습니다. 그렇기 때문에 아무리 쓰더라도 닳는 법이 없습니다(其用

不弊). 이어지는 구절도 마찬가지로 자연의 질서를 설명합니다. 대영약충大盈若沖 기용불궁其用不窮, 가득 차 있지만 마치 비어 있는 것 같아서 떠내어 사용하더라도 다함이 없습니다. 장자도 같은 말을 합니다. 부어도 차지 않고 떠내어도 마르지 않는다(注焉而不滿 酌焉而不渴)고 합니다. 획일적 형식이 없기 때문에 닳거나(弊) 다함(窮)이 없습니다. 자연이 그렇고 '자연스럽다'는 표현이 그렇습니다.

다음 구절도 같습니다. 대직약굴大直若屈은 '최고의 곧음은 마치 굽은 것 같다'는 뜻입니다. 왕필은 주에서 곧다는 것이 한 가지만 있는 것이 아니라고 합니다(直不在一). 사물에 따라서 곧기 때문에(隨物而直) 굽은 듯이 보이기도 한다는 것입니다. 이 구절은 일상적 의미로 읽으면 쉽게 와 닿습니다. 대직大直을 대절大節이라는 의미로 읽으면 지조의 근본을 지키는 사람은 소절小節에 구애받지 않는다는 뜻이 됩니다. 때로는 약굴若屈, 마치 소신을 굽히는 것 같지만 근본적인 원칙을 지키는 사람은 사소한 것에 구애받지 않습니다. 다른 사람을 따라가기도 하고, 자기주장을 유보하기도 합니다. 근본적 원칙을 견지하는 사람이면 이처럼 유연할 수 있습니다. 원칙을 지키지 못하는 사람이 오히려 사소한 일에 지나치게 원칙을 고집합니다. 자연은 하나의 가치, 일정한 형식이 없습니다. 그것이 바로 노자가 자연을 최고의 질서로 삼는 이유입니다.

다음 구절은 대교약졸大巧若拙입니다. 최고의 기교는 마치 졸렬한 것과 같다. 서예하는 사람은 이 구절을 금방 이해합니다. 명필은 대개 어수룩합니다. 결코 빼어나지 않습니다(不秀). 졸렬한 듯하지만 쉽게 싫증나지 않고 신뢰감과 친근감을 느끼게 합니다. 무법불가無法不可 유법불가有法不可입니다. 법을 무시해서도 안 되고 법에 얽매여서도 안 됩니다. 그러면서도 물이 차서 넘치듯 오랜 세월 동안 닦은 묵墨과 문기文氣가 풍깁니다.

대변약눌大辯若訥도 같은 뜻입니다. 최고의 언변言辯은 마치 말을 더듬는 듯하다고 합니다. 눌訥은 말 더듬는다는 뜻입니다. 말을 잘한다는 것은 듣는 사람이 신뢰하게끔 하는 것이 최고입니다. 화려한 언어를 동원하거나 청산유수로 이야기하지 않더라도 자기의 말을 진정성 있게 받아들이게 하는 경우가 대변大辯임은 물론입니다. 왕필은 자기가 지어내는 일이 없기 때문이라고 합니다(己無所造). 뜻을 자기 그릇에 담아서 건네지 않고 상대방의 그릇에 담는 것입니다. 이단을 만들어 내지 않는다는 뜻입니다. 더듬는다는 것은 말을 줄인다는 뜻입니다. 전에도 이야기했듯이 언어는 작은 그릇입니다. 작은 그릇에 담으면 뜻이 작아지게 마련입니다. 기형도는 '소리의 뼈'가 '침묵'이라고 했습니다. 침묵이 훨씬 더 많은 말을 합니다. 노자 철학은 미학, 윤리학 등 여러 분야에 걸쳐 있습니다.

45장 마지막 구절은 판본에 따라 조금씩 다릅니다만 정승조靜勝躁 한승열寒勝熱 청정위천하정淸靜爲天下正입니다. 고요함이 조급함을 이기고 추위가 더위를 이깁니다. 맑고 고요한 것이 천하의 모습입니다. 이 경우 청淸은 '맑다'는 뜻이 아니라 인위가 개입되지 않은 상태입니다. 자연의 온전한 질서입니다. 물론 노장에서 인위라는 것은 인의예지입니다. 제자백가들이 다투어 제기하는 사회적 가치와 규제입니다. 그러한 인위가 없는 맑고 고요한 천하가 자연입니다.

『노자』2장은 무無와 자연을 조금 더 부연해서 설명하고 있습니다. 참 어려운 장입니다. 전후 2개 부분으로 나뉘어 있습니다. 먼저 상대주의적 인식론을 전개합니다. 요컨대 우리가 알고 있는 미美와

선善이 상대적이란 것을 선언합니다. 그리고 이어서 유무有無, 난이難易, 장단長短, 고하高下, 음성音聲, 전후前後 등이 모두 상대적 개념이라는 것입니다. 상대적이라 함은 그것이 인위의 소산이라는 뜻입니다. 자연은 그러한 구분을 하지 않는다는 것입니다. 이러한 상대주의 인식론에 이어서 실천론을 전개합니다. 상대주의 인식론과 실천론을 '시이'是以 즉 '그러므로'라는 인과관계로 연결시키고 있습니다. 인식과 실천은 함께 가는 것이기도 합니다. 실천의 주체인 성인聖人은 정치인이라고 보아도 상관없습니다. 또 제자백가라고 생각하여 그들에게 울리는 경종으로 읽어도 됩니다. 가장 먼저 강조하는 것이 말없이 가르쳐야 한다(行不言之敎)는 것입니다. 이어서 간섭하지 말고(不辭), 생산했더라도 소유하지 말고(生而不有), 자랑하지 말고(不恃), 공을 이루었더라도 그 공에 거하지 말 것(弗居)을 주장합니다. 공로에 거하지 않음으로써 쫓겨나지 않는다(不去)는 것입니다. 여기까지가 '실천론'입니다. 이처럼 '무위'는 노자 실천론의 핵심입니다. 철학적 개념으로 읽히고 있습니다만 당시의 반전 사상이라는 설도 만만치 않습니다. 노자 자신은 어디에도 자기의 인적 사항을 남기지 않았습니다. 전에 이야기했듯이 『노자』에는 노자가 없습니다. 사람의 이름 하나 남기지 않았고 지명 하나 남기지 않았습니다. 철저하게 자기를 숨길 수밖에 없었던 당시의 상황을 간접적으로 증거하고 있다고 할 것입니다.

　『노자』의 '자연'은 이처럼 제자백가의 교조적이고 주관적인 인식을 비판하는 반패권反覇權 담론입니다. 노자의 무와 자연의 개념이 가장 극적으로 제시되어 있는 장이 3장입니다. 3장에도 여러 가지 담론을 담고 있습니다만 우리가 주목해야 하는 것은 바로 '위무위爲

無爲 무불치無不治'입니다. 위무위爲無爲, 이것은 무위를 강조하는 어법입니다. 무위로써 일한다는 뜻입니다. 그럼으로써 무불치無不治를 실현한다는 것입니다. '무불치'라는 표현에 주목해야 합니다. 무불치는 글자 그대로 '불치不治가 없다(無)'는 뜻입니다. '못 다스릴 것이(不治) 없다.' 무위로써 다스리면 다스리지 못할 일이 없다는 적극적 의지의 표현입니다. 그래서 '위무위 무불치'는 노자 사상이 피세避世 은둔 사상이 아니라 적극적인 개세改世 사상이라는 근거가 됩니다. 그리고 '무불치'에는 또 다른 의미가 있습니다. 치治는 평화를 의미하고 불치不治는 '혼란' '난세'를 뜻합니다. 따라서 무불치는 혼란과 난세가 없는 평화로운 세상이란 뜻으로도 읽습니다. 무위로써 실천해야 평화로운 세상을 실현할 수 있다는 의미로 읽기도 합니다. '평화로 가는 길은 없다. 평화가 길이다'와 같은 뜻입니다.

이처럼 『노자』의 무無는 노자 사상의 근본입니다. 난세에는 도가를 읽고 치세에는 유가를 읽는 까닭이 무無가 곧 세상의 근본이기 때문입니다. 춘추전국시대는 법가에 의해서 통일됩니다. 그러나 진秦나라는 단명합니다. 그리고 한漢나라가 천하의 주인이 되고 법가를 대신해서 유가가 지배 사상이 됩니다. 지난 시간에 이야기했습니다. 유가가 관학이 되지만 내면에서는 여전히 법가 사상이 뼈대가 되고 있습니다. 외유내법外儒內法입니다. 겉으로는 유가를 표방하지만 내면은 법가라는 뜻입니다. 유가는 법가에 비해 유화적有和的 지배 방식을 표방합니다. 법가는 군주 권력을 중심에 두는 사상입니다. 이에 비해 유가는 예禮, 악樂, 인仁과 같은 유화적인 지배 기제를 통해서 법가의 적나라한 권력 의지를 은폐합니다. 그러나 국가란 본질에 있어서 폭력이며 잠재적인 전쟁 기구입니다. 국가는 계급 지배가 본질입니다. 그리고 국가의 역사에는 반드시 전쟁의 기억이 각인되어 있습니다. 그것이 외부와의 전쟁이든 내부 전쟁이든 차이가 없습니다. 정치권력은 본질적으로 억압과 지배입니다. 그렇기 때문에 모든 시대의 민중 정서는 반국가적입니다. 노자 사상은 그러한 민중 정서를 대변하고 있습니다. 노장의 반문화 사상과 무위 사상은 모든 시대, 모든 국가의 저변에 깔려 있는 민초들의 사상적 기조가 됩니다. 유가를 지배 이념으로 하는 한나라 이후에도 『노자』는 꾸준히 읽힙니다. 비판 담론, 저항 담론, 대안 담론으로서, 모든 문화와 정치가 돌아가야 할 근본 담론으로서 역사의 저변에 자리 잡고 있습니다.

『노자』는 5천 자밖에 안 됩니다. 그러나 육중한 철학서입니다. 제자백가들은 그 저술에 그 사람이 보입니다. 『맹자』에는 맹자가 보이고 『논어』에는 공자가 보입니다. 심지어 소설까지 쓸 수 있을 정도입니다. 노자는 과연 실제 인물인가 의심스러울 정도입니다. 그렇기 때문에 『노자』의 인문학적 독법은 '노자 같은 사람'을 찾는 것입니다. 의외로 여러분의 가까운 곳에 그리고 가까운 사람 중에 '노자'가 있을 수도 있습니다. 다만 노자를 찾아내는 안목이 없을 뿐인지도 모릅니다. 노자를 닮고 싶은 생각이 없기 때문인지도 모릅니다.

『노자』 강의를 무위와 상선약수 두 가지만 하자고 했습니다. 이어서 '물'〔水〕입니다. 『노자』의 물을 읽는 까닭은 그것이 우리 시대에 요청되는 『노자』 독법이기 때문입니다. 고전을 오늘날의 과제와 연결해서 읽는 것에 대해서 실증주의자들은 큰일 나는 것처럼 얘기합니다. 그러나 당시의 실제에 대해서는 아무도 알지 못합니다. 노자의 실제 인물에 대해서는 아무도 모릅니다. 머리가 하얗게 센 80세 노인의 모습으로 태어나서 노자라고 했다고 합니다. 모든 고전은 과거와 현재가 넘나드는 곳입니다. 실제와 상상력, 현실과 이상이 넘나드는 역동적 공간이어야 합니다. 유가의 발전 사관과 진進의 신념도 후기 근대사회의 자본축적 양식이 과연 지속 가능한가라는 관점에서 재조명되어야 합니다. 모든 텍스트는 새롭게 읽혀야 합니다. 필자는 죽고 독자는 꾸준히 탄생합니다. 『노자』에 대한 다른 견해가 많습니다만 우리 시대의 과제를 조명하는 독법이 먼저라고 생각합니다.

'상선약수' 장이 바로 이 문제에 관한 해명이 되기도 할 것입니다. 상선약수란 최고의 선은 물과 같다는 뜻입니다. 최고의 선 즉 상선上善은 지금까지 논의한 바와 같이 자연이고 도道입니다. 그러나 자연이나 도는 보이지 않습니다. 무無입니다. 굳이 '물'을 이야기하는 이유는 도무수유道無水有, 도는 보이지 않고 보이는 것 중에서 도와 가장 비슷한 것이 바로 물이기 때문입니다. 이 장은 물을 예로 들어서 도를 설명합니다. 우리가 사람을 물로 보는 건 심하게 낮춰 보는 것입니다. 그것도 매우 시사적입니다. 노자를 물의 철학자, 민초의 사상가라고 하는 이유이기도 합니다.

내가 『노자』를 읽으며 가장 놀란 것은 친숙함이었습니다. 뜻밖에도 나 자신이 물 이미지에 매우 친숙하다는 것을 발견했습니다. 어려서 강가에서 자라서 그런가 하는 생각도 들었습니다. 아마 여름 지나고 제일 늦게 강에서 빠져나오는 아이들이 우리 친구들이었을 것입니다. 그리고 겨울 지나고 봄에 제일 먼저 강에 들어가는 아이들이 또 우리 친구들이었을 것입니다. 하기는 겨울에도 얼음 지치며 강에서 살았습니다. 강물의 이미지가 매우 친숙합니다. 나는 생각의 많은 부분을 강물의 이미지에 의탁하고 있기도 합니다. 『진보평론』에 기고한 논문의 제목이 「강물과 시간」이었습니다. 강물뿐만 아니라 비, 시내, 강, 바다 등은 내게 익숙한 이미지입니다.

강물에 얽힌 추억도 없지 않습니다. 초등학교 3~4학년 때 일이었습니다. 가까운 동무 하나가 자주 다른 애한테 괴롭힘을 당했습니다. 가만히 있으면 자꾸 찝쩍거리니까 한번 싸우라고 했습니다. 얻어터지더라도 한번 세게 맞짱 뜨라고 부추겼습니다. 그래서 미리 싸움 연습도 하고 날을 잡고 싸움을 하기로 했습니다. 그때 우리들이 맞짱 뜬 곳이 학교 뒤편의 강변이었습니다. 성남고등학교 출신에게 들었습니다만 서울에서는 한강변이 맞짱 뜨는 장소였다고 합니다. 당시는 88도로나 고수부지가 없었습니다. 노들섬은 섬이 아니었습니다. 홍수가 져서 한강물이 불으면 섬이었지만 그런 경우는 드물고 용산 쪽은 백사장과 자갈밭이었습니다. 강변은 어디서나 그런 장소였습니다. 그러고 보니 자유당 정권 때 "못 살겠다, 갈아 보자!"며 해공海公 신익희申翼熙 선생의 대통령 후보 연설 때 30만 인파가 운집했던 곳도 바로 한강 백사장이었습니다. 연설장도 싸움터이기는 마찬가지입니다. 어쨌든 한판 붙기로 하고 강변으로 갔습니다. 나와 내 친구 그리고 저쪽에서도 그 녀석과 그 녀석 친구가 스폰서처럼 따라왔습니다. 웃통 벗어 놓고 싸움을 시작했습니다. 그렇게 연습을 했는데도 한 방에 끝나고 말았습니다. 주먹이 몇 번 오고 가지 않았는데 코에 맞아서 코피가 났습니다. 코피 난다고 더 싸우지 않겠다는 거였습니다. 코피 나더라도 싸워도 되거든요. 그래서 졌습니다. 이긴 녀석은 으스대며 떠나가고 나는 친구를 물가로 데리고 가서 코피를 씻어 주었습니다. 지금도 강가에서 코피 씻던 기억이 선연합니다.

그때는 미처 다른 생각을 하지 못했지만 감옥에 혼자 앉아서 과거를 추체험하면서 그때 일을 생각했습니다. 강물에 코피를 씻고 있을 때 으스대며 떠나던 녀석의 뒷모습도 떠올랐습니다. 옳은 사람이라고 반드시 이기는 것이 아니구나. 싸움의 승패는 아무것도 해결하지 못하는구나. 생각이 강물 같았습니다. 내게는 강물의 이미지가 그런 것입니다.

노자가 강물을 최고의 선이라고 하는 이유는 세 가지입니다. 첫째 수선리만물水善利萬物입니다. 물은 만물을 이롭게 하기 때문입니다. 더 설명이 필요하지 않습니다. 물이 곧 생명입니다. 둘째 부쟁不爭입니다. 다투지 않기 때문입니다. 물은 다투지 않습니다. 유수부쟁선流水不爭先, 흐르는 물은 선두를 다투지 않습니다. 뿐만 아니라 산이 가로막으면 돌아가고 큰 바위를 만나면 몸을 나누어 지나갑니다. 웅덩이를 만나면 다 채우고 난 다음 뒷물을 기다려 앞으로 나아갑니다. 절대로 무리하지 않습니다. 쟁爭의 뜻은 전戰과 다릅니다. 전戰은 한일 축구 대항전처럼 적과 맞서서 싸우는 것입니다. 쟁爭은 무리하게 일을 추진할 때 일어나는 갈등을 의미합니다. 전戰은 피할 수 없는 것이지만 쟁爭은 방법의 문제이기 때문에 얼마든지 조정이 가능합니다. 물이 흘러가는 모양이 부쟁不爭의 전형입니다. 노자가 이야기하는 위무위爲無爲가 바로 부쟁입니다. 셋째 처중인지소오處衆人之所惡입니다. 모든 사람이 싫어하는 곳에 처하기 때문에 상선上善입니다. 싫어하는 곳이란 낮은 곳, 소외된 곳입니다. 물은 높은 곳으로 흐르는 법이 없습니다. 반드시 낮은 곳으로 흐릅니다.

이 세 가지 이유로 노자는 최고의 선은 물과 같다고 합니다. 그러나 우리는 '세상의 가장 낮은 곳'이라는 뜻에 대해서 생각해야 합니다. 이 구절에 근거하여 『노자』를 민초의 정치학이라고 합니다. 가장 약하고 낮은 곳에 살고 있는 사람들이 민초입니다. 지금도 마찬가지입니다. 먹이사슬의 최말단에 처해 있습니다. 전쟁에 동원되어 죽고, 포로가 되어 노예가 되고, 만리장성의 축조에 동원됩니다. 고향을 잃고 가족들과 헤어져야 합니다. 노자의 물은 이처럼 민초의 얼굴입니다. 『노자』에는 도와 물, 그리고 민초가 같은 개념입니다. 더욱 중요한 것은 이처럼 약하고 부드러운 물이 강한 것을 이긴다는 유능제강柔能制剛의 메시지를 선포하고 있다는 사실입니다. 제왕을 이긴다는 민초의 정치학입니다. 민초에게 희망을 선포하고 있습니다. 물은 궁극적으로는 '바다'가 됩니다. 바다는 가장 큰 물입니다. 그리고 어떠한 것도 대적할 수 없는 압도적 위력을 지니고 있습니다. 그 위력은 가장 낮은 곳에서 모든 시내를 다 받아들이기 때문에 생깁니다. 그래서 이름이 '바다'입니다. 물은 '하방연대'下方連帶의 교훈입니다.

내가 『노자』의 상선약수를 예로 들어 하방연대를 역설해 온 지가 오랩니다. '물'이 하방연대의 많은 부분을 설명해 줍니다. 선리만물善利萬物의 주체가 바로 생산자인 기층 민중입니다. 부쟁不爭의 의미는 객관적인 조건과 주체적인 역량을 잘 판단해서 기회주의적이거나 모험주의적인 그런 실천 방법을 경계해야 한다는 뜻입니다. 가장 과학적인 방법으로 실천해야 한다는 뜻입니다. 가장 과학적이기 때문에 기어도幾於道, 도에 가깝습니다. 도에 가깝다는 것은 오류가 없다(故無尤)는 뜻입니다. 『노자』의 사회과학적 독법입니다.

우리 대학에 노동대학이 있습니다. 노동운동 단체의 실무자들이 공부합니다. 나는 다른 곳에서는 노동운동에 대한 비판을 삼갑니다. 자본권력에 의해 부당하게 비판받고 있기 때문입니다. 그러나 노동대학에서는 노동운동 현실에 대하여 허심탄회하게 이야기합니다. 우리나라 노동운동은 대기업 노조 중심입니다. 노동운동의 쟁점 역시 주로 노동조건 개선입니다. 인간 해방과는 거리가 있습니다. 크게 보면 소작권과 소작료가 전부이던 중세의 소작쟁의에서 벗어나지 못하고 있습니다. 노조 조직율이 10%를 넘지 못합니다. 거기다 산별 노조가 아닙니다. 연대론은 이처럼 그 역량이 취약하기 때문에 제기되는 것입니다. 하방연대의 의미는 대기업 노조는 중소기업 노조와 연대해야 하고, 남성 노동자는 여성 노동자와, 정규직은 비정규직과 연대해야 하고, 노동운동은 농민운동, 빈민운동 등 약한 운동 조직들과 연대해야 한다는 뜻입니다. 더 진보적인 사람이 덜 진보적인 사람들과 연대하는 것도 포함됩니다.

강의 첫 시간에도 이야기했습니다만, 나는 자주 사람을 두 종류로 대별합니다. 세상에는 두 종류의 사람이 있습니다. 자기보다 강한 사람에게 당당하고 자기보다 약한 사람에게 관대한 사람과 반대로 자기보다 강한 사람에게 비굴하고 자기보다 약한 사람에게 오만한 사람입니다. 이 두 종류의 사람밖에 없다고 합니다. 주변 사람들을 잘 살펴보면 알 수 있습니다. 다른 조합(combination)은 없습니다. 강한 사람한테 비굴하지만 약한 사람한테 관용적인 사람은 없습니다. 원칙 없이 좌충우돌하는 사람은 있을지 모르지만. 연대는 위로하는 것이 아닙니다. 그것은 추종이고 영합일 뿐입니다. 연대는 물처럼 낮은 곳과 하는 것입니다. 잠들지 않는 강물이 되어 바다에 이르는 것입니다. 바다를 만들어 내는 것입니다.

약한 것이 강한 것을 이긴다는 노자의 선포가 바로 이 하방연대의 이유입니다. 세상에는 강자보다 약자의 수가 많은 법입니다. 강자의 힘이 약자로부터 나오기 때문에 강자가 약자보다 많을 수 없습니다. 약자의 힘은 일차적으로 바로 이 양적 다수多數에서 나옵니다. 낙숫물이 댓돌을 뚫습니다. 댓돌은 하나지만 그 위에 떨어지는 낙숫물은 100년 200년입니다. 다수가 힘이라는 것은 그 자체가 정의正義이기 때문입니다. 중책衆責은 불벌不罰이라고 합니다. 모든 사람들에게 책임이 있는 것은 벌할 수 없습니다. 모든 사람들을 다 처벌해야 하는 법은 법이 아닙니다. 모든 통행 차량이 위반할 수밖에 없는 도로는 잘못된 도로입니다. 그곳을 지키며 딱지를 끊을 것이 아니라 도로를 고쳐야 합니다. 다수가 정의라는 사실이 바로 민주주의입니다. 이처럼 다수는 힘이며 그 자체가 정의입니다.『노자』는 민초의 정치학입니다. 민초들의 심지心志를 약하게 하고 그 복골腹骨을 강하게 해야 한다는『노자』3장의 예를 들어『노자』가 제왕학이라는 주장이 있습니다. 민民을 생산 노동에 적합한 존재로 본다는 것입니다. 그러나 그것은 사회의 생산적 토대를 튼튼하게 하고, 기층 민중의 삶을 안정적 구조 위에 올려놓아야 한다는 뜻으로 읽는 것이 옳습니다. 그리고 61장을 예로 들어 정치란 먼저 주는 것이고, 나라를 취하는 국취國取가 목적인 듯 반론하고 있지만 61장의 핵심은 평화론입니다. 대국자하류大國者下流 천하지교天下之交. 노자가 이야기하는 대국大國은 바다입니다. 가장 낮은 곳에서 모든 나라들이 연대하는 평화로운 세상을 그려 보이고 있습니다. 빈상이정승모牝常以靜勝牡 이정위하以靜爲下. 대국은 암컷처럼 생명을 기르고 야욕野慾이 없는 허정한 모습으로 가장 낮은 곳에 처해야 한다는 뜻입니다. 패권 추구가 아니라 생명을 키우고 평화를 완성하는 세계상을 그려 보이고 있습니다. 『노자』가 제왕학이라는 주장이 설득력을 잃는 결정적 부분이 바로 이 물의 철학입니다. 비단 물의 철학뿐만 아니라 『노자』의 핵심 사상인 무위가 바로 반전사상反戰思想입니다. 『노자』에 인간 노자가 보이지 않는 이유도 그의 반전사상 때문이라고 합니다. 패권적 제왕으로부터 위해를 받을 수 있었기 때문입니다. 『노자』에는 수많은 반전 담론들이 있습니다. 무기는 상서롭지 못한 것(兵者不祥之器)이며 평화로운 시대에는 잘 달리는 말이 밭을 갈고, 무도한 시대에는 전마가 전장에서 새끼를 낳는다(天下有道 却走馬以糞 天下無道 戎馬生於郊)고 하여 전쟁의 참상을 눈앞에서 보듯 서술하고 있습니다.

끝으로 당부하고 싶은 것은 연대는 전략이 아니라 삶의 철학이라는 사실입니다. 산다는 것은 사람과의 만남입니다. 그리고 사람들과의 만남이 연대입니다. 관계론의 실천적 버전이 연대입니다.

『노자』는 민초의 희망이며 평화의 선포라고 해야 합니다. 이것이 오늘 우리 시대의 올바른 『노자』 독법이라고 할 것입니다. 그렇더라도 『노자』를 '무유론'無有論과 '상선약수'만으로 읽는 것이 아쉽습니다. 여러분이 더 읽기 바랍니다.

9
양복과 재봉틀

오늘은 『장자』입니다. 장자의 '기계'機械에 대한 생각을 함께 읽기로 하겠습니다. 결론은 '기계보다는 인간'을 중시하는 장자의 인간학입니다. 교재에 소개한 예시문은 「천지」天地 편의 일부입니다.

　자공子貢이 밭일 하고 있는 노인에게 기계를 사용할 것을 권유합니다. 용두레라는 기계를 쓰면 쉽게 밭에 물을 줄 수가 있는데 왜 그렇게 고생을 하시느냐고 묻습니다. 그 말에 노인이 분연작색忿然作色, 벌컥 화를 내다가 곧 웃으며 말합니다. 노인은 그의 선생님으로부터 들은 것이라 하면서 차근차근 반기계론을 전개합니다. 기계와 기술의 신화 속에서 살고 있는 우리로서는 장자의 이야기가 비현실적입니다. 그러나 매우 성찰적인 이야기입니다. 기계라는 것은 노동 절약적인 기술을 구현하는 체계입니다. 기계는 수고를 덜어 주고 시간을 단축시키는 역할 즉 장자의 표현에 의하면 '기사'機事가 반드시 있습니다. 자공이 노인에게 이야기했던 기계의 장점이 바로 이 기사였습니다. 그러나 장자가 전개하는 반기계론은 그 기사 때문에 '기심'機心이 생긴다는 것입니다. 좀더 쉽게 하려는 마음이 생긴다는 것입니다. 마음속에 이러한 기심이 생기면 순수한 마음이 없어집니다(純白不備). 일을 쉽게 하려고 하고, 힘 들이지 않고 그리고 빨리 하려고 하는 이런 기심이 생기면 순수하지 못하게 됩니다. 그리고 순백불비純白不備하면 신생부정神生不定이라고 했습니다. 신생神生은 생명력이란 뜻입니다. 생명력이되 정신적 측면에 방점이 있는 그런 의미라 할 수 있습니다. 이 생명력이 불안해진다(不定)는 것입니다. 정처定處를 얻지 못한다는 뜻입니다. 생명력이 정처를 얻지 못하면 도를 실현할 수 없습니다(道之所不載). 이것이 장자의 반기계론입니다. 내가 용두레라는 기계를 몰라서가 아니라 부끄러이 여겨서 그것을 사용하지 않을 뿐이라는 것이었습니다.

　『장자』 6만 5천 자 중에서 이 '반기계론'을 선택한 이유가 물론 있습니다. 기계, 기술, 속도, 효율성에 대한 우리 시대의 신화를 반성하자는 것입니다. 교재에는 1810년대에 일어났던 영국의 러다이트Luddite 운동을 소개했습니다. 노동자들이 중심이 된 기계 파괴 운동입니다. 기계 때문에 많은 사람들이 실업자가 되었습니다. 지금도 다르지 않습니다. 발전한 자본주의 국가일수록 자동화, 기계화, 인공지능화 때문에 생기는 실업 문제가 갈수록 더 심각합니다. 실업하거나 비정규직화합니다. 노동조건이 더욱 열악해지고 있습니다. 기계 파괴 운동은 물론 실패로 끝났습니다. 러다이트 운동은 잘못된 운동으로 정리됩니다. 기계는 아무 죄가 없고, 기계의 자본주의적 채용 방식에 문제가 있었다는 것입니다. 10시간 걸리던 일을 기계를 사용해 1시간에 끝낼 수 있게 되면, 노동 경감으로 이어져야 하는데 아홉 사람의 해고로 이어지는 것이 문제라는 결론입니다. 물론 틀린 결론이 아닙니다. 만약 이러한 문제가 발생하지 않는다면 기계 자체로서는 아무 문제가 없는 것인가? 이것이 장자의 문제의식입니다. 장자는 기계의 자본주의적 채용 방식과 고용 문제에 대한 경험이 전혀 없는 사람입니다. 장자의 문제의식은 이러한 문제와는 차원을 달리합니다. 기계는 도부재道不載, 도를 실현할 수 없게 한다는 것이 장자의 문제의식입니다. 기심이 생기고 순백하지 않고 생명력이 불안정해지기 때문에 기계를 반대합니다.

자본주의의 역사는 자본축적의 역사입니다. 자본축적은 자본주의의 강제 법칙입니다. 자본축적은 필연적으로 기계의 채용으로 나타납니다. '자본의 유기적有機的 구성'이라는 개념이 있습니다. OCC(Organic Composition of Capital)가 그것입니다. 이것은 노동과 기계의 비율이라고 생각하면 됩니다. 자본축적이 진행될수록 이 유기적 구성이 고도화됩니다. 노동에 비해서 고정자본의 비율이 점점 높아집니다. 생산 과정에서 기계의 비율이 높아지면 자연히 노동이 배제됩니다. 한 사람이 10만 명을 먹여 살리는 환상을 보여주면서 꿈의 신기술이 예찬되고 있습니다. 그러나 현재와 같은 구조라면 한 사람만 고용되고 10만 명이 해고됩니다. 그 한 사람의 노동을 로봇이 수행한다면 그리고 그 로봇이 시장에서 물건을 구입하지 않는다면 자본주의 경제 시스템은 정지됩니다. 이것은 장자의 문제의식과는 다른 것이지만 생산 효율성이 높아질수록 생산에 참여하는 고용소득의 분배만으로는 경제가 돌아가지 못하게 됩니다. 사실은 이 문제가 오늘날의 당면 과제입니다. 그럼에도 불구하고 기계에 대한 신화는 변함없습니다. 장자의 문제의식을 여기까지 연장해서 읽어야 합니다만 일단 장자 텍스트에 국한해서 읽고 여러분에게 장자의 화두를 던지는 것으로 하겠습니다.

기계에 대한 신화를 깨기 위해서 잉여가치에 관해서 이야기하지 않을 수 없습니다. 기계가 잉여가치를 생산하는 것이 아님을 이야기하려고 합니다. 잉여가치론만 하더라도 많은 설명이 필요합니다만 최대한 간단하게 이야기하겠습니다.

노동시간은 필요노동시간과 잉여노동시간으로 구성됩니다. 필요노동시간은 노동력의 가치를 생산하는 데 필요한 노동시간입니다. 노동자가 지출하는 노동력을 재생산하는 데 필요한 시간입니다. 4인 가족의 생활비라고 할 수 있습니다. 잉여노동시간은 이 필요노동시간을 초과하는 노동시간입니다. 필요노동시간과 잉여노동시간이 각각 6시간이라고 한다면 노동력의 가치보다 6시간 더 많은 잉여가치를 생산합니다. 이 경우 잉여가치율이 6/6으로 100%입니다. 잉여가치를 더 키우기 위해서 노동시간을 3시간 연장한다면 잉여노동시간은 6+3=9시간이 됩니다. 잉여가치율이 9/6로 150%가 됩니다. 기계를 도입하면 노동강도가 경감되기 때문에 노동시간을 더 많이 연장할 수 있습니다. 그러나 기계의 역할은 여기서 그치지 않습니다. 필요노동시간 자체를 단축합니다. 이제 기계가 도입되어 필요노동시간이 6시간에서 3시간으로 단축되었다고 합시다. 필요노동시간이 단축된다는 것은 지금까지는 생활에 필요한 물건을 6시간 일해야 만들어 낼 수 있었지만 이제는 기계를 사용해서 3시간 만에 생산할 수 있게 되었다는 뜻입니다. 아마 1만 년 전의 사람들은 살아가는 데 필요한 물건을 만들거나 얻기 위해서는 잠자는 시간 외에는 하루 종일 일해야 겨우 생존할 수 있었을 것입니다. 필요노동시간이 6시간에서 3시간으로 단축되었고 여전히 총 노동시간이 12시간이라고 한다면 잉여가치율은 9/3 즉 300%로 커집니다. 노동시간을 연장하여 얻는 잉여가치를 절대적 잉여가치라고 하고 필요노동시간을 단축하여 얻는 잉여가치를 상대적 잉여가치라고 합니다. 너무 간략하게 설명 드렸습니다만 기계의 본령은 바로 이 상대적 가치를 생산하는 데에 있습니다.

그리고 여기서 주의해야 하는 것은 기계가 잉여가치를 생산하는 것이 아니라는 점입니다. 기계가 도입되면 6시간 걸리던 필요노동시간이 3시간으로 줄어듭니다. 기계가 갖는 효율로 말미암아 6시간 걸리던 것이 이제 3시간밖에 걸리지 않게 된다는 것은 그 생산물의 가치가 6에서 3으로 줄어들었다는 것을 의미합니다. 가치량이란 그 속에 담긴 노동시간이기 때문입니다. 우리는 효율성이 높은 기계를 사용해서 만들었거나 효율성이 낮은 기계를 사용해서 만들었거나 시장에서 동일한 가격으로 거래되기 때문에 가치와 가격을 같은 뜻으로 이해합니다만 기계는 가치를 늘리는 것이 아니라 줄이는 역할을 합니다. 더 효율적인 기계가 광범하게 도입되면 우리가 살아가는 데에 필요한 물건들을 생산하는 데에 필요한 노동시간이 훨씬 더 줄어듭니다. 1일 8시간 노동이 4시간으로 단축될 수 있습니다. 주 5일 근무가 주 3일 근무로 단축될 수 있습니다. 노동시간이 단축되지 않는 이유를 여러분이 잘 생각해 보아야 합니다.

어쨌든 기계는 가치를 줄여 주는 역할을 합니다. 늘려 주는 역할은 절대로 하지 않습니다. 그렇다면 기계란 무엇인가? 기계란 한

마디로 과거 노동입니다. 갑자기 과거 노동이라니요. 기계는 과거에 만들어진 것입니다. 그리고 기계가 하는 역할은 과거 노동을 생산물에 감가상각비의 형태로 투입하는 것입니다.

쉽게 설명하다가 빠트리게 되는 것이 많을 수밖에 없습니다만 여러 번 이야기하고 있듯이 '설약說約'할 수 있어야 제대로 안다고 할 수 있습니다. 먼저 핵심적인 것을 파악하고 난 다음에 관련된 것들을 하나하나 연결해 나가는 순서라야 됩니다. 내가 수형 생활하는 동안에 일본판 『경제학 소사전』經濟學小辭典을 옆에 두고 있었습니다. 감방 동료들이 궁금해해서 노동가치설 항목을 읽어 주었습니다. 무슨 말인지 모르겠다며 핀잔만 받았습니다. 우리도 알아들을 수 있게 설명할 수 있어야지 그게 제대로 아는 것이라고 했습니다. 농담이지만 맞는 말입니다. 마침 양재공장에 있을 때여서 양복을 예로 들어서 설명했습니다.

시골에 사는 허서방이 서울로 올라와서 큰아들이 일하는 양복점에 들러 양복 값을 물어보는 상황을 가정하고 이야기를 시작했습니다. 큰아들이 양복 한 벌에 100만 원이라고 대답하자 아버지가 깜짝 놀라면서 100만 원씩이나 하느냐고 묻습니다. 50만 원은 기지 값이고 50만 원은 공전工錢이라고 대답합니다. 기지란 '옷감'의 일본말이고 공전은 노임 즉 품삯입니다. 그 말을 듣고 아버지는 첫째 딸이 일하는 방직紡織 공장으로 갑니다. 양복 한 벌 만드는 데 드는 기지 값이 50만 원이라는데 왜 그렇게 비싸냐고 묻습니다. 첫째 딸의 대답이 30만 원은 실 값이고, 20만 원은 공전이라고 합니다. 그래서 방적紡績 공장에 다니는 둘째 딸을 찾아가서 왜 실 값이 30만 원인가를 묻습니다. 10만 원은 양모羊毛 값이고, 20만 원은 공전이라고 대답합니다. 다음에는 어디로 가야 합니까? 다시 시골의 둘째 아들 목장으로 내려갑니다. 양복 한 벌에 양모 10만 원어치가 든다는데 그 값이 어떻게 되느냐고 물었습니다. 5만 원은 양¥ 값이고 5만 원은 기르는 품삯이라고 대답합니다. 그다음에는 양한테 가서 왜 양 네가 5만 원이냐고 물어야 합니다.

양복 한 벌 값 100만 원은 따져 보면 공전＋공전＋공전＋품삯 ＋양입니다. 이것이 노동가치설이라고 했더니 일견 납득이 되었지만 역시 한 가지 미심쩍은 게 남았습니다. 양재공답게 하는 말이 "그럼 미싱은 어쩌고요?" 바로 이 대목입니다. 기계에 관한 것입니다. 어떻게 해야 합니까? 양복과 똑같은 여행을 다시 시작하면 됩니다. 그럼 미싱도 다시 똑같이 가 보자 하고 이야기를 이어갔습니다. 브라더 미싱 한 대에 30만 원 정도 합니다. 30만 원의 미싱 값은 부속 값 20만 원과 공전 10만 원입니다. 부속 기계를 찾아서 기계 공작소로 갑니다. 그리고 다시 제철공장을 거쳐서 맨 나중에는 광산에 가야 합니다. 노동＋노동＋노동＋노동＋철광석이 됩니다. 양과 철광석은 자연입니다. 가치 생산이란 노동과 자연이 결합된 것입니다. 그러니까 기계는 과거 노동이 응고되어 있는 것입니다. 과거의 노동이 여기에 투입됨으로써 현재의 노동을 줄여 주는 것입니다. 기계란 그런 것입니다. 기계 자체에 대한 환상을 청산하는 일이 필요합니다. 그럼에도 불구하고 기계의 환상을 청산한다는 것은 여간 어렵지 않습니다. 현실적으로 기계와 기술이 돈을 벌어 주기 때문입니다. 신기술과 최신 모델의 기계를 설치하지 않고서는 경쟁에서 살아남지 못하기 때문입니다.

아무래도 이야기를 조금 더 해야겠습니다. 시장의 논리에 관한 것입니다. 지금 모든 생산자들이 제품 1개를 6시간에 생산한다고 합시다. 6시간이 사회적 평균노동시간입니다. 제품 1개를 6만 원에 생산한다고 가정합시다. 그런데 어떤 기업이 신기술을 채용해서 3만 원에 생산한다고 하면 어떻게 될까요? 그 제품의 시장가격은 여전히 사회적 평균노동시간과 같은 6만 원에 팔리기 때문에 상품 한 개당 3만 원의 특별잉여가치(ES: extra surplus)를 취득합니다. 엄청난 당근입니다. 이 ES를 취득하기 위한 기계 도입과 기술혁신의 치열한 각축전이 벌어집니다. 기계와 기술에 대한 신화가 강화됩니다. 반대로 상품 1개를 시장가격보다 비싼 7만 원에 생산하는 기업이 있다면 그 회사는 망합니다. 엄청난 채찍입니다. 자본주의 사회의 모든 경제주체는 이 당근과 채찍 사이에서 질주하는 말입니다. 여기서 우리가 깨달아야 합니다. 기계를 투입해서 버는 3만 원의 특별잉여가치(ES)는 생산된 것이 아닙니다. 3만 원짜리를 6만 원에 팔았습니다. 사실은 3만 원 가치의 물건을 사람들이 6만 원에 구입한 것입니다. 그리고 또 한편으로 보면 다른 사람한테 가야 하는 몫이 자기한테 재분배된 것이기도 합니다. 다른 사람들이 그만큼 팔지 못했기 때문입니다.

간단하게 설명한다면서도 많은 이야기를 했습니다. 요컨대 기계가 가치를 창출한다는 생각은 잘못입니다. 기계에 대한 환상과 신화는 시장논리가 만들어 내는 것입니다. 과거 노동을 재투입하고 현재의 가치를 재분배하는 역할을 하는 것이 기계, 기술입니다. 하지만 개별 기업 단위로 볼 땐 그것이 곧 이윤으로 나타나기 때문에 가치 창출로 인식됩니다.

이 문제는 '상품과 자본'을 이야기하면서 또 한 번 다루게 됩니다. 자세한 내용은 여러분이 따로 '가치론'價値論을 공부해야 합니다.

우리 교실에서 그걸 다 소화하기는 불가능합니다. 가치를 '효용'으로 정의하기도 합니다. 그러나 효용은 사람에 따라 다르기 때문에 객관적인 기준이 못 됩니다. 그래서 경제학에서는 가치의 크기를 투하노동시간으로 정의합니다. 그것도 개별 생산자의 투하노동시간이 아니라 사회적으로 평균적인 기술과 노동강도를 기준으로 한 노동시간입니다. 그래서 '사회적 필요노동시간'이라고 합니다. '사필노'社必勞입니다. 그 사회의 평균치입니다. 시장가격은 사필노를 기준으로 성립됩니다. 그러나 현재는 세계화 시대이기 때문에 한 국가의 사필노가 아니라 세계적 기준이 나타납니다. 세계적 필요노동시간 '세필노'世必勞라고 할 수 있겠네요. 국제적 시장가격이 성립됩니다. 그만큼 치열한 환경입니다. 기계에 대한 신화는 더욱 공고해질 수밖에 없습니다.

이러한 경제 현실 속에서 장자의 기계론은 참으로 한가한 이야기로 들립니다. 우리가 생각하는 기계와는 전혀 다른 차원에서 문제를 제기하고 있기 때문입니다. 기계를 보는 관점이 판이합니다. 기계가 기심機心을 만들어 내고 결국은 순백純白이 불비不備하고 신생神生이 부정不定해서 도道가 깃들지 못한다는 것입니다. '도'의 문제입니다. '돈'의 문제가 아닙니다. 나는 장자의 이러한 관점이 대단히 성찰적인 것이라 생각합니다. 특히 기계의 신화 속에 갇혀 있는 우리에게는 더욱 그렇다고 생각합니다. 장자 사상의 핵심은 '탈정'脫井입니다. 갇혀 있는 우물에서 벗어나는 것입니다. 우리가 갇혀 있는 좁고 완고한 사유의 우물을 깨닫는 것입니다.

장자의 기계론은 이처럼 기계에 관한 논의라기보다는 '노동과 생명'에 관한 것입니다. 경제학에서 노동은 생산요소입니다. 그러나 장자의 체계에 있어서 노동은 생명 그 자체입니다. 경제학에서는 노동을 비효용으로 규정하고 최소의 희생으로 최대의 효과를 얻는 것을 경제원칙이라고 합니다. 경제원칙은 장자의 관점에서 본다면 이기적이고 천박한 사고입니다. 고통과 방황이 가져다 주는 깨달음에 대해서는 무지하기 짝이 없습니다. 장자는 바로 이 '노동'을 성찰하고 있습니다. 자본주의 사회의 노동은 피고용 노동이기 때문에 노동은 당연히 비효용이고 고통입니다. 따라서 노동시간이 적을수록 행복합니다. 노동이 과연 비효용이고 고통인가에 대해서 생각해 봐야합니다.

나는 감옥 독방에서 노동시간 제로인 나날도 많이 보냈습니다. 창살 밖으로 봄볕을 받은 마당에 파릇파릇 봄 싹들이 돋아나는 걸 바라보고 있으면 호미 들고 일하고 싶은 생각이 간절합니다. 장자의 신생神生입니다. 우리 사회의 열악한 노동 현실 때문에 노동에 대한 관념이 부정적입니다만 사실은 노동하지 않는 생명은 없습니다. 더 정확하게 정의한다면 노동은 '생명의 존재 형식'입니다. 첫 시간에 공부는 달팽이도 하는 것이라고 했습니다. 마찬가지로 모든 생명은 노동합니다. 한 송이 코스모스만 하더라도 어두운 땅속에서 뿌리를 뻗고 계속해서 물을 길어 올리는 노동을 하고 있습니다. 한 마리 참새인들 다르지 않습니다. 노동은 생명이 세상에 존재하는 형식입니다. 그것을 기계에게 맡겨 놓고 그것으로부터 내가 면제된다고 해서 행복할 수 있을까요? 그리고 기계의 효율을 통하여 더 많은 소비와 더 많은 여가를 즐기게 된다면 그것으로써 사람다움이 완성된다고 할 수 있을까요? 노동 경감과 소비 증대가 답은 아니라고 생각합니다. 여러분의 생각도 크게 다르지 않으리라고 믿습니다. 노동 자체를 인간화하고 예술화해 나가야 할 것입니다.

사람의 정체성은 노동을 통해서 만들어집니다. '노동'이란 표현이 어색하다면 '삶'이라고 하는 것이 좋습니다. 자기가 영위하는 삶에 의해서 자기가 형성되고 표현됩니다. 그러나 도시에서는 그렇지 않습니다. 소비와 소유와 패션이 그 사람의 유력한 표지가 되고 있습니다. 도시라는 복잡하고 바쁜 공간에서는 지나가는 겉모습만 보입니다. 집, 자동차, 의상 등 명품으로 자기를 표현합니다. 교도소에서는 그렇지 않습니다. 인간관계가 표피적이지 않습니다. 1년 365일을 함께 생활합니다. 그 사람의 적나라한 모습을 꿰뚫어 보게 됩니다. 그럼에도 불구하고 교도소에도 명품족이 있습니다. 관에서 지급하는 죄수복을 그대로 입지 않고 그것을 양재공장에 부탁해서 해체한 뒤 새로 박음질하고 줄 세워서 다려 입고 나타나는 사람들이 있습니다. 사회로 치면 명품족입니다. 그 명품족을 보는 시선이 사회와는 전혀 다릅니다. 사회에서는 그 명품이 그 사람의 유력한 표지로 공인되지만, 교도소에서는 그것을 보는 시선이 대단히 냉소적입니다. '놀고 있네!', '나가면 또 들어오게 생겼다.' 이것이 일반적 반응입니다. 사람을 알고 나면 의상은 무력해집니다. 우리 시대의 도시 미학은 명품과 패션인지도 모릅니다. 그러나 고통과 방황이 얼마나 큰 것을 안겨 주는가에 대해서 우리 시대는 무지합니다. 이창동 감독의 〈시〉라는 영화가 있습니다. 할머니 역에 프랑스에서 살고 있는 여배우를 캐스팅했습니다. 국내에도 노인 여배우들이 많은데 어째서 멀리 프랑스에서 데려왔나 하고 의아해하는 사람도 있습니다. 여러 가지 이유가 있겠지만 가장 결정적 이유는 우리나라 연예인 중에는 성형을 하지 않은 사람이 거의 없기 때문입니다. 노인으로서의 연륜이 얼굴에 고스란히 남아 있는 배우가 드물기 때문이었다고 합니다. 화장, 성형, 의상으로 실현할 수 없는 것이 자기 정체성입니다. 그것은 노동과 삶, 고뇌와 방황에 의해서 경작되는 것이라고 해야 합니다. 장자의 반기계론은 우리의 삶에 대한 반성입니다. 속도와 효율, 더 많은 소유와 소비라는 우리 시대의 집단적 허위의식에 대한 고발이라고 해야 할 것입니다.

『장자』에는 참 많은 예화가 소개되어 있습니다. 장자는 사물에 대한 추찰력이 뛰어나고 박식하여 많은 사람들이 그와의 논쟁을 피했다고 합니다. 논쟁해서 깨지지 않은 제자백가가 드물었다고 합니다. 그만큼 문장과 언변이 뛰어난 사람으로 알려져 있습니다. 초나라 위왕威王이 재상으로 모시려고 신하 두 사람을 보냈습니다. 뒤돌아보지 않고 돌려보냅니다. "당신네 나라에는 죽어서 비단 보자기에 싸여 옥합 속에 고이 모셔져 있는 거북이가 있다고 들었다. 나는 그런 거북이보다 저 진펄 속을 기어 다니는 거북이로 살겠다"고 했습니다. 장자는 최고의 자유주의 사상가로 불립니다. 장자의 반기계론도 사실은 자유론입니다.

『장자』에는 자유주의 사상을 보여주는 수많은 예화들이 있습니다. 일반적으로 노장老莊이라고 하여 장자가 노자를 잇는 것으로 이해되고 있습니다만, 최근의 연구에서는 『장자』와 『노자』가 전혀 다른 텍스트라고 합니다. 『노자』는 『장자』의 정리본이라는 주장도 있습니다. 『노자』에는 궁극적 도의 존재가 전제되어 있습니다. 우리가 해야 하는 것은 그 도를 찾아가는 일입니다. 그러나 『장자』의 경우에는 우리가 찾아갈 도는 없습니다. 우리가 길을 뚫고 만들어 가야 합니다. 불교의 천상천하 유아독존과 같은 차원입니다. 부처를 만나면 부처를 죽이고 스승을 만나면 스승을 죽이고 부모를 만나면 부모를 죽이는 격입니다. 등산로는 미리 있는 것이 아니라 사람들이 다님으로써 만들어집니다(道行之而成 物謂之而然). 오늘날의 표현으로 한다면 길은 관계의 흔적이고 소통의 결과로 생겨나는 '주름'입니다. 『노자』 1장과 『장자』 1장의 차이가 이를 잘 보여줍니다. 『노자』 1장은 도가 도비상도道可道非常道로 시작됩니다. 도道와 무無의 존재성을 논하는 것입니다. 그러나 『장자』 1장은 황당할 정도로 스케일이 장대합니다. 북해에 곤鯤이라는 물고기가 사는데, 그 등 길이가 몇 천 리인지 모른다. 그 고기가 하늘에 날아올라 새로 변하면 붕鵬이라 하는데 붕이 한번 날개를 펴면 그 크기가 몇 천 리인지 모른다. 밭두렁의 메추리가 하늘을 가로질러 날아가는 붕을 바라보며 어디로 무얼 하러 수고롭게 날아가느냐고 합니다. 메추리가 바로 사람입니다. 사람들이 갇혀 있는 인의예지라는 사회적 가치가 초라하기 짝이 없습니다.

그리고 『노자』에는 도를 실현하는 방법이 제시되고 있습니다. 선하지善下之, 부쟁不爭입니다. 물과 같은 진행 경로를 보여줍니다. 그런 점에서 『노자』는 사회 담론이라 할 수 있습니다. 『장자』의 경우 그것은 이리화정以理化情입니다. 리理가 아닌 정情이라야 한다는 것입니다. 머리로 하는 것이 아니라 가슴으로 하는 것입니다. 그것이 합일合一과 소요逍遙입니다. 이처럼 장자의 자유를 극한까지 밀고 가면 일체의 사회적 가치가 부정되고 일체의 문화적 소산이 무의미해집니다. 장자를 최고의 체제 부정의 사상가, 아나키스트라고 하는 까닭이기도 합니다. 그렇다면 도대체 장자가 중시하는 것은 무엇인가. 그것이 바로 '생명'입니다. 경물중생輕物重生입니다. 물物은 가볍고 생명이 중합니다. 춘추전국시대는 목숨을 부지하는 일이 그 어떤 것보다 절실한 때이기도 했습니다. 장자의 생명 사상은 이러한 전국시대의 사회 현실을 반영한 사상일 수도 있고 또 송宋나라 출신의 반체제反體制 의식이기도 하다는 주장이 없지 않습니다. 장자가 송나라 출신으로 되어 있는데 송나라는 주周나라에게 멸망한 은殷나라 유민들의 나라입니다. 당시에는 죽은 조상의 제사를 지내지 못하면 그 귀신이 원귀寃鬼가 되어 떠돌며 사람들을 해친다고 생각했습니다. 주나라가 패망한 은나라 유민들을 모아서 조상들의 제사를 지낼 수 있게 만들어 준 나라가 송나라입니다. 은나라 마지막 왕 주왕紂王의 형인 미자微子로 하여금 송나라를 다스리게 했습니다. 미자는 주의 형이면서 왕이 되지 못했습니다. 서모형庶母兄이었기 때문입니다. 어쨌든 송나라 백성은 패망한 나라의 유민들입니다. 유민의 나라가 반체제 사상과 부정 철학의 산지가 될 수도 있습니다만 그렇지 않을 수도 있습니다. 당시 노자나 장자가 살았던 나라도 여러 차례 복속되는 나라가 달라져서 딱히 어느 나라 사람이라고 말하기 어렵습니다. 지배 권력의 반대편에서 전승되는 민초들의 정서가 집대성되어 온 것으로 보는 것이 옳을 것입니다.

『맹자』의 오십보소백보五十步笑百步의 예화도 마찬가지입니다. 전쟁터에서 50보 도망간 사람이 100보 도망간 사람을 비웃는다는 뜻입니다. 언뜻 임전무퇴臨戰無退를 독려하는 의미 같습니다만 당시에는 전쟁터에서 50보, 100보 도망가는 것이 다반사였다는 증거입니다. 민초들은 전쟁에 이기거나 지거나 크게 상관없습니다. 살아남는 것이 당면 최우선 과제일 뿐입니다. 지금도 본질에서는 다르지 않습니다. 민초들은 기본적으로 지배 권력의 반대편에서 자기 생각을 집대성해 갑니다. 우리가 『장자』의 독법을 탈정脫井으로 삼는 까닭도 그렇습니다. 인의예지라는 지배 권력의 지배 이데올로기에 포섭되지 않아야 한다는 민초들의 사유를 만나기 위해서입니다. '기계'를 예로 들었습니다만 기계뿐만 아니라 우리 시대가 갇혀 있는 수많은 우물들을 생각하기 위해서입니다.

우리나라에서 『장자』는 한동안 매우 부정적이고 비관적인 철학으로 읽혀 왔습니다. 식민지 세월 그리고 해방 정국의 혼란 속에서 소위 장자적 풍모를 과시했던 시인 묵객들이 많았습니다. 기행奇行과 주사酒邪의 주인공들입니다. 사회적 규범에 얽매이는 일 없이 천상천하 유아독존의 기개를 보였습니다. 장자 사상을 그렇게 읽었다고 할 수 있습니다. 일체를 부정하는 부정의 철학으로 읽었습니다. 물론 이것도 장자 사상의 일단입니다만 탈정이라기보다는 좌절과 자학으로 기운 것이었습니다.

오늘날의 『장자』 독법은 장자의 자유사상의 전제가 되는 탈정을 핵심으로 해야 한다고 생각합니다. 후기 근대사회는 그 포섭 기제가 어느 때보다 막강하고 정교하기 때문입니다. 물리적 규제가 아니라 삶의 정서 자체를 포획함으로써 갇혀 있다는 자각마저 원천적으로 봉쇄하고 있기 때문입니다. 그런 점에서 장자의 탈정과 성찰은 대단히 중요한 우리 시대의 과제가 아닐 수 없습니다. 탈정은 우리 교실에서 화두처럼 걸어 놓고 있는 탈문맥脫文脈과 같습니다.

마지막으로 제가 좋아하는 『장자』 구절을 소개하는 것으로 마무리하겠습니다. 겨울 독방에서 이 구절을 만났을 때의 감동은 지금도 잊지 못합니다. 어느 불구자의 자기 성찰입니다. 불구자인 산모가 깜깜한 밤중에 혼자서 아기를 낳고 그 무거운 몸으로 급히 불을 켜서 자기가 낳은 아기를 비추어 본다는 이야기입니다. 이 이야기의 핵심은 그 경황없는 중에도 급급히 불을 켜서 비추어 보는 이유에 있습니다. 급히 불을 켜서 갓난아기를 비추어 본 까닭은 유공기사기야 唯恐其似己也입니다. 그 아기가 혹시 자기를 닮았을까봐 두려워서였습니다. 자기를 닮지 않기를 바라는 간절한 모정입니다. 산모는 자기가 불구라는 사실을 통절하게 깨닫고 있었습니다. 그것이 충격이었습니다. 나는 어떤가? 우리는 어떤가? 하는 통절한 반성을 안겨 주는 것이었습니다. 그날 밤의 독방이 지금도 선연합니다.

사람들은 대체로 자기의 생각에 갇혀서 자기를 기준으로 해서 다른 것들을 판단합니다. 한 개인이 갇혀 있는 문맥 그리고 한 사회가 갇혀 있는 문맥을 깨닫는다는 것은 어쩌면 당대 사회에서는 불가능한 일인지도 모릅니다. 그 시대를 역사적으로 바라보면 그 시대가 갇혀 있던 문맥이 선명하게 보입니다. 그러나 당대 사회를 성찰한다는 것, 그리고 자기 자신을 성찰한다는 것은 여간 어려운 일이 아닙니다. 불구의 산모 여지인屬之人의 몸짓은 그 통절함이 과연 자기 성찰의 정점입니다. 우리의 『장자』 독법이 바로 이러한 성찰이어야 할 것입니다.

『노자』와 『장자』를 짧은 시간에 소개하고 있기 때문에 무리가 많습니다. 『노자』가 5천 자밖에 안 되지만 그 무게는 5만 자도 넘습니다. 『장자』는 물론 6만 5천 자가 넘는 방대한 분량입니다. 더구나 그 사유의 세계가 거침이 없고 우리의 생각을 아득하게 상회하고 있습니다. 그만큼 노장의 독법이 중요합니다. 『노자』의 무위와 『장자』의 탈정은 여러분이 두고두고 그 내용을 채워 가기 바랍니다. 아마 앞으로는 우리나라뿐만 아니라 일본도 마찬가지고, 미국, EU도 지금까지의 성장 패턴을 지속한다는 것은 불가능할 것입니다. 이미 반복되는 금융위기와 끝이 없는 불황이 그것을 예시하고 있습니다. '과학의 발전과 욕망의 해방' 그리고 '대량생산과 대량소비'가 쌍끌이 해온 자본주의의 구조와 운동이 거듭해서 위기를 드러내고 있습니다. 피케티는 『21세기 자본』에서 20대 기업의 300년간의 세무 자료를 분석하여 자본이윤(return to wealth)이 소득(growth rate)을 초과해 왔음을 입증하고 양극화에 경종을 울리고 있습니다. 우리가 피부로 느끼는 것은 국가 부채, 가계 부채, 양극화, 실업, 경기 침체, 집값 하락의 문제에 불과하지만 이것은 자본주의 체제 자체의 문제입니다. 앞으로 어떠한 국면을 경과할지 알 수 없지만 그것의 급격한 파탄을 저지하는 것이 당면의 과제입니다. 우리나라의 경우도 다르지 않습니다. 큰 기어에 물려 있는 기어를 기어 오프Gear-off하는 것입니다. 그러나 당장 기어를 오프할 수 있는 경제 구조가 못 됩니다. 적절한 중장기中長期 정책과 강약, 단속斷續의 온-오프가 필요합니다. 이것은 3S(slow down, small down, soft down)의 연착륙 과정이며 과도한 대외 의존 경제 구조를 조정하는 것이기도 합니다. '기어 오프'와 '3S'가 노자의 귀歸라 할 수 있고, 지속 성장에 대한 환상을 청산하는 것이 장자의 탈정이라 할 수 있을 것입니다.

『노자』와 『장자』를 경제학의 수준에서 읽는 것이 아닌가 하는 우려가 없지 않습니다만 위에서 여러 차례 이야기했듯이 후기 근대를 통과하고 있는 우리의 삶 자체를 돌이켜보는 성찰이기 바랍니다.

10

이웃을 내 몸같이

오늘은 『묵자』를 읽습니다. 반전反戰 사상과 함께 묵자 사상의 정수라고 할 수 있는 겸애兼愛 사상까지 읽기로 하겠습니다. 그래서 소제목을 '이웃을 내 몸같이'로 달았습니다.

무감어수無鑑於水는 널리 알려진 글귀는 아닙니다. 내가 많이 소개하는 편입니다. 물에(於水) 비추어 보지 마라(無鑑)는 뜻입니다. 물(水)은 옛날에 거울이었습니다. 동경銅鏡이 나오기 전에는 물을 거울로 삼았습니다. 물에 비추어 보면 얼굴만 비추어 보게(見面之容) 됩니다. 그렇기 때문에 감어인鑑於人, 사람에게 비추어 보라고 하는 것입니다. 참 좋은 말입니다. 거울에 비추어 보면 외모만 보게 되지만, 자기를 다른 사람에게 비추어 보면 자기의 인간적 품성이 드러납니다. 인문학적인 메시지이면서 많은 사람들이 공감할 수 있는 금언입니다.

이 무감어수의 원전이 『묵자』입니다. 교재에 불경어수不鏡於水로 되어 있습니다만 경鏡과 감鑑은 통용됩니다. 불경어수不鏡於水, 무감어수無鑑於水 같은 말입니다. 『묵자』에서 이 금언은 반전 평화론의 교훈입니다. '사람에게 비추라'는 것은 오吳나라 왕 부차夫差, 진晉나라 지백智伯의 고사에 비추어 보라는 뜻입니다. 이 사람들에게 비추어 보면 공격 전쟁〔攻戰〕이라는 것이 결국은 패망의 길이라는 것을 잘알 수 있다는 것입니다. 부차는 오월吳越 전쟁에서 와신상담臥薪嘗膽의 주인공 구천句踐과의 전쟁으로 유명하지만 그의 부왕 합려闔閭 때부터 수많은 전쟁을 일으키고 결국 패망한 왕입니다. 지백은 진晉나라 사람입니다. 진나라는 여섯 씨족(범씨范氏·위씨魏氏·한씨韓氏·조씨趙氏·중항씨中行氏·지씨智氏)이 권력을 나누어서 분점하고 있었습니다. 그중지씨의 우두머리를 지요智瑤 혹은 지백智伯이라고도 하는데, 이 사람이 아주 뛰어난 전략가였습니다. 한韓·위魏·조趙 세 씨족과 연합해서 처음에는 범씨를 패망시키고 그 땅을 나눠 갖습니다. 그다음에는 중항씨를 죽이고 또 땅을 나눕니다. 다시 한·위 두 씨족과 연합해서 조씨를 공격합니다. 위기에 처한 조양자趙襄子가 몰래 한·위의 장수에게 사람을 보내어 "저 지백이라는 사람이 나를 죽이고 나면 반드시 당신들도 죽일 것이다"라고 설득하여 역으로 연합하여 지백을 공격합니다. 지백은 산으로 도주했다가 잡혀서 처단됩니다. 부차와 지백처럼 공격 전쟁을 계속하다가 패망한 역사적 교훈을 이야기하는 것입니다. 이 사람들에게 비추어 보면, 공전攻戰이 바로 패망의 길임을잘 알 수 있다는 것이 무감어수입니다.

서주西周 시대의 72개 제후국이 전국시대가 되면 7개국만 남습니다. 전국칠웅戰國七雄입니다. 결국 진秦나라로 통일됩니다. 전국시대에는 모든 나라가 패망의 위기에 내몰리고 있었습니다. 묵자는 전쟁 방식의 부국강병이 결국은 패망으로 끝나는 흉물임을 역설합니다. 예로 든 것이 '양약'良藥의 비유입니다. 1만 명에게 약을 썼는데 모두 다 죽고 3명만 효험을 보았다면 그것을 양약이라고 할 수 있겠느냐? 당신은 그런 약을 부모에게 드리겠느냐고 반문합니다. 세 사람에게는 양약이 될 수 있을지 모르지만 나머지 9,997명을 생각한다면 그것은 양약이 아니라 독약입니다. 그럼에도 불구하고 사람들은 몇 개의 전승국만 봅니다. 전쟁 방식의 패권 추구를 천하의 관점에서 보아야 한다는 주장입니다. 그리고 서너 개의 승전국마저도 결국 패망한다는 것이 묵자의 주장입니다. 사실 천하를 통일한 진나라도 14년 만에 패망합니다. 『묵자』에는 전쟁의 폐해가 자세하게 열거되어 있습니다. 그리고 전쟁 비용을 평화적으로 사용한다면 얼마나 민생이 나아질 것인가를 아울러 역설하고 있습니다. 오늘날 역시 사활적인 경쟁에 내몰리고 있는 상황이기도 하고 전쟁이 끊이질 않고 있는 전란의 시대입니다. 묵자의 반전론을 호출해야 하는 상황입니다. 반전 평화론은 전국시대의 모든 사상을 압도하는 최고의 사상임에 틀림없습니다. 참담한 전란의 시대에 반전 평화론만큼 다급하고 현실적인 사상이 달리 있을 것 같지 않습니다.

　묵가墨家 학파는 당시에 가장 많은 지지자를 가진 학파였다고 합니다. 『한비자』에서도 그렇고, 『회남자』에서도 진나라 초까지도 천하의 현학顯學은 유묵儒墨이라고 했습니다. 유가와 묵가가 대세였습니다. 유묵지도속儒墨之徒屬 만천하滿天下, 유가와 묵가의 무리가 천하에 가득 찼다고 할 정도로 묵자가 그 당시는 대세였습니다. 가장 많은 사람들로부터 지지를 받는 학파였음에도 불구하고 우리나라에 전혀 소개가 안 되었습니다. 뿐만 아니라 중국 역사에서도 진한秦漢 이후로 묵가는 자취를 감춥니다. 중앙집권적인 절대군주제와 관료제가 확립되면서 평등사상의 사회경제적 기반 자체가 사라졌기 때문입니다.

내게 『묵자』를 연구하겠다는 특별한 동기가 있었던 것은 아닙니다. 가까운 선배이자 지인 중에 『묵자』 전문가가 있습니다. 『묵자』를 최초로 완역한 분이기도 하고 지금도 묵자 연구회를 만들어 저널 『묵자의 소리』를 발간하고 있는 분입니다. 묵자 관련 논문을 계속 보내 주고 있습니다. 저와는 『중국역대시가선집』을 공동 번역하기도 했습니다. 『묵자』는 중국에서도 청나라 말에 와서야 처음 정리됩니다. 1894년에 비로소 『묵자간고』墨子閒詁라는 책이 나옵니다. 현재 전해지는 『묵자』는 량치차오梁啓超, 후스胡適 등에 의해서 1910년대에 비로소 만들어졌습니다. 1919년 5·4운동이 일어나고 중국에 마르크스 사상이 소개되면서 신청년운동이 『묵자』를 주목하게 됩니다. 우리에게도 이런 좌파 사상이 있었구나 하면서 주목했다가 금방 폐기됩니다. 두 가지 이유에서입니다. 하나는 천지天志 사상 때문입니다. 하느님의 존재를 수긍할 수 없었습니다. 그리고 또 하나는 비폭력 사상 때문입니다. 프롤레타리아 혁명 전략과 배치된다는 이유였습니다. 이 두 가지 이유로 중국공산당에서도 배척됩니다. 2천 년 만에 잠시 복권되었다가 금방 폐기되는 대단히 불우한 운명입니다. 그러나 『묵자』는 다른 제자백가들과 대비되는 독자적 영역을 분명하게 지키고 있습니다. 제자백가들의 사상이 도가道家를 제외하고는 대체로 사군자士君子 즉 중간계급과 귀족들의 사상임에 반하여 『묵자』는 기층 민중을 대변하는 사상이기 때문입니다.

인간 묵자에 관해서도 소개가 필요합니다. 『사기』에는 송나라 대부라는 짧은 기록이 있고, 또 다른 중국의 기록에는 전국시대 송나라 사람으로 본래 고죽군孤竹君의 후예라고 기록되어 있습니다. 고죽군은 백이와 숙제의 아버지입니다. 역사적 근거가 없지만 고죽군은 소위 기자조선의 기자箕子로 알려져 있습니다. 연암은 『열하일기』에서 고구려와 고죽국孤竹國이 같다고 했습니다. 이를 근거로 묵자 연구자들은 묵자가 우리 조상이라고 주장합니다. 송나라에 대해서는 『장자』강의 때 이야기했습니다. 패망한 은나라 유민들의 나라입니다만 중국 역사에서 은나라는 몽고족이라는 주장이 통설입니다. 몽고족이 이동하다가 한 무리는 중국 대륙으로 들어갑니다. 또 한 무리는 한반도로 들어오고, 또 한 무리는 알래스카를 경유하여 아메리카로 들어갑니다. 중국으로 들어간 몽고족이 하나라를 멸하고 세운 나라가 은나라입니다. 하夏·은殷·주周 3대의 역사입니다. 하나라가 서쪽으로 쫓겨났지만 그곳을 근거지로 하여 주나라의 희씨姬氏와 강씨姜氏가 연합하여 다시 은나라를 몰아냈습니다. 송나라는 산동반도 쪽으로 쫓겨난 은나라 유민의 나라입니다. 그래서 고죽국의 후예인 묵자도 우리 조상이라는 주장입니다. 공자, 맹자도 산동반도의 노나라 출신입니다. 장자도 송나라 출신이라고 하고, 노자도 송나라 땅에서 태어났다고 합니다. 모두 무리한 주장입니다. 옛날에는 국가 개념이 없었습니다. 종족 중심이었습니다. 나중에 이야기할 기회가 있습니다만 바보 같은 사람 예를 들 때는 항상 송나라 누구누구라고 합니다. 조선인에 대한 일본인의 모욕적 언사가 지금까지 이어지는 것만 보더라도 패전 국가의 유민이 겪는 수모는 고금이 다르지 않았습니다.

묵자와 묵가의 성격을 가장 잘 나타내고 있는 것이 '묵'墨이라는 성씨입니다. 원래 성은 묵墨이 아니라 적翟이라는 설도 있습니다. 앞에다 묵 자를 붙여서 묵적墨翟이라고 했다는 것입니다. 묵墨은 이 학파의 집단적인 명칭인 셈입니다. 묵은 '먹'입니다. '먹'이 상징하는 것은 형벌입니다. 죄인의 이마에 먹으로 자자刺字합니다. 드라마 〈추노〉에서 얼굴에 자자한 노비들이 나옵니다. 중요한 것은 자기들이 형벌을 받은 노예 출신이라는 사실을 공공연히 밝힌다는 것입니다. 백성들이 두려워하지 않을 때야말로 진정한 위기라고 합니다(民不畏威 則大威至). 스스로 형벌 죄인임을 선언하면서 국가권력에 대한 반체제적인 성격을 공공연히 표명하는 것입니다. 그래서 기층민들의 지지가 가장 컸던 학파라는 것입니다. 묵墨의 또 다른 의미는 '검다'는 것으로 이것이 바로 공인工人과 노동을 상징한다는 주장입니다. 중국에서는 검은 옷이 노동복입니다. 그리고 묵은 목수의 연장을 뜻하기도 합니다. 여러분 중에 목수가 직선을 그을 때 사용하는 '먹줄'을 아는 사람이 있을 것입니다. 방성기구防城機具를 만들고 수레의 빗장을 제작했다는 『사기』의 기록에서 미루어 목수나 공인 집단이라고 추정합니다. 시라가와 시즈카의 주장도 그렇습니다. 제후국이 멸망하자 성곽 축조를 담당하는 노동자 집단이 해산합니다. 그러한 공인 집단이 공동체를 풀지 않고 활동을 이어 가는 과정에서 묵자학파의 정체성이 형성되었다고 봅니다. 어쨌든 묵자학파는 하층민, 공인, 죄인들의 이해관계를 대변하고 그들의 지지를 받는 학파라고 할 수 있습니다.

묵가는 집단적 규율이 엄격하고 실천적 성격이 강한 학파였습니다. 묵자학파의 책임자를 거자鉅子라 하고 거자는 생살여탈권生殺與奪權을 행사할 정도로 강력한 권력을 가지고 있었습니다. 묵자학파의 사상도 다르지 않습니다. 묵가 사상의 핵심은 그 편명에서 잘 나타납니다. 「상현」尙賢, 「상동」尙同, 「겸애」兼愛 등이 그것입니다. 우선 「상현」이라는 것은 신분에 관계없이 현자를 천자로 모신다는 사상입니다. 「상동」은 모든 사람들을 평등하게 대하는 것입니다. 열 사람이면 열 사람의 의意를 다 인정하고, 열 사람의 몫을 골고루 다 나누어주는 것을 뜻합니다. 「겸애」라는 것은 똑같이 사랑하는 것입니다. 「비공」非攻은 공격 전쟁 반대, 「절용」節用은 물건을 아껴 쓰는 것, 「절장」節葬은 장례를 간소하게 하는 것, 「천지」天志는 중국공산당에서 비판한 하느님의 뜻입니다만 사실 묵자의 하느님 사상은 절대 신이 아니라 일종의 도구 신 개념입니다. 하느님이 겸애兼愛다. 그러니 겸애하지 않으면 하느님의 진노를 받을 것이다. 천지天志는 일종의 규제 장치였습니다. 「명귀」明鬼도 마찬가지입니다. 귀신과 하느님이 규제한다는 것입니다. 「비악」非樂은 음악을 반대하고, 「비명」非命은 운명을 거부하는 주체성입니다. 천명天命이란 없다. 그것은 폭군이 만든 것이다(命者暴王作之). 탕왕도 그렇고, 주나라 무왕도 그렇고 민심을 잃은 부패한 왕조를 무너뜨릴 때는 천명을 명분으로 내세웁니다. 그러나 역설적이게도 나중에 자기가 또 천명 때문에 쫓겨납니다. 천명이라는 것은 폭군들이 자기 권력을 정당화하기 위해서 만든 것일 뿐 결코 하늘의 뜻이 아니라는 것입니다. 「비유」非儒는 유가에 대한 비판입니다. 유가는 본질적으로 왕이나 지배 계층에 기생하며, 괜히 오르내림의 절차를 번잡하게 하고, 슬픔을 강조하는 등 불필요한 예禮

를 만들어 내는 무리라고 비판합니다.

묵자학파의 차별성은 검소함과 비타협적 실천에 있다고 할 수 있습니다. 공석불가난孔席不暇暖 묵돌부득검墨突不得黔. 공자의 방석은 따뜻할 새가 없고, 묵자의 집은 굴뚝에 검댕이 없다는 뜻입니다. 공자는 벼슬자리를 얻기 위해서 주유천하周遊天下하느라 그가 앉은 방석이 따스할 새가 없고(不暇暖), 묵자의 굴뚝(墨突)은 검댕이 앉을 새가 없다(不得黔)고 합니다. 아궁이에 불 때서 밥을 하지 못할 정도로 궁핍하다는 뜻입니다. 그런 고단한 삶을 영위하면서도 사람들의 어려움을 목격하면 불 속에 뛰어들고 칼날 위에 올라서기를 거리끼지 않습니다. 그 말은 믿을 수 있고, 그 행동은 반드시 결과를 만들어 내고, 한번 승낙하면 끝까지 약속을 지키며, 제 몸을 돌보지 않고 다른 사람의 어려움을 그냥 지나치지 못하는 헌신적이고 실천적인 집단이었습니다. 그래서 천하의 현학顯學이었고 묵자를 따르는 도속徒屬들이 천하에 가득했습니다. 묵가의 이러한 실천적 작풍에 대해서는 장자와 맹자도 인정하고 있습니다. 머리에서 발끝까지 온 몸의 털이 닳아 없어질 지경으로 남을 위해 열심히 뛰어다니는 무리로 묘사하고 있습니다. 수고는 많고 성과는 적은 이상주의자라고 비난하기도 합니다.

묵자학파는 이처럼 실천적이었을 뿐 아니라 사상의 전개도 매우 논리적입니다. 세상의 혼란을 바로잡으려면 먼저 그 원인을 알아야 한다(必知亂之所自起). 그 원인을 밝힌 다음에라야 능히 그것을 고칠 수 있다(能治之)는 것입니다. 의사가 질병을 치료하기 위해서는 그 질병의 원인을 먼저 알아야 하는 것과 같습니다. 백성들에게는 세 가지 우환이 있다고 진단합니다(民有三患). 굶주린 자가 먹지 못하고(飢者

不得食), 추위에 떠는 자가 입지 못하며(寒者不得衣), 일하는 자가 쉬지 못한다(勞者不得息)고 진단했습니다. 현실 인식 자체가 대단히 민중적입니다. 기층 민중의 삶 깊숙이 들어가 있는 생생한 현실 인식입니다. 묵가가 진단한 당대 사회는 무도하고 불인한 사회였습니다. 세상 사람들은 누구도 서로 사랑하지 않으며(天下之人 皆不相愛), 강자는 약자를 억압하고(强必執弱), 다수는 소수자를 겁박하고(衆必劫寡), 부자는 가난한 사람을 업신여기고(富必侮貧), 귀족은 천한 사람에게 오만하고(貴必敖賤), 간사한 사람은 어리석은 사람을 속인다(詐必欺愚). 세상은 화찬禍簒과 원한으로 가득 차 있다. 이러한 현실의 궁극적 원인은 바로 서로 사랑하지 않기(不相愛) 때문이라는 것이 묵자의 결론입니다. 따라서 근본적 해결 방법은 세상 사람들이 서로 차별 없이 사랑하는 것입니다. 차별 없이 사랑할 때 평화로워진다는 것입니다(兼相愛則治). 이것이 묵자의 '겸애' 사상입니다. 여기서 치治는 평화롭다는 뜻입니다. 밥상을 함께하는 것을 '겸상'兼床이라고 합니다. 겸兼의 반대가 별別입니다. 겸애의 반대는 별애別愛입니다. 내 아이와 남의 아이를 차별하는 것이 별애입니다. 겸애는 기본적으로 계급 철폐의 평등사상입니다. 우리 학교 정보과학관에 〈겸치별난〉兼治別亂이라는 편액이 있습니다. 물론 내가 쓴 것입니다. 겸애하면 치治, 평화롭고 차별하면 난亂, 어지럽다는 묵자의 겸애 사상을 쓴 것입니다. 묵자 사상의 핵심은 겸애입니다. 다음 구절을 보면 여러분도 생각나는 것이 있을 것입니다.

若使天下 兼相愛 愛人若愛其身 猶有不孝者乎 -「겸애」

만약 천하 사람들로 하여금 서로 사랑하게 하여 '애인약애기신'
愛人若愛其身 한다면 어찌 불효가 있겠는가라는 뜻입니다. '愛人若愛
其身' 부분을 한번 번역해 보기 바랍니다. 여기서 인人은 다른 사람,
이웃의 뜻입니다. "내 이웃을 내 몸같이 사랑하라"입니다. 성경 구절
과 똑같습니다. 이 구절을 들어 예수 탄생 때 나타난 세 사람의 동방
박사가 묵가가 아닐까 하는 의견도 있습니다. 기원전 100년경에 묵
가는 중국에서 자취를 감추었습니다. 사마천이『사기』를 집필하기
이전까지는 묵가가 활동을 했기 때문에 어쩌면 예수가 묵가 그룹에
서 공부했을지도 모른다는 주장도 없지 않습니다. 어쨌든 묵자는 천
하를 이롭게 하려면 겸상애兼相愛 교상리交相利의 법으로 바꾸어야 한
다고 주장합니다(兼相愛 交相利之法 易之). '교상리'는 오늘날 현안이 되
어 있는 동반성장과 같은 의미입니다. 서로 사랑하고 서로 이롭게 하
는 법으로 바꾸어야 한다고 주장합니다. 묵자는 오늘날의 당면 과제
인 연대와 상생을 일찌감치 내놓았다고 할 수 있습니다.

이처럼 묵자 사상의 핵심이 겸애와 교리입니다만 교재에서는
반전 평화 중심으로 소개했습니다. 춘추전국시대와 같은 난세에 반
전 평화론보다 더 절박한 사상은 없기 때문입니다. 그것은 오늘날도
크게 다르지 않습니다. 묵자의 반전 평화론을 조금 더 소개하겠습니
다. 묵자의 반전 평화론은 단순히 전쟁의 폐해를 고발하는 데서 그
치지 않고 전쟁을 미화하는 사회의 허위의식을 폭로하고 있습니다.
그리고 그것을 매우 논리적으로 전개합니다. 사람을 죽이는 것은 오
얏이나 복숭아를 훔치는 것보다 죄가 훨씬 크다. 그래서 한 사람을
죽이면 불의한 짓이라고 한다(殺一人 謂之不義). 그러나 이제 크게 군

사를 일으켜 다른 나라를 공격하면 그것이 잘못이란 것을 알지 못하고(今至大爲攻國 則弗知非), 그걸 추종하고 예찬하면서 의롭다고 한다(從而譽之 謂之義). 이를 어찌 의와 불의를 분별한다고 할 수 있겠느냐(此可謂知義與不義之別乎)고 반문합니다. 분별하지 못하기는 오늘날의 우리도 별로 다르지 않습니다. 정의로운 전쟁이란 수사가 그렇습니다. 나쁜 평화가 없듯이 좋은 전쟁 역시 있을 수 없습니다.

『천자문』에 묵비사염墨悲絲染이란 말이 있습니다. 묵자가 실이 물드는 것을 보고 슬퍼한다는 뜻입니다. 파란 물감에 실을 넣으면 파랗게 물들고 노란 물감에 실을 넣으면 노랗게 물듭니다. 실이 물든다는 것은 방금 이야기한 사회의 허위의식, 즉 지배 이데올로기의 포섭 기능을 지적하는 것입니다. 묵자가 우려하는 것은 실만 물드는 것이 아니라 나라도 물든다는 것입니다(非獨染絲然也 國亦有染). 온 백성과 온 나라가 집단적 허위의식에 사로잡히게 된다는 것을 꿰뚫어 보고 있습니다. 묵자는 전쟁뿐만 아니라 나아가 정치 전반 그리고 그 사회의 문화와 의식 일반에 이르기까지 아울러 비판하고 있습니다. 임금의 자질이 못 미치고 핵심적인 것을 꿰뚫어 보지 못하는 것은 잘못 물들었기 때문이라고 합니다. 올바르게 물들어야 올바른 도리를 행하게 됩니다(行理生於染當). 이처럼 소염所染의 중요성을 강조하는 것은 사회의 상부 구조가 행사하는 막강한 포섭 기능을 꿰뚫어 보는 통찰이 아닐 수 없습니다.

모신 하미드Mohsin Hamid의 『주저하는 근본주의자』에서 주인공인 파키스탄 출신의 찬게즈Changez가 WTC빌딩 9·11테러를 일컬어 '이슬람이 미국을 무릎 꿇린' 통쾌한 사건이라고 당당히 주장합니다. 소설에서는 그 이야기를 듣고 있는 상대가 미국의 CIA비밀요원이란 암시가 없지 않습니다. 그럼에도 불구하고 하미드는 '미국 사람들도 이슬람 국가들에 대한 무자비한 포격과 파괴를 게임 즐기듯 보지 않았는가!'라고 반론합니다. 미국의 일방적 이데올로기 지배하에 있는 우리들로서는 좀처럼 듣지 못하는 놀라운 주장이 아닐 수 없습니다. 묵자의 소염론所染論 역시 당시의 도도한 부국강병론 속에서 참으로 듣기 어려운 뛰어난 통찰이 아닐 수 없습니다.

묵자는 전쟁과 전쟁 문화에 대한 비판뿐만 아니라 전쟁 방식을 통한 부국강병 정책 그 자체의 불가함을 역설합니다. 전쟁으로 폐허가 된 성을 점령한들 아무 소용이 없습니다. 수많은 백성들을 죽음으로 내몰고, 온 나라를 초토화하면서 겨우 빈 성을 뺏는다는 것은 마치 소중한 것을 버리고 남아도는 것을 얻는 것에 다름 아니라는 것입니다. 이러한 정치가 과연 나랏일이 될 수 있겠느냐고 반문합니다. 사실 당시에 가장 소중한 것은 인민人民이었습니다. 인민이 곧 경제력이고 군사력이었습니다. 토지는 얼마든지 남아 있었습니다.

사람들이 많이 모여들면 그것이 곧 식량이 되고 병력이 됩니다. 인민의 신뢰가 가장 중요했습니다. 충무공이 해전에서 승리할 수 있었던 것도 당시의 삼남 지방 백성들이 모두 삼도수군통제사 휘하로 모여들었기 때문입니다. 그 백성들의 존재 자체가 왜군을 상대할 수 있는 물적 자산이었습니다. 농사지어 군량미를 대고, 화살을 만들고, 포탄을 만들고, 배를 만들었습니다. 묵자는 사람 다 죽이고 텅 빈 성을 뺏어서 어떻게 다스린다는 것인가 하고 반문합니다. 전쟁은 모든 것을 파괴하는 흉물입니다. 나라는 근본을 잃고 백성은 농사 대신 창칼을 들고 전쟁에 나가야 합니다. 밭 갈던 말이 전쟁터에서 새끼를 낳게 됩니다. 전쟁이란 이처럼 천하를 환란에 몰아넣는 흉물임에도 불구하고 왕공대인들이 그것을 즐긴다면 이는 마치 천하 만민의 죽음을 즐기는 것과 다르지 않다는 것입니다. 노자도 개선장군은 상례喪禮로 맞이해야 한다고 했습니다. 수많은 사람을 죽이고 돌아온 사람이기 때문입니다. 전쟁에 관한 한 묵자만큼 그 불가함과 흉포함을 소상하게 밝히고 있는 사람이 없습니다.

전쟁은 수년, 빨라야 수개월이 걸린다. 임금은 나랏일을 돌볼 수 없고 관리는 자기 소임을 다 할 수 없다. 겨울과 여름에는 군사를 일으킬 수 없고 꼭 농사철인 봄과 가을에 전쟁을 벌인다. 씨 뿌리고 거둘 겨를이 없어진다. 이렇게 되면 국가는 백성을 잃고 백성은 할 일을 잃는다. 화살, 깃발, 장막, 수레, 창칼이 부서지고 소와 말이 죽으며 진격할 때나 퇴각할 때에도 수많은 사상자를 내게 된다. 죽은 귀신들은 가족까지 잃고 죽어서도 제사를 받을 수 없어 원귀가 되어 온 산천을 떠돈다. 전쟁에 드는 비용을 치국治國에 사용한다면 그 공은 몇 배가 될 것이다.

묵자학파는 반전 평화론을 전개하는 데에 그치지 않고 대거 방어 전쟁에 투신하는 실천적 면모를 보입니다. 초나라가 송나라를 침략한다는 정보를 입수하고 묵자가 열흘 밤낮을 도와서 초나라에 당도했습니다. 초 위왕에게 전쟁의 불가함을 호소합니다. 초나라는 공수반公輸盤이라는 무기 제조 기술자를 초빙해서 운제雲梯라는 신무기를 발명했습니다. 구름 운雲 자가 들어간 것으로 보아 구름에 걸치듯 성을 넘는 긴 사다리 모양의 공성 무기였던 것 같습니다. 이것을 이용해서 송나라를 침공할 계획을 세우고 있었습니다. 초왕 면전에서 공수반과 묵자가 도상圖上 대결을 벌입니다. 가죽 혁대를 끌러서 성을 만들어 놓고 공수반이 운제로 아홉 번을 공격했지만 묵자가 아홉 번 다 막아 냅니다. 묵자한테는 방성防城의 기술이 더 남아 있었지만 공수반에게는 더 이상 공격 방법이 남아 있지 않았습니다. 그러자 공수반이 이야기합니다. "저에게 한 가지 비책이 있는데 이 자리에서는 이야기하지 않겠습니다." 그 말을 듣고 묵자가 그 비책은 내가 이야기하겠다고 합니다. "공수반 얘기는 여기서 나를 죽이면 된다는 것인데 나를 죽이더라도 송나라에는 내가 방금 보여드린 이 방성 기술을 익힌 묵가의 군사들이 이미 성 위에 올라가서 방어 전쟁에 참여하고 있습니다." 이렇게 해서 묵자는 초나라의 침공을 저지했습니다. 지초공송止楚攻宋, 송나라를 공격하려고 하는 초나라를 저지한 예입니다. 송나라뿐만 아니라 정鄭나라에 대한 침공도 막고, 또 노魯나라를 침공하려는 제齊나라도 막았다는 기록이 있습니다. 이론과 실천을 겸비한 학파였습니다.

그럼에도 불구하고 당시의 민심을 엿보게 하는 쓸쓸한 일화를 소개하고 있습니다. 묵자가 초나라의 송나라 침공을 저지하고 돌아가는 길이었습니다. 마침 송나라를 지나가고 있는데 갑자기 비가 쏟아졌습니다. 묵자가 여각閭閣에서 비를 피하려 했지만 여각 문지기가 들여 주지 않았다고 합니다. 전쟁으로 공을 세운 사람은 세상이 알아주지만 평화를 위해서 일하는 사람은 알아주지 않는다는 말을 덧붙이고 있습니다. 집에 불이 나기 전에 굴뚝을 수리하고 아궁이를 고친 사람의 공로는 아무도 알아주지 않고 불 난 뒤에 수염을 그슬려 가며 옷섶을 태우면서 뛰어다닌 사람의 공로는 널리 인정한다는 것이지요. 곡돌사신曲突徙薪이라는 성어가 그것입니다. 굴뚝을 돌려놓고 장작을 옮겨 놓는다는 뜻입니다. 불이 나지 않도록 예비하고 불이 옮겨 붙지 않도록 미리 단속하는 사람은 몰라보는 세태를 그렇게 지적하기도 합니다.

묵자 사상은 또한 삼표론三表論에서 볼 수 있듯이 매우 철학적입니다. 판단을 사실 판단으로서의 지知와 가치 판단으로서의 의意로 나누는 것에서 시작하여 모든 형정刑政은 세 가지 관점에서 판단해야 한다고 주장합니다. 먼저 역사적 관점에서 판단해야 한다는 것입니다. 위로는 과거 성왕의 사례(古者聖王之事)입니다. 역사적 관점입니다. 그리고 아래로는 백성들의 이목지실耳目之實이라는 현실적 관점에서 판단해야 합니다. 그리고 행정 명령이 시행되었을 때 그것이 국가와 백성의 이익에 부합하는지 여부를 판단하는 이른바 민중적 관점을 견지해야 한다고 했습니다. 국가와 백성의 이익에 관해서도 자상하게 열거합니다. 부富, 상象, 안安, 치治입니다. 경제, 인구, 치안, 평화입니다. 그리고 부모, 학자, 군주는 법法이 될 수 없다고 합니다. 부모는 별애別愛하고 군주는 자기 나라의 이해관계에 매몰되고 학자는 천지天志만큼 공평하지 못하기 때문입니다.

묵자학파는 이상에서 본 바와 같이 기층 민중의 이해관계를 대변하면서 우禹임금 당시의 공동체 사회를 모델로 하는 강력한 실천적 집단입니다. 다른 제자백가들과 분명한 차별성을 보여줍니다. 묵자학파의 최후도 그만큼 비장합니다. 기원전 381년, 초나라 양성군陽城君의 부탁을 받고 방성 임무를 맡고 있었는데 양성군이 쿠데타에 실패하고 패주하게 됩니다. 초나라 군사들이 성으로 진격해 오고 있었습니다. 대군이었습니다. 부하들이 거자鉅子인 맹승孟勝에게 성을 버리고 떠나자고 합니다. 우리의 병력으로는 도저히 막을 수 없고 이 일도 양성군이 자초한 것이니 떠나자고 합니다. 그러나 맹승은 반대합니다. 우리는 성을 지키기로 약속했고, 양성군은 친구이면서 동시에 주군으로 모신 만큼 우리는 그 신하나 다름없다. 만약 우리가 그 약속을 저버리고 성을 떠난다면 후세 사람들이 좋은 친구나 좋은 신하를 구할 때 묵가를 찾지 않을 것이다. 모름지기 여기서 최후를 맞이해야 한다. 그러고는 송나라에 있는 전양자田襄子에게 모든 직책을 인계하고 맹승 이하 183명이 성에 누워서 일제히 자결합니다. 비장한 최후입니다.

이후 춘추전국시대는 진나라에 의해서 통일되고 국가는 중앙집권 군주제와 관료제로 재편됩니다. 기층 민중들을 대변하고 겸애와 교리, 평등과 평화를 주창하던 묵가는 역사 무대의 뒤편으로 사라집니다. 묵자학파의 사회적 지반 자체가 사라졌기 때문입니다. 해외 망명설만 남기고 그 후 2천 년간 잊힙니다. 1910년대의 5·4운동, 신청년운동과 함께 좌파 사상이 고조되면서 묵자가 잠시 세상에 알려지지만 앞서 이야기한 것처럼 천지天志라는 하느님 사상과 비폭력 사상 때문에 중국공산당으로부터 배격됩니다. 짧은 복권과 긴 잠류의 운명을 이어 가고 있습니다. 이후 좌파 사상이 겪을 곤고한 경로를 미리 보여주었다고 할 수 있습니다.

　　　　　　　　어제의 토끼를 기다리며

정鄭나라에 차치리且置履라는 사람이 있었다. 자기의 발을 본[度]뜨고 그것을 그 자리에 두었다. 시장에 갈 때 탁度을 가지고 가는 것을 잊었다. 신발 가게에 와서 신발을 손에 들고는 탁을 가지고 오는 것을 깜박 잊었구나 하고 탁을 가지러 집으로 도로 돌아갔다. 탁을 가지고 다시 시장에 왔을 때 장은 이미 파하고 신발을 살 수 없었다. 그 사정을 듣고 사람들이 말했다. "어째서 직접 발로 신어 보지 않았소?" 차치리의 대답이 압권입니다. "탁은 믿을 수 있지만 내 발은 믿을 수 없지요."

　이 이야기는 여러 곳에서 소개했습니다. 옛날에는 시장이 멀었습니다. 아마 장터 사람들이 그를 핀잔했겠지요. "아 이 사람아, 그걸 가지러 집까지 간단 말인가. 발로 신어 보면 될 것을!" 이러한 핀잔에 대한 차치리의 대답이 바로 한비자가 하고 싶은 말입니다. '영신

탁寧信度 무자신無自信', 탁은 믿을 수 있지만 내 발을 어떻게 믿을 수 있겠느냐는 바보 같은 대답입니다. 현실을 보지 못하고 현실을 본뜬 탁을 상대하는 제자백가들의 공리공담을 풍자하는 『한비자』의 예화입니다.

『한비자』는 10만 자의 방대한 책입니다. 『노자』가 5천 자, 『논어』가 1만 2천 자, 『맹자』가 3만 5천 자, 『장자』가 6만 5천 자입니다. 10만 자의 『한비자』는 그만큼 많은 예화를 담고 있습니다. 지금도 감옥 독방에서 『한비자』를 읽던 기억이 새롭습니다.

예열兒說은 백마비마白馬非馬로 유명한 논객이었습니다. 백마는 말이 아니라는 명제를 이렇게 입증했습니다. 전국의 백마를 다 불러 모았습니다. 백마들이 다 모였습니다. 그런 연후에 시골에 남아 있는 말을 가리키며 이것은 무엇인가라고 묻습니다. 대답은 당연히 "말입니다"였습니다. 그러자 '백마는 말이 아닌 것'이 됩니다. 명가名家 학파의 이러한 궤변을 한비자가 비꼬았습니다. 그 예열이란 자가 백마를 타고 관문을 지나갈 때 말 통행세는 물었다는 것이었습니다. 명가의 공리공담에 대한 풍자였습니다.

법가는 바로 이러한 제자백가의 공리공담과 낡은 생각을 비판합니다. 여러분도 잘 알고 있는 수주대토守株待兎의 일화가 그것입니다. 송나라의 농부가 밭을 갈고 있는데, 급하게 달려오던 토끼가 나무 그루터기에 부딪혀 절경이사絶頸而死, 목이 부러져서 죽었습니다. 그 이튿날 농부는 밭일은 하지 않고 또 토끼가 와서 죽기만을 기다렸습니다. 수주대토, 나무 그루터기를 지키고 앉아서 토끼를 기다린다는 우화입니다. 이 이야기는 어제 일어났던 일이 오늘도 일어날 것이라고 생각하는 제자백가들을 풍자한 것입니다. 세사변世事變, 세상은 부단히 변하는 법이니 행도行道 역시 바뀌어야 한다는 것입니다. 이것이 법가의 변화사관입니다. 이것이 법가와 제자백가의 결정적 차이입니다.

방금 소개한 차치리의 이야기처럼 이론보다는 현실이 더 중요합니다. 현실과 현실의 변화를 직시해야 한다는 것입니다. 탁은 발을 본뜬 것입니다. 발의 카피입니다. 현실보다는 현실의 카피가 훨씬 쉽고 우리에게 친숙합니다. 책 역시 현실의 카피입니다. 탁입니다. 내가 보기에 여러분도 발로 신어 보고 신을 사는 사람이 아닙니다. 리포트를 제출하라고 하면 대다수가 인터넷이나 책을 찾습니다. 이것은 카피를 찾는 것입니다. 고지성왕古之聖王, 옛 성왕의 말씀을 존중하는 것입니다. 법가는 옛 성왕이 아니라 후왕後王 즉 금왕今王의 현실에 충실한 사상입니다. 변화와 현실을 존중하는 법가 사상을 순자의 개념을 따서 후왕後王 사상이라고도 합니다.

제자백가는 법가를 한편으로 하고 나머지 제자백가 전부를 다른 편으로 하는 두 그룹으로 대별하기도 합니다. 법가가 후왕 사상임에 비하여 다른 모든 제자백가의 사상은 옛 성왕을 모델로 하는 복고적 사상입니다. 기본적으로 농본 사회의 과거 모델을 지향합니다. 공자 편에서 언급했습니다만 당시에는 변화와 시간의 흐름 그리고 미래에 대한 관념이 지극히 허약했습니다. 그런 점에서 법가는 대단히 파격적인 사상 집단입니다. 법가는 실제로 전국시대를 통일했습니다. 그 사상의 현실 적합성이 검증된 학파입니다. 이 법가 사상을 집대성한 학자가 한비자입니다. 그가 집대성한 책 이름도 『한비자』입니다. 진왕을 도와 천하를 통일한 이사와 함께 순자 문하생으로 알려져 있습니다. 순자가 후왕 사상의 주창자임은 이미 이야기했습니다. 현실과 변화를 중심에 두고 있는 사상입니다. 법가 사상은 이후 모든 정치 구조의 핵심을 관통하고 있다고 해도 과언이 아닙니다. 진나라가 단명으로 끝나고 한 제국이 그 뒤를 잇고 법가가 아닌 유가가 관학이 되지만 실제로는 법가적인 논리가 저변에 관통하고 있다는 외유내법外儒內法에 대해서 이야기했습니다. 겉으로는 유가이지만 실제로는 법가 원리가 관철되고 있었습니다. 진나라에서 시작된 중앙집권적 관료 국가 체제는 이후 2천 년 동안 지속되는 초안정 시스템으로 계승됩니다.

법가 사상은 전국시대의 사상입니다. 전국시대는 춘추시대와 달리 주나라 천자의 존재감이 거의 사라진 시기입니다. 그만큼 제후국의 정치적 운신이 훨씬 더 자유로워진 시기였습니다. 일단 군주는 성왕聖王일 필요가 없습니다. 군주는 권력을 장악해야 하고 위세가 있어야 하고 전문성이 있어야 합니다. 요순堯舜같이 어진 임금으로는 난세를 평정할 수 없습니다. 법가 사상은 제왕학이고 군주론입니다. 군주론이면서 법가인 까닭은 군주는 법을 만들지만 그 법은 성문화되고 공개됩니다. 법을 성문화하고 천하에 반포하는 공개 제도는 군주의 자의권恣意權도 규제합니다. 기원전 513년, 진晉나라에서 형정刑鼎을 만들었습니다. 형정이라는 것은 형법의 법조문을 솥에 새겨서 모든 사람들이 보게 하는 겁니다. 성문법의 공개입니다. 유가학파는 형정에 반대합니다. 그것이 귀족의 특권을 무력화할 수 있음을 직감했기 때문입니다. 유가 학파의 이러한 입장은『춘추좌전』에 잘 나타나 있습니다. "형정을 만들어 민民이 형정의 법조문만 마음에 두게 되었으니 무엇 때문에 민이 귀족을 존중하겠는가?"(民在鼎矣 何

以尊貴) 유가는 중간계급입니다. 법가는 군주의 직접 통치입니다. 비읍을 직접 통치하는 체제이며 중간계급을 관료로 대체합니다. 이러한 체제가 법가 통일의 요체였음은 물론입니다.

이처럼 법가는 강력한 군주 권력을 핵심으로 하는 제왕학이고 군주론입니다. 천하를 안정시키려면 제후국으로 분립된 상태를 통일해야 한다는 것입니다. 천하 대란은 바로 이 분립에서 나오는 것이기 때문입니다. 『삼국지』에서 제갈공명은 3국이 솥발 형식으로 서로 세력 균형을 유지하면 천하가 안정된다고 했습니다. 그것이 공명의 천하 경영 전략이었습니다. 법가는 강력한 중앙집권적인 제왕권을 중심으로 분립 반목하는 지방 제후국들이 중앙권력의 직접 통치하에 일사불란한 하나의 질서로 통일되어야 한다는 것입니다. 제후국 간의 쟁패를 난세의 근본 원인으로 보기 때문입니다. 옛 성왕의 모델이 폐기됩니다. 군주는 성왕일 필요가 없습니다. 죄인을 사형 집행할 때 임금이 노래를 그치게 하고 눈물을 흘리는 그러한 인의仁義의 정치는 배격됩니다. 단호한 법치가 정치의 요체입니다.

"항상 강한 나라도 없고 항상 약한 나라도 없다. 법을 받드는 것이 강하면 나라가 강해지고, 법을 받드는 것이 약하면 나라가 약해진다."(國無常强 無常弱 奉法者强 則國强 奉法者弱 則國弱) 가히 법 지상주의입니다. 먼저 법을 지키지 않는 부류들을 분명하게 지적합니다. 귀족, 지자知者, 용자勇者들입니다. 당시에도 오늘날처럼 특권층은 법을 지키지 않는 법외자法外者들이었습니다. 법은 자기들이 아니라 백성들이 지키는 것입니다. 법가는 이러한 부류부터 강력하게 다스려야 한다는 것입니다.

잘못[過]을 처벌[刑]함에 있어서는 대신도 피할 수 없으며, 선행[善]을 상賞 줌에 있어서 필부도 빠트려선 안 된다. 대신이라고 해서 처벌을 면제하고 필부라고 해서 상을 주지 않으면 안 된다. 법은 엄정하고 공평무사해야 한다. (이어서 다시 한 번 법 지상주의를 선언합니다.) 그러므로 윗사람의 잘못을 바로잡고(矯上之失), 아랫사람의 거짓, 속임수를 꾸짖으며(詰下之邪), 난을 다스리고 오류를 결단하고(治亂決繆), 열외를 인정하지 않고 공평하게 바로잡고(絀羨齊非) 백성들이 따라야 할 준칙을 하나로 통일하는 데는 법보다 나은 것이 없다(一民之軌 莫如法). 관리들을 독려하고 백성들에게 위엄을 보이고(厲官威民), 방탕하고 위태로운 것을 물리치고 거짓된 것을 중지시키는 데는 형刑보다 나은 것이 없다(退淫殆 止詐僞 莫如刑). 형이 엄중하면 감히 귀족이 천민을 업신여길 수 없고(刑重則不敢以貴易賤), 법이 자세하면 임금이 존중되고 침해당하지 않는다(法審則上尊而不侵). 임금이 존중되고 침해당하지 않으면 임금이 강해지고 나라의 핵심을 장악할 수가 있다(主强而守要). 그렇기 때문에 선왕들이 이러한 것을 귀하게 여겨 전한 것이다(故先王貴之而傳之). 임금이 법을 놓아 버리고(人主釋法) 법을 사사롭게 쓰면(用私) 상하 분별이 어려워지고(上下不別) 나라의 질서가 문란해진다. —「유도」有度

위 예시문에서 보듯이 법이야말로 당시의 무질서를 척결하는 보도寶刀입니다. 일반적으로 법가라고 하면 사법적司法的 의미로 이해합니다만 당시의 법가 사상은 포괄적입니다. 조직론, 수뇌론首腦論, 통치론, 행정학까지 아우르는 정치학에 가깝습니다. 물론 핵심은 법 지상주의입니다.

'예불하서인禮不下庶人 형불상대부刑不上大夫'는 서주西周 시대 이 래 널리 통용된 형 집행 원칙입니다. 예禮는 서민들에게 내려가지 않 고, 반대로 형刑은 대부에게 올라가지 않는다는 뜻입니다. 대부 이상 의 귀족 계급은 예로 다스리고 서민들은 형으로 다스린다는 뜻입니 다. 예로 다스릴 계층과 형으로 다스릴 계층이 구분되어 있습니다. 법가는 이러한 차별을 철폐합니다. 대부든 서인이든 똑같이 형으로 다스려야 한다는 것이 법가의 원칙입니다. 유가는 서인들까지도 예 로 다스려야 한다는 입장입니다. 법가는 이러한 유가를 현실을 모르 는 이상주의자라고 하고, 유가는 법가를 가혹하다고 했습니다.

오늘날 우리 현실을 생각해 보면 법가의 원칙이 관철되고 있다 고 보기는 어렵습니다. 여러분도 모르지 않으리라고 봅니다. 대부 이 상은 예로 처벌하고 서민들은 형으로 처벌하는 것이 우리의 사법 현 실입니다. 정치인이나 경제사범은 그 처벌도 경미하고 또 받은 형도 얼마 후면 사면됩니다. 내가 교도소에서 자주 보기도 했습니다만 입 소해도 금방 아픕니다. 병동에 잠시 있다가 형 집행정지로 석방됩니 다. 휠체어로 검찰과 법정에 출두합니다. 이러한 사법 현실도 문제 이지만 더욱 무심한 것은 우리의 사회의식입니다. 정치·경제 사범은 '불법행위자'입니다. 반면에 절도, 강도와 같은 일반 사범은 '범죄인' 이 됩니다. 엄청난 인식의 차이입니다. 한쪽은 그 사람의 행위만이 불법임에 반하여 다른 쪽은 인간 자체가 범죄인이 됩니다. 사법 현실 과 사회의식은 예나 지금이나 크게 다르지 않습니다.

법가는 형刑을 올려서 대부까지도 형벌의 대상으로 삼습니다. 지자知者든 용자勇者든 예외를 두지 않습니다. 법가는 위에서 읽었듯 이 법 지상주의이면서 엄벌주의입니다. 엄벌의 논리적 근거가 없지 않습니다. 법으로써 도를 삼는 것(法之爲道)은 처음에는 괴롭지만 길게 본다면 이롭다는 것입니다. 인으로써 하는 정치(仁之爲道)는 처음에는 즐겁지만(初樂) 나중에는 궁하게 된다는 것입니다. 법가의 엄벌주의는 형벌로써 형벌을 없애는(以刑去刑) 논리입니다. 형벌로써 형벌이 없는 무형사회無刑社會를 만드는 것입니다. 이러한 국가 경영은 중앙집권적 직접 통치와 관료제로 나타납니다. 그 직접 통치 기구가 바로 관료제입니다. 그렇기 때문에 법가 이론에는 관료제에 관한 담론이 대단히 많습니다. 군주가 관료를 통제하는 것이 정치의 굉장한 부분입니다. 지금도 마찬가지입니다. 복지부동하기도 하고 부정부패, 관피아 등 그 폐단이 끊임없이 노정되고 있습니다. 한비자는 군신 관계란 기본적으로 대립적이라고 생각합니다. 그래서 신하의 일거수일투족을 엄정하게 규제할 것을 주장합니다. 예를 들면 신하가 군주의 이목을 가리는 것(臣閉其主), 신하가 국가의 재정을 장악하는 것(臣制財利), 군주의 허락 없이 신하가 마음대로 명령을 내리는 것(臣擅行令), 신하가 사사로이 은혜를 베푸는 것(臣得行義), 신하가 파당을 조직하는 것(臣得樹人) 등 신하가 군주의 이목을 가리는 것이 거듭되면 군주가 고립되고 실권하는 것은 물론이며 급기야 국가가 찬탈당하게 된다고 경계하고 있습니다.

"군주가 신하를 다스리기 위해서는 두 개의 칼자루를 잡아야 된다. 두 개의 칼자루가 바로 이병二柄으로 형刑과 덕德이다. 죽이는 것이 형刑이고, 상 주는 것이 덕德이다. 남의 신하된 자는 주벌誅罰을 두려워하고 상 받기를 이롭게 생각한다. 따라서 군주가 직접 형과 덕이라는 두 개의 칼자루를 장악해야 군주의 위세를 두려워하고 그 이익에 귀순하는 것이다."

한비자의 이러한 주장 때문에 그를 동양의 마키아벨리라고 부릅니다. 물론 군주의 술수術數를 그렇게 볼 수도 있습니다. 그러나 전체 구도에서 본다면 그것은 권모술수와는 다른 차원의 것입니다. 법가가 표명하는 근본적 가치는 법입니다. 그리고 법은 위에서 본 바와 같이 공평무사하고 엄정합니다. 술수는 다만 중앙집권제를 운영하기 위해서 불가피하게 요청되는 관료의 통제 방식입니다. 법은 백성들을 다스리는 것이고 술術은 신하를 다스리는 것입니다. 법은 만천하에 공개하는 것이고, 술은 임금의 마음속에 숨겨 놓고 절대로 신하가 읽을 수 없게 하는 것입니다. 지방 관료들은 언제든지 모반하여 다시 군벌이 되고, 신하들은 언제든지 자기의 이익을 좇아 배반하기 때문입니다.

『한비자』에는 술術의 예화들을 많이 소개하고 있습니다. 법가의 모든 정책은 전국시대의 혼란을 끝내기 위해서 강력한 중앙집권적인 통일 국가를 건설하는 데로 귀결됩니다. 이사가 승상으로서 결정적인 역할을 합니다. 전국을 36개 군郡으로 나누고 각 군에는 군수郡守, 군위郡尉, 군감郡監을 두어 행정行政, 군사軍司, 감찰監察 3권을 나눕니다. 군 아래의 현縣도 마찬가지로 3정분공三政分工하여 현령縣令, 현위縣尉, 현승縣丞을 두고 중앙에서 관료를 파견합니다.

진나라는 효공孝公 때부터 부국강병에 매진했습니다. 그 부국강병책이 관중이 실시했던 패권 정책입니다. 비읍을 직접 통치하에 편입하는 것이었습니다. 이 정책을 실시한 사람이 상앙商鞅입니다. 상앙은 원래는 위앙魏鞅이라고 했습니다. 위魏나라 사람이었습니다. 『맹자』 1장에 맹자와 양혜왕의 문답이 나오는데, 이 양혜왕이 위나라의 혜왕입니다. 나중에 도읍을 대량大梁으로 옮겼기 때문에 양혜왕으로 불립니다. 위나라 승상 공숙좌公叔座는 신임 받는 승상이었는데 병석에 눕게 되었습니다. 위 혜왕이 찾아가서 당신이 죽고 나서 나랏일을 누구한테 맡기면 좋겠느냐고 묻습니다. 공숙좌는 위앙을 추천했습니다. 나이는 어리지만 천하에 뛰어난 인재니까 반드시 쓰라고 권합니다. 그리고 만약 당신이 쓰지 않을 경우에는 반드시 그를 죽이라고 합니다. 그러고는 얼마 후 공숙좌가 죽었습니다. 그러나 위 혜왕은 위앙을 등용하지 않습니다. 위앙은 진나라로 망명합니다. 진 효공과의 첫 대면에서 3일간 국정을 토론합니다. 효공과 상앙이 진나라 천하통일의 기초를 닦았다고 합니다. 함양에 성을 쌓아 도읍으로 삼은 임금이 바로 효공입니다.

상앙의 일화 중에 사목지신徙木之信이 있습니다. 당시 진나라에서는 나라의 법령을 백성들이 신뢰하지 않았습니다. 남문 밖에다가 3장丈짜리 막대기를 하나 세워 놓고 이 막대기를 북문으로 옮기면 10금金을 준다고 방을 붙였지만 아무도 응하는 사람이 없었습니다. 여러 번 상금을 올려 나중에는 100금으로 올렸습니다. 어떤 사람이 힘든 일도 아니고 해서 속는 셈치고 옮겼습니다. 약속대로 100금을 하사합니다. 그 이후로 사람들이 국법을 신뢰하게 되었다는 일화입니다. 국력을 강화한 상앙이 나중에 위나라에 쳐들어가서 위 혜왕의 아들인 공자 앙卬을 포로로 잡고, 열다섯 개의 성읍을 받고는 군대를 물려 줍니다. 그 때문에 위 혜왕이 도읍을 안읍에서 대량으로 옮겼습니다. 그래서 그 후로 양혜왕으로 불립니다. 인재를 알아보지 못한 대가를 혹독하게 치른 셈입니다. 상앙은 역설적이게도 혜문왕 때 거열형을 당합니다. 효공의 아들 혜문왕이 태자 시절 새로 반포한 국법을 지키지 않았습니다. 그러자 태자를 벌하는 대신 태자의 스승과 교관 한 사람을 코를 베고 발목을 잘랐습니다. 효공이 죽고 혜문왕이 즉위하자 개혁에 반대하던 자들의 모함으로 상앙은 거열형을 당합니다. 5가작통五家作統이라는 주민 조직도 상앙이 처음으로 실시한 법입니다. 백성들을 적당하게 굶겨서 군공을 세우지 않으면 살아갈 수 없게끔 만드는 등 귀족들과 백성들로부터 원망을 샀습니다. 효공이 죽고 나서 주변의 권유도 있어서 상앙이 위나라로 도망하려고 했습니다. 국경수비대가 신분증을 요구합니다. 신분이 탄로나서 잡혔다는 일화도 덧붙여 놓았습니다. 자기가 만든 신분증 제도 때문이라는 것이지요.

진나라에 인접한 나라가 한韓나라입니다. 한비자韓非子는 한나라의 서공자庶公子로 알려져 있습니다. 진나라의 위협으로 한나라가 풍전등화의 운명에 처하자 한비자는 한왕에게 여러 차례 시무책을 바칩니다. 한왕은 별로 경청하지 않았다고 합니다. 한비자가 한왕에게 올린 시무책은 공교롭게도 나중에 진시황이 된 진왕 정政이 읽습니다. 한비자의 글을 읽고 감탄한 진왕 정은 이 글을 쓴 사람을 한번 만난다면 죽어도 소원이 없겠다고 합니다. 사마천이 『사기』에서 그렇게 썼습니다. 한비자를 진나라로 불러오는 계책이 만들어집니다. 진나라가 한나라를 공격할 것이라는 정보를 흘립니다. 진왕의 휘하에 이사가 있었는데, 이사와 한비자는 순자 문하의 동창생입니다. 한나라에서는 당연히 사신으로 한비자를 보냅니다. 진왕이 한비자를 만났습니다. 글보다 사람이 못했는지 아니면 다른 어떤 이유에서인지 진왕이 주저합니다. 한비자가 글은 잘 쓰지만 말을 더듬었다는 소문도 있습니다. 머리 좋은 사람이 말을 더듬는다고도 합니다.

아마 진왕이 주저한 이유는 다른 데 있었을 것입니다. 한비자가 혹시라도 중용되면 자신의 지위가 위험하다고 생각한 이사와 요가姚賈가 짜고서 한비자를 모함했을 가능성이 큽니다.

　순자 문하에 있을 때 한비자가 이사보다 뛰어났다는 기록이 있습니다. 이사는 한비자와 달리 초나라 말단 관직에서부터 입신한 인물입니다. 임기응변에 능하고 술수에 있어서도 귀족 출신인 한비자와는 격이 달랐습니다. 이사가 진나라로 와서 여불위呂不韋 수하에서 지내고 있었는데 그때 하필 진나라에 간첩 사건이 터졌습니다. 유세객 한 사람이 진나라가 한나라를 공격하지 못하도록 계속 다른 나라로 공격의 화살을 돌리게 했는데, 그 장본인이 한나라의 세작이었다는 사실이 밝혀졌습니다. 진나라에서는 즉각 축객령逐客令이 발포됩니다. 다른 나라에서 온 유세객을 모두 축출하라는 명령이었습니다. 당연히 이사도 축객의 대상이 됩니다. 그러나 이사는 밑바닥 출신답게 철저하고 집요합니다. 귀족 출신으로 위기 대응 능력이 없는 한비자와는 판이합니다. 산전수전 다 겪은 이사는 자기 변호에 뛰어납니다. 장문의 상소문을 올립니다. 그 상소문이 바로 「간축객서」諫逐客書입니다. 이사는 「간축객서」에서 숱한 역사적 사례를 들어 간합니다. 그리고 결론으로 하는 말이 이렇습니다.

　"신이 듣건대 타국 출신 선비들을 추방하자는 의견을 낸 사람이 있다고 합니다만 이는 잘못된 것입니다. 무릇 땅이 넓으면 곡식이 많고, 나라가 크면 사람이 많고, 군대가 강하면 병사가 용감하다고 합니다. 태산은 작은 흙덩이라도 마다하지 않음으로써 그 큼을 이룰 수 있고(泰山不辭土壤 故能成其大), 큰 강과 바다는 작은 물줄기라도 가리지 않음으로써 그 깊음을 이룰 수 있는 법입니다(河海不擇細流 故能就

其深). 타국에서 온 빈객들을 추방하여 공을 이루지 못하게 하고, 천하의 선비들로 하여금 물러가게 하여 감히 진나라로 오지 못하게 발을 묶어 버린다면 이는 원수에게 군대를 빌려주고 도적에게 양식을 주는 것이나 다름이 없습니다."

'태산불사양토' '하해불택세류'는 지금껏 인구에 회자되는 명구입니다. 한비자는 이사의 상대가 안 되었던 것 같습니다. 이사가 진왕이 내린 사약이라며 마시라고 하자, 한비자는 한 번만 더 진왕을 만나게 해 달라고 간청합니다. 그러나 결국 마시게 해서 죽습니다. 한비자가 죽고 나서 금방 진왕이 마음을 고쳐먹고 한비자를 다시 만나겠다고 했다는 극적인 일화까지 만들어 놓고 있습니다. 한비자가 죽고 나서 3년 후에 한나라가 망합니다. 한나라가 망하고 10년 후에 천하 통일이 이루어집니다. 드라마 같은 그 시절의 파란만장한 이야기는 『열국지』列國志와 『자치통감』資治通鑑 등 여러 사료에 소개되고 있습니다. 서로 차이를 보이는 부분도 많습니다만 개의치 않아도 됩니다.

진나라의 천하 통일과 함께 강력한 중앙집권적 군현제郡縣制 국가 체제가 출현합니다. 그러나 문제는 2천 년 전에 과연 통일국가 의지가 있을 수 있는가 하는 것입니다. 지금도 우리는 통일이 필요 없다고 합니다. 당시는 당연히 통일국가라는 그림도 없었습니다. 화동 담론에서 언급했듯이 사활적인 경쟁에서 살아남기 위하여 불가피하게 달려간 경로가 천하 통일로 이어졌을 수도 있습니다. 그러나 우리가 여기서 주목해야 하는 것이 여불위의 존재입니다. 여불위의 존재는 천하 통일 의지의 상당 부분이 상업자본 논리라고 추측하는 근거가 됩니다.

여불위는 조趙나라의 대상인이었습니다. 마침 조나라에 인질로 와 있는 자초子楚라는 진나라 왕자를 보게 됩니다. 여불위는 자초의 미래 가치를 간파하고 거금을 투자합니다. 상인의 논리입니다. 자초를 왕으로 만들기 위한 계책을 세웁니다. 그때 진나라에는 태자 안국군安國君이 있고, 안국군의 정실부인인 화양부인에게는 자식이 없었습니다. 후궁에서 난 자식이 20명쯤 되는데 자초의 서열은 12번째밖에 안 되기 때문에 별로 가망이 없는 게임이었습니다. 그런데 결국 그것을 성공시킵니다. 안국군이 임금으로 즉위한 지 1년 만에 죽습니다. 자초가 장양왕莊襄王이 되었는데, 장양왕도 3년 만에 죽습니다. 그래서 그 아들인 진왕 정政이 열세 살에 임금이 됩니다. 후에 진시황이 되는 진왕 정이 실은 여불위의 아들이라는 설이 있습니다. 자초가 인질이었을 당시 여불위의 애첩 조희趙姬를 아내로 맞이합니다. 이미 여불위의 아들을 배 속에 가지고 있었다는 것이지요. 진시황은 자초의 아들이 아니라 여불위의 아들이라는 주장입니다. 전문 연구자들은 사실이 아니라고 합니다. 그럼에도 불구하고 그 설은 오랫동안 사실로 전합니다. 그러한 유언비어는 진나라에 패망한 6국의 반진反秦 정서가 만들어 낸 것입니다. 청나라 때도 비슷한 유언비어가 있었습니다. 청나라의 건륭제 이후는 한족 혈통이라는 설이 그것입니다. 청나라는 만주족 황실입니다. 한족으로서는 당연히 자존심 상하는 일입니다. 옹정제가 옹정왕이었을 때 거의 같은 시기에 왕은 딸을 낳고, 신하인 진세관陳世倌은 아들을 낳습니다. 진세관에게 아들을 궁으로 데리고 오라고 하여 왕이 그의 아들을 안고 내실로 들어갔다 나왔는데, 도로 받았을 때는 딸이었다는 것이지요. 그 아기가 바로 건륭제라는 것입니다. 건륭제 이후로 청나라 황실은 한족 혈통이라는 식의 이야기입니다. 건륭제는 강남 순행巡幸 때 진세관을 찾아 부자가 재회하는 것 같은 장면을 연출하기도 합니다. 한족을 효과적으로 지배하기 위한 건륭제의 의도적인 기획이었다는 설도 없지 않습니다.

진시황 집권 10년에 여불위는 하남 땅으로 추방당하자 자결합니다. 여불위는 장양왕 때부터 진시황 10년까지 상국上國으로서 천하 통일의 기틀을 만들었습니다. 여불위가 추진한 여러 정책이 상업자본 논리에서 크게 벗어나지 않는다는 것입니다. 춘추전국시대는 철기시대입니다. 토지 생산력이 크게 높아지고 수공업, 상업이 번창하고, 대규모의 상인자본이 축적됩니다. 상인자본은 더 넓은 시장을 요구합니다. 중세 유럽의 수많은 공국들의 통관세를 철폐했던 신성로마제국의 예와 다르지 않습니다. 진의 천하 통일 후에 가장 먼저 실시한 정책이 문자와 도량형의 통일, 도로와 마차의 바퀴 폭을 통일하는 것이었습니다. 앞으로 연구되어야 할 과제입니다. 사실 중국사에는 정치사만 있고 경제사가 없다는 애로점이 있습니다. 진나라는 14년의 단명으로 끝납니다. 진나라는 가혹한 통치와 권력 다툼 때문에 멸망했다고 설명하지만, 역시 정치사입니다. 이것 역시 앞으로의 연구 과제입니다. 통일 이후 진시황은 30차례의 국토 순례를 합니다. 통일국가 굳히기임은 물론입니다. 순행 중에 복속하지 않거나 모반의 우려가 있는 마을과 종족들은 그대로 묻어 버립니다. 살벌한 위세를 보이는 순행입니다. 결국 진시황은 그 순행 도중에서 사망합니다. 당시에 환관 조고趙高와 이사가 수행하고 있었습니다. 진시황은 장자인 부소扶蘇에게 제위를 넘기라는 유언을 남겼습니다. 그러나 조고가 이사를 위협하고 회유합니다. 부소가 임금이 되면 당신의 승상 지위가 온전할 것 같으냐. 부소에게는 몽념蒙恬이라는 문무를 겸비한 장수가 있지 않느냐. 그리하여 차남인 호해胡亥에게 왕위를 물려주는 것으로 유서를 조작합니다. 진시황의 시신을 소금으로 절이고 냄새 안 나게 겹겹 포장해서 함양으로 들어옵니다. 부소를 불러 자결하게 하고 자질이 안 되는 호해를 2세 황제로 세웁니다. 그리고 이사는 조고의 간계로 죽습니다. 함양성 성문 앞에서 요참腰斬을 당했다고 합니다.

요참은 허리를 잘라서 죽이는 처형 방식입니다. 아랫도리는 옆에 뉘어 놓고 상반신을 앉혀 놓는 것입니다. 죽기까지 오랜 시간이 걸립니다. 참혹하기 짝이 없는 형벌입니다. 능지처참陵遲處斬형에 대해서는 알고 있을 것입니다. 능陵 자는 구릉, 지遲 자는 느리다는 뜻입니다. 구릉처럼 완만하고 천천히 죽게 하는 집행 방법이 능지처참입니다. 칼로 찔러 처형하는 경우도 3,600도의 기록이 있다고 합니다. 어떻게 찔렀으면 3,600도가 가능한지 알 수 없지만 요참도 그에 못지않은 참혹한 처형 방식입니다. 명나라 때 방효유方孝孺라는 사람이 요참으로 죽어 가면서 허리에서 흘러나오는 피로 참혹할 참慘 자를 12번 쓴 후에 죽었다고 합니다. 그 이후로 요참을 없앴다고 합니다. 그러나 1927년 장제스蔣介石에 의해서 주더朱德와 저우언라이周恩來의 절친인 쑨빙원孫炳文이 요참당합니다. 우리나라에서는 요참이 없었습니다. 능지처참도 대개는 거열형車裂刑으로 대신했다고 합니다. 놀랍게도 그 현장이 지척입니다. 광화문 프레스센터 앞에서 성삼문成三問, 이개李塏, 하위지河緯地 같은 사육신들이 거열형을 당했습니다. 박팽년朴彭年과 또 한 사람은 추국 과정에서 죽었는데 시신을 프레스센터 앞으로 옮겨 와서 거열했다고 합니다. 시신의 머리를 잘라서 매다는 효수는 주로 보신각 옆 철물교鐵物橋에서 했습니다. 물론 서대문 밖이나 한강변에 효수하기도 했습니다. 프랑스에서는 명주실로 교수하는 것이 명예형입니다. 시체가 덜 손상되기 때문입니다. 단두대는 혁명의 광기가 만들어 낸 것이었습니다. 드라마에 자주 등장하는 사약 제도가 있습니다. 『경국대전』經國大典에는 없는 형벌이라고 합니다. 드라마에서는 사약을 마시고 우아하게 죽습니다만 결코 우아하지 않다고 합니다. 시신이 시퍼렇게 변하고 눈이 튀어나오고 혀도 나온다고 합니다. 한 그릇으로 죽지 않는 경우는 여러 번 마셔야 합니다. 중국에서는 사약의 재료로 짐새의 독을 사용했다고 하지만 우리나라에서는 부자附子와 비상砒霜 등이 사약의 재료로 쓰였다고 합니다. 이사의 요참 이야기가 한참 잔혹한 형벌 이야기로 번졌습니다. 정치권력의 실상이 그처럼 잔혹한 것이라는 이야기를 덧붙이고 싶었습니다.

이사는 주공, 관중에 버금가는 승상이었음에도 불구하고 법가로서의 엄정함과 원칙을 끝까지 지키지 못하고 조고의 간계로 비극의 주인공이 되었습니다. 이사야말로 천하 통일의 일등 공신이라고 할 수 있습니다. 분서갱유焚書坑儒도 이사의 작품(?)이라고 합니다. 분서갱유가 진나라의 잔혹사로 거론됩니다만 과학 서적은 분서焚書하지 않았습니다. 과거 성왕들의 치세를 칭송하는 서책이 대상이었다고 합니다. 지방분권을 옹호하고 중앙집권 체제에 반대하는 반혁명적 서적을 태운 것입니다. 역법曆法, 종수種樹, 의학 서적들은 분서하지 않았습니다. 분서 대상도 국가 소유의 서책이 아니라 민간 소유의 서책이었습니다. 당시에 민간이 소유한 책은 얼마 안 됩니다. 그리고 갱유坑儒도 그렇습니다. 유자儒者들을 묻었다고 하지만 유자가 아니었을 뿐 아니라 그 수도 460명 정도였습니다. 당시 중국에서는 얼마 안 되는 숫자입니다. 분서갱유는 통일 국가의 기틀을 공고히 하고 지방분권의 봉건적 질서로 복귀하려는 반혁명의 소지를 없애는 정책이었습니다. 중국사 전반을 관통하는 반진反秦 정서는 충분히 이해가 가능합니다. 진시황의 용모와 음성 그리고 진시황릉에서 출토된 실물 크기의 병마용兵馬俑을 볼 때 이들은 대월국大越國 종족이라는 주장도 나오고 있습니다. 역시 반진 정서의 일환이라고 할 수 있습니다. 그러나 그보다는 여전히 의문으로 남는 사실이 있습니다. 진의 천하 통일이 단명으로 끝난 이유와 그럼에도 불구하고 진나라의 중앙집권적 관료제가 이후 민국 혁명 때까지 지속된다는 사실을 어떻게 이해할 것인가 하는 것입니다. 물론 단명의 일차적인 원인은 권력 암투에서 비롯된 것인지도 모릅니다. 그러나 그보다는 당시의 축적된 상업자본 규모가 왜소했을 뿐만 아니라 정치권력의 조직 형태와 경제를 비롯한 물적 토대 자체가 천하 경영에 필요한 규모에 훨씬 못 미쳤기 때문이라고 할 수 있습니다. 그 미성숙한 부분이 한漢 제국에서 일정하게 보정됩니다. 진한秦漢을 연속적인 하나의 통일 제국으로 본다면 지금까지 우리가 가졌던 의문의 상당 부분이 이해됩니다.

법가와 『한비자』를 끝내면서 한비자의 인간적 면모를 재조명할 필요가 있습니다. 한비자는 권모술수의 달인 같은 평판을 받고 있습니다. 그러나 『한비자』를 읽으면서 갖게 되는 느낌은 매우 다릅니다. 한마디로 그의 일생이 보여주듯이 졸성拙誠의 사람이라는 느낌을 금하지 못합니다. 교사불여졸성巧詐不如拙誠. 한비자를 잘 나타내는 한비자 자신의 글이기도 합니다. 교묘한 거짓[巧詐]은 졸렬한 성실[拙誠]에 미치지 못한다는 것입니다. 아무리 화려한 언설과 치장으로 꾸민다고 하더라도 어리석고 졸렬하지만 성실하고 진정성 있는 사람을 이기지 못한다는 것입니다. 한비자 자신이 그런 사람이라는 느낌을 받습니다. 그가 소개하는 예화들 중에 그런 것이 많습니다.

악양樂羊이라는 위魏나라 장수가 중산국中山國을 정벌할 때의 일화입니다. 중산국은 전국칠웅戰國七雄에 들지는 않았지만 상당히 큰 나라였습니다. 마침 중산국에는 악양의 아들 악서樂舒가 벼슬살이를 하고 있었습니다. 중산국의 성문에 장수가 나타나서 군사를 물리지 않으면 네 아들을 죽이겠다고 위협합니다. 악양은 군사를 물리지 않았고, 중산국은 그 아들을 죽여 국을 끓여 악양에게 보냈습니다. 악양은 그들이 보는 앞에서 태연히 그 국을 마셨다고 합니다. 기겁을 한 중산국 왕이 항복합니다. 아들을 희생시키면서까지 보여준 충성입니다. 이 일화를 소개하면서 다음과 같은 후일담을 덧붙입니다. 위왕은 악양의 공로를 치하하며 그를 다른 성읍에 봉했습니다. 그러나 군대의 지휘권을 박탈했습니다. 왜일까요? "자기 아들도 마시는 자가 누군들 못 마시겠는가" 하는 것이 이유였습니다.

진서파秦西巴의 이야기입니다. 노나라 참주僭主인 맹손孟孫이 사냥을 나갔습니다. 맹손이 어린 사슴 한 마리를 사냥했습니다. 진서파에게 새끼 사슴을 데리고 먼저 돌아가라고 합니다. 맹손이 돌아와서 찾았더니 새끼 사슴이 없었습니다. 진서파가 하는 말이 놓아주었다는 것이었습니다. 그 무엄함을 꾸짖자 하는 말이 새끼 사슴을 데리고 오는데 어미 사슴이 자꾸 따라와서 하는 수 없이 놓아주었다는 것이었습니다. 당연히 멀리 내침을 당했습니다. 그 후 맹손이 자기 아들의 사부師父로 그 진서파를 다시 모셔옵니다. 신하들이 불가하다고 말합니다. 맹손의 답변이 말하자면 한비자의 생각이기도 할 것입니다. "짐승 새끼도 불쌍하게 여기는 사람이 하물며 사람 새끼를 아끼지 않겠느냐"는 것이었습니다.

송나라 대부 자어子圉가 태재太宰에게 공자를 소개했습니다. 공자가 나오자 자어는 태재에게 공자를 인견하신 소감을 물었습니다. 태재의 대답인즉 "내가 공자를 한번 만나고 나니까 자네가 벼룩[蚤]이나 이[蝨]로밖에 보이지 않네. 내가 장차 임금께 공자를 소개해야겠네"라고 합니다. 그러자 자어는 공자가 임금께 귀하게 여겨질까봐 (恐孔子貴於君也) 태재에게 충고합니다. "임금께서 공자를 한번 보시고 나면 임금께서는 당신을 조슬蚤蝨로밖에 보지 않을 것입니다." 태재는 그 말을 듣고 다시는 공자를 소개하지 않았다는 예화입니다. 임금이 인재를 만나기가 어렵다는 것은 오늘날 우리의 현실을 풍자하는 것이기도 합니다.

『한비자』에는 이처럼 진정성이 묻어나는 예화가 많습니다. 당계공堂谿公이 한비자에게 상앙의 예를 들어 그처럼 충성을 바쳤음에도 불구하고 결국 거열당해 죽지 않았느냐며 스스로 보신을 게을리 하지 말라고 충고합니다. 한비자는 그의 충고를 감사해하면서도 자기는 제 한 몸을 보신하기 위해서가 아니라 천하를 위한 것임을 밝힙니다. 말씀은 고맙지만 거두어 주시기 바란다고 대답합니다. 자신의 생각과 원칙에 엄정합니다. 그러면서도 세사와 인정을 꿰뚫고 있습니다. 지금도 옥중에서 『한비자』 읽으며 감회에 젖던 때를 회상합니다. 10만 자의 방대한 저술이지만 조금도 지루하지 않을 정도로 통찰이 뛰어납니다.

간디가 열거하는 '나라를 망치는 7가지 사회악'이 있습니다.

원칙 없는 정치	Politics without principle
노동 없는 부	Wealth without work
양심 없는 쾌락	Pleasure without conscience
인격 없는 교육	Knowledge without character
도덕 없는 경제	Commerce without morality
인간성 없는 과학	Science without humanity
희생 없는 신앙	Worship without sacrifice

1930년대의 인도가 아니라 오늘날의 우리가 성찰해야 하는 것들입니다.

이와 함께 소개하고 싶은 것이 한비자의 망국론亡國論입니다. 한비자가 밝힌 나라의 쇠망을 알려주는 징표[亡徵]가 있습니다. 대표적인 것 열 가지를 들면 다음과 같습니다.

첫째, 법을 소홀히 하고 음모와 계략에만 힘쓰며, 국내 정치는 어지럽게 두면서 나라 밖 외세만을 의지한다면 그 나라는 망할 것이다.

둘째, 신하들은 쓸모없는 학문만을 배우려 하고, 귀족의 자제들은 논쟁만 즐기며, 상인들은 재물을 나라 밖에 쌓아 두고, 백성들은 개인적인 이권만을 취한다면 그 나라는 망할 것이다.

셋째, 군주가 누각이나 연못을 좋아하며, 수레나 옷 등에 관심을 기울여 국고를 탕진하면 그 나라는 망할 것이다.

넷째, 군주가 간언하는 자의 벼슬 높고 낮은 것에 근거해서 의견을 듣고, 여러 사람 말을 견주어 판단하지 않으며, 어느 특정한 사람만 의견을 받아들이는 창구로 삼으면 그 나라는 망할 것이다.

다섯째, 군주가 고집이 세서 화합할 줄 모르고, 간언을 듣지 않고 승부에 집착하며, 사직은 돌보지 않고 제 멋대로 자신만을 위하면 그 나라는 망할 것이다.

여섯째, 다른 나라와의 동맹이나 원조를 믿고 이웃 나라를 가볍게 보며, 강대한 나라의 도움만 믿고 가까운 이웃 나라를 핍박하면 그 나라는 망할 것이다.

일곱째, 나라 안의 인재는 쓰지 않고 나라 밖에서 사람을 구하며, 공적에 따라 임용을 결정하는 것이 아니라 평판에 근거해서 뽑고, 나라 밖의 국적을 가진 이를 높은 벼슬자리에 등용해 오랫동안 낮은 벼슬을 참고 봉사한 사람보다 위에 세우면 그 나라는 망할 것이다.

여덟째, 군주가 대범하나 뉘우침이 없고, 나라가 혼란해도 자신은 재능이 많다고 여기며, 나라 안 상황에 어둡고 이웃 적국을 경계하지 않으면 그 나라는 망할 것이다.

아홉째, 세도가의 천거를 받은 사람은 등용되면서 나라에 공을 세운 장수의 후손은 내쫓기고, 시골에서의 선행은 발탁되면서 벼슬자리에서의 공적은 무시되며, 개인적인 행동은 중시되면서 국가에 대한 공헌이 무시된다면 그 나라는 망할 것이다.

열째, 나라의 창고는 텅 비어 있는데 대신들의 창고는 가득 차있고, 나라 안의 백성들은 가난한데 나라 밖에서 들어온 이주자들은 부유하며, 농민과 병사들은 곤궁한데 상공업에 종사하는 사람들은 이득을 얻으면 그 나라는 망할 것이다.

우리의 현실을 이야기하는 듯합니다. 한비자 이야기가 미진합니다만 이 정도로 마치겠습니다.

중간 정리

대비와 관계의 조직

이상으로 고전 담론을 마칩니다. 양해를 구하기는 했습니다만 짧은
시간에 너무 많은 이야기를 소개했습니다. 지금까지의 내용을 다시
한 번 정리하는 시간을 갖도록 하겠습니다.

처음 '가장 먼 여행'에서는 한 학기 동안의 강의 줄거리를 밝혔
습니다. 세계 인식과 인간 이해가 공부라고 했습니다. 이어서 '시'詩
에서는 인식틀의 중요성에 관해서 이야기하면서 문학서사 양식에
갇혀 있는 우리의 세계 인식틀을 반성하자고 했습니다. 그리고 『주
역』 독법'에서는 '관계론'이 우리 강의의 화두이며 나아가 탈근대의
전략 개념이라는 점을 밝혔습니다. 그리고 이번 시간까지 '고전'에
관한 강의였습니다. 춘추전국시대의 고전 담론은 고대국가 건설 담
론이며 우리의 강의에서는 당연히 세계 인식의 장에 배치될 수 있다

고 했습니다. 너무 자유롭게 진행해 왔기 때문에 정리가 필요하다고 생각합니다.

잠시 관점을 바꾸어서 우리가 지금까지 공유했던 여러 가지 개념들을 대비해 보기로 하겠습니다. 대비에 관해서는 여러 차례 이야기했습니다만 우리 강의의 화두인 '관계론'의 가장 단순한 형태입니다. 사물이나 사건은 그것이 맺고 있는 관계망 속에 놓일 때 비로소 온전한 모습을 드러냅니다. 대비는 그중에서도 가장 간단한 관계망 속에 놓는 것입니다.

교재의 목차를 보면 대비할 개념들을 짐작할 수 있습니다.

시詩에서는 사실과 진실을 대비할 수 있습니다. 『주역』은 음과 양, 화동 담론에서는 화와 동, 이양역지에서는 소와 양을 대비할 수 있습니다. 『노자』는 무와 유, 『장자』는 생명과 기계, 『묵자』는 겸과 별을 대비할 수 있습니다. 『한비자』의 차치리에서는 단연 탁度과 발〔足〕입니다. 이러한 개념 이외에도 대비 개념들이 많습니다. 이론과 실천, 청淸과 탁濁, 추상과 상상, 좌와 우, 이상과 현실, 도道와 수水, 천天과 인人 등입니다. 다 망라하지 못했고 대비도 범박합니다. 이제 이러한 개념들을 좌우 두 그룹으로 대비해 보겠습니다. 좌우로 대비했지만 특별한 의미는 없습니다.

진실 음陰 화和 소[牛] 무無	유有 양羊 동同 양陽 사실
생명 겸兼 탁度 이론	실천 발[足] 별別 기계
청淸 추상 이상 도道 천天 좌左	우右 인人 수水 현실 상상 탁濁

좌	우

이러한 대비가 그렇게 낯설지 않을 것입니다. 대비 개념은 보완 관계로 읽어야 합니다. 대립 관계로 읽는 것은 결정론적 사고입니다. 좌우로 대비하고 있는 그림을 세우면 상부와 토대라는 마르크스 모델이 됩니다.

사실	별別	유有	기계	
양羊	양陽	동同	탁濁	
상상	발[足]	실천	현실	
수水	인人	우右		**상부**
도道	천天	좌左		**토대**
추상	탁度	이론	이상	
소[牛]	음陰	화和	청淸	
진실	겸兼	무無	생명	

그러나 이 그림에서 토대가 상부를 결정하는 것으로 읽는 것을 피해야 합니다. 엥겔스는 토대가 상부를 결정하는 것이 아니라 규정하는 것이라고 했습니다. 그리고 그 반대도 맞다고 했습니다. 세상에는 원인이기만 하고 결과가 아닌 것은 없습니다. 마찬가지로 결과이기만 하고 원인이 아닌 것 역시 없습니다. 알튀세르의 상호결정론(overdetermination)을 소개했습니다. 인因→과果이면서 동시에 과果→인因이기도 합니다. 그럼에도 불구하고 우리가 인과론적 결정론에 쉽게 기울게 되는 것은 그것이 단순화된 모델이어서 쉽기 때문입니다. 위 그림을 반대쪽으로 세우면 토대가 상부가 되고 상부가 토대

진실	겸兼	무無	생명	
소[牛]	음陰	화和	청淸	
추상	탁度	이론	이상	
도道	천天	좌左		**상부**
수水	인人	우右		**토대**
상상	발[足]	실천	현실	
양羊	양陽	동同	탁濁	
사실	별別	유有	기계	

가 되면서 그 위상이 바뀝니다.

'나는 항상 경계에 서고자 한다'고 선언하는 사람이 있습니다. 물론 진영 논리를 배격한다는 뜻입니다만 그것은 세계가 분절·대립되어 있다는 세계관을 전제로 하는 사고입니다. 세계는 분절되어 있지 않습니다. 분절되어 있는 것은 우리의 인식틀입니다. 결정론과 환원론은 단순 무식한 틀입니다. 그럼에도 불구하고 우리의 사고가 이러한 틀에서 자유롭지 못합니다. 그래서 나는 이 좌우 상하의 그림을 굽혀서 원으로 만들어 보기를 권유합니다.

원으로 만들면 사실과 진실, 좌와 우가 서로 맞닿습니다. 극과 극은 서로 통하기도 합니다. 극좌와 극우는 같다고 합니다. 나치와 프롤레타리아 독재가 같은 것이라는 주장이 그렇습니다. 둘 다 동同의 논리이고 패권론입니다. 『주역』 사상의 특징으로 소개했던 대대 원리에 의하면 물 속에 불이 있고 불 속에 물이 있습니다. 자기의 반대물을 자기 집으로 모시는 것이 바로 호장기택互藏其宅입니다. 동양

196

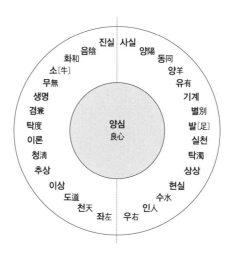

적 사유는 결정론이 아닙니다. 우리의 생각을 바꾸어야 합니다. 모순과 대립의 통일과 조화가 세계 운동의 원리입니다. 조화의 의미는 사람에 따라 다르게 표현됩니다. 『논어』에서는 화和라고 합니다. 맹자는 확충擴充이라고 합니다. 순자는 려慮라고 합니다. 려란 배려한다는 뜻입니다. 헤겔의 도식에서는 지양止揚이라고 합니다. 정正과 반反이 합合으로 나아가는 것입니다. 마르크스에서는 대립물의 통일입니다. 양명학에서는 양지良知라고 합니다. 사람마다 다른 개념을 내놓고 있지만 근본은 같습니다.

　좌우 상하의 그림을 굽혀서 원을 만들고 우리는 양심을 가운데에 배치하도록 하겠습니다. 지금까지 소개한 개념들과 다르지 않습니다만 양심은 우리에게 친숙한 개념이기 때문입니다. 양심은 다른 사람을 배려하고 생각하는 마음입니다. 양심은 화동 담론에서 이야기했듯이 동同이 아니라 화和입니다. 톨레랑스가 아니라 노마디즘이며 화화和化입니다. 자신의 존재론적 한계를 자각하고 스스로를 바꾸어 가기를 결심하는 변화의 시작입니다. 탈주이고 새로운 '관계의 조직'입니다.

'관계의 조직'이란 의미를 조금 더 설명해야 합니다. 지금까지는 관계론이라는 일반적 개념으로 존재론과 대비해 왔습니다. 모든 존재는 고립된 불변의 존재가 아니라 수많은 관계 속에 놓여 있는 것이며 그러한 관계 속에서 비로소 정체성을 갖게 됩니다. 바꾸어 말한다면 정체성이란 내부의 어떤 것이 아니라 자기가 맺고 있는 관계를 적극적으로 조직함으로써 형성되는 것입니다. 정체성은 본질에 있어서 객관적 존재가 아니라 생성(being)입니다. 관계의 조직은 존재를 생성으로 탄생시키는 창조적 실천입니다. 그리고 생성은 화화和化의 경로를 따라 탈주하는 것입니다. 탈주는 끊임없는 해체와 새로운 조직입니다. 우리가 지금까지 '관계'를 일반적 의미로 사용해 왔습니다. 그러나 관계가 과연 존재성을 가질 수 있는 것인가. 사물들이 맺고 있는 얼개 자체에 존재성을 부여하는 것이 가능한가 하는 의문이 남습니다. 어떠한 사물이든 그것이 맺고 있는 관계망은 대단히 중요합니다. 그러나 모든 존재를 관계라는 객관적 얼개 속으로 해소시키는 것 역시 관념론이 됩니다.

'사이존재'라는 개념이 있습니다. 시간時間, 공간空間, 인간人間 등 세상의 모든 존재는 존재 그 자체가 아니라 다른 것과의 '사이' [間]가 본질이라는 것입니다. 이 사이존재는 존재론을 뛰어넘으려는 구상임에도 불구하고 역설적이게도 '사이' 그 자체가 또 하나의 존재가 됩니다. 관계의 경우도 이러한 위험이 없지 않습니다. 관계 그 자체에 존재성을 부여하기 쉽습니다. '관계의 조직'은 바로 관계의 의미를 보다 심화하는 것이기도 합니다. 모든 존재는 관계가 조직됨으로써 생성됩니다. 그리고 생성은 생성 자체의 본질에 따라 변화와 탈주를 시작합니다. 흐르는 강물 속에서 명멸하는 한 방울 물입니다. 부단히 조직되고 끊임없이 해체되는 변화와 탈주의 연속입니다. 양자물리학에서 불변의 물질성 자체가 사라지고 존재는 확률과 가능성이 됩니다. 동양적 사유에서 자연은 생기生氣의 장입니다. 우리가 사용해 온 관계의 정확한 의미는 관계의 조직입니다. 그리고 그것은 불변의 존재가 아니며 관계망 그 자체와도 다른 것입니다. 우리의 삶은 우리가 맺고 있는 수많은 관계의 조직입니다. 수많은 인간관계 속에서 영위되는 인격이기도 합니다. 관계의 조직에 관한 이야기가 잠시 강의 주제에서 벗어난 듯하지만, 대비와 관계 그리고 관계와 관계의 조직에 관한 논의는 우리들의 경직된 인식틀을 반성하기 위해서는 반드시 논의해야 할 주제입니다.

지금까지 우리가 공유했던 개념들을 대비하고 그 대비가 대적對敵 관계, 인과 관계에 갇히는 것을 경계하기 위해서 확충, 려慮, 지양, 양지 등의 조화의 개념을 소개하고 우리는 우리에게 친숙한 '양심'이란 개념을 중심에 놓는 것이 좋겠다고 했습니다. 양심을 중앙에 놓는 것은 양심이 관계를 조직하는 장이기 때문입니다. 우리의 세계 인식을 온당한 것으로 만들고, 우리 자신을 세계 속에 위치 규정하는 것이 바로 관계의 조직이며 그 조직의 현장이 바로 양심이기 때문입니다. 산다는 것은 만나는 것이고 지식인의 가장 중요한 속성이 양심이라고 하는 까닭이 이 때문임은 물론입니다. 이 문제에 대해서는 앞으로 적절한 대목에서 다시 재론하기로 하겠습니다.

고전 공부는 인문학의 한 축인 세계 인식이 핵심이었습니다. 세계 인식틀을 열려 있는 것으로 만들어 가는 것이 과제이기 때문에 여러 가지 형식으로 대비해 보았습니다. 여러분은 여러분 자신의 지도 知圖를 만들어 가는 것이 필요함은 물론입니다.

돌이켜보면 제자백가들은 모두가 하나같이 뜻을 이루지 못한 사람들입니다. 상앙, 이사와 같이 천하 통일을 이끈 사람들의 삶도 결국 비극으로 끝납니다. 우리의 삶도 크게 다르지 않다고 할 수 있습니다. 이룬 것이 많을 수 없습니다. 꼬리를 적신 어린 여우들입니다. 그 실패 때문에 끊임없이 다시 시작해야 합니다. 그래서 최선을 다하는 것이 최선이 아닐까 자위합니다. 한비자의 졸성拙誠이 그런 것이라 하겠습니다. 졸렬하지만 성실한 삶, 그것은 언젠가는 피는 꽃입니다. 빅토르 위고Victor-Marie Hugo가 『레미제라블』에서 한 말입니다. "땅을 갈고 파헤치면 모든 땅들은 상처받고 아파한다. 그 씨앗이 싹을 틔우고 꽃 피우는 것은 훨씬 뒤의 일이다."

사실입니다. 아름다운 꽃은 훨씬 훗날의 사람들을 위한 것입니다. 하물며 열매는 더 먼 미래의 것입니다. 우리의 삶은 씨앗과 꽃과 열매의 인연 속 어디쯤 놓여 있는 것이지요. 고전의 아득한 미래가 바로 지금의 우리들인지도 모릅니다. 그 미래 역시 아직은 꽃이 아니라고 우리가 이야기하고 있는 것이지요. 그동안 고전 강의는 다루지 못한 것이 많고 또 다루었다고 하더라도 미흡하기 짝이 없습니다. 고전은 태산이라고 합니다. 호미 한 자루로 그 앞에 서서 할 수 있는 일이 많지 않습니다. 더구나 우리 교실은 고전 연구실이 아니라 인문학 교실입니다. 세계와 인간에 대한 성찰성을 높이는 것이 우리 교실의 상한上限이기도 합니다.

다음 시간부터는 훨씬 가벼운 주제입니다. 세계가 아닌 '인간'

에 대한 이야기입니다. 인간에 대한 이야기는 체계를 세워서 진행할 수 없습니다. 그런 방식 자체가 인간에 대한 이해 부족입니다. 인간에 관한 공부는 내가 겪었던 이러저러한 이야기들을 공유하는 방식으로 진행할 것입니다.

다음 시간부터 사람을 찾아서 떠나기로 하겠습니다. 바깥으로 떠나는 여행이기도 하고 안으로 떠나는 여행이기도 합니다. 어느 경우든 계속해서 강물처럼 자유롭게 진행하도록 하겠습니다.

2부 　　　인간 이해와 자기 성찰

오늘부터는 지난 시간에 예고했듯이 '인간'에 대한 이야기입니다. 세계 인식과 인간에 대한 성찰 중에서 '인간'에 관한 이야기를 시작하려고 합니다. 인간을 이야기한다는 것은 여간 어려운 일이 아닙니다. 그럼에도 불구하고 내가 감히 이야기를 시작하는 것은 20년 수형 생활 동안 수많은 사람들을 만났기 때문입니다. 회화에서는 원근법이, 소설에서는 3인칭 서술이 리얼리즘을 완성한다고 하지만 나는 반대로 1인칭 서술의 리얼리티를 극대화하려고 합니다. 적어도 인간 이해에 있어서 감옥은 대학이었습니다. 20년 세월은 사회학 교실, 역사학 교실, 그리고 최종적으로 '인간학'의 교실이었습니다.

오늘 이야기하는 『청구회 추억』은 그 20년 세월의 출발 지점입니다. 『청구회 추억』은 1심에서 사형언도를 받고 사형수로 있는 동안 기록한 글입니다. 매달 마지막 토요일 오후 5시 장충체육관 앞에서 만났던 어린이들과의 이야기입니다. 마침 '더불어 숲'에서 영상으로 만들어 유튜브에 올려 두었습니다. 10분 정도 영상을 본 다음 계속하기로 하겠습니다.

『청구회 추억』은 『감옥으로부터의 사색』 증보판에 실려 있습니다만 많은 사람들이 요청해서 단행본으로 출판되었습니다. 분량이 많지 않아서 우리 대학의 조병은 교수가 영역하여 영한 대역본으로 하고 김세현 화백이 삽화도 많이 그려 넣었습니다. 우선 『청구회 추억』을 썼던 당시 상황에 대해서 설명합니다.

1심 판결에 이어 2심 고등군법회의에서 다시 '사형'이라는 선고가 떨어졌을 때 순간 모든 생각이 정지되었습니다. 예리한 칼날에 살을 베이면 한참 후에 피가 배어 나오듯이 순간적인 사고의 정지 상태에 이어서 서서히 이런 저런 생각이 떠올랐습니다. 그중에 청구회 어린이들과의 약속도 있었습니다. 매달 마지막 토요일 오후 5시 장충체육관 앞에서 기다리고 있을 어린이들의 모습이 떠올랐습니다. 연락할 방법이 없었습니다. 그래서 그 어린이들과의 이야기를 적기 시작했습니다. 하루에 두 장씩 지급되는 재생휴지에 적기 시작했습니다. 필기구는 항소이유서 대필을 위해서 교도과에서 빌린 볼펜이었습니다. 육군교도소는 민간 교도소처럼 엄격하지는 않았습니다. 볼펜을 회수하는 것을 며칠씩 잊어버리기도 했습니다. 재생휴지에 그 볼펜으로 적기 시작했습니다. 청구회 어린이들과의 첫 만남에서부터 그동안 있었던 일들을 하나하나 기록하면서 그때 그곳의 추억으로 돌아갔습니다. 그 글을 적는 동안만큼은 행복했습니다.

『청구회 추억』은 『감옥으로부터의 사색』 초판에는 실리지 않았습니다. 『감옥으로부터의 사색』은 출소 이전에 만들어졌고 그때에는 『청구회 추억』을 적은 메모첩이 없었습니다. 남한산성 육군교도소에 있는 동안 『청구회 추억』 외에도 여러 가지 메모를 휴지에 남겼습니다. 이것은 교도소에서 허용되지 않는 것이어서 공책처럼 묶어서 몰래 감추어 두고 있었습니다. 대법원의 파기환송을 거쳐 결국 무기징역으로 형이 확정되고 민간 교도소로 이송을 기다리고 있던 1971년 9월 어느 날, 갑자기 이송 통보를 받았습니다. 경황없는 이송 준비중에도 그 메모첩이 걱정이었습니다. 소지품 검사 과정에서 압수될 것이 틀림없었기 때문입니다. 나는 황급히 가까이 있는 근무 헌병에게 그 메모첩을 부탁했습니다. 재판정에서 우리의 법정 진술을 지켜본 근무 헌병들이 대체로 우호적이었기 때문입니다. 집으로 전달해주거나, 그것이 불가능하다면 당신이 가져도 좋다는 말을 덧붙였던 것으로 기억합니다. 그리고 어둡고 긴 무기징역의 터널로 걸어 들어갔습니다. 메모첩과 청구회는 망각되었습니다.

이 메모첩이 발견된 것은 출소 이듬해 이사 때였습니다. 아버님 서재에서 이 메모첩이 발견되었습니다. 까맣게 잊고 있던 것이었습니다. 아버님 말씀이 어떤 젊은이가 전해 주었다고 했습니다. 아마이송 통보를 받고 경황없이 짐을 꾸리면서 부탁했던 그 헌병이었을 가능성이 큽니다.

대법에서 파기환송되었지만 재심에서 무기징역이 언도되었습니다. 그동안 몇 차례의 사형구형과 사형언도의 법적 근거는 반국가 단체를 구성하고 그 지도적 임무에 종사한 자는 사형, 무기 또는 10년 이상의 징역에 처한다는 국가보안법 1조 2항이었습니다. 그 반국가 단체라는 것이 60년대의 학생 서클이었습니다. 학생 서클 여러 개를 합하면 반국가 단체가 된다는 논리였습니다. 당시 변호를 맡았던 두 분의 변호인이 대법원 상고포기를 권했습니다. 이런 판결을 대법 판 례로 남기는 것이 좋지 않다는 이유에서였습니다. 1971년 5월 5일 어린이날이었습니다. 나는 헌병 2명의 호송을 받으면서 육군본부 고등 군법회의로 출정하여 상고포기서에 서명했습니다. 그 서명으로 무기징역이 확정되었습니다. 그동안 호송 임무를 수행하면서 재판 과정을 지켜본 헌병도 감회가 없지 않았습니다. "신 중위님, 이제 언제 사회에 나올 수 있나요?" 나도 알 수 없지요. 헌병 두 사람은 남산으로 올라가 마지막으로 서울을 보여주는 호의를 베풀어 주었습니다. 그때 남산 팔각정에서 아이스크림을 하나 사 주었습니다.

이삿짐 속에서 발견한 메모첩을 손에 들고 감회가 아득했습니다. 메모첩은 내게 남한산성의 앨범이었습니다. 1993년 2월 몇몇 친구들이 『엽서』 영인본을 만들면서 『청구회 추억』을 실었습니다. 그 과정에서 한 월간지에 소개되었고, 1998년 『감옥으로부터의 사색』 증보판에 실립니다. 그리고 아까 이야기했듯이 단행본으로 간행됩니다.

『청구회 추억』을 읽은 독자들로부터 그 어린이들을 지금도 만나느냐는 질문을 자주 받았습니다. 그 부분이 몹시 궁금했던가 봅니다. 만나지 못하고 있습니다. 아마 내가 출소한 지 3년째였을 겁니다. 밤 11시쯤 전화가 걸려 왔습니다. 전화기 저편에서 자기가 누군지에 관해서 설명하기 시작했습니다. 분명하게 설명하지 못하고 머뭇머뭇 말을 이어 갔습니다. 내가 금방 알아차렸습니다. 청구회 어린이 중의 한 사람이 맞았습니다. 곧장 물었지요. "이름이 뭐야?" 누구라고 이름을 댔습니다. 내게는 메모첩이 있기 때문에 이름들을 기억하고 있었습니다. 반갑게 통화하고 다음 날 학교로 찾아와 만났습니다. 23년

만의 만남이었습니다. 다른 어린이들 소식이 궁금했습니다. 그러나 자기도 그 후 한 번도 만난 적이 없고 소식마저 모르고 있다고 했습니다. 그중 한 명은 이미 죽었고 또 한 명은 의정부의 무슨 헬스클럽에서 일한다는 풍문만 들었다고 했습니다. 그나마 오래 전의 소식이었습니다. 아마 달동네 어린이들이 우정을 이어 가기도 어려웠을 것입니다. 나는 그때까지 서오릉을 찾아간 적이 없었습니다. 서오릉에 간다면 청구회 어린이들과 함께 가고 싶었는지도 모릅니다. "잘됐다. 우리 서오릉에 한번 가 보자." 서오릉 소풍 때 사진을 찍어 준 후배에게 연락하여 우리는 서오릉을 찾았습니다. 공교롭게도 그날은 공원을 개방하지 않았습니다. 이따금 상상했던 서오릉 방문은 아니었습니다. 며칠 후 그날 찍은 사진을 보내 주려고 전화했습니다. 받지 않았습니다. 받아 둔 주소로 우송했습니다. 편지가 반송되어 왔습니다. 수취인 불명이었습니다. 그 후 지금껏 연락이 없습니다. 나는 같은 추억이라고 하더라도 당사자들의 마음에 남아 있는 크기가 서로 다를 수 있다고 생각합니다. 더구나 힘겨운 삶을 이어 왔을 그들에게 청구회에 대한 추억이 나의 것과 같지 않았으리라는 것은 너무나 당연합니다.

남한산성의 1년 6개월은 매우 힘들었던 시간입니다. 그전까지 겪어 온 구속, 취조, 재판, 사형언도 등의 과정은 심신을 피폐할 대로 피폐하게 만들었습니다. 그리고 1심 재판이 끝나고 눈 덮인 남한산성으로 이송된 이후에도 심신은 고달프기 짝이 없었습니다. 2심 언도 역시 사형이었습니다. 더구나 내가 수용된 1동 8호는 사형수, 무기수만 수용하는 중수형자 집금集禁 감방이었습니다. 뿐만 아니라 동료 사형수들이 한 사람 한 사람 집행되어 떠나갔습니다. 『청구회 추억』은 그런 상황에서 기록된 글입니다. 지금 돌이켜보면 남한산성 1년 6개월은 20년 수형 생활을 미리 짊어진 듯 무겁고 침울한 나날이었습니다.

남한산성에서 만난 것은 '죽음'이었습니다. 함께 생활하던 사형수 중 다섯 명이 사형 집행되었고 한 사람은 그곳에서 타살되었습니다. 나도 물론 사형수였습니다. 나는 사형이 집행되리라고는 생각하지 않았지만 혹시 알 수 없는 일이기도 하고 또 스스로 비극을 극대화하는 심리적 충동도 없지 않았기 때문에 죽음은 늘 가까운 곳에 있었습니다. 심지어는 만약의 경우에 대비해 사형을 준비하고 있어야 한다는 생각이 들기도 했습니다. 그러나 내가 준비할 것이라고는 아무것도 없었습니다. 『청구회 추억』 후기에 썼듯이 호세 리잘Jose Rizal의 「마지막 인사」처럼 한 편의 서정시를 준비하는 것이 고작이었을 것입니다. 죽음은 삶의 완성이라는 후배들의 위로도 위로가 되지 않았습니다. 유일한 위안이라면 총살형이었습니다. 어두운 형장의 교수형보다는 콩도르세Marquis de Condorcet가 그리도 간절히 원했던 총살형, 찬란한 햇빛 속에서 땅에 피를 뿌리며 쓰러지는 최후가 위로라면 위로였습니다. 남한산성은 죽음의 현장이었습니다.

사형 집행은 극비 사항입니다. 면담이나 접견이라고 하면서 연행합니다. 그러나 본인은 그것이 사형 집행이라는 것을 금방 알아차립니다. 잠깐만 시간을 달라고 하고는 미리 준비해 둔 러닝셔츠와 팬티로 갈아입습니다. 변변히 인사도 못하고 떠나갑니다. 지금은 군인 사형수는 민간 교도소로 이첩해서 교수형으로 집행합니다. 당시에는 예비사단에서 총살했습니다. 나무 기둥에 결박하고 검은 안대로 눈 가리고 가슴에 표적판 붙이고 10m 전방에서 5명의 사격조가 사격합니다. 5명 사격조 중 한 사람은 공탄입니다. 5명 모두 자기가 공탄이겠지 하는 기대를 갖겠지만 공탄일 확률이 5분의 1밖에 안됩니다. 명중시키기를 꺼려서 빗나가게 쏘는 경우가 많았습니다. 사형 집행 현장에는 형 집행 지휘관인 헌병 중위와 군목軍牧이 입회합니다. 입회 군목이 집행 현장의 이야기를 다음 일요일에 사형수 무기수들이 집금되어 있는 1동 8호실로 와서 이야기해 줍니다. 지난주까지 감방 동료였던 사형수의 명복을 비는 기도가 끝나면 집행 현장의 이야기를 들려줍니다. 그리고 이 자리에 있는 모든 사람들이 하루 빨리 하느님을 영접할 수 있도록 기도합니다.

두 사람을 동시에 집행한 경우도 있었습니다. 사형 집행은 '사선 사격 준비', '거총', '발사!' 이런 순서입니다. 사격이 끝나고 집행관인 헌병 중위가 사형수에게 다가가서 안대를 떼고 확인합니다. 첫번째 사형수의 절명을 확인하고 다음 바로 옆 사형수의 안대를 떼는 순간 죽은 줄 알았던 사형수가 눈을 번쩍 뜨고 고함을 질렀습니다. "목사님 살려 주세요!" 사격조가 심장을 명중시키지 않았습니다. 공탄 한 발은 그렇다 치더라도 나머지 네 명 중 누구 한 사람도 심장에 명중시키기를 꺼렸던 것입니다. 빗나가고 어깨에 맞고…… 충혈된 눈으로 군목을 향해서 살려 달라고 외쳤습니다. "목사님 살려 주세요! 한 번 집행했으면 됐잖아요!" 놀란 헌병 중위가 권총으로 확인사살을 했습니다. 그것도 여덟 발 한 그립을 다 발사했다고 합니다. 며칠 전까지 함께 생활한 동료의 총살 집행 현장 이야기를 우리가 직접 들었습니다. 참혹한 임사臨死 체험입니다.

남한산성에 있는 동안 그렇게 사형 집행된 한 사람 한 사람의 사연이 어느 것 하나 절절하지 않은 것이 없었습니다. 지금도 문득 문득 생각나는 사람이 있습니다. 그는 고아로 자랐고 군에 입대해서 장기 하사長期下士로 말뚝을 박았습니다. 그에게는 창녀 애인이 있었 습니다. 그녀가 어떤 아저씨하고 부산으로 살림 차려서 나갔다는 소 문을 접하게 됩니다. 무리해서 휴가를 나왔습니다. 소문이 사실이었 습니다. 그녀를 찾으러 부산까지 갔습니다. 그 너른 천지에 부실한 소문으로는 그녀를 찾지 못합니다. 다시 기차 타고 올라옵니다. 부 전동 근처를 지날 때 기찻길 옆 달동네에서 밥 짓는 연기가 올랐습니 다. 그때는 땔감으로 밥을 짓기도 했습니다. 그 연기를 보는 순간 딴 놈 밥 짓느라고 저기 앉아 있을 그녀의 모습이 눈에 선하여 미칠 지 경이었습니다. 집으로 돌아와서 술을 엄청 먹고는 극장 앞으로 갑니 다. 극장 파하고 나오는 관객들 머리 위로 부대에서 가지고 나온 수 류탄 두 개를 던졌습니다. 공중에 뜬 까만 수류탄 두 개를 보자 정신 이 번쩍 들었다고 했습니다. '앗! 어떻게 하지? 저게 제발 불발탄이 었으면…….' 야속하게도 꽝 터졌습니다. 5명이 즉사하고 44명이 중 경상이었습니다. 사형입니다.

내가 남한산성에서 그를 만났을 때는 이미 사형이 확정된 상황 이었습니다. 그때 1동 8호 사형수 무기수 집금 감방에는 1심에서 사 형, 2심에서 15년 형으로 감형된 헌병 출신 수형자가 있었습니다. 초 병 근무 중에 지프차를 정차시키고 검문했습니다. 근무 수칙대로 검 문했는데도 화가 난 장교가 차에서 내려 근무 헌병을 구타했습니다. 이따가 올 때 보자 하고 갔는데 정말 올 때 다시 지프차 세우고는 내 려와서 구타했습니다. 얻어맞다가 그 장교를 카빈 소총으로 쏘았습 니다. 그러고는 나도 죽자는 생각으로 자살을 합니다. 총구를 목에 대고 방아쇠를 당겼는데 고개를 덜 숙여 실탄이 뇌를 지나가지 않고 얼굴을 관통했습니다. 1심 판결은 상관 살인죄로 물론 사형이었습니다. 그 장교의 시신을 약혼녀가 와서 거두어 가면서 군대 영창으로 찾아와 면회했습니다. 충격이었습니다. 항소를 포기했습니다. 군 검찰관이 항소를 권유했습니다. 너는 근무 중이었고 피해자 과실이 없지 않기 때문에 항소하면 사형은 면한다고 강력하게 권유했습니다. 그럼에도 불구하고 항소하지 않았습니다. 도리어 자기 눈을 기증하겠다는 안구 기증 서약을 했습니다. 검찰관이 대신 항소를 해서 2심에서 15년 형으로 감형되었습니다. 그 사연을 자세히 들어서 알고 있는 그가 교도과장 면담 신청을 하고 자기도 안구를 기증하겠다고 서약합니다. 실낱같은 기대였습니다. 그 이후로 맹인 전도사 한 사람이 케이크를 사 가지고 매주 일요일마다 군목과 함께 1동 8호 감방으로 찾아왔습니다. 아마 군목을 통해서 안구 기증 소식을 들었을 것입니다. 그 케이크는 우리도 여러 번 먹었습니다. 먹으면서도 기분이 께름칙했습니다. 전도사는 눈을 원하고 그는 혹시나 감형이 되기를 원하는 상황이었습니다. 어느 날 교도과장이 그를 불렀습니다. "너 그 전도사한테 눈 준다고 했어?" "안 했어요." "절대 준다고 하지 마. 월남전에서 실명한 병사들이 얼마나 많은데." 그의 낙담은 이루 말할 수 없었습니다. 한 가닥 희망마저 사라진 것이나 마찬가지였어요. '틀림없이 죽는구나.' 그는 무척 살고 싶어 했습니다. 떠난 애인을 한 번만이라도 보고 싶다고 해서 군검찰이 부산에 가서 그녀를 찾아왔습니다. 우리는 그 광경을 보지 못했지만 법정 공판 때 만나게 해 주었습니다. 둘이 껴안고 얼마나 울었던지 눈이 퉁퉁 부어서 돌아왔습니다. 아저씨랑 살림 차렸다는 것은 헛소문이었다고 했습니다. 후회 막심했습니다. 결국 그는 사형 집행되었습니다.

지금도 그를 잊지 못하는 이유가 있습니다. 남한산성 교도소는 목욕탕이 주벽周璧 바깥에 있었습니다. 추운 겨울이 지나고 새봄이 왔을 때입니다. 주벽에 딸린 쪽문을 통해서 일렬로 죽 늘어서서 맨발로 목욕장으로 향했습니다. 쪽문을 나서자 시야가 멀리 열리면서 푸른 보리밭이 무연히 펼쳐져 있었습니다. 바깥은 벌써 봄이었습니다. 그때였습니다. 등 뒤에서 갑자기 내 허리를 껴안으면서 울먹이며 말했습니다. "신 중위님, 나 진짜 살고 싶어요!" 그였습니다. '푸른 보리밭'은 지금도 내게는 그때의 기억과 함께 '생명'의 벌판입니다.

남한산성 육군교도소 수감자들은 대부분이 군대 복무 중에 형을 받고 수용된 일반 병사들이었습니다. 그 병사들 중에 복싱 선수이기도 하고 조폭이기도 한 건장한 사병 한 사람이 있었습니다. 내가 수용되어 있는 1동 8호에 자주 놀러 오기도 했습니다. 군대 전과가 벌써 3~4범이었습니다. 지금은 군 복무 중에 실형을 받으면 불명예제대입니다. 그러나 당시까지만 해도 복역한 다음 다시 본대로 귀대해서 남은 복무 기간을 채우게 했습니다. 그는 복역 후 귀대하여 사고 병사로 낙인 찍혀 군대 생활을 이어 가기가 힘들었습니다. 본인에게도 문제가 없지 않고, 사고자라는 딱지도 힘들었습니다. 군 복무를 끝마치지 못하고 여러 번 사고를 반복하고 있었습니다. 그가 형기를 마치고 본대로 귀대하는 날 1동 8호로 인사차 왔습니다. "사고병, 진짜 군대 생활 어렵거든요. 여차하면 신 중위님 있는 방에 올지 몰라요" 하는 것이었습니다. 그냥 하는 말 같지 않았습니다. 그가 떠나고 난 후 얼마 지나지 않아서 믿을 수 없는 소문이 들려왔습니다. 연병장에 집합한 병사들을 향해 무차별 사격했다는 것이었습니다. 나중에 알게 되지만 본대로 복귀한 후에 역시 사고자로 열외였고 왕따였습니다. 자기를 점찍어 괴롭히는 중사 한 사람을 죽였습니다. 사격장에서 총기를 지급받고 표적에 한 발 발사하고 난 다음 장전된 실탄을 확인하고는 뒤에서 사격 지휘하던 중사를 쏘아 죽였습니다. 실탄이 장전된 총을 들고 역시 자기를 왕따 시킨 중대장을 죽이기 위해서 막사 이곳저곳을 찾아 나섭니다. 막사 부근에는 개미 새끼 한 마리 보이지 않았습니다. 아마 어딘가에서 자기를 조준하고 있음을 모르지 않았습니다. 한참을 헤매다가 '그만두자. 나 죽으면 그만이지, 한 사람 더 죽이면 뭐 하랴!'는 생각이 들어서 자살을 시도합니다. 연병장 한가운데 꿇어앉았습니다. 햇볕 쨍쨍 내리쬐는 연병장 한복판에 꿇어앉아서 총을 심장에 대고 발사했습니다. M1 소총은 총신이 상당히 깁니다. 총구를 심장에 대고 방아쇠를 당기기에는 팔이 조금 모자랐습니다. 방아쇠에 팔을 뻗어 당기는 동안 총구가 심장을 벗어났습니다. 심장을 관통하지 않았습니다. 잠시 혼절한 다음 정신이 들었습니다. 반동으로 저만큼 밀려난 M1 소총을 집으러 피가 낭자한 몸을 이끌고 포복합니다. 그때까지도 연병장과 주변의 막사는 적막강산이었습니다. 누구 한 사람 얼씬하지 않았습니다. 총을 집어서 심장에 대고 다시 발사하고는 죽었습니다. 시신을 응급조치해서 병원으로 옮깁니다. 마지막에는 헬리콥터로 수도육군병원까지 후송해서 살려냈습니다. 회복된 후에도 내내 침대에 수갑을 채워 두었다고 했습니다. 남한산성 육군교도소로 다시 왔을 때에는 아직도 완쾌되지 않은 상태였습니다. 사형수로서 당연히 1동 8호에 수용되었습니다. 그래서 사건 경위를 자세하게 들었습니다. 내가 남한산성을 떠날 때까지 그가 사형 집행되지는 않았습니다. 안양교도소에서 그의 사형 집행 소식을 듣게 됩니다. 착잡했습니다. 기어이 살려내서 기어이 사형시켰습니다.

남한산성 육군교도소는 방금 이야기한 것처럼 피폐해진 심신을 휴식할 수 있는 공간이 아니었습니다. 그러나 생각하면 그 끝 모를 피로감은 육체적인 것이기보다는 정신적 공황에서 오는 것이었습니다. 구속, 취조, 재판, 언도의 전 과정은 어느 것 하나 충격 아닌 것이 없었습니다. 도저히 이해가 가지 않는 사건들의 연속이었습니다. 중앙정보부 취조실에서 있었던 일입니다. 고위 간부 같았습니다. 느닷없이 취조실을 방문해서는 "너희들이 통일하려고 그랬어? 혁명하려고 그랬다면서?" "그런 건 다 때가 되면 우리가 알아서 하는 거야. 걱정하지 마. 통일도 우리가 하고 혁명도 우리가 할 거야." 당시 5·16 군사쿠데타가 '혁명'으로 통했기 때문에 그럴 법도 했습니다. 권력자 특유의 방자한 오만이었습니다. 그러나 생각하면 지금도 별로 달라지지 않았습니다. 빨간색 보수당의 '혁신 작렬'은 차라리 희극입니다. 그러나 당시 20대 청년의 생각으로는 감당하기 어려운 폭언이었습니다. 그뿐만이 아닙니다. 얼마 후 북에서 파견된 공작원을 만나게 됩니다. 총상을 당해서 목발을 하고 있었습니다. 빈농 출신의 노동당 당원이고 비전향 장기수였습니다. 비단 그 사람만이 아니라 강철 신념의 비전향 장기수들도 다르지 않았습니다. "머지않아 김일성 장군이 우리를 데리러 온다"는 믿음을 가지고 있었습니다. 나로서는 도저히 이해가 가지 않는 것이었습니다. 그런데 7·4남북공동성명도 중앙정보부장이 합니다. 비전향 장기수도 북으로 송환됩니다. 통일도 혁명도 그 사람들이 다 하고 있다는 생각이 들었습니다. 정치란

216

무엇인가? 적어도 정치권력이 민주적이지는 않았습니다. 국민을 위한, 국민의 정치는 아니었습니다. 정치란 대적對敵의 논리로 구축되어 있지만 내면에는 서로가 서로의 존재조건이 되고 있는, 이를테면 권력 집단 간의 상생과 상극을 생리로 하는 것이 아닐까 하는 회의를 금할 수 없었습니다.

내가 전기고문을 당하다 쓰러진 적이 있습니다. 간신히 정신이 들었을 때입니다. 취조관이 의무실에 전화를 걸었습니다. '의료 처치를 요청하려나 보다' 하고 생각했습니다. 그런데 놀랍게도 그게 아니었습니다. 아침에 우리 집 애 감기약 부탁했는데 그걸 퇴근하기 전에 내 책상에 갖다 놓으라는 전화였어요. '남의 아들에 대한 전기고문과 자기 딸의 감기약', 그 극적 대비는 차라리 슬픈 것이었습니다. '나는 절대 결혼하지 않아야지. 저 지독한 가족 이기주의를 난들 어떻게 할 거야.' 인간에 대한 실망이었습니다. 권력의 오만함과 잔혹함에 이어 인간에 대한 최소한의 믿음마저 포기해 갔던 절망의 나날이었습니다.

그러나 남한산성에서 남산 취조 현장의 경험을 서로 이야기하다가 놀랍게도 '감기약'이 연출된 수사 기법이라는 사실을 깨닫게 됩니다. 다른 사람 역시 비슷한 경험을 토로했기 때문입니다. 그것은 더 큰 충격이었습니다. 스스로를 냉혹한 인간으로 연출함으로써 피의자를 몸서리치게 하는 수사 기법은 한 인간에 대한 절망을 넘어서 정치권력 그 자체에 대한 소름끼치는 공포였습니다. 남한산성은 이러한 절망의 끝 부분에 놓여 있습니다.

밤중에 찬 마룻바닥에 엎드려 청구회 추억을 또박또박 휴지에 적고 있는 동안만은 이 모든 것을 잊을 수 있었습니다. 청구회 추억은 그 절망의 작은 창문이었습니다. 옥방의 침통한 어둠으로부터 진달래꽃처럼 화사한 서오릉으로 걸어 나오는 구원의 시간이었습니다.

나는 남한산성과 청구회 추억을 뒤로 하고 무기징역형을 시작합니다. 후에 나의 수형 생활을 '나의 대학 시절'이라고 술회하고 있지만 그것이 나의 대학 시절이 되리라고는 상상도 하지 못했습니다. 무기징역은 결코 만만한 것이 아니었습니다. 무기징역으로 감형되기만을 바라던 사형수가 막상 무기징역으로 감형되고 나서 자살하기도 합니다. 약 30여 개 항으로 되어 있는 '재소자 준수 사항' 중에 상당히 앞쪽 순위에 재소자는 자살을 해서는 안 된다는 항목이 있습니다. 무기징역을 시작하면서 나는 끝이 보이지 않는 어두운 동굴로 들어서는 막막함에 좌절했습니다. 동굴의 길이는 얼마나 되는지, 동굴의 바닥은 어떤지, 그리고 동굴에는 어떤 유령들이 살고 있는지 아무것도 모른 채로 걸어 들어가야 하는 암담한 심정이었습니다. 그러나 한편으로 차라리 잘된 일이라는 생각이 들었습니다. 우선 이 어둠 속에서는 모든 것을 잊을 수 있겠다는 체념이 마음을 편하게 했습니다. 일체의 망각 속으로 걸어 들어가는 것이 마치 시체를 남기지 않고 세상을 떠나는 것처럼 마음 편했습니다. 시골의 폐가가 소멸해 가는 풍경이 떠올랐습니다. 돌담과 대문이 허물어져 있고, 마당에 잡초 가득하고, 기와가 흘러내리고, 마루와 문틀이 해체되는 그 소멸의 미학이 한 가닥 위로였습니다. 무기징역 그것은 사형보다는 더딘 소멸이었습니다. 한 가지 다행스러웠던 것은 우리 시대의 감추어진 칼을 미리 볼 수 있었다는 사실이었습니다. 그것은 소멸의 세월과 대결하는 한 조각 철편 같은 것이었습니다. 그리고 훨씬 후에 알게 되지만 세상의 모든 소멸은 결코 소멸되지 않는 것을 함께 보여주는 것이었습니다.

『청구회 추억』을 함께 읽으면서 느끼는 감회가 새롭습니다. 우리가 추억을 불러오는 이유는 아름다운 추억 하나가 안겨 주는 위로와 정화 때문이라고 할 수 있습니다. 『청구회 추억』과 함께 여러분과 공유하고 싶은 이야기는 이처럼 작은 추억의 따뜻함에 관한 것입니다. 우리가 작은 추억에 인색하지 말아야 하는 까닭은 추억은 아무리 작은 것이라 하더라도 뜻밖의 밤길에서 만나 다정한 길동무가 되어 주기 때문입니다. 그러나 추억은 과거로의 여행이 아닙니다. 같은 추억이라도 늘 새롭게 만나고 있는 것이 우리의 삶이기 때문입니다. 『청구회 추억』 후기는 다음과 같이 끝납니다.

우리의 삶은 수많은 추억으로 이루어져 있음은 물론입니다. 그러나 우리는 우리의 모든 추억을 다시 만날 수 있는 것은 아닙니다. 과거를 만나는 곳은 언제나 현재의 길목이기 때문이며, 과거의 현재에 대한 위력은 현재가 재구성하는 과거의 의미에 의하여 제한되기 때문일 것입니다. 더구나 추억은 옛 친구의 변한 얼굴처럼 전혀 다른 모습으로 나타나기 때문에 그것이 추억의 생환生還이란 사실을 훨씬 나중에야 깨닫게 되기도 합니다. 생각하면 우리가 영위하는 하루하루의 삶 역시 명멸明滅하는 추억의 미로 속으로 묻혀 갑니다. 그러나 우리는 추억에 연연해하지 말아야 합니다. 추억은 화석 같은 과거의 이야기가 아니라 부단히 성장하는 살아 있는 생명체이며, 언제나 새로운 만남으로 다가오기 때문입니다. 이 책 역시 추억을 새롭게 만나고 있는 것이 아닐 수 없기 때문입니다.

여기 『엽서』 영인본과 『청구회 추억』 원본이 있습니다.
휴식 시간 동안 보실 수 있습니다.

13 사일이와 공일이

지금부터 다음 주까지 읽게 될 글들은 『감옥으로부터의 사색』에 있는 글입니다. 가족에게 보낸 옥중 서간문입니다. 몇 가지만 골랐습니다.

오늘은 「한 발 걸음」에 관한 것입니다. 먼저 편지 작성에 관해서 설명해야 합니다. 당시에는 일체의 필기도구가 금지되었습니다. 몽당연필 하나라도 나오면 벌방에 가야 합니다. 필기구를 엄금하는 규정은 편지 작성을 무척 힘들게 했습니다. 봉함엽서만 하더라도 개인이 소지할 수 없습니다. 엽서는 물론이고 종이 한 장도 소지하지 못합니다. 편지를 쓰려면 자기가 구입한 엽서라 하더라도 교무과에 엽서 차하差下 신청을 해서 지급받아야 합니다. 그리고 편지 작성은 작업이 없는 시간을 이용해야 합니다. 교도관 감시대 아래에 있는 작은 책상에서 쪼그리고 앉아서 씁니다. 책상에는 잉크병과 철필이 있습니다. 잉크병에는 먹물을 머금은 솜이 들어 있습니다. 먹물을 몰래

221

따라 가서 문신하는 사람이 있기 때문입니다. 철필을 잘 모르는 사람이 있겠네요. 펜입니다. 펜대에 펜촉을 꽂아서 사용합니다. 펜 끝이 좋지 않은 경우는 종이를 긁기도 하고 잉크병 속의 솜을 물고 나오기도 합니다. 『엽서』 영인본을 보시면 아시겠지만 봉함엽서 한 장 빼곡하게 가득 써 넣었습니다. 상당히 많은 양입니다. 아마 이렇게 빡빡하게 쓴 사람이 드물 것입니다. 지금 생각해도 그때의 심정을 다 헤아릴 수 없습니다. 왜 그렇게 쓸 말이 많았는지. 왜 그렇게도 편지에 공력을 들였는지. 나 자신도 의아할 정도입니다.

　　지난 시간에 남한산성에서 모든 것을 삭제하고 무기징역을 시작했다고 했습니다. 일종의 백지상태였기 때문에 많이 썼던 것 같기도 합니다. 징역살이는 하루하루가 충격의 연속이었습니다. 만나는 상념은 끝이 없었습니다. 그 상념들을 그냥 흘려보내기가 아까웠습니다. 어디다 적어 두고 싶었습니다. 유일하게 허용된 공간이 집으로 보내는 엽서였습니다. 엽서에 적어서 집으로 띄우기 시작했습니다. 편지는 한 달에 한 번 허용됩니다. 이번 달에 쓸 글을 한 달 내내 생각합니다. 메모가 불가능하기 때문에 머릿속에 적기 시작합니다. 교정까지 끝내고 완벽하게 암기한 상태에서 씁니다. 그때는 기억력도 좋았고 머릿속이 백지이기도 했습니다. 『엽서』 영인본을 본 사람들이 '편지에 수정한 곳이 눈에 띄지 않는다'고 합니다. 문장은 물론 교정까지 마치고 암기하여 쓴 글이었습니다. 『사기』 연구자들은, 사마천은 궁형을 당하고 갇혀 있던 3년 동안 52만 6,500자의 『사기』를 아마 거의 암기한 상태에서 출소했으리라고 추측하기도 합니다. 52만 자가 넘는 방대한 『사기』에 비하면 봉함엽서 한 장은 그야말로 가랑잎에 불과합니다. 『사기』는 관찬官撰 사서史書로 시작되었지만 궁형 이후로는 사마천 개인의 사찬私撰 사서가 됩니다. 출소 후 5~6년에 걸쳐서 완성하고 2부를 만들어 1부는 산 속에 숨기고 1부만 세상에 공개합니다. 그러나 판금됩니다. 『사기』에 관한 일화를 소개하는 것은 엽서 한 장을 암기하는 것은 참으로 약소하다는 것을 이야기하기 위한 것입니다. 그러나 봉함엽서 한 장 가득히 채우는 편지이기 때문에 아무래도 쓰는 시간이 길어집니다. 다른 사람들이 편지 쓰려고 하면 자리를 비켜 줘야 합니다. 다른 사람이 쓰고 지나간 다음에 계속해서 쓰기도 했습니다. 언젠가 한 번은 먼저 쓰라고 자리를 내주었는데 돌아서자마자 다 썼다는 것이었습니다. 벌써 다 썼냐고 하니까, 엽서를 들어 보여주었습니다. 딱 석 자만 썼습니다. '형님 돈.' 나처럼 긴 편지를 쓴 사람은 거의 없습니다. 징역살이의 처지가 조금씩 나아지면서 편지도 조금씩 더 길어집니다. 글씨도 더 반듯해지고, 또 군데군데 그림도 들어갑니다. 어린 조카들도 편지 독자였습니다. 그림은 조카들 몫이기도 했습니다. 우리 옆 감방이 동양화 반이어서 물감을 얻어 쓸 수가 있었습니다. 그렇게 열심히 썼던 이유는 언젠가는 그 상념들을 다시 만나고 싶었기 때문입니다. 그 시절을 다시 생환生還할 수 있지 않을까 하는 마음이었습니다. 마치 잃어버린 세월을 다시 불러오고 싶은 마음이었는지도 모릅니다.

워즈워스Wordsworth는 시인으로서 최고의 이름을 가졌습니다. 시적인 이름입니다. 그러나 매우 불행한 시인이었습니다. 8살에 어머니를 여의고 13살에 아버지마저 잃게 됩니다. 그리고 영국 북서부(웨스트 컴벌랜드)의 호수 가에서 어린 시절의 외로움을 달래었다고 합니다. 그의 자전적 장시 「서곡」에 '시간의 점'(The Spot of Time)이란 구절이 있습니다. 아마 컴벌랜드의 아름다운 호수와 초원을 한 개의 점으로 마음 깊이 간직하고 그 이후의 고달픈 삶을 달래었던가 봅니다. 한때 그리도 찬란했던 초원의 빛, 그러나 지금은 속절없이 사라진 빛이지만 마음속 깊이 한 개의 점으로 굳세게 남아서 모든 연민과 고통을 견디게 하는 철학(philosophic mind)이 되고 있습니다. 워즈워스의 '시간의 점'에 대하여 어느 평론가는 뛰어난 상상의 나래를 달았습니다. "노련한 곤충학자가 가느다란 은침으로 잠자리를 채집해 두었다고 하면 그 잠자리는 한 개의 점이 된다. 그러나 어느 맑은 여름날 그 은침을 뽑고 조용히 손바닥에 올려 놓으면 잠자리는 하늘로 날아오른다." 마찬가지로 우리의 바로 이 순간 역시 한 개의 점이 됩니다. 돌이켜보면 엽서 속의 작은 글씨 하나하나가 그 시절이 응고된 점입니다. 언젠가 그 엽서를 다시 읽는다면 잠자리가 하늘로 날아오르리라는 기대가 없지 않았습니다.

『감옥으로부터의 사색』의 편지글과 관련해서 밝혀 두어야 할 것이 있습니다. 『감옥으로부터의 사색』을 읽은 독자들은 먼저 그 글의 차분함에 놀란다고 합니다. 어떻게 징역 정서를 그처럼 단정하게 가지고 갈 수 있는가에 대하여 묻기도 합니다. 충분히 있을 수 있는 의문입니다. 징역살이 자체는 혼란스럽고 정서적으로도 불안한 것이 사실입니다. 다투고 싸우고 쫓기는 생활입니다. 그러나 그런 것은 엽서에 전혀 쓰지 않았습니다. 가장 큰 이유는 가족들이 최종적인 독자였기 때문입니다. 반듯하게 살아가는 모습을 보여주려고 했습니다. 그것이 가족들에게 내가 할 수 있는 최소한의 의무였습니다. 또 하나의 이유가 있다면 그 편지가 검열을 거치는 것이라는 사실 때문입니다. 모든 편지는 서신 검열을 통과해야 합니다. 서신 검열을 전제로 하기 때문에 스스로 자기 검열을 먼저 합니다. 자기 검열은 검열관과 교도소 당국으로 대표되는 국가 권력에게 나의 무너지는 모습을 보이지 않으려는 자존심이기도 했습니다. 힘들다, 괴롭다는 애기는 단 한마디도 쓰지 않았습니다. 징역살이는 편지처럼 그렇게 반듯할 수는 없습니다. 편지가 반듯한 것은 엄격한 자기 검열을 거친 편지들이기 때문입니다. 어떤 독자들은 통혁당 무기수의 옥중 서신으로서는 전투성이 부족하다고 합니다. 나로서는 단어 하나 고르는 데에도 세심하지 않을 수 없었습니다. 검열 과정에서 단 한 개의 단어라도 문제가 있다고 생각되면 편지를 불허합니다. 불허 편지는 발송이 안 될 뿐 아니라 되돌려주는 법도 없습니다. 틀림없이 보냈는데 집으로 배달되지 않은 편지들이 상당히 있습니다. 검열 과정에서 폐기된 것이라고 생각됩니다. 어떤 편지는 조금이라도 덜 까다로운 검열관이 근무하는 날에 맞추어 제출하기도 했습니다. 나로서는 내가 쓰고 싶은 것을 다 쓰지는 못했지만 최소한 쓰고 싶지 않은 것은 쓰지 않은 편지였습니다. 이처럼 편지 쓰기가 쉽지 않았습니다. 그러나 편지는 『청구회 추억』이 그랬던 것처럼 내게 구원의 시간이기도 했습니다. 그러나 다시는 그런 고생을 하고 싶지 않습니다. 아마 지금도 내가 원고 청탁에 응하지 않고 글쓰기를 무척 힘들어하는 까닭이 그때의 긴장감을 부담으로 가지고 있기 때문일지도 모릅니다.

출소 후에 집으로 찾아온 친구들이 『엽서』 원본을 보자고 해서 내놓았습니다. 철필로 또박또박 쓴 먹 글씨가 좋다고 하나씩 기념으로 가졌습니다. 두 개 가진 친구도 있었습니다. 그중의 한 친구가 안 된다며 도로 돌려받게 했습니다. 대신 복사해서 나누어 가졌습니다. 그 후에 영인본 『엽서』를 만들게 됩니다. 2천 부만 인쇄했고 대부분을 교보문고와 영풍문고에서 현매했습니다. 친구들 부담을 덜 수 있어서 좋았습니다. 그 후로도 『엽서』를 찾는 사람들이 있어서 돌베개가 만들었습니다. 처음 것보다 더 좋게 만들었습니다.

「한 발 걸음」을 함께 읽기로 하겠습니다. 이 글의 핵심은 이론과 실천의 통일입니다. '한 발'이란 실천이 없는 독서를 비유한 표현입니다. 감옥에서는 책 읽고 나면 그만입니다. 무릎 위에 달랑 책 한 권 올려놓고 하는 독서. 며칠 지나지 않아서 까맣게 잊어버립니다. 시루에 물 빠져나가도 콩나물은 자란다고 하지만, 사오십 페이지를 읽고 나서야 이미 읽은 책이란 걸 뒤늦게 알아차리는 경우도 드물지 않습니다. 책 제목마저 기억 못하는 경우도 허다합니다. 독서가 독서로 끝나기 때문입니다. 실생활과 아무런 연관이 없는 독서이기 때문입니다. 화분 속의 꽃나무나 다름없습니다. 이론과 실천의 변증법적 발전 과정에서 '실천'이 제거된 구조입니다. 실천이 없다는 사실은 한 발 보행이나 마찬가지입니다.

마침 장난삼아 해 본 한 발과 두 발의 경주도 있었습니다. 우리 방에서 가장 젊고 빠른 친구와 가장 연로하고 쇠약한 노인의 경주였습니다. 젊은이는 한 발로 뛰고 노인은 두 발로 뛰는 제법 공평한 달리기 경주였습니다. 결과는 예상을 뒤엎고 두 발의 월등한 승리였습니다. 우리가 확인한 것은 한 발과 두 발의 엄청난 차이였습니다. 감옥 속의 독서가 바로 한 발 걸음이었습니다. 젊은이가 만약 목발을 짚고 달렸더라면 이겼을 수도 있을 것입니다. 달리기 경주 때문은 아니지만 실천이 부재한 감옥 상황에서 독서만으로 자기의 생각을 키워 나간다는 것이 불가능하다는 생각을 하게 됩니다. 아마 그 이후부터였습니다. 다른 사람들의 살아온 이야기를 부지런히 듣게 됩니다. 아마 수형 생활 20년 동안 책 읽는 시간만큼이나 다른 사람들의 이야기를 듣습니다. 다른 사람들의 살아온 이야기는 이를테면 그 사람이 실제로 겪은 과거의 실천입니다. 그것을 나의 목발로 삼아서 걸어가야겠다는 생각이 들었습니다. 이론과 실천의 무리한 통일이고 불균형일 수밖에 없지만 없는 것보다 나았습니다. 독서—독서—독서는 생각이 땅을 잃고 공중으로 공중으로 부양하는 느낌이었습니다. 생각이 현실에서 유리되는 경우를 공상이라고 합니다. 다른 사람들의 살아온 이야기는 단지 이론의 짝으로서의 실천이라는 의미뿐만이 아니었습니다. 학교 사택에서 태어나서 줄곧 학교에서, 책에서, 교실에서 생각을 키워 왔던 나에게는 엄청난 파괴력으로 다가왔습니다. 험한 세상을 힘겹게 살아온 그 참혹한 실패의 경험들은 육중한 무게로 나의 사유를 견인했습니다. 발밑의 땅을 잃고 공중으로 부양하던 생각들이 이제는 발목이 빠질 정도의 진흙 위에 서게 됩니다. 처음에는 목발이 생다리를 닮아 가리라고 예상했지만 반대였습니다. 생다리가 목발을 배우게 됩니다. 그만큼 목발은 무겁고 강렬했습니다. 그리고 서서히 피가 돌고 감각이 살아났습니다. 제페토 할아버지의 피노키오 같았습니다. 오늘 우리가 나누는 한 발 걸음과 목발의 이야기는 한 사람의 변화에 관한 자기 개조의 담론입니다.

내가 20년 수형 생활을 통해서 무엇을 버리고 무엇을 키웠는지 여기서 다 이야기하지 못합니다. 실수와 방황, 우여곡절의 연속이었기 때문입니다. 우선 시간적 순서에 따라서 징역 초년의 이야기에서 시작하는 것이 편할 듯합니다. 통혁당 사건으로 실형을 선고받고 수형 생활을 시작한 사람들이 30여 명입니다. 30여 명이 모두 한 교도소에 수용되지는 않았지만 내가 수용된 대전교도소만 하더라도 10여 명이 넘었습니다. 선후배들이 함께 징역살이를 시작했습니다. 같은 교도소에서 함께 징역살이를 시작했지만 징역 사는 모습은 각각이었습니다. 처음 서로 의견 차이를 보였던 것이 재소자에 대한 생각이었습니다. 재소자들은 룸펜 프롤레타리아라는 것이었습니다. 재소자는 무산계급이고 노동 성분이기는 하지만 사회 개혁 의지는 물론 노동 의욕마저 없는 룸펜에 지나지 않는다. 사회 변동기에는 오히려 반동적 입장에 가담할 가능성이 많다. 그들과 함께 생활한다는 것은 무의미하다는 결론을 내리고 아예 독방에서 책만 보겠다는 사람들도 있었습니다. '룸펜 프로'는 러시아 혁명사의 교훈이라는 것이었습니다. 다른 견해를 주장하는 사람도 없지 않았습니다. 그들이 비록 룸펜 프로이긴 하지만 사회의 최하층에 속하는 사람들이고 그만큼 절절한 민중적 고통이 그들의 삶 속에 각인되어 있다. 창백한 지식인인 우리가 마땅히 학습해야 한다. 러시아 혁명사에는 룸펜 프로만 있는 것이 아니다. '브나로드'V narod, '인민 속으로' 들어갔던 인민파 운동도 있다는 반론도 나왔습니다.

나는 공장에 출역出役합니다. 무기수이기 때문에 독거가 불가능하기도 했습니다. 그동안 독방을 비롯하여 계속 감방에서만 4년 넘게 갇혀 있었습니다. 공장은 말단 소총 소대에서 군대 생활을 시작하는 것과 같습니다. 이념적으로는 '인투 피플'into people, 민중의 아픈 현실을 조금이라도 학습하자는 각오가 없지 않았습니다. 그러나 쉽지 않았습니다. 무엇보다 내가 갇혀 있던 근대적 인식틀은 완고했습니다. 재소자는 기본적으로 룸펜 프로라는 선입관을 버리지 못했을 뿐 아니라 동료 재소자들을 대상화하고 분석하고 있었습니다. 죄명, 형기, 학력, 결손가정(?)…… 하나하나 분석하는 습관을 버리지 못하고 있었습니다. 그러나 겉으로는 내색하지 않고 친절하게 지냈습니다. 나중에 알게 되지만 상대방들은 다 알고 있었습니다. 내가 자기들을 그런 관점에서 분석 대상으로 삼고 있다는 것을 다 꿰뚫어 보고 있었습니다. 뿐만 아니었습니다. 나는 사회에서 자기들을 업신여기는 사람들의 부류에 속하는 사람으로 분류되고 있었습니다. 여러 가지 면에서 나는 나만 모르는 '왕따'였습니다. 왕따 기간이 5년쯤 되지 않았나 생각됩니다. 그 5년이란 기간이 정확하게는 내 생각이 변화하는 데 필요한 기간이었습니다. 왕따는 내가 변화함으로써 벗어나게 됩니다. 내가 변화한다는 것이 바로 동료 재소자들의 경험을 목발로 삼아 서툰 걸음을 시작하는 것이었습니다. 교도소 재소자들의 삶은 어느 것 하나 참담하지 않은 것이 없었습니다. 수많은 사람들의 눈물겨운 인생사가 나를 적시고 지나갑니다. 나도 저 사람과 똑같은 부모 만나서 그런 인생을 겪어 왔다면 지금 똑같은 죄명과 형기를 달고 앉아 있을 수밖에 없겠다는 생각을 하게 됩니다. 생다리가 목발을 닮아 가는 과정이며 나 자신의 변화이기도 했습니다.

답답하기 짝이 없는 억지 주장을 펴는 사람도 있고, 사회의 최말단에 밀려나 있는 자기의 처지와는 반대로 지극히 보수적인 발언을 서슴지 않는 사람도 많습니다. 심지어는 나를 두고도 "사람은 좋은데 사상이 나쁘다"는 결론을 내리기도 합니다. 이런 상황에 처할 경우 대부분의 먹물들은 연설하려고 합니다. 나는 그 점을 극히 경계했습니다. 우선 그 사람의 인생사를 알고 있는 경우에는 충분히 이해가 갑니다. 그 사람의 생각은 그가 살아온 삶의 역사적(?) 결론이기 때문입니다. 역사를 다시 쓸 수 없듯이 그 사람의 생각에 관여할 수 없습니다. 반면에 나 자신의 생각 역시 옳다는 보장이 없습니다. 수많은 삶 중의 하나에 불과합니다. 다른 사람의 의견을 승인하고 존중하는 정서를 키워 가게 됩니다. 이 과정이 서서히 왕따를 벗어나는 과정이었습니다. 그것이 바로 '머리에서 가슴까지의 여행'이었습니다. '머리에서 가슴까지의 여행'은 참으로 먼 여정이었습니다. 이 여정은 나 자신의 변화였고 그만큼 나에게 성취감을 안겨 주기도 했습니다. 당시에는 가슴까지의 여행이 최고점이고 종착점이라고 생각했습니다. '톨레랑스', 프랑스의 자부심이며 근대사회가 도달한 최고의 윤리성이 바로 관용이기도 합니다. 나 스스로도 이러한 정서에 도달하기까지의 우여곡절이 대견하기도 했습니다. 그리고 나의 목발이 되어 먼 길을 함께 해 온 수많은 사람들의 이야기가 강물 같았습니다. 그러나 그러한 감회도 오래지 않아 무너지기 시작합니다. 결론을 미리 이야기하자면 '가슴'이 최종 목적지가 아니었습니다. 또하나의 멀고 먼 여정을 남겨 두고 있었습니다. 바로 '가슴에서 발까지의 여행'입니다. '가슴'이 공감과 애정이라면 '발'은 변화입니다. 삶의 현장을 만들어 내는 것입니다.

노인 목수 이야기입니다. 그분 성함이 문도득입니다. 길 도道 자, 얻을 득得 자입니다. 이름 때문에 도둑이 되었다고 불평했습니다. 도득道得이란 이름은 대단히 철학적입니다. 책에서 읽은 것이 아니라 길에서 깨닫는 것이 진짜입니다. 언젠가 부소장이 주문한 뒤주를 목공장에서 만들 때였습니다. 부소장 주문이어서 목공장 최고 기술자를 붙였습니다. 문도득 노인은 당연히 제외됩니다. 나이도 많고 공장에서 인정해 주지 않습니다. 내가 보기에 '사회 기술자'가 틀림없습니다. 교도소 최고 기술자들이 뒤주 만드는 걸 저만치 앉아서

230

보고는 대뜸 하는 말이 저건 뒤주도 아니라는 것이었습니다. 다른 것은 그렇다 치더라도 뒤주라는 것은 발이 저렇게 낮으면 안 된다는 것이었습니다. 뒤주 밑으로 다듬잇돌이 훌렁훌렁 들어가야 한다는 것이었습니다. 다듬잇돌이 들어갈 정도의 높이란 아마 쌀뒤주가 마룻바닥으로부터 어느 정도 떨어져 있어야 통풍이 잘된다는 과학이리라고 생각되었습니다.

그 이야기에 이어서 아예 왕년 목수 시절의 이야기를 시작하면서 집을 그렸습니다. 땅바닥에 나무 꼬챙이로 아무렇게나 그린 집 그림을 보고 놀랐습니다. 집 그리는 순서 때문이었습니다. 주춧돌부터 그렸습니다. 노인 목수 문도득은 주춧돌부터 시작해서 지붕을 맨 나중에 그렸습니다. 엄청난 충격이었습니다. '일하는 사람은 집 그리는 순서와 집 짓는 순서가 같구나. 그런데 책을 통해서 생각을 키워 온 나는 지붕부터 그리고 있구나.'

내가 이 이야기를 소개하는 이유는 톨레랑스와 관용을 다시 생각하자는 것입니다. 만약 노인 목수의 집 그림을 앞에 두고 내가 이렇게 말했다면 어떨까요? "좋습니다. 당신은 주춧돌부터 그리세요. 나는 지붕부터 그립니다. 우리 서로 차이를 존중하고 공존합시다." 이것이 톨레랑스의 실상입니다. 차이를 존중하고 다양성을 승인하는 것은 대단히 중요합니다. 근대사회의 최고 수준을 보여줍니다. 그러나 차이와 다양성은 그것을 존중하는 것으로 끝나서는 안 됩니다. 그것은 새로운 시작이어야 합니다. 나는 그 집 그림 앞에 앉아서 나 자신의 변화를 결심합니다. 창백한 관념성을 청산하고 건강한 노동 품성을 키워 가리라는 결심을 합니다. 차이는 자기 변화로 이어지는 또 하나의 출발이어야 합니다. 차이는 공존의 대상이 아니라 감사感謝의 대상이어야 하고, 학습의 교본이어야 하고, 변화의 시작이어야 합니다. 이것이 바로 유목주의입니다. 들뢰즈, 가타리Félix Guattari의 노마디즘입니다. 이 유목주의가 바로 탈근대의 철학적 주제임은 잘 알려져 있습니다. 톨레랑스는 은폐된 패권 논리입니다. 관용과 톨레랑스는 결국 타자를 바깥에 세워 두는 것입니다. 타자가 언젠가 동화되어 오기를 기다리는 것입니다. 강자의 여유이기는 하지만 자기 변화로 이어지는 탈주와 노마디즘은 아닙니다. 나는 문도득의 집 그림에서부터 또 하나의 먼 길을 시작합니다. 자기 개조의 길입니다. 우선 기술을 배우고 일하는 품성을 키워 갑니다. 그것이 쉽게 가시적 성과로 나타나는 것은 아니지만 적어도 그러한 의지가 새로운 동력이 되었던 것만은 분명합니다.

파울로 코엘료Paulo Coelho의 『연금술사』에서 양치기 산티아고는 연금술의 기적을 믿고 찾아 나섭니다. 양 60마리와 가죽 물푸대 한 개, 무화과나무 밑에 깔고 잘 담요 한 장, 그리고 책 한 권이 전 재산입니다. 전 재산을 처분하고 바다를 건너서 이집트까지 고행을 계속합니다. 소설은 대가다운 환상과 역전을 적절하게 삽입하면서 고도의 치밀한 구성을 보여줍니다. 연금술이 결국 환상임에도 불구하고 소설에서는 사막에서 금을 만들어 보입니다. 그리고 마지막에는 무화과나무 밑에서 보석 상자를 발견합니다. 그러나 『연금술사』가 독자에게 던지는 메시지는 손에 넣게 되는 금이 아닙니다. 그 긴 유랑의 매 순간이 바로 황금의 시간이라는 선언입니다. 마찬가지로 자기 변화와 개조 역시 그 과정 자체가 최고의 가치입니다. 그러나 돌이켜보면 당시만 하더라도 나는 연금술을 믿는 산티아고와 같았습니다.

주춧돌부터 그리는 사람이 되어야겠다는 결심을 하고 일단 기술자가 되기로 작정합니다. 장기수들은 기술자가 되어야 합니다. 기술자라야 공장의 필수 요원이 되고 이리저리 떠밀리지 않습니다. 내가 20년 동안 익힌 기술이 한두 가지가 아닙니다. 신사복도 만들 줄 알고, 양화공 반장도 3~4년 했습니다. 양화공 반장 때는 교도소 전 직원의 구두를 제작했습니다. 법무부에서 직원들에게 구두 값을 지급하지 않고 교도소 내의 양화공장에서 맞추도록 했습니다. 교도관이 200여 명, 여자 교도관도 20여 명입니다. 여자 교도관 구두에 얽힌 에피소드가 있습니다. 여자 교도관 구두는 여사女舍에 가서 발 치수를 재야 합니다. 발 치수는 내가 재러 가지 않아도 되었습니다. 재러 가겠다고 자청하는 사람이 많았습니다. 여자 교도관 구두를 납품한 날이었습니다. 보안과장이 양화공 반장을 호출했습니다. 뭔가 잘못된 분위기였습니다. 부랴부랴 보안과 사무실로 갔더니 여자 교도관 두 사람이 보안과장 옆에 서서 나를 째려보고 있었습니다. "네가 양화공 반장이야?" 그러고는 여자 교도관을 향해서 "걸어 봐!" 하니까 여자 교도관 두 사람이 양화공장에서 납품한 구두를 신고 걸어 보이는 것이었습니다. 아! 걸을 때마다 구두 뒤축이 헐떡헐떡 했습니다. 구두가 좀 컸습니다. 치수를 잘못 재 왔을 뿐만 아니라 나도 여자 구두에 관해서는 경험이 없었습니다. 하이힐이 아니라 미들이라고 하더라도 발 치수보다 두 푼 정도는 줄여야 합니다. 발이 꺾이기도 하고 무게가 앞쪽으로 쏠립니다. 치수보다 작게 만들어야 하는데 치수대로 만들었던 것입니다. 반장이라는 게 이따위로 만들어? 호되게 야단맞고 전부 해체해서 다시 만들었습니다. 욕먹고 혼나면서도 그렇게 기분 나쁘지 않았습니다. 기술자로서 야단맞는다는 것이 한편으로는 뿌듯한 성취감 같은 것을 안겨 주기도 했습니다. 나 자신의 변화가 새삼스레 확인되는 느낌이었습니다.

아버님이 학교 교사여서 우리 가족은 읍내에 있는 학교 사택에서 살았습니다. 고향에는 농사 짓는 삼촌이 계셨습니다. 언젠가 고향에 갔을 때 이야기입니다. 공부 잘한다는 큰집 조카가 왔는데 당신이 무식한 것이 마음에 걸렸던가 봅니다. 나를 데리고 정자나무 아래로 갔습니다. 거기 정자나무 밑에 럭비공같이 생긴 '들돌'이 놓여 있었습니다. 럭비공 모양이지만 크기는 럭비공보다 훨씬 컸습니다. 이 돌을 들어서 어깨 위로 넘기면 마을에서 한 사람의 일꾼으로 인정해 주는, 일종의 통과의례 용구였습니다. 나더러 그 돌을 들어 보라고 했습니다. 중학교 1학년 주제에, 땅에서 떼지도 못했습니다. 삼촌은 그 돌을 무릎 위로 그리고 가슴께까지 들어 올려 보였습니다. 젊었을 때는 이걸 어깨에 메고 정자나무를 한 바퀴 돌았다고 자랑했습니다. 그런 다음 한자로 당신 이름을 땅바닥에 썼습니다. 힘자랑만으로는 부족하다고 생각했던가 봅니다. 삼촌의 이름 자 중에 목숨 수壽 자가 있습니다. 목숨 수 자는 획이 복잡합니다. 목숨 수 자를 땅바닥에 쓰면서 무슨 노래를 흥얼거렸습니다. 그때는 그것이 무슨 노래인지 몰랐습니다. 나중에 내가 한문 공부 하면서 알게 되었는데, 그 노래는 목숨 수 자를 기억하기 위한 노래였습니다. 노래 가사는 대충 "사일士一이하고 공일工一이는 구촌口寸간이라"는 것이었습니다. 내가 그 노래의 의미를 알고 나서 생각했습니다. 사일이가 지식인이고, 공일이가 노동자라면 9촌간이면 촌수가 너무 멀다. 2촌 정도가 좋지 않을까. 지금도 그런 생각입니다.

그 삼촌과 관련된 기억 중에 '손'에 관한 것도 있습니다. 명절 때

234

차례 지내고 둘러앉아서 함께 밥 먹을 때면 뜨거운 국그릇을 시침 뚝 떼고 어린이들한테 넘겨줍니다. 무심코 뜨거운 국그릇을 받아 들다가 질겁하고 떨어뜨리면 회심의 미소로 아이들을 바라보면서 당신 손을 만져 보게 합니다. 딱딱하게 굳은살 박인 손바닥은 농기구였습니다. 내가 양화공 반장할 때는 손이 거칠었습니다. 구두 일을 하면 손바닥이 상당히 두꺼워집니다. 구두 작업에는 인두도 사용합니다. 아예 인두로 손을 단련했습니다. 언젠가 뜨거운 국이 나왔을 때입니다. 국그릇은 대부분이 식판 위로 밀어서 위로 위로 전달합니다. 나는 일부러 옆 사람이 국그릇을 손으로 받도록 들어서 건넵니다. 무심결에 받다가 앗 뜨거워라 놀라는 모습을 바라보며 마치 옛날 삼촌이 보여주던 회심의 미소를 짓기도 했습니다. 나는 더 이상 창백한 손이 아니었습니다. 지금은 그때의 딱딱한 손도 사라지고 그때의 뿌듯했던 마음도 추억이 되었습니다. 자신을 개조한다는 것이 기술자가 된다고 해서 끝나는 것이 아님은 물론입니다. 그것은 여러 가지 중의 하나에 불과합니다. 내가 기술자에 마음을 두는 것 그 자체가 나의 콤플렉스였으리라고 생각합니다. 기술자보다는 일상적 언어와 정서를 바꾸어 가는 것이 더 중요하고 더 어렵습니다. 그런 점에서 왕따를 벗어나고, 말투가 바뀌고, 인간적인 신뢰를 얻게 되기까지 생각하면 참 많은 사건과 오랜 세월이 필요했습니다. 10년쯤 지난 후에는 비교적 자연스럽고 편해졌다고 할 수 있습니다. 나중에 사례를 들어 이야기할 기회가 있으리라고 생각합니다만 자기 개조는 자기라는 개인 단위의 변화가 아닙니다. 개인의 변화도 여러 가지 중의 하나에 불과합니다. 최종적으로는 인간관계로서 완성되는 것입니다. 인간적 신뢰로서 완성되는 것입니다. 개인으로서의 변화를

'가슴'이라고 한다면 인간관계로서 완성되는 것을 '발'이라고 할 수 있습니다.

나는 교도소 기준으로 교정극난자矯正極難者로 분류됩니다. C급의 요시찰要視察이었습니다. 사건도 두어 번 있었습니다. 어떤 재소자가 신영복이 누구한테 무슨 이야기를 했다고 보안과에 신고했습니다. 그런 신고를 받으면 신고 받은 사람 선에서 묵살하지 못합니다. 반공법이나 국가보안법 관련 사안이기 때문입니다. 뜨거운 감자입니다. 당직자는 보안계장에게, 보안계장은 보안과장에게, 보안과장은 부소장에게 보고하고, 결국 교도소 당국이 대전의 정보부 대공분실에 보고합니다. 대공분실에서 교도소로 수사관이 파견 나와서 나를 불러 앉혀 놓고 사건(?) 내용을 수사합니다. 문답, 문답, 심문조서를 작성합니다. 그런 일이 두 번 정도 있었습니다. 기소와 재판까지 가지는 않았지만 일종의 요시찰 상태였습니다. 그럼에도 불구하고 나는 이동문고 삼사십 권을 가지고 있었습니다. 이동문고라는 것은, 내가 사사로이 책을 가지고 있다가 사람들에게 돌리는 책입니다. 교도소의 모든 책은 열독 허가증이 붙어 있어야 하고, 열독 허가증에는 소유자와 열독 기간이 표시되어 있습니다. 열독 허가증이 없거나, 열독 기간이 지난 책, 본인 소유가 아닌 책, 그리고 내용에 문제가 있는 책이 있으면 압수 그리고 문책입니다. 그럼에도 불구하고 나는 그런 책을 만기자한테서 얻기도 하고, 더러는 수소문해서 임자 없는 책을 꾸준히 모았습니다. 나한테 책 빌려 달라는 사람이 많았기 때문입니다. 그런 책이 삼사십 권쯤 되었습니다. 그러나 내게는 한 권도 없습니다. 보안과 직원들이 겉으로는 아닌 척하면서 가끔씩

내 방을 수검搜檢합니다. 무슨 책이 있는지 조사합니다. 이동문고는 내게 단 한 권도 없습니다. 다 깔아 놨습니다. 각 공장에 깔려 있습니다. 어느 공장의 누가 가지고 있는 책 다 봤으면 그 책 받아서 누구에게 주고, 무슨 책은 어느 공장의 누구에게 전하고, 누구누구가 가지고 있는 책은 어디로 돌리고, 무슨무슨 책은 깊숙이 짱박아 놓고 등등 기가 막히게 잘 진행됩니다. 절도, 소매치기, 강도 경력자들이라 그런 일에는 실력이 뛰어납니다. 감쪽같이 숨기고, 대담하게 운반하는 등 막강한 네트워크가 만들어져 있습니다. 이동문고 네트워크가 바로 인간적 신뢰입니다. 나는 이것이 자기 개조의 완성이라고 생각합니다.

인간적 신뢰나 인간관계를 만들어 나간다는 것이 쉬운 일이 아님은 물론입니다. 자본주의 사회에서는 고용 관계가 인간관계의 보편적 형식입니다. 고용 관계란 금전적 보상 체계입니다. 그것이 만들어 내는 인간관계에 신뢰나 애정이 담기기는 쉽지 않습니다. 더구나 교도소의 인간관계란 금전적 관계도 아니고 명령과 복종의 권력 관계도 아닙니다. 그야말로 인간적 바탕 위에서 만들어 내야 하는 일종의 예술입니다. 너무 잘나서도 안 되고, 그렇다고 못나서도 안 됩니다. 그 사람의 인간성이 일상생활을 통해 검증되어야 합니다. 『감옥으로부터의 사색』에는 싸움 얘기는 하나도 안 썼지만, 붙잡고 싸우기도 합니다. 이기기도 하고 지기도 하지만 이기는 경우 8대 2의 큰 격차로 이기는 완승完勝은 안 됩니다. 6대 4 정도의 신승辛勝이라야 합니다. 뿐만 아니라 싸울 때는 험한 욕설도 주고받으며 비슷한 수준의 인격적 파탄도 보여야 합니다. 그렇지 않으면 싸움 이후에 회복이 불가능합니다. 인간관계란 한마디로 예술입니다. 방금 이야기한 이동문고를 운영하는 일이 어느 정도는 인간적 신뢰에 도움이 되었겠지만 결정적인 것은 못 됩니다. 그것은 일종의 시혜施惠입니다. 시혜를 베푸는 것으로는 몇 발자국 가지 못합니다. 시혜란 한마디로 잘난 사람이 하는 것입니다.

돌이켜보면 그것보다는 오히려 내가 '떡신자'였다는 사실이 훨씬 더 의미가 있었다고 할 수 있습니다. 떡신자란 모든 위문품이 있는 종교 집회에 빠짐없이 나타나는 사람입니다. 기천불 종합 신자라고도 합니다. 화요일 기독교 집회, 수요일 천주교 집회, 목요일 불교 집회 등 교도소에는 종교 집회가 열리고 그 종교 집회에는 가끔씩 바깥의 신도들이 위문품을 가지고 방문하여 함께 예배를 봅니다. 바깥 신도들이 위문품 가지고 방문한다는 소문이 돌면 위문품 때문에 너도 나도 참석하려고 기를 씁니다. 위문품으로 대개 빵이나 떡 봉지 하나씩 나누어줍니다. 그러나 종교 집회 참석이 쉽지 않습니다. 신자 명단에 있는 사람만 보내줍니다. 집회 참석자들을 연출連出하기 위해서 교도관 한 사람이 각 공장을 순회합니다. 각 공장의 신자들은 공장 본무 담당 앞에 줄 서서 한 사람씩 명단 대조를 하고 따라 나갑니다. 떡신자는 이 관문을 잘 통과하는 사람입니다. 나는 반장에다 기술자이기도 하고, 무기징역이기도 해서 담당 교도관이 무시하지 못합니다. 나의 18번 핑계는 "나는 무기수이기 때문에 언젠가는 종교를 하나 가질 생각이어서 여러 종교 집회에 부지런히 참석하려고 한다"는 것입니다. 내 뒤에 줄 서 있던 젊은 친구가 구차한 이유를 댔습니다. 담당 교도관이 "넌 가톨릭이잖아? 왜 기독교 집회에 가려고 그래?" 그 친구 대꾸가 걸작이었습니다. "요새는 천주교에 회의가 생겨서요……." 어림도 없습니다. 머리 쥐어박히고 퇴짜당했습니다. 나 이외에도 나와 라이벌 떡신자가 한 사람 있었습니다. 한동안 막강한 라이벌이었습니다. 별명이 '창신꼬마'였는데 어려서부터 동대문 창신동 골목에서 자라서 못하는 게 없습니다. 눈치 빠르고, 동작 빠르고, 교도관에게 기어오르기도 하고 엉기기도 하고…… 어쨌든 동에 번쩍 서에 번쩍 합니다. 이 친구가 라이벌입니다. 모든 떡이 있는 종교 집회에 가면 틀림없이 걔가 먼저 와 있습니다. 내가 교회당에 도착하면 창신꼬마부터 확인합니다. 저만치서 무사 통과를 자축하는 V사인을 보내옵니다. 사실 반갑기도 합니다. 내가 눈치를 보내면 금방 알아차립니다. 강당의 무대 옆에 쌓아 놓은 '보루박스' 속의 빵 봉지가 몇 개인지 어림짐작을 하고, 현재 참석한 인원을 계산하는 것입니다. 빵 봉지 개수가 부족할 듯하면 줄 앞쪽에 서서 먼저 받아야 합니다. 빵이 남을 듯하면 뒤로 뒤로 처져서 나중에 받아야 합니다. 남는 경우에는 마지막에 서 있는 사람들에게는 두 개씩 줍니다. 두 개 받아서 공장으로 돌아가는 날은 흡사 개선장군입니다. '떡신자'는 사실 쪽팔리는 별명입니다. 명색이 대학교 선생 하다가 들어와서 떡신자라는 별명이 좀 그렇습니다. 그러나 그러한 소문과 이미지가 아마 인간적 신뢰 형성에는 이동문고보다 월등하지 않았을까 생각합니다.

자기 변화는 최종적으로 인간관계로서 완성되는 것입니다. 기술을 익히고 언어와 사고를 바꾼다고 해서 변화가 완성되는 것은 아닙니다. 최종적으로는 자기가 맺고 있는 인간관계가 바뀜으로써 변화가 완성됩니다. 이것은 개인의 변화가 개인을 단위로 완성될 수는 없다는 것을 뜻합니다. 그리고 더욱 중요한 것은, 자기 변화는 옆 사람만큼의 변화밖에 이룰 수 없다는 뜻이기도 합니다. 자기가 맺고 있는 인간관계가 자기 변화의 질과 높이의 상한上限입니다. 같은 키의 벼 포기가 그렇고 어깨동무하고 있는 잔디가 그렇습니다.

　　나는 수형 생활 10여 년이 지난 뒤부터는 자기 개조를 내심 성취감으로 가지고 있었습니다. 겉으로 내색하는 일은 없습니다. 그러나 자기 변화에 대한 확신이 출소 이후에 흔들리게 됩니다. 출소와 함께 최소한 20년 만에 친구들을 만납니다. 대부분의 친구들이 하나같이 하는 말이 "너 조금도 안 변했다"는 것이었습니다. 난감했습니다. 자위할 것이라고는 자기 개조 하나밖에 없는 나로서는 당혹스러운 칭찬이었습니다. 물론 위로하려는 뜻인 줄 모르지 않습니다. 출소에 이어 곧바로 대학 강단에 섰기 때문에 외견상 옛날과 별로 달라진 것도 없었습니다. 그런데 문제는 다른 친구도 별로 변하지 않았다는 느낌을 받았다는 사실입니다. 세월도 많이 흘렀고 외모도 변했지만 인간적 자질이라든가 생각하는 틀 이런 것들은 조금도 변하지 않았다는 것을 확인하게 됩니다. 왈칵 겁이 났습니다. 그렇다면 나도 변하지 않은 것이 아닐까. 불안했습니다.

　　『중앙일보』에 1년 간 해외 여행기를 연재한 적이 있습니다. 기획팀에서 나를 필자로 캐스팅한 이유가 있었습니다. 감옥에 오래 있었기 때문에 그만큼 덜 물들었고, 또 그만큼 새로운 시각으로 글을 쓸 것이라는 기대가 있었습니다. 우크라이나에 갔을 때입니다. 키예프 공원에서 사진을 찍기로 콘티가 짜여 있었습니다. 드네프르 강에 노을이 질 때 양파 머리 사원을 배경으로 하여 전승기념탑 앞에서 사진을 찍기로 되어 있었습니다. 아름다운 그림입니다. 그런데 체르노빌에 갔다가 나오는데 예상보다 시간이 많이 소요됐습니다. 방사능 잔류 검사를 두 차례 실시하는 등 시간이 상당히 지체되었습니다. 우리 일행이 부랴부랴 키예프 공원에 도착했을 때는 노을이 거의 지고 있었습니다. 그런데 더 걱정인 것은 전승기념탑이 보이지 않는 것이었습니다. 노을은 거의 떨어지려고 하고 전승기념탑은 없고. 안내자에게 전승기념탑이 어디에 있느냐고 물었습니다. 가까이에 있는 동상을 전승기념탑이라고 하는 것이었습니다. 여자 동상이었습니다. 아무려면 전승기념탑이 여자 동상이라니. 전승기념탑이면 적어도 워싱턴 전쟁기념관의 기념탑같이 완전군장을 한 해병들이 진지에 성조기를 세우는 조형이라야지. 여자 하나가 서 있는 동상이 전승기념탑이라니. 의심이 들었습니다. 재차 확인했습니다. 내가 자기를 의심하고 있다는 느낌을 받은 안내원이 정색해서 얘기했습니다. "전쟁에서 이겼다는 것은 전쟁에 나간 아들이 죽지 않고 돌아온다는 걸 의미한다. 어머니가 돌아오는 아들을 언덕에서 기다리는 것만큼 전승의 의미를 표현할 수 있는 것이 있는가?" 나를 직시하며 이야기했습니다. 굉장히 부끄러웠습니다. 들킨 것이지요. 전승戰勝에 대한 나의 관념이 얼마나 천박한 것인가를 그는 간파하고 있었습니다. 기획자에게 메일을 보냈습니다. '내게 새로운 것을 기대하지 마라.' 사람이 변한다는 것이 여간 어려운 일이 아님을 실감했던 아픈 기억입니다.

수형 생활 17년째 되는 해에 귀휴歸休를 나왔습니다. 귀휴는 재소자의 휴가입니다. 어머님이 위독해서 6일간의 휴가를 보내 주었습니다. 〈만추〉라는 이만희 감독의 영화가 있습니다. 최근에 김태용 감독의 시애틀 판이 나왔습니다. 마침 이만희 감독의 따님인 영화배우 이혜영 씨의 초대로 함께 관람했습니다. 감회가 깊었습니다. 그런데 나는 귀휴 나올 때 수의를 입은 채로 나왔습니다. 보안과에서는 물론 사복으로 갈아입으라고 했지만 자동차 안에서 가족들이 가지고 온 옷으로 갈아입겠다고 하고 수의 차림으로 나왔습니다. 귀휴 엿새 동안 내내 수의를 입은 채 지냈습니다. 귀휴 소식을 알게 된 가까운 친구 몇 사람이 어머니 병환 때문에 나오기는 했지만 그래도 저녁 식사 한 번은 해야 한다며 불러냈습니다. 그게 하필 롯데호텔 라운지 커피숍이었습니다. 수의를 입은 채 롯데호텔 커피숍에 앉아서 아이리쉬 커피를 마셨습니다. 수번만 뗀 수의를 입은 채 호텔 커피숍에서 친구들을 만날 수 있었던 것은 수의에 대한 나의 생각이 달랐기 때문임은 물론입니다. 수의는 '변화의 유니폼'과 같았습니다. 그때만 해도 나 자신의 변화에 대한 확실한 자부심이 없지 않았습니다. 그러나 20여 년 만에 만나는 사람들로부터 변하지 않았다는 말을 듣고 과연 내가 변한 것이 사실인가 하는 의문이 들기 시작했습니다. 생활환경과 하는 일, 일상적으로 만나는 사람들도 20년 전과 크게 다름이 없었습니다. 공장 기술자로 일하던 때와 달리 주변에 나 자신의 변화를 확인할 수 있는 장치가 없었습니다. 키예프 공원에서의 충격은 자기 변화에 대한 확신을 흔들어 놓기에 충분했습니다. 몇 년 전의 일입니다. 롯데호텔에 갈 일이 있었습니다. 일부러 라운지 커피숍을 찾아갔습니다. 그때 그 자리가 비어 있었습니다. 그 자리로 천천히 걸어가서 혼자 앉았습니다. 그리고 비싼 아이리쉬 커피를 한 잔 시켰습니다. 커피 한 잔 마시는 동안 나는 내가 과연 변한 것이 맞는가라는 의문에 침잠했습니다. 달라진 의복에서부터 하고 있는 일에 이르기까지 생각의 갈피가 혼란스러웠습니다. 그때 내린 결론은 이렇습니다.

내가 갖고 있는 변화에 대한 생각이 아직도 근대적 관점을 벗어나지 못했다는 것이었습니다. 변화는 결코 개인을 단위로, 완성된 형태로 나타나는 것은 아니다. 모든 변화는 잠재적 가능성으로서 그 사람 속에 담지되는 것이다. 그러한 가능성은 다만 가능성으로서 잠재되어 있다가 당면의 상황 속에서, 영위하는 일 속에서, 그리고 함께하는 사람과의 관계 속에서 발현되는 것이다. 자기 개조와 변화의 양태는 잠재적 가능성일 뿐이다. 그러한 변화와 개조를 개인의 것으로, 또 완성된 형태로 사고하는 것 자체가 근대적 사고의 잔재가 아닐 수 없는 것이다.

잠정적 결론이란 것이 실상은 일종의 자위입니다. 나는 내 속에 잠재되어 있는 잠재적 역량을 신뢰하고 싶은 것이 사실입니다. 지금이라도 어깨동무로 만나면 그 잠재적 역량이 얼마든지 발휘될 수 있다는 기대를 가지고 있습니다. 자위이고 바람인지도 모릅니다.

오늘 함께 읽은 「한 발 걸음」은 변화와 자기 개조에 관한 이야기입니다. 목발을 배우면서 이루어진 변화에 관한 이야기입니다. 우리는 이 글에서 다시 한 걸음 더 나아가야 합니다. 비단 감옥처럼 실천이 배제된 경우뿐만 아니라 우리가 살아가는 삶이란 근본에 있어서 한 발 걸음이라는 자각을 갖는 것입니다. 모든 사람들이 한 발로 걸어가고 있다는 사실을 승인하는 것입니다. 여러분이 걷고 있는 골목 자체가 특수한 골목입니다. 여러분 자신도 특수한 개인이기도 합니다. 결국 한 발 걸음입니다. 그렇기 때문에 우리는 두 발로 걸어가기 위해서 부단히 노력해야 합니다. 공부란 '두 발 걸음'을 얻으려는 노력인지도 모릅니다.

중요한 것은 두 발 걸음의 완성이 아니라 한 발 걸음이라는 자각과 자기비판, 그리고 꾸준한 노력입니다. 완성은 없다는 이야기를 여러 번 했습니다. 1회 완료적인 변화란 없습니다. 개인의 변화든 사회의 변화든 1회 완료적인 변화는 없습니다. 설령 일정한 변화가 이루어졌다고 하더라도 계속 물 주고 키워 내야 합니다. 그것이 인간관계라면 더구나 그렇습니다. 제도가 아니고 움직이는 사람이기 때문입니다. 유일하고 결정적인 방법은 없습니다.

내 경우도 돌이켜보면 수많은 실패와 방황의 연속이었습니다. 작업, 식사, 세면 등 협소한 공간에서 몸 부대끼며 살아야 하는 열악한 환경에서는 반목과 불신, 언쟁과 주먹다짐에 이르기까지 하루가 팔만대장경입니다. 욕설에 속상하고 밤늦은 잔업에 불평을 늘어놓고 조악한 식사에 괴로워했을 뿐 그것이 자신의 인간적 변화로 이어질 수 있다는 기대는 전혀 없었습니다. 자기 변화에 대한 생각은 한참 후의 것일 뿐 하루하루는 구차한 임기응변이고 타락에 지나지 않은 것이기도 했습니다.

추운 겨울 저녁 식사 시간이었습니다. 공장의 식사 대형을 먼저 설명해야 합니다. 식사 대형과 배식 풍경은 이렇습니다. 옛날 시장의 먹자골목을 생각하면 됩니다. 좁고 긴 나무판자로 만든 낮은 식대 몇 개가 길게 연결되어 있고 그 양쪽으로 역시 낮고 긴 나무판자 의자에 재소자들이 마주보고 쪼그려 앉는 대형입니다. 식대의 머리 쪽에서 밥이든 국이든 '소지'掃除들이 배식을 합니다. '소지'는 일본어로, 작업에서 제외된 사람들입니다. 흔히 '선일'하는 열외列外 사람입니다. 작업대에 앉아서 일하는 사람과 구별됩니다. 공장 청소, 배식, 그 외에 구매 신청도 받고 접견자 호출도 대신하는 등 한가락씩 하는 사람들입니다. 식대 머리 쪽에서 소지들이 밥판과 국통을 갖다 놓고 그릇에 퍼서 앉아 있는 사람들에게 건네면 앉은 사람들은 밥 식기와 국 식기를 식판 위로 밀어서 위로 위로 전달합니다.

　어느 추운 겨울 저녁 배식 때였습니다. 소지가 식대 머리 쪽에 알루미늄 국통을 갖다 놓고는 국을 푸기 전에 일장 연설을 시작했습니다. "오늘 우리 공장 축구선수들이 인쇄공장과 피나는 접전 끝에 2:1로 이기고 따온 '벽돌빠다' 2개 국에 넣습니다." 머리 위로 치켜들고 있던 버터 2개를 뜨거운 국통에 넣고 국자로 저었습니다. 버터라는 것이 교도소 구매에서 파는 마가린이지만 통칭 빠다로 불립니다. '벽돌빠다'라고 하지만 모양만 벽돌이고 크기는 벽돌보다 훨씬 작습니다. 소지의 연설이 끝나고 벽돌빠다를 까서 국통에 넣으면 요란한 박수 소리와 함께 축구선수들에 대한 칭찬이 곳곳에서 쏟아집니다. 소금국에 '빠다' 들어가자 인심이 후해집니다. 옆에 앉은 축구선수의 부상을 위로하기도 하고 운동장에 나가지 못하고 창문으로 비스듬히 볼 수밖에 없었지만 파인플레이를 칭찬하기도 합니다. 전체적인 분위기가 대단히 훈훈했습니다. 내가 출역한 지 얼마 되지 않았을 때입니다. 물론 내가 거의 왕따 처지였을 때입니다. 나는 속으로 축구선수를 하기로 마음먹었습니다. 공장에서 그나마 위치를 확보하려면 축구선수가 첩경일 것 같았습니다. 그러나 축구선수가 쉽지 않습니다. 운동 시간에 우리 공장 부서들끼리 축구할 때 실력을 한껏 과시하는 등 축구선수가 되기 위해서 나름대로 열심히 노력했지만 신입 주제에 축구 좀 한다고 끼워 주는 것도 아닙니다. 축구선수 되기가 원체 어려웠습니다. 공장 총원이 100명이면 나이 많은 사람 20여 명 빼고, 나머지는 다 한가락씩 하는 자들입니다. 공부는 잘 못하지만 운동이나 싸움은 잘하는 사람들입니다. 뿐만 아니라 운동장이 작아서 선수가 11명이 아니라 7명입니다. 80명에서 7명 중에 끼어야 합니다. 그나마 텃세로 서너 사람은 실력보다 기득권으로 선수 자리를 차지하고 있습니다. 어쨌든 내가 드디어 축구선수가 됩니다. 공장 대표 선수가 되었다는 것은 축구 실력이 상당하다는 이야기를 지금 하고 있는 셈입니다. 그 이후 선수 생활을 굉장히 오래했습니다. 마흔 살이 넘어서도 은퇴할 수 없어서 선수 겸 감독으로 여전히 현역이었습니다. 내가 특별히 실력이 출중해서가 아닙니다. 내가 없으면 다투기 일쑤일 뿐 아니라 패스가 안 됩니다. 고집들이 세고 하나같이 개인 플레이입니다. 그것을 조정하는 것이 내 역할입니다. 심지어는 스코어 관리까지 해야 합니다. 빠다 10개 걸어 놓고 하는 시합을 내리 계속 이기거나 지게 되면 운동장이 험악해집니다. 그래서 세 번에 한 번 정도는 져 주기도 해야 합니다. 그걸 표 나지 않게 해야 합니다. 언젠가는 우리가 내리 서너 번을 지게 생겼습니다. 그래서 평소 때와 달리 내가 골을 넣었습니다. 그랬더니 상대팀이 나더러 신 선생이 골을 넣다니 말이 되느냐고 항의했던 경우마저 있습니다. 나는 주로 어시스트를 해서 나를 철저하게 마크하지 않았기 때문입니다. 어쨌든 마흔 중반까지 선수 겸 감독으로 계속 일선에서 뛰었습니다.

축구 시합하다 끌려가서 매 맞고 벌방에 갇히기도 했습니다. 교도소에서는 다른 공장과는 시합이 불가능할 뿐 아니라 더구나 내기 시합은 엄금입니다. 우선 교도소는 운동을 공장별로 합니다. 운동장이 한 개뿐이기 때문에 한 공장이 30분 운동하고 들어가면, 그 공장 문을 바깥에서 잠그고, 다음 공장이 나와서 30분 운동을 하는 식입니다. 다른 공장과 빠다 내기 시합을 하려면 다른 공장 운동 시간에 본무 담당 교도관이 선수들만 몰래 내보내야 됩니다. 언뜻 보기에는 그 공장 인원들이 부서별로 축구 시합을 하는 듯이 보입니다. 한번은 인쇄공장 운동 시간에 선수들만 몰래 나와서 열나게 시합하고 있었습니다. 그런데 갑자기 보안계장이 운동장에 나타나서 호루라기를 휙 불었습니다. "집합!" 우리도 인쇄공장 인원들 틈에 끼어 집합했습니다. "앉아 번호!" 인쇄공장 인원이 몇 명인지는 이미 나와 있습니다. 7명이 더 많았습니다. "어느 공장 놈들이야? 중앙으로 와!" 이미 정보를 입수하고 나왔던 것입니다. 꼼짝없이 잡혔습니다. 중앙이란 재소자들이 얻어터지는 곳입니다. 우리 선수 7명이 꾸역꾸역 중앙으로 걸어가고 있었습니다. 그때 창신꼬마가 잽싸게 달려와서 내게 빠다 10개 든 신발주머니를 건네면서 신 선생은 이 주머니 들고 공장으로 가라는 것이었습니다. 창신꼬마가 그때는 같은 공장에 있었을 때입니다. 자기가 가서 매 맞겠다고 했습니다. 창신꼬마는 축구선수가 아닙니다. 매니저처럼 빠다 주머니 들고 선수들을 따라 나왔습니다. 응원도 하고 구경도 하겠다고 본무 담당 허락을 받고 선수들 틈에 끼어 나왔습니다. 보안계장이 호루라기 휙 불 때 잽싸게 방화수통 뒤에 숨었습니다. 인원에 안 잡혔습니다. 나는 맞는 것이 겁나서가 아니라 창피해서 그랬을 것입니다. 얼른 주머니 받아 들고 공장으로 뛰다가 앗 이건 아니라는 생각이 들었습니다. 나도 맞아야겠다. 창신꼬마한테 도로 주머니를 돌려주고 네가 인원수에 안 잡혔으니까 당연히 네가 공장으로 가라. 중앙에는 내가 간다고 했습니다. 신 선생은 매도 못 맞으면서 그러느냐고, 자기는 매 맞는 건 끝내준다는 것이었습니다. 기어이 창신꼬마를 공장으로 돌려보냈습니다. 나중에 물어봐라. 내가 매 얼마나 멋지게 잘 맞는지. 이래봬도 내가 남산

(중앙정보부)을 거쳐서 온 몸이야. 큰소리 쳤습니다. 앞에 가던 선수들이 신 선생은 창신꼬마랑 바꾸지 왜 따라오느냐고, 신 선생 때문에 이거 힘들게 생겼다고 하는 거였습니다. 그때는 그게 무슨 말인지 몰랐습니다. 7명이 중앙에 도착하자 보안계장의 명령을 받은 교도관이 엄청 굵은 몽둥이를 들고 한 놈씩 엎드려뻗치라는 것이었습니다. 1번 빳다가 앞으로 나갔습니다. 자기가 자청해서 먼저 나간 것이지요. 놀랐습니다. 그 친구 정말 영웅적으로 투쟁했습니다. 첫 번 빳다가 10대 맞으면 줄줄이 10대 맞습니다. 첫 번 빳다의 임무는 빳다 수를 줄이는 것입니다. 엎드려! 안 엎드려요. 내가 들어도 말도 안 되는 얘기를 계속 늘어놓습니다. 발로 채이고 쥐어박히고 얻어터지면서도 고분고분 엎드리지 않습니다. 빳다 맞기보다 그게 더 괴롭습니다. 엎드리는 척하다가 때리려고 하면 일어서서는 말도 안 되는 변명을 늘어놓기를 반복했습니다. 더 이상 어쩔 수 없어서 한 대 맞고는 저만치 굴러가서 불러도 오지 않고 개기는 것이었습니다. 때리는 사람을 한없이 지치게 만들었습니다. 세 대 때리는 데 거의 10분 걸렸습니다. 그런 영웅적이고 희생적인 투쟁 덕분에 세 대로 낙착되었습니다. 그때부터는 순순히 빨리 빨리 맞았습니다. 세 대씩 줄줄이 맞고는 전원 벌방에 들어갔습니다. 감옥에서 또 감옥 간 셈입니다. 그런데 축구하다 잡혀서 맞고 벌방에 간 것이 빳다 따서 국에 넣은 공로보다 훨씬 더 컸습니다.

교도소는 목욕탕 수준의 적나라한 공간이기 때문에 무엇 하나 숨길 수가 없습니다. 어항 속의 붕어처럼 다 읽힙니다. 그런 점에서 변화의 경우에도 그것이 진정한 변화가 아니면 승인되기 어렵습니다. 최소한의 진정성이 담겨 있지 않은 경우 금방 간파됩니다. 교도소 표현으로 '멕기鍍金 벗겨진다'고 합니다. 오늘 우리가 화두로 삼은 목발이라는 표현이 적절한 것인지에 대해서는 자신이 없지만, 나 자신 상당한 변화를 이룬 것만은 사실입니다. 그러나 그것이 나 자신의 노력의 결과라고 생각하지는 않습니다. 노력이라기보다는 각성覺醒이라고 할 수 있습니다. 단기수들 중에는 무기수가 책 봐서 뭐할 거냐고 핀잔한 사람도 있었습니다. 단기수들은 벽에다가 달력을 그려 놓고, 하루 지나가면 사선을 그어서 지워 갑니다. 하루하루 지워 나가다가 그것도 지루하면 오전이 지나면 사선을 하나 긋고 오후가 지나면 사선을 또 하나 그어서 X자로 지워 갑니다. 만기 날짜만 기다립니다. 하루하루는 지워 가야 할 나날들에 지나지 않습니다. 그런데 만기가 없는 무기수의 경우는 그 하루하루가 무언가 의미가 있어야 합니다. 하루하루가 깨달음으로 채워지고 자기 자신이 변화해 가야 그 긴 세월을 견딥니다. 다음 시간에 그에 관해서 얘기하려고 합니다만, 고통 그 자체가 안겨 주는 엄청난 각성이 있습니다. 축구선수, 이동문고, 떡신자도 그런대로 고통을 견디게 해 준 것이 사실입니다. 그러나 최대의 은의恩誼는 깨달음이었습니다. 하루하루 쌓아 가는 작은 깨달음의 누적이었습니다. 그것이 인내와 변화의 저력이 아니었을까 생각합니다. 지금도 자주 이야기하고 있습니다. "인생은 공부다."

14 비극미

기상나팔을 부는 나팔수 이야기입니다. 나는 나팔수와 같은 방에서 생활했습니다. 나팔수는 기상 30분쯤 전에 일어나야 합니다. 야간 근무 교도관이 새벽에 나팔수를 깨웁니다. 교도관이 나팔수를 깨우는 방식이 무례합니다. 물론 그렇지 않은 교도관도 있습니다만 대개는 잠자고 있는 다른 재소자는 안중에 없이 발로 문을 꽝꽝 차고 "야, 나팔! 일어나!" 하는 식입니다. 자고 있는 사람들을 다 깨웁니다. 그래서 내가 아예 초저녁에 야간 근무자에게 절대로 발로 차지 말라고, 내가 깨우겠다고 다짐합니다. 새벽마다 내가 나팔수를 깨웠습니다. 나는 기상 한 시간 전에 일어납니다. 한 시간 전에 일어나서 찬 벽에 기대고 생각하는 시간을 갖습니다. 비좁은 잠자리에서 혼자 일어나려면 '무 뽑듯이' 조용히 몸을 뽑아야 합니다. 조용히 몸을 뽑아 찬 벽에 등 기대고 앉으면 몸서리치며 정신이 깨어납니다. 그 조용한

한 시간이 나에게는 소중한 명상 시간입니다. 그 시간에 많은 생각을 합니다. 이 글도 아마 그 시간에 떠오른 생각이었을 것입니다.

나팔수는 "성씨 다른 아버지께 편지 띄우고 엄마 불쌍해서 돈 벌어야겠다는 농農돌이 공工돌이 이제는 스물다섯 징懲돌이……"였습니다. 한 번도 주인공의 자리에 앉아 보지 못한 인생입니다. 교도소의 모든 재소자들이 그렇듯이 이름 없고 칭찬받지 못하는 수많은 민초들 중의 한 포기 풀입니다. 그러나 야생초 찾아다니는 사람이 이야기합니다. 풀 한 포기 꽃 한 송이를 조용히 들여다보면 아름답지 않은 것이 없다고 합니다. 그 속에 우주가 있습니다. 꽃 한 송이의 신비가 그렇거든 사람의 경우는 말할 나위가 없습니다. '누구나 꽃'입니다. 그 속에 시대가 있고 사회가 있고 기쁨과 아픔이 있습니다.

영화의 주인공과 엑스트라의 결정적인 차이가 여러분은 무엇이라고 생각합니까? 엑스트라와 주인공의 차이는 외모의 차이가 아닙니다. 엑스트라와 주인공의 결정적인 차이는 주인공은 죽을 때 말을 많이 하고 죽는다는 사실입니다. 엑스트라는 금방 죽습니다. 주인공에게는 친구도 있고, 애인도 있고, 가족도 있습니다. 죽을 때 그 사람들에게 말을 남깁니다. 엑스트라에게는 아무도 없습니다. 그냥 죽습니다. 누구든지 주인공의 자리에 앉으면 빛납니다. 『레미제라블』의 장발장은 전과자였습니다. 내가 만난 수많은 동료 재소자 중 하나입니다. 빅토르 위고가 소설의 주인공 자리에 앉혔기 때문에 창조(?)된 사람입니다. 내가 징역살이에서 터득한 인간학이 있다면 모든 사람을 주인공의 자리에 앉히는 것입니다. 나는 한 사람 한 사람을 유심히 봅니다. 그 사람의 인생사를 경청하는 것을 최고의 '독서'라고 생각했습니다. 몇 번에 나누어서라도 가능하면 끝까지 다 듣습니다.

나팔수만 하더라도 어려서 아버지가 돌아가시고 엄마가 재가했습니다. 의붓아버지 밑에서 자랐습니다. 누이동생은 어머니 곁에 남아 있었지만 사내인 그는 집을 뛰쳐나옵니다. 객지를 전전하다가 감옥에 들어왔습니다. 나팔은 야간 업소에서 일할 때 어깨너머로 배웠습니다. 기상나팔 외에 불 수 있는 곡도 없습니다. 또래의 인생 행로와 거기서 거기입니다. 재소자들의 인생 행로가 나름대로 한결같지 않기도 합니다만 한마디로 비극의 주인공이란 점에서는 같습니다. 주인공이되 비극의 주인공. 바로 이것을 생각해 보자는 것이 이 글을 읽는 이유입니다.

예술은 사물이나 인간을 전혀 다른 방식으로 재구성합니다. 그 특징의 하나가 클로즈업하는 것입니다. 야생화 한 송이를 확대경으로 들여다보는 것과 같습니다. 유심히 주목하면 하찮은 삶도 멋진 예술이 됩니다. 우리가 미처 몰랐던 수많은 사연을 담고 있습니다. 훌륭한 회화는 우리가 무심히 지나친 것을 액자에 넣어 사람들에게 들어 보이는 것이라고 합니다. 예술의 본령은 우리의 무심함을 깨우치는 것입니다. 우리를 깨우치는 것 중에서 가장 통절한 것이 비극悲劇입니다. 비극은 모든 나라의 문화 전통에서 극화劇化되고 있습니다. 예술 장르에서 비극은 부동의 지위를 누리고 있습니다. 우리가 이 대목에서 생각해야 하는 것이 비극이 왜 미美가 되는가에 관한 것입니다. 비극이 미라는 사실이 곤혹스럽습니다. 그렇다면 도대체 미란 무엇인가. 이러한 물음을 정리해 보기로 하겠습니다.

미美는 아름다움입니다. 그리고 '아름다움'은 글자 그대로 '앎'입니다. 미가 아름다움이라는 사실은 미가 바로 각성이라는 것을 의미합니다. 인간에 대하여 사회에 대하여 삶에 대하여 각성하게 하는 것이 아름다움이고 미입니다. 그래서 나는 아름다움의 반대말은 '모름다움'이라고 술회합니다. 비극이 미가 된다는 것은 비극이야말로 우리를 통절하게 깨닫게 하기 때문입니다. 마치 얇은 옷을 입은 사람이 겨울 추위를 정직하게 만나는 것과 다름이 없습니다. 추운 겨울에 꽃을 피우는 한매寒梅, 늦가을 서리 맞으며 피는 황국黃菊을 기리는 문화가 바로 비극미를 소중하게 생각하는 문화입니다. 우리가 비극에 공감하는 것은 그것을 통하여 인간을, 세상을 깨닫기 때문입니다.

시서화 그리고 음악 역시 세계 인식이라고 했습니다. 그런 점에서 예술은 아름다움을 추구하는 것입니다. 그러나 '아름다움'이란 불편하게 하거나 부담을 주지 않는 것, 가까이 하고 싶은 것이라고 이해하고 있다면 그것은 잘못입니다. 아름다움을 그렇게 생각한다면 오토 딕스Otto Dix의 〈전쟁〉이나 케테 콜비츠Käthe Kollwitz의 〈죽은 아들을 안은 어머니〉는 아름답지 않습니다. 그 앞에 서 있는 사람에게 편치 않은 마음을 안겨 주고 고통과 긴장 상태로 이끌고 갑니다. 통상적 의미로 아름답지 않습니다. 그러나 우리가 여기서 다시 한 번 생각해야 합니다. '아름다움'이란 뜻은 '알다' '깨닫다'입니다. 진정한 아름다움이란 세계와 자기를 대면하게 함으로써 자기와 세계를 함께 깨닫게 하는 것입니다. 불우한 처지의 생명을 위로하기보다는 그것을 냉정하게 직시하게 함으로써 생명의 위상을 새롭게 바꾸어 가도록 합니다. 그런 뜻에서 '아름다움'은 우리가 줄곧 이야기하고 있는 '성찰', '세계 인식'과 직결됩니다. 〈죽은 아들을 안은 어머니〉는 우리의 마음을 아프게 하는 그림이지만 우리가 처한 세계의 실상을 대면하게 한다는 점에서 '아름다운' 그림입니다.

수많은 비극의 주인공들 속에서 나 역시 그중의 한 사람으로 살아오는 동안 아름다움에 대한 생각이 많이 달라졌습니다. 예를 들면 어떤 얼굴이 아름다운 얼굴인가 하는 것입니다. 여러분에게도 아름다운 얼굴에 대한 기준이 없지 않을 것입니다. 나는 사람을 볼 때 그 사람의 신분보다는 그 사람의 얼굴을 주목합니다. 얼굴을 주목하는 경우에도 이목구비보다는 얼굴에 담겨 있는 분위기를 주목합니다. 세상과 인간에 대한 달관이 있는 경우를 최고로 칩니다. 좋은 피부와 아픔이 없는 얼굴은 높게 평가하지 않습니다. '얼굴'의 옛말은 얼골입니다. 얼골은 얼꼴에서 왔습니다. '얼의 꼴' 다시 말하자면 '영혼의 모습'입니다. 그 사람의 영혼의 모습이 가장 잘 드러나는 부위가 바로 얼굴이기 때문에 그렇게 이름 붙였습니다. 얼굴에는 자연히 그 사람의 '얼'이 배어 나오게 마련입니다. 나는 검찰청에 출두하는 사람들의 얼굴을 유심히 보는 습관이 있습니다. 사진 기자들이 포진하고 있는 포토라인에 서는 저명인사들도 많습니다. 여러 가지 표정을 만나게 됩니다. 태연하게 이야기하기도 하고, 아무 말 안 하기도 하고, 가볍게 웃기도 하고, 여러 가지 얼굴 표정을 만납니다. 나는 그러한 겉 표정과는 다른 표정이 숨어 있는 것을 잘 간파합니다. 기자들의 카메라 플래시 세례를 받은 많은 얼굴들 중에 가장 인상적인 얼굴이 있습니다. 놀랍게도 사회 명사가 아니라 죄수였습니다. 쏟아지는 카메라 플래시 속에서 단 한순간도 평정한 표정을 잃지 않았습니다. 애써 꾸미려는 위선이 없었음은 물론 침통한 표정도 아니었습니다. 한마디로 대단히 철학적이고 자기 성찰적인 표정이었습니다. 왜 그 자리에 자기가 서 있는가를 잘 알고 있는 얼굴이었습니다. 나는 막심 고리키Maxim Gorky의 『어머니』 마지막 장면을 떠올렸습니다. 파벨이 재판정에서 최후진술을 합니다. "이 자리에는 죄수와 심판자가 있는 것이 아니라, 승리자와 패배자가 있을 뿐이다." 방청석의 어머니는 처음으로 아들의 참된 모습을 깨닫습니다. 그리고 거리로 달려 나가 아들의 최후진술이 인쇄된 삐라를 뿌리는 것으로 소설은 끝납니다. 파벨이 아니라 어머니를 주인공으로 삼은 고리키의 대가다운 구성이 감동적입니다. 여러분도 검찰청에 출두하는 사람들의 얼굴을 주목하기 바랍니다. 훌륭한 공부입니다.

감옥은 첫째, 사회학 교실이었습니다. 우선 참 많은 사람들을 만났습니다. 바깥에 있었더라면 결코 만날 수 없는 수많은 사람들을 만났습니다. 못처럼 한 곳에 박혀 있었던 20년이지만 역설적이게도 다양한 사람들을 만납니다. 만남도 목욕탕 수준의 적나라한 만남입니다. 그 많은 사람들과의 만남이 최종적으로는 나의 사회학이 됩니다. 한 사람 한 사람을 주인공의 자리에 앉히면 사회가 보입니다. 장발장을 통해서 1830년대의 프랑스를 만나고, 노트르담의 집시 처녀 에스메랄다와 종지기 콰지모도를 통해서 15세기 프랑스 파리를 만나는 것과 다르지 않습니다.

둘째, 역사학 교실이었습니다. 감옥을 역사학 교실이라고 하는 이유는 역사 현장의 사람들로부터 이야기를 듣기 때문입니다. 내가 1968년에 구속되었습니다. 1950년 한국전쟁과도 그렇게 멀지 않은 때였습니다. 한국전쟁은 1953년에 휴전하지만 계속 전시 상태였습니다. 전시 상태는 전쟁 당시의 사람들뿐만 아니라 해방 전후의 사람들까지 다시 구속합니다. 그 사람들이 그때까지 감옥을 채우고 있었습니다. 빨치산 출신들도 있었습니다. 전쟁 때 북으로 후퇴하지 못하고 지리산에 들어갔던 신新 빨치산뿐만 아니라 해방 직후 공산당이 불법화되면서 태백산이나 지리산으로 들어간 구舊 빨치산 출신도 있었습니다. 대부분 노인들이었습니다. 북에서 넘어온 공작원 그리고 그 공작원들을 호송한 특수부대 안내원도 있었습니다. 팔로군의 소년 나팔수 출신으로 린뱌오林彪 부대를 따라 북경 해방 그리고 관운장이 넘었던 산을 넘어 상해 해방까지 종군했던 사람도 있었습니다. 어느 교도소든 그 도시의 조직폭력배들이 교도소를 장악합니다. 출소 3년 전에 전주교도소로 이송되었습니다. 전주교도소 역시 전주 조폭들이 잡고 있었습니다. 그런데 놀랍게도 그 조폭들 속에 북에서 내려온 젊은 공작원 친구가 하나 끼어 있었습니다. 체구는 크지 않았지만 124군부대 같은 특수부대 출신이었습니다. 징역 초년에 전주 조폭들과 맞짱 뜬 이야기가 신화처럼 남아 있었습니다. 자기가 북한 출신 마이너리티라는 사실을 잘 알고 있었습니다. 두세 명을 상대로 맞짱 뜨면서도 그는 단 한 번도 공격하지 않았다고 합니다. 그러면서도 단 한 대도 맞지 않았습니다. 전주 조폭들이 그 실력을 인정하지 않을 수 없었습니다. 그가 야밤에 임진강을 도강할 때 미군 경비정이 서치라이트를 비추며 수색했습니다. 과연 남조선이 미국의 식민지라는 사실을 확인했다고 했습니다. 지금은 출소해서 전주에서 살고 있습니다. 빨치산 얘기를 비롯해서 북한 사회 이야기 등 특히 연세 많은 장기수 할아버지들은 내게 열심히도 들려주었습니다. 당신들은 곧 세상 떠나실 나이이기 때문에 누군가에게 전하려고 하던 참이었습니다. 마침 서울대학교 나온 똑똑한 젊은이를 만났습니다. 감옥에 들어가면 똑똑하다는 소문이 과장이 됩니다.

지리산 이야기 하나만 소개합니다. 1960년경 아마 최후의 빨치산이었을 것입니다. 토벌대에 쫓기다 캄캄한 야밤에 작은 동굴로

스며듭니다. 새벽에 날이 밝아 오면서 옆에 죽은 시신이 있음을 발견합니다. 죽은 지 몇 년이나 되었던지 시신은 거의 뼈만 남아 있었습니다. 총상을 입고 동굴이랄 것도 없는 바위 틈새로 숨어 들어와서 숨을 거둔 시체였습니다. 그런데 저만큼 벗어 놓은 배낭이 있었습니다. 혹시 챙길 것이라도 없을까 하고 뒤졌습니다. 양말 쪽 하나 성한 것 없는데 그 속에서 『공산주의 ABC』라는 조그마한 책자 하나가 나왔습니다. 아무도 없는 지리산에서 죽은 빨치산의 배낭에서 나온 『공산주의 ABC』, 감동이었습니다. 자기도 사실은 공산주의가 뭔지도 모르고 지리산에 들어와서 지금껏 쫓기고 있었습니다. 죽기 전에 이걸 읽어 봐야겠다고 결심하고 그 책을 챙겼습니다. 『공산주의 ABC』는 부하린Nikolai Bukharin이 쓴 책입니다. 러시아의 최고 이론가였습니다. 레닌Vladimir Lenin의 모든 저작에 부하린이 관여했다고 전합니다. 아마 스탈린Joseph Stalin에게 처형당했을 것입니다. 스탈린과는 경제 정책을 놓고 대립한 것으로 유명합니다. 해방 직후에 서울에서 번역본이 출판되었습니다. 김삼룡金三龍 번역이었다고 합니다. 나는 물론 보지 못했습니다. 최후의 빨치산이 그 책을 읽기 시작했습니다. 죽더라도 왜 죽는지 알아야겠다고 끝까지 그 책을 가지고 다닙니다. 나중에 체포되면서 책이 사라집니다. 『공산주의 ABC』는 참으로 역사적인 책입니다. 그 책을 그가 대전교도소까지 가지고 왔더라면 내가 물려받을 수 있지 않았을까 하지요. 역사 현장에 있었던 사람들의 이야기가 그처럼 생동적입니다. 역사책 속의 역사와는 사뭇 다릅니다. 화석화된 역사가 아니라 피가 돌고 숨결이 느껴지는 살아 있는 역사가 됩니다. 역사학의 생명은 '사람'이라고 합니다. 사람이 없는 역사는 '빈 자루'입니다. 세울 수 없습니다. 사람을 통한 역사의 생환이 중요합니다. 그러나 그 경우 개인화된 사람이 아니라 역사화되고 사회화된 사람이라야 합니다. 그런 사람들의 이야기로 역사가 재구성될 때 비로소 역사가 생환됩니다.

마지막으로 교도소는 인간학의 교실입니다. 우리가 가장 많이 공부하는 것이 '사람' 공부입니다. 인생의 70%가 사람과의 일이라고 합니다. 사람들에 대한 공부가 쌓여서 어느덧 인간에 대한 공부로 비약합니다. 사람 공부가 인간학으로 비약하려면 우선 수많은 만남과 공부를 통하여 내공을 쌓아 가야 합니다. 그것을 내공이라고밖에 표현할 수 없습니다. 사람이란 많기도 하고, 한 사람 한 사람의 내면이 복잡하기도 하고, 보여주는 모습도 천의 얼굴입니다. 여러 경우의 사람 이야기를 소개하면서 조금씩 공부하기로 하겠습니다.

재소자는 출소 전날 남아 있는 동료 재소자들과 악수하며 만기 인사를 합니다. 나는 20년 동안 수많은 만기자들을 떠나보냈습니다. 만기 인사를 나누고 나면 쟤는 1년 안에 들어온다, 쟤는 앞으로 두 번은 더 들어온다는 예측을 합니다. 오래 수형 생활을 한 노인들의 예측은 거의 정확합니다. 나는 매번 틀렸습니다. 나는 틀림없이 들어오지 않을 줄 알았지만 노인들 말처럼 1년 안에 들어오는 것이었습니다. 노인들이 맞고 내가 틀리는 이유를 나중에야 알게 됩니다. 나는 사람만 보기 때문입니다. 징역살이만큼 그 사람을 잘 알 수 있는 곳도 없습니다. 경우도 바르고 부지런한 사람이 의외로 많습니다. 당연히 다시 들어오지 않으리라는 확신이 들기도 합니다. 그런데 노인들은 사람만 보는 법이 없습니다. 그 사람의 처지를 함께 봅니다. 사람을 그 처지와 떼어서 어떤 순수한 개인으로 보는 법이 없습니다. 사람 보는 눈을 갖기까지 수많은 만기자를 보내고 다시 맞이하는 오랜 세월이 필요했습니다.

　내가 대전교도소에만 15년 있었습니다. 참 많은 재소자들을 맞이하고 보낸 셈입니다. 만기가 되어 출소하는 사람들 중에는 얼마 후에 또 들어오는 사람도 많습니다. 그러다가 다시 만기가 되면 만기 인사를 하고 떠나갑니다. 나는 무기징역이니까 교도소 주인 같습니다. 만기 인사는 판에 박은 듯 짤막한 몇 마디입니다. "그동안 신세 많이 졌습니다. 건강하게 계시다가 출소하시기 바랍니다." 그런데 나한테는 한마디 덧붙입니다. 국가보안법 무기수이기 때문입니다. "하루 속히 국가의 은전이 있어서 출소하시기 바랍니다." 내가 대전교도소에서 15년을 복역하면서 한 사람과 만기 인사를 몇 번까지 나누었을 것 같습니까? 한 사람과 일곱 번 만기 인사를 나눈 것이 기록입니다. 그 친구가 다섯 번째였던가 여섯 번째였던가, 자기가 생각해도 좀 무안했던지 "내가 만기 인사를 하면 신 선생은 왜 남들처럼 '마음잡고 참답게 살라'는 말을 안 해요?" 하는 것이었습니다. 그런 지적을 받고 생각해 봤더니 마음잡고 참답게 살라는 말을 언제부터인가 하지 않았습니다. 만기자들이 출소해서 어떤 열악한 상황에 처할지 조금은 알고 있는 터에 허투루 참답게 살라는 말을 할 수 없었습니다. 집도 없고 절도 없고 전과만 여러 개 달고 있는 처지에 또 들어오지 말란 보장이 없기 때문입니다. '자리를 잡아야 맘을 잡지' 하는 생각이 없지 않았습니다. 그래서 내가 만기자들에게 건네는 인사말이란 것이 "이번에 나가면 잘 좀 해 봐라. 빨리 잡히지 말고" 정도가 고작입니다. 여러분은 잘 모르겠지만 도둑질이 쉽지 않습니다. 일반 절도로서는 도둑질할 것이 없습니다. 주거 침입이 쉽지 않을 뿐 아니라 들어간들 가지고 나올 것이 별로 없습니다. 대부분의 절도범들은 조금 번 돈이 다 떨어질 때까지 도둑질을 하지 않습니다. 돈 다 떨어지면 어쩔 수 없이 조건이 나쁜 물건에 손대다 달리고 맙니다. 그러나 직업적인 도둑은 돈이 있을 때 열심히 돌아다닙니다. 조사도 하고 정보도 수집합니다. 빨리 잡히지 말라는 당부는 도둑질이라도 이왕이면 좀 부지런하게 하라는 뜻입니다.

대전의 중동 창녀촌에 노랑머리라는 창녀가 있었습니다. 여러 사람들의 이야기로 미루어 성깔이 드센 여자였습니다. 창녀들에게는 어김없이 기둥서방이 있습니다. 기둥서방은 창녀의 애인이나 보호자를 자처하지만 사실은 착취 조직입니다. 돈 뜯어 가는 건달들입니다. 포주들이 창녀들을 보호하지 못합니다. 험한 골목에서 기둥서방의 보호 없이 여자가 혼자서 몸 파는 장사를 할 수 없습니다. 기둥서방이 있는 경우는 일단 골목 깡패들이 건드리지 못합니다. 그런데 이 노랑머리에게는 기둥서방이 없었습니다. 예쁘기도 하고 손님도 많아서 한다하는 건달들이 노랑머리를 잡으려고 덤볐습니다만 끝까지 안 잡혔습니다. 엄청나게 얻어터지면서도 끝끝내 잡히지 않았습니다. 머리끄덩이 잡힌 채로 온 골목을 끌려다니기도 하고 코피 터지고 얼굴이 멍들기도 하면서도 끝까지 버텼습니다. 약 먹고 유리창 깨트려 가슴을 긋고 피 칠갑으로 죽이라고 대들고, 벌겋게 달은 연탄 불집게로 건달들을 찔러서 파출소까지 끌려갔습니다. 그러면서도 끝까지 잡히지 않았습니다. 아마 유일하게 자주국방 체제를 갖춘 창녀였습니다. 그런데 어느 성직자가 이 노랑머리에게 여성다운 품행을 설교한다면 여러분은 어떻게 생각하시겠습니까? 그 사람의 처지에 대해서는 무심하면서 그 사람의 품행에 대해서 관여하는 것을 어떻게 생각하느냐는 것이지요. 그것은 그 여자의 삶을 파괴하는 폭력입니다. 그 여자를 돌로 치는 것입니다. 인간에 대한 이해의 오만함과 천박함을 동시에 드러내는 무지함이 아닐 수 없습니다. 인간을 인간답게 하는 순수한 어떤 것을 상정한다는 것은 참으로 왜소한 인간관이 아닐 수 없습니다.

　감옥이 인간학 교실이라는 이야기를 하면서 사례만 많이 들고 있습니다. 한두 가지 더 소개하겠습니다. 새로 들어온 신입자가 사회에서 잘나갔다는 투로 자기과시를 하면 칼같이 이런 저런 질문을 퍼붓는 친구가 몇 사람 있었습니다. 나는 칼같이 질문하는 그런 친구가 못마땅했습니다. 사회에서 잘나갔다고 하면 그냥 내버려 두지 오죽하면 그렇게라도 자위를 하겠느냐는 생각이었지요. 그런데 그냥 두지 않습니다. 로데오거리 어디어디에 있는 생맥주집에서부터 미장원, 룸살롱 이름까지 꼬치꼬치 캐물어서 그가 괜히 잘난 척한다는 걸 기어코 '까발리는' 것입니다. 심지어 옆방 사람을 창문으로 불러서 확인하면서까지 '멕기'를 벗깁니다. 한번은 건너 건너 옆방에서 신 선생 창문 가로 좀 나오라고 불렀습니다. 한양대학교에 지하철학과가 있느냐고 확인하는 것이었습니다. 신입자가 지하철 운전기사라고 했던가 봅니다. 나는 처음에는 그런 질문 공세를 못마땅하게 여겼지만 해를 거듭하는 사이에 나도 거기 가담하고 있었습니다. 질문 공세의 이유에 공감하기 때문입니다. '세상의 끝 동네인 여기서는 제발 잘난 척하지 말자'는 인간적 호소였습니다. 사실 징역 공간에서는 거짓말이 오래가지 않습니다. 도시에서는 오래갑니다. 교도소라는 협소한 공간에서는 거짓말의 수명이 짧을 수밖에 없습니다. 일단 거짓말을 하나 하게 되면 자기가 무슨 거짓말을 했는지 그것을 기억해 두어야 합니다. 그리고 이 말을 누구누구가 들었는지도 기억해야 합니다. 나중에라도 그 사람들 듣는 데서 첫 번째 거짓말과 상충되는 거짓말을 하면 안 되기 때문입니다. 그러나 발 없는 말이 천 리를 갑니다. 이 사람 저 사람한테 번져 가서 어느새 감당이 안 됩니다. 지하철학과든 룸살롱이든 롱런할 수가 없습니다. 기어이 '까발리는' 이유는 야박한 것이기보다 오히려 인간적인 것입니다. 어차피 잘난 것 하나 없는 우리끼리는 잘난 척하지 말고 함께 살자는 요구입니다. 도시 공간에서 표피만 스치고 지나가는 그런 인간관계와는 다릅니다. 그와는 다른 인간학이 그 속에 있습니다. 교도소를 인간학의 교실이라고 하는 이유의 하나입니다.

재소자들이 힘겨운 삶 속에서 키워 온 정서도 남다릅니다. 나처럼 책에서 카피한 언어와 표현은 무력하기 짝이 없습니다. 생활의 애환이 서린 탁월한 언어 감각은 감탄을 자아내게 합니다. 교도소는 금연입니다. 담배를 피우다 적발되면 끝까지 출처를 캐서 엄벌합니다. 신임 보안과장이 제일 먼저 물어보는 것이 교도소 담뱃값입니다. 밀매되는 담뱃값이 비싸면 교도소 규율이 어느 정도 잡혀 있고 담뱃값이 싸면 규율이 문란하다는 것이지요. 대체로 담뱃값은 비쌉니다. 쌀 때라 하더라도 한 개비에 최소 1만 원 정도입니다. 그렇기 때문에 직원 사무실을 청소하는 젊은 재소자들은 청소는 둘째고 재떨이의 꽁초에 눈독 들입니다. 교도관들도 그걸 다 알고 있습니다. 재떨이마다 물이 가득 채워져 있습니다. 꽁초를 재떨이에 넣으면 물에 빠져서 풀어집니다. 요행히 물에 빠지긴 했지만 아직 풀어지지 않은 담배꽁초도 있습니다. 이것을 청소 담당 재소자가 노리는 것입니다. 몰래 그리고 잽싸게 챙깁니다. 말려서 피우기도 하고 더러는 팔기도 합니다. 비싼 값에 팔리지는 않습니다. 니코틴이 많이 빠져서 맛이 심심합니다. '물에서 건져서 맛이 심심해진 꽁초'의 호칭이 무엇일 것 같습니까? 놀랍습니다. '심청이'입니다. 인당수 물에 빠졌다 나온 심청이입니다. '심청이'라고 하면 '물 재떨이에 빠졌던 심심한 꽁초'인 줄 금방 알아듣습니다. 탁월한 언어 감각입니다.

만기자가 출소하고 난 그날 저녁 취침 시간이 되면 그 빈자리가 눈에 띕니다. 함께 생활했던 감방 사람들은 자연히 바깥에 나간 그를 생각하면서 한마디씩 합니다. 그 한마디가 또 놀랍습니다. 이 자식 오늘 한잔 걸치겠구나, 여자 끼고 자겠구나가 아니었습니다. 아이 친구 '방 바뀌었겠네', 그렇지 오늘은 '치마 걸린 방에서 자겠네'였습니다. 절제된 언어이고 탁월한 상상력입니다. 나는 그 말을 듣고 치마 하나 걸려 있지 않은 우리 감방을 둘러보았습니다. 중요한 것은 삶의 체취가 짙게 배어 있는 정서입니다. 더구나 혹독한 비극적 정서가 바탕에 깔린 정서는 단 한 줌의 관념적 유희를 용납하지 않습니다. 삶을 직시하고 삶과 언어가 일체화되어 있는 정서는 한마디로 정직한 것이었습니다. '진실'이란 말의 본뜻이 바로 그런 것임을 깨닫게 됩니다.

『변방을 찾아서』에서 나는 변방이 창조 공간이란 주장을 합니다. 기존의 틀 속에 갇히지 않고 지배 이데올로기로부터 상대적으로 자유로운 공간이기 때문입니다. 변방은 탈근대 담론이 공유하고 있는 주제이기도 합니다. 알랭 바디우Alain Badiou의 소수자 되기(becoming minority), 에드워드 사이드Edward Said와 중국 최초 노벨문학상 수상자인 가오싱젠高行健의 '추방'도 같은 맥락의 개념들입니다. 사이드는 지식인을 '스스로를 추방하는 사람'으로 규정합니다. 가오싱젠은 추방은 독립이고 독립이 자유라고 합니다. 어린이는 혼자일 때 비로소 어른이 되기 시작한다고 합니다. 감옥은 최고의 변방입니다. 그리고 최고의 교실입니다.

얼어붙은 새벽하늘을 찢고 고단한 하루의 시작을 알리는 겨울 새벽의 기상나팔은 '강철로 된 소리'입니다. 우리가 비극을 아름답다고 하는 것은 비극의 사람들을 위로하기 위한 작은 사랑(warm heart)에서가 아닙니다. 비극이 감추고 있는 심오한 비의秘意를 깨닫는 냉철한 이성(cool head)을 공유하기 위해서입니다. 교도소는 변방의 땅이며, 각성의 영토입니다. 수많은 비극의 주인공들이 있고, 성찰의 얼굴이 있고, 환상을 갖지 않은 냉정한 눈빛이 있습니다. '대학'大學입니다.

15 위악과 위선

교재에서는 일본 월간지 『자연』에 실린 「벌레들의 속임수」를 자세히 소개하고 있습니다. 벌레들의 문양이란 대체로 작고 힘없는 벌레들이 살아가기 위하여 도용하고 있는 것입니다. 재소자들의 문신도 그와 다르지 않다는 것이 이 글의 주제입니다.

　교도소 재소자들 중에는 문신을 한 사람이 많습니다. 소년교도소에서 새겨 넣었다는 사람들이 대부분입니다. 소년교도소는 분위기가 험악하기로 유명합니다. 어린 나이에 물불 가리지 않습니다. 소년교도소에서는 문신 한두 개쯤은 필수입니다. 만만한 상대로 보이지 않기 위해서입니다. 一心, 복수, 필살, 죽인다, 건드리면 터진다, 뱀, 독거미, 단도 등 가지각색입니다. 착하게를 '차카게'로 새기고 있기도 합니다. 문신 기술자라는 사람이 입소하면 너도 나도 몇 사람이 넣기도 합니다. 몰래 숨어서 도구도 없이 넣는 문신이 제대로 된 것일 리 없습니다. 바늘을 실로 챙챙 감고 바늘 끝만 조금 남겨 둡니다. 실 감긴 바늘을 먹물에 적시면 실이 먹물을 머금고 있다가 바늘 끝으로 흘려 보냅니다. 바늘 끝으로 피부를 찔러서 살갗 밑으로 먹물을 넣습니다. 살 속에 먹물이 들어가면 글자가 번져서 희미해집니다. 피부의 살갗만 살짝 들어서 되도록이면 먹물을 얕게 넣는 것이 기술입니다. 나도 여러 차례 기념으로 하나 넣지 않겠느냐고 권유 받기도 했습니다. 재소자들의 문신은 대개 서툴고 조악합니다. 이런 문신이나마 넣는 이유가 벌레들의 문양과 다름이 없습니다. 열악한 환경에서 살아남기 위해서입니다. 호락호락하게 보이면 살아남지 못합니다. 감옥뿐만 아니라 대부분의 재소자들은 바깥에서도 그런 환경에서 살아오기도 했습니다.

교도소 재소자들의 문신은 자기가 험상궂고 성질 사나운 인간임을 선언하는 것입니다. '위악'僞惡입니다. '위선'僞善과는 정반대를 겨냥하고 있습니다. 약한 사람들이 살아가기 위해서는 주먹이 있거나 성질이 있어야 한다는 광범한 합의가 저변에 도사리고 있습니다. 세상 이치에 맞기도 합니다. 그러나 대부분의 문신 소유자들은 후회막급입니다. 문신의 위력이 없을 뿐 아니라 문신이 전과자의 표식으로도 읽히기 때문입니다. 그 당시에는 문신을 지울 방법이 없었습니다. 먹물은 카본 입자입니다. 그 입자가 커서 모세혈관을 통해 흡수되지 않기 때문에 시간이 지나도 없어지지 않습니다. 없애려면 절개하고 제거하는 수술을 받아야 합니다. 돈도 들고 자국도 남습니다. 그러나 지금은 레이저로 카본 입자를 잘게 부수어 혈관을 통해 흡수시킨다고 합니다.

문신에 얽힌 재미있는 이야기가 있습니다. 우리 옆방에 일본인

266

야쿠자들의 방이 있었습니다. 일곱 명이 수용되어 있었습니다. 외국인 수용 시설이 아직 없을 때였습니다. 놀라운 것은 일본 야쿠자들의 문신이었습니다. 컬러 문신이 등판과 가슴팍을 화려하게 수놓고 있었습니다. 아침 세면 시간에 일본 야쿠자 감방의 문이 열리고 그들이 웃통 벗고 한 줄로 복도 중앙을 천천히 걸어서 세면장으로 향할 때면 각 감방의 시찰구로 수많은 재소자들이 눈을 갖다 대고 구경합니다. '끝내준다'는 탄성이 끊이지 않습니다. 그 탄성 속에서 컬러 문신의 야쿠자들이 무게 있게 걸어갑니다. 조폭들의 국제적 표준 걸음걸이입니다. 소년교도소에서 바늘로 먹물 찍어서 넣은 문신이 한없이 초라해집니다. 일반 재소자 중에 딱 한 사람 컬러 문신한 사람이 있었습니다. 전과가 대단히 많은 '잔발짠'이란 별명을 가진 노인이었습니다. 일본에서 넣은 거라고 자랑했습니다. 그 사람과는 벌방에서 만났습니다. 벌방은 너비가 0.75평입니다. 그 좁은 벌방에 여섯 명을 넣습니다. 칼잠에 목발잠입니다. 세 명씩 마주보고 누워 다리를 뻗으면 상대방 다리가 겨드랑이 사이로 들어옵니다. 그래서 목발 잠이라고 합니다. 칼잠이니까 옆 사람 등짝에 밀착해서 자야 합니다. '잔발짠'의 컬러 문신과 내가 딱 붙어서 잤습니다. 지금도 잊을 수 없는 것은 그 문신이 여자 그림이었습니다. 기모노 입은 일본인 게이샤가 비수를 젖가슴에 품고 있는 그림이었습니다. 젖가슴 하나는 완전히 노출되어 있었습니다. 그 여자와 내가 밀착해서 자야 했습니다. 노인네더러 잠 못 자겠다고 돌아누우라고 성화를 부렸습니다. 하필 게이샤의 볼 부근에 뾰루지가 나서 발그스름했던 기억이 지금도 잊히지 않습니다. 잔발짠의 문신 이외에는 컬러 문신을 본 적이 없습니다. 재소자들의 문신은 재소자들의 인생만큼이나 초라합니다. 그 도발적인 위악이 허약하기 짝이 없는 것으로 전락하고 난 후의 초라함이란 차라리 슬픈 것이었습니다. 오늘 여러분과 이야기하고 싶은 것은 위악과 위선의 문제입니다.

위악이 약자의 의상衣裳이라고 한다면, 위선은 강자의 의상입니다. 의상은 의상이되 위장僞裝입니다. 겉으로 드러내는 것일 뿐 그 본질이 아닙니다. 우리가 자주 보는 시위 현장도 마찬가지입니다. 붉은 머리띠를 두르고 있습니다. 붉은 머리띠, 문신입니다. 단결과 전의戰意를 과시하는 약자들의 위악적 표현입니다. 강자들의 현장은 법정입니다. 검은 법의法衣의 엄숙성과 정숙성이 압도합니다. 시위 현장의 소란과 대조적입니다.

닛타 지로新田次郎의 『알래스카 이야기』에서 읽은 눈썰매 이야기입니다. 알래스카에서는 눈썰매를 끄는 여러 마리의 개 중에서 가장 병약한 개의 줄을 짧게 맨다고 합니다. 개들이 빨리 달리게 할 때에는 짧게 매여 있는 개를 채찍으로 때립니다. 그 병약한 개의 비명이 다른 개들을 더욱 빨리 달리게 합니다. 그 병약한 개가 죽고 나면 나머지 개 중에서 가장 병약한 개가 그 자리에 묶입니다. 혹시라도 자기가 썰매를 끄는 위치에 있다면 엄벌을 주장하면 안 됩니다. 엄벌을 주장하는 사람은 썰매를 끄는 사람이 아니라 썰매를 모는 사람이어야 합니다. 엄벌이란 병약한 개를 채찍질하는 것이기 때문입니다. 이미 충분히 연구되어 있습니다. 엄벌과 공포는 사회를 경직시킵니다. 반대로 참여와 소통은 많은 사람들의 잠재력을 고양하고 사회역량화합니다. 그러나 이러한 참여와 소통 구조는 자칫 썰매 위의 자리가 침범될 수 있다는 불안 때문에, 그리고 사회란 원래 썰매의 위아래가 엄연히 구분되어 있는 것이라는 생각 때문에 약한 개를 채찍으로 때려 왔습니다. 법과 정의 그리고 도덕이라는 이름으로 자행되어 왔습니다. 그것이 바로 강자의 위선입니다.

『꽃도 십자가도 없는 무덤』(La Marque de l'homme)은 클로드 모르강Claude Morgan의 자전적 소설입니다. 독일군 포로수용소에 갇혀 있는 프랑스 장교가 아내의 편지를 받고 격노합니다. 아내가 포로수용소에 있는 남편을 안심시키려고 쓴 편지였습니다. 자기 집 2층이 파리 점령군 장교 숙소로 수용되었는데 다행스러운 것은 2층에 숙박하는 독일군 장교 두 명이 대단한 신사라는 것입니다. 어느 날 그 독일군 장교가 거실에서 피아노로 바흐를 연주했는데 연주 실력은 물론 바흐의 해석이 뛰어났다는 것이 편지의 내용이었습니다. 그 편지를 읽은 남편의 분노가 바로 지금 우리가 이야기하는 강자의 위선에 관한 것입니다. 피아노 연주와 그 인간성은 아무 상관이 없다는 것이 남편의 생각입니다. 예술과 지식이란 것이 얼마든지 위선일 수 있다는 것입니다. 누드 권력이란 없습니다. 언제나 화려한 치장을 하고 나타납니다. 그러나 의상은 의상일 뿐입니다.

'임꺽정'은 결코 강자가 아닙니다. 약자입니다. 기름진 벌판에서 살아갈 수 없는 약자입니다. 신동엽申東曄의 시「진달래 산천山川」에 "기다림에 지친 사람들은 산으로 갔어요"라는 시구가 있습니다. 화전민과 산사람을 비롯하여 천주학 하는 사람도 산으로 갔습니다. 동학군, 빨치산도 마찬가지입니다. 산은 약한 사람들이 쫓겨 들어가는 곳입니다. 그래서 나는 교도소를 '산'山이라고 정의합니다. 사회적 약자들이 쫓겨 들어온 산이 교도소입니다. 그 험악한 범죄자들 속에서 어떻게 20년을 살았느냐고 묻기도 합니다. 그러나 그 험악함의 상당 부분은 강자들이 약자들에게 입힌 옷이기도 합니다. 여러분은 절도범과 강도범 중에서 어느 쪽이 더 간이 크다고 생각합니까? 여러분의 생각이 틀렸습니다. 절도범이 간이 더 큽니다. 겪어 보면 압니다. 자기들끼리도 그런 논쟁을 합니다. 절도범이 강도범더러 얼마나 간이 크면 칼로 일을 보느냐고 합니다. 그러면 강도범이 절도범더러 사람들이 자고 있는데 조용히 일을 보는 놈들이 간이 더 크다고 합니다. 동물의 세계에서도 약한 동물들은 비명을 지릅니다. 약한 동물을 먹이로 삼는 맹수는 소리 없이 움직입니다. 문제는 위선이 미덕으로, 위악이 범죄로 재단되는 것입니다. 그것 역시 강자의 논리입니다. 테러는 파괴와 살인이고 전쟁은 평화와 정의라는 논리가 바로 강자의 위선입니다. 테러가 약자의 전쟁이라면, 전쟁은 강자의 테러입니다. 그럼에도 불구하고 우리의 현실은 '테러와의 전쟁'이란 모순된 조어가 버젓이 통용되고 있습니다.

방금 일본인 야쿠자들의 컬러 문신 이야기를 했습니다. 우리 감방의 왼쪽이 일본인 야쿠자 감방이었고 오른쪽은 노인 감방이었습니다. 노인 감방은 나이가 많아서 출역이 안 되는 노인들이 수용되어 있습니다. 대부분이 전과가 최소 20개가 넘는 사고무친한 노인들입니다. 전과자의 전설 '호주끼'도 그 방에 있었습니다. 그는 목욕장의 뜨거운 탕에 빠져서 화상으로 사망했습니다. 그의 비목碑木을 내가 썼습니다. 놀랍게도 이름이 '김철수'였습니다. 대한민국 남자의 이름을 대표하고 있었습니다. 노인 감방은 그런 방입니다. 접견, 서신, 접견물, 구매물 일절 없는 방입니다. 야쿠자들은 젊고 건장할 뿐 아니라 방금 이야기했듯이 감탄의 대상인 컬러 문신의 주인공들입니다. 특히 노인방과는 경제적 수준에서 천지 차이입니다. 연일 접견

물, 구매물이 쌓이는 것은 물론이고 소문에 의하면 볼일 한 번 본 다음에는 두루마리 휴지 한 롤을 다 풀어서 그 위에 덮는다고 합니다. 바깥에서 조직이 징역 수발을 합니다. 노인 방과 야쿠자 방 사이에 있는 우리 방에서는 자연히 두 방을 비교하게 됩니다. 두 방의 가장 결정적인 차이는 '싸움의 방식'이었습니다. 노인 방은 주로 말로 싸웁니다. 시끄럽기 짝이 없고 밤낮을 가리지 않습니다. 갖은 욕설에 멱살잡이로 가끔씩은 머리가 벽에 부딪치는 소리를 내기도 합니다. 문제는 시도 때도 없이 한밤중에도 싸움질을 해대는 것입니다. 이제 끝났나 싶으면 또 시작합니다. 저쪽 감방에서 발로 벽을 차면서 이 꼰대들 잠 좀 자자고 고함지르기도 합니다. 젖은 장작처럼 불은 붙지 않고 연기만 꾸역꾸역 내뿜는 격입니다. 일본인 야쿠자들의 싸움은 순간에 끝납니다. 욕설 한마디 들리지 않습니다. 다다다다닥 마룻바닥 울리는 발소리만 들립니다. 그러다가 1~2분 후면 딱 그칩니다. 쥐죽은 듯 고요합니다. 승부가 난 것입니다. 흡사 화약 폭발입니다. 야쿠자 방과 노인 방을 좌청룡 우백호로 좌우에 두고 있는 우리 방에서는 자연 두 방의 차이에 무심할 수가 없습니다. 특히 노인 방과 야쿠자 방의 싸움을 두고 논쟁이 붙었습니다. 대세는 노인 방에 대한 성토로 끝났습니다. 그 논쟁은 한국인과 일본인의 차이로까지 발전합니다. 일본 사람들은 '아싸리' 하다는 것이지요. 깨끗하고 솔직하다는 것입니다. 반면에 한국 사람들은 구질구질하기 짝이 없다는 것이 우리 방의 대세였습니다. 일본인 예찬과 한국인 비하는 노인 방 때문에 받는 피해와도 무관하지 않을 것입니다.

언젠가 우리 방 사람들이 모두 일요일 총집교회總集教誨에 가고 나와 노촌老村 선생(이구영李九榮, 1920~2006) 둘만 남은 적이 있습니다.

노촌 선생은 전형적인 양반 가문의 선비입니다. 노촌 선생께서 나한 테 물었습니다. 신 선생도 한국 사람들이 구질구질하다고 생각하느 냐는 것이었습니다. 아마 내가 노인 방이 시끄럽고 구질구질해서 지겹다고 했던가 봅니다. 노촌 선생께서 정색하고 이야기했습니다. 문화적인 수준으로 본다면 노인 방이 야쿠자 방보다 훨씬 높다는 것이 었습니다. 쉽게 납득하기 어려운 주장이었습니다. 노촌 선생님 말씀 은, 야쿠자 방은 한마디로 얘기해서 폭력 투쟁이고 노인 방은 이론 투쟁이지 않느냐는 것이었습니다. 폭력 투쟁은 문제의 핵심에 접근 하지 못하고 폭력으로 승패가 납니다. 누가 옳고 그른가는 가려지지 않고 힘센 놈이 이깁니다. 문제가 해결되는 것이 아니라 문제의 본질이 억압될 뿐입니다. 다행히 정당한 쪽이 이기는 경우라도 그 정당성이 논의되는 과정은 부재합니다. 지겹지만 서로 욕지거리 섞어 가며 주장에 주장을 거듭하는 이른바 이론 투쟁(?)은 우여곡절을 겪어가지만 그래도 쟁점에 근접한다는 것이었습니다.

『삼국지』에 자주 등장하는 장면입니다. 양쪽 군사가 진형을 짜고 대치하는 경우에 먼저 양쪽 장수가 말 타고 앞으로 나와서 한바탕 서로 설전을 벌입니다. 자기의 정당성을 주장하는, 이를테면 이론 투쟁을 합니다. 자주 나오는 말이 "내가 너를 섭섭하게 대접하지 않았거늘 이렇게 배신할 수가 있는가?"라는 의리가 주제로 등장하기도 합니다. "너는 위로는 임금을 기만하고 아래로는 백성들을 도탄에 빠뜨리면서 이렇게 군사를 이끌고 다시 세상을 어지럽힌단 말인가?" 대의명분을 내세우기도 합니다. 이론 투쟁에서 이겨야 병사들의 사기가 올라갑니다. 우리 방의 전체 분위기는 노촌 선생과 나의 생각과는 달랐습니다. 노인 방 성토는 사쿠라와 무궁화를 비교하는 것으로 비화하기도 했습니다. 사쿠라 꽃을 봐라. 구름처럼 하늘 가득히 피었다가 미련 없이 산화하지 않느냐. 무궁화는 시들어서 더 이상 꽃도 아니면서 벌레와 진드기까지 잔뜩 껴 붙은 채로 그 자리를 고수하고 있지 않은가. 노인 방에 대한 질타가 그침이 없었습니다. 꽃에 대해서도 노촌 선생은 둘만 방에 남았을 때 이야기했습니다. 무궁화는 덕德이 있는 꽃이라는 것이었습니다. 벌레와 진드기까지 함께 살아가지 않느냐는 것이지요. 생각하면 꽃에 대한 우리들의 생각이 틀렸습니다. 꽃은 사람들의 찬탄을 받기 위해서 피는 것이 아닙니다. 마찬가지로 자기의 아름다움을 위해서 피는 것도 아닙니다. 빛과 향기를 발하는 것은 나비를 부르기 위해서입니다. 오로지 열매를 위한 것입니다. 시들어서 더 이상 꽃이 아니라 하지만 그 자리에 남아서 자라는 열매를 조금이라도 더 보호하려는 모정母情입니다. 꽃으로서의 소명을 완수하고 있는 무궁화는 아름답습니다. 아름답다는 말을 참으로 아름답게 쓰고 있네요.

약자의 위악과 강자의 위선에 대해서 이야기하고 있습니다. 약자의 위악은 잘 보이지만 강자의 위선은 잘 보이지 않습니다. 잘 보이지 않는 것이 아니라 우리가 잘 보지 못합니다. 그런데 감옥에서는 잘 보입니다. 감옥은 방금 이야기했듯이 산이기 때문입니다. 김애란의 『두근두근 내 인생』에는 조로증을 앓는 아름이를 '산'으로 묘사하는 대목이 있습니다. 어린이와 중년과 노년이 공존하고 있어서 그렇게 부릅니다. 마치 한라산이나 백두산처럼 같은 계절에도 산정山頂과 중산간中山間과 평지에 각각 다른 계절의 꽃이 피는 것과 같습니다. 여름에도 겨울이 있고 가을에도 봄이 있어서 사계가 함께 있기 때문입니다. 감옥도 마찬가지입니다. 같은 계절에 각각 다른 계절의 꽃으로 가득합니다. 동물원처럼 북극곰과 타조를 동시에 만나는 곳입니다. 그만큼 다양하고 역동적입니다. 뿐만 아니라 산이 그 높이로 인하여 뛰어난 조망대가 되듯이, 감옥은 그 다양함으로 인하여 뛰어난 조망대가 됩니다.

북악산으로 신년 산행을 한 적이 있습니다. 산 정상에서 신년 소회를 이야기하면서 산이 최고의 조망대라는 것을 실감합니다. 우선 발아래로 경복궁, 창덕궁이 보입니다. 조선조 500년의 권부權府입니다. 그곳은 국문과 처형, 역모와 주살의 현장입니다. 멀리 빌딩으로 가득 찬 서울 시가지가 보입니다. 서울 땅이 꺼지지 않을까 걱정될 만큼 건물들로 가득합니다. 국가 정책까지도 기획하는 토목 건설 자본의 막강 권력입니다. 그리고 빌딩마다 있을 임자들이 보입니다. 부자富者 권력입니다. 그러나 절반은 은행 대출입니다. 금융자본의 권력입니다. 감옥 역시 북악산과 마찬가지로 뛰어난 조망대입니다. 감옥은 형벌의 현장이면서 사회의 축소 모델입니다. 춘하추동이 함께 뒤섞여 있습니다. 감옥은 물론 범법자들을 물리적으로 격리 구금하는 시설입니다. 그러나 미셸 푸코Michel Foucault는 감옥을 다르게 정의합니다. '감옥은 감옥 바깥에 있는 사람들로 하여금 자기들은 감옥에 갇혀 있지 않다는 착각을 주기 위한 정치적 공간'입니다. 역설적 진리입니다.

폴 윌리스Paul Willis의 『학교와 계급재생산』(Learning to Labor)에는 날라리와 범생이들에 대한 이야기가 나옵니다. 영국에서는 범생이를 'earole'이라고 부릅니다. 귀(ear)와 구멍(hole)을 합성한 단어입니다. '귓구멍'은 경멸적 표현입니다. 귀는 신체 기관 중에서 자기 표현이 없는 가장 수동적인 부위입니다. 듣기만 하는 녀석들이란 뜻입니다. 날라리들은 스스로 사내(lads)라고 자부합니다. 날라리들은 학교 교육을 간파(penetration)하고 있습니다. 학교 공부를 열심히 하면 계층 상승이 가능하다는 것이 허구임을 꿰뚫어 보고 있습니다. 칠판에 적는 것, 책에 쓰인 것, 선생의 가르침을 오로지 듣기만 하는 귓구멍들과는 판이합니다. 날라리들은 비공식적인 또래 집단을 만들어 자기들의 정체성을 집단적으로 확보하고 자기들의 비판적 세계관을 공유합니다. 공부, 실력, 자격, 성실 등이 부질없음을 간파하고 그것들을 거부합니다. 반항을 통해서 다져지는 결속, 거기서 확인되는 우정과 의리에 가치를 부여합니다. 날라리들을 위악적이라고 할 수는 없지만 적어도 사회의 위선은 간파하고 있는 집단입니다. 그러나 윌리스는 결론 부분에서 이야기합니다. 귓구멍들을 경멸하고 공부와 정신노동보다는 육체노동의 가치를 평가 절상하는 그들의 계급의식이 결국은 사회의 제약(limitation)이라는 일련의 시스템 속에서 좌절됩니다. 결국은 그들이 저항의 대상으로 삼았던 그 사회의 노동력을 충원하는 집단으로 전락됩니다. 기존 체제의 위선에 대한 저항이 그 사회를 개혁하는 동력으로 성장하지 못하고 다시 그 체제의 효과적인 작동에 봉사하게 되는 역설에 마음 아파합니다. 위선과 위악에 대한 통찰이 비록 뛰어난 것이고 필요한 것이기는 하지만 그것은 하나의 조건에 지나지 않습니다. 이러한 통찰을 차폐遮蔽하는 사회적 장치는 치밀하게 짜여 있습니다. 통찰 그 자체로서는 사회적 역량이 되지 못합니다. 그럼에도 불구하고 통찰에서 시작되어야 함에는 변함이 없습니다. 그런 점에서 교도소의 반문화와 민중적 감성은 내게 매우 중요한 성찰의 원천이었습니다. 오랫동안 범생이로 살아온 나로서는 감옥은 '대학'이었습니다.

그러나 강자가 모두 위선적이지도 않고 약자가 모두 위악적이지도 않습니다. 현실은 그렇게 단순하지 않습니다. 강자 중에는 파시스트를 자처하는 위악적 인물도 많고, 반면에 위선을 무기로 삼는 약자도 없지 않습니다. 영화 〈디어 헌터〉에 사슴 사냥 장면이 있습니다. 퇴로가 차단된 사슴이 총구 앞에서 눈물 그렁그렁한 큰 눈으로 헌터를 응시합니다. 디어 피버deer fever입니다. 그 뜨거운 시선에 사냥꾼은 총을 내려놓습니다. 안타까운 것은 선과 악이 확연하게 구분된다면 얼마나 편할까 하는 생각입니다.

아우슈비츠에 대한 최고의 증언자로 평가받는 프리모 레비Primo Levi는 『가라앉은 자와 구조된 자』에서 이야기합니다. 아우슈비츠를 운영하고 범죄에 가담한 사람들이 보통 사람이었다는 사실에 절망합니다. 그것이 일부 괴물들에 의해서 자행된 것이었다면 얼마나 다행한 것일까 하는 것이지요. 여러분과 나누고 싶은 이야기의 요점은 위선과 위악의 베일을 걷어내는 공부를 해야 한다는 것입니다. 바로 그 점에서 우리들은 실패하고 있습니다. 화려한 무대와 의상, 오디오와 비디오의 현란한 조명, 그리고 수많은 언설이 만들어 내는 환상 속에서 우리가 그 실체를 직시하기란 불가능에 가깝습니다. 그러나 실패의 더 큰 원인은 이러한 장치가 아니라 우리들의 인간 이해의 천박함에 있습니다. 인간에 대한 애증을 고르게 키워 가는, 그야말로 인간적인 노력이 부족함을 탓해야 할지도 모릅니다. 공부는 우리의 동공을 외부로 향하여 여는 세계화가 아니라 우리의 내면을 향하여 심화하는 인간화가 아닐 수 없습니다.

곤히 잠들어 있는 가슴에서 눈 부릅뜨고 있는 문신들은 가난한 사람들의 슬픈 그림입니다.

16 관계와 인식

교재는 『감옥으로부터의 사색』의 「관계의 최고 형태」입니다. 우리
가 사물이나 역사를 인식할 때 가장 중요한 것은 대상과 내가 맺는
관계라는 것이 오늘 강의의 핵심입니다. 그럼에도 불구하고 이 점이
항상 간과되고 있습니다.

인식 대상이 비교적 간단한 경우와 달리 사회, 민족, 시대와 같
이 총체적인 경우에는 필자의 관찰력, 문장력, 부지런함 따위는 별로
도움이 되지 않습니다. 사회적 관점과 역사관, 철학적 세계관과 같
은 과학적 인식 체계가 갖추어져 있어야 함은 물론입니다. 그러나 이
러한 과학적 인식 체계보다 더 중요하고 결정적인 것이 바로 대상과
필자의 '관계'입니다. 대상과 필자가 어떠한 관계로 맺어져 있는가가
결정적입니다. 이를테면 대상을 바라보기만 하는 관계, 즉 구경하는
관계 그것은 한마디로 '관계 없음'이나 마찬가지입니다.

대상과 자기가 애정의 젖줄로 연결되거나 운명의 핏줄로 맺어짐이 없이, 즉 대상과 필자의 혼연한 육화肉化 없이 대상을 인식하고 서술할 수 있다는 환상, 이 환상이야말로 정보 문화와 저널리즘이 양산해 낸 허구입니다. 제3의 입장, 가치중립의 객관적 입장을 내세우는 저널리즘은 대상과 관계를 가진 일체의 입장을 불순하고 편협한 것이라고 폄하합니다. 막상 언론 자신은 스스로 권력이 되어 이데올로기를 생산하고 있습니다. 조금도 객관적이지 않습니다. 객관적 입장을 강조하는 것은 그들의 편당偏黨과 야합을 은폐하기 위한 것일 뿐입니다. 객관客觀은 뒤집으면 관객觀客이 됩니다. 사람들로 하여금 구경꾼이 되게 합니다. 사람을 관객으로 만드는 것은 그의 정치적 입장을 제거하는 것입니다. 참된 인식이란 관계 맺기에서부터 시작됩니다. 검은 피부에 대한 '맬컴 엑스'Malcolm X의 관계, 알제리에 대한 '프란츠 파농'Frantz Fanon의 관계처럼 인식이란 주체와 대상의 엄숙한 혼혈 의식 그 자체라 할 수 있습니다. '관계 없이 인식 없다'는 것이 결론입니다. 『감옥으로부터의 사색』에 실려 있는 글은 다음과 같이 끝납니다.

머리 좋은 것이 마음 좋은 것만 못하고, 마음 좋은 것이 손 좋은 것만 못하고, 손 좋은 것이 발 좋은 것만 못한 법입니다. 관찰보다는 애정이, 애정보다는 실천적 연대가, 실천적 연대보다는 입장의 동일함이 더욱 중요합니다. 입장의 동일함 그것은 관계의 최고 형태입니다.

이 글을 읽은 많은 독자들이 입장立場을 계급의 의미로 읽고 있다는 것을 알았습니다. 입장은 물론 중요합니다. 그래서 입장을 바꾸어서 생각해 보라고 합니다. 그러나 내가 우려하는 것은 입장이 협소한 의미로 읽히지 않을까 하는 것입니다. 계급적 입장도 대단히 중요합니다. 그러나 거기서 그치면 안 된다는 얘기를 오늘 하려고 합니다.

우리들의 삶이 주로 사람과의 만남으로 이루어져 있기 때문에 사람에 대한 정보에 귀를 기울이게 됩니다. 또 대화 중에 사람에 관한 것이 가장 많기도 합니다. 그러나 그 대상이 사람인 경우, 많은 정보는 그 사람을 아는 데 별 의미가 없습니다. 우리가 어떤 사람을 잘 알기 위해서는 결정적인 전제가 있습니다. 바로 그 사람이 나를 잘 알고 있어야 합니다. A가 B를 잘 알기 위해서는 B가 A를 잘 알아야 합니다. 잘 안다는 것은 서로 '관계'가 있어야 됩니다. 관계 없는 사람에게 자기를 정직하게 보여주지 않습니다. 노래 가사에도 있습니다. "네가 나를 모르는데 난들 너를 알겠느냐……" 대단히 철학적인 가사입니다. 잘 알기 위해서는 서로 관계가 있어야 합니다. 아무 관계가 없다면 애초부터 알려고 하지 않습니다. 관계가 있어야 할 뿐 아니라 애정이 있어야 합니다. 관계가 애정의 수준일 때 비로소 최고의 인식이 가능해집니다. 애정은 인식을 혼란스럽게 한다고 하지만 그러한 생각이 바로 저널리즘이 양산하고 있는 위장된 객관성입니다. 애정이 없으면 아예 인식 자체가 시작되지 않습니다. 애정이야말로 인식을 심화하고 인간적인 것으로 만들어 줍니다.

'쑥'과 '잡초'의 차이는 이름에 있습니다. 쑥은 이름이 있는 풀이고 잡초는 이름이 없는 풀입니다. 이름이 있다는 것은 우리의 인식 대상이라는 뜻입니다. 쑥이 인식 대상인 까닭은 쑥이 우리와 관계가 있기 때문입니다. 잡초는 관계가 없기 때문에 인식 대상이 안 된 것입니다. 크게 보면 세상에 관계 없는 것이 없겠지만 우리의 인식이 원래 그런 것입니다. 잡초도 자기들끼리는 물론 이름이 있겠지요. 그래서 '세상에 잡초는 없다'고 합니다. 다만 사람들의 인식 대상이 아닐 뿐입니다. 쑥은 쑥떡을 만들어 먹습니다. 잡초떡은 아마 없습니다. 쑥은 관계가 오래되었습니다. 웅녀 때부터 먹었습니다.

관계와 애정 없이 인식은 없습니다. 이 글의 단초가 된 일본인 기자는 한국 근무 4~5년차의 베테랑이었습니다. 한국 사람들이 빈번하게 이사하는 까닭은 기마민족의 후예이기 때문이라는 것이었습니다. 전세 값이 올라서 어쩔 수 없이 이사하는 사람들의 삶에 대하여 무지합니다. 세가貰家를 전전하는 고달픈 사람들에 대한 애정이 없습니다. 이삿짐 트럭이 많다는 사실과 기마민족에 대한 기존의 지식이 결합된 글이었습니다. 모든 인식은 그 대상과 자기가 맺고 있는 관계를 발견해 내는 것에서부터, 즉 관계를 자각하고 관계를 만들어 내는 것에서부터 시작됩니다.

『맬컴 엑스』를 감옥에서 읽었습니다. 미국에는 감옥의 종류가 많습니다. 병원이나 교정 시설 같은 감옥에서부터 이름과는 정반대인 엄수嚴囚 감옥 싱싱singsing에 이르기까지 천차만별입니다. 맬컴 엑스가 수감되었던 감옥 역시 야간 소등은 기본입니다. 우리나라에서는 야간에 소등하지 않습니다. 밤새 전등을 켜 놓습니다. 감시를 위해서지만 덕분에 맬컴 엑스와 달리 나는 밤늦게까지 책을 볼 수 있었습니다. 맬컴 엑스는 야간에 독서가 불가능했습니다. 다행히 자기 방에 복도의 조명이 한 줄기 비스듬하게 들어왔습니다. 그 비스듬한 불빛 띠에 의지해서 독서를 합니다. 그 비스듬한 불빛 띠 속에서 그가 사전을 펴고 맨 처음으로 찾아본 단어가 화이트와 블랙이라는 두 개의 단어였습니다. 충격이었습니다. 화이트와 블랙은 색깔이 아니었습니다. 화이트는 정직·순수·희망이었고, 블랙은 암흑·저주·범죄였습니다. 그의 술회에 의하면 그 순간에 흑인과 자기가 맺고 있는 운명적인 관계를 자각합니다. 맬컴 엑스의 블랙파워운동은 감옥에서 만난 블랙이라는 단어에서 흑인과 자기가 맺고 있는 운명적 관계를 자각하면서 시작됩니다.

우리가 지금 논의하고 있는 '관계와 인식'에 대해서 다시 한 번 생각해 보아야 합니다. 인식은 그것이 어떤 것에 대한 인식이든 가장 밑바탕에는 '사람'이 있어야 합니다. '사람과의 관계'가 인식의 근본입니다. 그러나 우리의 현실은 사람의 위상이 한미하기 짝이 없습니다. 갈수록 더 심해집니다. 후기 근대사회의 헤게모니를 장악한 금융자본은 그 축적 양식에서 완벽하게 사람이 배제되고 있습니다. 산업자본은 그나마 공장이 있고 노동자가 있고 그 뒤편에 노동자 가족이 있습니다. 금융자본에는 사람이 없습니다. 서브프라임 모기지 상품이 누구를 어떤 지경에 빠뜨리는지 전혀 신경 쓰지 않았습니다. 금융상품의 수익 통계치 이외에는 보이지 않습니다. 유해 식재료가 어떤 식품에 들어가는지 그리고 그 식품들을 누가 소비하는지 알 수 없는 것과 마찬가지입니다. 방글라데시의 그라민Grameen 은행은 그렇지 않습니다. 무함마드 유누스Muhammad Yunus 총재는 사람을 먼저 봅니다. 그 사람이 그 돈으로 무엇을 할 것인지 그리고 어떻게 하고 있는지를 꾸준히 지켜봅니다. 그리고 그가 반드시 성공하도록 이끌어 줍니다. 대출금 상환율이 95%를 상회합니다.

우리는 지금 '관계' 담론을 인식의 문제, 사람의 문제로 논의하고 있습니다만 사실 '관계'는 '세계'의 본질입니다. '세계는 관계입니다.' 세계는 불변의 객관적 존재가 아닙니다. 이것이 오늘날의 양자물리학이 입증하고 있는 세계상입니다. 세계는 더 이상 쪼갤 수 없는 입자로 구성되어 있다는 생각은 뉴턴 시대의 세계관입니다. 입자와 같은 불변의 궁극적 물질이 없다는 것이 증명되고 있습니다. 입자이면서 파동이기도 하고 파동이면서 꿈틀대는 에너지의 끈(string)이기도 합니다. 끈이 아니라 막(membrane)이기도 합니다. 불변의 존재성이라는 개념 자체가 없습니다. 존재는 확률이고 가능성입니다. 이것이 오늘날의 세계관입니다. 들뢰즈와 가타리가 펼치는 '접속'도 이러한 세계관에 발 딛고 있습니다. '기계'라는 중립적 개념을 통해서 세계를 설명합니다. 대상은 대상들과의 관계 속에서 존재합니다. 주체와 대상 역시 관계를 통하여 통일됩니다. 관계는 존재의 기본 형식입니다. 불변의 독립적인 물질성 자체가 그 존립 근거를 잃고 있습니다. 존재할 수 있는 확률과 가능성으로 존재한다는 것은 이미 존재의 의미가 없어졌다는 것을 의미합니다. 인식이 관계인 것과 마찬가지로 세계 역시 관계입니다. '흑인은 노예다', 이것은 잘못된 진술입니다. 흑인은 흑인일 뿐입니다. 다만 특수한 사회적 관계 속에서 노예입니다. 흑인이 노예인 것은 관계를 통해서입니다. 누군가 내 이름을 불러 주고 내가 그에게 달려가서 꽃이 됩니다. 꽃이 되고 안 되고는 관계와 접속에 의해서입니다. 들뢰즈와 가타리에 의하면 '입술'은 악기가 되기도 하고, 음식물을 섭취하는 기관이 되기도 하고, 애정 표현의 수단이 되기도 합니다. 접속과 배치가 바로 우리가 지금 사용하는 개념 '관계'입니다.

여기서 우리는 '관계의 최고 형태는 입장의 동일함'이라는 명제를 다시 한 번 생각해야 합니다. 내가 입장의 동일함을 계급의 의미로 좁게 읽지 않기를 바란다고 했습니다. 계급은 생산에서 차지하는 지위와 역할을 의미합니다. 자본주의 사회에서 자본과 노동의 관계는 결정적입니다. 경제적 계급은 그 위력이 경제적 범주에 국한되지 않고 문화와 인간을 규정할 정도로 위력적인 것이 사실입니다. 그러나 또 한편으로 우리는 우리를 지배하는 경제주의 관념 때문에 그 위력이 지나치게 과장되고 있다는 사실을 간과해서는 안 됩니다. 계급과 경제적 조건은 삶의 전부가 아닙니다. 삶을 구성하는 하나의 요소에 불과합니다. 빵 없이 살 수 없지만, 빵만으로 살 수도 없습니다. 사람은 경제적 동물이 아닙니다. 삶은 광범위한 관계망 속에서 영위되는 것입니다. 그렇기 때문에 우리의 강의도 관계와 인식의 문제에서 인간에 관한 이야기로 이어지고 있습니다. 사람이 이 모든 과정의 시작이고 끝입니다.

이동문고 이야기, 떡신자 이야기, 노랑머리 이야기에 이르기까지 많은 일화를 소개했습니다. 그러한 일화들을 통해서 여러분과 공유하고 싶었던 것이 바로 인간관계의 내면이 그만큼 단순하지 않다는 사실입니다. 우리들의 삶에 점철되어 있는 희로애락 애오욕 어느 것 하나 덜 중요한 것이 없습니다. 물질적 시혜로써 그 사람의 호의를 확보할 수 있다고 생각하는 것이 경제결정론입니다. 인간관계는 그렇지 않습니다. 인간적 공감이 바탕에 깔리지 않는 한 관계는 건설되지 못합니다. 떡신자라는 때 묻은 모습이 인간적 친근감으로 다가오고 그러한 친근감이 신뢰감으로 성숙합니다. 이러한 신뢰감이 그 춥고 혹독했던 감옥살이를 견디게 하는 따뜻함이었다고 기억합니다.

관계의 최고 형태는 입장의 동일함을 훨씬 뛰어넘는 곳에 있습니다. 서로를 따뜻하게 해 주는 관계, 깨닫게 해 주고 키워 주는 관계가 최고의 관계입니다. 입장을 경제적 계급의 의미로 읽는 것 자체가 자본주의적 이데올로기에 포획되고 있다는 증거이기도 할 것입니다.

『감옥으로부터의 사색』에 쓴 이야기입니다. 결혼을 앞둔 여인이 친구로부터 그 사람과 결혼하기로 결심한 이유에 대해 질문을 받았습니다. 그 여인은 이렇게 대답합니다. "그 사람과 함께 살면 내가 더 좋은 사람이 될 수 있다는 확신이 들었기 때문이야."(I really conceived I could be a better person with him) 인간관계가 어떠해야 하는가에 대하여 정곡을 찌르는 답변입니다.

우리 주변에서 그런 답변을 기대하기는 힘듭니다. 능력 있고 나를 편안하게 해 주기 때문이라는 것이 가장 많은 답변입니다. 능력이란 경쟁력입니다. 비정한 칼이기도 합니다. 편안함도 마찬가지입니다. 인간은 희로애락으로 인간입니다. 편안하게 일주일만 누워 있으면 어김없이 환자가 됩니다. 첫 번째 '매트릭스'가 실패한 원인은 완벽한 세계를 설계했기 때문입니다. 두 번째 '매트릭스'는 인간은 행복이 아니라 고통을 느낄 때 세계를 현실이라고 받아들인다는 점에 착안한 가상 세계입니다. 능력 있고 편안하게 해 주기 때문이라는 우리 시대의 답변은 인간학의 천박함을 다시 한 번 확인케 합니다. 나를 보다 좋은 사람으로 변화할 수 있도록 이끌어 주는 관계야말로 최고의 관계입니다. 입장의 동일함을 좁은 의미로 읽지 않기 바랍니다.

프란츠 파농과 체 게바라는 계급적 입장을 뛰어넘은 사람들입니다. 역사에는 계급적 입장을 뛰어넘은 수많은 사람들이 있습니다.

학생은 자신이 소속한 사회적 계급이 없습니다. 아직 계급에 편입되지 않았습니다. 지식인도 마찬가지로 사회적 계급이 없습니다. 그러나 지식인은 '계급을 스스로 선택하는 계급'입니다. 그런 점에서 계급을 뛰어넘는 존재입니다. 대학 4년은 계급을 고민하는 시기입니다. 자기가 함께할 계급을 선택하기 위한 공부와 고민을 해야 하는 시기입니다. 졸업 후에는 대체로 아버지의 계급으로 편입되지만 그렇지 않은 경우도 얼마든지 있습니다. 중국 사람들이 가장 존경하는 저우언라이周恩來도 귀족 집안 출신입니다. 근공검학勤工儉學이기는 하지만 프랑스 유학생입니다. '은래'恩來라는 이름은 조부가 황제로부터 승진의 은총을 받은 날에 태어난 것을 기념해서 지은 이름입니다. '은혜가 왔다'는 뜻입니다. 마오쩌둥과 체 게바라도 마찬가지입니다. 마오는 장사長沙 사범대 출신입니다. 게바라도 의사입니다. 게바라는 1967년 볼리비아에서 처형당했습니다. 그 보도를 접한 친구들이 만들었던 명동 술자리가 기억납니다. 프란츠 파농도 프랑스의 정신과 의사였습니다. 의사로서의 사회적 기득권을 포기하고 알제리 민족해방전선에 투신합니다. 그 역시 1961년 우리들의 대학 시절에 병사했습니다. 당시 많은 학생들이 애독했던 『대지의 저주받은 사람들』의 초고를 파농은 뉴욕의 병상에서 받아 보았습니다. 지식인에 관해서 다음에 다시 이야기할 기회를 남겨 놓고 있습니다. 그때 다시 이야기하기로 하겠습니다. 지식인은 혁명적 상황이나 식민지 시대가 아니면 정치 일선에는 뛰어들지 않아야 한다는 주장도 지금 우리가 이야기하고 있는 계급적 입장을 뛰어넘는 경우에 해당됩니다. 식민지 상황에서는 계급 모순이라는 기본 모순을 유보하고 외세에 저항하는 민족 모순을 주요 모순으로 하기 때문입니다. 혁명적 상황도 다르지 않습니다. 모든 혁명에는 혁명의 주도 계급이 없지 않지만 광범한 계급 연대가 불가피하기 때문에 특정 계급의 입장을 배타적으로 고수하지 못합니다. 그렇기 때문에 '계급을 선택하는 계급'의 존재와 초계급적 공간이 요구되는 것입니다. 어느 시대 어느 사회라 하더라도 특정 계급에 갇히지 않는 장기적이고 독립적인 사유 공간이 필요합니다. 대학의 존재 이유입니다. '오늘'로부터 독립한 사유 공간, 비판 담론·대안 담론을 만드는 공간이 바로 대학입니다. 지식인도 그 사회적 입장에 있어서 대학과 크게 다르지 않습니다.

오늘 강의는 관계의 최고 형태에 관한 것입니다. 관계 없이는 인식 없다는 기본 전제에서 시작하여 여러가지 이야기를 나누었습니다. 쑥과 잡초의 차이에 관해서 이야기했습니다. 그 사람과의 결혼을 결심한 이유에 대하여 이야기했습니다. 그리고 관계의 최고 형태가 '입장의 동일함'이라고 했지만 그것을 경제적 의미로 한정하지 않아야 한다고 이야기했습니다. 그러한 관점에서 지식인의 입장, 대학의 이유 등에 대하여 이야기했습니다. 내가 '입장의 동일함'을 경제적 의미로 읽지 말 것을 다시 한 번 강조하는 이유는 인간관계마저 경제적 관계로 왜소화하는 것이기 때문입니다. 사회운동 활동가들에게 지속적으로 이 문제를 제기하고 있습니다.

모든 사회운동은 예술적이어야 합니다.

수많은 악기가 함께하는 오케스트라와 같아야 합니다.

17 비와 우산

'함께 맞는 비'는 내가 붓글씨로 자주 쓰는 작품입니다. 이 글의 핵심은 작은 글씨로 쓴 부서附書에 있습니다. "돕는다는 것은 우산을 들어주는 것이 아니라 함께 비를 맞는 것이다." 오늘 마침 비도 오고 있습니다. "돕는다는 것이 과연 무엇인가?" 이것이 이 글이 던지는 질문입니다.

징역살이는 좁은 공간에서 이루어지는 것이기 때문에 일거수일투족을 가까이에서 지켜보게 됩니다. 산다는 것이 어차피 이것저것을 주고받는 것입니다. 주는 사람이 되기도 하고, 받는 사람이 되기도 합니다. 주고받는 일의 직접 당사자가 되거나 또는 지척에서 겪습니다. 이 글만 하더라도 행간에 어떤 사람의 이야기가 숨어 있습니다. 내가 30대 징역 초년 때의 일입니다. 그때 20대 중반쯤 된, 성인 교도소에서는 매우 젊은 신입자가 들어왔습니다. 신입자들은 누가 시키지 않더라도 화장실 부근의 구석 자리에 조용히 가서 앉습니다. 그리고 공손한 태도로 대답합니다. 그날의 젊은 신입자는 어딘가 병약해 보이기도 하고 표정도 매우 어두웠습니다. 사람들이 몇 마디 물어봐도 대답을 천천히 하거나 아주 짧게 했습니다. '이 자식 봐라! 젊은 녀석이 싸가지가 없네' 하는 분위기였습니다. 그렇지만 원체 병약해 보여서 신입식은 없었습니다. 얼마 후 취침 시간이었습니다. 모두들 자리 깔고 옷 벗고 눕는데 이 친구는 수의를 입은 채로 눕는 것이었습니다. 속에 러닝셔츠를 입고 있지 않았습니다. 교도소에서 지급한 수의만 입고 있었습니다. 옆자리에 있는 사람이 자기 보따리에서 새 것은 아니지만 한 번 세탁한 러닝셔츠를 하나 꺼내 주었습니다. 감옥의 보통 인심입니다. 그러나 그 친구는 딱 거절했습니다. 눈 내리깔고 쳐다보지도 않으면서 "필요 없어요", 작고 낮고 짤막한 한 마디였습니다. 모두들 말은 안 했지만 일단 두고 보자는 표정이었습니다. 어쨌거나 취침했습니다. 아침 세면 시간이었습니다. 그 친구는 치약을 가지고 있지 않았습니다. 닳아빠진 칫솔 하나 상의 주머니에 꽂고 들어왔나 봅니다. 또 옆에 있던 친구가 내게는 치약이 하나 더 있으니까 이걸 쓰라며 자기가 쓰던 치약을 건네주었습니다. 쳐다보지도 않고 필요 없다고 딱 잘랐습니다. 그러고는 세면장 바닥에 있는 물 젖은 세탁비누를 칫솔로 찍어서 양치질을 하는 것이었습니다. 분위기를 썰렁하게 만들었습니다. 자기가 싫다는데 달리 어쩔 도리가 없었습니다. 나이가 어리긴 하지만 쓰던 걸 던지듯이 주면 기분 나쁠 수도 있겠다 싶었습니다. 치약을 하나 구매 신청했습니다. 오늘 구매 신청하면 내일 나옵니다. 다음 날 치약이 나왔기에 다른 사람들이 안 보는 곳으로 데리고 가서 치약을 건넸습니다. 그랬더니 이런, 화난 듯이 큰 소리로 "필요 없다고 했잖아요!", 저만큼 떨어져 있는 사람에게 들릴 정도였습니다. 얼마나 민망했는지. 잘못을 저지른 사람마냥 얼른 집어넣고 말았습니다. 아침 세면 때마다 분위기 썰렁하게 세탁비누 찍어서 양치질을 했습니다. 일주일쯤 후였습니다. 나한테 다가오더니 "전에 저 주려고 구입한 치약 아직도 있습니까?" 하는 것이었습니다. 깜짝 놀랐습니다. "너, 치약 안 쓰는 놈 아냐?" "신 선생한테는 하나 받아도 괜찮을 것 같습니다." 얼른 주었습니다. 달라는 말이 고맙기까지 했습니다. 나중에 물어봤습니다. 왜 나는 되고 다른 사람들은 안 되냐? 다른 사람한테 받으면 꿀린다는 것이었습니다. 러닝셔츠를 받으면 그 좁은 밤잠 자리에서 자기 몸도 맘대로 운신하지 못한다고 했습니다. 세상에서 밀리고 밀려서 여기까지 와서 또다시 꿀린다는 것은 정말 죽기보다도 더 비참하다는 것이었습니다. 러닝셔츠 없어도, 치약 없어도 떳떳한 게 차라리 낫다는 것이었습니다. 그가 조리 있게 설명하지는 않았지만, 물질적 조건이 나아지는 것도 어려움을 견디는 데 도움이 되겠지만 차라리 그런 것이 없더라도 떳떳한 자존심이 역경을 견디는 데 더 큰 힘이 된다는 것이었습니다. 그의 말이 옳았습니다. 오히려 내가 그에게서 배웠습니다. 그 일이 있은 후로 서로 대화를 많이 나누었습니다. 나한테 책을 빌려 읽기도 하고 말문이 트이니까 질문도 많았습니다. 1년 남짓 함께 지내는 동안에 몰라보게 얼굴빛이 밝아졌습니다. 그가 출소할 때 이제 더 이상 안 들어올 것이라고 확신했습니다. 내가 조금이라도 역할을 했다는 보람을 느끼고 싶었기 때문인지 모르지만 믿음이 갔습니다. 그런데 6개월쯤 후에 그가 '안양에서 죽었다'는 소문이 들려

왔습니다. 놀라지 않아도 됩니다. '죽었다'는 교도소 표현입니다. 체포되었다는 말입니다. 가슴이 철렁 내려앉는 듯했습니다. 그로부터 1년이 채 안 돼서 대전교도소로 이송 왔습니다. 나랑 같이 있고 싶어서 단식투쟁하고 통사정해서 왔다고 했습니다. 다시 같은 감방에서 6개월 정도 남은 징역을 살고 나갔습니다. 내가 30대 중반이었으니까 오래전 일입니다. 그 이후로 다시는 들어오지 않았습니다. 어렵게 생활하고 있습니다. 오랫동안 수형 생활을 함께했던 사람들은 1년에 한두 번씩 만납니다. 대전교도소에서 같이 있었던 사람들 모임은 '대전대학 동창회', '전주대학 동창회'도 있습니다. 그 친구는 몇 번 불렀지만 한 번도 온 적이 없습니다. 자부심과 오기인지도 모릅니다. 그의 말처럼 자부심은 고난을 견디게 합니다. 물질적 도움보다는 자부심을 갖게 하는 것이 더 큰 힘이 됩니다. 돕는다는 것은 우산을 들어주는 것이 아니라 함께 비를 맞는 것입니다.

남을 돕는 동기도 여러 가지가 있습니다. 저의가 순수하지 못한 경우는 아예 거론할 필요도 없습니다만 비교적 순수한 동기에도 불구하고 실패하는 경우도 없지 않습니다. 돕는 자와 도움 받는 자를 지척에서 관찰하면서 깨달은 것은 그 처지가 다르면서 그 사람을 돕는다는 것은 대단히 어렵다는 사실입니다.

동정同情이라는 것은 글자 그대로 정情이 같다(同)는 뜻입니다. 동정곡同情哭, 동정파업同情罷業이란 말은 지금도 쓰이고 있습니다. 동정곡은 단종端宗 때 비롯된 것이라고 합니다. 12살 어린 나이에 즉위한 단종은 결국 영월 청령포로 유배되어 교살되고 정순왕후定順王后도 노비로 전락합니다. 신숙주申叔舟가 자기 집 노비로 달라고 청했다는 기록이 있습니다만 정순왕후는 노역奴役이 없는 관노官奴가 됩니다. 관노이긴 하지만 노역은 면제되었습니다. 동대문 바깥 창신동에서 염색과 동냥으로 살았다고 합니다. 단종이 죽고 나서 아침저녁으로 청령포를 향해서 곡을 하면 이웃 아낙들이 함께 곡을 했습니다. 그것이 동정곡입니다. 그 정이 같은 여항의 아낙들이 함께 곡을 한 것이지요. 왕비였지만 그때의 처지가 여항의 아낙들과 다를 바 없었습니다. 그 처지가 같지 않고, 그 정이 같지 않은 사람의 동정은 도움이 되지 못합니다. 물질적으로는 도움이 되기도 하겠지만 동정 받는 사람에게는 상심傷心이 됩니다. 동정 받는 사람으로 하여금 그가 동정 받는 처지에 있다는 사실을 한 번 더 확인하게 합니다.

점잖은 신입자가 들어왔습니다. 자기를 조목사라고 소개했습니다. 좋은 안경 끼고 나이도 마흔 정도, 말씨도 목사처럼 무게 있었습니다. 거기다 들어온 바로 이튿날 영치금으로 건빵 20봉을 구매해서 감방 동료들에게 한 봉씩 나누어 주었습니다. 교도소 구매부에서 파는 '오복건빵'은 보릿가루로 만든 것이지만 건빵 한 봉지씩 받아 든 행복이 대단합니다. 다들 '저 사람 범틀인가보다. 앞으로 건빵 자주 얻어먹겠구나' 하고 기대했습니다. 범틀은 교도소 은어입니다. 돈을 많이 쓰거나 편지, 면회가 많은 사람을 말합니다. 반대는 개틀입니다. 그런데 처음 한 봉지씩 나누어 주고 난 후로는 일절 없습니다. 건빵을 사서 자기 혼자만 먹었습니다. 혼자 먹기는 했지만 비교적 양심적으로 먹었습니다. 다른 사람들이 다 잠든 밤중에 조용히 이불 속에서 먹었습니다. 그러나 그게 문제였습니다. 건빵을 먹어 본 사람은 아시겠지만, 소리 안 나게 깨무는 것이 쉽지 않습니다. 3개, 4개까지는 됩니다. 나도 해 봤습니다만 침이 충분히 배게 해서 천천히 깨물면 소리가 안 납니다. 그러나 그것도 4개, 5개가 되면 소리가 조금씩 나기 시작합니다. 침이 부족해지기 때문입니다. 조목사가 밤중에 건빵 먹고 난 이튿날 아침이었습니다. 인원 점검 시간에 점검 대열로 줄 맞춰 앉아 있었습니다. 옆에 앉은 젊은 친구가 옆구리를 쿡 찔렀습니다. 뭐야? 귀에다 대고 조용히 이야기합니다. "어젯밤에요, 조목사가요, 건빵 스물일곱 개 먹었어요." 그걸 하나하나 다 세었던 것이지요. 아마 그 젊은 친구 외에도 세었던 사람이 없지 않았을 것입니다.

그 조목사가 밤중에 화장실 가다가 자고 있는 사람의 발을 밟았습니다. 겨울에 화장실 가다가 누워 있는 사람 발 밟는 건 흔히 있는 일입니다. 교도소 잠자리는 칼잠에다 마주 보고 누운 저쪽 사람의 발이 정강이까지 뻗어옵니다. 그 위에다 솜이불 덮어 놓으면 빈곳이 없을 뿐만 아니라 어디가 발인지 구분이 안 됩니다. 조목사가 화장실 가다가 발을 밟았습니다. 발 밟힌 젊은 친구가 벌떡 일어나 다짜고짜 조목사와 멱살잡이로 밀고 당기는 것이었습니다. 한밤중에 멱살잡이라니 드문 일입니다. 놀라운 것은 사람들이 말리지도 않고 오히려 가운데 싸움판을 만들어 주는 것이었습니다. 조목사가 젊은 사람의 상대가 될 리 없습니다. 내가 뜯어말렸습니다. 그 이튿날 조목사가 나한테 와서 이야기합니다. 그래도 신 선생은 얘기가 통할 것 같아서 하는 말이지만 앞으로는 조심해야겠다는 것이었습니다. 조심한다는 것이 앞으로는 건빵을 안 먹겠다는 건가 했더니, 발 밟지 않도록 조심하겠다는 것이었습니다. 사실은 싸움의 원인이 발이 아니라 건빵이었다는 사실을 조목사도 알고 있었을 것입니다. 왜냐하면 목사란 것도 거짓말이었기 때문입니다.

우리 사회에는 시혜와 자선 그리고 기부와 증여도 많이 행해지고 있습니다. 그러나 그것이 순수한 경우는 그리 많지 않습니다. 우선 도움 받는 사람의 마음을 따뜻하게 배려하는 경우가 드뭅니다. 대기업의 문화재단은 기업의 사회적 기여를 위해서 설립한 것입니다. 그 자체가 영리 목적은 아닙니다. 그러나 그것 자체로서는 영리 목적이 아니라고 하더라도 자본축적의 보조 축으로 역할을 하는 경우가 많습니다.

　　언젠가 수업 시간에 '아름다운 기부'라고 하지만 아름답지 않은 경우도 있다고 했던가 봅니다. 나중에 아름답지 않은 이유에 대하여 질문을 받은 적이 있습니다. 자본은 나누지 않습니다. 자본은 본질적으로 자기 증식하는 가치입니다. 자본축적이 자본의 운동법칙입니다. 이것이 나의 답변이었을 것입니다. 그것이 자본인 한 기부나 나눔은 불가능합니다. 자본으로서의 성격이 제거된 이후의 부富라야 비로소 나누게 됩니다. 사심 없는 기부는 주로 김밥 할머니들이 합니다. 김밥 할머니들이 모은 돈은 자본이 아닙니다. 자본은 그것이 자본인 한 나눌 수 없는 속성을 가집니다. 이 나눔의 문제는 앞으로 대단히 중요한 사회문제로 등장할 것입니다.

　　지난 시간에도 얘기했지만 기계화, 자동화, 인공지능화와 함께 상대적 과잉인구가 양산됩니다. 해고와 비정규직은 우리 현실입니다. 이런 상황에서 자본주의적 분배 방식만으로는 재생산 시스템이 작동될 수 없습니다. 생산에 참여하는 노동력의 요소 소득만으로는 유효수요가 부족할 뿐 아니라 생산에 참여하지 못하는 사람들은 생활 자체가 불가능해집니다. 나눔의 문제는 인정이나 동정의 차원에서 접근할 것이 아니라 후기 근대사회의 구조적 문제로서 다루지 않으면 안 됩니다. 이것은 복지 문제가 아니라 자본주의 시스템의 문제이기 때문입니다.

가난했던 대학 시절의 이야기입니다. 시내에서 친구를 만났는데 심각한 표정으로 '네가 가지고 있는 돈 다 꺼내 보라'는 것이었습니다. 자기도 꺼낸다는 것이었습니다. 무슨 급한 일이 있나보다고 생각하고 주섬주섬 꺼냈습니다. 가난한 대학생의 주머니에서 나온 돈은 약소했습니다. 그때의 정확한 액수를 기억하지 못하지만 아마 내가 꺼낸 돈이 8천 원이면 그가 꺼낸 돈은 2천 원 정도였습니다. 그런데도 하는 말이 이것밖에 안 되느냐는 것이었습니다. 그러고는 또 하는 말이 엉뚱하기 짝이 없었습니다. '공평하게 절반씩 나누자'는 것이었습니다. 어쩔 수 없이 당했습니다. 그 후 내가 주머니에 돈이 별로 없을 때였습니다. 마침 그를 만나자 똑같은 제의를 했습니다. "너 가진 돈 다 꺼내 봐, 나도 꺼낼 테니까." 그 친구는 회심의 미소를 지으면서 천천히 꺼냈습니다. 놀랍게도 그때마저도 그가 가진 돈이 나보다 적었습니다. 우리들의 장난 같은 '나눔'이 유쾌한 놀이가 되었던 것은 어차피 함께 나누어 쓸 용돈이었기 때문입니다.

그 친구와 얽힌 일화가 있습니다. 남산에 있는 야학에 칠판을 전달할 때였습니다. 돈암동의 어느 학교 창고에서 낡은 칠판을 반으로 잘라서 성한 반쪽을 수레에 싣고 남산까지 가는 길이었습니다. 명동 골목에서 수레를 세워 놓고 냉차 한 잔 마시려고 할 때 그의 대학 동창을 만났습니다. 부근에 직장이 있었던가 봅니다. 반색하며 자기가 커피를 사겠다며 다방으로 들어갔습니다. 그때에는 껌팔이 소년이 많았습니다. 우리가 앉은 테이블을 떠나지 않고 계속 껌을 내밀고 있었습니다. 그러자 그 동창 친구가 껌을 샀습니다. 그때 내 친구가 빙긋이 웃으면서 "네가 껌 사는 이유를 내가 이야기할까?" 하는 것이었습니다. 친한 친구와의 격의 없는 농담이었습니다. "그래, 이유가 뭔데?" 그가 밝힌 껌을 산 이유는 껌팔이 소년을 위해서 산 것이 아니라 자기 자신을 위해서 산 것이라는 논리였어요. 신사 정장과 남루한 껌팔이 소년의 대비에서 오는 미안함, 그것이 껌을 산 이유라는 것이었습니다. 그는 부인하지 않았습니다. 그러는 너는 미안함을 느끼지 않느냐고 반문합니다. "물론 나는 추호도 미안함을 느끼지 않는다"는 단호한 답변이었습니다. 바깥에 야학당으로 신고 가는 칠판을 세워 두고 있기도 했습니다. "너 같은 사람만 있다면 쟤는 하루 종일 껌 한 개도 못 팔겠네." 껌을 사 준 행위에 최소한의 의미를 부여하고 싶기도 했을 것입니다. 놀라운 것은 그 말에 대한 내 친구의 칼 같은 한마디였습니다. "물론 못 팔지! 그러나 세상에 나 같은 사람만 있다면 껌팔이가 없는 사회가 되는 거지!" 나눔이 무엇을 위한 것인지에 대해 우리가 결코 무심하지 않아야 하는 것을 깨닫게 하는 일화라 할 수 있습니다. 그러나 생각하면 칼 같은 그의 선언은 역시 젊은 시절의 이념적 언어였습니다. 우선은 껌부터 사는 것이 순서일 것입니다.

'함께 맞는 비'는 돕는다는 것이 물질적인 것이 아니고 또 물질적인 경우에도 그 정이 같아야 한다는 뜻입니다. 처음 이 글을 서예 작품으로 전시했을 때 반론도 없지 않았습니다. 아무리, 우산을 들어 주는 것이 돕는 것이지 있는 우산을 접고 함께 비를 맞는 것이 무슨 도움이 되겠느냐는 것이었습니다. 여러분도 아마 비를 맞으며 걸어간 경험이 없지 않을 것입니다. 혼자 비를 맞고 가면 참 처량합니다. 그렇지만 친구와 함께 비 맞으며 걸어가면 덜 처량합니다. 제법 장난기까지 동합니다. 작품에는 그림도 그려 넣었습니다. 빗줄기를 그리고 그 가운데 빨간 줄을 하나 넣습니다. 그 빨간 줄이 사람입니다. 그리고 옆에 접은 우산을 세워 두었습니다. 우산을 접고 빗속으로 들어갔다는 뜻으로 그렇게 그렸습니다. '함께 맞는 비'를 붓글씨로 쓰면서 '함' 자의 'ㅁ'과 '맞' 자의 'ㅁ'을 공유하도록 쓰기도 합니다.

내가 그린 그림 중에는 빗줄기가 많은 것이 있습니다. 학생들이 그 그림을 보더니 빗줄기가 아니라 '바코드'라고 하네요. 나름 심각한 그림을 상품 바코드로 보다니요. KBS노조에서 기념품으로 우산을 만들었는데 우산에 '함께 맞는 비'라고 글씨를 넣었습니다. 우산을 접고 함께 비 맞아야 된다는 글씨가 우산에 들어가다니요.

18 증오의 대상

교재는 『감옥으로부터의 사색』의 「여름 징역살이」입니다. 이 글이 좋다고 하는 사람이 많았습니다. 우리의 일상 속에서 누구나 겪는 일이기 때문에 공감의 폭이 넓었다고 생각됩니다. 『감옥으로부터의 사색』 초판은 이 원본 글씨를 표지의 바탕으로 했습니다. 내용은 교도소의 여름 잠자리 이야기입니다. 좁은 감방에서 여러 사람이 몸 부대끼며 자야 하는 여름 잠자리의 고통에 관한 것입니다. 나는 20년 동안 큰 방, 작은 방 여러 종류의 방에서 살았습니다. 제일 큰 방이 3.75평입니다. 상당히 큰 방이라고 하지만 그 방에 많을 때는 20명이 잡니다. 당연히 모로 누워 칼잠을 자야 합니다. 칼잠으로 팔이 저리면 몇 사람이 의논해서 한꺼번에 돌아눕기도 합니다. 감방 인원이 적을 때는 반듯하게 누워서 잡니다. 그것을 '떡잠'이라고 합니다. 행복한 잠자리입니다.

무더운 여름에 옆 사람과 살을 맞대고 붙어서 잔다는 것은 고역입니다. 당연히 옆 사람이 미워집니다. 마찬가지로 자기도 옆 사람으로부터 미움을 받습니다. 옆 사람의 죄가 아니고 고의가 아닌 줄 알면서도 옆 사람을 증오하게 됩니다. 그리고 더욱 절망적인 것은 자기의 행위 때문이 아니라 자기 자신의 존재 그 자체 때문에 증오를 받고 있다는 사실입니다. 달리 어쩔 도리가 없습니다. 그뿐만 아니라 죄 없는 사람을 증오하고 있는 자기 자신에 대한 혐오감이 우리들을 더욱 괴롭게 합니다. 지옥 같은 밤이 지나고 기진한 몸을 아침에 일으키면 어젯밤의 증오도 함께 사라지고 똑같이 기진맥진한 옆 사람에게 민망한 생각이 듭니다. 그리고 이러한 증오는 옆 사람 때문이 아니라 '감옥'과 '좁은 잠자리' 때문이라는 것을 어렴풋이 깨닫기는 합니다. 그러나 밤이 되면 우리는 다시 옆 사람에게 증오를 불태웁니다. 이러한 증오가 잘못된 것이라는 결정적인 반성은 겨울을 기다려야 합니다. 겨울철에는 옆 사람의 체온으로 추위를 견디기 때문입니다. 그래서 나는 여름보다 겨울을 선호합니다. 교도소의 겨울은 혹독한 추위와 싸워야 합니다. 그러나 가장 가까운 옆 사람을 증오하지 않고 따뜻하게 만날 수 있다는 사실이 최대의 은혜입니다.

지금은 교도소 감방에도 난방이 되어 있다고 합니다. 내가 있을 때는 전혀 없었습니다. 엄동 한겨울에도 불기 한 점 없습니다. 찬 마룻바닥에서 잤습니다. 자고 나면 마루가 젖어 있습니다. 체온과 마루의 온도차 때문에 노결이 생깁니다. 동복을 벗어서 깔고 낡은 관급 담요까지 있는 대로 다 깔고 자는데도 아침이면 마루가 꽤 깊숙하게 젖어 있습니다. 저녁에 입방할 때쯤이면 표면만 간신히 건조됩니다. 그러기를 반복합니다. 덮는 이불도 시원찮기는 마찬가지입니다.

이불이라기보다는 솜 자루라고 해야 합니다. 청색 광목 자루 속에 솜 뭉치가 여러 개 굴러다니는 이불이 초겨울에 각 방으로 지급됩니다. 그러면 우리는 며칠 저녁 내내 그것을 해체해서 솜을 다시 놓습니다. 뭉친 솜을 고르게 펴고 군데군데 시침을 합니다. 관급되는 동복도 솜 자루이기는 마찬가지입니다. 동복이 지급되면 다시 해체해서 솜을 고루 펴고 시침을 합니다. 솜을 더 얻어서 더 놓기도 합니다. 시침을 다한 다음에 동복 윗도리를 벽에 기대어 앉혀 봅니다. 용케 앉아 있으면 그 해 겨울 추위는 견딜 수 있겠다고 안심합니다. 그러나 여분의 솜을 구하기가 어렵습니다. 이불솜을 덜어 내다가 싸우기도 합니다. 지금도 잊을 수 없는 일입니다.

　어느 추운 겨울날 공장에서 작업을 마치고 감방으로 입방했더니 낮 동안에 각 방에 가마니를 넣어 두었습니다. 아연실색했습니다. 트지도 않은 가마니를 생짜로 10여 개 던져 넣어 둔 것이었습니다. 징역 고참들은 그 가마니를 얼마나 반기는지 모릅니다. 그 가마니를 조심조심 먼지 나지 않게 펴서 마루에 깝니다. 울퉁불퉁하지만 하룻밤 깔고 자면 습기에 젖기도 하고 체중에 눌리기도 해서 숨이 죽으면서 곱게 펴집니다. 가마니가 그렇게 따뜻할 줄 몰랐습니다. 추위는 가마니의 짚 풀과 옆 사람의 체온으로 견딥니다. 가마니의 단 한 가지 약점은 그 위에서 생활하다보니 검불이 일어나고 그나마 창문도 없는 감방을 먼지투성이로 만들어 버리는 것입니다. 감방 먼지에는 비타민C가 있다느니, 그래도 얼어 죽는 것은 하룻밤이고 폐병은 3년 간다며 자위합니다.

　우리 방에서도 다른 감방과 마찬가지로 우선 건빵 봉지를 펴서 도배를 시작했습니다. 도배에 필요한 풀은 5공장 호부기糊付機에서 얻어다 씁니다. 문제는 장판으로 쓸 종이입니다. 여유가 있는 방에서는 인쇄공장 사람과 범치기[犯則]를 합니다. 버터나 고추장을 주고 인쇄공장의 종이를 몰래 빼내는 것입니다. 그렇게 해서 초겨울에 도배를 마치는 감방도 있습니다. 가난한 감방에서는 그럴 형편이 못 되기 때문에 한쪽 구석에서부터 건빵 봉지나 종이쪽이 생기는 대로 조금씩 조금씩 도배를 해 나갑니다. 도배가 끝날 때쯤이 되면 봄이 옵니다.

겨울 징역살이가 그 혹독한 추위에도 불구하고 옆 사람의 체온과 이처럼 잔잔한 인정이 느껴지는 것임에 비하여 여름철은 더위와 증오에 시달립니다. 낮 동안에 감방의 벽돌 벽이 땡볕에 달구어질 대로 달구어져서 감방은 마치 가마 속 같습니다. 밤 두세 시까지 잠들지 못합니다. 이런 환경에서 36도의 옆 사람 체온을 안고 자야 하는 여름밤의 칼잠자리는 그야말로 형벌입니다. 이 글은 그런 상황에서 쓴 여름 잠자리의 고통에 관한 것이지만, 특히 증오의 대상을 옳게 파악하지 못하고 있으면서도 그것을 바로잡지 못하는 자기 자신에 대한 혐오가 더욱 괴롭다는 것을 피력하고 있습니다. 가까이에 있는 사람을 향한 부당한 증오는 증오의 대상이 되고 있는 사람에게도 그리고 증오를 불태우고 있는 자기 자신에게도 불행한 일이 아닐 수 없습니다.

어느 감방이든 감방마다 '싸가지 없는 사람'이 반드시 한 명씩 있습니다. 싸가지 없는 사람이란 무례하고, 경우도 없고, 하는 짓이나 하는 말 어느 것 하나 밉지 않은 구석이 없는 사람을 일컫습니다. 사회라면 보지 않으면 그만이지만 징역살이는 다른 곳으로 피할 수도 없습니다. 괴롭기 짝이 없습니다. 성질 급한 사람이 주먹다짐으

로 혼찌검을 내기도 합니다. 그래도 소용없습니다. 어쨌든 교도소에
는 어느 감방이든 그런 사람이 꼭 한 명씩 있습니다. 우리는 그 친구
의 출소 날짜만 손꼽아 기다립니다. '저 자식 만기가 언제지? 얼마
남았지?' 드디어 그 친구가 출소하고 나면 참으로 행복한 밤을 맞이
합니다. 앓던 이 빠진 듯 시원합니다. 그런데 참으로 이상한 것은 행
복한 날도 며칠뿐, 어느새 그런 사람이 또 생겨납니다. 다시 우리는
그 친구의 만기 날짜를 손꼽아 기다립니다. 나가면 또 생기고, 나가
면 또 생기고…… 여러 사람을 보내고 난 다음에 비로소 깨닫게 됩
니다. 우리가 처한 힘든 상황이 그런 표적을 필요로 한다는 것을 깨
닫게 됩니다. 물론 당사자인 그에게 그만한 결함이 없지는 않습니다.
그러나 그보다는 우리가 처한 혹독한 상황이 그런 공공의 적을 필요
로 하고 있었습니다. 그 사실을 여러 사람을 보내고 나서 뒤늦게 깨
달았던 것입니다.

사회의 생활환경도 열악하기는 크게 다르지 않습니다. 사회에
서도 버스나 지하철은 물론이고 교육, 주거, 주차 등 좁은 공간을 서
로 다투어야 합니다. 끊임없이 부딪치고 증오하고, 싸우지 않을 수
없는 것이 서민들의 생활입니다. 그러나 교도소처럼 동일한 표적을
반복적으로 보여주지는 않습니다. 그때마다 다른 사람, 다른 대상과
충돌합니다. 표적이 계속 바뀌기 때문에 충돌을 야기하는 구조가 쉽
게 드러나지 않습니다. 사회에서는 이러한 구조를 깨닫기가 더 어렵
습니다. 그런 점에서 교도소는 사회학 교실이고 인간학 교실입니다.

교도소에서도 노래를 해야 하는 경우가 있습니다. 만기 출소자
중에는 남은 영치금을 털어서 건빵 사서 나눠 먹는 소위 '만기파티'

를 하는 사람도 있습니다. 건빵 한 봉지씩 받으면 감방 분위기가 훈훈해지고 누군가가 돌아가며 노래 하나씩 하자는 제안을 합니다. 덕담과 축가입니다. 내 차례가 되면 곤혹스럽습니다. 무기수가 무슨 노래냐고 한사코 빠집니다. 그러나 어쩔 수 없는 경우도 있습니다. 20년 동안 딱 한 가지만 불렀습니다. 나의 18번이 〈시냇물〉입니다. "냇물아 흘러흘러 어디로 가니, 강물 따라 가고 싶어 강으로 간다. 강물아 흘러흘러 어디로 가니, 넓은 세상 보고 싶어 바다로 간다." 여러분도 아는 동요입니다. 이 노래를 시작하면 하나같이 애들 노래 한다고 핀잔입니다. 그러다가 '넓은 세상 보고 싶어' 이 대목이 되면 표정이 바뀝니다. 갇혀 있는 사람 특유의 숙연한 표정이 됩니다. 나는 출소 다음 해부터 바로 강의를 했습니다. 그때는 우리 대학의 학생 수도 많지 않아서 종강하면 모두가 뒷산 넘어 순두부집으로 가서 종강파티를 했습니다. 학생들과 함께 처음 맞는 종강파티였습니다. 학생들이 또 노래를 하라고 했습니다. 18번 레퍼토리 〈시냇물〉 노래를 했습니다. 아는 노래라고는 이것밖에 없기도 했습니다. 감옥에서와 마찬가지로 애들 노래 한다고 또 핀잔을 받았습니다. 그런데 놀랍게도 '넓은 세상 보고 싶어 바다로 간다'는 대목에서 학생들의 표정이 숙연해졌습니다. 교도소 재소자들과 표정이 똑같았습니다. 바깥의 사람들 역시 갇혀 있기는 마찬가지라는 생각을 하게 되었습니다. 초만영어草滿囹圄라는 말이 있습니다. 감옥에 풀만 가득하다는 뜻입니다. 태평성세를 그렇게 불렀습니다. 그러나 감옥에 갇힌 사람이 아무도 없다고 해서 태평성세라고 할 수는 없습니다. 우리를 가두고 있는 보이지 않는 감옥이 과연 무엇인지에 대해서 생각해야 합니다. 옆 사람을 향하여 부당한 증오를 키우지 않기 위해서 그 증오를 만들어 내는 보이지 않는 구조를 드러내고 우리를 가두고 있는 보이지 않는 감옥을 드러내는 것이 우리가 하는 공부의 목적이 아닐까 생각합니다.

여름 징역살이의 이야기는 많은 학생들의 비슷한 경험을 불러냈습니다. 어떤 학생은 잠자리보다 더 괴로웠던 평화시장 화장실 이야기를 들려주었습니다. 전태일全泰壹 열사가 일했던 평화시장에는 전체 인원 2천 명에 공용 화장실이 3개밖에 없었습니다. 화장실 앞에서 싸움이 끊이질 않았습니다. 끊이지 않는 싸움, 그것이 평화시장 봉제공장 노동자들의 인간성과 아무 상관이 없음은 물론입니다.

내가 여름보다 겨울을 선호하는 것은 방금 이야기했듯이 옆 사람을 증오하지 않기 때문임은 물론입니다. 그러나 내가 정작 겨울을 선호하는 진짜 이유는 다른 데에 있습니다. 겨울은 정신을 한없이 맑게 해 주기 때문입니다. 몸이 차가울수록 정신은 은화銀貨처럼 맑아지기 때문입니다. 겨울은 어지러운 생각을 정리하는 '철학'의 계절이었습니다. 기상 한 시간 전에 일어나 찬 벽 기대고 앉아서 열중했던 찬 벽 명상에 대해서 이야기했습니다. 명상은 현재의 공간을 벗어나는 정신적 탈옥입니다. 20년 옥살이 중에서 독방에 있었던 기간을 합하면 5년쯤 됩니다. 특히 겨울 독방은 명상과 철학의 교실입니다. 복잡한 혼거 방에서 여름 내내 쌓이고 쌓였던 혼란스러운 생각들을 하나하나 정리합니다. 우리가 지금 강의의 화두로 삼고 있는 '관계론'의 산실이 겨울 독방이었습니다. '세계는 관계다.' '나는 관계다.' '아픔과 기쁨의 근원은 관계다.' 머리가 어지러울 정도로 밀려드는 상념들을 정리하는 과정에서 모든 것은 서로 관계가 있다는 생각을 하게 됩니다. 해마다 반복해서 겪었던 겨울 추위와 여름 더위란 결국 하나라는 생각이 들었습니다. 여름에는 겨울을 그리워하고 겨울에는 여름을 그리워하는 사이에 그것이 우리의 삶이고 자연의 섭리라는 사실을 깨닫게 됩니다.

생각하면 세상에 관계 없는 것이 없습니다. 지금부터 137억 년 전에 빅뱅이 일어났다고 합니다. 우주의 어디쯤에서 빅뱅이 일어났다고 생각합니까? 바로 여기서 일어났습니다. 우주는 하나의 점이었기 때문입니다. 그 점이 폭발한 것이 빅뱅입니다. 지금도 우주는 확장되고 있다고 합니다. 137억 년 전에는 나와 여러분은 물론 나무, 별, 지구, 은하수가 전부 한 개의 점이었습니다.

나의 겨울 독방은 무한한 시공으로 열려 있는 정신적 비상이었습니다. 내가 만난 수많은 사람들의 인생사와 그 사람들이 겪어 온 저마다의 희로애락이 사실은 사회와 역사의 한 조각이라는 생각을 하게 됩니다. 여름 잠자리의 옆 사람과 싸가지 없는 동료 재소자에 대해서 키워 왔던 증오에 대해서 생각하고 그리고 감옥 속에 앉아 있는 나 자신에 대해서도 생각하게 됩니다. 윤동주의 하늘과 바람과 별을 바라보기도 하고, 생텍쥐페리Antoine de Saint-Exupéry의 어린 왕자를 만나기도 합니다. 겨울 독방은 그런 곳이었습니다. 지금은 출소한 지도 20년이 훨씬 넘었고 그때의 생각들이 절절하게 와 닿지 않음은 물론입니다. 그러나 지금도 증오를 하거나 증오의 대상이 되는 경우에는 늘 감옥의 여름 잠자리를 생각합니다. 그리고 지금 내가 하고 있는 증오 역시 그때의 증오와 크게 다르지 않다는 반성을 합니다. 증오하는 대상이 이성적으로 파악되지 못하고 말초 감각에 의해서 그릇되게 파악되고 있음을 발견하고는 스스로 놀랍니다. 그리고 그것을 알면서도 증오의 감정과 대상을 바로잡지 못하고 있으며 그런 자신에 대한 혐오감도 크게 달라지지 않았다는 사실에 실망합니다. 그때는 그나마 여름과 겨울이 더위와 추위로 칼같이 나누어져서 여름에는 겨울을 그리워하고 겨울에는 여름을 생각했습니다. 지금은 그때만큼 겨울도 춥지 않고, 여름도 그때처럼 덥지 않습니다. 자신의 생각을 서슬 푸르게 벼를 수 있는 계절이 없습니다. 그것을 어디에 어떻게 만들 것인가가 과제라면 과제입니다.

글씨와 사람

「서도의 관계론」은 길지 않은 글입니다. 당구삼년堂狗三年 폐풍월吠
風月이라든가 조신操身하다는 표현이 고문古文 투입니다. 『감옥으로
부터의 사색』에 이런 고문 투의 표현이 많다고 지적하는 분도 있습
니다만 이 글은 아버님께 보낸 서한이었습니다. 아버님 정서에 맞게
썼습니다. 「서도의 관계론」은 『한국의 명문』이란 책에 실려 있습니
다. 조선일보사가 글을 선정하고 엮어서 출판한 책입니다. 그 책에
는 주로 작고한 분들의 글이 많습니다. 생존해 있는 사람의 글은 몇
안 됩니다.

오늘 강의도 '관계'에 관한 이야기입니다. 서도書道의 관계론에
관해서 이야기하려면 우선 내가 붓글씨를 잘 쓴다는 사실을 여러분
이 인정해야 합니다. 사실은 내가 글씨를 참 많이 썼습니다. 시작은

할아버지 사랑방에서부터였습니다. 할아버님은 자주 나를 불러 앉히고는 한문과 함께 붓글씨도 쓰게 하셨습니다. 나는 무슨 핑계를 대든지 늘 도망 나왔습니다. 할아버님은 옛날 시골 선비로 서예가가 못 되는 분입니다. 주로 세필로 간찰을 쓰는 정도였습니다. 그래도 할아버님 사랑에는 지필묵이 놓여 있었고 어린 손주를 가르치는 데에는 부족함이 없었습니다. 필법을 가르쳐 주신 뒤에는 할아버님 친구분 중에서 글씨 잘 쓰시는 분을 청해서 그 앞에서 써 보이게도 했습니다.

　지금도 가장 기억에 남는 건, 할아버님과 친구 두세 분이 봄철에 강가로 놀러 가시던 기억입니다. 고향에는 깨끗한 모래사장이 길게 펼쳐진 한적한 강변이 있었습니다. 할아버님과 친구분들이 바지를 조금 걷고는 맨발로 모래사장을 걸으면서 죽필竹筆로 글씨를 썼습니다. 죽필이라는 것은 가는 대나무 줄기를 묶어서 만든 마당 빗자루 같은 붓입니다. 붓글씨를 쓴다기보다는 봄철에 강변 모래사장을 걷는 탁족濯足 놀이였습니다. 나도 따라간 적이 있습니다. 내 것으로 작은 죽필도 만들어 주셨습니다. 강변 모래사장에서 보행서步行書 하던 기억이 새롭습니다. 그 시절이 얼마나 그리웠으면 감옥에서도 그 강변을 꿈꾼 적이 있습니다. 출소 후에 고향에 성묘하러 갔을 때, 일부러 시간을 내어 찾아갔습니다. 없어졌습니다. 모래사장이 다 없어지고 고수부지와 주차장으로 변해 있었습니다. 황당한 느낌이었습니다. 할아버지는 내가 초등학교 6학년 때 돌아가셨습니다. 그 후로도 할아버지가 쓰시던 벼루가 집에 있어서 혼자서 가끔 쓰기도 했습니다. 김정운 교수의 『남자의 물건』에 그 벼루가 소개되기도 했습니다. 대학 다닐 때에도 서울대학교 한국경제연구소 간판을 내가 썼습니다. 목각해서 걸었습니다. 지금 생각하면 부끄러운 글씨였을 테지만 그 당시에는 제법 쓴다고 생각했던 것 같습니다.

본격적으로 쓰기는 감옥에서입니다. 좋은 선생님을 만났습니다. 선생님 두 분이 계셨어요. 한 분은 잠깐 오셨습니다만, 특히 정향靜香 선생(조병호趙柄鎬, 1914~2005)은 추사秋史의 맥을 잇는 분이시고 당시 우리나라에 생존하신 분 중에는 중국 고궁박물관에 글씨가 들어가 있는 유일한 분이었습니다. 젊었을 때 우하又荷 민형식閔衡植 선생 그리고 33인의 한 분인 위창葦滄 오세창吳世昌 선생 댁에서 기거하면서 공부했다고 하셨습니다. 한동안 서예계를 대표하던 일중一中(김충현金忠顯), 여초如初(김응현金膺顯) 같은 분들도 정향 선생님을 선배로 깍듯이 모셨다고 전합니다. 그런 분이 어느 날 교도소에 오셨습니다. 새로 부임한 소장이 대전 신도안에 정향 선생이라는 분이 계시다는 걸 알고는 교도소로 모셨습니다. 내 짐작으로는 교도소장이 그 선생님의 글씨를 얻으려는 욕심에서 그랬을 것입니다. 교도소에 서도반이 있으니 오셔서 좀 봐 주십사 부탁을 했던가 봅니다. 어느 날 갑자기 습자한 글씨 가지고 교무과로 올라오라는 전갈이 왔습니다. 부랴부랴 올라갔더니 하얀 노인 한 분이 소장, 교무과장과 함께 앉아 계셨습니다. 교무과장이 우리더러 글씨를 내놓으라고 했습니다.

그때 서도반에는 글씨를 쓸 만한 사람이 거의 없었습니다. 서도반도 처음에는 교도소에서 조금은 별도 처우를 할 필요가 있는 사람을 수용하고 있었기 때문에 서도반원이라 하더라도 서도에 관심이 있는 사람은 거의 없었습니다. 서도반에는 포항제철 철강 박사, 재일교포 학생 사건 관련자, 북쪽 대학의 교수 등 일반수들과 함께 수용하기 어려운 사람들이 있었습니다. 처음 서도반이 만들어지면서 나는 서도반에 들어가지 않겠다고 했습니다. 말단 소총 소대에서 군대 생활 하겠다는 각오였습니다. 공장에서 일반수들과 같이 축구도 하면서 나름대로 잘 지내고 있었습니다. 그런데 이미 내가 붓글씨 잘 쓰는 사람으로 알려져 있었습니다. 각 공장에 부착하는 '재소자 준수 사항', '동상 예방 주의사항', 그리고 교도소 이곳저곳의 필요한 간판들도 내 차지였습니다. 명색이 서도반이라고 이름 붙이자니 내가 거기 안 들어가면 서도반이라고 하기가 어려웠습니다. 내가 원한 것은 아니었습니다.

사실은 장기수 할아버지들이 나더러 밤에는 서도반에 들어가 있는 게 낫다고 권했습니다. 감방에서 일반 수형자들과 이런 저런 이야기를 하다보면 구설수에 오른다는 것이지요. 실제로 대공분실에서 나와서 조사를 받기도 했습니다. 그래서 주간에는 공장에서 일하고 야간에는 서도반에서 생활했습니다. 그때는 서도반이 생긴 지도 얼마 되지 않아서 내놓을 만한 게 별로 없었습니다. 정향 선생님께서는 글씨가 좋다 안 좋다 일절 말씀이 없으셨습니다. 보시기에 제대로 된 글씨라고 하기는 어려웠을 것입니다.

정향 선생님은 우리가 돌아간 뒤에 교무과장에게 저 사람들이 왜 들어왔냐고 물어봤다고 합니다. 일반 수형자가 아니라 모두 국가보안법 사범이었습니다. 정향 선생님은 교도소에 절도, 강도, 살인을 한 죄수만 있는 줄 아셨다고 했습니다. 서도반 사람들을 만나고 나서 저 사람들은 유배 와 있는 사람들이라고 생각하셨다고 합니다. 서예 지도를 부탁드리는 교도소 측의 말을 곧이곧대로 받아들이고 본격적으로 지도하시기 시작했습니다. 매주 오셨습니다. 교도소도 부담스러웠을 것입니다. 신도안에서 모시고 오고, 모셔다 드리고,

점심 대접하고. 오전에 오셔서 저녁때까지 계셨습니다. 아마 교도소장은 한 달이 채 못 되어 글씨 한 점쯤은 받았으리라고 생각합니다. 이제는 더 이상 안 오셔도 되는데, 계속 오시는 것입니다. 얼마나 오래 오셨느냐 하면, 만 5년을 꼬박 오셨습니다. 내가 전주교도소로 이송가기까지 5년 동안 매주 오셨습니다.

나는 그중에서 집중적으로 지도받은 제자였습니다. 정향 선생님은 평양 조씨 집안으로, 추사, 김옥균金玉均, 우하, 위창 등의 친필들도 많이 소장하고 계셨습니다. 가지고 와서 보여주시기도 하고, 서도반원들을 신도안의 당신 댁으로 초대하시기도 했습니다. 서재에는 서첩, 법첩도 엄청나게 많았습니다. 내게는 미불米芾을 쓰라고 하시면서 법첩을 주셨습니다. 나는 선생님이 주신 미불 법첩을 시작으로 일본에서 발간된 미불 서첩을 따로 들여왔습니다. 미불의 모든 글씨가 망라된 서첩입니다. 흔히 미불은 배우지 말라고 합니다. 배우다 중도에 그만두면 아무 쓸모가 없다고 하는 글씨이기도 합니다.

당시 대전 은행동에 독지가 치과의사가 계셨습니다. 교도소의 무의무탁한 재소자들에게 치과 진료를 많이 해 주셨습니다. 교도소가 그분에게 사례하려고, 나한테 글씨를 하나 쓰라고 했습니다. 표구해서 병원에 걸어 드린다는 것이었습니다. 뭘 쓸까 고민하다가 '행림회춘'杏林回春이라고 썼습니다. 살구나무 숲에 봄이 돌아왔다는 뜻입니다. 아마 한의학 하는 분들은 '행림'이라는 단어가 낯설지 않을 것입니다. 오吳나라에 동봉董奉이라는 의사가 살았는데, 이분은 어려운 사람들을 치료해 주고 치료비 대신 살구 씨 하나를 뒷산에 심고 가게 했습니다. 얼마나 많은 사람들이 살구 씨를 심었으면 세월이 지나 뒷산이 살구나무 숲이 되었습니다. 그 살구나무 숲에 봄이 돌아왔다는 뜻입니다. 행림회춘, 아름다운 정경입니다. 행림회춘을 쓰고, 낙관 찍어서 내보낼까 하다가 매주 선생님이 오시니까 보여드린 다음에 낙관을 찍어서 보내기로 했습니다. 선생님께서 오신 날 글씨를 보여드렸습니다. 하시는 말씀이 "글은 잘 골랐구먼", 그러시고는 "붓 이리 줘 봐", 붓으로 제가 쓴 글씨를 여기저기 고치셨습니다. 나는 낙관만 찍으면 될 줄 알았더니. 다시 썼습니다. 다음 주에 오셨을 때 보여드렸습니다. 또 붓 이리 줘 봐 하시면서 고치셨습니다. 일주일 동안 행림회춘 넉 자만 썼다고 해도 과언이 아닙니다. 아마 4주, 5주 걸리지 않았나 생각됩니다. 나중에는 그러셨습니다. "더는 안 되겠구먼." 낙관 찍어서 보내라고 하셨습니다.

정향 선생님은 전서篆書의 대가로 알려져 있었지만 전篆·예隷·해諧·행行·초草 5체를 다 쓰셨습니다. 제가 어려서 할아버지나 할아버지 친구분께 배웠던 것은 그야말로 시골 선비 글씨였습니다. 정향 선생님 댁은 몇 천 석 하는 집안이었습니다. 글공부, 글씨 공부를 제대로 하신 분입니다. 그리고 선전鮮展 1회에 입선하셨습니다. 총독부가 주최하는 전시회에 참여한 것을 후회하시고는 그 후로 일절 참가하지 않은 분이기도 합니다. 대갓집 문화 속에서 성장했기 때문에 글씨의 견문이 높다고 해야 합니다. 그에 비하면 할아버지나 할아버지 친구분들의 글씨는 관솔불 냄새 나는 글씨입니다. 추사가 이삼만李三晩의 글씨를 관솔불 냄새가 난다고 했습니다. 관솔불 냄새란 관솔로 불을 켤 때 나는 냄새입니다. 가난한 시골 선비가 비싼 양촛불 켜고 글공부할 수가 없어서 관솔불을 켜고 공부했습니다. '관솔'은 소나무 옹이입니다. 기름이 많아서 불을 켤 수 있습니다. 글씨에 관솔불 냄새가 배어 있다는 것은 시골 선비의 글씨를 비하하는 말입니다. 정향 선생님은 촛불 켜고 공부하신 분입니다. 이야기가 길어졌습니다만 요지는 내가 좋은 선생님의 지도를 받았다는 것을 이야기하려는 것입니다. 그래야지 지금부터 이야기하는 서도의 관계론이 설득력이 있습니다.

정향 선생님은 한글은 쓰지 않으셨습니다. 내가 쓰는 한글은 정향 선생님께 지도받은 건 아닙니다. 전예해행초의 5체가 갖고 있는 필법과 획은 물론 정향 선생님께 가르침을 받았습니다. 그리고 이 5체의 필법이 내가 쓰는 한글 필법에 고스란히 들어 있습니다. 여러분도 내 글씨는 한글 글씨를 더 많이 보셨으리라 생각합니다. 사실은 한문 서예를 더 많이 했습니다. 어렸을 때도 한자만 썼습니다. 한글 서예도 처음에는 물론 궁체와 훈민정음 판본체를 썼습니다. 그런데 한글 서체에 대한 고민이 생겼습니다. 내가 쓰고 싶은 신동엽의 「금강」, 신경림의 「남한강」·「새재」 등 민중시나 서민 정서의 글을 궁체로 쓸 때는 내용과 형식이 어울리지 않았습니다. 시조나 별곡, 성경의 경우는 궁체와 판본체가 잘 어울립니다. 궁체는 궁녀들이 쓰던 글씨체입니다. 그래서 '宮體'라고 합니다. 궁녀는 그 사회의 최상층 문화를 향유하는 계층이기 때문에 미적인 감각도 대단히 귀족적입니다. 글씨의 하부가 가늘고 전체적으로 정적인 분위기를 풍깁니다. 이런 궁체의 귀족적 형식은 민중시나 민요와 같은 서민 정서와 조화되기 어려웠습니다. 내용과 형식이 차질을 빚게 됩니다. 크리스털 그릇에 된장찌개를 담은 것 같습니다. 그것이 늘 고민이었습니다.

어머님이 가끔 저한테 편지를 보내셨는데, 옛날 분답게 무릎에 놓고 내리닫이로 써 내려가는 간찰입니다. 어느 날 문득 어머님의 글씨를 주목하고 충격을 받습니다. "앗, 이 속에는 궁체가 아닌 서민적인 미학이 분명히 있다." 서민들의 미학에 대하여 고민하게 됩니다. 그때부터 어머니에 대한 기억을 불러내고 생환하는 작업을 부지런히 하게 됩니다. 어머니가 시집 올 때 판소리 「춘향가」, 「적벽부」, 집안의 제문祭文까지 두루마리를 여러 개 가지고 오셨습니다. 밤중에 숙모님과 시댁 여자분들, 때로는 이웃 아주머니들까지 안방에 둘러앉혀 놓고 낭랑하게 그걸 읽던 어머니의 모습이 떠올랐습니다. 지금 생각하면 시댁 식구들을 장악하는 방식이었던 것 같습니다. 의복이나 음식 솜씨 등 다른 범절로 장악하기도 하지만 문화적 장악력에 있어서는 이 두루마리의 낭독이 위력적이었으리라 생각됩니다. 어린 저도 가끔 그 자리에 끼어 앉기도 했습니다. 어머님은 지주 집안의 외동따님이었습니다. 『천자문』을 읽은 분이어서 자작농 정도였던 시댁보다 문화적으로 수준이 조금 높았을 것입니다. 어떤 때는 읽기를 잠시 멈추고는 한참을 설명하시고 또 계속해서 읽기도 하셨습니다. 둘러앉은 아주머님들이 감탄하기도 하는 등 그런 서민들의 문화를 내가 뒤늦게 복원하게 됩니다. 복원이래야 그 시절을 다시 추체험하는 정도에 지나지 않은 것이지요. 그래서 제가 궁체나 판본체와는 다른 한글을 쓰기 시작합니다.

이미 정향 선생님께 배운 전예해행초의 풍부한 필법을 한글에 도입합니다. 한문 서예의 획과 필법은 한글 글씨와는 판이합니다. 한글은 전문 용어로 노봉露鋒에 측필側筆입니다. 곱게 긋기만 하면 됩니다. 한자는 기본적으로 장봉藏鋒, 중봉中鋒에 역입역출逆入逆出에 파波가 있기도 하고, 체에 따라 획과 필법이 다양합니다. 나는 내가 이미 익히고 있는 한자의 다양한 필법을 한글에 가지고 오는 것과 동시에 궁체나 판본체의 결구도 깨뜨렸습니다. 그리고 전체적으로는 서민적

미학을 고민했습니다. 물론 글의 내용도 우리 시대와 우리 사회의 서민적 정서를 담으려고 합니다. 비록 답보하고 있긴 하지만 그 모양도 바뀌고 글의 내용도 꾸준히 바뀌고 있습니다. 지금은 한문 글씨보다 한글 글씨 쓸 일이 더 많은 것이 사실입니다. 그것은 좋은 일이라고 생각합니다. 그러나 나 자신의 서력書歷을 돌이켜보면 한문 서예를 더 많이 했다고 할 수 있습니다. 오늘 여러분과 이야기하는 서도의 관계론은 한문 서예와 한글 서예를 구분할 필요가 없습니다. 관계론이란 것이 글씨 이야기가 아닙니다. '관계'가 바로 우리 강의의 화두입니다.

서도의 관계론은 서도의 미학이 '관계'를 중시한다는 뜻입니다. 우선 서도는 서양에는 없는 장르입니다. 서양에는 캘리그래피, 펜맨십이란 개념이 있지만 그것을 서도와 비교하기는 어렵습니다. 글자의 조형미 이상이 못 됩니다. 서도의 미학이라는 것은 형식미에 국한된 것이 아님은 물론입니다. 훨씬 더 많은 것들을 담고 있습니다. 그것을 한마디로 표현하여 '관계론'이라고 하고 있습니다. 예를 들면 '愚公移山'을 쓴다고 합시다. 첫 획을 너무 위로 치켜 그었다고 해서 그것을 지우고 다시 쓸 수는 없습니다. 인생과 마찬가지입니다. 지우고 다시 쓰거나 개칠하지 못하기 때문에 어쩔 수 없이 그다음 획으로 그 실수를 만회해야 합니다. 마찬가지로 한 자字가 잘못된 경우에는 그다음 자 또는 그 다음다음 자로 보완해야 합니다. 한 행行은 그다음 행으로, 그리고 한 연聯은 그 옆의 연으로 조정하고 조화시켜 가야 합니다. 그런 고민을 끊임없이 하면서 써야 합니다. 그것도 필맥筆脈과 전체 흐름을 끊지 않으면서 써야 합니다. 그러려면 굉장한 집중력이 요구됩니다. 전에는 두 시간쯤 계속 쓸 수 있었지만 지금은 한 시간이 힘에 부칩니다. 그렇게 하여 얻게 되는 한 폭의 글씨에는 실패와 사과와 감사 등 파란만장한 인생사가 담깁니다. 이처럼 획劃, 자字, 행行, 연聯이 조화를 잃지 않아야 됨은 물론이지만 글귀의 전체 분위기도 만들어 가야 됩니다. 글씨를 써 내려가는 동안에 머릿속에 들어 있는 수많은 愚 자, 公 자, 移 자, 山 자를 불러내서 현재의 앞뒤 글자 그리고 전체 균형과 조화되도록 일정하게 변형시켜 가면서 써야 합니다.

愚公移山
어리석은 노인이 산을 옮깁니다.
신영복

　　서도의 관계론은 획, 자, 행, 연의 조화에 그치지 않습니다. 최종적으로는 흑과 백이 조화를 이루어야 합니다. 아무리 잘 쓴 글씨라 하더라도 큰 종이에다가 터무니없이 조그맣게 쓴 것이라면 그건 글씨도 아닙니다. 종이는 작은데 전직 대통령처럼 크게만 쓰면 그것도 말이 안 됩니다. 흑과 백의 조화는 대단히 중요합니다. 상당한 정도의 필력이면 까만 부분은 보지 않아도 됩니다. 하얀 부분이 얼마 남았나를 더 많이 봅니다.

　　이처럼 한 획의 실수는 그다음 획으로, 또 한 글자의 실수는 그다음 글자로 만회해 가면서 씁니다. 자연히 획과 획, 글자와 글자가 서로 기대게 됩니다. 마지막으로 방서傍書와 낙관을 합니다. 무슨 글씨를 어디서 썼다는 방서와 빨간 낙관과 두관까지도 전체 균형에 참여하는 것이어야 합니다. 서로가 서로에게 기대고 있는, 실수와 사과와 도움과 감사가 어우러져 있는, 그러기에 삶과 인생이 그 속에 담겨 있는 경우 그것을 서도의 격조라고 할 수 있습니다. 이것이 이를테면 구도構圖에 있어서의 서도의 관계론입니다.

청나라 때의 유희재劉熙載는 『서개』書槪에서 "書如也. 如其學, 如其才, 如其志, 總之曰, 如其人而已"라고 합니다. 서여야書如也, 서書는 여如, 같은 것이라는 뜻입니다. 무엇과 같다는 것인가요? 우선 글자와 그 글자가 지시하는 대상이 같습니다. 한글은 기호이기 때문에 여如가 아니지만 상형문자인 한자는 글자와 대상이 같습니다. 많은 글자를 소개하고 싶지만, 시간이 없어서 하나만 소개합니다.

山

전서 뫼 산山 자입니다. 글자와 그 글자가 지시하는 대상이 같습니다. 산 자가 산과 같은 모양을 하고 있습니다. 그리고 같다는 것은 여기에 그치는 것이 아닙니다. 유희재가 『서개』에서 이야기하고 있듯이 '서'書는 그 사람의 학學과 같습니다. '서권기書卷氣 문자향文字香'이라고 합니다. 그 사람의 학식이 글에 담긴다고 합니다. 그리고 그 사람의 재才, 그 사람의 지志, 사상과 뜻이 글에 담깁니다. 총지왈總之曰, 최종적으로 그 '사람과 같다' 즉 글씨와 사람이 같다고 하는 것입니다.

서도의 관계론은 구도에 있어서의 조화에 그치지 않고 이처럼 서와 사람의 관계까지 포괄하고 있습니다. 뿐만 아니라 글과 그 시대의 과제가 함께 담겨 있어야 합니다. 예를 들면 '獨立'이란 글을 안중근 의사가 쓰고 단지장락斷指掌落을 해야 맞습니다. 그 사람과 글씨 그리고 그 시대와 글이 조화되는 것이지요. 이완용이 '독립'이라고 쓰면 글과 그 사람이 같을 수 없습니다.

조선 시대만 하더라도 글씨 쓰는 사람이 선비들이었습니다. 선비가 모두 고민하는 지식인이었다고 할 수는 없겠지만 적어도 도화서圖畵署의 화공畵工에 비하여 사회의식이 있는 지식인이라고 해야 합니다. 그런데 오늘날 글씨 쓰는 사람들에게는 그런 문제의식을 기대하기 어렵습니다. 안진경顔眞卿, 구양순歐陽詢 등 성당盛唐 시대의 법첩을 임서하는 것에 그치고 있습니다. 글의 내용도 사회의식이나 고민을 담고 있는 경우는 거의 없습니다. 그에 비하여 그림의 경우는 전위적일 정도로 실험적입니다. 조선 시대와는 역전된 느낌마저 금치 못합니다. 한글 서예의 경우도 마찬가지입니다. 글을 빼앗긴 일제강점기 때는 그것이 귀족적 미학이든 어떻든 우리글을 쓴다는 것 자체가 사회적인 의미가 있었습니다. 그러나 광복 70년인 지금도 여전히 궁체를 쓰고 있다는 것에 대해서 생각해야 합니다. 물론 전통을 잇고 지키는 것 자체의 의미를 경시하는 것은 아닙니다. 민주적이고 서민적인 정서가 사회의 주조가 되어 있는 상황에서 시조, 별곡, 성경, 불경 등을 궁체로 쓰고 있다는 것 자체는 일단 서여書如가 못 됩니다. 그런 점에서 서도의 관계론은 그 의미가 중층적입니다. 내용과 형식, 시대와 아포리즘, 이런 것들에 대한 고민을 저버릴 수는 없을 것입니다.

제가 쓴 글씨 중에 자랑할 만한 것이 있습니다. 〈서울〉이란 작품입니다. 서울 정도 600년을 기념하여 예술의전당에서 100인 초대전을 개최했습니다. 예술의전당 서예부장이 전화를 걸어서 출품 요청을 했습니다. 두 번 세 번 전화가 왔습니다만 일단 거절했습니다. 그러고 나서 서울을 주제로 한다면 무엇을 쓸 수 있을까 혼자서 고민

했습니다. 문득 아이디어가 떠올랐습니다. 아예 '서울'을 쓰자. '서' 자는 북악산, '울' 자는 한강으로 쓰자. 그러고는 여러 가지로 시필을 했습니다. 그래서 이렇게 산을 그려서 '서' 자로 만들고 '울' 자를 강물처럼 썼습니다. 그리고 그 옆에다 한시 한 수를 방서로 썼습니다.

北岳無心五千年북악무심오천년　漢水有情七百里한수유정칠백리

"북악은 5천 년 동안 무심하고, 한수는 유정하게 700리를 흐른다." 북악과 한수, 무심과 유정, 5천 년과 700리가 대對가 되도록 했습니다. 북악은 왕조 권력을, 한수는 민초들의 애환을 상징해서 썼다고 해설에서 밝혔습니다. 왕조 권력은 권력 투쟁에 몰두하여 백성들의 애환에 무심하지만 한강 물은 민초들의 애환을 싣고 700리 유정하게 흘러간다는 의미를 담았습니다. 그냥 두기가 아까웠습니다. 해설까지 곁들여 초대전에 보냈습니다. 주최 측에서 대단히 반색했습니다. 예술의전당 전시장에 혼자 조용히 가 봤습니다. 놀라웠던 것은 그 많은 전시 작품 중에 '서울'을 주제로 한 작품이 없었다는 사실입니다. 「한양가」를 쓴 작품이 네댓 개, 김상헌의 시조 「가노라 삼각산아 다시보자 한강수야」를 쓴 작품이 무려 대여섯 개나 걸려 있었습니다.

작품 〈서울〉은 현재 서울시장실에 걸려 있습니다. 초대 민선 시장인 조순 시장 때 시청에 기증했습니다. 그 이후로 많은 시장을 보내면서 지금까지 시청에 걸려 있습니다. 지난번 『변방을 찾아서』의 기행 때 시장실을 방문하여 박원순 시장에게 이야기했습니다. 청와대는 '북악'을 하고, 서울시청은 '한수'를 하는 것이 좋겠다고 했습니다. 청와대는 권력 쟁취에 여념이 없더라도 서울시청은 민초들의 애환을 안고 700리 유정하게 흘러가라는 뜻이었습니다. 박원순 시장은 100% 공감을 보였습니다. 자기도 시민운동을 한 변방 출신이라고 했습니다.

서도에서 더 중요한 것은 환동還童입니다. 어린아이로 돌아가는 것입니다. 어린아이는 순수합니다. 전 시간에 대교약졸大巧若拙을 소개하면서 최고의 기교(大巧)는 졸렬한 듯하다(若拙)고 했습니다. 이때 대大라는 것은 최고의 의미이고 노자의 경우 최고의 준거들은 당연히 자연이라고 했습니다. 기교라는 것은 반자연反自然입니다. 최고의 기교란 졸렬한 듯 자연스러운 것이라는 뜻입니다. 붓글씨도 마찬가지입니다. 명필이나 대가들의 글씨는 졸렬합니다. 졸렬해 보입니다. 날렵하거나 아름답지 않고 어리숙합니다. 어리숙하면서도 깊이가 있고 진정성이 느껴지고 싫증나지 않습니다.

글씨도 사람과 같습니다. 아마 여러분도 나름 산전수전을 겪어 왔습니다. 글씨 보는 안목은 그렇지 못할지 모르지만 사람을 보는 안목은 상당하리라고 생각합니다. 이목구비나 언행이 반듯하고 패션 감각이 뛰어난 그런 사람이 아마 좋아 보였을지 모르지만 지금쯤은 생각이 상당히 달라졌으리라고 봅니다. 어리숙하고 어눌하더라도 어딘가 진정성이 있는 점을 더 높이 평가하고 있을 것입니다. 글씨도 같습니다. 환동, 어린이로 돌아가야 한다는 것이 바로 그렇습니다. 자기를 드러내려는 작위作爲가 개입되면 그 격이 떨어집니다. 인위적인 것은 글자 그대로 위僞입니다. 거짓이 됩니다.

나카지마 아쓰시의 단편 작품으로 「명인전」名人傳이 있습니다. 조趙나라 수도 한단邯鄲에 기창紀昌이라는 사람이 살았는데 천하 명궁名弓이 되려는 각오로 집을 떠납니다. 수많은 스승들을 찾아서 피나는 수련을 하고 이만하면 됐다고 자부하고 있었는데 또 한 사람의 고수를 만납니다. 그 고수 앞에서 화살 하나로 날아가는 기러기 열 마리를 떨어뜨립니다. 그랬더니 그분은 아무 말 없이 활도 안 잡고 손으로 시늉만 했는데도 날아가는 기러기가 떨어졌습니다. 불사지사不射之射입니다. 크게 뉘우치고 그 스승 밑에서 공부를 마치고 고향에 돌아옵니다. 목우木偶처럼 표정도 없는 사람, 졸렬한 모습으로 돌아옵니다. 죽기까지 40여 년 동안 손에 활을 잡은 적이 없다고 합니다. 죽기 얼마 전이었습니다. 마침 그 고을 현감이 명궁을 하나 얻었습니다. 기창을 집으로 청해서 활을 보여주었습니다. 명품 감정을 받고 싶었습니다. 놀랍게도 그것이 무엇에 쓰는 물건인지를 기창이 몰랐다는 것입니다. 그것이 활인 줄을 몰랐습니다. 그 소문이 난 뒤로 비파 연주자는 줄을 끊고, 목수는 먹줄을 잘랐다고 합니다. 심지어 그 집에 도둑이 들어가다가 한 줄기 빛에 이마를 쏘이고 쓰러졌다는 일화까지 남겼다고 합니다.

　허황한 이야기입니다만 어떤 경지를 이야기하는 것입니다. 예로부터 명필은 장수해야 한다는 말이 있습니다. 명문장 중에는 요절한 사람이 많습니다만 명필은 오래 살아야 된다고 합니다. 오래 사는 것만큼 세상을 달관할 수 있는 방법이 없기 때문입니다. 산전수전을 다 겪어서 사물과 인간에 대한 무르익은 생각이 바탕에 깔려 있어야 훌륭한 글씨를 쓸 수 있다는 뜻입니다. 추사 글씨도 죽기 사흘 전에 쓴 봉은사의 〈판전〉板殿을 최고로 칩니다. 최고로 치는 것은 어리숙하기 짝이 없기 때문입니다. 내가 보기에는 어리숙함인지 병색인지 구별이 쉽지 않습니다. 봉은사에 가면 한번 찾아보기 바랍니다. 명필은 장수해야 한다는 속설은 그대로 믿을 것이 아니지만 적어도 글씨가 어떠해야 한다는 것에 대해서 정곡을 찌르고 있다고 할 수 있습니다. 당나라의 명필인 구양순과 안진경이 각각 84세와 76세까지 장수했습니다. 왕희지王羲之와 미불은 60 이전에 졸했지만 당시로서는 요절이 아닙니다. 우리나라에도 원교圓嶠 이광사李匡師가 그 오랜 유배 생활에서도 73세까지 살았고, 추사도 71세, 다산 정약용도 75세까지 장수했습니다. 그리고 명문장이 반드시 요절해야 하는 것은 물론 아닙니다. 젊은 패기와 신선함이 문장에 생기를 불어넣을 수 있기는 합니다. 그러나 문장도 근본에 있어서는 글씨와 다르지 않다고 생각합니다. 세상과 인간에 대한 깊은 이해가 없이는 결코 뛰어난 글을 쓸 수 없습니다. 여기에 관해서는 장을 달리해서 한번쯤 논의해 볼 만하겠습니다.

20　　　　　　　　　　　　우엘바와 바라나시

지난 시간까지 『감옥으로부터의 사색』에 있는 글을 읽었습니다. 주로 인간에 대한 이야기였습니다. 인문학은 세계와 인간에 대한 공부라고 했습니다. 우리 강의도 대체로 그런 경로를 따르고 있습니다. 감옥 이야기를 좀더 해달라는 요청도 있습니다. 인간에 관한 이야기는 물론 중요하고 더 많은 인간상을 접하는 것도 나쁘지 않습니다만 그러나 사례를 넓히기보다는 그 얘기들을 심화하는 작업이 필요합니다. 여러 차례 이야기했듯이 수평적 인식을 마냥 확장하기보다는 수직적 인식으로 그것을 심화하는 작업이 필요합니다. 그 작업은 어차피 여러분 스스로가 고독하게 해야 합니다. 『감옥으로부터의 사색』에 있는 인간사人間事는 여러분의 앨범에도 있습니다. 『감옥으로부터의 사색』에 있는 글을 더 읽지는 않습니다.

사실 오늘부터 읽을 글은 분류를 한다면 여행기입니다. 해외 기행문, 국내 기행문 중에서 뽑았습니다. 표현을 문제 삼지 않는다면 감옥도 내 인생에 있어서 여행이었습니다. 길고 뜻깊은 여행이었습니다. 빈 몸으로 떠난 여행이었습니다. 하던 일과 부모형제 친지들을 칼같이 자르고 어느 날 기약 없이 떠난 여행이었습니다.

　오늘부터 읽는 해외 기행이 그것을 잘 보여줍니다. "여행이란 떠나는 것이다." 익숙한 공간을 떠나고, 자기의 성城을 벗어나는 것이 여행의 가장 첫 번째 의미입니다. 그다음이 '만나는 것'입니다. 자기를 떠나지 않고는 새로운 것을 만나기도 어려운 법입니다. 사실 이 해외 기행도 그런 의도에서 기획된 것이었습니다. 당시 『중앙일보』의 기자들이 나를 필자로 추천한 이유에 대하여 「사일이와 공일이」에서 밝혔듯이, 내가 오랫동안 사회로부터 격리되어 있었기 때문에 그만큼 세상에 물들지 않았고 그렇기 때문에 참신한 시각으로 글을 써 보내지 않을까 하고 기대했습니다. 그러나 떠나고 만난다는 것이 쉽지 않았습니다. '자기가 익숙한 공간과 사고를 결별한다는 것이 가능하기나 한가?'라는 의문이 들었습니다. 그리고 새로운 것을 만나는 것도 마찬가지였습니다. 처음 기행 계획을 짜면서 벌써 그것이 예감되었습니다. 여행지를 어디로 정할 것인가? 그 단계에서 벌써 새로운 것을 만나기 어려운 기획을 내가 하고 있었습니다. 오늘 읽을 글이 '콜럼버스'에 관한 기행문입니다. 콜럼버스, 그리고 그가 신대륙으로 출항한 우엘바 항구가 이미 내 머릿속에 자리 잡고 있었습니다. 스페인과 콜럼버스에 관해서 내가 알고 있는 것만 확인하고 있었습니다. 거기에 비하면 감옥은 굉장한 여행이었습니다. 자기를 완벽하게 비워야 했고, 그만큼 혹독한 여행이었고, 그만큼 충격적인 만남으로 채워진 여행이라고 할 수 있습니다. 여행은 떠나고 만나고 돌아오는 것입니다. 종착지는 자기 자신으로 돌아오는 것, 변화된 자기로 돌아오는 것입니다. 이러한 구조는 비단 여행에서만 확인되는 것은 아닙니다. 생각하면 여행만 여행이 아니라 우리의 삶 하루하루가 여행이라고 생각합니다. 소통과 변화는 모든 살아 있는 생명의 존재 형식입니다. 부단히 만나고, 부단히 소통하고, 부단히 변화하는 것이 우리의 삶입니다. 여행도 그렇고, 우리의 삶도 그렇고, 우리가 함께 만들고 있는 인문학 교실도 그런 것이 아닐까 생각합니다.

떠남과 만남과 돌아옴 중에서 가장 결정적인 것은 만남입니다. 다른 사람과의 만남 그리고 자기와의 만남입니다. 떠나는 것도 그것을 위한 것입니다. 만남에 관한 일화를 한두 가지 소개하겠습니다. 먼저 다른 사람을 만나는 것에 관한 것입니다. 내가 쓰는 붓글씨 중에 춘풍추상春風秋霜이란 글귀가 있습니다. 봄바람과 가을 서리라는 뜻입니다만 방서에 원문을 부기합니다. '대인춘풍待人春風 지기추상持己秋霜'입니다. 남을 대하기는 춘풍처럼 관대하게 하고, 반면에 자기를 갖기는 추상같이 엄격하게 해야 한다는 뜻입니다. 우리는 대체로 반대로 합니다. 자기한테는 관대하고, 다른 사람에게는 까다로운 잣대로 평가합니다.

대전교도소에는 준공 당시에 변소가 없었습니다. 후에 변소를 바깥으로 달아 내고 문을 달았습니다만 문틀과 문짝이 이가 맞지 않아서 그냥 두면 반쯤 열립니다. 그래서 자전거 튜브로 켕겨 놓았습니다. 그나마 문이 어느 정도 닫혀서 냄새가 덜합니다. 화장실 갔다가 나올 때는 조심해야 합니다. 나올 때 문짝을 놓아 버리면 고무줄 때문에 쾅 하고 부딪칩니다. 특히 밤중에는 소리가 더 큽니다. 비닐 창이라 가볍기도 해서 소리가 유난히 큽니다. 그런데 밤마다 꽝 소리를 내는 젊은 녀석이 있었습니다. 아침마다 욕먹으면서도 밤마다 마찬가지였습니다. 내가 찬찬히 타일렀습니다. 문이 닫힐 때까지 손을 놓지 말고 천천히 나와야 된다고 설명했습니다. "그걸 누가 몰라요? 다 사정이 있으니까 그런 거지요." 사연인즉 이렇습니다. 그 친구는 야간 절도 전문으로 주로 후생주택단지를 주 무대로 삼고 있었습니다. 빨간 지붕의 단층 주택단지였습니다. 들키면 일단 지붕으로 올라가서 지붕에서 지붕으로 달아납니다. 쫓아오는 사람은 골목을 돌아야 하기 때문에 쉽게 따돌릴 수 있습니다. 지붕을 여러 채 건너뛰어서 확실하게 따돌린 다음 땅으로 뛰어내립니다. 이번에도 몇 개의 지붕을 건너뛰어 확실하게 따돌린 다음 땅으로 뛰어내렸는데 한참을 내려갔는데도 발이 땅에 닿지 않았습니다. 다리가 부러지고 그 자리에서 잡혔습니다. 축대 위에 지은 집이었는데 깜깜해서 몰랐던 것이지요. 치료도 제대로 받지 못했음은 물론입니다. 그 후로 지금까지도 앉았다 일어나면 다리에 마비가 와서 10분, 20분 정도로는 통증이 가시지 않습니다. 화장실에서 마비된 다리를 끌고 나오다 보면 늘 변소 문을 놓친다는 것이었습니다. '그러면 그 사정을 이야기하지 그러냐'고 했습니다. 그 말에 대한 그의 대답이 충격이었습니다. "없이 사는 사람이 어떻게 자기 사정을 구구절절 다 얘기하면서 살아요? 그냥 욕먹으면서 사는 거지요." 여러분도 아시겠지만 대개 먹물들은 자기의 사정을 자상하게 설명하고 변명까지 합니다. 못 배운 사람들은 변명할 엄두가 나지 않습니다. 짧은 것이라 하더라도 자기 이야기를 끝까지 들어줄 사람이 아예 없습니다. 그냥 단념하고 욕먹으면서 살 각오를 합니다. 나는 그의 그러한 태도가 바로 춘풍추상이라는 고고한 선비들의 윤리의식과 조금도 다르지 않다고 생각되었습니다. 우리는 다른 사람의 사정은 잘 알지 못합니다. 반면에 자기 자신의 일에 대해서는 다른 사람이 알지 못하는 세심한 사정까지 속속들이 알고 있습니다. 불가피했던 수많은 이유들에 대해서 소상하게 꿰고 있습니다. 그렇기 때문에 다른 사람에게는 추상같이 엄격하고 자기에게는 춘풍처럼 관대합니다. '대인춘풍 지기추상'이란 금언은 바로 이와 같은 자기중심적 관점을 지적하고 있습니다. 변소 문 꽝 닫는 사람의 경우도 그 행위만으로 단정할 것이 아니라 내가 모르는 불가피한 사연이 있으리란 춘풍 같은 생각을 가져야 합니다. 반대로 자기는 자기 자신의 사정을 일일이 설명하려는 생각을 단념해야 합니다. 지금도 화장실 갈 때 문득 그 친구가 생각나기도 합니다. 여러분도 이미 많은 경험이 있을 것입니다. 구구절절 자기 사정 늘어놓는 사람치고 썩 좋은 사람 별로 없습니다. 자기변명 없이 욕먹으면서도 침묵하는 사람 중에 좋은 사람이 더 많습니다.

　　내가 나 자신을 추상같이 깨달았던 일화도 있습니다. 나는 교도소에 들어가기 전까지는 아마 꾸중보다는 칭찬을 많이 받았을 겁니다. 칭찬과 호의를 은근히 기대하고 있기도 했습니다. 징역살이는 이것이 역전됩니다. 징역 초년 때였습니다. 야간 근무자가 시찰구로 감방 안을 들여다보면서 내 수번을 불렀습니다. 그러고는 내게 내뱉듯이 하는 말이 "야! 아무리, 무기징역이 뭐야! 무기징역이!" 하는 것이었습니다. 각 감방의 바깥에 그 방에 수용되어 있는 죄수들의 수번과 죄명, 형기가 적힌 작은 나무 패쪽이 꽂혀 있습니다. 그 패쪽을 보다가 나를 불러서 확인하고는 내뱉은 말이었습니다. 그 교도관의 입장에서는 죄명 여하를 불문하고 '무기징역'은 죄의 크기가 도

대체 말이 안 된다는 것이었습니다. 3~4년 형기도 아니고 무기징역
이라니. 사형이나 별로 다를 바가 없습니다. 세상이 용납할 수 없는
일을 저지른 사람입니다. 그 신참 교도관의 입장에서는 당연히 할 수
있는 말이었습니다. 내가 객관적으로 어떤 존재인가를 새삼 확인시
켜 주었습니다.

연말이 가까운 추운 겨울밤이었습니다. 취침 시간 후에 보안과
사무실에 불려 나가서 야간작업을 했습니다. 교도소에는 장부가 엄
청나게 많습니다. 까만 철끈으로 묶는 흑표지 장부입니다. 흑표지
에는 하얀 페인트로 장부의 이름을 씁니다. 접견 대장, 서신검열 대
장, 당직 근무자 명부 등 장부의 이름을 쓰고 아랫부분에는 조금 작
은 글씨로 교무과, 보안과, 작업과, 용도과 등 각 과와 부서 이름을
씁니다. 해마다 신년 장부를 만들어야 합니다. 각 과의 담당 직원들
에게는 엄청난 작업입니다. 야근까지 하면서 써야 합니다. 간부들이
퇴근하고 나면 직원들이 나를 사무실로 불러냅니다. 보안과 사무실
이 통로로 이어져 있어서 사동 입구의 철문 하나 지나서 중앙을 건너
가면 보안과 사무실입니다. 나로서는 야간 잔업인 셈이지만 그 대신
그 추운 겨울에 난로 있는 사무실에서 작업하는 것이어서 그렇게 고
역은 아닙니다. 언젠가 밤 11시쯤 되었을 때입니다. 다른 교도관들
과 함께 흑표지를 쓰고 있었습니다. 교도관 한 사람이 "배 안 고파?
짜장면 시켜 먹자!"고 하는 것이었습니다. 그러고는 중국집에 전화
를 걸었습니다. 당연히 나는 기대가 클 수밖에 없습니다. 못 들은 척
하고 계속 열심히 쓰고 있었습니다. 중국집 배달 철가방이 도착했습
니다. 저쪽 책상에 철가방 내려놓고는 턱, 턱, 턱, 짜장면 그릇 벌려
놓는 소리가 들렸습니다. "어이, 이거 식기 전에 먹고 하지?" '드디

어 감옥에서 짜장면을 먹게 되는구나.' 감개가 무량했습니다. 그러면서도 애써 태연하게 말했습니다. "이것 조금 남았는데 마저 쓰고 먹지요." 그랬더니 어째 분위기가 썰렁했습니다. 둘러보았더니 난처하기 짝이 없었습니다. 내 짜장면은 없었습니다. 아예 시키지도 않았습니다. 나는 당연히 한 그릇 얻어먹는 줄 알고는 좀 있다가 먹겠다고 한 것이었습니다. 교도관들도 그 말에 조금은 당황했습니다. 나는 말할 것도 없습니다. 그런 큰 실수를 하다니요. 지금 생각해도 그때의 민망했던 기억이 생생하게 떠오를 정도입니다. 물론 교도소 규정상 재소자에게 짜장면을 줄 수는 없습니다. 그렇지만 밤 11시이고, 높은 사람 아무도 없고, 내가 자기들 일을 밤늦게까지 돕는 사람이고, 또 무기수가 짜장면을 얼마나 먹고 싶어 하는지 모르지 않는 사람들입니다. 군인들이 휴가 나와서 제일 먼저 찾는 게 짜장면입니다. 먹게 해 주더라도 아무 문제가 없습니다. 결국은 못 먹었습니다. 나는 교도관들이 짜장면을 먹기 시작할 때쯤 감방으로 돌려보내졌습니다. 감방에 돌아와서 감방 사람들한테 털어놓았습니다. 자다 일어난 사람들이 난리였습니다. 나 대신 시원하게 욕했습니다. 이야기가 짜장면 잘하는 중국집 이야기로 이어지고 또 출소 후 그 집으로 같이 가기로 약속도 합니다. 이 짜장면 사건(?)의 교훈이 바로 나 자신에 대한 반성입니다. 다른 사람들의 호의를 항상 기대하고 있었던 자신에 대한 반성입니다. 그리고 더 중요한 반성이 있습니다. 나는 직관적 판단, 그것도 재빨리 하고 있었습니다. 수학 문제도 빨리 풀고 상황 판단도 빨리 하는 경향이 있었습니다. 그 후로는 절대로 빨리 판단하지 않습니다. 그때 굳게 결심했습니다. 절대로 미리 속단하거나 판단하지 않고 한 박자 늦추어 대응하자. 심지어는 나를 지목해서

욕하는 것이 분명한 경우에도 다시 한 번 확인합니다. "나보고 하는 거 아니지?"

여행은 '돌아오는 것'입니다. 떠나고 만나고 돌아오는 것입니다. 그 전 과정이 자기 변화로 이어지는 것이어야 합니다. 그렇지 않은 것은 아무리 멀리 이동하고 아무리 많은 것들을 만났더라도 진정한 여행은 아닙니다. 지금 함께 읽는 이 글도 마찬가지입니다. 우리가 통과하고 있는 후기 근대사회의 생생한 얼굴을 대면하고 그것을 뛰어넘는 비근대의 조직과 탈근대의 모색이어야 합니다.

해외 기행의 첫 번째 방문지가 콜럼버스가 출항한 우엘바 항구였습니다. 지브롤터 해협 가까이에 있는 작은 항구입니다. 잊힌 항구입니다. 우리 취재팀이 갔을 때는 아무도 없었습니다. 단 한 명의 관광객도 없었습니다. 모형으로 만든 산타마리아 호 세 척만 파도에 흔들리고 있었습니다. 배 위로 올라가 보기도 했습니다. 네 척이 떠났는데 한 척이 난파되었다고 합니다. 배도 크지 않습니다. 전장이 35m 정도입니다. 그러나 산타마리아 호는 근대의 아이콘이 되어 있습니다. 물론 콜럼버스가 신대륙에 도착한 1492년을 근대의 시작이라고는 하지 않습니다. 그러나 신대륙의 발견은 자본주의의 원시축적이 시작된 시점이라고 할 수 있기 때문에 나는 근대의 시작으로 보는 관점에 동의합니다. 특히 스페인은 레콘키스타Reconquista를 통해서 아랍 지배로부터 독립하고, 이사벨Isabella I of Castile과 페르난도 Ferdinand II of Aragon가 결혼하는 형식이지만 국내 통일과 중세 청산이 이루어진 때입니다. 뿐만 아니라 이곳은 유럽이 지중해를 벗어나는 지점입니다. 그리고 신대륙新大陸, 사람이 살고 있는 대륙을 '신대류'이라고 하는 것도 어불성설이지만, 여하튼 엄청난 대륙을 손에 넣습니다. 이 대륙의 금은은 물론이고 막대한 인적 자원이 자본주의 성장의 물적 토대가 됩니다. 자본주의의 눈부신 성장 이면에는 참혹한 희생이 있었습니다. 그렇기 때문에 우리는 스페인의 콜럼버스와 나란히 라틴아메리카를 읽어야 합니다. 코르테스Hernán Cortés와 피사로Francisco Pizarro, 잉카와 아스텍을 나란히 읽어야 합니다.

유럽의 등장, 이것은 역사학자들도 1천 년 이래의 기적이라고 합니다. 당시 유럽은 인도보다 평균 생활수준이 낮았습니다. 명나라의 정화鄭和 함대는 대선단이었습니다. 연인원 2만 수천 명이 아프리카 동해안까지 일곱 차례 왕래할 정도로 뛰어난 항해술을 자랑했습니다. 정화 함대의 본선은 길이 150m, 폭 60m, 높이 9m였습니다. 19세기 영국 함대가 나오기 전까지 세계 최대 함선이었습니다. 본선을 보선寶船이라 했습니다. 여러 지역에 나눠 줄 황제의 선물을 싣고 있었기 때문입니다. 유럽의 아메리카 수탈과는 반대였습니다. 명나라의 대선단이 자취를 감추고 대항해시대의 주역이 스페인 등 유럽으로 넘어간 이유에 대해서 많은 연구가 있습니다. 중국 북방 민족들의 침략 때문이거나, 또는 원나라의 대륙 국가 모델로 되돌아간 것으로 추측하기도 합니다. 정화 함대를 파견한 사람들은 환관이었습니다. 해외 원정파인 환관 세력이 몰락하고 유교적인 관료들이 집권하면서 자체 충족의 국가 시스템으로 되돌아간 것으로 추측합니다. 실제로도 배를 파괴해서 땔감으로 쓰고 해군을 육군으로 전환 배치했습니다. 심지어는 17세기 경 필리핀에서 중국 화교들이 두 차례에 걸쳐서 몇 만 명이 처형당하는 사건이 일어납니다. 그 사건에 대해서 중국 본국에서는 필리핀을 문책하지 않았습니다. 저들이 국법을 어기고 허가 없이 해외로 나간 것이기 때문에 아무 조치도 취할 필요 없다고 했습니다. 중국의 이러한 정책 때문에 바다는 유럽 차지가 됩니다. 그 연장선상에서 신대륙의 발견이 이루어지고, 신대륙의 엄청난 금은으로 원시축적이 가능했습니다.

원톄쥔溫鐵軍은 『백년의 급진』에서 자본주의는 유럽 국가들이 국내의 빈민층과 범죄인들을 식민지로 유출시킬 수 있었기 때문에 가능했다고 주장합니다. 금은의 유입과 노동력의 유출이 동시에 이루어집니다. 자본의 유입은 자본의 상대적 과잉이 되고 노동력의 유출은 노동력의 부족으로 이어져 자본과 노동의 계급 타협이 이루어졌다고 합니다. 그 계급 타협이 '민주주의'라는 이름으로 불리는 것이라 할 수 있습니다. 오늘날과 같은 중산층 중심의 다이아몬드형 사회 구성이 가능한 것이 바로 콜럼버스에서 시작된 것이라고 할 수 있습니다. 우리나라를 비롯한 모든 후발 자본주의 국가들이 바로 이러한 근대의 발전 경로를 모델로 하고 있습니다. 이에 반하여 중국은 근대사회의 이러한 발전 경로를 모델(Path-dependency)로 하지 않고 내발적內發的 경로를 만들어 간다고 자부하고 있습니다. 유럽의 근대화 모델은 실패할 수밖에 없다고 합니다. 인도, 아프리카, 동남아시아, 라틴아메리카에서는 인구의 50% 정도에 달하는 빈민층을 껴안고 가야 하는 것이 현실입니다. 저렴한 자본의 공급과 빈민층의 이출移出은 더 이상 기대할 수 없습니다.

우엘바와 콜럼버스를 제일 먼저 찾아간 이유가 이곳이 바로 근대의 출발 지점이고, 유럽의 출발 지점이고, 세계화의 출발 지점이기 때문입니다. 당시 스페인의 신대륙 무역 독점 항은 과달키비르 강가에 있는 세비야입니다. 우리 일행은 세비야를 거쳐 우엘바로 가게 되어 있었습니다. 세비야 국립대학은 엄청나게 컸습니다. 우리나라 종합대학을 훨씬 능가하는 크기입니다. 물론 세비야뿐만 아니라 스페인 각 도시들은 건물 하나가 한 블록을 차지할 정도로 규모가 큽니다. 식민 모국의 물적 풍요를 과시하고 있습니다. 세비야 국립대학은 당시에는 연초공장이었습니다. 카르멘이 일했던 연초공장입니다. 신대륙으로부터 들어오는 연초를 가공하는 공장이었다고 합니다. '세비야'가 여러분이 잘 아시는 '세빌랴'입니다. 오페라 〈세빌랴의 이발사〉와 〈피가로의 결혼〉은 지금 이 순간에도 세계의 어딘가에서 공연되고 있습니다. 아마 세계적으로 가장 자주 공연되는 오페라의 하나일 것입니다. 소설 『돈키호테』와 마찬가지로 중세사회에 대한 풍자입니다. '돈키호테'가 중세 기사의 희화화戲畵化인 것과 마찬가지로 〈세빌랴의 이발사〉와 〈피가로의 결혼〉은 중세 귀족과 앙시앵 레짐Ancien Régime의 희극화입니다.

우엘바에서 생각해야 하는 것은 물론 근대의 시작입니다. 그리고 그것은 엄청난 희생 위에 이루어진 것이라는 사실입니다. 해외 기행의 후반부에 라틴아메리카로 가게 됩니다. 페루의 잉카와 멕시코의 아스텍 등 코르테스와 피사로의 자취를 좇아가게 됩니다. 도저히 상상할 수 없는 비극적 역사를 만납니다. 당시 멕시코의 테오티우아칸은 인구 30만의 도시였습니다. 유럽 최대 도시 파리가 15만이었을 때입니다. 30만 도시를 500명의 침략자들이 점령합니다. 그 과정은 무지와 기만과 잔혹한 살상이 어우러진 처참한 비극입니다. 당시 잉카와 아스텍에는 전설이 있었습니다. 그들이 기다리는 전설의 인물이 있었습니다. 수염이 하얗고 피부가 하얀 백인이 언젠가 자기들을 도와주러 나타나리란 믿음이었습니다. 라틴아메리카 연구자들은 과거에 난파당한 백인이 표류해서 왔다 간 적이 있었을 것으로 설명합니다. 그 표류자들은 문명의 교사였습니다. 페루에서는 '비라코차'라고 하고, 아스텍에서는 '켓살코아틀'이라는 이름으로 남아 있었습니다. 그 오랜 전설 때문에 코르테스와 피사로를 바로 그 전설의 인물이라고 반기게 됩니다. 침략자들은 그 사실을 재빨리 간파하고 차근차근 역이용하면서 하나하나 정복해 갑니다. 나의 페루 여행은 피사로가 잉카를 정복해 나갔던 코스를 따라서 가는 것이었습니다. 1532년 피사로가 페루 북부에 상륙한 후 아타우알파Atahualpa 왕을 속여서 체포합니다. 방 가득 황금을 채우면 살려 주겠다고 약속합니다. 역사상 가장 많은 몸값을 치릅니다. 가로 6.7m 세로 5.2m 높이 2.4m 크기의 방을 황금으로 채웁니다. 약속은 지켜지지 않고 처형당합니다. 피사로 일행의 침략은 처형과 학살로 점철된 야만이었습니다. 제1세대인 피사로와 코르테스의 개인사에 관한 이야기만으로도 얼마든지 당시의 역사적 상황을 읽을 수 있습니다. 그들은 황금 도시에 혈안이 된 익스플로러들이었습니다. 코르테스도 그렇고 피사로도 마찬가지입니다. 그들은 스페인의 이달고Hidalgo라는 하급 귀족이었습니다. 본국에서는 거의 신분 상승 기회가 없는 계급이었습니다. 코르테스와 피사로는 외척으로 친척이기도 합니다. 피사로보다 10살이나 나이가 적은 코르테스가 먼저 성공합니다. 피사로는 페르난도 1세로부터 군사 600명을 받고 비용은 자체 조달하는 조건으로 떠납니다. 그때부터 시작하여 죽음에 이르기까지 그의 행적은 파란만장합니다.

현지 가이드와 일주일 동안 함께 지내면서 참 많은 얘기를 나누었습니다. 코르테스와 피사로에 대한 그의 생각을 물어보았습니다.

그러나 내가 기대했던 그들에 관한 증오나 저주는 듣지 못합니다. 생각하면 코르테스와 피사로가 그들의 조상입니다. 혼혈에 혼혈을 거듭했지만 그들은 이미 그의 피를 물려받았습니다. 너무 옛날 얘기를 물어보는 것이 아니냐고 반문했습니다. 그러면서 그가 하는 말이 의외였습니다. "그래도 남미는 북미보다는 덜 비참합니다." 남미는 콜럼버스 상륙 이후 약 1,600만 명이 살해됩니다. 마찬가지로 1,600만 명의 아프리카인이 노예로 끌려옵니다. 그런데도 덜 비참하다니요. 그러나 남미에서는 원주민들을 개종시키려고 했고 또 혼혈이 이루어졌지만 북미에서는 그렇지 않았습니다. 개종과 혼혈도 노동력 관리와 노동력 재생산 정책의 일환이라고 하지만 북미의 완벽한 인종 청소보다는 낫다는 것이었습니다. 남미의 가톨릭 신부가 부패 집단이었음에 비해 북미의 칼빈파 청교도는 청렴했다고 합니다. 부패와 청렴의 의미가 역전되기도 한다는 것이었습니다. 피사로는 그의 친구 그리고 신부 한 사람 이렇게 세 사람이 남미로 향하면서 발견한 황금은 공평하게 나누기로 약속합니다. 그러나 결국은 서로 죽입니다. 먼저 피사로가 친구를 죽이고 그 친구의 부하들에게 피사로가 살해당합니다. 그만큼 부패하고 비인간적이었습니다.

북미에서는 원주민들을 청소합니다. 개종, 혼혈 일절 없었습니다. 인디언은 사탄의 보병이었습니다. 잔혹한 인종 청소가 행해집니다. 인디언 보호구역에 극히 소수가 '보관' 되어 있을 뿐입니다. 정확한 통계는 없습니다. 최소한 4천만에서 6천만의 인종 청소가 행해졌습니다. 그런데 더 심각했던 것은 홍역, 천연두, 매독 이런 질병에 원주민들은 무방비였다는 사실입니다. 『총, 균, 쇠』에 자세히 기록되어 있습니다. 8천만이던 아메리카 원주민들이 100만으로 줄었다고 합니다. 나중에 북미 기행 때 플리머스 플랜테이션 모형 마을을 방문합니다. 당시의 소박한 삶의 모습을 그야말로 왜소한 규모로 재현하고 있었습니다. 인종 청소에 관한 단 한 조각의 증거물도 남아 있지 않습니다. 중요한 것은 현대 미국을 미국의 역사와 함께 읽는 것입니다. 마찬가지로 현대 유럽을 아프리카, 라틴아메리카와 함께 읽는 일입니다. 대상을 올바르게 파악하기 위해서는 반드시 그 반대의 것과 대비해야 합니다. 문제는 당시의 식민주의적 세계 경영이 오늘날도 청산되지 않고 있다는 사실입니다. 해외 기행을 기획하면서 20세기를 되돌아보는 제일 첫 번째 방문지를 1492년 콜럼버스가 출항한 항구 우엘바로 정한 것 역시 이러한 이유 때문이었습니다.

포레스트 카터Forrest Carter의 『내 영혼이 따뜻했던 날들』(The Education of Little Tree)은 미국 남동부 애팔래치아 산맥에서 살아오던 체로키 족의 이야기입니다. '어린나무'로 불리는 인디언 어린이가 할아버지로부터 물려받는 체로키 족의 인간과 자연에 대한 애정을 감동적으로 표현하고 있습니다. 특히 그중에서 잊히지 않는 대목이 있습니다. 체로키 족이 그들의 보금자리에서 쫓겨나 황량한 인디언 보호구역으로 강제 연행되는 행렬의 모습입니다. 1838년부터 1만 3천 명의 체로키들을 차례로 오클라호마 보호구역으로 강제 이주시킵니다. 1,300km를 이동하는 동안 추위와 굶주림으로 무려 4천여 명이 목숨을 잃습니다. 전체의 3분의 1이 넘는 사람들이 죽어 가는 행렬이었습니다. 행진을 재촉하는 정부군 백인 병사들은 죽은 사람들을 매장할 시간을 주지 않았습니다. 3일에 한 번씩 매장할 시간을 주었기 때문에 죽은 어린이와 가족들을 가슴에 안고 걸었습니다. 이 행렬을 '눈물의 여로'라고 불렀지만 체로키들이 울어서 그렇게 부른 것은 아니었습니다. 체로키들 중에서 어느 한 사람 우는 사람이 없었습니다. 얼굴에는 어떤 표정도 내비치지 않았다고 서술하고 있습니다. 남편은 죽은 아내를, 아들은 죽은 부모를, 어미는 죽은 자식을 안은 채 하염없이 걸었습니다. 죽은 여동생을 안고 가는 어린아이는 밤이 되면 죽은 동생 옆에서 잠이 들고 아침이 되면 다시 죽은 동생을 안고 걸었습니다. 그러나 이러한 행렬에서 가장 충격으로 남아 있는 장면은 마차였습니다. 빈 마차였습니다. 정부군들은 마차와 노새를 타고 가도 좋다고 허락했지만 아무도 타는 사람이 없었습니다. 심지어 좌우에서 호위하는 백인 병사를 쳐다보는 일도 없었습니다. 앞만 보고 걸었습니다. 백인 마을을 지날 때 백인들은 덜거덕거리며 행렬의 뒤를 따라가는 빈 마차를 보고 어리석은 체로키들을 비웃었습니다. 그러나 체로키들 중 어느 누구도 웃거나 그들을 쳐다보는 사람이 없었습니다. 빈 마차는 그들의 자존심이었습니다. 나는 지금도 이 대목이 마치 내가 이 침묵의 행렬 속에 있었던 것 같은 선명한 기억으로 남아 있습니다.

콜럼버스 이후 지금까지의 세계 질서는 본질에 있어서 조금도 변함이 없습니다. 유럽의 근대사는 한마디로 나의 존재가 타인의 존재보다 강한 것이어야 하는 강철의 논리로 일관된 역사였습니다. 이러한 논리를 모든 나라들이 그대로 받아들입니다. 조선을 흡수 합병한 메이지明治 일본의 탈아론脫亞論도 그중의 하나입니다. 뿐만 아니라 그러한 논리의 희생이 된 나라들마저도 그러한 논리를 모방하고 있습니다. 우리나라의 경우가 그렇습니다. 심지어는 그러한 논리와 싸워야 할 해방운동마저 그러한 패러다임에서 벗어나지 못하고 있습니다. 그것이 개인이든, 회사든, 국가든 언제나 '나의 존재성'

을 앞세우고 다른 것들을 지배하고 흡수하려는 존재론의 논리에 한 없이 충실합니다. 더러는 자신을 낮추거나 뒤에 세우는 경우가 있다 하더라도 그것은 철저하게 계산된 프로그램의 일환일 뿐입니다. '마 키아벨리의 지성'에 지나지 않습니다. 단기적으로는 다소의 손해를 감수하더라도 장기적인 이득을 염두에 둔 계산된 희생이 어쩌면 우 리가 도달한 지성의 현 수준인지도 모릅니다. 진정한 의미의 연대와 공유는 찾아보기 어렵습니다.

세계화는 콜럼버스의 세계화입니다. 오늘날도 콜럼버스는 살아 있습니다. 콜럼버스 개인에게는 야박하게 들릴지도 모릅니다. 그러 나 콜럼버스는 개인이 아닙니다. 콜럼버스는 험한 파도와 사투를 벌 인 한 사람의 바다 사나이일 뿐이라 할 수 있지만 그는 근대사회의 아이콘입니다. 콜럼버스는 지금도 살아 있습니다. 오늘날도 경쟁력 을 강화하기 위해서는 발상의 전환이 필요하고 이 발상의 전환을 강 조하는 예로서 반드시 콜럼버스가 등장합니다. 여러분도 잘 아는 계 란 이야기입니다. 다른 사람들은 아무도 계란을 책상 위에 세우지 못 하는데 콜럼버스만이 계란을 세웠습니다. 이것은 매우 중요한 의미 를 가집니다. 단지 발상의 전환에 관한 일화가 아니기 때문입니다. 계란의 모양은 어미 닭이 체온을 골고루 줄 수 있도록 만들어진 것입 니다. 모든 알이 그렇습니다. 어미 품을 빠져나가 굴러가더라도 다 시 돌아오게끔 만들어진 타원형의 구적球積입니다. 바로 생명의 모양 입니다. 이것을 깨트려 세운다는 것은 발상의 전환이기에 앞서 생명 에 대한 잔혹한 폭력입니다. 잔혹한 폭력을 발상의 전환이라고 예찬 하는 우리의 무심함은 무심함이 아니라 비정함에 다름 아닙니다.

사람의 판단력에 끝까지 집요하게 끼어드는 것이 콤플렉스입니다. 콤플렉스는 합리적인 판단을 불가능하게 합니다. 본인은 그 사실을 인지하지 못합니다. 라틴아메리카에 대한 우리들의 의식 속에는 상당한 콤플렉스가 내재되어 있습니다. 멕시코대학에서 꼬박 하루를 보냈습니다. 학생들과 이야기를 나누는 과정에서 오히려 내가 충격을 받습니다. 라틴아메리카에서 그렇게 많은 노벨문학상 수상자가 나오는 이유에 대하여 은근히 시비를 걸었습니다. 칠레의 네루다Pablo Neruda부터 콜롬비아의 마르케스Gabriel García Márquez, 멕시코의 옥타비오 파스Octavio Paz Lozano, 페루의 바르가스 요사Mario Vargas Llosa에 이르기까지 노벨문학 수상자가 즐비합니다. 우리나라는 단 한 개의 노벨문학상에 목매달고 있습니다. 라틴아메리카의 노벨문학상은 유럽이 라틴아메리카를 그들의 중하위에 견인해 두려는 정치적 배려가 아닌가 하고 질문했다가 호되게 야단맞았습니다. 1968년 멕시코 올림픽 주경기장이 멕시코대학이었습니다. 대학 운동장과 건물마다 디에고 리베라Diego Rivera의 벽화가 화려하게 펼쳐져 있습니다. 학생들이 리베라를 이야기했습니다. 그가 바로 피카소를 결별하고 벽화라는 새로운 장르를 개척했다는 것이었습니다. 그림은 궁정과 귀족들의 거실을 장식하는 것이 아니라 광장에서 민중들과 공유하는 정치학이라는 것이 리베라의 정신이라는 것이었습니다. 더구나 리베라의 불행한 부인 프리다 칼로Frida Kahlo의 이야기도 충격이었습니다. 자기의 그림을 유럽의 어떠한 개념으로도 부르지 말 것을 요구했습니다. 아르헨티나의 보르헤스Jorge Luis Borges에 이르면 라틴아메리카의 정신세계가 얼마나 창조적인가를 실감합니다. 한마디로 라틴아메리카는 '아버지 죽이기'로 불리고 있을 만큼 유럽 정전正典에서 자유롭습니다. 우리의 경우 피카소를 결별할 수 있는 미술인은 없습니다. 더구나 고전의 반열에 즐비하게 늘어서 있는 유럽의 문학과 음악에 이르면 우리는 한없이 왜소해집니다.

미국 유학생들의 이야기입니다. 황인종이 백인 다음 서열쯤 되리라는 막연한 기대가 여지없이 무너지는 것이 미국 생활이라고 합니다. 흑인과 남미인들보다 더 아래 서열입니다. 인도인이나 이슬람계보다 아래 서열임은 물론입니다. 흑인은 대통령을 배출한 인종입니다. 미국에서 성공한 한국인 연예인을 찾다가 막상 안소니 퀸An-thony Quinn이 멕시코 출신이란 사실 앞에 무너집니다. 우리 자신도알지 못하는 우리들의 콤플렉스입니다. 콤플렉스는 그것을 은폐하기위해서 자기보다 못한 사람을 발견하려고 합니다. 자기의 하위에 그사람을 배치함으로써 자신의 콤플렉스를 위무하려는 심리적 충동으로 기울기 쉽습니다. 라틴아메리카를 밑에 깔려고 하다가 앗 뜨거워라 놀랍니다.

보르헤스는 '20세기의 디자이너'로 불립니다. 유럽의 탈근대 철학자들, 이를테면 데리다Jacques Derrida, 움베르토 에코Umberto Eco,미셸 푸코, 알튀세르 이런 사람들에게 결정적인 영향을 준 사람이바로 아르헨티나 출신 보르헤스입니다. 그럼에도 막상 우리들에게는 잘 알려지지 않았습니다. 보르헤스는 포스트모더니즘의 선구자입니다. 유럽의 지성을 이끌었던 사람입니다. 모더니즘은 한마디로이성주의입니다. 이성주의는 이성에 대한 무한한 신뢰입니다. 인간이성이 모든 무지를 밝힐 수 있다, 이성의 촛불로 어둠을 밀어낼 수있다는 신념입니다. 그러나 보르헤스는 촛불을 끄라고 합니다. "촛불을 꺼라! 촛불은 어둠을 조금 밀어낼 수 있을 뿐 그 대신 별을 보지 못하게 한다"는 것입니다. 그래서 그의 리얼리즘을 환상적 리얼리즘이라고 합니다. 보르헤스의 작품 세계는 광범합니다. 불교에 심취하기도 했습니다. 우리나라에도 『보르헤스의 불교강의』 번역본이 있습니다. 조그만 책입니다. 86세에 세상을 떠났는데 71세에 이혼하고 86세에 또 결혼합니다. 국립도서관장을 오래했습니다. 페론 정부를 비판했다가 페론Juan Perón이 등장하면서 쫓겨나고, 페론이 실각하면서 다시 도서관장직에 복직되고, 다시 페론이 재집권하면서 또 쫓겨납니다. 유럽의 많은 지성인들이 보르헤스에게 빚지고 있습니다. 21세기의 디자이너, 이런 사람들이 라틴아메리카에 있습니다.

라틴아메리카는 콤플렉스 투성이인 우리들의 의식으로서는 다가가기 어려운 거인입니다. 라틴아메리카의 정체성은 대학생들이 자부하고 있듯이 '독립'입니다. 우리에게는 '라틴'이라는 수식어부터 라틴유럽의 하위문화라는 느낌을 떨쳐버리기 어렵지만 그들에게는 독립전쟁, 혁명전쟁의 역사와 자부심이 바탕에 깔려 있습니다. 라틴아메리카의 독립은 아시아의 가열찬 해방투쟁에 비길 수 없습니다. 그러나 독립 이후 지금까지 그들이 견지하고 있는 독립 의지와 자부심이 이와 같은 문화적 성취로 빛나고 있는 것만은 부인하기 어렵습니다. 그리고 이러한 독립 의지와 자부심이 우리에게는 없다는 것도 또한 부인하기 어렵습니다.

내가 마지막으로 찾은 산상山上 도시 마추픽추는 폐허였습니다. 폐허의 산상에서 듣는 잉카의 비극은 참으로 가슴을 적십니다. 피사로 침략군에게 쫓기고 쫓기던 잉카군은 해발 2,400m의 산상 도시 마추픽추로 피신합니다. 그러나 또다시 침략군이 추격해 온다는 급보를 받고 노약자를 땅에 묻고 황급히 떠납니다. 400년 후 하이럼 빙엄Hiram Bingham이란 미국계 익스플로러가 어린이 둘을 앞세우고 잡초 우거진 마추픽추를 발견합니다. 173구의 노인과 어린이의 유골만 묻혀 있었습니다. 당시 150마리의 나귀에 짐을 싣고 내려왔으면서도 황금은 하나도 없었다고 강변했습니다. 전설의 황금도시 엘도라도는 아마존 밀림의 어딘가에 아직도 소문으로 남아 있습니다.

〈엘 콘도르 파사〉는 독방에서 자주 허밍하던 노래였습니다. 여러분도 〈엘 콘도르 파사〉의 가사를 생각하면 그때의 심정을 이해할 수 있을 것입니다. 달팽이보다는 차라리 참새가 되고 싶고, 못보다는 망치가 되고 싶다는 자유에의 갈망입니다. 못처럼 한 곳에 못 박혀 있는 나로서는 마음에 와 닿는 노래가 아닐 수 없었습니다. 이 노래는 원래 페루의 작곡가 로블레스Daniel Alomía Robles가 전래의 민요를 기초로 작곡한 오페레타Operetta 〈콘도르칸키〉의 테마곡이었습니다. 이후 이 곡에 사이먼 앤 가펑클Simon & Garfunkel이 노랫말을 붙여서 널리 애창되었습니다. 물론 이 노래는 잉카인들의 아픔을 담고 있었지만 감옥의 나로서는 창공을 날아가는 참새가 그리웠기 때문입니다. 마추픽추의 폐허에서 잉카의 전통 악기 잠포니아로 이 노래를 들었습니다. 잠포니아 특유의 애잔한 선율이 잉카인들의 아픔처럼 가슴을 적십니다. 잉카의 참담한 역사가 한 줄기 선율이 되어 온 하늘과 즐비한 준봉들을 선회하는 느낌이었습니다.

교재는 콜럼버스와 인도를 대비해서 읽도록 편집했습니다. 인도 문화가 21세기에 어떤 지위를 차지할지 예단할 수 없지만 인도의 정신세계는 적어도 콜럼버스와 나란히 대비하기에는 부족함이 없다고 생각하기 때문입니다. 무엇보다 인도 문화가 키워 오고 있는 엄청난 달관이 그렇습니다. 달관은 탈문맥이고, 우물을 벗어나는 탈정脫

#입니다. 인간 존재의 궁극적 의미에 대해서 인도만큼 치열하게 사유하는 문명이 없습니다. 쉬운 예로 숫자는 인도 숫자가 가장 큽니다. 무한 시간입니다. 유럽의 시간 관념은 직선입니다. 창세기에서 종말까지 직선으로 연결되어 있는 유한한 것입니다. 천국의 존재가 그 시간을 무한대로 연장하고 있다는 반론이 있지만 천국은 사자死者들의 세계가 아닙니다. 그것은 살아있는 사람들의 것입니다. 그에 비해 인도의 시간 단위는 억만 겁劫입니다. 1겁은, 바위 크기를 정확하게 모르긴 합니다만, 바위가 옷깃에 스쳐서 닳아 없어지는 시간입니다. 인도 의상은 얇고 가볍기도 합니다. 인도의 시공간은 엄청난 상상력이 요구됩니다. 유한한 선분이 아니라 윤회입니다. 그러한 시공을 넘나드는 인도의 사유를 우리로서는 도저히 따라갈 수 없습니다. 그것이 이승을 포기하게 하는 정치적 이데올로기가 아닌가 하는 의문으로 우리들의 협소한 사유를 합리화합니다. 어쨌든 인도를 콜럼버스와 나란히 대비하면 서로가 서로를 잘 설명해 줍니다. 근대와 탈근대를 아울러 바라보게 합니다.

갠지스 강에는 강물과 연결되어 있는 가트라는 긴 돌계단이 있고 그 위에서 화장을 합니다. 시체를 장작 위에 올려놓고 태웁니다. 장작 불길이 센 가운데 부분이 먼저 타기 때문에 대부분의 시체가 양쪽으로 툭 부러집니다. 장작 값이 비싸서 돈이 부족한 사람의 시체는 다 태우지 못합니다. 타다 남은 시체는 재와 함께 강물에 쓸어 넣습니다. 옆에서 기다리고 있던 개가 남은 시체의 일부를 물고 달아나면 쫓아가서 빼앗지도 않는다고 합니다. 그 화장장이 있는 강물에서 목욕하고 기도합니다. 인도가 우리에게 안겨 주는 달관은 달관이기보다는 당혹감입니다. 그러나 인도는 사람을 한없이 편안하게 하는 것이 사실입니다. 한국 여행자 중에는 한 달 계획으로 왔다가 1년 넘게 계속 남아 있는 사람들도 있습니다. 편안하기 때문이라는 대답입니다. 모든 것을 다 내려놓고 맨발에 최소한의 옷으로 지냅니다. 그것이 결국 이데올로기라는 생각을 지울 수 없지만 그럼에도 불구하고 이러한 자유와 달관은 귀중한 것이 아닐 수 없습니다.

인간의 자유는 카르마karma를 제거하는 일입니다. 부정적 집합표상集合表象을 카르마라고 합니다. 표상(representation)은 인간의 인식활동입니다. 우리는 남산을 바라보지 않고도 남산을 표상할 수 있습니다. 고향에 계신 어머니를 떠올릴 수 있는 것처럼 대상과 격리되어 있지만 대상을 재구성하는 인식 능력입니다. 대상은 그에 대한 1개의 표상으로 이루어지는 것이 아니라 여러 개의 표상 즉 집합표상으로 구성됩니다. 어느 시대 어느 사회에도 고유의 집합표상이 있습니다. 중세에는 마녀라는 집합표상이 있었습니다. 마녀라는 집합표상은 부정적이란 점에서 카르마입니다. 이 카르마를 깨뜨리는 것이 달관입니다. 데카르트의 "나는 생각한다. 고로 존재한다"는 선언이 바로 '카르마의 손損'입니다. 카르마를 깨뜨리지 않고는 그 시대가 청산되지 못합니다. 봉건제의 집합표상이 청산되지 않는 한 프랑스혁명이 성공할 수 없습니다. 봉건제의 집합표상은 완고하고 위력적입니다. 귀족, 성벽, 기사, 아름다운 공주와 왕후, 화려한 마차 행렬 그리고 귀족들에 얽힌 존경스러운 신화와 공주의 아픔에 가슴 아파하는 서민들의 연민도 집합표상을 구성합니다. 참으로 위력적입니다. 한 사람의 개인은 물론이고 한 시대가 다음 시대로 나아가려면 부정적 집합표상인 카르마를 청산해야 합니다. 인도가 안겨 주는 달관은 그것의 크기에 있어서 인류사가 역사의 도처에 만들어 놓은 수많은 욕망의 집합표상을 일소하는 느낌을 안겨 줍니다. 그만큼 우리의 일상적 사유로서는 쉽게 공유하기 어려운 것이기도 합니다만 적어도 탈근대를 지향하고 비근대를 조직하는 후기 근대사회의 실천적 과제에 앞서 인도의 달관은 '카르마의 손[損]'이라는 점에서 탈문맥, 탈정의 의미로 주목할 수 있다는 생각입니다.

우엘바의 콜럼버스와 인도의 바라나시를 나란히 놓은 이유를 여러분이 고민하시기 바랍니다. 한쪽을 수탈해서 자기의 성취를 만들어 내는 근대사회의 기본적인 구조를 직시하기 위해서는 양쪽을 아울러 바라보는 두 개의 시각이 필요합니다. 유럽과 라틴아메리카, 우엘바와 바라나시를 함께 바라보기를 권합니다. 유럽은 스페인으로 대체해도 됩니다. 콜럼버스가 스페인에 많이 남아 있기도 하고 스페인은 또 우리나라와 비슷한 현대사를 경과하고 있기 때문입니다. 장기 집권한 프랑코 군사정부도 우리에게 익숙합니다. 프랑코Francisco Franco는 인민정부를 쿠데타로 전복시켰습니다. 스페인 귀족들의 위기를 프랑코가 구했습니다. 우리나라의 경우 4·19혁명으로 위기에 처한 보수 권력이 5·16군사쿠데타에 의해서 구원받는 것과 닮았습니다. 물론 5·16군사쿠데타가 미국의 동북아 전략의 일환이었다는 점에서는 차이가 없지 않다고 하지만 1936년 스페인 내전 역시 내전이 아니라 2차대전의 전초전이며 국제전입니다. 여러분은 인민전선에 투신한 헤밍웨이Ernest Hemingway와 『누구를 위하여 종은 울리나』에 대해서는 알고 있을 것입니다. 프랑코가 스페인 귀족들을 위기에서 구하고 그들의 지배 구조를 공고하게 만들었음에도 불구하고 귀족들이 프랑코를 받아들이지 않습니다. 프랑코가 자기 딸을 귀족 가문에 시집보내지 못합니다. 아무도 혼인에 응하지 않았습니다. 귀족들은 자기 딸을 프랑코 가문에 시집보내기는 합니다. 그러나 프랑코의 딸을 받아들이면 귀족 순혈純血이 무너지기 때문에 받아들이지 않습니다. 우리나라의 경우도 다르지 않습니다. 혼인 사례를 연구해 보시면 알 수 있을 것입니다.

강의가 너무 팍팍한 듯해서 이런저런 일화를 소개했습니다. 요지는 대비 방식으로 접근하는 것이 쉽다는 것입니다. 지난번에도 같은 이야기를 했습니다만 대비는 동양적 인식틀입니다. 유일한 것은 인식하기가 쉽지 않습니다. 세계를 하나의 전체상으로 인식하는 것이 어렵기 때문에 5행五行이라는 5개의 섹터로 나누어서 거기에 공통되는 속성을 부여해서 응대應對 관계로 인식하는 방식을 택하고 있습니다. 그래서 남녀, 주야, 대소, 장단, 음양 등 상징체계로 대비하는 인식틀이 친숙하고 쉽습니다. 그리고 이 대비 방식은 동양의 전통적 인식틀일 뿐만 아니라, 이미 여러분이 간파하고 있으리라고 생각합니다만, 우리의 강의가 중심에 놓고 있는 '관계론'의 가장 단순한 형태입니다. 고전 강의를 마치면서 대비와 '관계의 조직'에 관해서 설명했습니다. 콜럼버스의 스페인과 피사로의 라틴아메리카를 양안兩眼으로 관찰하기 바랍니다. 그렇더라도 20세기를 탈주하고 21세기를 전망하는 일이 쉽지 않습니다. 21세기를 구상한다는 것 자체가 대단히 어렵습니다. 프랑스혁명의 양심 로베스피에르Maximilien Robespierre도 혁명 이후의 세계에 대한 그림을 그릴 수 없었다는 이야기를 했습니다. 그만큼 새로운 것으로 나아간다는 것은 어렵습니다. 여러분의 고민을 부탁합니다. 여행은 떠남, 만남, 그리고 돌아옴이라고 했습니다. 그러나 결정적인 것은 자기를 칼같이 떠나는 것입니다.

21   상품과 자본

「우엘바와 바라나시」에 이어「상품과 자본」에 대한 강의입니다. 우엘바는 20세기에 이르기까지의 근대사회 전개 과정을 추적하는 것이었습니다. 바라나시는 21세기의 전망을 인도의 정신과 연결해 보는 것이었습니다. 탈근대의 과제를 우엘바와 바라나시를 서로 대비하는 형식으로 조명한 셈입니다. 우리의 강의 구성에서 본다면 세계 인식의 장에 해당합니다. 「상품과 자본」은「우엘바와 바라나시」의 속편이라고 할 수 있습니다. 바야흐로 우리가 통과하고 있는 후기 근대사회의 이야기입니다. 세계와 인간을 넘나드는 강의 진행이 조금은 혼란스러울지 모릅니다. 그러나 크게 봐서 세계와 인간을 나누어 이야기하는 것도 나눌 수 없는 것을 무리하게 나누는 것입니다.

상품과 자본은 경제학 개념입니다만 우리의 강의에서는 그것을 인문학 속으로 끌고 와야 합니다. 인문학이라고 한다면 결국 인간의

문제, 인간의 삶의 문제를 중심에 놓는 것입니다. 우리는 후기 근대 자본주의 사회의 한복판을 지나가고 있습니다. 자본주의 사회는 우리의 삶이 영위되는 무대이면서, 그 체제 속의 사람들을 재구성하는 공작실이기도 합니다. 그런 점에서 「상품과 자본」은 인간과 세계를 아울러 바라보는 것이기도 합니다. 「우엘바와 바라나시」 그리고 「상품과 자본」으로 이어지는 강의 진행 과정이 이해될 수 있기 바랍니다.

그리고 자본주의 사회를 '상품'과 '자본'이라는 두 개의 개념으로 '설약'說約하는 방식에 대해서도 이해하리라 믿습니다. 핵심을 요약할 수 있을 때 우리는 그것을 알았다고 할 수 있습니다. 모든 지식은 압골미壓骨美를 갖추고 있어야 합니다. '상품'과 '자본'은 자본주의 사회의 설약이면서 압골입니다. 그런 만큼 상품과 자본을 제대로 이야기하자면 경제학 전 영역을 망라해야 합니다. 더구나 인문학이 사람과 삶의 문제라면 경제야말로 그것의 근본이 아닐 수 없습니다. 상품과 자본에 대해서 넓고 깊게 다루어야 마땅합니다만 그렇게 하지 못합니다. 최소한의 논의에 국한할 수밖에 없습니다.

상품이 나타나기 전에는 '가치'라는 말이 없었습니다. 물론 '가치 있는 삶'이라고 하듯이 일반적 의미로 쓰이기는 합니다. 그러나 경제학에서 가치라고 하는 것은 교환가치입니다. 사용가치가 아닙니다. 쌀의 가치는 일용하는 곡식이 아닙니다. 그것이 다른 것과 교환될 때의 비율이 가치입니다. 따라서 이러한 가치는 쌀을 팔지 않을 경우에는 생각할 수 없는 개념입니다. 상품이 출현하기 전에는 가치라는 개념이 없었습니다. 로빈슨 크루소가 큰 진주조개를 주웠다 하더라도 그것은 가치가 없습니다. 팔 수 없기 때문입니다. 엄마를 프라이스리스priceless라고 합니다. 그만큼 소중한 존재라는 뜻입니다만 팔지 않기 때문이기도 합니다. 이처럼 가치는 그 자체의 소재 가치가 아니라 그것이 다른 것과 교환될 때 나타나는 상대적 가치입니다.

상품에는 여러 가지 특성이 있습니다. 학생들에게 상품의 특성을 물어보면 "예쁘잖아요"입니다. 내용물도 깔끔하고 포장도 근사합니다. 추석 때 식구들이 둘러앉아 만든 송편은 예쁘지 않습니다. 백화점의 송편은 예쁩니다. 팔아야 하니까요. 상품의 특징이 여러 가지가 있지만, 핵심적인 것은 '팔기 위한 물건'이라는 것입니다. 소비를 위한 것이 아닙니다. 물론 상품의 질이 좋아야 잘 팔리긴 합니다. 그러나 상품의 사용가치는 상품 생산의 목적이 아닙니다. 그것은 어디까지나 잘 팔기 위한 요소의 하나에 지나지 않습니다. 아무리 유용하더라도 안 팔리면 상품으로서는 가치가 없습니다. 여러분이 잘 알고 있는 얘기를 새삼스럽게 또 하는 이유는 상품사회의 인간적 위상을 조명하기 위해서입니다.

쌀 1가마＝구두 1켤레

쌀이 상품인 한 자기의 가치를 자기 스스로 표현할 수는 없습니다. 구두 1켤레로 표현됩니다. 쌀은 구두로써 자기의 가치를 상대적으로 표현할 수밖에 없습니다. 그래서 쌀은 상대적 가치형태에 있다고 합니다. 이 경우 구두를 등가물等價物이라고 합니다. 가치가 같은 물건이란 뜻입니다. 여기서 우리는 가치론으로부터 인문학의 영역으로 들어갑니다. 쌀 입장에서는 자기가 구두로써 표현되는 것이 기분 좋은 일은 아닙니다. 쌀은 먹는 것이고 구두는 신는 것입니다. 그 것을 같은 것이라고 하다니요. 그러나 이 경우의 쌀은 쌀이 아닙니다. 가치일 뿐입니다. 상대적 가치입니다. 쉽게 이야기하고 있지만 좀 난해합니다.

나 자신이 등가물이었던 경험을 소개하겠습니다. 나는 오로지 무게로만 서 있었던 경험이 있습니다. 징역 초년 때는 목공 기술이 없었기 때문에 내가 주로 하는 일이 톱질하는 사람을 돕는 일이었습니다. 자르는 나무가 움직이지 않도록 그 나무 위에 올라서서 밟고 있는 역할입니다. 여러 차례 그런 역할을 하는 동안 '참을 수 없는 존재의 가벼움'을 느끼지 않을 수 없었습니다. 내게는 나무를 밟고 움직이지 않도록 하는 몸무게 이외에도 여러 가지 능력이 있습니다. 그런 것이 모두 사상되고 오로지 몸무게로서만 의미가 있구나 하는 처량한 생각이 들기도 했습니다. 등가물은 그 물건의 속성이 모두 사라지고 오로지 교환가치만 남아 있는 것입니다. 쌀은 밥과 관계가 없고 구두는 발과 관계가 없습니다. 가치란 그런 것입니다. 상품은 그런 것입니다. 위의 등식 '쌀 1가마＝구두 1켤레'에서 쌀 대신 사람으로 바꾸어 보기로 하겠습니다.

사람 1명＝구두 1켤레

여러분이 그 당사자라면 기분이 좋지 않습니다. 그러면 구두 10켤레로 하면 어떨까요? 그래도 기분 나쁘기는 마찬가지입니다. 사람을 구두로 표현하다니. 그러나 구두 10켤레 대신 '연봉 1억'이라면 기분 나쁘지 않습니다. 중요한 것은 구두 1켤레든, 10켤레든, 연봉 1억이든 '등가물'이긴 마찬가지입니다. 그 속에 인간적 품성은 없습니다.

우리 아파트에서 있었던 이야기입니다. 근사한 로펌 변호사가 있었습니다. 지금은 이사 갔습니다. 키도 크고 미남이기도 한 중견 변호사였는데 가끔 베란다에서 그가 출근하는 광경을 봅니다. 자동차도 좋고 운전기사도 젊은 미남입니다. 겨울에는 자동차를 예열해 두고 기다렸다가 변호사가 나오면 얼른 뒷문을 열어 맞이합니다. 좋은 승용차여서 차문 닫히는 소리도 부드럽습니다. 나뿐 아니라 아파트의 많은 아주머님들에게 좋은 인상을 받고 있었습니다. 그런데 문제가 있었습니다. 그 변호사의 부인이 남편만큼 근사하지 않다는 사실이었습니다. 키도 크지 않고 미인형이 아니었습니다. 낮에는 추리닝 차림에 슬리퍼 신고 다니는 모습도 보였습니다. 아파트의 많은 아주머니들이 고민했습니다. 부인 쪽이 몹시 기운다는 생각이었습니다. 얼마 후에 들리는 소문에 의하면 결론을 내린 것 같았습니다. 결론인즉 '그 부인의 친정이 굉장히 부자인가보다'라는 것이었습니다. 부부 관계 역시 등가관계로 인식하는 우리의 사고방식을 보여주는 사례입니다. 그것이 바로 우리가 상품문맥에 갇혀 있다는 증거입니다. 아파트 아주머니들의 생각으로는 친정이 부자이기 때문에 부부의 등가관계가 성립되는 것이었습니다. 문제는 부부 관계마저도 상대적 가치형태로 인식한다는 사실입니다. 인간적 가치로서 판단하지 않고 있는 우리의 의식 형태입니다. 그리고 하필이면 '친정이 부자인가보다'라는 생각입니다. 가장 인간적이어야 할 인간관계마저도 화폐가치로 인식하고 있는 우리의 천민적 사고입니다. 그 두 사람은 학창 시절 운명적인 사랑을 했을 수도 있습니다. 그 부인이 뛰어난 작가이거나 아니면 따뜻한 품성의 소유자일 수도 있습니다. 우리로서는 상상할 수 없는 인연의 사람일 수도 있습니다. 이 모든 인간적 품성이 제거되고 있습니다. 이처럼 상품사회의 문맥이 보편화되어 있는 경우 인간적 정체성은 소멸됩니다. 등가물로 대치되고 상대적 가치형태로 존재합니다. 상품사회의 인간의 위상이 이와 같습니다. 인간 역시 상품화되어 있습니다.

여러분의 인간 이해 역시 크게 다르지 않을 것입니다. 직업과 직위 그리고 수입과 재산을 궁금해합니다. 서울대 어려운 학과에 합격한 딸을 두고 있는 아주머님이 있었습니다. 아파트의 많은 아주머님들이 그 사실을 알고 있습니다. 그 아주머님은 적절한 기회에 어김없이 그 사실을 은근히 알립니다. 아마 몇 년 동안 계속 그 사실을 자연스럽게 화제에 올리고 있었습니다. 딸과 자기를 등가관계로 삼는 사례입니다.

상품사회에서는 인간의 정체성이 소멸됩니다. 등가물로서의 구두가 나중에 일반적 등가물이 됩니다. 조개껍질, 면포, 금, 은이 그 지위를 이어받습니다. 제너럴 이퀴벌런츠general equivalents입니다. 일반적인 등가물이 곧 화폐입니다. 상품의 가치 표현 형태는 등가물→일반적 등가물→화폐라는 과정을 거쳐 왔습니다. 구두가 화폐의 지위에 오르면 상황은 달라집니다. 좌우항의 권력이 역전됩니다. 제너럴general이란 '장군'將軍이란 뜻도 있습니다. 권력이 됩니다. 화폐가 출현하면 상품 구조로부터 화폐 구조로 전환됩니다. 화폐는 상품의 아들이었지만 이제는 상품으로부터 독립하여 그것을 지배하는 상품의 주인으로 군림합니다. 자본주의 사회에서 물건은 상품이 지배하고, 상품은 화폐가 지배합니다. 자본주의 사회는 상품사회이고 상품의 최고 형태가 화폐입니다. 화폐가 최고의 상품입니다. 모든 상품은 화폐로 교환되기를 원합니다. 화폐로 교환되지 못하는 상품은 '가치'가 없습니다. 화폐로 교환되지 못한다는 것은 '팔리지 않는다'는 뜻입니다. 팔리지 않는 물건은 가치가 없습니다. 그 물건을 생산하는 노동도 가치가 없습니다. 그것의 생산과 관련된 기술이나 학문도 가치가 없습니다. 한마디로 '화폐권력'입니다. 우리가 일상적으로 만나는 일입니다. 공장이 도산하는 것은 물론이고 학과가 폐지되고 교수가 해직됩니다. 모든 것은 화폐가치로 일원화됩니다.

이러한 화폐 구조에서 일반적 등가물을 생산하는 사람이 있다면 아무 걱정이 없습니다. 자기 생산물을 화폐와 바꿀 필요가 없습니다. 이처럼 자기 생산물이 일반적인 등가물인 경우에 행사하는 권력을 세뇨리지seigniorage라고 합니다. 자세한 설명을 드리지 못합니다만 실제로 세뇨리지 권력을 행사하는 나라가 있습니다. 미국입니다. 미국은 달러를 찍어 내면 됩니다. 금융위기 이후 계속 찍어 내고 있습니다. '양적 완화'(quantitative easing)라는 표현 자체가 대단히 기만적입니다. 부도난 카지노를 폐쇄하는 대신 계속해서 칩을 공급하고 있는 것과 다르지 않습니다. 오바마의 선거 구호가 "We can make change!"였습니다. 그러나 가장 중요한 이러한 구조는 변화시키지 못했습니다. 미국은 UN의 반대에도 불구하고 이라크를 침공했습니다. 이라크 침공의 납득할 만한 이유와 명분은 없습니다. 알카에다의 배후도 아니고, 대량 살상 무기가 없다는 것도 알고 있었습니다. 미국의 이라크 침공은 달러 헤게모니를 방어하기 위한 전쟁이란 것이 국제정치학자들의 공통된 의견입니다. 이란, 베네수엘라, 이라크 등은 이미 외환 보유를 유로로 하고 있습니다. 이라크 후세인 정권이 석유 결제 화폐를 유로로 바꾸려고 했습니다. 이것이 도미노가 되어 산유국의 석유 결제 화폐가 유로로 바뀐다면 달러 가치의 폭락은 불 보듯 합니다. EU의 지도국인 독일과 프랑스는 끝까지 미국의 이라 크 침공에 반대했습니다. 유로가 결제 화폐이기를 원했기 때문입니다. 이처럼 화폐 구조는 권력이며 그 자체가 허구입니다. 칼 폴라니 Karl Polanyi가 상품화하지 않아야 하는 세 가지로 자연, 인간, 그리고 화폐를 들었습니다. 자연과 인간은 우리가 생산하지 못하기 때문입니다. 화폐는 실물이 아니라 시스템이기 때문입니다. 지금까지 이야기한 바와 같이 상품사회는 화폐권력이 지배하고 화폐권력은 그 자체가 허구입니다. 상품사회에서는 단지 인간의 정체성이 소멸되는 데 그치지 않고 우리가 발 딛고 있는 삶의 토대 자체가 공동화空洞化되지 않을 수 없습니다.

다시 우리 강의의 주제인 상품사회의 '인간'으로 돌아가지요. 인간의 정체성이 소멸되는 가장 큰 이유가 바로 우리가 갇혀 있는 '상품문맥'에 있다는 이야기를 하고 있습니다. 상품문맥은 인간의 정체성뿐만 아니라 우리의 미의식마저 왜곡합니다. 상품미학을 예로 들어 이야기하겠습니다. 광고는 자본주의 미학의 꽃이라고 합니다. 놀이에 열중하던 어린아이도 CF가 나오면 TV를 주목합니다. 그만큼 강렬합니다. CF 중에 샴푸 광고가 있습니다. 인상적인 것은 긴 생머리가 가지런히 흐르는 영상입니다. 음악과 함께 흐르는 머리칼은 아름답습니다. 그 샴푸의 구매욕을 자극하기에 충분합니다. 저 샴푸로 머리 감으면 머릿결이 저렇게 부드러워지느냐고 물어본 적이 있습니다. 여러 사람이 그렇지 않다고 했습니다. 미용사와 촬영감독이 몇 시간 동안 작업해서 그런 영상을 만들어 낸다고 합니다. 그 CF를 믿고 구매한 소비자가 CF의 약속이 허위임을 알게 되면 다음 구매를 포기합니다. 그러나 포기하려는 시점에서 샴푸의 디자인이 바뀝니다. 다시 CF의 약속을 믿고 구매합니다. 그리고 다시 포기하려는 순간 디자인이 또 바뀝니다. 상품미학은 소비자의 구매를 이끌어 내기 위한 것입니다. 이처럼 CF의 허구와 디자인의 변화가 반복되면서 디자인은 이제 패션으로 바뀝니다. 변화 그 자체에 탐닉하는 것이 패션입니다. 부단한 변화와 새로운 것에 대한 신화입니다. 변화하지 않고 새롭지 않은 상품은 '아름답지 않습니다.' 우리에게는 대중의 미적 정서를 앞서가는 미학의 실험이 과연 필요한가에 관한 논의는 없습니다. 상품미학은 그것을 앞서서 만들어 냅니다. 사람들의 삶의 정서를 담아서 만드는 것이 아니라 오로지 구매욕을 자극하기 위한 디자인에 몰두합니다. 결국 지금까지 친숙한 것은 상품미학에서 배격됩니다. 새로운 것이라야 됩니다.

　여기서 우리가 짚어 봐야 합니다. '아름다움'이란 무엇인가? 벌써 여러 차례 이야기했습니다. 아름다움은 '앎'입니다. 숙지성熟知性이 그 본질입니다. 오래되고 친숙한 것이 아름답습니다. 그런데 상품미학의 경우 더구나 패션은 '모름다움'에 탐닉하는 것입니다. 미적 정서의 역전입니다. 한자로 '美'는 '羊＋大'입니다. 양이 큰 것을 아름답다고 합니다. 그 고기는 먹고, 그 털은 입고, 기름은 등유로 사용하고, 뼈는 화살촉을 만듭니다. 물질적 삶의 실체입니다. 그런 양이 풀밭에서 무럭무럭 자라는 것을 보고 있을 때의 흐뭇함, 그것이 미적 정서의 근본입니다. 생명 그 자체를 뒷받침하는 안정감, 그것이 미의 본질이고 아름다움의 내용입니다. 상품미학은 '모름다움'입니다.

오래되고 친숙한 것보다는 낯설고 새로운 것에 더 많은 가치를 부여합니다. 회사의 상표도 지금까지 살아남은 것은 부채표 '활명수'뿐이라고 합니다. 회사명과 로고도 빠르게 외국어로 바뀌었습니다. 모름다운 것이 아름다운 것이 됩니다. 이것은 단지 미적 정서의 문제만이 아닙니다.

우리 사회의 미적 정서가 이처럼 역전되고 있는 까닭은 상품미학 때문만은 아닙니다. 문화적 자부심이나 주체성이 없는 사회의 일반적 특성이기도 합니다. 주변부의 문화적 콤플렉스입니다. 모든 권력은 바깥에 있습니다. 식민 모국에 있고 패권 국가가 행사합니다. 새로운 물건은 항상 배를 타고 해외에서 왔습니다. 최종적인 결정은 바깥에서 이루어집니다. 모름다움의 권력입니다. 그리고 우리가 간과해서는 안 되는 것이 있습니다. 패션이라는 이미지의 변화가 사회 변화를 대체한다는 사실입니다. 사회 변화의 실천적 열정을 희석시킵니다. 상품미학에 민감한 젊은 층의 사회의식이 현실로부터 이미지 쪽으로 급속하게 이동해 버린 것 역시 이와 무관하지 않습니다. 상품사회는 이처럼 상품—화폐 구조 속에 우리를 가둠으로써 인간적 정체성을 소멸시킬 뿐 아니라 우리들의 미적 정서 그 자체를 역전시킵니다. 그리고 변화 그 자체를 이미지화함으로써 현실의 개혁과 진정한 변화의 열정을 소멸시키고 있습니다.

학부 강의 때 학생들이 소지하고 있는 물건 중에서 상품이 아닌 것을 찾아보자고 한 적이 있습니다. 상품 아닌 것이 단 한 개도 없었습니다. 강의실을 둘러봐도 상품 아닌 것이 하나도 없었습니다. 어느 학생이 상품 아닌 것으로 털실로 뜨개질한 머플러를 들어 보였습니다. 엄마가 짠 것이었습니다. 상품이 아니었습니다. 그러나 그 털실은 상품입니다. "자본주의 사회의 부는 상품의 거대한 집적이다." 자본주의의 세포가 바로 상품입니다. 상품의 종류와 양은 끊임없이 증가합니다. 강의실뿐만 아니라 우리들의 생활 주변에 상품 아닌 것이 없습니다. 산모도 상품이 되고 노인도 상품이 되었습니다. 질병 자체가 상품이 되어 있습니다. 치안이라는 공공재公共財까지 상품이 되고 있습니다. 교도소가 민영화되면서 재소자도 상품이 됩니다. CCA(아메리카 교정법인)의 사법정책연구소에서는 불법 이민자의 원칙적 구속 수사를 로비하고 있습니다. 내 경우에는 독서가 이제는 상품이 되어 있습니다. 감옥에 있을 때 독서는 상품 생산이 아니었습니다. 읽기 싫은 것은 읽지 않아도 그만이었습니다. 지금은 팔기 위해서 독서합니다. 읽기 싫은 것도 읽습니다. 이처럼 상품은 끊임없이 증가하고 상품문맥은 점점 더 강고해집니다.

　여기서 우리는 '상품'의 인문학적 의미에 대하여 다시 한 번 생각해야 합니다. 상품이 아름답고 소비가 행복의 내용이 될 수 있는가에 관한 것입니다. "사는 것은 사는 것이다"(Living is shopping)라는 농담이 있습니다. 명품을 손에 넣었을 때 그 순간 열반에 든다고 합니다. 물론 소비를 통하여 행복감을 느낄 수는 있습니다. 그러나 소비를 통하여 자기 정체성을 만들어 낼 수는 없습니다. 자신의 인간적 정체성은 소비보다는 생산을 통하여 형성됩니다. 의상으로 인간적 정체성을 만들어 내지는 못합니다. 그럼에도 불구하고 우리는 포장된 것과 정체성을 구별하지 못합니다. 우리들의 정서 자체가 포획되어 있기 때문입니다.

　지난번 『장자』 편에서 수의를 다시 제작하여 줄 세워서 입는 소

356

위 교도소 명품족(?)에 대해서 이야기했습니다. 그들을 바라보는 대부분의 재소자의 시선은 대단히 냉소적이라고 했습니다. 그 사람의 죄명과 형기를 이미 알고 있기 때문입니다. 그 사람을 알고 난 후의 의상은 무력하기 짝이 없습니다. 교도소와는 달리 우리들은 사람을 보지 못하고 사람과 옷을 구별하지 못합니다. 정체성에 대한 관념 자체가 없어졌습니다. 문제는 이처럼 사람을 보지 못하고, 보지 않는 현실입니다. 인간에 대하여 알만큼 아는 사람은 그렇지 않습니다. 인간의 정체성은 인간관계에 의해서 만들어집니다. 아픔과 기쁨도 사람으로부터 옵니다. 돌이켜보면 가장 통절한 아픔이나 가장 뜨거운 기쁨은 사람으로부터 왔다고 기억됩니다. 여러분도 다르지 않으리라고 생각합니다.

결혼 6개월 만에 구속된 젊은 사람이 있었습니다. 자기 처가 몹시 아파서 이번 달에는 접견도 오지 못한다는 것이었습니다. 걱정이 태산이었습니다. 못 온다는 편지를 받았느냐고 물었습니다. 편지는 받지 않았지만 이번에 받은 양말 소포에 전보다 향수가 진하게 뿌려져 왔다는 것이었습니다. 그것이 왜 아프다는 것이냐? 아파서 접견 가지 못하는 안타까움이 향수의 양의 증가로 분명하게 표현되고 있다는 대답이었습니다. 젊은 부부여서 속옷이나 양말을 소포로 보낼 때는 향수를 조금씩 뿌려서 보냈었나 봅니다. 이번에 받은 소포에는 향수가 보통 때보다 짙게 뿌려져 왔습니다. 그것이 아픈 증거였습니다. 그럴 수도 있겠다는 생각이 들었습니다. 그런데 얼마 후 처가 접견 왔습니다. 그리고 아프지도 않았습니다. 문제는 그의 고통이 과연 어디로부터 오는 것인가 하는 것입니다. 춥고 배고프고 갇혀 있는 것이 흔히 감옥의 고통이라고 알려져 있습니다. 여러분도 경험이 없지 않으리라고 생각합니다. 자기가 직접 부딪치고 짐 져야 하는 물리적인 고통은 차라리 작은 것입니다. 그런 고통은 막상 맞부딪치면 얼마든지 견디게 마련입니다. 그러나 자기 때문에 고통당하는 사람의 아픔이 자기의 아픔이 되어 건너오는 경우 그것은 어떻게 대처할 방법이 없습니다. 기쁨과 아픔의 근원은 관계입니다. 가장 뜨거운 기쁨도 가장 통절한 아픔도 사람으로부터 옵니다. 물건으로부터 오는 것이 아닙니다. 범중엄范仲淹의 「악양루기」岳陽樓記에 '불이물희不以物喜 불이기비不以己悲'라는 명구가 있습니다. "물物로써 기뻐하지 않으며 자기[己] 때문에 슬퍼하지 않는다"는 것입니다.

찰스 디킨스Charles Dickens의 『두 도시 이야기』에 가난의 고통에 관한 이야기가 있습니다. 가난의 고통은 춥고 배고픈 것이 아닙니다. 빵과 버터를 구입할 수 없기 때문에 겪는 고통도 고통이지만 그것보다는 지금까지 다니던 골목길을 우회할 수밖에 없는 고통이 더 크다고 합니다. 이제는 다른 가게에서 빵과 버터를 구입하는 것으로 오해하고 있는 그 가게 아주머니를 볼 면목이 없어서 우회할 수밖에 없는 한 청년의 고통에 대해서 이야기합니다. 인간관계의 상실이 주는 아픔은 결코 작은 것이 아닙니다. 우리의 삶은 압도적인 부분이 사람들과의 관계로 이루어져 있습니다. 관계야말로 궁극적 존재성입니다. 자신을 개인적 존재로 인식하는 사고야말로 근대성의 가장 어두운 면이 아닐 수 없습니다.

에피쿠로스는 흔히 쾌락주의자로 잘못 알려져 있습니다만 인간의 행복에 대해 진지한 고민을 했던 철학자입니다. 인간의 행복도 전문가들이 규명하고 해석해야 한다고 주장합니다. 편두통 앓는 사람은 머리에 구멍을 하나 뚫으면 낫는다는 비전문가의 처방이 그 사람을 죽게 합니다. 행복에 대해서도 전문가의 철학적 처방이 필요하다는 것입니다. 에피쿠로스의 행복은 우정, 자유, 오후의 햇살 등입니다. 그중에는 '갓 구워낸 빵'도 있습니다. 내가 에피쿠로스의 글을 읽었을 때 마침 잭 니컬슨과 헬렌 헌트가 주연한 영화 〈이보다 더 좋을 순 없다〉를 비디오로 보게 되었습니다. 영화의 마지막 장면에 새벽 빵집이 나옵니다. 우여곡절 끝에 잭 니컬슨과 헬렌 헌트가 새벽 거리로 나서지만 마땅히 갈 데가 없어 주저하고 있었습니다. 마침 빵집이 문을 열었습니다. 빵집 문을 열고 들어갑니다. 영화인데도 불구하고 빵 냄새가 확 풍겨 왔습니다. '갓 구워낸 빵'의 행복을 실감했습니다. 에피쿠로스의 도표에 의하면 행복과 소비는 비례하지 않습니다. 소비가 아무리 증가하더라도 행복은 증가하지 않습니다. 우리가 잘 아는 경제원칙은 "최소의 희생으로 최대의 효과를 얻는 것"입니다. 참으로 비인간적인 생각입니다. '최대의 희생으로 최소의 효과를 얻는 것'이 훨씬 더 인간적입니다. 고뇌와 방황과 좌절이 인간을 얼마나 성숙하게 하는지에 대하여 경제원칙은 무지합니다. 소비가 미덕이라는 구호도 비인간의 극치입니다. 단적으로 이야기한다면 최대의 소비는 전쟁입니다. 전쟁이야말로 미덕이 된다는 역설입니다. 지금 그것이 현실이기는 합니다.

'상품'이 우리에게 던지는 성찰의 메시지는 한이 없습니다. 그렇기 때문에 우리가 자본주의 사회를 이해하는 키워드로 삼고 있습니다. 소비와 소유의 역사를 거슬러 올라가면 소비와 소유는 자기가 생산한 것에 한해서 인정됩니다. 그리고 소비하지 않는 것에 대한 소유는 인정되지 않았습니다. 생산과 점유와 소비는 하나였습니다. 자기가 생산하고 자기가 점유하고 있는 한에 있어서 소비와 소유가 인정됩니다. 나중에 소비하기 위한 저축 행위와 자기가 필요하지 않은 것을 다른 것과 바꾸는 교환 행위도 인류사에서는 훨씬 후기에 나타나는 현상입니다. 그러나 지금은 생산하거나 소비하지 않음은 물론 점유의 주체가 될 수 없는 죽은 사람까지도 소유권을 행사합니다. '상속권'입니다. 최고 형태의 소유권입니다.

상품 이야기를 하느라 '자본'에 관해서 이야기할 시간이 부족합니다. 그러나 핵심적인 것은 함께 검토하기로 하겠습니다. 상품이 화폐로, 화폐가 자본으로 발전하는 것이 자본주의의 전개 과정입니다. 상품의 최고 형태가 화폐라고 했습니다. 화폐의 최고 형태가 바로 '자본'입니다. 화폐가 권력이듯이 자본은 더 큰 권력입니다. 자본권력은 생산과 소비를 장악합니다. 시장을 장악하고, 국가를 장악하고, 세계 질서를 장악합니다. 춘추전국시대를 법가가 통일했다고 한다면 근대사회는 자본가가 통일했다고 할 수 있습니다.

자본은 자기 증식하는 가치입니다. '資'는 '滋'와 같은 뜻입니다. 불어난다는 뜻입니다. 캐피탈Capital은 카푸트Caput라는 소를 세는 단위, 즉 '마리'가 어원입니다. 소도 새끼를 낳고 우유를 만듭니다. 자본은 그 자체가 증식하는 가치입니다. 그렇기 때문에 모든 자본은 반드시 자본축적으로 이어집니다. 축적은 자본의 강제 법칙입니다. 자본주의의 역사는 자본축적의 역사입니다.

여러분은 자본축적이라는 경제학 개념이 가시적이지 않을 것입니다. 나는 충격적으로 대면했습니다. 20년의 수형 생활을 마치고 서울로 올 때였습니다. 무 배추 밭이던 강남 일대에 엄청난 빌딩과 아파트 단지가 가득 들어차 있었습니다. 뿐만 아니라 두 개밖에 없던 한강의 교량이 10개도 더 건설되어 있었습니다. 자동차, 도로, 수많은 상품들의 집적集積, 이것이 자본축적입니다. 20년 동안 먹고 입고 자녀들 교육시키고 치료하고 그러고도 남은 여분이 건물, 교량, 자동차, 도로 등등으로 축적되어 있었습니다. 엄청난 규모의 축적이었습니다. 물론 그 축적에는 해외 저축이 도입된 부분도 있습니다. 반대로 우리의 저축이 해외로 나간 것도 있습니다.

우리의 삶이 통과하는 근대사회를 '상품'과 '자본'이라는 두 개의 키워드로 이해하려고 합니다. '상품' 논의 때와 마찬가지로 경제학이 아니라 인문학적 관점을 견지할 것입니다. 먼저 자본문맥에 대해서 이야기하고 다음으로 자본축적이 인간의 위상을 어떻게 비인간화하는가에 대하여 이야기하려고 합니다. 상당 부분이 우리 자신의 삶과 생각을 다시 대면하는 내용이 될 것입니다.

자본은 증식하는 것이기 때문에 '자본문맥'이란 모든 것을 증식이라는 그릇에 담습니다. 모든 것은 증식되어야 합니다. 집값은 올라야 합니다. 경제는 계속 성장해야 합니다. 회사도 계속 발전해야 합니다. 자전거가 달리지 않으면 넘어지는 것과 같습니다. 그러나 이러한 발전과 성장이 과연 지속 가능한가에 대하여 생각해야 합니다. 『장자』편에서 생산에 필요한 사회의 평균노동시간을 '사필노'社必勞라고 줄여서 불렀습니다. 사필노보다 많은 시간을 들여서 생산하는 기업은 망합니다. 반대로 사필노보다 적은 시간으로 생산하는 기업은 특별잉여가치를 취득합니다. 모든 기업은 특별잉여가치라는 '당근'과 폐업이라는 '채찍' 사이에서 달리고 있는 경주마 같다고 했습니다. '성과 주체', '피로사회', '그림자 추월'이 후기 근대사회의 실상입니다. 이러한 질주가 언제까지 가능한가에 대한 회의가 오늘의 불편한 진실입니다. 그럼에도 불구하고 자본문맥에 갇혀 있는 우리의 의식에서는 모든 것이 성장하고 증대하고 상승하지 않으면 안 됩니다. 물론 그동안 자본주의의 역사는 그렇게 전개되어 왔습니다. 그것이 무엇을 파괴해 왔는가에 대해서는 무지했습니다.

부르주아지는 100년도 채 못 되는 계급 지배 동안에 과거의 모든 세대가 만들어 낸 것을 모두 합한 것보다도 더 많고, 더 거대한 생산력을 만들어 냈다. 자연력의 정복, 기계에 의한 생산, 공업과 농업에서의 화학의 이용, 철도, 전신, 세계 각지의 개간, 하천 항로의 개척, 마치 땅 밑에서 솟아난 듯한 엄청난 인구 증가. 이와 같은 생산력이 사회적 노동의 태내에서 잠자고 있었다는 것을 과거의 어느 세기가 상상이나 할 수 있었으랴.

마르크스의 『공산당 선언』의 일절입니다. 마르크스는 미국의 남북전쟁에서 북군을 지지했습니다. 남부는 농노제를 복원하고 있는 봉건적 사회였기 때문입니다. 여러분은 〈바람과 함께 사라지다〉라는 영화를 기억할 것입니다. 그러나 '바람과 함께 사라지다'의 주어가 무엇인지 생각해 보지 않았을 것입니다. 전화戰禍가 농장을 폐허로 만들었기 때문에 사라진 농장이 주어라고 생각할지도 모릅니다. 그러나 마거릿 미첼Margaret Mitchell이 사라졌다고 통탄한 것은 '문명'(civilization)이었습니다. 그것도 남부의 문명이었습니다. 남부의 문명이란 유럽 중세문화의 아류였습니다. 미국 이민자들은 유럽의 영락자零落者들입니다. 빈민과 범죄자가 대부분이었습니다. 유럽의 실패자들이 흑인 노예를 부리면서 중세의 의상과 주거 그리고 파티 문화를 남부에 이식하여 즐기고 있었습니다. 거대한 콤플렉스 투성이입니다. 그것이 바람과 함께 사라졌다는 것이지요. 비극이 아니라 희극입니다. 마르크스는 『자본론』에서 자본주의가 역사적 임무를 다하면 다른 사회로 변화해 갈 것임을 논증하고 있지만, 남부와 같은 봉건제로 퇴행하는 것을 기대하지는 않았습니다. 북부가 보여주는 자본축적이라는 새로운 동력에 주목했던 것입니다.

그러나 우리는 지금부터 바로 이 역동적인 자본축적을 조명해 보기로 하겠습니다. 자본축적의 역동성과 함께 그것이 만들어 내는 모순에 대하여 이야기하려고 합니다. 여러 차례 강조했듯이 '존재론'은 자기의 존재를 중심에 두고 그 존재성을 배타적으로 강화하는 근대사회의 패러다임입니다. 자기 증식 논리입니다. 존재론은 자본 논리 그 자체입니다. "나는 생각한다. 고로 존재한다"(cogito ergo sum)는 근대 선언은 인간의 자유와 해방 선언입니다. 가히 혁명적 선언입니다. 그러나 '나'라는 주체의 자유와 해방이 만들어 온 근대사의 전개 과정은 자본축적 논리의 명암을 고스란히 보여주고 있습니다. 자기의 존재성이 배타적으로 과도하게 추구되고 있기 때문입니다. 탈근대는 바로 이 과도한 주체에 대한 반성에서 시작되고 있습니다. 그 주체가 '나'이든 '집단'이든 '국민 국가'이든 마찬가지입니다. 콜럼버스에서부터 오늘의 이라크에 이르기까지 타자의 희생 위에 자기 존재를 키워 오고 있습니다. 탈근대에 관한 철학적 논의는 여러 가지 개념을 구사하면서 여러 경로로 진행되고 있지만 모든 탈근대 철학이 공유하고 있는 담론이 바로 주체의 해체입니다. 존재론의 반성이라고 할 수 있습니다. 이제 이러한 자본축적 과정이 인간의 위상을 어떻게 만들어 가고 있는가에 대하여 생각해 보기로 하겠습니다. 자본축적의 양지가 아닌 응달의 이야기입니다.

자본축적은 기본적으로 자본의 유기적 구성(OCC)의 고도화 즉 기계화로 나타납니다. 그런데 바로 이 기계화가 노동 해고로 이어집니다. '자본축적은 노동을 소외(alienation)시킨다.' 이것이 자본축적에 대한 1차적인 인문학적 선언입니다. 기계 기술의 도입과 노동생산성의 증대가 노동 해고로 이어진다는 것은 물론 자본축적 그 자체의 필연적 결과는 아닙니다. 장자의 반기계론에서 이야기했습니다. 10시간 소요되던 노동이 기계 기술 도입으로 2시간으로 줄어든다면 그만큼 노동시간을 단축하면 됩니다. 그러나 현실에서는 8명의 해고로 나타납니다. 자본축적 과정 자체가 사활적 경쟁에 노출되어 있기 때문입니다. 실업 문제 특히 청년 실업은 우리의 현실입니다. 노동생산성이 높아질수록 노동이 소외된다는 사실은 참으로 역설적입니다.

노동의 소외는 해고에 국한되지 않습니다. 생산과정 내에서 일어나는 소외 역시 심각합니다. 자본축적―기계화―자동화가 진행되면서 노동은 자율성을 상실합니다. 기계의 보조자로 전락합니다. 지엽말단에 매달려 있는 한 개의 칩이 됩니다. 자기가 무엇을 만들고 있는지 알지 못합니다. 정체성이 소멸되는 예로 찰리 채플린Charlie Chaplin의 〈모던 타임스〉를 예로 들기도 했습니다만 소로우Henry David Thoreau는 『월든』에서 노동자의 비극은 같은 것만을 반복적으로 지출하도록 강요받는 데에 있다고 지적합니다. 같은 동작, 같은 기능을 반복적으로 강요당할 경우 정신적 공황 상태에 빠지지 않을 수 없습니다. 그런 점에서 나는 가수들의 약물 복용을 비난하지 못합니다. 비록 청중의 박수가 있다고 하지만 같은 노래를 끊임없이 반복해서 불러야 한다는 사실의 정신적 황폐함이 충분히 이해되기 때문입니다.

노동의 소외는 그뿐만이 아닙니다. 자기가 생산한 '생산물로부터의 소외'에서 완성된다고 할 수 있습니다. 자기가 만든 생산물을 자기가 소비할 수 있는 경우는 많지 않습니다. 나와 함께 수형 생활을 했던 친구는 서울역에 내리면 역전에 있는 대우빌딩을 마주보고 한동안 감회에 젖습니다. 그 건물을 지을 때 현장에서 노동했기 때문입니다. 그러나 그로서는 그저 서울역 광장에 서서 길 건너에 버티고 있는 대우빌딩을 바라보는 것이 고작입니다. 그 건물 안으로 들어간 적은 한 번도 없습니다. 생산물로부터의 소외입니다. 나는 의자를 머리 위로 치켜들고 벌 받고 있는 그림을 자주 보여줍니다. 소외의 전형적 그림이기 때문입니다. 의자를 만들 때는 그 위에 편히 앉으려고 만듭니다. 그런데 그것을 머리 위로 치켜들고 서 있다는 것은 역설의 극치입니다. 자기가 만든 생산물로부터의 소외입니다.

이처럼 자본축적은 노동을 소외시킵니다. 더욱 역설적인 것은 노동이 자본을 축적한다는 사실입니다. 노동가치설을 설명하면서 충분히 이야기했다고 생각됩니다. 양복 한 벌 값의 내역을 따라가면서 확인했습니다. 우리가 만든 생산물은 노동이 만든 것입니다. 그 생산에 투입된 기계까지도 그렇습니다. 여기서 다시 한 번 확인해야 하는 것이 바로 자본은 노동이 축적한다는 사실입니다. 그렇게 축적된 자본이 노동을 소외시킨다는 역설이야말로 역설 중의 역설입니다.

다음으로 자본축적은 노동계급을 궁핍화합니다. 하지만 자본축적이 궁핍화 과정이란 주장은 설득력을 갖기가 어렵습니다. 자본축적 과정은 풍요의 과정으로 인식됩니다. 자본주의 전개 과정은 생산과 소비의 엄청난 증대로 나타나기 때문입니다. 그러나 '궁핍화'라는 의미는 물질적 소비 수준이 낮아진다는 것이 아니라 노동의 지위가 종속화된다는 의미입니다. 노동의 지위가 열악해지고 자율성이 침해된다는 의미입니다. 이 점에 대해서는 노동의 소외 문제에서 언급한 것과 같습니다. 그리고 우리가 특히 주의해야 하는 것은 '노동자계급'이라고 할 경우 그것이 특정 국가의, 특정 부문의 취업 노동자를 염두에 두는 것이어서는 안 됩니다. 노동계급 전반 즉 세계의 모든 노동계급을 포괄하는 개념으로 받아들여야 합니다. 실업과 비정규직의 양산은 물론이고 취업자의 불안, 국제경제의 수탈적 구조와 전 세계적인 빈곤층의 광범한 확대와 기아 현상을 망라하는 개념입니다. 세계 인구의 33%가 빈곤 수준에 있는 오늘의 현실을 간과하지 않는다면 자본축적이 풍요의 과정이라는 주장이 도리어 설득력을 잃을 것입니다.

근대사회가 자기 정당성의 근거로 내세우는 것이 'Big 5'입니다. 근대사회는 사회의 공적公敵 다섯 가지를 해결했다는 것이지요. 빈곤, 질병, 무지, 부패, 오염을 해결했다고 주장합니다. 과연 그런가. 이 다섯 가지가 해결되지 않았다는 반론이 오히려 설득력이 있습니다. 하나하나 자세히 분석하지는 않습니다. Big 5의 현주소를 확인하는 것으로 그치겠습니다.

빈곤의 문제는 더 이상 언급하지 않겠습니다. 지금도 10살 미만의 어린이가 5초에 1명씩 아사하고 있습니다. 지구상에서 매일 10만 명의 인구가 영양실조로 사망하는 것이 현실입니다. 미국만 하더라도 하루 1달러 미만으로 생존하는 빈곤층이 2천만 명에 달합니다. 빈곤 수준을 어떻게 설정하는가도 문제이지만 그것을 생존 수준으로 낮게 잡는다고 하더라도 빈곤이 해결되었다고 하기는 어렵습니다.

질병은 퇴치되었다기보다는 오히려 새로운 질병에 노출되고 있습니다. 의학의 발전으로 퇴치된 질병도 많습니다. 그러나 동시에 끊임없이 새로운 질병에 시달리고 있습니다. 물론 질병이 상품화되었기 때문이기도 합니다. 담배가 모든 질병의 원흉으로 속죄양이 되고 있습니다만 담배뿐만이 아니라 우리는 모르고 있거나 은폐되고 있는 유해환경 속에서 살고 있습니다. 방사능을 비롯하여 대기오염과 초음파 환경은 수많은 새로운 질병을 만들어 내고 있습니다. 에이즈를 비롯하여 AI, 에볼라에 이르기까지 신종 질병이 끊임없이 나타나고 있습니다. 이 모든 질병 중에서 가장 결정적인 질병이 소위 '우울증'입니다. 후기 근대사회의 질병입니다. 어느 시대에나 그 시대를 대표(?)하는 일반적 질병이 있습니다. 그러나 이전까지의 질병은 인체의 외부에서 침투해 들어오는 것이었습니다. 그러나 '우울증'은 내부에서 발생하는 질병입니다. 자본축적 환경이 치열해지면서 그 시스템 속에 소속해 있는 모든 주체들은 이제 '성과 주체'로 전락합니다. 더 많은 성과를 내기 위해 질주합니다. 그림자를 추월해야 하는 가망 없는 질주입니다. 성과 주체의 경우 노동을 강요하거나 착취하는 외적 지배 기구가 없습니다. 그런 점에서 복종적 주체와는 구별됩니다. 외적 지배 기구가 없다는 사실이 언뜻 자유롭긴 하지만 더욱 더 부자유한 상태로 전락합니다. 이른바 자기 착취로 이어지기 때문입니다.

조르조 아감벤Giorgio Agamben의 '호모 사케르'Homo Sacer라는 개념이 있습니다. '호모 사케르'는 '벌거벗은 생명'이란 뜻으로 주권 권력이 죽여도 죄가 안 되는, 정치 외적 존재입니다. 제물입니다. 2차 대전 당시 아우슈비츠의 유대인이 그 전형이었습니다. 2차대전 이후 호모 사케르는 고대사회의 제물이라는 역사적 개념이 됩니다. 그러나 후기 근대가 되면서 호모 사케르는 다시 되살아나고 있습니다. 피로사회의 성과 주체가 벌이는 자기 착취를 선명하게 부각시키는 개념으로 되살아나고 있습니다. 사실은 주권 권력이 권력 외부로 추방하여 살해하는 호모 사케르는 역사적으로 사라진 적이 없다고 해야합니다. 현대의 민주주의 국가에서도 바로 그런 구조가 작동합니다. 호모 사케르가 되지 않기 위해서, 정치 내적 존재로 편입되기 위하여, 부단히 자기 검열을 하고 있습니다. 제러미 벤담Jeremy Bentham의 원형 감옥이 건재하다고 할 수 있습니다. 자기가 왕따가 될까봐 다른 아이를 왕따시키는 그룹에 가담하는 학교의 왕따 구조, 병영의 집단적 억압 구조가 그렇습니다. 학교와 병영의 이러한 구조는 사회를 학습한 것입니다. 사회 구조 자체가 근본적으로 왕따 구조입니다. 여러분도 실감할 것입니다. 우리 사회가 약자에게 얼마나 포악한지에 대해서 모르지 않을 것입니다. 달라진 것은 없습니다. 그런 점에서 호모 사케르는 항상 현재진행형입니다. 보다 정교화된 형태로 진화하고 있을 뿐입니다. 보이지 않는 자본권력 아래에서 그림자를 추월해야 하는 가망 없는 질주를 하고 있는 피로사회의 자기 착취자가 앓는 병이 우울증입니다. 근대사회가 질병을 퇴치했다는 주장이 무색해집니다. 자본축적이 강요하는 자기 착취는 인간의 위상을 결정적으로 파괴합니다. 현대인들이 느끼는 성취감과 자부심 역시 모순 구조입니다. 성취감과 함께 열패감을 동시에 느끼지 않는 사람이 없습니다. 자부심과 함께 수치심을 동시에 느끼지 않을 수 없는 우울한 자학적 존재로 전락하고 있습니다. 자기 착취자이기 때문입니다.

무지에 관해서도 이야기할 것이 많습니다. 근대사회가 문맹 퇴치에서 이룩한 성과에 대해서는 누구도 부정하지 못합니다. 특히 정보화 사회는 정보의 양이나 소통에 있어서는 어느 시대와도 비교할 수 없을 정도입니다. 그러나 여기서 우리가 질문해야 하는 것은 "지知란 무엇인가?"입니다. 『논어』에 번지樊遲가 지知에 관해서 질문합니다. 공자의 대답은 놀랍게도 '지인'知人입니다. '사람을 아는 것'이 지知라는 답변입니다. 최고의 인문학입니다. 공자의 정의에 따른다면, 우리가 알고 있는 지식 중에서 대부분의 지식은 지知가 아닙니다. 정보는 일단 지가 못 됩니다. 더구나 지배 권력이 막강할수록 '지인'은 없습니다. 모든 권력이 가장 먼저 착수하는 것이 우민화愚民化입니다. 황제 권력에서 잘 보입니다. 반역 가능성을 원천적으로 잠재우는 것이 우민화입니다. 황민화皇民化이기도 합니다. 후기 근대사회에서 우민화가 절정에 달했다는 주장에 대하여 쉽게 동의하지 않을 것입니다. 역사적으로 후기 근대사회만큼 많은 지식과 정보가 난숙하게 발전된 시기가 없습니다. 그러나 우리의 관점은 이른바 인문학적 관점입니다. 후기 근대사회는 과학기술의 발전, 대량생산, 대량소비를 축으로 하여 모든 인간을 욕망 주체로 만들어 놓습니다. 더 많은 소비와 더 많은 소유를 갈구하는 갈증의 주체로 전락되어 있습니다. 사람에 대한 애정은 가치가 없습니다. 공자의 표현에 의하면 무지無知한 사회가 아닐 수 없습니다. 무지를 해결했다기보다는 무지를 양산했다고 해야 합니다. 현대판 우민화, 황민화가 아닐 수 없습니다.

부패 문제는 흔히 윤리적 문제로 인식됩니다. 그러나 부패의 근본 원인은 경쟁입니다. 사활이 걸린 경쟁에서 살아남으려면 정직한 방법만으로는 불가능합니다. 부정을 감행하지 않을 수 없습니다. 당근과 채찍 사이에서 벌이는 사활적 질주에서 못할 짓이 없습니다. 부패는 치열한 자본축적 과정의 필연적 사회현상입니다. 그것을 윤리

문제로 분리하여 거론하는 것 자체가 축적 구조의 모순을 은폐하는 논리입니다. 핀란드는 국제투명성기구가 선정한 반부패 지수 연속 1위 국가입니다. 여러 가지 이유가 있겠지만 가장 특징적인 것은 '핀란드 교육'입니다. 핀란드 교육은 성적순이 아닙니다. 모든 학생들의 성적은 세 가지로 평가됩니다. '잘했어요', '아주 잘했어요', '아주 아주 잘했어요' 이 세 가지밖에 없습니다. 교육이란 사회가 책임져야 할 공공재입니다. 교육비도 개인이 부담하고 교육의 성과도 개인이 사유화하는 신자유주의 교육 환경과는 판이합니다. 경쟁은 옆 사람과의 경쟁이 아니라 '어제의 나 자신'과의 경쟁입니다. 이러한 교육 환경과 사회 환경이 반부패 지수 1위 국가로 만듭니다.

오염을 해결했다는 주장에 대해서는 그것을 수긍할 사람이 거의 없습니다. 환경오염, 생태계 파괴, 지구온난화…… 하나같이 시급한 당면 과제들입니다. 근대사회의 기본 생활 공간이 도시입니다. 이 도시가 사실은 오염 시스템입니다. 도시가 문명의 상징처럼 인식되고 있지만 도시는 반反자연적 공간이며, 반인간적 공간입니다. 전에도 이야기했습니다. 도시는 자본주의가 만든 것입니다. 도시 시스템의 핵심은 집중에 의한 비용 절감입니다. 생산요소를 한 곳에 집중시킴으로써 비용을 최소화하는 시스템이 도시입니다. 우리가 직면하고 있는 각종 오염과 환경 파괴는 그 과정에서 야기됩니다. '생산'이란 말이 쉽게 사용되고 있습니다만 엄밀한 의미에서 인간이 생산하는 것은 없습니다. 산유국産油國이란 석유를 생산하는 나라라는 뜻입니다. 조금만 더 생각하면 그것이 생산이 아님은 분명합니다. 소비에 지나지 않습니다. 지구상의 생물을 동물, 식물, 미생물로 분류한다면, 생산자는 식물밖에 없습니다. 동물은 철저한 소비자일 뿐입니다. 미생물은 생산이든 소비든 그것을 매개하는 역할을 합니다. 우리가 생산이란 이름으로 자연 자원과 인간 노동을 사용한 다음 자연과 인간을 원상태로 돌려놓지 않습니다. 가져왔으되 도로 돌려놓지 않은 부분 즉 외화外化된 부분을 생산이라고 합니다. 가치 창조라고 합니다. 그러나 그것이 바로 오염입니다.

자연을 원상태로 돌려놓지 않았다는 것은 이해가 가지만 인간을 원상태로 돌려놓지 않았다는 말이 납득이 안 된다는 질문을 받았습니다. 경제학 개념으로 이야기하자니 나부터 생소하게 들립니다. 인간을 원상태로 돌려놓는다는 것은 인간의 노동력이 사회적으로 계승될 수 있는 상태로 만들어 놓는다는 뜻입니다. 오늘날의 현안인 출산율 문제와 연결해서 이해하면 쉽습니다. 노동력이 사회적으로 계승될 수 있기 위해서는 최소한 부부와 1남 1녀로 구성된 4인 가족을 부양할 수 있는 수준의 임금이 지급되어야 합니다. 현실은 그렇지 못합니다. 부부가 맞벌이 하면서 자녀를 하나만 두는 경우가 많습니다. 당연히 노동력의 사회적 재생산 구조가 무너집니다. 더구나 결혼을 포기하거나 자식을 두지 않는 가정도 얼마든지 있습니다. 우리의 임금 수준은 인간을 원상태로 돌려놓지 않고 있습니다. 자연에 대해서도 수탈적이고 인간에 대해서도 수탈적입니다. 결혼을 포기한 사람들을 자살률 통계에 넣어야 한다는 주장이 있습니다. 일종의 유보된 사회적 자살이라 할 수 있습니다. 뿐만 아니라 자영업자 역시 실업 통계에 넣어야 한다는 주장도 같은 논리입니다. 3년 이내에 절반이 폐업하는 자영업은 경제적 피란민이기 때문입니다.

내가 있었던 어느 교도소의 이야기입니다. 그 교도소는 복도가 길게 나 있고 방이 10개, 한 방에 15명 내지 20명이 수용되어 있습니다. 복도 입구에는 세면장이 있습니다. 세면장에는 물론 시멘트로 만든 물탱크가 있지만 그 속에 물이 차 있는 경우는 없습니다. 벽에 딸린 시멘트 물받이 위로 벽을 따라 수도꼭지 여섯 개가 박혀 있습니다. 그러나 우리가 사용할 수 있는 수도꼭지는 두 개밖에 없습니다. 나머지 네 개는 수도꼭지의 손잡이를 제거하고 스패너로 난난히 죄어 놓았습니다. 손으로는 열 수 없습니다. 꼭지 두 개만 남겨 두었습니다. 두 개의 수도꼭지만으로는 당연히 아우성입니다. 많은 사람들이 짧은 시간에 세수하고, 양말이라도 빨려니까 아우성이 아닐 수 없습니다. 그러자 남아 있던 두 개의 수도꼭지 손잡이가 없어지기 시작했습니다. 여러분은 손잡이를 분해하는 방법을 모를 것입니다. 드라이브로 위쪽 나사만 풀면 손잡이 부분을 들어낼 수 있습니다. 그렇게 해서 누군가가 손잡이를 가지고 갔습니다. 그것만 있으면 저쪽에 단단히 죄어 놓은 먹통 수도꼭지에 가서 혼자 여유 있게 물을 쓸 수 있기 때문입니다. 없어진 손잡이를 다시 채워 놓으면 또 없어집니다. 없어지는 까닭을 알아차린 보안과에서는 남은 두 개의 수도꼭지에서 손잡이를 분리해서 보관하는 제도로 바꾸었습니다. 물을 쓸 때에는 수도꼭지를 교도관에게 받아서 사용한 다음 반납하는 형식으로 바뀌었습니다. 이렇게 바뀌고 난 다음부터는 이곳저곳의 수도꼭지가 없어지기 시작했습니다. 공장에 있는 것, 목욕장에 있는 것, 심지어 직원 식당에 있는 것, 재소자들이 접근할 수 있는 곳의 수도꼭지는 계속 없어지기 시작했습니다. 교도소 내의 철공소에서 만든 것도 나돌았습니다. 결과적으로 우리 사동舍棟에는 참 많은 수도꼭지가 있었습니다. 우리 감방만 해도 우리 방 공동으로 쓰는 수도꼭지가 하나 있고, 수검受檢에 대비해서 깊이 숨겨 놓은 비상용이 또 하나 있었습니다. 그뿐만 아니라 복도를 왔다 갔다 하는 잘 나가는 재소자에게는 개인용이 있었습니다. 신세진 사람에게 수도꼭지를 선물했다는 소문도 있었습니다. 각 방마다 사정이 비슷하다면 아마 한 방에 두 개 또는 세 개씩 그러니까 사동 전체에는 수도꼭지가 20~30개 정도가 있었을 것으로 계산됩니다. 20~30개의 수도꼭지가 있음에도 불구하고 여전히 물은 부족하고 세면장의 아우성은 그치지 않았습니다. 사동 전체 인원이 150명이니까 수도꼭지가 150개 있으면 해결될 것 같았습니다. 비상용으로 한 개씩 더 가져야 한다면 300개, 300개가 있으면 물 문제는 해결될 것 같다는 계산이었습니다.

　이것은 교도소의 수도꼭지 얘기가 아닙니다. 수도꼭지가 만약 상품으로 거래된다면 여섯 개 대신에 300개를 만들어 팔 수 있는 구조가 됩니다. 이것은 자본주의 사회에서 행해지는 물질적인 낭비를 풍자하는 것이라고 해도 과언이 아닙니다. 자본주의 사회가 생산하는 상품이 수도꼭지 하나가 아님은 물론입니다. 수많은 상품이 마치 수도꼭지와 같은 형태로 생산되고 있는 것이 현실입니다. 자본주의의 물질적 낭비 구조를 거론하자면 끝이 없습니다. 쏟아지는 신기술, 신제품에서부터 각종 무기와 거대한 미사일 방어시스템도 마찬가지로 낭비 구조입니다. 더구나 우리의 경우 분단 구조가 거대한 낭비 구조인 것은 말할 필요도 없습니다. 그럼에도 불구하고 이것이 생산력의 발전으로 예찬됩니다. 생산되는 상품의 종류와 양을 기준으로 한다면 발전임에 틀림없습니다. 생산의 이면 즉 생산에 소요되는 물질적 낭비에 생각이 미치면 이것을 생산력의 증대라 할 수는 없습니다. 공해를 유발하는 시설을 건설하고 다시 공해 처리 시설을 건설하고 병원을 짓는 일련의 건설 과정이 모두 생산력의 증가로 나타나고 GDP의 증가로 계산됩니다. 우리는 이러한 일련의 생산을 일컬어 풍요의 역사라고 이름하고 있습니다. 'Big 5'의 환상을 청산하는 것도 물론 중요합니다. 그러나 더욱 중요한 것은 자본주의 시스템 그 자체에 대한 환상을 청산하는 일입니다. 근대사회가 'Big 5'를 해결했다는 주장은 그것을 상품화하는 데 성공했다는 것에 다름 아닙니다. 상품화는 문제의 해결이 아니라 새로운 문제의 시작일 뿐입니다.

자본축적의 내용이 어떤 것이고 그 과정이 어떠한 문제들을 야기하고 있는가에 대하여 이야기하고 있습니다. 자세하게 분석하지 못합니다만 몇 가지는 더 언급해야 합니다. 자본축적 과정에서 우리가 확인할 수 있는 것은, 생산은 재생산 과정이며 재생산은 필연적으로 확대재생산 과정이라는 사실입니다. 그것이 단순재생산이든 확대재생산이든 재생산 과정이 지속되기 위해서는 여러 생산부문 간의 균형이 필요합니다. 승용차 1대를 생산하기 위해서도 5개의 바퀴가 함께 생산되어야 합니다. 마찬가지로 수많은 부품들이 수요 공급에서 균형을 유지해야 합니다. 그리고 수많은 상품, 수많은 부품을 생산하는 수많은 생산자들이 있습니다. 수많은 생산자들은 각각 개별적 판단에 의해서 생산을 진행합니다. 공급과 수요가 맞아떨어질 리가 없습니다. 그 과정에서 불균형이 누적됩니다. 누적된 불균형이 일정한 수위에 도달하기까지는 그 모순이 노정되지 않습니다. 생산물이 팔리지 않더라도 유통업자에게 생산물을 인계하고 신용자금을 받아서 다시 생산과정에 들어갑니다. 치열한 경쟁 상태에 있기 때문에 확대재생산해야 하고 자본의 회전 속도를 높여야 합니다. 결과적으로 감당할 수 없을 정도의 불균형이 누적됩니다. 이 불균형의 누적을 더 이상 견딜 수 없을 때 파열하는 것이 공황恐慌입니다. 엄청난 파괴가 뒤따릅니다. 공황은 자본축적 과정의 필연적 현상입니다. 특정 부문의 호황이 전망되면 그 부문은 물론이고 그와 연관된 부문과 소비재산업 부문에까지 투자가 몰립니다. 이러한 투자 과열은 생산을 위한 생산, 소비 없는 생산의 일방적 진행으로 붐을 일으키며 경기의 급상승으로 이어집니다. 그 절정에서 공황 상태를 맞으며 추락합니다. 공황은 엄청난 인적·물적 자원의 파괴입니다. 이러한 파괴 과정을 통하여 생산부문간의 불균형이 조정됩니다. 파괴적 균형 회복입니다. 생산과 소비 간의 불균형도 조정됩니다. 열위劣位 자본이 탈락하고 독점화가 진행됩니다.

자본주의 역사에서는 이러한 공황이 주기적으로 일어났습니다. 거의 10년을 주기로 반복되었습니다. 이러한 공황은 대체로 전쟁에 의해서 극복되어 왔습니다. 전쟁과 군수물자 생산, 재정 지출이 유력한 공황 수습 대책이었습니다. 전쟁은 10년 단위로 반복되어 왔습니다. 여러분이 확인해 보기 바랍니다. 1919년에 1차 세계대전이 끝났습니다. 10년 후인 1929년에 대공황이 발발합니다. 10년 후인 1939년에 2차 세계대전이 일어납니다. 그리고 10년 후인 1950년 한국전쟁이 일어납니다. 1960년대가 되면 베트남전쟁이 시작됩니다. 1970년대는 1, 2차 석유파동으로 세계경제가 공황 상태에 빠집니다. 1980년대 레이건과 대처의 신자유주의가 등장합니다. 1989년 동구 사회주의가 붕괴됩니다. 그리고 2000년대가 되면 걸프전쟁에 돌입합니다. 2008년 미국 금융위기가 폭발합니다. 이처럼 자본축적 과정과 주기적인 공황 그리고 전쟁이 짝을 이룹니다. 공황은 열위 자본을 파산시켜 독점자본에 편입시킵니다. 독점화로 이어집니다. 그러나 헤게모니를 장악한 독점자본이라고 하더라도 독점 단계에서는 독점이윤을 동일한 독점 부문에 재투자하지 못합니다. 더 이상의 생산 확대는 독점가격을 유지할 수 없게 하기 때문입니다. 그래서 독점이윤은 비독점 경쟁 산업 부문으로 투자처를 돌리거나 해외로 향하게 됩니다. 그러나 비독점 경쟁 산업 부문은 동일한 과정을 겪어서 금방 독점화됩니다. 비독점 소매유통 부문에 독점자본이 진출하여 벌써 그 부문 역시 독점화가 완료되었습니다. 대형 마트가 그것입니다. 독점자본은 필연적으로 해외로 나갑니다. 그것이 바로 식민지 시대와 제국주의 시대를 열었습니다.

지금은 미국을 필두로 하는 패권적 질서로 재편되어 있습니다. 그것이 오늘날의 세계 질서입니다. 지금은 금융자본이 헤게모니를 장악하고 있는 단계입니다. 금융자본은 무엇을 생산하는 자본이 아닙니다. 산업자본이 자연과 노동을 수탈하는 것이라면 금융자본은 큰 자본이 작은 자본을 수탈하는 파괴적 시스템입니다. 상품사회는 화폐권력이 지배하고 화폐권력은 그 자체가 허구라고 했습니다. 이러한 파괴적 시스템을 뒷받침하고 있는 것이 전쟁 국가인 미국의 군사력임은 물론입니다. 엠마누엘 토드Emmanuel Todd에 의하면 미국은 어떠한 국제분쟁이나 전쟁도 문제의 최종적 해결에 이르게 하지는 않는다는 것입니다. 전쟁과 준 전쟁 상태를 지속시킴으로써 개입의 가능성을 계속해서 열어 둡니다. 그런 점에서 한반도의 평화협정 체결이라는 최종적 해결은 미국의 계획에 없습니다. 뿐만 아니라 전쟁은 2등급 국가들과 벌인다는 원칙입니다. 이라크와 아프가니스탄 같은 중동 국가, 아프리카와 남미 국가들이 대상입니다. 북한도 예외가 아닐 것입니다. 적어도 러시아나 중국과의 전쟁은 부담이 적지 않기 때문에 회피합니다. 어떤 경우든 미국이 주력하는 것은 군사력과 무기 현대화입니다. 그러나 『제국의 몰락』에서 엠마누엘 토드는 군사력에 기초한 미국의 단일 패권은 이미 기울기 시작했고 15년을 지탱하기 어렵다고 예견했습니다. 그것이 벌써 10년 전의 이야기입니다.

조반니 아리기Giovanni Arrighi는 미국 중심 패권 체제의 종언을 예견하고 있습니다. 물질적 팽창 국면은 경쟁 격화와 이윤 압착으로 나타나기 때문에 자본이 생산 부문에서 철수하여 금융과 투기로 이동합니다. 이 경우 실물 부문의 자본이 금융 부문으로 이탈하면서 두 부문 모두 일시적으로 이윤율 상승을 보이게 되지만 이러한 호황은 금융 부문의 투기적 활황과 생산 부문의 부분적 경쟁 완화를 통해서 일어난 일시적 '벨 에포크'Belle Époque에 지나지 않는 것입니다. 아리기는 『베이징의 애덤 스미스』에서 미국의 패권은 베트남전쟁과 이라크전쟁에서 실패하면서 이미 추락이 시작되었다고 주장하고 있습니다.

이처럼 패권적 질서의 지속 가능성에 대한 회의는 공론화되고 있지 않을 뿐 많은 사람들이 우려하고 있는 불편한 진실입니다. 그리고 그것의 급격한 파탄을 저지하기 위한 연착륙과 민주화의 논의가 절실한 것이 현실입니다.

우리의 강의는 이러한 논의가 중심이 아님은 물론입니다. 인문학적 담론입니다. 그러나 우리의 삶이 그 한복판을 통과하는 후기 근대사회에 대하여 무심할 수도 없습니다. 그럼에도 불구하고 현재로서는 어디서부터 어떻게 고리를 끊어 가야 할 것인가에 대한 답이 없습니다. 그러나 한 가지 분명한 것은 인문학적 성찰이 이러한 문제의 근본적 구조를 조감할 수 있는 드높은 관점을 열어 줄 것이라는 점에서는 의심의 여지가 없다고 할 것입니다.

22

피라미드의 해체

「반구정과 압구정」은 국내 기행문입니다. 지난 시간에 해외 기행 글을 읽었습니다만 해외 기행에 앞서 국내 기행을 먼저 했습니다. 독자들의 요청으로 해외 기행으로 이어졌습니다. 국내와 해외를 합하면 약 2년 동안 매주 『중앙일보』의 한 면을 채웠던 셈입니다. 생각하면 강행군이었습니다. 일주일이 금방 돌아옵니다. 더구나 그것이 여행 중이라면 더 빨리 다가옵니다. 원고 쓰기에도 빠듯한 일정입니다. 국내 기행은 그나마 다소 여유가 있었습니다. 이 기행 기획이 있기까지도 사연이 많습니다. 친한 친구 중에 내가 출소하는 날부터 여행에 나서게 하면 어떨까 하고 준비했던 사람도 있었습니다. 교도소 정문에서 엽서를 50장 건네고 가는 곳마다 사연을 적어서 띄우게 하는 계획이었습니다. 너무나 낭만적이고 순진한 생각입니다. 병상에 계시는 부모님을 뵙기 전에 먼저 어디를 가다니 가당치도 않은 일이었습니다만 기행 계획은 그 후로도 꾸준히 제기되었습니다. 20년을 옥바라지 하며 기다리시던 부모님 생전에는 멀리 가지 못한다는 것이 나의 일관된 답변이었습니다. 출소 7년째 되는 해에 어머님에 이어 아버님께서도 별세하셨습니다. 미루어 온 기행에 나서게 됩니다. 국내 기행부터 하게 됩니다. 첫 기행지가 고향의 얼음골이었습니다. 반구정과 압구정은 아마 한참 뒤의 방문지였을 것입니다.

　　반구정伴鷗亭과 압구정狎鷗亭은 대비의 조건을 두루 갖추고 있습니다. 반伴과 압狎은 뜻이 같습니다. 벗한다는 뜻입니다. 압구정은 압구정동으로 유명합니다. 그러나 그것이 세조世祖 때의 모신謀臣 한명회韓明澮의 아호雅號라는 사실은 잘 알려져 있지 않습니다. 또 지금은 정자인 압구정이 없습니다. 당시에 한강 건너편에다 정자를 짓는다는 것도 남다른 발상이었습니다. 반구정은 황희黃喜 정승이 퇴은하고 노후를 즐기던 정자입니다. 황희 정승은 세종世宗 치하 24년을 정승으로 지냅니다. 그중 19년을 영상 직에 있었습니다. 87세에 간신히 사직하고 90세에 별세합니다. 세종보다 오래 살았습니다. 반구정에서 노후를 오래 즐기지는 못했으리라 짐작됩니다만 황희 정승의 장수와 마찬가지로 반구정은 지금도 건재합니다. 압구정이 현대아파트 72동 옆에 유허지遺虛地임을 알리는 표석으로 남아 있는 데 비해서 황희 정승의 정자인 반구정은 지금도 임진강 갈매기들을 벗하며 여전한 모습으로 남아 있습니다. 사람도 대조적이고, 두 정자의 남아 있는 모습도 대조적입니다. 이 글은 물론 두 사람을 대비하는 것이지만 그와 함께 조선 시대의 정치 체제를 조명해 보는 것입니다.

　　『나무야 나무야』 글 중에 「백담사의 만해와 일해」 편이 독자들의 편지를 많이 받았습니다. 만해萬海와 일해日海를 대비했기 때문입니다. '일해'는 전두환 전 대통령의 아호입니다. '만해'는 잘 아시듯이 한용운韓龍雲의 아호입니다. 백담사에 가서 놀랐던 것이 〈극락보전〉極樂寶殿 현판이었습니다. 안진경 서법이 배여 있는 금박 대자 현판이었습니다. 잘 쓴 글씨여서 누구 글씨인가 유심히 바라보다가 깜짝 놀랐습니다. 전서 낙관이기 때문에 알아보는 사람이 드물었겠지만 아호가 '일해'였습니다. 전두환 전 대통령의 글씨였습니다. 아는 스님한테 전화를 했습니다. 〈극락보전〉 현판이 전두환 전 대통령 글씨 맞느냐고 확인했습니다. 그걸 어떻게 알았느냐고 반문합니다. 내가 지금 그 앞에 서 있다고 했습니다. 글쎄 그렇지 않아도 그걸 내리자는 의견도 많지만 시주도 많이 했는데 어떻게 내리느냐고 하고 있다는 대답이었습니다. 나로서는 필자가 의심스러웠습니다. 極樂寶殿, 쉬운 글자가 아닙니다. 百潭寺보다 훨씬 어렵습니다. 그 극락보전 현판과 마주보는 쪽에 만해 한용운 선생의 「나룻배와 행인」 시비가 서 있습니다. 준수한 자연석에 시 전문이 석각되어 있습니다. "나는 나룻배, 당신은 행인. 당신은 흙발로 나를 짓밟습니다."

　　대비 형식 외에 나의 기행문의 특징을 든다면 서간체 형식입니다. 편지 형식의 글입니다. 당연히 수신자인 '당신'이 등장합니다. 독자들로부터 '당신'이 누구냐는 질문을 받았습니다. '당신'이라는 구체적 수신자는 없습니다. 가상의 수신자입니다. 나로서는 일간지에 기행문을 싣는 것이 부담이었습니다. 감옥에 오래 있다가 나온 사람이 나름대로 일가견이 있는 불특정 다수 독자들에게 이렇다 저렇다 직설을 하는 것이 외람되게 비춰질 듯했습니다. 그래서 구상한 것이 '당신'이었습니다. '당신'이라는 사람에게 띄우는 사신私信의 형식을 취했습니다. 독자들이 시비하더라도 그것은 당신에게 쓴 글이 아니라는 변명의 여지를 남겨 두는 것이었습니다. '당신'이라는 제3자의 존재가 참 편하게 글을 쓸 수 있게 해 주었습니다. 한편 독자들은 '당신'이 독자 자신이라는 친근감을 느낄 수 있어서 좋았다고 했습니다. 지금도 글 쓰면서 고민하는 것 중의 하나가 글의 형식을 어떻게 가지고 갈 것인가 하는 것입니다. 서사문학 양식 중에서 어떤 것이 우리들에게 친근한가에 대해서도 고민하지 않을 수 없습니다. 서간문은 오래되고 친근한 양식입니다. '당신'은 여러 면에서 편리했습니다. '당신'이 한 말의 상당 부분은 인용한 것이거나 심지어 나 자신의 의견이기도 했습니다.

이 글에서 함께 이야기하고 싶은 것은 우리나라의 정치 체제에 관한 것입니다. 조선조에는 두 개의 정치 체제가 있습니다. 의정부 중심제와 절대군주제입니다. 황희 정승이 의정부 중심제를 대표하고, 한명회가 절대군주제를 대표하는 것으로 대비하고 있습니다. 의정부 중심제는 수평적 질서로서 주周나라 정치 제도라고 하는 반면에 절대군주제는 수직적 권력 구조로서 진秦나라 정치 제도라고 합니다. 조선조는 이 두 개의 정치 체제가 교차합니다. 초기와 후기에 그 선호의 주체가 바뀝니다. 조선조 초기 의정부 중심제를 주장하던 개혁 사림파가 나중에는 절대군주제를 지지하고, 절대군주제를 지지하던 훈구 척신 세력이 나중에는 의정부 중심제를 고수합니다.

정치 체제의 차이를 이야기하기 전에 먼저 조선의 건국 과정을 몇 가지 관점에서 정리할 필요가 있습니다. 첫 번째는 고려 말의 현실입니다. 두 개의 모순이 거의 극한에까지 치달았습니다. 하나는 사회경제적 모순, 또 하나는 민족적 모순입니다. 고려 말에 이르면 강과 산을 경계로 대농장이 등장합니다. 이른바 호강豪强들의 토지 침탈이 극에 달합니다. 농지의 수조권자收租權者가 한두 명이 아닙니다. 두 명, 세 명의 지주가 나타나서 수확물을 가져갑니다. 견딜 수 없는 농민들은 호강에게 토지를 투탁投托하고 농노農奴나 전호佃戶로 전락합니다. 호강과 소작인밖에 존재하지 않는 극심한 양극화가 일어납니다. 중소 재지지주在地地主와 자작농이 살아남지 못합니다. 그리고 또 하나의 모순은 정치적 모순입니다. 원나라가 세운 심양왕瀋陽王이 오히려 고려왕보다도 위세가 큽니다. 친원파親元派 권문세족이 정치를 전횡했습니다. 그들은 호강이면서 동시에 정치권력을 장악한 권력자들입니다. 원나라 공주를 왕비로 맞는 부마국駙馬國이면서 충성 충忠 자 임금이 됩니다. 사회경제적 모순에 더하여 자주권마저 없었습니다.

조선 건국은 이러한 두 가지 모순을 극복하는 정치 과정이었습니다. 모순 극복에는 사상과 주체가 동시에 등장해야 합니다. 사회 변혁은 사상 투쟁에서 시작됩니다. 그리고 사상 투쟁은 그 투쟁을 견인해 나갈 주체가 있어야 합니다. 성리학이 개혁 사상으로 받아들여집니다. 그리고 그것을 추진한 주체가 여러분이 국사 교과서에서 배운 신진사류新進士類입니다. 고려 말까지 우리나라는 격년제로 농사를 지었습니다. 비료를 사용하지 않는 농법이었습니다. 고려 말에 송나라의 수경 재배법이 도입됩니다. 모를 내고 비료를 사용하게 됩니다. 휴경休耕하여 지력地力을 회복하던 격년제 영농 방식에서 매년 농사를 짓는 방식으로 바뀝니다. 정확하게 농업생산력이 두 배로 증가합니다. 특히 관개가 용이한 낙동강, 영산강, 금강 상류의 천방川防 설치가 가능한 지역에서부터 시작됩니다. 천방이란 수중보水中洑입니다. 이처럼 수중보를 설치하여 관개를 할 수 있는 지역을 중심으로 부유한 자작농이 나타납니다. 그 자작농의 자제들이 개성으로 유학을 갑니다. 지금도 안동, 영주, 봉화, 금강 상류 쪽에 오래된 가문들이 많습니다. 마침 고려 말에는 공민왕의 개혁 정치가 등장합니다. 권문세족의 전횡을 견제하기 위해서 전혀 사고무친한 신돈辛旽이라는 승려를 발탁합니다. 기득권 마피아들과는 전혀 인연이 없는 신인新人을 발탁한 것이지요. 당시의 기득권자들에게는 기대할 것이 없었을 뿐 아니라 이해관계가 유착된 세력들끼리의 결탁이 공고했기 때문입니다. 결국 그러한 기득권 세력의 벽에 좌절하게 됩니다만 공민왕과 신돈의 개혁은 엄청난 파장을 불러일으킵니다. 신돈은 미륵의 현신이라고 칭송될 정도였습니다. 전민변정도감田民辨正都監을 설치하여 토지와 노비를 조사해서 부당하게 편입된 것들을 돌려주고 해방시켰습니다. 그러나 공민왕과 신돈의 개혁은 실패합니다. 특히 신돈은 패자에게 가해지는 모든 모멸을 다 뒤집어씁니다. 물론 신돈의 개인적인 탐욕이 원인이기도 합니다. 사가私家로 나와서 처첩을 두고 치부했다는 이유로 척살당합니다. 신돈의 업적 중에 성균관 중수重修도 들어갑니다. 이색이 성균관 대제학이 되고 성균관을 중심으로 한 이색 스쿨에서 조선 건국의 엘리트들이 모입니다. 정몽주, 정도전, 권근權近, 이숭인李崇仁 등 개혁 세력이 결집하면서 이색 스쿨은 '개혁의 사관학교'로 불립니다. 나중에 이색과 정몽주는 정도전과 노선 차이로 대립하게 됩니다만 전론田論만 하더라도 신돈의 전민변정도감 구상이 정도전의 균전제均田制로 이어집니다. 균전제는 자영농 중심의 토지제도입니다. 조선 후기 다산의 여전론閭田論도 이러한 전통에 뿌리를 두고 있다고 할 수 있습니다. 그러나 다산의 여전론이 신돈과 정도전을 이은 것이기는 하지만 개혁 주체가 뒷받침되지 않은 유배 시절의 구상에 불과합니다. 토지제도는 봉건제의 기본 모순이란 점에서 전론은 조선 초기는 물론 조선 시대를 일관한 사회의 기본 문제였습니다.

사회경제적 모순이 토지 중심의 내부 문제였음에 비하여 민족 모순은 외부와의 충돌입니다. 고려는 몽고의 압도적 지배하에 놓여 있었습니다. 우리나라가 역사적으로 겪은 가장 큰 외부와의 충돌은 몽고, 일본과 겪은 두 차례의 충돌이라는 데에는 이의가 없습니다. 몽고와의 충돌은 몽고 지배로 이어지고 일본과의 충돌은 일제식민지로 전락합니다. 일본과의 충돌은 실패였고, 몽고와의 충돌은 조선 건국이라는 형태로 우리가 자체적으로 지양해 냈다고 할 수 있습니다. 몽고와 일본은 여러 면에서 차이가 큽니다. 몽고가 사실상 세계 제국이었음에 반해서 일본은 세계 제국이 못 됩니다. 일본 제국주의를 흔히 하사관下士官 제국주의라고 합니다. 일본은 영미 제국주의의 하위에 종속되어 있는, 하사관 정도의 제국주의로서 장교 제국주의가 못 된다는 것이지요. 몽고의 경우는 칭기즈칸이 발 빠른 세계 경영에 나섭니다. 이슬람 세계와 기독교 세계까지 교류하는, 그야말로 명실상부한 세계 제국으로 발돋움합니다. 세계 제국인 만큼 경영 방식도 폐쇄적이지 않습니다. 몽고 문화와 몽고식 정치 원리에서 한족과 현지 문화를 존중하는 방식으로 바뀝니다. 그 과정에서 요동 지역뿐만 아니라 운남 지역까지 고려 출신들이 중간 관리로 등용됩니다. 세계관의 확장이 일어납니다. 고려로서는 지금까지 중국이 만들어 온 협소한 세계관과는 전혀 다른 세계관을 학습할 수 있었습니다. 정확한 기록은 아닙니다만, 고려 말 원나라에 파견한 고려 사신단은 그 횟수만 해도 400여 회가 넘었다고 하며, 그 규모도 매번 같지는 않지만 신하와 시종이 각각 400~500명에 달하는 규모였다고 합니다. 그리고 원나라 공주가 고려의 세자빈으로 들어올 때도 많은 시종들과 함께 왔는데, 그때에도 대규모 문화 유입이 이루어집니다. 지금까지의 중국 중심 문화를 넘어 세계를 학습하게 됩니다. 이러한 환경 때문에 정도전을 비롯한 조선 건국자들은 열린 사고를 가질 수 있었고, 원명교체기에 대단히 유연한 국가 경영 방식을 취합니다. 중국이 천하의 중심이 아니라 많은 국가 중의 하나라는 생각을 가지고 있었습니다. 이런 유연한 사고가 조선 건국으로 이어졌다고 할 수 있습니다.

몽고와의 충돌은 조선 건국으로 지양(Aufheben)되었음에 비하여 일본과의 충돌은 그렇지 못합니다. 그러나 최근 보수정권의 등장과 함께 한국현대사학회 중심의 뉴라이트에서는 일본과의 충돌이 성공적이었다고 주장합니다. '식민지 근대화론'이 그것입니다. 근대화 논의가 간단하지 않음은 물론입니다. 그러나 양자의 차이에서 결정적인 것은 몽고와의 충돌은 '非A'라는 지양의 과정이었음에 반하여 일본과의 충돌은 非A가 아니라 아예 B나 C로 전락했다는 것입니다. 역사의 단절이라 해야 합니다. 국가가 망하고 언어, 전통, 문화가 단절되는 것이었습니다.

조선 건국은 건국의 주체들이 열린 사고를 가졌다는 점에서 긍정적으로 평가할 수 있습니다. 1394년에 『조선경국전』朝鮮經國典이 만들어졌는데 그것의 기본 정신이 입헌군주제였습니다. 세계사적으로도 매우 앞선 정치 체제였습니다. 신진 관료들의 성리학도 상당히 진보적 사상이었습니다. 성리학은 조선 후기에 교조화되고 그것이 국망國亡의 원인으로 지목되면서 과도하게 폄하됩니다만, 성리학은 성명의리지학性命義理之學으로서 양심 문제를 중심에 두는 중소 재지 지주의 정치 사상입니다. 중소 재지지주는 부재지주不在地主와 달리 농민들의 현실을 일상적으로 접하는 사람들이기 때문에 과도한 침학을 자제하고 절제와 겸손의 문화를 만들어 갑니다. 농서農書를 보급하여 농업 생산력을 높이고, 의서醫書를 보급하여 어린이들의 사망률을 크게 낮춥니다. 조선 초기 농민들의 동요가 거의 사라지면서 이루어 낸 세종조의 발전이 바로 성리학의 성과라고 할 수 있을 것입니다.

조선 건국의 이러한 사상적·문화적 토대는 오래 지속되지 못합니다. 건국 초에 정도전이 이방원李芳遠에게 척살당합니다. 고려 말의 2대 모순을 극복하기 위한 개혁이 좌절됩니다. 어느 왕조든 권력은 마상馬上에서 나옵니다. 무력으로 나라를 세웁니다. 따라서 왕조 초기는 군君이 강하고 신臣이 약합니다. 군강신약君强臣弱입니다. 정도전이 구상한 의정부 중심제는 이를테면 군약신강君弱臣强 체제인 입헌군주제였습니다. 이것을 이방원이 참지 못합니다. 정도전도 그러한 가능성을 예견하고 사병私兵을 혁파하려 했습니다만 이방원으로 대표되는 군강君强의 저항으로 제대로 혁파되지 못합니다. 정도전은 공부도 많이 하고 뛰어난 자질을 가진 사람입니다. 정몽주가 성골임에 비해서 정도전은 외가 쪽으로 증조할아버지가 노비를 취해서 태어난 딸이 할머니여서 성골이 못 됩니다. 사람들은 이러한 이유로 역성혁명의 근거를 대기도 합니다만 그것은 무리입니다. 지난번 『맹자』의 민본사상을 이야기하면서 정몽주가 정도전에게 『맹자』를 보냈다는 얘기를 했습니다. 정몽주와는 동지적 관계였습니다. 정도전은 원나라 사신 영접을 거부하여 귀양 갑니다. 그때를 시작으로 이후 8~9년간의 귀양살이를 합니다. 귀양살이는 정도전에게 공부하는 시기였습니다. 공부뿐만 아니라 농민들과 함께 생활하며 같이 농사짓는 등 엄청난 현실 경험을 합니다. 성리학은 물론이고『불씨잡변』佛氏雜辨을 저술하는 등 고려 사회의 지배 이데올로기인 불교에 관해서도 해박한 지식을 쌓고 있었습니다. 무엇보다 조선 건국의 역사적 의미를 누구보다도 잘 알고 있었습니다. 이방원은 권력 의지가 전부였을 뿐 조선 건국의 역사적 의미에 대해서는 무지했습니다. 당시에는 중국의 정세가 불안정했기 때문에 요동반도로 진출할 수 있는 가능성이 없지 않았습니다. 정도전이 그것을 꿰뚫어 보고 있었습니다. 이방원은 명나라가 정도전을 불신하게끔 정보를 흘리고 이어 정도전을 척살합니다.

정도전의 죽음도 드라마입니다. 이성계는 병으로 경복궁에서 와병 중이었고 왕자들은 별실에서 밤을 새고 있었습니다. 그 시각에 이방원의 경처京妻로 나중에 원경왕후元敬王后가 되는 민씨閔氏가 경복궁으로 사람을 보내 남은南誾의 첩실 집에서 정도전 등 몇 사람이 술을 먹고 있다는 정보를 알립니다. 몰래 궁을 빠져나온 이방원이 서울에 올라온 이숙번李叔蕃의 군사를 동원하여 급습해서 척살합니다. 그곳이 한국일보사 자리입니다. 정도전의 집은 거기서 지척인 수송동 종로구청 자리입니다. 삼군부의 병권을 장악하고 있었지만 바로 옆집이어서 말구종 하나만 데리고 남은의 집으로 건너왔습니다. 삼군부는 지금의 세종문화회관 자리에 있었습니다. 얼마든지 이방원의 쿠데타를 저지할 수 있었습니다.

정도전의 죽음과 함께 조선 건국의 구상이었던 의정부 중심제가 무너집니다. 절대군주제로 바뀝니다. 태종이 된 이방원은 척신들의 정치 참여를 원천봉쇄합니다. 아들인 세종이 군주로서의 권력을 온전히 행사할 수 있는 여건을 만들어 놓습니다. 4년간 상왕上王으로서 인사권과 병권을 직접 행사합니다. 지금 연세대 뒷산인 안산에 궁을 짓고 기거했습니다. 인사와 병사는 반드시 사전에 보고하게 했습니다. 지금이야 사직터널, 금화터널이 뚫려서 지척이지만 당시에는 눈비 오는 날이면 험한 길이었습니다. 여러 사람이 사전 보고를 누락했다가 처형당했다고 합니다. 태종은 외척의 권력 개입을 원천봉쇄합니다. 원경왕후의 친정아버지 민제閔霽가 죽고 나서 처남인 민무구閔無咎, 민무질閔無疾 등을 유배하고 사약을 내립니다. 어쨌든 조선 건국의 철학을 담은 의정부 중심제가 무너지고 절대군주제가 확립됩니다.

세종은 태종이 닦아 놓은 확고한 왕권의 토대 위에서 장기 집권합니다. 재위 32년입니다. 세종은 조선 시대 최고의 임금으로 평가됩니다. 그러나 세종은 정치적 역량이 뛰어났다기보다는 유능한 행정가, 주로 소프트웨어를 잘 개발한 임금이라고 할 수 있습니다. 정도전과는 다릅니다. 정도전은 시스템을 만든 사람이었습니다. 이방원의 절대군주제는 세종조를 거치는 동안 다시 집현전을 중심으로 신권臣權의 강화로 기울게 됩니다. 어린 단종의 즉위와 함께 군강君强 체제가 위협받게 됩니다. 역시 개국 초이기 때문에 군강의 토대가 강했습니다. 신강臣强의 싹을 자른 것이 바로 세조의 쿠데타입니다. 그 전략가가 바로 압구정의 주인 한명회입니다. 황희 정승이 세종조의 명상임에 반하여 한명회는 세조 쿠데타의 모신입니다. 『단종애사』端宗哀史는 글자 그대로 애사哀史이고 비사悲史입니다. 삼촌이 어린 왕을 유배하여 죽이고 사육신으로 대표되는 많은 신하들을 처단한 사건입니다. 그러나 우리는 이러한 정치 과정을 윤리적 관점에서 평가하는 것에 신중해야 합니다. 건국 초기의 산적한 과제들을 강력한 왕권이 아니면 헤쳐 나가기 어려웠을지도 모릅니다. 그러나 그러한 요청 때문에 등장한 절대왕권제가 역설적으로 바로 훈구 척신 세력에게 권력이 넘어가게 되는 계기를 마련합니다. 절대 권력은 고금을 막론하고 그 역량과 인성이 못 미치는 무리와 결합하는 것이 역사의 진리입니다. 세조는 태종보다도 훨씬 더 비윤리적인 집권을 했습니다. 그러고도 여러 차례에 걸쳐 정란공신靖亂功臣들을 책봉합니다. 공신 책봉은 우선 토지를 주고, 벼슬을 주고, 노비를 줘야 합니다. 세조 당시에 벌써 토지, 노비, 벼슬이 부족합니다. 고려 말에는 토지의 3분의 2가 토지대장에 없었습니다. 호강들이 불법으로 침탈한 토지를 양안개혁量案改革으로 수용했기 때문에 개국 초에는 공신들에게 줄 토지가 많았습니다. 마치 이승만 대통령이 일본의 적산敵産으로 자유당 정권의 물적 토대를 만들었던 것과 다르지 않습니다. 그러나 이것이 세조 때에 이르면 바닥이 납니다. 정란공신 한 명이 책봉되면 그에 따른 원종공신原從功臣이 훨씬 더 많습니다. 친가, 외가, 처가 등 수많은 원종공신이 함께 책봉됩니다. 그 사람들에게도 노비, 토지, 녹권祿權을 줘야 합니다. 조선 시대 벼슬자리가 500개도 안 됩니다.

1392년에 조선이 건국됩니다. 그것을 1400년이라 보고 1500년, 정확하게 100년 후가 되면 절대군주제는 자취가 거의 없어지고 훈구 척신들이 토지와 정치권력을 장악합니다. 조선 초기의 개혁적 이미지는 없어지고 확실하게 보수화됩니다. 이때부터 사림士林이 개혁 주체로 등장합니다. 고려 말의 데자뷰입니다. 개혁 사림 역시 크게 보면 우리나라 3대강 상류 지역의 중소 재지지주들이 중심이 됩니다. 그러나 개혁 세력은 훈구 보수 세력과의 싸움에서 판판이 깨집니다. 그만큼 보수의 아성이 완고합니다. 사림과 훈구 세력이 싸워서 사림이 화禍를 당하는 걸 사화士禍라고 합니다. 무오사화, 갑자사화, 기묘사화로 개혁 사림이 몰락합니다. 개혁 세력이 결정적으로 좌절하게 되는 사화가 기묘사화입니다. 조광조趙光祖로 대표되는 기묘사림의 몰락입니다. 흔히 기묘사림을 강경 좌파로 인식하기도 하지만 조광조는 온건 그룹이었다고 합니다. 조광조를 기용한 중종中宗은 반정 임금입니다. 연산군이 폐위되고 추대되었기 때문에 반정공신들의 전횡에 무력한 임금이었습니다. 임금 자신이 훈구 척신 세력의 전횡에서 벗어나려고 했습니다. 당시는 반정공신들이 공신첩을 팔 정도였습니다. 조광조를 등용하여 개혁 드라이브를 걸려고 했습니다만, 임금의 의지도 그렇지만 객관적 보수 구조가 이를 용납하지 않았습니다. 1519년에 조광조가 사약을 받습니다. 퇴계가 어렸을 때 조광조를 성균관에서 보았다는 기록이 있습니다. 그 인품과 학문을 흠모했던 것으로 알려져 있습니다.

조광조가 죽고 나서 우리나라 개혁 세력들이 일대 반성을 합니다. 패러다임의 전환이라고 할 수 있습니다. '첫째 중앙에서 지방으로, 둘째 정치 투쟁에서 사상 투쟁으로, 셋째 기동전起動戰에서 진지전陣地戰으로'라는 일대 전환입니다. 우리나라의 정치 투쟁은 중앙 중심이었습니다. 궁중에서 새 임금만 세우면 끝납니다. 중국은 지방의 제후국이 세력을 키워 천하쟁패에 나섭니다. 우리는 궁중 쿠데타 정도의 정치 사변에 의해서 권력이 이동합니다. 조선 시대는 당파가 임금을 세웁니다. 5·16쿠데타나 12·12사태도 크게 다르지 않습니다. 1개 사단 규모의 병력이 수도를 점령하는 것으로 끝납니다. 기묘사림의 경우도 군주 권력에 과도하게 의존하다 실패합니다. 그래서 서울 중심, 왕권 중심, 중앙정치 중심으로 추진해 오던 개혁을 반성하게 됩니다. 한편으로 사상의 미성숙을 반성하면서 중앙에서 지방으로 내려가서 향교鄉校를 만들고 서원書院을 설립해 제자들을 교육합니다. 지방을 진지화합니다. 이러한 패러다임의 전환 이후 정확히 50년 만에 성리학적 가치가 사회적 아젠다로 확립됩니다. 1568년 선조宣祖의 즉위는 아무런 정치적 사변이 없었습니다. 불과 50년 사이에 성리학적 가치, 즉 치자治者의 양심 문제가 사회적 정의로 공인됩니다. 선조가 즉위하면서 바로 조광조를 문정공文正公, 영의정으로 사면 복권합니다. 그리고 퇴계가 『성학십도』聖學十圖를 선조에게 바쳐 성리학적 가치를 정치의 근본으로 삼도록 합니다.

이러한 변화는 16세기 초반에 조선 시대의 대표적인 사상가들이 집결되어 있다는 사실에서 확인됩니다. 화담花潭 서경덕徐敬德, 퇴계 이황, 남명南冥 조식曺植, 고봉 기대승, 우계牛溪 성혼成渾, 회재晦齋 이언적李彦迪, 율곡栗谷 이이李珥에 이르기까지 우리나라 최고의 사상가들이 이 시기에 집중적으로 나타납니다. 훈구 세력과의 치열한 사상 투쟁을 증거하고 있습니다. 그러나 훈구 척신 세력들은 절대로 만만하지 않습니다. 노회한 권모술수에 개혁 사림들이 백전백패합니다. 이것은 현대 정치에서도 예외가 아닙니다. 물론 언론이나 사회의 여러 조직들을 장악하고 외세의 지원을 업고 있기 때문이기도 하지만 개혁파가 도덕적 정의만으로 승부하려고 하는 것에 반해서 보수 우파들은 동원하지 않는 전략전술이 없습니다. 엄청난 기만과 정보를 동원합니다. 기묘사화 때도 훈구파들이 잎사귀에다 꿀물로 주초위왕走肖爲王이라 쓰고 벌레가 파먹게 해서 그걸 임금한테 갖다 보이게 했다고 합니다. 개혁 사림의 가치가 사회적 공감대를 만들어 내자 훈구 척신들은 재빨리 개혁 이미지 속으로 피신합니다. 변신에 능합니다. 그 공간을 제공한 것이 율곡이라는 주장도 있습니다. 율곡을 중심으로 하는 서인西人들의 7~8할은 훈구 척신이라는 기록을 근거로 듭니다. 당시의 쟁점은 제도 개혁과 인적 청산이었습니다. 율곡과 서인이 제도 개혁파입니다. 인적 청산이 이루어지지 못합니다. 그 이후의 역사에서는 훈구 척신들의 실상이 잘 드러납니다. 훈구 세력들은 위기 대응 능력이 없었습니다. 왜군의 침략으로 임금이 신의주까지 몽진하고 임금의 권력과 미래가 불투명해지자 훈구 척신들은 군주 곁을 떠납니다. 지방의 사림들이 의병을 조직해서 대응합니다. 임진왜란 후 의병을 조직해서 싸웠던 동인東人들이 광해군 정권을 장악합니다. 그러나 훈구 보수 세력은 다시 남인南人들의 협력을 이끌어 내는 데에 성공하면서 광해군을 몰아냅니다. 인조반정仁祖反正입니다. 광해군이 폐모살제廢母殺弟라는 유교 국가에서는 있을 수 없는 패륜을 저지르기도 했습니다만, 호시탐탐하던 서인이 다시 권력을 장악합니다. 민족 투쟁에서는 무력하고 비겁한 반면, 국내의 계급투쟁에서는 예의 그 탁월한 능력을 유감없이 발휘합니다. 그리고 그 이후 역사는 여러분이 잘 아시는 바와 같습니다. 정묘·병자 양란을 초래합니다. 역시 훈구 보수 세력은 무능의 극치를 보입니다. 북벌北伐을 기치로 내세우며 지배 구조를 유지하기에 급급합니다. 이 시기에 대해서는 지난번에 이야기했습니다. 1623년 인조반정 이후로 노론老論 세력들은 지금까지 지배 권력으로 군림하고 있습니다. 조선 후기, 일제강점기, 그리고 해방 이후 군사정권에 이어 오늘에 이르기까지 막강한 보수 구조를 완성해 놓고 있습니다. 물론 배후에 외세의 압도적 지원을 업고 있는 것 역시 그때와 다르지 않습니다.

황희와 한명회, 압구정과 반구정 그리고 조선 시대의 정치 체제에 대하여 이야기하고 있습니다. 조선 중기가 되면 군약신강 구조로 바뀝니다. 신하가 강하고 군주가 약해집니다. 훈구 척신 세력이 그만큼 강해집니다. 약한 군주가 신하를 통제하는 방법이 당쟁입니다. 신하들을 분할 통치하는 방식입니다. 숙종肅宗이 이 시기의 대표적 임금입니다. 환국換局이라는 형식으로 당파들을 견제합니다. 기사환국, 갑술환국 등 조선 중기 정치의 기본이 환국입니다. 숙종비 장희빈張禧嬪은 남인 가문 출신입니다. 비극의 주인공으로 오늘날까지 사극의 주인공입니다만 본질은 당파 싸움의 희생자입니다. 갑술환국 이후 남인들은 낙향하여 조령, 죽령, 추풍령을 넘지 않는다는 자존심으로 벼슬을 단념합니다. 그 이후 실학實學, 천주학天主學도 정권에서 소외된 변방의 남인 중심으로 수용됩니다. 천주학은 당시의 신분 사회에서 만민 평등의 개혁 사상입니다. 민중 해방론, 여성 해방론입니다.

오늘의 강의에서 중요한 것은 사상과 실천에 대한 우리의 생각을 정리하는 것입니다. 16세기 초에 일어났던 개혁 방식의 전환에서도 가장 역점을 둔 것이 사상의 미성숙을 반성하고 새로운 진지를 만드는 일이었습니다. 사상 투쟁은 모든 개혁의 시작이고 끝입니다. 그리고 더욱 중요한 것은 그것을 실천적으로 담보해 낼 수 있는 주체를 발견하는 일입니다. 조선조 건국 때도 그랬고, 개혁 사림이 복귀할 때도 그랬습니다. 개혁 주체의 물적 토대가 있었습니다. 조선 시대에 그나마 선비 정신이라는 지식인의 전통이 견지될 수 있었던 것은 중소지주이긴 하지만 지주라는 물적 토대가 있었기 때문입니다. 그것은 오늘날도 다름이 없습니다. 독립된 개혁의 물적 토대를 만들어 내는 것이 대단히 중요한 당면 과제입니다. 그러나 그러한 사회적 공간이 없습니다. 그래서 생각나는 것이 공자입니다. "군자도 궁할 때가 있습니까?"라는 자로의 질문과 "군자는 원래 궁한 법이라네"라는 공자의 답변입니다. 궁하면서도 흐트러지지 않는 자세입니다. 독립된 공간과 집단적 지성 그리고 그러한 소통 구조를 사회화하는 일이 과제라 할 수 있습니다.

오늘 강의는 한명회와 황희 정승을 비교하는 것으로 이야기를 시작했지만, 정도전을 많이 소개한 셈입니다. 역사서의 감동은 그 속에서 만나는 사람으로부터 옵니다. 정도전과 함께 반드시 만나야 할 사람으로 '충무공'忠武公이 있습니다. 영화 〈명량〉이 공전의 흥행을 이루면서 충무공이 주목 받은 것은 반가운 일입니다. 내가 구속되고 아버님이 가장 먼저 넣어 주신 책이 『난중일기』亂中日記였습니다. 읽은 분은 아시겠지만 재미있는 책은 아닙니다. 근년에 『충무공전서』등 충무공 관련 자료들이 많이 출간되었습니다. 『난중일기 외전』까지 나왔습니다. 『난중일기』에는 일기가 없는 날이 많습니다. 그날이 대단히 중요합니다. 해전이 있었던 날입니다. 일기는 없지만 그날에 있었던 전투에 관한 장계狀啓가 있습니다. '당포에서 왜선 격파하고 나서 올린 장계' 등이 그것입니다. 전투의 전후 상황이 자세하게 서술되어 있습니다. 파선된 왜선에 올라가서 인질로 잡혀 있는 어린 여자아이들을 구출합니다. 가족이 죄다 몰살당하고 왜

선으로 끌려와서 왜장들의 노리개가 되고 있었습니다. 당시 참담했던 현실의 파편들이 곳곳에 박혀 있습니다. 원균元均은 배 한 척으로 충무공 선단을 뒤따라 다니며 전투가 끝난 바다에서 떠다니는 왜병들의 수급을 잘라서 서울로 바리바리 실어 보내는 일을 주로 합니다. 당쟁으로 맹목이 된 중앙 정치는 수급으로 전공을 평가합니다. 원균도 이순신, 권율과 함께 3명의 1등 공신 중에 포함되었습니다. 선조는 자신이 적자가 아니라는 콤플렉스가 매우 강한, 이해하기 어려운 임금입니다. 신의주까지 도망가서 압록강을 건너려고 내놓는 핑계가 가관입니다. 짐은 죽더라도 천자의 나라에서 죽고 싶다는 것이 이유였습니다. 참으로 한심한 왕이 아닐 수 없습니다. 그러나 임란 후에도 건재합니다. 충무공 관련 자료들을 읽는 동안 끝끝내 뿌리칠 수 없는 생각은 '충무공이 임금이었어야 하는데……'라는 아쉬움이었습니다.

당시 왜선에서 노를 젓는 격군格軍은 대부분이 조선인 포로들로 채워졌습니다. 격침되면 수몰됩니다. 조선인 포로들은 모든 전투에서 일본군의 방패막이로 배치되었습니다. 평양성 탈환 전투를 비롯한 조명朝明 연합군의 전투에서도 마찬가지였습니다. 조선군을 가장 위험한 곳에 앞세웠음은 물론입니다. 병권兵權이 없는 조선군의 처지가 그럴 수밖에 없음은 너무나 당연합니다. 『조선왕조실록』에서는 평양성 전투에서 이여송李如松이 벤 수급 중 절반이 조선인 백성이며 불에 타 죽거나 물에 빠져 죽은 1만여 명도 모두 조선 백성이라고 했습니다. 노량 해협에서 퇴로를 차단당한 왜장 고니시 유키나가小西行長가 명군 제독 진린陳璘에게 밀사를 보내 퇴로를 열어 주면 수급 2천을 보내 전공으로 삼게 해 주겠다는 제의를 해 왔습니다. 그 2천

의 수급 역시 일본군의 머리일 리가 없음은 물론입니다. 『징비록』懲
毖錄은, 수복한 도성이 잿더미에 시체로 넘쳐나고 있었으며, 진주성
에서 죽은 군사와 백성만 하더라도 6만을 넘었다고 기록하고 있습니
다. 조선 백성들은 도처에서 도륙당하고 있었습니다.

한국 정치사에서 빼놓을 수 없는 인물이 또 한 사람 있습니다.
개혁 군주 정조正祖입니다. 정조의 개혁이 그의 죽음으로 좌절되고
안동 김씨, 풍양 조씨 등 몇 가문의 세도정치로 전락합니다. 세도정
치는 당파정치보다 정치 기반이 더 협소합니다. 지배계급이 자기들
의 권력 기반을 사유화함으로써 조선조 후기에는 군약君弱 신약臣弱
으로 전락합니다. 바야흐로 민강民强의 시대가 개막됩니다. 연이은
농민반란과 동학농민혁명에 이르기까지 민중이 역사 무대에 등장합
니다. 계급 모순과 민족 모순의 동시 타격을 겨냥한 투쟁을 조직해
내고 있었습니다. 그러나 우리가 잘 아는 바와 같이 봉건 지배 계층
은 외세와 야합하여 이러한 민중들의 요구를 유린하고 결국 식민지
의 길로 들어섭니다.

반구정에서 띄운 글의 마지막은 다음과 같이 끝납니다.

반구정과 압구정의 남아 있는 모습이 그대로 역사의 평가는 아니
라 하더라도 우리는 그것의 차이가 함의하는 언어를 찾아야 한다
고 믿습니다. 우리가 해체해야 할 피라미드는 과연 무엇인지, 우리
가 회복해야 할 땅과 노동은 무엇인지를 헤아려야 할 것입니다. 압
구정이 콘크리트 더미 속 한 개의 작은 돌멩이로 왜소화되어 있음
에 반하여 반구정은 유유한 임진강가에서 이름 그대로 갈매기를
벗하고 있습니다.

나는 바람 부는 반구정에 앉아서 임진강 물길을 굽어보았습니다. 그러나 남북을 넘나드는 새들의 비행 아래로 임진강 푸른 물줄기는 철조망으로 결박되어 있었습니다.

23

떨리는 지남철

하일리의 일몰에 관한 이야기로 이 글은 시작됩니다. '하일리'의 '하'
가 노을 하霞 자입니다. 강화에서 맞는 서해의 일몰은 하염없는 감
회를 안겨 줍니다. 온 바다를 물들이며 물 밑으로 가라앉는 일몰 광
경은 검은 능선을 넘어 사라지는 산마루의 일몰과는 판이합니다. '저
해가 물 밑으로 가라앉지만 내일 아침에 다시 바다 위로 솟아오르겠
구나' 하는 확신을 안겨 주기 때문입니다.

　　오늘 강의에서는 물론 강화학파와 양명학陽明學을 소개합니다만
이를 통해 지식인의 자세에 관해서 이야기하려고 합니다. 강화학파
가 지식인의 초상이라고 할 수는 없지만 강화학파의 여러 가지 성격
이 지식인 담론으로 연결하는 데에 큰 무리가 없기 때문입니다.

　　하곡霞谷 정제두鄭齊斗 선생은 당쟁이 격화되던 숙종 말년 표연
히 서울을 떠나 이곳 강화로 물러납니다. 숙종 말년은 숙종, 경종, 영

조로 이어지는 정치적 사변으로 점철된 시기입니다. 숙종은 재위 기간이 46년입니다. 숙종 다음이 경종입니다. 경종은 장희빈의 아들이고, 장희빈은 남인계 왕비였습니다. 노론들이 경종을 폐세자 하려 했지만, 결국 즉위합니다. 병약하다고는 하지만 나이 서른두 살의 경종이 즉위 2년 만에 연잉군延礽君을 세제世弟로 책봉해서 대리청정하게 합니다. 대리청정 2년 만에 경종이 사망합니다. 대리청정하던 세제 연잉군이 영조입니다. 영조 다음이 정조입니다만 정조는 사도세자思悼世子의 아들입니다. 참으로 파란만장한 시기입니다. 조선 시대에는 임금이 갑자기 죽는 사례가 많습니다. 신강臣强 시절의 풍경이라고 할 수 있습니다. 그런 경우 임금은 권신들이 합의한 인물이 계승합니다. 훈구 척신들의 전횡이 끝이 없습니다. 강희제, 옹정제, 건륭제 소위 청나라의 기틀을 반석 위에 올려놓은 세 황제, 그중에도 가장 강력한 권력을 행사한 옹정제는 '비밀건저제'秘密建儲制라는 새로운 황위 계승법을 만들었습니다. 건청궁의 〈정대광명〉正大光名이란 편액 뒤에 황위를 계승할 황자의 이름을 써서 넣어 두는 방식입니다. 이 방식이 노리는 것은 비단 황위 계승에 국한된 것만은 아니지만 황제 권력의 완성편이라고 할 수 있습니다. 신강의 조선 중기에는 설령 편액 뒤에 숨겨 두었더라도 얼마든지 왕의 뜻이 왜곡될 수 있었을 것입니다. 그 정도로 군약신강의 시절이었습니다.

이러한 시기에 하곡은 집권 세력인 서인 계통임에도 불구하고 서울을 떠나 강화로 낙향합니다. 낙향하면서 하곡은 양명학을 신봉한다는 사실을 밝힙니다. 하곡이 강화로 낙향하고 난 후에 인척과 제자들 그리고 지인들이 다수 강화로 들어갑니다. 양명학은 명나라 때의 학자 왕수인王守仁의 아호를 따서 명명한 학파입니다. 양명학은 주자의 신유학新儒學에 대한 반론입니다. 송宋, 원元에 이어 명明에 이르러 나라 경제가 크게 발전합니다. 토지 생산력이 높아지고 물산도 풍부해집니다. 인쇄술도 발전하여 문화 부흥기를 맞습니다. 그 과정에서 상인 계층이 일정하게 사회적 지위를 높입니다. 주자학이 지주들의 정치학이라면, 양명학은 그 당시 사회적 지위가 강화되기 시작한 상인 계층을 대변하는 사상이라고 볼 수 있습니다.

양명학의 핵심은 '심즉리'心卽理입니다. "마음이 진리"라는 것입니다. 주체성의 선언입니다. 주자학에서는 성즉리性卽理였습니다. 성性이라는 것은 하늘로부터 받는 것입니다. 그러나 심心은 객관적으로 주어진 천명天命, 천성天性, 천리天理가 아니라 인간의 주체적인 실천이 진리를 담보한다는 주장입니다. 이러한 사상은 후사건적後事件的 실천이 진리를 만든다는 알랭 바디우를 연상케 합니다. "나는 생각한다. 고로 존재한다"는 데카르트의 선언과 다르지 않습니다. 왕양명이 데카르트보다 시기적으로 100여 년 앞섭니다. 상업 윤리가 근대성의 핵심이기도 합니다. 심학心學 역시 주체적인 실천을 강조합니다. 양명학을 근대의 주체 선언으로 보아도 크게 무리가 없다는 생각이 듭니다.

양명학의 3강령은 심즉리心卽理, 치양지致良知, 지행합일知行合一입니다. 치양지는 양지良知를 다한다는 뜻입니다. 양명학에서는 심心을 양지로 보고 그 자체를 선량한 것으로 승인합니다. 맹자의 성선설과 맥을 같이합니다. 모든 사람이 양지를 갖추고 있다는 것은 사민四民 평등사상입니다. 상인 계층의 사상답게 신분 사회가 아니라 근대적 인간관계를 지향하고 있습니다. 그래서 모든 사람들이 양지를 갖추고 있기 때문에 공부할 필요가 없다는 주장마저 등장합니다. 이러한 주장을 펴는 것이 양명학 좌파입니다. 이탁오가 대표적입니다. 양명학 우파는 공부해야 한다는 입장입니다. 인욕人慾을 비롯한 여러 가지 차폐遮蔽로 말미암아 양지가 가려져 있기 때문에 공부해야 한다는 것입니다. 이탁오에 대해서는 강의 초반에 소개했습니다. 그의 10교十交는 잘 알려져 있습니다. 열 가지 교우交友입니다. 생사지교生死之交에서부터 시정지교市井之交, 음주지교飲酒之交 등 여러 층위의 교우를 가졌던 것으로 유명합니다. 수많은 친구들을 사귀면서 인간관계를 차별하지 않았습니다. 이탁오는 말년에 감옥에서 불우하게 자살합니다만 천재적인 사상가였습니다. 양명학의 진면목을 잘 보여주는 인물입니다.

지행합일은 양명학의 중요한 덕목입니다. 주자학은 지知와 행行을 선후 관계로 놓습니다. 선지先知, 먼저 알고 후행後行, 나중에 행하는 구도입니다. 독서궁리讀書窮理, 즉 책을 읽음으로써 진리에 도달한다는 논리입니다. 양명학에서는 독서가 진리에 도달하는 길이 아닙니다. 지知와 행行은 함께 가는 것입니다. 독서로 할 것이 아니라 일상생활을 통해서 삶의 현실 속에서 진리를 만들어 내야 합니다. 그것을 사상마련事上磨鍊이라고 합니다. 일상생활 속에서 연마해야 합니다. 그러므로 실천이 사상捨象된 리理와 양지는 생각할 수 없습니다. 선지후행, 독서궁리와 같은 주자학 논리와는 전혀 다른 구도입니다. 왕양명의 강론에는 수백, 수천 명이 운집했다고 합니다. 임란 이후 무너진 신분 질서를 강화해야 하는 훈구 세력의 입장에서 이와 같은 양명학 사상이 용납될 수 없습니다. 사문난적斯文亂賊이 됩니다. 하곡은 양명학에 심취했고, 늦었지만 스스로 양명학을 지지한다는 선언을 하고 표표히 강화로 낙향합니다. 그 이후로 아까 얘기했듯이 많은 분들이 강화에 들어가고, 강화가 양명학의 고장으로 자리 잡게 됩니다.

이 글이 『중앙일보』에 발표되었을 때, 서여西餘 민영규閔泳珪 선생의 제자 한 분으로부터 전화를 받았습니다. 서여 선생께서 필자에 대해서 물어보신다는 이야기와 함께 언제 같이 뵐 수 없겠느냐고 했습니다. 꼭 뵙고 싶었습니다만 시기를 놓쳤습니다. 서여 선생은 위당爲堂 정인보鄭寅普 선생의 제자로서 위당 선생을 잇는 분입니다. 일찍이 60년대 초반에 비디오카메라를 가지고 중동, 이스라엘, 예루살렘까지 답사하고 오신 분입니다. 당시로서는 쉽지 않은 여행이었습니다. 연세대 교수로 오래 계셨습니다. 지남철에 관한 글은 서여 선생의 『예루살렘 입성기』에서 인용했습니다. 지남철의 여윈 바늘 끝처럼 항상 고민하고 모색하는 존재가 지식인의 초상으로 제시되고 있습니다.

강화학파의 학파로서의 전통은 이미 단절되었습니다만 비판 담론으로서의 위상은 결코 바래지 않았다고 할 수 있습니다. 진리眞理와 물리物理에 대한 인식 체계가 그렇습니다. 우리가 의지하는 이론이 현실과 모순된다는 것을 느끼게 될 때, 우리는 대체로 두 가지의 대응 방식을 취합니다. 첫째 실사구시實事求是의 대응 방식입니다. 우리에게 너무나 익숙한 방식입니다. 이때 '실'實이라는 것은 '접촉한다'[接]는 뜻입니다. 사실이나 현실에 나아가서, 즉 현실에 비추어서 그것의 해답[是]을 모색하는 방식입니다. 탁상의 이론이 아니라 현실에 근거해서 판단하는 방식입니다. 이론과 현실이 불일치될 때 현실 중심의 해결책을 찾는 것이 실사구시입니다. 춘추시대에는 성현의 말씀이나 경전에서 그 근거를 찾았습니다. 그와 비교하면 대단히 과학적인 대응 방식입니다.

　강화학에서는 이러한 실사구시의 방식을 '물리' 방식의 대응이라고 합니다. 강화학에서 중요하게 여기는 것은 '진리' 방식의 대응입니다. 진리란 이론의 준거를 재구성하는 것입니다. 비근한 예로 경제 불황이라는 현실과 경제 이론이 차질을 빚을 때 실사구시적 대응 방식은 현실 경제를 중심으로 구조 조정에 나서는 것입니다. 그렇게 하여 경제를 살리는 방식이라고 할 수 있습니다. 현실의 물리를 중심으로 대응하는 것입니다. 진리 방식의 대응은 "경제란 무엇인가?" "경제는 왜 살려야 하는가?"라는 물음을 던지면서 '경제'라는 개념의 준거를 재구성하는 방식입니다. 해고와 법정관리를 통해 경제를 살린다는 것이 과연 '경제'의 근본적 개념과 일치하는 것인가를 묻는 것입니다. 경제를 살리는 이유는 사람을 살리기 위함입니다. 이처럼 개념 자체의 의미를 재구성하는 것을 진리 방식의 대응이라고 합니다. 물리와는 차원을 달리합니다. 'Here and Now' 그리고 How가 물리 방식의 실사구시라면, 'Bottom and Tomorrow'와 Why가 진리 방식의 대응입니다. 보다 근본적인 개념을 재구성하는 것이 진리 방식의 대응입니다. 양명학과 강화학은 근본을 천착합니다. 지남철의 여윈 바늘 끝처럼 불안하게 전율하고 있어야 하는 존재가 지식인의 초상입니다. 어느 한쪽에 고정되면 이미 지남철이 아니며 참다운 지식인이 못 됩니다.

　지금 강화에는 강화학파의 자취는 물론 남은 유적도 한산하기 그지없습니다. 여한구대가麗韓九大家의 한 사람으로 강화학파를 대표하는 분이기도 한 영재寧齋 이건창李建昌의 묘소에는 어린 염소 한 마리가 나를 쳐다볼 뿐 상석 하나 없는 초분草墳입니다. 영재 이건창은 고종 3년 15세의 어린 나이로 문과에 급제한 수재였습니다. 병인양요 때 조부인 이조판서 이시원李是遠의 자결을 목도했습니다. 서양과 일본의 침략을 철저히 배격했으며 이웃 나라에서 부강을 구하는 비주체적 개화를 극력 반대했습니다. 『강화학 최후의 광경』에는 이건창에 관한 글이 실려 있습니다.

1893년 봄, 조선의 뛰어난 문장가요 지조 있는 관리로 명망이 높던 영재 이건창이 전남 보성으로 귀양을 떠나던 날이었다. 아직 동이 트기 전 이른 새벽 남대문 밖 길목에 주안상을 차려 놓고 기다리고 앉아 있는 사람이 있었다. 그는 파루를 알리는 쇠북 소리와 함께 육중한 성문이 열리면서 걸어 나오는 죄인과 호송관을 멈추게 한 뒤, 이건창에게 넙죽 큰절을 올렸다.

개화파와의 갈등으로 귀양을 떠나게 된 이건창을 새벽길에서 맞은 것은 보재溥齋 이상설李相卨이었습니다.

강화학은 이처럼 자기 주체성의 강인함을 과시하면서 이광명李匡明·이광사李匡師·이건방李建芳 등 가학家學으로 이어져 이건방의 제자 정인보鄭寅普에 의해 근대적 사상으로 발전했고, 박은식朴殷植·신채호申采浩·김택영金澤榮 등 한말 민족주의 학자들의 사상에도 큰 영향을 미쳤습니다. 사학史學과 정음正音, 서예와 시문을 발전시키기도 했습니다. 서예에서 백하白下 윤순尹淳 이후 이광사에 이르러 원교체圓嶠體라는 동국진체東國眞體가 완성되기도 했습니다.

물론 오늘날은 특정한 개인에게서 당대 사회의 지식인상을 요구하는 것은 무리라 할 수 있습니다. 그럼에도 불구하고 사표師表로서의 지식인상像은 어느 때보다 더 절실하게 요구되는 상황입니다. 현실 중심의 단기적 대응에 여념이 없는 다급한 상황일수록 더욱 그렇습니다. 그러나 우리가 주목해야 하는 것은 전인격적인 개인이 아니라 집단적 지성입니다. 학파와 대학입니다. 카를 야스퍼스Karl Jaspers의 『대학의 이념』에 의하면 대학의 생명은 '독립'입니다. 나치 정권으로부터 교수직을 박탈당한 개인적 이유도 있었겠지만, 야스퍼스는 정치권력으로부터의 독립을 강조합니다. 그러나 오늘날은 오히려 경제권력으로부터의 독립이 더 절실합니다. 그러나 가장 중요한 것은 강화학에서 확인하는 '오늘로부터의 독립'입니다. 100년을 내다보는 독립 공간을 만들어 내는 일입니다. 지남철의 여윈 바늘 끝처럼 항상 전율하고 고민하는 지식인, 그것도 개인이 아닌 집단적 지성입니다. 여말의 민족 모순, 사회경제적 모순을 집중적으로 고민했던 개혁 집단이 고려 말의 이색 스쿨이었다고 소개했습니다. 우리가 떨치고 독립해야 할 아성牙城은 한둘이 아닙니다. 냉전 논리, 상품 논리, 자본 논리 등 우리 교실에서 거론한 것만 하더라도 얼마든지 있습니다. 조선 건국의 주역 신진 관료들이 원나라의 세계 경영을 학습하고 그때까지의 협소한 중국적 사유를 뛰어넘었다는 이야기도 했습니다. 갇히지 않은 사유, 100년 후는 아니더라도 10년 후, 20년 후의 사유를 선취先取할 수 있는 그런 사회 공간을 만들어 내는 것이 지식인 담론의 실천적 과제라 할 수 있을 것입니다.

그러나 지식인이 갖추어야 할 가장 중요한 품성을 한 가지만 말하라고 한다면 단연 '양심적인 사람'입니다. 양심은 다른 사람을 배려하는 인간학일 뿐 아니라 그 시대와 그 사회를 아울러 포용하는 세계관이기 때문입니다. 고전 강의를 끝마치면서 이야기했습니다.

양심은 관계를 조직하는 장場이기 때문입니다. 한 사람의 일생을 평가할 때 그 사람의 일생에 들어가 있는 시대의 양量을 준거로 해야 한다는 주장이 이와 무관하지 않습니다. 양심은 이처럼 인간과 세계를 아우르는 최고 형태의 관계론이면서 동시에 그것은 또한 가장 연약한 심정에 뿌리 내리고 있는 지극히 인간적인 품성이기도 합니다.

나는 지금도 양심이란 단어를 만날 때마다 어김없이 떠오르는 사람이 있습니다. 비교적 징역 초년에 만난 젊은 친구였습니다. 당시 어려운 시절의, 어려운 가정의 소년가장이었습니다. 하루 벌이가 가족들의 저녁 끼니를 에울 만큼이 못 되면 집으로 들어가지 못합니다. 동대문 부근의 가장 싼 합숙소에서 새우잠을 자고 새벽 일찍 서울대 병원까지 뛰어가서 피를 뽑았습니다. 피 판 돈을 들고서야 집으로 들어갔습니다. 그는 피를 뽑기 전에 아무리 추운 겨울이라도 찬물을 가득 먹었습니다. 그러면서도 자기는 양심의 가책을 받지 않았다는 이야기를 덧붙였습니다. 찬물 마시면서 양심의 가책이라니 이해가 가지 않았습니다. 그는 피에다 물을 타서 팔았다고 생각하고 있었습니다. 물 탄 피를 팔면서도 자기는 "양심의 가책을 받지 않았다"는 점을 강조했습니다. 다른 사람들도 술에다 물을 타서 팔기도 하고, 소에게 강제로 물을 먹여 팔지 않느냐는 것이었습니다. 마시는 물은 피에 섞이는 것이 아니라는 설명에도 불구하고 그는 그것을 수긍하려 들지 않았습니다. '양심의 가책을 받지 않았다'는 그의 말이 내게는 가책을 받았고 지금도 가책을 받고 있다는 의미로 들렸습니다. 가책을 받지 않았다는 고집은 반어적인 표현이었습니다. 가족의 끼니를 위해서 병원의 새벽 수도꼭지에서 찬물을 들이키며 그가 감당해야 했던 양심의 가책이 마음 아팠습니다. 나는 그가 들이킨 겨울 새벽의 찬물이 설령 핏속으로 들어간다고 하더라도 그가 양심의 가책을 받지 않아도 된다는 생각이 들었습니다. 피 값을 조금 더 받을 수 있어서 가족의 빈약한 끼니에 그만큼 도움이 된다면 다행이겠다는 생각이 들었습니다. 그리고 그가 마신 물의 양만큼 피를 덜 뽑게 되어 그 이튿날 노동에 그만큼 여력을 남겨 주는 것이라면 상관없겠다는 생각이 들었습니다. 그는 그 이야기를 내게 들려주던 그때까지도 양심의 가책을 받고 있었습니다. '물 탄 피'가 혹시나 응급 환자에게 수혈되어 문제를 일으키지나 않았을까 걱정하고 있었습니다. 그는 나의 기억 속에 양심적인 사람의 전형으로 자리 잡고 있습니다. 그래서 나는 지금도 '양심'이라는 단어를 만날 때마다 그 친구가 생각납니다. 피를 뽑고 나서 회복실에 누워서 혈관에서 흘러나오는 피로 벽에 썼던 그의 낙서를 생각합니다.

60년대의 학생운동 특히 이념 서클은 일부 대학의 일부 학과를 중심으로 이루어지고 있었고 참여하는 사람도 소수였습니다. 당연히 사람 찾는 일이 일이었습니다. 당시에는 대체로 진보적인 사상과 사명감을 가장 높이 평가했고, 조직력과 실천적 역량도 높이 평가했습니다. 이론과 실천 양면에서 탁월한 역량을 보이는 사람은 단연 꽃이었습니다. 많지는 않았지만 그런 사람들도 상당히 있었습니다. 내가 감옥에 있었던 20년 동안 그 사람들이 문득 문득 생각났습니다. 지금은 어디서 무엇을 하고 있을까 항상 궁금했습니다. 20년 후에 다시 세상에 나와서 자연히 수소문하게 됩니다. 내가 생각했던 것과는 많이 달랐습니다. 그 사람들의 대부분은 없어졌습니다. 없어졌다는 것은 그 길에 있지 않다는 뜻입니다. 제도 정치권에 진입한 사람도 있고, CEO가 된 사람도 있고, 외국에서 교수로 재직하는 사람도 있었습니다. 20년 전의 치열했던 모습들이 아득한 비현실로 다가왔습니다. 학생운동이란 그런 것인가 하는 회의마저 금할 수 없었습니다. 그런데 뒤늦게 깨달은 것이지만 그 당시에는 별로 두각을 나타내지 못했지만 꾸준히 그 길을 지키고 있는 사람도 있었습니다. 놀랍게도 그 사람들은 양심의 가책 때문에 함께한 사람들이었습니다. 자신의 이념이나 사명감 때문이 아니라 친구들의 권유를 외면한다면 두고두고 양심의 가책으로 남을 것 같아서 참가한 사람들이었습니다. 그런 사람들이 꾸준하게 그 자리를 지키고 있었습니다. 참으로 놀라운 일이었습니다. 감옥에서 예상했던 것과는 반대였습니다. 양심적인 사람이 가장 강한 사람이었습니다. 김수영 시인의 시처럼 바람보다 먼저 눕지만, 바람보다 먼저 일어나는 풀이었습니다. '양심적인 사람'은 우리 사회에서 차지하는 위상이 매우 낮습니다. 낮을 뿐 아니라 부정적이기까지 합니다. 그러나 양심적인 사람이야말로 가장 강한 사람이며 가장 인간적인 사람이 아닐 수 없습니다. 지식인이란 모름지기 양심의 사람이어야 합니다. 그 이외의 역량은 차라리 부차적인 것이라 해야 합니다.

곤륜산을 타고 흘러내린 차가운 물 사태沙汰가 사막 한가운데인 염택鹽澤에서 지하로 자취를 감추고, 지하로 잠류潛流하기 또 몇천 리, 청해淸海에 이르러 그 모습을 다시 지표로 드러내어 장장 8,800리 황하를 이룬다.

이 이야기는 위당 정인보 선생이 해방 직후 연희대학에서 가진 백범을 비롯한 임정 요인의 환영식에서 소개한 한대漢代 장건張騫의 시적 구상입니다. 널리 알려져 있지는 않지만 강화학에 관심이 있는 사람들에게는 지금도 큰 감동으로 남아 있습니다. 강화로 찾아든 학자 문인들이 하일리의 노을을 바라보며 생각했던 것이 바로 이 황하의 긴 잠류였으며, 일몰에서 일출을 읽는 내일에 대한 확신이었으리라고 생각합니다. 황하의 오랜 잠류를 견딜 수 있는 공고한 신념, 그리고 일몰에서 일출을 읽을 수 있는 열린 정신이 바로 지식인의 참된 자세인지도 모릅니다.

떨리는 지남철의 전문을 함께 읽는 것으로 강의를 끝마치겠습니다.

북극을 가리키는 지남철은 무엇이 두려운지
항상 그 바늘 끝을 떨고 있다.
여윈 바늘 끝이 떨고 있는 한 그 지남철은
자기에게 지니워진 사명을 완수하려는 의사를
잊지 않고 있음이 분명하며
바늘이 가리키는 방향을 믿어서 좋다.
만일 그 바늘 끝이 불안스러워 보이는 전율을 멈추고
어느 한쪽에 고정될 때
우리는 그것을 버려야 한다.
이미 지남철이 아니기 때문이다.

24

사람의 얼굴

「사람의 얼굴」과 「희망의 언어 석과불식」 마지막 두 꼭지를 남겨 두고 있습니다. 벌써 첫눈도 내렸습니다. 처음 강의 시작할 때가 낙엽 지기 시작하는 초가을이었습니다. 온 가을을 관통하여 겨울까지 함께한 긴 여정이었습니다. 지금부터는 그동안 나누었던 이야기들을 정리하는 시간으로 갖기 바랍니다.

「사람의 얼굴」은 자기의 사상을 어떻게 키워 가야 할 것인가에 관한 고민이라고 할 수 있습니다. 또 무엇이 그 사람의 사상이라고 할 수 있는가에 관한 질문이기도 합니다. 빙산은 바닷속에 더 큰 몸체를 묻어 놓고 있습니다. 우리들의 사상도 글이나 말로 표현된 것보다는 더 깊숙한 곳에 그것의 뿌리가 있습니다. 자기가 분명하게 의식하지는 못하지만 우리의 생각과 언설 속에 무의식중에 녹아 들어

가는 그러한 정신적 연원이 있습니다. 이 글에서는 그것을 '연상세계'라고 하고 있습니다. 〈가고파〉라는 노래를 부를 때면 그 노래와 함께 연상되는 바다가 있습니다. 그것이 연상세계입니다. 그 연상세계는 그 사람의 생각에 대단히 큰 영향을 미칩니다. 프로이트Sigmund Freud가 말하는 잠재의식입니다. 잠재의식이 인간 의식의 90%를 차지한다고 합니다. 자기는 의식하지 못하지만 그 영향에서 벗어나기 어려운 것입니다. 이 글은 우리가 연상세계를 주목함으로써 우리들의 생각을 건강하게 키워 갈 수 있지 않을까 하는 고민을 담고 있는 글입니다.

내가 연상세계를 주목하기 시작한 것은 독방의 무료를 달래기 위한 노래 때문이었습니다. 징역 초년에 독방에서 자주 허밍했던 노래가 영화 〈부베의 연인〉의 주제곡이었습니다. 내가 감옥 가기 전 마지막으로 본 영화이기도 하고, 그 영화의 첫 장면과 함께 흐르는 주제곡의 선율이 그렇게 마음에 와 닿았습니다. 영화의 첫 장면과 마지막 장면이 인상적이었습니다. 전사한 오빠의 친구이자 레지스탕스 대원이고, 지금은 살인죄로 7년째 복역하고 있는 연인 부베를 접견하러 가는 마라의 프로필이 열차 차창에 실루엣으로 뜨면서 독백과 함께 주제곡이 흐릅니다. 영화의 마지막 장면 역시 처음의 열차 차창으로 다시 돌아오면서 주제곡의 잔잔한 선율로 끝납니다. 내게는 마라처럼 접견 오는 사람이 없었지만 독방에서 자주 그 곡을 허밍했습니다. 그때 문득 깨달았습니다. 우리들의 생각은 그와 함께 연상되는 연상세계로부터 자유로울 수 없었습니다. 그래서 나는 나의 연상세계를 하나하나 점검하기 시작했습니다. 그리고 깜짝 놀랐습니다. 나의 연상세계는 대단히 창백했습니다. 노래의 연상세계와는 달리 내가 구사하는 일상적 개념의 연상세계는 매우 관념적이었습니다. '실업'이란 단어에서 연상되는 것은 이러저러한 경제학 개념이었습니다. '빈곤'은 엥겔계수가 연상되었습니다. 메마른 이론과 개념으로 뒷받침되고 있는 생각이란 얼마나 창백한 것인가. 창백한 것에 그치지 않고 얼마나 비정한 것인가라는 반성을 하게 됩니다. 실업이나 빈곤이란 단어에서는 이론이나 개념에 앞서 실업자와 가난한 사람이 연상되어야 마땅할 것입니다. 인간에 대한 애정이 사상捨象된 사상思想이 무슨 의미가 있을까 하는 회의가 들었습니다. 그래서 내가 자주 만나고 자주 구사하는 단어들부터 그 연상세계를 조사하기 시작했습니다. 오늘 우리가 함께 읽는 「사람의 얼굴」은 창백한 연상세계에 '사람'을 심으려 했던 노력이 실패로 끝난 아픈 경험에 관한 이야기입니다.

　　노래의 연상세계와는 달리 내가 자주 구사하는 사회과학적 개념의 연상세계에는 사람이 없었습니다. 그러한 연상세계라면 휴머니스트는 고사하고 파시스트와 다를 것이 없겠다는 절망감마저 들었습니다. 연상세계를 바꾸는 작업을 시작했습니다. 우선 '실업'이라는 단어의 연상세계에 사람을 심기로 했습니다. 내가 잘 아는 실업자 친구의 얼굴을 연상세계에 앉히는 작업입니다. 온 종일 행상과 막노동으로 고달픈 삶을 이어 갔던 그를 실업의 연상세계에 심으려고 했습니다. '실업'이란 단어와 그 친구의 얼굴이 동시에 떠오르면 나의 생각 자체가 훨씬 더 인간적인 것이 될 듯했습니다. '실업'이란 단어뿐만 아니라 '분단', '민족', '양심' 등 내가 자주 만나는 단어에 지인들의 얼굴을 심는 작업을 해 나갔습니다. 그러나 연상세계에 사람의 얼굴을 심는 작업은 결국 실패로 끝납니다. 연상세계란 독방에 앉아서는 불가능한 것이었습니다. 생각하면 연상세계란 따로 있는 것이 아니라 희로애락으로 점철된 우리의 삶 그 자체였습니다. 그것이 추억이 되고 연상세계가 되는 것이었습니다. 연상세계를 심는 일은 독방에서는 될 일이 아니었습니다.

그러나 독방은 소중한 공간이었습니다. 바로 그 연상세계를 대면하게 했습니다. 그 연상세계를 채울 수많은 사람들을 불러오게 했습니다. 지금까지 살아오면서 만난 사람과 겪은 일들을 하나하나 불러오는 추체험追體驗의 시간이었습니다. 내 경우에는 4살 때의 유년시절까지 기억을 거슬러 올라갈 수 있었습니다. 그때부터 겪은 크고 작은 일들과 만난 사람들을 불러내어 다시 추체험했습니다. 이웃끼리의 사소한 다툼이라고 생각했던 일이 실은 해방공간의 사상적 반목이었음을 뒤늦게 깨닫기도 하고 오랜 만남에도 불구하고 내게 별로 남아 있지 않은 친구가 있는가 하면 잠시 스치듯 지나간 사람임에도 불구하고 내 마음속 깊숙한 곳에 머물면서 내게 지속적인 영향을 주고 있는 사람도 없지 않았습니다. 비록 연상세계에 사람을 심는 일에는 실패했지만 독방은 수많은 사람들을 만나는 시공간이었습니다.

지금도 잊지 못하는 독방의 추체험입니다. 아마 중학교 1학년 때였으리라고 기억됩니다. 신년식이 끝난 추운 교실이었습니다. 담임선생님이 새해 각오를 한 사람씩 차례로 이야기하라는 것이었습니다. 난로도 피우지 않은 추운 교실에서 우리는 속으로 불만이었습니다. 처음에는 내키지 않은 대답이어서 끊기고 꾸물대기가 지루할 정도였습니다. 그러나 갈수록 대답하는 속도가 조금씩 붙어 가다가 어느새 장난기까지 곁들여 가며 한 사람이 "숙제 잘하겠습니다" 하면 그다음 사람은 얼른 "심부름 잘하겠습니다" 하고 이어갔습니다. 숙제, 심부름, 거짓말 등 몇 개의 '각오'가 번갈아 리듬을 타고 일사천리로 진행되고 있었습니다. 그런데 중간쯤이었습니다. 한 녀석이 그 리듬을 끊고는 주섬주섬 이야기를 시작했습니다. "저는 각오할 게 없는데요?" 선생님이 "왜 없어?" 하고 되물었습니다. 아이들이 "야, 아무거나 얼른 대!" 하고 핀잔도 했습니다. 그 친구가 주섬주섬 주워섬긴 이유는 다음과 같습니다. 세월이란 강물처럼 흘러가면 그만인 것, 굳이 1월 1일이라고 무엇을 각오하라는 것이 잘 이해가 안 된다는 그런 내용이었습니다. 어렸던 우리들도 충격이었습니다. 어린이들이었지만 우리 교실은 그 말이 갖는 철학(?)적 깊이에 충격을 받았습니다. 나도 얼마나 후회했는지 모릅니다. '저 이야기를 내가 할걸.' 그 친구의 이름은 끝끝내 기억해 내지 못했습니다. 공부도 운동도 전혀 눈에 띄지 않는 평범한 친구였습니다. 신나게 리듬을 타고 '숙제' 아니면 '심부름'을 댔던 나로서는 뼈아픈 후회로 남았습니다.

내가 옥중에서 가족에게 보낸 옥중 서신이 『감옥으로부터의 사색』으로 출판되었습니다. 그 책은 출소하기 전에 만들어졌습니다. 옥중 서신의 일부가 발췌되어 『평화신문』에 연재되었습니다. 후배와 지인들이 양심수 석방 운동의 일환으로 소개한 것이었습니다. 독자들의 요청에 의해서 연재의 연장선에서 아예 책으로 출판하자는 의견이 모아져 책을 만들었습니다. 누군가의 충고를 받고 혹시라도 출소에 좋지 않은 영향을 끼칠까 우려한 부모님이 출판 연기를 요청합니다. 그래서 출판을 잠시 미루었다가 출소와 함께 출판되었습니다. 내가 이 이야기를 새삼스레 소개하는 것은 책 이야기를 하기 위해서가 아닙니다. 제목에 들어가 있는 '사색'이란 단어 때문입니다. 물론

책 제목도 내가 붙인 것이 아닙니다. 내가 붙였다면 설마 '사색'이란 외람된 단어를 쓸 리가 없습니다. '감옥으로부터의 사색'은 『평화신문』에 연재될 때의 제목이었습니다. 만약 나의 옥중 서신 속에 조금이라도 사색적인 내용이 있다고 한다면 그것은 '세월이란 강물같이 흘러갈 뿐이라……'고 했던 그 친구의 영향 때문이라고 생각합니다. 그 강물의 이야기가 어딘가 마음 한구석에 잠재의식으로 남아 있었기 때문에 그 후 살아가면서 조금은 생각하는 습관을 가지게 되지 않았을까 생각합니다.

지금 이야기하는 우리들의 연상세계도 그렇습니다만 나는 '나'의 정체성이란 내가 만난 사람, 내가 겪은 일들의 집합이라고 생각합니다. 만난 사람과 겪은 일들이 내 속에 들어와서 나를 구성하는 것입니다. 그러한 사람과 일들로부터 격리된 나만의 정체성이란 있을 수 없습니다. '나는 관계다'를 주장하는 이유입니다. 독방은 내게 최고의 철학 교실이었습니다.

연상세계에 '사람의 얼굴'을 심지는 못했지만 나는 그 대신 '서울의 얼굴'을 나의 연상세계에 심을 수 있었습니다. '서울'을 증오했던 한 친구 때문이었습니다. 서울 지하철 1호선이 1974년에 개통되었던가요? 내가 감옥에 있는 동안에 신입자들 편에 소식을 들었습니다. 신입자가 지하철에 대해 전혀 무지한 우리들을 앞에 놓고 지하철이 자기 것이나 되는 듯이 한참 사설을 풀고 있는데, 그때 칼 같은 그의 핀잔이 날아들었습니다. "야! 지하철이 니네 자가용이냐? 밤티(야간절도) 보는 주제에 지하地下 좋아하고 있네!" 제3한강교가 준공되고 〈제3한강교〉 노래가 바깥에서 유행할 무렵이었습니다. 신입자가 몇 사람을 옆에 불러 앉히고는 그 노래를 가르치고 있었습니다. "강물은 흘러갑니다. 제3한강교 밑을……" 그때 느닷없이 그의 날선 핀잔이 또 날아들었습니다. "야, 잠 좀 자자. 한강 물이 제1한강교, 제2한강교 밑으로는 안 흘러 가냐?" 그는 서울을 증오하고 있었습니다. 한마디로 그의 서울에 대한 증오는 증오 이상이었습니다. 나는 그 까닭을 알고 있었습니다. 그는 열세 살 무렵 열두 살 난 어린 누이동생을 서울역에서 잃어버렸습니다. 처음 상경한 서울역에서 눈 깜짝할 사이에 누이동생을 그만 잃어버리고 말았습니다. 밤중까지 역 주변을 헤맸지만 끝내 찾을 수 없었습니다. 정확히 10년 후에 그 누이를 만납니다. 서울역에서 멀지도 않은 양동 창녀촌에서였습니다. 너무나 달라진 얼굴 때문에 미처 알아보지 못하는 사이에 오빠를 먼저 알아본 누이동생이 달아나고 말았습니다. 그는 출소하기만 하면 누이동생을 잡아 죽인다는 각오를 다지고 있었습니다. 누이동생을 죽이겠다는 그의 분노는 물론 서울을 향한 분노입니다. 서울은 잘못 겨냥한 표적일 수도 있습니다. 그러나 그에게는 '서울의 얼굴'이란 참혹하게 변해 버린 누이동생의 얼굴과 다르지 않았습니다. 나는 한 도시를 평가하는 기준이 무엇인가에 대하여 생각할 때마다 그의 서울에 대한 증오를 떠올립니다. 그리고 보지는 못했지만 참혹하게 변한 '누이의 얼굴'을 떠올립니다. 빌딩이나 도로, 자동차, 교량 또는 화려한 쇼윈도의 진열 상품을 떠올리는 우리들과는 전혀 다른 기준을 그는 가지고 있었습니다. 적어도 그에게 서울이란 '열두 살의 의지할 곳 없는 어린 소녀를 10년 만에 창녀로 만드는 도시'였습니다. 창녀로 변해 버린 누이동생의 참혹한 얼굴이 적어도 그에게는 서울의 숨겨진 얼굴이었습니다. 물론 개인적인 아픔이 과도하게 개입된 편견일 수도 있습니다. 그러나 그는 우리가 잊고 있는 판단의 준거를 보여주고 있었습니다. 지금 우리가 이야기하고 있는 인문학적 기준, 사람을 중심에 두는 준거틀을 그는 가지고 있었습니다. 도시는 복잡하기 그지없고 그만큼 도시를 평가할 수 있는 마땅한 준거틀을 찾기가 쉽지 않습니다.

이제 50가호로 이루어진 A, B 두 마을을 예로 들기로 하겠습니다. 각각 열두 살의 사고무친한 어린 소녀를 투입하고 10년 후 확인합니다. A마을에서는 여자고등학교 졸업 후에 농협 직원으로 다니고 있는 데 비하여 B마을에서는 술집 창녀로 변해 있다면, A, B 두 마을의 차이는 확연히 드러납니다. 그 차이를 인정한다면 적어도 우리는 인간을 중심에 놓는 판단 준거를 승인하고 있는 것입니다. 내겐 지금도 서울의 모습이 이중적입니다. 서울의 연상세계에 '누이의 얼굴'이 중첩되고 있기 때문입니다.

연상세계에 사람을 심으려던 나의 노력은 결국 나에게 작은 위로와 작지 않은 고민을 안겨 주는 것으로 끝났습니다. 친구들의 얼굴은 그와의 개인적인 우정에도 불구하고, 또 개인적인 우정 때문에 우리 시대를 객관적으로 인식하는 데 장애가 되었습니다. 사람이란 누구나 누구의 친구이고 누구의 가족일 터이지만 그것이 우리의 사고 속에 계속 친구나 가족으로 남아 있는 한 우리의 사고가 주관적 감상에 기울지 않을 수 없기 때문입니다. 그러나 또 한편 돌이켜보면 우리의 삶은 어차피 절친한 친구들로부터 출발하지 않을 수 없습니다. 그러기에 나는 독방의 고독한 공간에서 뜨겁게 해후한 나의 친구들을 소중히 간직할 것입니다. 생각하면 그것은 친구들과의 재회였고 나 자신과의 뜨거운 '해후'였습니다.

『자기 앞의 생』에서 모모가 하밀 할아버지에게 물었습니다. "할아버지, 사람이 사랑 없이도 살 수 있나요?" "살 수 있지, 슬프지만." 하밀 할아버지의 대답은 정답이 못 됩니다. 살 수 있다면 결코 슬프지 않습니다. 생각하면 우리가 생명을 저버리지 않고 살아가고 있는 한 우리는 누군가를 사랑하고 있습니다. 그리고 사랑한다는 것은 기쁨만이 아닙니다. 슬픔도 사랑의 일부입니다. 마치 우리의 삶이 그런 것처럼.

25

희망의 언어 석과불식

마지막 글 「희망의 언어 석과불식」입니다. 석과불식碩果不食은 『주역』 강의 때 소개했습니다. 내가 가장 아끼는 희망의 언어입니다. 20년을 견디게 한 화두였습니다. 먼저 석과불식의 뜻부터 이야기하겠습니다. 석과불식은 『주역』 산지박山地剝괘의 효사에 나오는 말입니다. 산지 박괘는 山(☶)이 위에 있고 地(☷)가 아래에 있는 괘입니다.

☶
☷

이 괘의 이름이 박剝입니다. 빼앗긴다는 뜻입니다. 이 박괘의 모양에서 알 수 있듯이 첫 효에서부터 5효에 이르기까지 모두 음효입니다. 각각의 효는 시간적 순차성을 나타내기 때문에 이 박괘는 시간이 지남에 따라 하나하나 음효로 바뀌어 가고 있는 상황을 보여줍니다. 맨 위의 상효 하나만 양효로 남아 있습니다. 그러나 이것마저도 언제 음효가 될지 알 수 없는 절망적 상황입니다. 석과불식은 바로 이 마지막 하나 남은 양효의 효사에 나오는 말입니다. 석과불식은 "씨 과실을 먹지 않는다"는 뜻입니다. 그림으로 보면 그 의미가 쉽게 이해됩니다.

초겨울 가지 끝에 남아 있는 최후의 감(柿)입니다. 지금 주변에서 볼 수 있는 제철 그림입니다. 석과碩果는 '씨 과일'이란 뜻입니다. 가지 끝에 마지막 남은 감은 씨로 받아서 심는 것입니다. 『주역』은 삶의 경험이 온축된 경험지經驗知라고 했습니다. "씨 과실을 먹지 않는 것"은 지혜이며 동시에 교훈입니다. 씨 과실은 새봄의 새싹으로 돋아나고, 다시 자라서 나무가 되고, 이윽고 숲이 되는 장구한 세월을 보여줍니다. 한 알의 외로운 석과가 산야를 덮는 거대한 숲으로 나아가는 그림은 생각만 해도 가슴 벅찹니다. 역경을 희망으로 바꾸어 내는 지혜이며 교훈입니다. 이제 이 교훈이 우리에게 지시하는 소임을 하나씩 짚어 보기로 하겠습니다.

첫 번째는 엽락葉落입니다. 그림에서 보듯이 잎사귀를 떨어뜨려야 합니다. 잎사귀는 한마디로 '환상과 거품'입니다. 엽락이란 바로 '환상과 거품'을 청산하는 것입니다. 『논어』의 불혹不惑과 같은 뜻입니다. 우리는 『논어』의 사십불혹四十不惑을 나이 마흔이 되면 의혹이 없어진다는 뜻으로 읽습니다. 올바른 독법이 못 됩니다. 나이 마흔에 모든 의혹이 다 없어질 만큼 현명한 사람은 없습니다. 이 경우의 혹惑은 의혹疑惑이 아니라 미혹迷惑이고 환상幻想입니다. 가망 없는 환상을 더 이상 갖지 않는 것이 불혹입니다. 그것이 바로 거품을 청산하는 단호함입니다. 한 개인의 삶도 그렇거든 한 사회의 경우는 더욱 그러합니다. 어려움에 직면할수록 냉정하게 현실을 직시하고 환상과 거품을 청산하는 일부터 시작해야 합니다. 이것이 석과불식의 첫 번째 교훈 엽락입니다.

다음이 체로體露입니다. 그림에서 보듯이 엽락 후의 나무는 나목裸木입니다. 잎사귀에 가려져 있던 뼈대가 훤히 드러납니다. 『운문록』雲門錄의 체로금풍體露金風입니다. 칼바람에 뼈대가 드러납니다. 나무를 지탱하는 구조가 드러납니다. 우리가 해야 하는 일이 바로 구조와 뼈대를 직시하는 일입니다. 환상과 거품으로 가려져 있던 우리의 삶과 우리 사회의 근본적 구조를 직시하는 일입니다. 뼈대는 크게 세 가지입니다. 첫째 정치적 자주성입니다. 둘째 경제적 자립성입니다. 셋째 문화적 자부심입니다. 개인이든 사회든 국가든 뼈대를 튼튼하게 해야 합니다. 뼈대란 우리를 서 있게 하는 것입니다.

마지막으로 분본糞本입니다. 분糞은 '거름'입니다. 분본이란 뿌리[本]를 거름[糞]하는 것입니다. 그림이 보여줍니다. 낙엽이 뿌리를 따뜻하게 덮고 있습니다. 이 경우 중요한 것은 뿌리가 곧 '사람'이라는 사실입니다. 가장 중요한 것이 사람입니다. 사람은 그 자체가 최고의 가치입니다.

엽락과 체로에 이어 우리의 할 몫이 분본입니다. 뿌리를 거름하는 일입니다. 뿌리가 바로 사람이며 사람을 키우는 것이 분본입니다. 그러나 우리는 사람을 소중하게 생각해 본 적이 없습니다. 더구나 거름하거나 키워 본 적이 없습니다. 무엇이든지 구입하고 있기 때문입니다. 쌀도 구입하고 사람도 구입합니다. 거름하고 키우고 기다리는 문화가 사라지고 없습니다. 그러한 것은 불편하고 불필요할 뿐입니다. 아마 여러분은 반문할 것입니다. 그렇다면 농본 사회로 되돌아가자는 것인가? 이러한 반문 역시 기다림이 없는 생각이고 성찰이 없는 질문입니다. 우리가 농본 사회로 되돌아갈 수 없는 것도 분명하지만 또한 경작하거나 키우지 않고 살아갈 수 없다는 것도 분명합니다.

이 대목에서 여러분과 공유하고 싶은 것은 거름하고 키우고 기다리는 일을 불필요하고 불편하게 여기는 우리들이 정작 잃고 있는 것이 무엇인가에 관한 것입니다. 사람을 거름하기는커녕 도리어 '사람으로' 거름하고 있는 것이 바로 우리의 현실이 아닌가 생각해 보자는 것입니다. 해고와 구조 조정 그리고 비정규직이 바로 사람으로 사람을 거름하는 것입니다. 여러분도 잘 알고 있듯이 광우병의 발병 원인은 소에게 소를 먹여서 키웠기 때문입니다. 광우병에 걸린 다우너 소의 처참한 모습이 지금도 뇌리에 선명하게 남아 있습니다. 그러나 사람을 거름으로 사용하여 사람을 키운다면 어떤 병에 걸리는지에 대해서는 연구가 없습니다. 나는 그것이 광우병과 크게 다르지 않으리라고 생각합니다. 참으로 소름끼치는 이야기가 아닐 수 없습니다.

사람을 키우는 일이야말로 그 사회를 인간적인 사회로 만드는 일입니다. 사람은 다른 가치의 하위 개념이 아닙니다. 사람이 '끝'입니다. 절망과 역경을 '사람'을 키워 내는 것으로 극복하는 것, 이것이 석과불식의 교훈입니다. 최고의 인문학이 아닐 수 없습니다. 욕망과 소유의 거품, 성장에 대한 환상을 청산하고, 우리의 삶을 그 근본에서 지탱하는 정치·경제·문화의 뼈대를 튼튼히 하고, 사람을 키우는 일 이것이 석과불식의 교훈이고 희망의 언어입니다.

산지박괘의 다음 괘가 지뢰복地雷復괘입니다.

☰☰

땅 밑에 '우레'가 묻혀 있습니다. 산지박괘의 상효 즉 단 한 개의 석과가 복괘에서는 땅속 깊숙이 묻혀 있습니다. 석과가 땅속에 우레와 같은 가능성으로 묻혀 있습니다. '복'復은 다시 시작한다는 뜻입니다. 광복절光復節의 복復입니다. 산지박이라는 절망의 괘가 지뢰복이라는 새로운 시작으로 이어집니다. 절망의 괘가 희망의 괘로 이어집니다. 엽락, 체로, 분본의 과정을 거쳐서 석과는 이제 새싹이 되고, 나무가 되고, 숲이 됩니다. 절망의 언어가 희망의 언어로 비약합니다. 수많은 어려움을 극복해 왔던 옛사람들의 철학입니다. 마찬가지로 어려운 상황에 직면하고 있는 오늘의 우리들에게 석과불식은 희망의 언어이며 교훈입니다.

우리 교실의 마지막 강의를 석과불식으로 끝내는 이유를 여러분이 다시 한 번 생각하기 바랍니다. '석과불식'은 한 알의 작은 씨 과실에 관한 이야기입니다. 그러나 한 알의 씨 과실은 새봄의 싹이 되고 나무가 되고 숲이 되는 장구한 여정으로 열려 있는 것입니다. 결코 작은 이야기가 아닙니다.

이제 강의를 마치면서 마지막으로 여러분에게 두 가지를 당부합니다. 하나는 우리가 살아가는 이유에 관한 것이며, 또 하나는 먼 길을 떠나는 사람에게 드리는 길채비의 말씀입니다.

갑자기 타계한 지인이 있었습니다. 그의 사무실에 전화를 걸었습니다. 누군가 전화 받는 사람이 있으리라고 생각했지만 대신 녹음된 고인의 음성이 들려왔습니다. "잠시 외출 중입니다. 용건을 남겨주시면 돌아오는 대로 연락드리겠습니다." 생전에 녹음해 둔 본인의 응답 메시지가 나를 맞았습니다. 순간 당황스러웠습니다. 전화기 속에 육성으로 남아 있는 그를 상대하지 못하고 얼른 전화기를 내려놓았습니다.

수형 생활 10년차의 재소자가 자살했습니다. 한밤중에 바로 옆방에서 일어난 일이었습니다. 운동 시간에 주운 유리 조각으로 동맥을 끊었습니다. 피가 응고되지 않도록 화장실 물독에 손목을 담그고 있었습니다. 출혈 때문에 갈증이 심했던지 그 피가 섞인 물독의 물을 마셨습니다. 새벽녘이 되어 화장실에 들어가려던 사람이 발견하고 놀라 소리쳤습니다. 얼굴은 물론이고 온몸이 핏물에 젖은 사체를 여러 사람이 화장실에서 들어냈습니다. 복도에 긴 핏줄을 그으며 들려 나갔습니다. 옆방의 자살 때문이 아니더라도 나로서는 남한산성의 혹독한 임사 체험에서부터 20년 무기징역을 살아오는 동안 수시로 고민했습니다. 나는 왜 자살하지 않고 기약 없는 무기징역을 살고 있는가?

내가 자살하지 않은 이유는 '햇볕' 때문이었습니다. 겨울 독방에서 만나는 햇볕은 비스듬히 벽을 타고 내려와 마룻바닥에서 최대의 크기가 되었다가 맞은편 벽을 타고 창밖으로 나갑니다. 길어야 두 시간이었고 가장 클 때가 신문지 크기였습니다. 신문지만 한 햇볕을 무릎 위에 받고 있을 때의 따스함은 살아 있음의 어떤 절정이었습니다. 내가 자살하지 않은 이유가 바로 햇볕 때문이었습니다. 카뮈 Albert Camus의 『이방인』에서 뫼르소는 햇볕 때문에 아랍인을 죽였다고 하지만 겨울 독방의 햇볕은 내가 죽지 않고 살아가는 이유였고 생명 그 자체였습니다.

나는 신문지 크기의 햇볕만으로도 세상에 태어난 것은 손해가 아니었습니다. 태어나지 않았더라면 받지 못했을 선물입니다. 지금도 문득 문득 그 시절의 햇볕을 떠올립니다. 우리는 매일 40명이 자살하는 사회에 살고 있습니다. 매년 1개 사단 병력이 넘는 1만 5천 명이 자살합니다. 우리 사회의 수많은 사람들이 헤어나지 못하는 곤고한 삶이 그처럼 혹독한 것이 사실이지만, 동시에 우리 사회가 가르치고 있는 삶이 어떤 것인가를 묻지 않을 수 없습니다.

내가 자살하지 않은 이유가 햇볕이라고 한다면, 내가 살아가는 이유는 하루하루의 깨달음과 공부였습니다. 햇볕이 '죽지 않은' 이유였다면, 깨달음과 공부는 '살아가는' 이유였습니다. 여러분의 여정에 햇볕과 함께 끊임없는 성찰이 함께하기를 빕니다.

다음으로 '자기의 이유'에 관한 것입니다. 네덜란드의 의사이며 작가인 반 에덴Frederik van Eeden의 동화 『어린 요한』의 버섯 이야기입니다. 아버지가 어린 아들을 데리고 산책을 나갑니다. 산책로 길섶에 버섯 군락지가 있었습니다. 아버지는 그 버섯 중의 하나를 지팡이로 가리키면서 "얘야, 이건 독버섯이야!" 하고 가르쳐 줍니다. 독버섯이라고 지목된 버섯이 충격을 받고 쓰러집니다. 옆에 있던 친구가 그를 위로합니다. 그가 베푼 친절과 우정을 들어 절대로 독버섯이 아님을 역설합니다. 그러나 그에게 위로가 되지 못합니다. 정확하게 자기를 지목하여 독버섯이라고 했다는 것이었습니다. 위로하다 위로하다 최후로 친구가 하는 말이 "그건 사람들이 하는 말이야!"였습니다. 아마 이 말이 동화의 마지막 구절이라고 기억됩니다. 내가 여러분에게 하고 싶은 말이 바로 이것입니다. '독버섯'은 사람들의 '식탁의 논리'입니다. 버섯을 식용으로 하는 사람들의 논리입니다. 버섯은 모름지기 '버섯의 이유'로 판단해야 합니다. '자기의 이유', 이것은 우리가 지켜야 할 '자부심'이기도 합니다. '자기의 이유'를 가지고 있는 한 아무리 멀고 힘든 여정이라 하더라도 결코 좌절하지 않습니다. '자기自己의 이유理由'를 줄이면 '자유'自由가 되기 때문입니다.

강의를 마치면서 우리의 교실을 공감 공간으로 만들어 준 여러분의 진지함에 감사드립니다. 그동안 너무 많은 이야기를 전하려고 했고, 그 때문에 조리가 없었습니다. 여러분이 잘 정리하리라고 믿었기 때문입니다. 이제부터 여러분이 '강의 이후'를 시작하기 바랍니다. 우연의 점들을 하나하나 제자리에 앉힘으로써 빛을 발하게 하기 바랍니다.

낙엽 지던 가을에 시작한 강의가 온 가을을 관통하고 지금은 눈 내린 겨울입니다. 가을에서 초겨울까지 우리가 불 밝히고 있었던 교실이 소중한 추억이 되기 바랍니다. 겨울은 별을 바라보는 계절이라고 합니다. 강의가 끝나면 나목이 된 느티나무 밑으로 가서 가지 끝에 별을 달아 보기 바랍니다. 가장 마음에 드는 별을 골라서 가장 아름다운 가지 끝에 달아 보기 바랍니다.

끝으로 내가 좋아하는 글귀를 소개합니다.

언약言約은 강물처럼 흐르고
만남은 꽃처럼 피어나리.

　처음에는 별리別離의 아픔을 달래는 글귀로 만든 것이지만 지금
은 강의 마지막 시간에 함께 읽기도 합니다. 돌이켜보면 한 학기 동
안 수많은 언약을 강물처럼 흘려보냈습니다. 그러나 그 언약들이
언젠가는 여러분의 삶의 길목에서 꽃으로 다시 만날 수 있기를 바
랍니다.
　감사합니다.